Der Schwarze Orden

Colin Forbes

Der Schwarze Orden

Roman

Aus dem Englischen von Sepp Leeb

WILHELM HEYNE VERLAG
MÜNCHEN

Die Originalausgabe erschien unter dem Titel
The Sisterhood bei Macmillan, London.

Umwelthinweis:
Dieses Buch wurde auf chlor- und säurefreiem Papier gedruckt.

Copyright © 1998 by Colin Forbes
Copyright © 2000 der deutschen Ausgabe
by Wilhelm Heyne Verlag GmbH & Co. KG, München
Satz: Leingärtner, Nabburg
Druck und Bindung: Franz Spiegel Buch GmbH, Ulm
Printed in Germany

ISBN 3-453-17313-9

Für meine Tochter Janet

PROLOG

Die Dunkelheit war ihr Freund – und ihr Feind. Paula Grey traf nach Einbruch der Dunkelheit in der Annagasse in Wien ein. Die Seitenstraße war verlassen. Zu beiden Seiten erhoben sich alte Gebäude wie die Wände einer Schlucht. Die tiefe Stille war beunruhigend, und die Gummisohlen ihrer Schuhe machten auf dem Kopfsteinpflaster kein Geräusch. Sie öffnete die kleine Tür, die in einen der zwei Flügel eines großen Holztors eingelassen war, das früher einmal Pferdefuhrwerken die Einfahrt in den geräumigen Hof dahinter ermöglicht hatte.

Nachdem sie die Tür leise hinter sich geschlossen hatte, blieb sie stehen, um sich umzusehen und zu lauschen. Immer noch bedrückende Stille. Auf drei Seiten des Hofes befanden sich offene Durchgänge, durch die man über eine Treppe in die einzelnen Wohnungen gelangte. Paula blickte nach oben und sah Licht hinter den geschlossenen Vorhängen von Norbert Engels Wohnung. Tweed hatte sie geschickt, um den einzigen Mann, der Deutschland im Ernstfall vor dem Untergang retten konnte, zu warnen, daß sein Leben in Gefahr war.

Paula sah auf die Leuchtzeiger ihrer Uhr. Es war elf. Sie war absichtlich früher gekommen, als sie mit Engel telefonisch vereinbart hatte. Als sie wieder nach oben blickte, sah sie, wie ein Vorhang beiseitegezogen wurde. Es war unverkennbar Engel, dessen Kopf im Fenster erschien und nach unten spähte. Dann schloß sich der Vorhang wieder, und der Mann dahinter verschwand. Es sah so aus, als erwartete der Deutsche vor ihr noch anderen Besuch. In diesem Moment hörte Paula, wie die Tür zur Straße aufging. Sie drückte sich in eine Nische und wartete.

Zu ihrem Erstaunen sah sie eine Frauengestalt den Hof betreten. Sie war in ein bodenlanges schwarzes Gewand gekleidet, ihr

7

Gesicht war hinter einem schwarzen Schleier verborgen. Paula stand vollkommen reglos da und beobachtete, wie die verschleierte Frau den Treppenaufgang zu Engels Wohnung nahm. Traf sich der Witwer Engel heimlich mit einer Frau? Vielleicht mit einer verheirateten Frau – daher die seltsame Verkleidung? Paula wartete. Die Stille hatte fast etwas Unheimliches. Von dem Leben auf den Straßen Wiens, auf denen es im Sommer von Touristen wimmelte, war in dem dunklen Innenhof nichts mehr zu spüren.

Fünf Minuten später erschien die verschleierte Frau wieder in der Tür des Treppenaufgangs, blieb kurz stehen, eilte dann zum Tor und rannte hinaus auf die Straße. Paula sah wieder zum Fenster von Engels Wohnung hoch. Der Vorhang war noch immer zugezogen, das Licht dahinter noch immer an. Warum fühlte sie sich plötzlich so unbehaglich? Die verschleierte Frau konnte auch einen anderen Hausbewohner aufgesucht haben – sah man einmal davon ab, daß nur in Engels Wohnung Licht brannte.

Paula sah noch einmal auf die Uhr – und traf eine Entscheidung. Obwohl es immer noch zu früh für ihre Verabredung mit Engel war, überquerte sie den Hof und betrat den Treppenaufgang, den auch die verschleierte Frau benutzt hatte. Die alten Steinstufen waren in der Mitte, wo im Lauf der Jahrhunderte unzählige Menschen auf und ab gegangen waren, stark abgetreten. Die Stille war fast unerträglich. Das Haus schien völlig ausgestorben.

Auf dem ersten Absatz der Wendeltreppe blieb Paula stehen. Als sie nichts hörte, setzte sie ihren Aufstieg fort. Die Wandlampen spendeten nur wenig Licht und warfen beängstigende Schatten an die alten Steinwände. Paula erreichte die vierte Etage.

Sie war an diesem Tag schon einmal hier gewesen, um sich mit den Örtlichkeiten vertraut zu machen und für den Fall, daß sie beschattet wurde, nach möglichen Verstecken Ausschau zu halten. Nun blieb sie abrupt stehen und starrte auf die mit massiven Beschlägen versehene Holztür, die in Engels Wohnung führte. Sie stand offen.

Zwar nur ein paar Zentimeter, aber weit genug, um einen Streifen Licht durch das Dunkel dringen zu lassen. Instinktiv steckte sie die Hand in ein Fach ihres Umhängebeutels, das eigens so angebracht war, daß sie ihre 32er Browning Automatik im Notfall blitzschnell ziehen konnte.

Mit der Waffe in der Hand bewegte sie sich auf die Tür zu. Wie es aussah, hatte sich hier jemand schnellstens aus dem Staub gemacht. Ihr Blick fiel auf einen schwarzen Stoffetzen, der neben dem Türrahmen an der rauhen Steinwand hing. Vorsichtig nahm sie ihn mit der linken Hand ab und steckte ihn ein. Sie lauschte auf irgendwelche Lebenszeichen in der Wohnung. Stille. Paula drückte die Tür auf, ganz behutsam, damit sie nicht quietschte. Weiterhin Stille. Die Angeln waren gut geölt. Sie öffnete die Tür so weit, bis sie gegen die Wand dahinter stieß. Vor ihr tat sich ein großes Wohn- und Eßzimmer auf. Den Mittelpunkt bildete ein massiver Barocktisch mit sechs Holzstühlen. Dahinter befand sich ein hoher, runder Kachelofen. Der Steinplattenboden war zum Teil mit einem Perserteppich bedeckt. Paula ging leise über die Steinplatten, erreichte den Teppich und umrundete den Tisch.

Rechts von ihr stand eine Rundbogentür halb offen. Paula blieb stehen und lauschte, ob irgend etwas zu hören war. Nichts. Sie hielt die Browning jetzt mit beiden Händen und bewegte sich, noch immer angespannt lauschend, auf die Tür zu. Nichts. Als ob niemand hier lebte. Zur Sicherheit blickte sie sich an der Tür noch einmal kurz um. Und dann, als sie in den Raum dahinter sah, erstarrte sie.

Norbert Engel saß hinter einem wuchtigen alten Schreibtisch. Die von Bücherregalen gesäumten Wände deuteten darauf hin, daß es sich um sein Arbeitszimmer handelte. Von Paula hatte inzwischen eine eisige Ruhe Besitz ergriffen. Sie sah hinter die halb offene Tür, ob ihr dort jemand auflauerte. Niemand. Als sie sich langsam auf den Schreibtisch zu bewegte, schossen ihre Blicke durch den ganzen Raum, aber sie kehrten immer wieder zu Engel zurück.

Engel saß auf einem Drehstuhl aus Leder. Sein Körper war auf den Schreibtisch gesunken, seine rechte Hand lag nicht weit von

9

einer 7.65 mm-Luger. Sein Hinterkopf war nur noch eine scheußliche Masse aus Blut und Knochen.

Paula stellte sich hinter ihn, sah, daß er die stämmigen Beine unter dem Schreibtisch weit von sich gestreckt hatte. Er trug einen dunkelblauen Anzug und ein weißes Hemd, dessen Brust voll Blut war. Am Lauf der Luger war ein Schalldämpfer befestigt. Das erklärte, warum sie unten im Hof den Schuß nicht gehört hatte.

Es erübrigte sich, ihm den Puls zu fühlen. Sie steckte die Browning in ihren Umhängebeutel zurück, nahm eine kleine Kamera heraus und machte aus verschiedenen Blickwinkeln vier Blitzlichtaufnahmen. Nachdem sie die Kamera wieder weggesteckt hatte, zog sie sich ein Paar Gummihandschuhe an. Rechts von Engels zusammengesunkenem Körper stand ein Blatt Papier aus der obersten Schreibtischschublade hervor. Sie öffnete die Schublade ein Stück und nahm das Blatt heraus. Es trug den Briefkopf des *Institut de la Défense* und enthielt eine Liste mit Namen, von denen die ersten sieben mit Tinte durchgestrichen waren. Alle waren ermordet worden. Ein Name ließ sie stutzen, der Name Tweed, ihr Chef im SIS-Hauptquartier in der Park Crescent. Mit einem letzten Blick auf Engel berührte sie ihn an der linken Hand. Die Totenstarre war noch nicht eingetreten. Lautlos formte sie mit den Lippen die Worte: -

»Nun sind Sie also Nummer acht geworden. Von wegen Selbstmord...«

Bevor sie die Wohnung verließ, entfernte sie mit einem Taschentuch ihre Fingerabdrücke von der Eingangstür. Anschließend stieg sie die lange, unheimliche Treppe hinab.

Während sie sich von Stockwerk zu Stockwerk vorantastete, schienen sich die Wände um sie herum enger zusammenzuziehen. Noch immer wirkte das Haus wie ausgestorben. Gespenstisch. Wie ein Mausoleum. Die Browning schußbereit von sich gestreckt, blieb Paula mehrmals stehen, um zu lauschen. Aber außer dieser schaurigen Grabesstille war nichts zu hören.

Unten angekommen ging sie rasch auf die kleine Tür zu, die auf die Annagasse hinausführte. Sie hatte die Handschuhe inzwischen wieder ausgezogen und verzichtete darauf, auch diese Tür von Fingerabdrücken zu säubern – sie konnte es nicht erwarten, unter Menschen zu kommen. Die Nacht war heiß und schwül. Die Straße schien verlassen. Doch warum standen ihre Nerven noch immer unter Hochspannung? Als sie sich auf halbem Weg zur Kärntnerstraße, der Hauptgeschäftsstraße Wiens, umblickte, sah sie einen Mann in den Hof verschwinden, aus dem sie gerade gekommen war. Außerdem hatte sich im Dunkeln etwas bewegt. Sie konnte sich nur mit Mühe beherrschen, nicht loszurennen, aber sie beschleunigte ihren Gang. An der Einmündung in die Kärtnerstraße drehte sie sich wieder kurz um. Ein kleiner, stämmiger Mann mit Windjacke und Baskenmütze eilte auf sie zu.

Mit einem etwas verfrühten Seufzer der Erleichterung bog Paula in die Fußgängerzone der Kärntnerstraße. Wäre sie direkt in ihr Hotel zurückgekehrt, hätten ihre Verfolger gewußt, wo sie in Wien wohnte. Deshalb wandte sie sich nach rechts und ging mitten auf der Straße weiter. Es waren wesentlich weniger Leute unterwegs, als ihr lieb war. Sie blickte im Gehen immer wieder nach links und rechts, als betrachtete sie die Schaufenster der teuren Geschäfte, von denen viele, obwohl geschlossen, hell erleuchtet waren. Rechts hinter ihr sprach der untersetzte Mann, der inzwischen die Baskenmütze abgenommen hatte, in ein Handy. Links folgte ihr auf gleicher Höhe ein großer, dünner Mann mit einer Hakennase und einem leichten Buckel. Sie hatten sie in die Zange genommen. Was hatten sie vor? Der Entführungsversuch erfolgte am Ende der Kärntnerstraße, wo wieder Autoverkehr herrschte.

Paula wurde auf eine Frau mit einer Chanel-Tragetüte aufmerksam, die vor ihr herging. Sie hatte schulterlanges kastanienbraunes Haar und trug eine ärmellose weiße Baumwollbluse und einen kurzen marineblauen Rock. Paula schätzte sie auf Mitte dreißig. Als sie sich umdrehte, sah Paula, daß sie sehr schön war. Aber es waren vor allem ihr eleganter Gang, ihre Körpersprache, die Paulas Aufmerksamkeit erregt hatten. Zweimal hatte Paula

11

die verschleierte Frau gesehen, einmal beim Betreten und einmal beim Verlassen des Hauses, in dem sich Engels Wohnung befand. War sie die Frau vor ihr? Je länger sie die Frau beobachtete, desto sicherer wurde sie. Was war aus dem schwarzen Gewand und dem Schleier geworden? Paula begann schon zu denken, sie hätte sich getäuscht, doch dann fiel ihr Blick noch einmal auf die Chanel-Tüte. In diesem Moment kam der untersetzte Mann auf sie zu.

»Entschuldigung, Sie haben etwas fallengelassen.«

Osteuropäischer Akzent. Ohne stehenzubleiben, antwortete Paula: »Dann heben Sie es doch auf und ...«

Der Mann ließ sich zwar etwas zurückfallen, folgte ihr aber weiter. Als Paula wieder nach vorn blickte, war die brünette Frau verschwunden. Deshalb also das Ablenkungsmanöver! Als Paula das Ende der Kärntnerstraße erreichte, hielt dicht neben ihr eine lange schwarze Limousine. Der Fahrer beugte sich über die Rückenlehne und öffnete die hintere Tür. Paula blieb stehen. Im selben Moment legte sich eine verschwitzte Hand auf ihren Mund, und jemand versuchte sie von hinten in den Wagen zu schieben.

Paula wußte, bei einer Entführung bestand nur im Moment des eigentlichen Überfalls eine Chance zu entkommen. Deshalb wand sie sich so lange in den Armen ihres untersetzten Angreifers, bis sie ihm gegenüberstand. Sie hob ein Bein und trat ihm mit aller Kraft auf den Fuß, so daß er vor Schmerzen laut aufstöhnte. Dann rammte sie ihm das rechte Knie in den Unterleib. Als er ächzend vornübersackte, sah sie den dünnen Mann mit der Hakennase auf sich zu kommen. Er hielt ein kurzes Stück Seil zwischen den Händen gespannt. Sie griff gerade nach ihrer Browning, als links von ihr ein dritter Mann, eine riesige affenartige Gestalt, auftauchte. Wie von einem Schraubstock wurde ihr rechter Arm seitlich an ihren Körper gedrückt. Es war aussichtslos. Gegen eine solche Überzahl hatte sie keine Chance.

»Ist das etwa eine Art, eine Dame zu behandeln? An Ihrer Stelle würde ich das lieber bleiben lassen, mein Freund.«

Eine vertraute Stimme, kultiviert, gelassen, ironisch. Marler. Ein Kollege Paulas beim SIS. Um den Hals des Affenmenschen hatte sich ein in elegantes Tuch gekleideter Arm gelegt, der ihm die Luftröhre zudrückte. Dem Affen traten fast die Augen aus den Höhlen, und er ließ Paula los. Gleichzeitig ertönte wieder die distinguierte Stimme.

»Ich würde vorschlagen, Sie nehmen sich des Fahrers an, Paula. Zwecks Informationsbeschaffung.«

Als sie daraufhin um den Wagen herumrannte, stieß Marler den Affen unvermutet nach vorn, so daß dieser gegen den Kerl mit der Hakennase prallte. Mit der Browning in der Hand stürzte Paula auf das offene Fahrerfenster zu und richtete die Waffe aus nächster Nähe in das Wieselgesicht des Fahrers.

»Du hast noch genau zehn Sekunden zu leben«, zischte sie. »Zündung aus. So ist es brav. Noch sechs Sekunden, bis ich abdrücke. Wer ist dein Boß? Und denk bloß nicht, ich würde nicht merken, wenn du mich anlügst.«

»Assam«, stieß der Mann heiser hervor.

Eine Polizeisirene kam rasch näher. Marler hatte inzwischen den Affen und die Hakennase mit dem Griff seiner Walther außer Gefecht gesetzt. Er hievte die zwei Männer in den Fond des Wagens, warf die Tür zu, rannte nach vorn und riß die Tür auf. Er beugte sich hinein, zog den Zündschlüssel und versetzte mit der anderen Hand dem Fahrer, der immer noch entsetzt in die Mündung von Paulas Automatik starrte, einen Schlag gegen die Stirn. Der Mann sackte mit dem Kopf auf das Lenkrad.

»Wir müssen uns beeilen«, rief Marler Paula zu.

Sie überquerten die Straße, rechts über ihnen ragte der riesige Turm des Stephansdoms auf. Marler huschte in den Eingang des Do & Co, dessen phantastische Architektur vor allem durch die mehrere Stockwerke hohe, nach außen gekrümmte Glasfassade geprägt war. Bevor Paula wußte, wie ihr geschah, befand sie sich in einem Lift. Marler drückte auf den Knopf für das Restaurant im obersten Stock, und wenige Augenblicke später betraten sie ein hypermodernes Lokal, durch dessen gewölbte Fensterfront man direkt auf den Dom hinausblickte.

»Dieses Etablissement«, erklärte ihr Marler, »zeichnet sich unter anderem dadurch aus, daß es sehr lange geöffnet hat.« Er bestellte etwas zu trinken. Dann hörte er sich aufmerksam an, was Paula zu berichten hatte. Sie zeigte ihm das Stück schwarze Gaze, das sie aus einer Mauerritze vor Engels Wohnung gezogen hatte, dann die Fotos, die ihre Kamera bereits automatisch entwickelt und vergrößert hatte.

»Da ist eindeutig etwas faul«, lautete Marlers Kommentar. »Es war Mord. Wir rufen Tweed gleich morgen früh vom Postamt aus an.«

1

Tweed, Stellvertretender Direktor des SIS, nahm gerade ein herzhaftes Frühstück zu sich. Er wohnte im Summer Lodge, einem exklusiven Hotel am Rand des Dorfes Evershot in Dorset. Mit ihm am Tisch saß Bob Newman, der berühmte Auslandskorrespondent, der Tweed in der Vergangenheit schon bei so mancher gefährlichen Mission mit Rat und Tat zur Seite gestanden hatte.

»Glauben Sie, Willie könnte etwas mit diesen Attentaten auf führende europäische Politiker zu tun haben?« fragte Tweed leise.

Tweed war ein unscheinbarer, mittelgroßer Mann unbestimmbaren Alters, der Typ Mann, von dem kaum jemand Notiz nahm, wenn man ihm auf der Straße begegnete – ein Umstand, der ihm schon oft zugute gekommen war. Egal, wie brenzlig die Situation wurde, ließ er sich nicht aus der Ruhe bringen und bewahrte eiserne Selbstbeherrschung. Den wachsamen Augen hinter den Gläsern seiner Hornbrille entging nichts.

»Mit Willie meinen Sie doch Captain William Wellesley Carrington«, entgegnete Newman. »Ich habe ihn überprüfen lassen, und, wie Sie wissen, hat er in der Nähe des Dorfes Shrimpton einen Landsitz. Außerdem handelt er in großem Stil mit Waffen. Wir wissen, er ist ehemaliges SIS-Mitglied – wobei er sich, um Eindruck zu schinden, selbst den Rang eines Captain zugelegt hat. In Wirklichkeit bekleidete er einen niedrigeren Rang. Was ich nicht herausfinden konnte, ist, woher er sein Geld hat – es sei denn, es stammt ausschließlich aus seinen Waffengeschäften. Geerbt hat er es jedenfalls nicht – soviel steht fest.«

Newman, Anfang vierzig, war eins dreiundsiebzig groß und hatte kräftiges flachsblondes Haar. Mit seinen energischen Gesichtszügen fanden ihn viele Frauen attraktiv, aber er war kein Mann, der sich das zunutze machte. Er verfügte auf der ganzen

Welt über Kontakte zu höchsten Kreisen, was Tweed immer wieder außerordentlich hilfreich fand. »Zumindest zählt Willie zum Kreis der Verdächtigen«, bemerkte Tweed nachdenklich. »Von Otto Kuhlmann in Wiesbaden weiß ich, daß Willie in Stuttgart war, bevor dort ein Anschlag auf eins der Mitglieder des *Institut de la Défense* verübt wurde. Des weiteren hat mich Chefinspektor Loriot in Paris davon unterrichtet, daß Willie unmittelbar vor der Ermordung eines anderen europäischen Spitzenpolitikers in Paris gesehen wurde. Von Arthur Beck, dem Chef der Schweizer Bundespolizei in Bern, weiß ich, daß Willie eine Woche vor dem dort verübten Anschlag in der Schweizer Hauptstadt war. Ein-, zweimal könnte man noch als Zufall durchgehen lassen. Aber dreimal ist einmal zuviel. Abgesehen davon glaube ich, wie Sie wissen, nicht an Zufälle. Und was ist mit Tina Langley, Willies Freundin? Was man so reden hört, würden die meisten Männer weiß Gott was alles dafür geben, ihre Bekanntschaft zu machen – so gut soll sie aussehen.«

»Die atemberaubende Tina ist spurlos verschwunden. Wurde seit Wochen in keiner der Bars mehr gesehen, die sie üblicherweise frequentiert. Sie ist wie vom Erdboden verschluckt.«

»Ich muß sagen, das hört sich in der Tat verdächtig an. Dann wäre da noch Amos Lodge, unser exzentrischer Fachmann für strategische Fragen, dessen Rat auf der ganzen Welt gefragt ist. Irgend etwas Neues über ihn?«

»Ja. Er hat sich in einem kleinen strohgedeckten Cottage außerhalb Shrimptons niedergelassen.«

»Schon wieder Shrimpton. Ich würde diesem Dorf nach Einbruch der Dunkelheit gern mal einen Besuch abstatten.«

»Nur, wenn ich Sie begleiten darf«, erklärte Newman mit Nachdruck.

In diesem Augenblick kam eine Bedienung an ihren Tisch und sagte zu Tweed: »Die Morgenzeitung, Sir. Sie müssen entschuldigen, aber sie kam heute etwas später als üblich.«

»Danke.«

Als Tweed die zusammengelegte Zeitung auseinandernahm, stach ihm als erstes die Schlagzeile ins Auge.

NORBERT ENGEL BEGEHT SELBSTMORD
DEUTSCHLAND IN TIEFER BESTÜRZUNG

»Sehen Sie sich das an.« Tweed reichte Newman die Zeitung. »Wird langsam Zeit, daß wir etwas unternehmen.«

»Selbstmord?« Newmans Miene verfinsterte sich. »Wem wollen sie das erzählen. Bei den anderen sieben wurde es auch als Selbstmord hingestellt.«

»Die Polizei behandelt sie – im Moment – inoffiziell als Mordfälle.«

Tweed verstummte, als die Bedienung wieder auftauchte.

»Entschuldigung, Sir. Da ist ein Anruf für Sie. Von einer Monica.«

»Ich nehme ihn auf meinem Zimmer entgegen.« Tweed war bereits aufgestanden. Er wartete, bis die Bedienung gegangen war.

»Das ist hier zwar sicher nicht die Sorte Hotel, wo der Portier die Telefongespräche mithört. Aber gehen Sie trotzdem mal an die Rezeption und verwickeln ihn in ein Gespräch, solange ich telefoniere.«

»Aber selbstverständlich.«

Tweed eilte in sein geschmackvoll eingerichtetes Zimmer, von dem man einen herrlichen Blick auf den Park des Hotels und die weite Landschaft dahinter hatte. In dem Wissen, daß Newman inzwischen an der Rezeption war, nahm er den Hörer ab.

»Hier Tweed.«

»Ihr Freund Otto Kuhlmann rief eben an. Sie möchten ihn bitte umgehend zurückrufen. Er fliegt nämlich in einer Stunde in die Stadt des Walzerkönigs. Außerdem habe ich gerade Marler in der Leitung. Er ruft aus einem Postamt an. Kuhlmann zuerst, würde ich sagen.«

»Danke. Dann lege ich jetzt auf.«

Tweed war die Besorgnis in Monicas Stimme nicht entgangen. Monica war seit Jahren seine tüchtige und zuverlässige Assistentin in der Park Crescent. Er legte auf, nahm wieder ab und wählte Otto Kuhlmanns Privatnummer in Wiesbaden. Der Chef des Bundeskriminalamts kam sofort ans Telefon. Er sprach fließend Englisch.

»Wer da?« brummte er in den Hörer.

»Tweed. Monica hat eben angerufen.«

»Haben Sie es schon gehört?«

»Gerade in der Zeitung gelesen.«

»Selbstmord? Das soll wohl ein Witz sein. Ich bin bereits auf dem Sprung nach Wien. Ich kenne den dortigen Polizeichef – schließlich ist das Opfer deutscher Staatsbürger.«

»Paula und Marler sind gerade dort.«

»Wie kann ich sie erreichen?«

»Beide wohnen im Sacher. Bitte nehmen Sie niemanden fest, Otto – falls Ihnen jemand verdächtig erscheint, lassen Sie ihn nur beschatten.«

»Wenn Sie meinen. Ich muß jetzt los …«

Die Verbindung wurde unterbrochen. Tweed wählte die Nummer seiner Assistentin.

»Marler ist noch dran«, sagte sie sofort. »Ich stelle das Gespräch durch.«

Es war jedoch Paulas Stimme, die gleich darauf aus dem Hörer kam. Tweed hörte aufmerksam zu, als sie ihm auf ihre bündige Art mitteilte, was sie seit dem Betreten des Hauses in der Annagasse erlebt hatte. Als sie ihm von dem Entführungsversuch erzählte, schloß sich seine Hand fester um den Hörer.

»Danke, daß Sie Marler zu meiner Unterstützung mitgeschickt haben. Ich hatte keine Ahnung, daß er in Österreich war.«

»Sollten Sie auch nicht. Sie wären sicher nicht begeistert gewesen.«

»Allerdings nicht – da haben Sie recht. Zum Glück haben Sie es trotzdem getan. Vielen Dank.«

»Schon gut. Ich habe eben mit Otto Kuhlmann gesprochen. Er ist gerade nach Wien unterwegs. Ich habe ihm gesagt, daß Sie beide im Sacher sind. Warten Sie, bis er sich bei Ihnen meldet. Das ist ein Befehl.«

»Den wir auch befolgen werden. Ist Ihnen eigentlich klar, daß es sich bei dieser Liste, die ich aus Engels Wohnung mitgenommen habe, um eine Aufstellung sämtlicher Mitglieder des *Institut de la Défense* handelt?«

»Das ist mir sehr wohl bewußt.«

»Gibt es bei Ihnen irgend etwas Neues? Oder sollte ich das lieber nicht fragen?«
»Haben Sie doch schon. Irgend etwas geht hier nicht mit rechten Dingen zu. Kann aber noch nicht sagen, was genau. Muß jetzt los. Seien Sie vorsichtig. Und weichen Sie nicht von Marlers Seite.«
»Versprochen.«

Nachdem Paula aufgelegt hatte, übernahm wieder Monica das Gespräch.
»Kann ich sonst noch etwas für Sie tun?«
»Ja. Rufen Sie Loriot an, dann Arthur Beck. Sagen Sie ihnen, was Sie gehört haben. Ersuchen Sie sie bitte in meinem Namen ausdrücklichst, Verdächtige auf keinen Fall festzunehmen, sondern nur zu observieren. Das wär's ...«
»Einen Augenblick noch, Tweed. Howard möchte kurz mit Bob Newman sprechen.«
»Bleiben Sie dran.«

Verwundert verließ Tweed das Zimmer, schloß die Tür ab und eilte die Treppe hinunter. Howard war der Direktor des SIS, sein aufgeblasener Chef, den er, wenn es irgendwie ging, nicht in jeden seiner Schritte einweihte. Aber wenn es wirklich brenzlig wurde, konnte man sich auf Howard durchaus verlassen.

Tweed betrat das kleine Büro neben der Rezeption, in dem Newman mit der Telefonistin plauderte.
»Bob, Howard ist am Telefon. Er möchte Sie sprechen. Hier haben Sie meinen Zimmerschlüssel.«

Als Newman ging, begann sich Tweed mit dem Mädchen zu unterhalten. Er fragte sie nach ihren Urlaubsplänen. Mittlerweile hatte Newman oben in Tweeds Zimmer abgenommen und seinen Namen genannt.
»Bob ...« Howards vornehm-sonore Stimme hörte sich besorgt an. »Ich habe eine ganz dringende Bitte an Sie. Könnten Sie angesichts der jüngsten Ereignisse bitte zusehen, daß Sie Tweed keinen Moment aus den Augen lassen. Mein Gefühl sagt mir, daß sich sein Leben im Moment ernsthaft in Gefahr befindet. Seien Sie so gut, und tun Sie mir diesen Gefallen.«
»Tweed wird sicher nicht begeistert sein.«

»Ich weiß. Sagen Sie ihm am besten nichts. Lassen Sie sich, wenn nötig, etwas einfallen. Ich kann mich doch auf Sie verlassen, oder?«
»Wie können Sie so etwas überhaupt fragen? Sie kennen mich doch. Jedenfalls danke für den Hinweis.«
»Dann kann ich jetzt wieder ruhiger schlafen. Wiederhören.«
Was geht hier bloß vor? fragte sich Newman, als er langsam nach unten zurückkehrte. So besorgt hatte er Howard noch nie erlebt. Tweed unterhielt sich noch ein paar Minuten mit dem Mädchen, bevor er mit Newman nach draußen ging.
»Was halten Sie von einem Spaziergang im Park, Bob?« Als sie darauf ins Freie traten, stellte Tweed die Frage, von der Newman wußte, daß sie kommen mußte. »Was wollte Howard?«
»Ach, er hat mir nur eingeschärft, ich sollte auf keinen Fall wegen irgendeines Auftrags für den *Spiegel* plötzlich abreisen. Er meinte, die momentane Lage erfordere, daß mindestens zwei von uns hier unten die Stellung halten.«
»Verstehe«, sagte Tweed. »Dann sollte ich Ihnen jetzt vielleicht erst mal einiges erzählen …«
Daraufhin berichtete er Newman in allen Einzelheiten, was er im Zuge seiner Telefonate erfahren hatte. Newman hörte wortlos zu, wartete, bis Tweed fertig war. Sie spazierten durch den herrlichen, von einer Mauer eingefaßten Park des Summer Lodge, das im Stil eines kleinen Landguts angelegt war. Da niemand in der Nähe war, konnten sie sich ungestört unterhalten. Alles war perfekt.
»Warum haben Sie Arthur Beck von der Schweizer Bundespolizei sowie Kuhlmann und Loriot gebeten, eventuelle Verdächtige nicht zu verhaften, sondern nur zu observieren?«
»Weil ich das Gefühl habe, daß es ein unsichtbares Netz gibt, das sich immer enger um uns zusammenzieht – nehmen Sie zum Beispiel den Versuch, Paula zu kidnappen, die systematische Art, mit der sie in der Kärntnerstraße verfolgt wurde, oder den Kerl mit dem Handy, der offenkundig den für die Entführung benötigten Wagen gerufen hatte. Genauso werfe ich nun mein eigenes Netz aus, um festzustellen, wer hinter diesen zwielichtigen Operationen steckt – einschließlich der acht Morde.«
»Was ist eigentliches dieses *Institut de la Défense*?«

»Eine Art Club, dem die führenden Köpfe Europas angehören – Männer, die nicht nur wissen, daß dem Westen ernste Gefahr droht, sondern sich auch mit allem Nachdruck dafür einsetzen, daß in Europa wieder ein funktionstüchtiges Verteidigungssystem errichtet wird. Bevor es zu spät ist.«

»Wer ist der Feind?«

»Das wissen wir nicht. Jedenfalls nicht Rußland – soviel steht bereits fest.«

»Wir? Ich habe zwar schon von dieser Gruppe gehört, aber ich wußte nicht, daß Sie ihr angehören.«

»Wir versuchen, uns möglichst im Hintergrund zu halten. Vermutlich sind Sie – infolge Ihrer weitreichenden internationalen Kontakte – einer der wenigen Menschen, die überhaupt schon von uns gehört haben. Einmal abgesehen von mir, sind diese Männer die geistige Elite Europas. Zwar hat keiner von ihnen ein Amt inne – wie Sie wissen, war Norbert Engel nie Mitglied der deutschen Regierung. Aber er machte sich für uns stark, indem er die deutsche Regierung in Bonn immer wieder auf die Notwendigkeit hinwies, die Bundeswehr zu erweitern und mit den modernsten Waffensystemen auszurüsten, die es im Moment gibt. Aber jetzt sollten wir uns, glaube ich, erst mal dieses Dorf Shrimpton etwas näher ansehen. Irgend etwas stimmt damit nicht. Außerdem würde ich gern mit Willie sprechen – und mit Amos Lodge.«

»Ich fahre Sie hin. Wie es wohl Paula und Marler geht? Sie stehen gerade voll in der Schußlinie.«

Am Nachmittag desselben Tages betrat Otto Kuhlmann das weltberühmte Hotel Sacher in Wien. Mit seinem großen Kopf und dem breiten Mund, in dem ständig sein Markenzeichen, eine dicke Zigarre, steckte, sah der kleine, stämmige Mann wie der Filmstar Edward G. Robinson aus. Auf alle, die ihn nicht kannten, hatte sein Äußeres eine einschüchternde Wirkung. Kuhlmann schritt forsch auf die Rezeption zu, sah den Portier durchdringend an und zückte kurz seinen Ausweis.

»Chefinspektor Kuhlmann vom Bundeskriminalamt«, knurrte

er.»Zeigen Sie mir die Meldekarten aller Gäste, die in den vergangenen sieben Tagen eingetroffen sind.«

»Sie sind nicht von der österreichischen Polizei«, stotterte der Portier.

»Ein Schreiben des Wiener Polizeichefs.« Kuhlmann knallte einen mit mehreren Amtsstempeln bedeckten Umschlag auf den Schalter. »Es ermächtigt mich, hier Ermittlungen anzustellen. Stehlen Sie mir nicht meine Zeit, indem Sie es lesen. Geben Sie mir das Melderegister. Dann können Sie meinetwegen, wenn Sie unbedingt wollen, Ihre eigene Zeit vergeuden und diesen blöden Schrieb lesen.«

Ohne eine weitere Frage holte der Portier einen Karteikasten hervor und schob ihn über die Theke. Rasch blätterte Kuhlmann die Meldekarten durch, während er dem Portier Zigarrenrauch ins Gesicht paffte. Er fand Marlers Zimmernummer, dann Paulas. Er schob den Karteikasten zurück und sah den Portier an.

»Vielleicht melde ich Ihre mangelnde Kooperationsbereitschaft. Halten Sie also lieber den Mund. Sie könnten sonst Ärger kriegen ...«

Damit ging er zum Lift. Als sich in Marlers Zimmer niemand meldete, versuchte er es in dem von Paula. Er hämmerte gegen die Tür.

»Wer da?« fragte eine kultivierte Stimme.

»Otto Kuhlmann.«

Marler, seine Walther in der rechten Hand, öffnete die Tür, ließ den Deutschen eintreten, machte die Tür wieder zu und schloß ab. Kuhlmann warf einen Blick auf die Waffe, dann fragte er mit gespielter Erheiterung: »Wollen Sie mich erschießen?«

»Vorerst nicht.«

Kuhlmann sah Paula auf der Couch sitzen. Mit ihrer schlanken Figur und den langen Beinen sah sie sehr gut aus. Sie hatte dunkles, schulterlanges Haar und trug eine cremefarbene Bluse zu einem dunkelblauen Rock. Als einzigen Schmuck hatte sie einen Anhänger mit einem grünen Stein um den Hals hängen. Kuhlmann ging lächelnd auf sie zu, beugte sich zu ihr hinab und küßte sie auf die Wange.

»Wie ich höre, hatten Sie Ärger. Wien ist eine gefährliche Stadt.«

»Das habe ich gemerkt. Aber woher wissen Sie das? Im übrigen, Sie sind ganz schön schnell hier.«

»Man tut sein Bestes.« Er setzte sich neben Paula auf die Couch und drückte seine Zigarre aus. »Genau wie Sie. Tweed hat mir kurz von Ihrem Besuch in der Annagasse erzählt – und von dem anschließenden Entführungsversuch. Ich war bereits am Tatort und im rechtsmedizinischen Institut, wo sie Engels Leiche haben. Jemand, der sich als Engel ausgab, rief im Wiener Polizeipräsidium an und bat mit der Begründung, vor seiner Wohnung habe sich eine verdächtige Person herumgetrieben, um Polizeischutz.«

»Wann soll das gewesen sein?« fragte Paula ruhig.

»Um Mitternacht.«

»Dann kann der Anrufer auf keinen Fall Engel gewesen sein. Es war elf, als ich seine Leiche fand. Warum dieser fingierte Anruf?«

»Oh, das ist ganz einfach.« Kuhlmann hob seine mächtige Pranke. »Die Person – oder Personen –, die für Engels Ermordung verantwortlich sind, wollten, daß es noch heute in die Zeitung kommt. Tweed hat mir erzählt, daß Sie so geistesgegenwärtig waren, ein paar Fotos von Engel zu machen.«

»Hier sind sie.« Paula holte die Aufnahmen aus ihrer Umhängetasche. »Ich weiß selbst nicht so recht, warum ich das getan habe.«

»Hauptsache, Sie haben es getan.« Kuhlmann stand auf, schaltete den Fernseher an und fuhr lauter fort: »Das wird unsere Unterhaltung übertönen, falls Ihr Zimmer abgehört wird.«

»Und warum sollte das Zimmer abgehört werden?« fragte Marler, der an der Wand lehnte und sich eine King-Size angesteckt hatte.

Kuhlmann wandte sich zu dem schlanken Mann und sah ihn aufmerksam an. Marler war etwa eins siebzig groß, glatt rasiert, mit hellbraunem Haar und trug ein Leinenjackett mit passender Hose in einem hellen Beige. Er galt als einer der besten Schützen Europas, außerdem war er durch nichts aus der Ruhe zu bringen. Kuhlmann schätzte, ja bewunderte ihn.

»Weil Sie beide hier schon zwei Tage getrennte Zimmer haben. Genügend Zeit für die Gegenseite, sich Zutritt zu verschaffen, während Sie beide weg waren.«

»Und wer, wenn ich fragen darf, ist die Gegenseite?«

»Wenn ich das nur wüßte. Die Polizei tappt noch genauso im dunkeln wie die Dienste. Aber ich würde sagen, es handelt sich um eine größere Sache – acht Anschläge auf führende Köpfe, alle erfolgreich. Hier haben wir es mit den Vorbereitungen auf eine Katastrophe von historischen Dimensionen zu tun. Glaube ich zumindest. Kann sein, daß wir nicht mehr viel Zeit haben, um herauszubekommen, wer hinter dem Ganzen steckt.«

»Genau das ist auch Tweeds Meinung«, sagte Paula ruhig.

»Dann habe ich bestimmt recht.« Kuhlmann nahm die Fotos, die Paula ihm gereicht hatte und breitete sie auf dem Couchtisch aus. »Sie haben diese Aufnahmen natürlich auch gesehen, oder?« fragte er Marler.

»Ja.«

»Dann sehen Sie sich mal diese Fotos hier an. Sie beide.«

Er nahm einen Packen Fotos aus der Innentasche seines Sakkos und breitete sie neben Paulas aus. Sie beugte sich vor und sah sie stirnrunzelnd an, Marler spähte über ihre Schulter. Die Aufnahmen zeigten Engel, der auf seinen Schreibtisch niedergesunken war, doch sein rechter Arm hing an seiner Seite hinab, die Luger lag auf dem Boden.

»Als ich in seiner Wohnung war, sah er aber anders aus«, bemerkte Paula. »Das ist auf meinen Fotos deutlich zu sehen. Wie ist das möglich?«

»Ganz einfach«, sagte Kuhlmann finster. »Der Mörder hat Murks gemacht. Wenn sich Engel selbst in den Kopf geschossen hätte, wäre die Luger nicht auf dem Schreibtisch liegen geblieben. Die Hand, in der er die Waffe hielt, wäre nach unten gesackt, und er hätte die Waffe fallen gelassen. Deshalb glaube ich, der Mann, den Sie in das Haus in der Annagasse gehen sahen, nachdem Sie es bereits wieder verlassen hatten, hat dort nach dem rechten gesehen. Er bemerkte den Fehler, zog Engels rechten Arm vom Schreibtisch und legte die Luger auf den Boden. Paula, Sie waren doch gegen elf Uhr abends in der Wohnung, wie mir Tweed sagte.«

»Richtig.«

»Diese Aufnahmen hat ein Polizeifotograf gemacht, als die Kripo auf den Anruf eines Mannes hin, der sich als Engel ausgab, am Tatort eintraf. Das war gegen Mitternacht. Selbstmord? Völlig ausgeschlossen.«

»Ich dachte von Anfang an, daß es Mord war«, sagte Paula mit derselben ruhigen Stimme.

»Wie alle anderen sieben – bei denen es ebenfalls jedesmal wie Selbstmord aussehen sollte«, fuhr Kuhlmann finster fort. »Ich habe mir unsere Unterlagen angesehen. In den Selbstmordfällen, die wir dort dokumentiert haben, hat sich das Opfer den Lauf entweder in den Mund gesteckt oder seitlich an den Kopf gehalten. Aber ich bin auf keinen einzigen Fall gestoßen, in dem sich jemand in den Hinterkopf schoß. Ich habe es mit einer ungeladenen Luger selbst ausprobiert – es ist fast unmöglich. Kein Mensch käme auf die Idee, sich so zu erschießen. Dazu kommt noch, daß Sie die verschleierte Frau, die Engel höchstwahrscheinlich erschossen hat, wenig später in normaler Kleidung in der Kärntnerstraße gesehen haben. Ich werde einfach nicht schlau aus dem Ganzen. Wir brauchen unbedingt einen Anhaltspunkt – wenigstens einen Anhaltspunkt. Was machen Sie beide da?« fragte er plötzlich.

»Tweed hat mir befohlen, aus Sicherheitsgründen immer in Marlers Nähe zu bleiben«, antwortete Paula.

»Übrigens sind die Männer, die Sie entführen wollten, aus dem Gefängnis ausgebrochen. Das habe ich Ihnen noch gar nicht erzählt.«

»Dann holen Sie es doch netterweise nach?« schlug Marler vor.

»Gestern abend nahm die Polizei die drei Männer fest, die Paula zu entführen versuchten. Beim Verhör sagte keiner der drei ein Wort. Es konnte auch keiner von ihnen identifiziert werden. Sie wurden über Nacht eingesperrt. In drei nebeneinanderliegenden Zellen. Nicht besonders schlau. Bei Tagesanbruch fing so ein riesiger Kerl – sah aus wie King Kong, sagten sie …«

»Der Affe«, unterbrach ihn Paula.

»Paßt zu der Personenbeschreibung, die ich erhielt. Wie dem auch sei, bei Tagesanbruch veranstaltet der Affe also plötzlich ein Mordstheater, behauptet, es ginge ihm nicht gut. Er war verletzt, konnte sich nur mit Mühe auf den Beinen halten. Die Wachen lassen ihn raus. Im selben Moment fliegen die zwei anderen Zellentüren von innen auf – das Ganze muß also auf lange Sicht geplant gewesen sein. Ein kleiner Dicker mäht mit einer Maschinenpistole die drei Wachen nieder. Keiner hat überlebt. Der Affe kann sich wegen seines verletzten Beines nicht allein fortbewegen. Also macht der kleine Dicke auch ihn nieder. Die beiden übrigen Männer schießen sich den Weg nach draußen frei, wo ein Wagen auf sie wartet. Sie springen rein und brausen davon.«

»Ziemlich brutal«, bemerkte Marler. »Einen der eigenen Leute zu erledigen, weil er es nicht mehr allein schafft.«

»Mir ist immer noch nicht klar, wie Sie beide es angestellt haben, diese Kerle bei dem Entführungsversuch auszuschalten«, bemerkte Kuhlmann. »Ich weiß zwar, Sie sind beide gut – aber das waren absolute Profis.«

»Wir waren nicht gerade nett zu Ihnen«, sagte Marler.

»Ich sagte vorhin, wir bräuchten nur einen Anhaltspunkt. Könnte sein, daß wir einen haben. Der kleine Dicke wollte etwas die Toilette runterspülen, aber es blieb stecken und wurde gefunden. Ich konnte meinen Freund, den Wiener Polizeichef, überreden, es mir zu geben. Ein Hotelprospekt. Hier.«

Er reichte Marler ein Faltblatt. Der sah es kurz an und gab es an Paula weiter.

»Das könnte unser Anhaltspunkt sein. Hotel Burgenland in Eisenstadt. Wie Sie sicher wissen, ist das Burgenland das östlichste Bundesland Österreichs. Im Norden grenzt es an die Slowakei, im Süden und Osten an Ungarn. Eine unwirtliche, abgelegene Gegend.«

»Wir sollten es uns auf jeden Fall mal ansehen«, sagte Paula ruhig.

»Von einem solchen Ausflug kann ich nur abraten«, warnte Kuhlmann. »Im übrigen, ich kann immer noch nicht recht fassen, daß Engels Mörder eine Frau gewesen sein soll.«

»Im Zeitalter der Gleichberechtigung können Frauen manchmal noch größere Bösewichte sein als Männer«, entgegnete Paula.

2

Der klapprige Volvo-Kombi glitt durch die weite Ebene des Burgenlands östlich von Wien. Die Karosserie war verbeult, die Fenster mit Graffiti besprüht, so daß man nicht ins Innere sehen konnte. An einer Straßengabelung nahm der Wagen die nördliche Abzweigung, die auf einen eigenartigen Tafelberg zuführte, der sich hundert Meter aus der verlassenen Ebene erhob. Auf der mächtigen Erhebung stand ein langgestrecktes einstöckiges Gebäude.

Hinter dem hakennasigen Fahrer des Volvo saß eine Frau in einem langen schwarzen Gewand, das ihr vom Scheitel bis zu den Füßen reichte. Ihr Gesicht war hinter einem Schleier verborgen. Ihre weißen Hände waren angespannt ineinander verschränkt. Sie wandte sich dem untersetzten Mann neben ihr zu. Sein Teint war dunkel, sein Gesicht unrasiert.

»Wohin fahren wir?« fragte sie.

»Halt die Klappe«, knurrte der Mann. »Du hast Scheiß gebaut.« Seine tiefe Stimme hatte einen Akzent, den sie nicht einordnen konnte.

»Wirklich ausgesprochen nett und höflich«, entgegnete sie frech.

»Ich höre immer nur höflich«, erwiderte er, ohne ihren Sarkasmus zu verstehen.

»Du riechst nach Kordit«, stichelte sie weiter. »Hast wohl eine Menge Leute umgebracht heute morgen, wie?«

Der Umstand, daß sie mit ihrer Stichelei der Wahrheit sehr nahe gekommen war, brachte ihn noch mehr auf. Er ballte seine behaarten Hände zu Fäusten. Am liebsten hätte er ihr ins Gesicht geschlagen, ihre außergewöhnliche Schönheit für immer zerstört. Doch er beherrschte sich: Hassan würde ihn erschießen, wenn er sie auch nur anrührte.

»Wir nicht mehr sprechen«, zischte er mit zusammengebissenen Zähnen.

»Ich unterhalte mich aber gern mit Männern. Vor allem mit richtigen Männern.«

Sie sah ihren Bewacher an und weidete sich an der Verwirrung, die sie mit ihrer Bemerkung gestiftet hatte. Sie wußte, sie konnte mit dem kleinen Ganoven machen, was sie wollte, wie ein Angler, der einen Fisch an der Leine hatte. Ihre anfängliche Nervosität hatte ihrer angeborenen Unverschämtheit Platz gemacht. Auf einer verlassenen Nebenstraße, an der es keine Kontrollstelle gab, überquerten sie die Grenze zwischen Österreich und der Slowakei.

Die Frau blickte nach draußen, um zu sehen, welche Strecke sie nahmen. Die Straße wand sich die Westflanke des einsamen Tafelbergs hinauf. Als sie das Gipfelplateau erreichten, sah sie das langgezogene einstöckige Gebäude, in dem sie ausgebildet worden war. Es stand an der Abbruchkante eines Steinbruchs. Jetzt wußte sie, mit wem sie sich treffen würde.

Ihr war zwar klar, daß sie in der Annagasse einen Fehler gemacht hatte, aber sie hatte das Gefühl gehabt, von jemandem beobachtet zu werden. Das sollte ihr Roka, der kleine, dicke Mann neben ihr, später bestätigen. Sobald der Wagen sie in ihrem Hotel in Wien abholen gekommen war, hatte er sie nach allen Regeln der Kunst auszuquetschen versucht.

»Was ist das schon für eine Sorte Frau, die einem folgt in Kärntnerstraße?«

»Ich wußte nicht, daß mir jemand folgt.«

»Du hast dich umgedreht ...«

»Natürlich habe ich das. Aber nur, um zu prüfen, ob du mich beschützt. Ich hab das Zeichen gesehen, daß ich von der Fußgängerzone verschwinden sollte, und sofort reagiert. Was moserst du also die ganze Zeit rum, du Trottel?«

»Was ist moserst? Und Trottel? Willst du beleidigen Roka?«

»So oft es geht ...«

Sie hörten auf zu sprechen, als der Wagen vor dem seltsamen Gebäude anhielt. Die Wände waren in einem giftigen Grünton gestrichen. Jedes der wenigen kleinen Fenster war mit einem klapprigen Laden verschlossen. Sobald Roka auf die Zentralverriegelung drückte, stieß die Frau die Tür auf, raffte ihr schwarzes Gewand und stieg aus.

Du darfst keine Angst zeigen, schärfte sie sich ein. Außerdem hatte sie vor Hassan keine Angst. Wenn ihr etwas Sorgen machte, dann lediglich seine kindischen Spielchen. Als sie auf die schlichte Holztür zuschritt, ging diese auf. Durch ihren Schleier sah sie den braunhäutigen, schlanken Mann, vor dem seine Leute solche Angst hatten.

»Willkommen«, begrüßte er sie.

»Ich habe nicht darum gebeten, hierhergebracht zu werden«, entgegnete sie. »Ich wurde wie eine Gefangene bewacht. Was soll dieser Unsinn?«

»Ich bitte vieltausendmal um Entschuldigung«, sagte der Mann glatt und verbeugte sich tief. »Nach dem, was in der Annagasse passiert ist, dachte ich, du könntest etwas Hilfe brauchen. Ein kleines Zusatztraining.«

Eine kleine Gehirnwäsche, dachte sie. Sie vermied es tunlichst, ihre Gedanken in Worte zu fassen.

»Bitte behalte das Gewand und den Schleier an«, fuhr er fort. »Und wenn du jetzt so freundlich wärst, mir zu folgen.«

Sie wußte, wohin sie gehen würden, wußte, was ihr bevorstand. Nichts in ihrer Miene verriet ihren Ärger über diese unnütze Zeitverschwendung. Hassan zog einen Schlüssel heraus, führte sie durch eine weite gepflasterte Halle, schloß eine Tür auf und schob sie in einen kleinen Raum.

In eine Wand waren in Augenhöhe drei starke Stroboskoplampen eingelassen, die auf einen hohen Ledersessel in der Mitte des Raumes gerichtet waren. An der weißen Wand hinter dem Sessel waren zwei Filmprojektoren angebracht. Von den beiden Armlehnen des Sessels hing jeweils eine offene Handschelle herab.

Sie hatte diese Prozedur schon öfter über sich ergehen lassen müssen. Deshalb setzte sie sich, bevor Hassan sie dazu auffordern konnte, in den Sessel. Kaum hatte sie jedoch Platz genommen, merkte sie, es war ein Fehler gewesen, diese selbstbewußte Gleichgültigkeit zu zeigen. Hassan bückte sich, um die Handschellen an ihren Handgelenken anzubringen. Sein orientalisches Gesicht zeigte keinerlei Überraschung – offensichtlich hatte er angenommen, daß sie sich nur deshalb ohne Widerrede gefügt hatte, weil sie innerlich vor Angst bebte. So clever ist er also doch nicht, dachte sie.

»Du weißt, was jetzt kommt«, flüsterte er ihr ins Ohr.

»J-a ...«

Es war ihr gelungen, bange Erwartung vorzutäuschen.

»Dann werde ich dich jetzt eine Weile allein lassen, meine Liebe.«

Sie hörte, wie die Tür hinter ihr zuging und abgeschlossen wurde. Jetzt war es unmöglich für sie, aus dem am Boden festgeschraubten Sessel loszukommen. Aus unsichtbaren Lautsprechern begann seltsame psychedelische Musik auf sie einzudröhnen, ohrenbetäubende wilde Musik. Die Stroboskoplichter begannen zu blitzen – ein blaues, ein rotes und ein grünes. An den Wänden erschienen eigenartige Bilder, Filme von Männern und Frauen, die im Takt der Musik herumzappelten. Ein verführerisches Parfüm drang in ihre Nase, so stark, daß sie davon leicht benommen wurde. Sie zerbiß eine Kapsel mit Pfefferminz, die sie sich heimlich in den Mund gesteckt hatte, als sie aus dem Auto gestiegen war. Das half gegen das betörende Parfüm.

Eine primitive Form von Gehirnwäsche, dachte sie. Ein plumper Versuch, sie in einen Zustand vollkommener Desorientierung zu versetzen.

Mit halbgeschlossenen Augen konzentrierte sie sich auf einen Spaziergang am Meer, den sie in Devon oft gemacht hatte. Sie füllte ihren Verstand mit jeder Windung und Biegung des Pfades, sah die Meereswellen, die gegen die Klippen anbrandeten, den Frachter, der sich dem nächsten Hafen entgegenkämpfte.

Sie blockte das Dröhnen der Musik ab, indem sie dem Donnern der Wellen lauschte, die sich an den Klippen brachen, neutralisierte die verrückten Filme, die sich an den Wänden drehten, indem sie sich auf das langsame Vorankommen des Frachters konzentrierte, den sie einmal beobachtet hatte.

Plötzlich hörte alles auf. Die sogenannte Musik. Die Filme an den Wänden. Die zuckenden Stroboskoplichter. Das Pfefferminz hatte das Parfüm in Schach gehalten. Sie saß vollkommen reglos da, als sie die Tür aufgehen hörte und Hassan neben ihr auftauchte.

Wortlos schloß er die Handschellen auf. Sie ließ die Arme schlaff an den Seiten des Sessels hinabhängen. Er streichelte be-

hutsam ihre Wangen, um sie in die Wirklichkeit zurückzuholen.
Sie blieb weiter vollkommen reglos sitzen, wie eine Wachsfigur.
Er beugte sich zu ihr herab, um ihr ins Ohr zu flüstern:
»Du kannst jetzt aufstehen.«
Langsam, als erforderte es enorme Anstrengung, erhob sie sich
von ihrem Sitz und schüttelte, scheinbar benommen, den Kopf.
Als Hassan sie mit kräftigen Fingern am Arm packte, zwang sie
sich, ihren Abscheu vor seiner Berührung zu verbergen. Er führte
sie zu einer anderen Tür, schloß sie auf und fragte mit seiner öli-
gen Stimme:
»Bist du bereit, meine Liebe?«
Zum Teufel mit ihm.
»Sicher«, fuhr sie ihn an.
»Laß das Gewand und den Schleier noch an. Nimm das.«
Er reichte ihr eine Luger. Ihre Finger schlossen sich um den
Griff der Waffe, mit der sie auf dem Schießstand unzählige Stun-
den geübt hatte. Sie checkte das Magazin. Es war voll.
»In der Annagasse ist dir ein schwerer Fehler unterlaufen«,
sagte Hassan streng. »In diesem Raum befindet sich ein Ver-
suchskaninchen. Du kennst das ja, du warst schon mal da drin-
nen. Jetzt laß mal sehen, wie du so was machst, wie du es bei En-
gel hättest machen sollen.«
Ruhig betrat sie den Raum, in dem beim letzten Mal Teppichboden gelegen hatte. Diesmal bestand der Boden aus blanken
Steinplatten. Sie legte die Luger auf die Couch und streifte sich
ein Paar Gummihandschuhe über, die sie aus einer verborgenen
Tasche ihres schwarzen Gewands geholt hatte. An einem antiken
Schreibtisch in der Mitte des Raumes saß, mit dem Rücken zu ihr,
eine leblose Gestalt. Sie hatten die Szene nachgestellt, die sie in
Engels Arbeitszimmer vorgefunden hatte.
Sie nahm die Luger wieder und setzte vorsichtig einen Fuß vor
den anderen. So hatte sie es auch in der Annagasse gemacht, um
zu testen, ob der Fußboden irgendwo knarzte und ihr Opfer auf
sie aufmerksam machen könnte. Dann blieb sie stehen und
blickte, wieder wie in Wien, rasch hinter sich, um sich zu vergewissern, daß außer ihr niemand im Raum war.

Hassan war an der Tür, die er leise geschlossen hatte, stehengeblieben. Er hatte die Arme verschränkt und beobachtete sie mit einem grimmigen Lächeln in seinem ansonsten ausdruckslos glatten Gesicht. Schließlich hob er zum Zeichen, sie solle weitermachen, die Hand. Die Gestalt am Schreibtisch rührte sich nicht. Die Szene hatte etwas Gespenstisches – Engel, der für seine enorme Konzentrationskraft bekannt gewesen war, hatte genauso reglos dagesessen und ein Dokument studiert. Dann hatte er das Blatt Papier plötzlich in eine Schublade gelegt und die Schublade zugeworfen. Aus Angst, er könnte sie gehört haben, war sie unverzüglich zur Tat geschritten.

Auch jetzt schritt sie rasch zur Tat. Sie führte den Lauf bis auf zwei Zentimeter an den Kopf des Mannes heran und drückte ab. Der Schalldämpfer schluckte das Krachen des Schusses. Die obere Hälfte des Kopfes explodierte. Knochensplitter, Haare und Blut verteilten sich über Schreibtisch und Boden. Beide Arme von sich gestreckt, sank die Gestalt auf den Schreibtisch. Genau wie Engel.

Trotz des Schocks reagierte sie blitzschnell. Sie wußte, Hassan beobachtete sie. Sie hob den rechten Arm des Toten am Ärmel hoch und ließ ihn an seiner Seite hinabsinken. Dann bückte sie sich, ergriff seine rechte Hand und legte seine Finger um den Griff der Waffe. Zum Schluß legte sie die Waffe nicht weit von den leblosen Fingern auf den Boden.

Als sie aufstand – sie konnte ihre Knie nur mit Mühe am Zittern hindern –, kam Hassan auf sie zu und legte den Arm um sie. Sie drehte sich zu ihm um, und er lächelte immer noch.

»Sehr gut, meine Liebe. Du hast dir deine hunderttausend Dollar verdient.«

Er reichte ihr einen dicken Umschlag. Sie packte ihn fest und blickte durch ihren Schleier in sein lächelndes Gesicht, aus dem jetzt finstere Genugtuung sprach.

»Ich habe eben einen weiteren Menschen getötet«, sagte sie mit fester Stimme. »Das hast du nur getan, um zu sehen, ob ich die Nerven verlieren würde. Wer war er?«

»Niemand von Bedeutung, meine Liebe. Niemand, den jemand vermissen wird. Er stand natürlich unter Drogen – deshalb hat er sich nicht bewegt.«

»Ich habe einen weiteren Menschen getötet«, sagte sie ruhig.

Und dann tat sie etwas, das selbst den kaltblütigen Hassan erschreckte. Sie kicherte.

3

Nachdem er bei einem zweiten Spaziergang durch den Park des Summer Lodge in Dorset noch einmal alles mit Newman durchgesprochen hatte, entschied Tweed:»Wir warten bis zum frühen Abend, bevor wir nach Shrimpton fahren, um Willie und Amos Lodge einen Besuch abzustatten.«

»Haben Sie einen bestimmten Grund, so lange zu warten?« fragte Newman ungeduldig.

»Ja. Erstens sind die meisten Menschen am Ende eines Tages in der Regel etwas gelösterer Stimmung. Was die Wahrscheinlichkeit erhöht, daß sie mehr sagen, als sie eigentlich wollen. Vor allem bei dem herrlich sonnigen und warmen Wetter, das wir zur Zeit haben. Ich würde gern nach Shrimpton fahren, wenn die Einheimischen ins Pub gehen. Vielleicht erfahren wir von jemandem etwas Interessantes über die beiden.«

»Klingt ganz vernünftig. Aber wenn mich nicht alles täuscht, gibt es noch einen anderen Grund.«

»Sie können anscheinend Gedanken lesen, Bob. Ich möchte den Tag über noch hierbleiben, damit ich jederzeit erreichbar bin.«

»Macht Ihnen irgend etwas Sorgen?«

»Ja, Paula und Marler. Wie Sie wissen, hat mich Kuhlmann aus Wien angerufen. Die zwei haben eine Spur, der sie folgen wollen. Wie es scheint, führt sie nach Eisenstadt im Burgenland ...«

Er erzählte Newman von dem Hotelprospekt, den einer der Entführer vor dem Gefängnisausbruch die Toilette hinunterzuspülen versucht hatte.

»Hört sich an wie ein ziemlich übler Haufen«, bemerkte Newman.
»Wenn die Gegenseite mit so rabiaten Kerlen arbeitet, dürfen wir uns auf einiges gefaßt machen. Ich sollte vielleicht versuchen, Paula und Marler davon abzuhalten, allein ins Burgenland zu fahren. Ich habe schon einmal im Hotel Sacher angerufen, aber da waren beide nicht auf ihren Zimmern. Ich werde es gleich noch mal versuchen.«

Als daraufhin beide Männer ins Hotel zurückkehrten, ging Newman in die Bar, während Tweed nach oben in sein Zimmer eilte. Newman bestellte einen Scotch, machte es sich in der Nähe der Bar auf einer Couch bequem und ließ sich noch einmal in aller Ruhe durch den Kopf gehen, was er bisher wußte. Aber wie man es auch drehte und wendete: Ein wichtiges Element fehlte.

Nachdem Tweed im Sacher angerufen hatte, wählte er Monicas Nummer in der Park Crescent. Sie schien froh über seinen Anruf.

»Raten Sie mal, wer gerade angerufen hat. Ich kann ihn noch durchstellen – auf einer abhörsicheren Leitung ...«

»Wer ist es? Ich mag keine Ratespiele.«

»Entschuldigung. Philip Cardon hat angerufen! Philip! Wenn Sie wollen, stelle ich ihn zu Ihnen durch.«

»Tun Sie das. Ich gehe nur noch mal kurz nach unten, bin aber gleich wieder zurück.«

Tweed legte den Hörer auf den Nachttisch und rannte die Treppe hinunter. Als er am Eingang der Telefonzentrale vorbeikam, spähte er verstohlen hinein. Die Telefonistin hatte einen Gast am Apparat, der ein Zimmer reservieren wollte.

»Bedaure, Sir. Wir sind voll. Aber da Sie Stammgast sind, werde ich ein bißchen mit den Reservierungen jonglieren. Das wird allerdings ein paar Minuten dauern. Könnten Sie so lange dranbleiben? Gut.«

Die nächsten paar Minuten wäre sie also beschäftigt. Tweed eilte wieder in sein Zimmer zurück. Er nahm den Hörer, und Monica sagte, Cardon sei am Apparat.

»Habe nicht viel Zeit, Tweed. Ich rufe aus Wien an. Kuriere fliegen von hier über Zürich nach Heathrow, jeder mit einem Koffer voll Geld. Ein eigenartiger Bekannter von Ihnen hat mich gebeten, Ihnen das mitzuteilen. Ein gewisser Emilio Vitorelli. Muß jetzt los.«

»Danke.«

Tweed legte auf. Als er nach unten in die Bar ging, saß Newman gedankenversunken über seinem Scotch.

»Es gibt Neuigkeiten«, sprach Tweed ihn leise an. »Am besten wir machen noch einmal einen kleinen Spaziergang im Park. Nehmen Sie Ihren Drink einfach mit ...«

Newman, dem Tweeds finstere Miene nicht entgangen war, erkundigte sich besorgt: »Irgend etwas Ernstes?«

»Ich habe inzwischen zweimal im Hotel Sacher angerufen, um Paula und Marler davon abzubringen, ins Burgenland zu fahren. Das erste Mal waren sie, wie Sie wissen, nicht zu erreichen. Das zweite Mal sagte man mir, sie hätten ihre Sachen gepackt und wären abgereist. Das heißt, sie sind bereits unterwegs nach Eisenstadt. Am liebsten würde ich ihnen persönlich zu Hilfe kommen. Jedenfalls werde ich umfassende Vorkehrungen zu ihrem Schutz treffen. Ich habe bereits veranlaßt, daß Butler und Nield nach Wien fliegen.«

»Nur geht das nicht so schnell. Sie müssen erst nach Zürich fliegen und sehen, daß sie dort einen Anschlußflug nach Schwechat, den Wiener Flughafen, kriegen. Ich war schon mal im Burgenland. Eine höchst eigenartige Gegend. Man fühlt sich dort wie am Ende der Welt.«

»Ich gebe zu, ich habe kein gutes Gefühl bei der Sache«, bestätigte ihm Tweed. Dann berichtete er von dem zweiten Anruf.

»Was für eine Überraschung, daß sich Philip Cardon wieder mal gemeldet hat. Muß über zwei Jahre her sein, daß er untergetaucht ist, nachdem er sich für die Folterung und Ermordung seiner Frau gerächt hatte. Was treibt er denn inzwischen?«

»Ich hatte mir schon gedacht, daß er erst einmal ziellos herumreisen würde. Aber vermutlich hat er dieses Vagabundendasein mittlerweile satt und ist auf etwas gestoßen, was zufällig mit der Sache zu tun hat, mit der wir uns gerade befassen.«

»Was hat es eigentlich mit diesen Kurieren auf sich, die Geld nach London bringen – beträchtliche Summen, nehme ich mal an?«

»Ach, das ist etwas, wovon ich Ihnen noch gar nichts erzählt habe. Es ist der Grund, weshalb wir hier unten sind – einer der Gründe zumindest. Schon bevor mir Philip davon erzählte, wußte ich, daß Geld nach England geschmuggelt wird. In Heathrow wurde bei der Kontrolle ein slowenischer Kurier gefaßt, der mit einem Aktenkoffer voller Geldscheine aus Zürich gekommen war. Zum Glück hat mich Jim Corcoran, der Sicherheitschef von Heathrow und, wie Sie wissen, ein guter Freund von mir, unverzüglich davon in Kenntnis gesetzt. Ich bat ihn, den Slowenen eine Weile festzuhalten und ihn dann laufenzulassen. Der Kurier hatte Dokumente bei sich – zweifellos gefälscht –, die dem Ganzen den Anschein einer korrekten Transaktion verliehen. Butler ist dem Kurier nach Dorchester gefolgt. Dann nahm der Slowene die Straße, auf der wir nach Evershot gefahren sind. Allerdings fuhr er an Evershot vorbei. Dummerweise verlor ihn Butler kurz vor der Abzweigung nach Shrimpton vorübergehend aus den Augen. Obwohl er kräftig aufs Gas stieg, um den Kerl wieder einzuholen, blieb er spurlos verschwunden.«

»Das heißt, der Kurier muß hier irgendwo untergetaucht sein, und wir wissen, es gibt in dieser Gegend nur zwei Männer, die finanziell recht gut gestellt sind: Amos Lodge und William Wellesley Carrington – die im übrigen beide häufige Auslandsreisen unternehmen.«

»So weit haben Sie völlig recht. Nun habe ich Keith Kent auf die Sache angesetzt – Sie wissen schon, unseren Fachmann in puncto Geld. Er hat sich schon kurz darauf wieder bei mir gemeldet – allerdings nur, um mir mitzuteilen, daß er nicht feststellen konnte, wie die beiden zu ihrem Vermögen gekommen sind.«

»Der dicke Fisch muß also entweder Amos Lodge oder Willie sein«, bemerkte Newman nachdenklich.

»Eine weitere interessante Frage ist, von wo sie das Geld bekommen. Sie sagten eben selbst, die Flüge nach Wien gehen über Zürich. Vielleicht kommt es aus Wien, obwohl es natürlich auch aus Zürich kommen könnte.«

»Aber warum ist diese mysteriöse Angelegenheit so wichtig?«

»Weil mich Cord Dillon, Deputy Director der CIA in Langley, angerufen hat. Amerikanische Überwachungssatelliten haben in einem bestimmten islamischen Staat, nicht im Irak, eine massive

Konzentration von Panzerverbänden festgestellt. Die von China und Rußland gelieferten Panzer werden dort massenweise zusammengezogen.«

»Hört sich nicht gut an«, murmelte Newman.

»Vor allem, wenn man bedenkt, daß die betreffende Macht auch über einen beachtlichen Bestand an bakteriologischen Kampfstoffen verfügt. Und über ein völlig neuartiges Kampfgas. Eine winzige Dosis davon, und die gegnerischen Streitkräfte sind außer Gefecht gesetzt.«

»Ein Grund mehr, nach Shrimpton zu fahren, zumal auch noch Emilio Vitorelli in die Sache verwickelt zu sein scheint.«

»Ich würde Emilio gern wiedersehen. Er ist für mich ein Buch mit sieben Siegeln.«

Emilio Vitorelli kam aus dem Hotel Hassler und machte sich auf den Weg zu der hoch über Rom gelegenen Villa Borghese. Wie in Dorset schien die Sonne. Allerdings war hier im Juni die Hitze am Nachmittag kaum auszuhalten.

Vitorelli schenkte den schönen Frauen, die ihm sehnsüchtige Blicke zuwarfen, keine Beachtung. Es war kein Wunder, daß er ihre Aufmerksamkeit auf sich zog. Vierzig Jahre alt und hochgewachsen, gab er mit seinem geschmeidigen Gang eine höchst attraktive Erscheinung ab. Er hatte seine Sonnenbrille auf das dichte schwarze Haar hochgeschoben. Unter der schön geformten Stirn wölbten sich dichte Augenbrauen über der ausgeprägten Nase und den vollen Lippen, auf denen fast immer ein zynisches Lächeln lag. Doch diesmal lag kein Lächeln auf den Lippen des Mannes, der für seine zahlreichen Eroberungen berüchtigt war.

Emilio Vitorelli war ein Mann mit weitverzweigten, zum Teil dubiosen Kontakten und verfügte in Mailand, New York, London, Paris und Wien über Beziehungen zu höchsten Wirtschaftskreisen. Es wurde gemunkelt, er sei durch Geldwäschereien für die Mafia zu seinem Reichtum gekommen. Bisher hatte man ihm jedoch nichts nachweisen können. Er hatte den exklusivsten Escort-Service Europas gegründet, und auch diesbezüglich kursierten die wildesten Gerüchte: daß er Angehörige der High Society

37

um hohe Summen erpreßte. Auch dafür konnten seine Feinde keine Beweise beschaffen. Seine Agentur vertrat die elegantesten und vornehmsten Frauen. Er traf sich mit Mario auf der Pincio-Terrasse, die hoch über dem Platz gleichen Namens lag.

»Bist du dem neuen Geldkurier bis zum Engländer gefolgt?« fragte Vitorelli.

»Das Geld kam sicher durch den Zoll«, antwortete Mario. »Nur in London wurde es für den Kurier kurz brenzlig. Er wurde kontrolliert und mußte seinen Aktenkoffer öffnen. Er wurde dem Sicherheitschef vorgeführt, aber wenig später wieder freigelassen, so daß er zu diesem Dorf in Dorset weiterfahren konnte. Nach Shrimpton, so hieß es doch?«

»Ja.«

Stirnrunzelnd zog Vitorelli die modische Sonnenbrille nach unten, über seine Augen.

»Hoffen wir mal, daß wir auf der richtigen Spur sind.«

»Das sind wir auf jeden Fall.« Mario zögerte. Er wußte nicht, ob er dieses Thema anschneiden sollte, kam dann aber ohne Umschweife zur Sache. »Du wirkst in letzter Zeit so bedrückt, Emilio. Dabei warst du einmal so ein lebensfroher Mensch. Nichts kann Gina zurückbringen.«

Vitorellis Augen trübten sich hinter der dunklen Sonnenbrille. Niemand außer seinem besten Freund Mario, seinem engsten Vertrauten, hätte gewagt, auf diese Tragödie zu sprechen zu kommen. Vitorelli spürte, wie unangenehm es seinem Freund war, den schrecklichen Vorfall erwähnt zu haben. Er legte ihm den Arm um die Schulter.

»Du hast vollkommen recht, Mario. Aber ich brauche noch Zeit, um mich damit abzufinden. Hab einfach Geduld mit mir.«

»Aber sicher. Ich wollte dir doch nur zu verstehen geben, wie sehr ich dir das alles nachfühlen kann.«

»Das weiß ich.«

»Ich sollte jetzt besser wieder los. Verständlicherweise bist du in letzter Zeit lieber allein.«

»Unsinn. Morgen kommst du in meine Suite im Hassler, und wir betrinken uns. Wenn die Sonne untergegangen ist.«

»Mit dem allergrößten Vergnügen...«

Damit entfernte sich der kleine, dicke Mann, der Vitorelli immer an einen Teddybären erinnerte. Vitorelli legte seine schmalen braunen Hände auf die Balustrade und blickte abwesend auf den belebten Platz unter ihm hinab. Wieder einmal kehrten seine Gedanken zu der Tragödie zurück, die sich hier vor zwei Monaten ereignet hatte.

Es war kurz vor seiner Hochzeit mit Gina gewesen, einer bildschönen Italienerin. Sein ganzes bisheriges Leben als Frauenheld hatte sich von Grund auf geändert. Er war sich sicher gewesen, den Rest seiner Tage mit Gina verbringen zu können. Doch dann war die verhaßte Engländerin aufgetaucht.

Arrogant und daran gewöhnt, alles zu bekommen, was sie wollte, hatte sie ein Auge auf ihn geworfen. Er war in keiner Weise verletzend gewesen, hatte ihr den Sachverhalt schonend erklärt, aber sie wollte nichts davon wissen. In der festen Überzeugung, ihn irgendwann doch zu bekommen, hatte sie nicht lockergelassen. Als er Gina von dem Problem erzählte, riet sie ihm, die Frau behutsam abzuweisen. Er hatte ihre Worte jetzt noch im Ohr.

»Du bist nun mal, vorsichtig ausgedrückt, ein sehr attraktiver Mann. Sie ist in dich verliebt. Darum, sei nett zu ihr.«

Er hatte Ginas Rat befolgt, hatte alles versucht, um die Engländerin abzuwimmeln. Aber es hatte alles nichts geholfen. Schließlich war die Engländerin doch zu der Einsicht gelangt, daß er Gina nie verlassen würde. So etwas war ihr noch nie passiert, und sie war nicht bereit, eine solche Zurückweisung – wie sie es auffaßte – hinzunehmen.

Während sich Vitorelli geschäftlich in Zürich aufhielt, fuhr sie zu seiner Villa. Als Gina ihr öffnete, spritzte sie ihr mit einer Spezialampulle Schwefelsäure ins Gesicht, wodurch ihre Schönheit für immer zerstört war.

In seiner Verzweiflung hatte Vitorelli Gina zu einem Schönheitschirurgen gebracht, der ihr versicherte, der Schaden könne zum Teil behoben werden.

»Zum Teil?« hatte Gina entsetzt hervorgestoßen. »Soll das heißen, ich bin für immer entstellt?«

»Nein, nein!« hatte der Chirurg widersprochen. »Ich kann einiges für Sie tun ...«

Gina hatte jedoch nicht lockergelassen, und zu guter Letzt hatte der Chirurg sich gezwungen gesehen zuzugeben, daß immer Narben von dem Säureanschlag zurückbleiben würden. Ohne einen neuen Termin zu vereinbaren, hatte sie darauf die Praxis verlassen, das Gesicht so dick bandagiert, daß sie im Spiegel eine Maske zu sehen glaubte, zumindest jedoch eine völlig andere Frau als die, die sie einmal gewesen war.

Eines Nachts, als Vitorelli tief und fest schlief, schlüpfte sie lautlos aus dem Bett und zog sich an. Ging zur Pincio-Terrasse, stieg, ohne zu zögern, auf die Balustrade und stürzte sich in die Tiefe.

Vitorelli war untröstlich gewesen, hatte sich heftige Vorwürfe gemacht. Doch dann war etwas passiert, was seine tiefe Trauer in eisige Wut hatte umschlagen lassen.

Er hatte einen Anruf erhalten, zweifellos aus dem Ausland. Der Anruf war nur kurz gewesen, eine zufriedene, kalte, fast unbeteiligte Stimme. Und noch bevor er dazu gekommen war, etwas zu erwidern, hatte die Engländerin bereits wieder aufgelegt.

»Ich habe dich gewarnt, Emilio. Wenn ich dich nicht kriegen kann, soll dich auch keine andere Frau haben. Wiedersehen ...«

Von diesem Augenblick an war der Gedanke an Rache in ihm aufgekeimt. Es war ihm zwar noch nicht gelungen, ihren Aufenthaltsort in Erfahrung zu bringen, aber dank seiner guten Beziehungen zur Unterwelt konnte er sie immer enger einkreisen. Er arbeitete daran. Eines Tages würde der Gerechtigkeit Genüge getan. Er ging die Sache sehr vorsichtig an, denn er wußte sehr wohl, daß er sich in gefährliche Gefilde vorwagte.

4

Entschlossen ging der Mann, der sich Hassan nannte, auf den massiven Safe zu, der in einer Ecke seines Büros in dem eigenartigen Gebäude in der Slowakei stand. Er drehte am Kombinationsschloß, öffnete die Tür, nahm einen Ordner heraus und schloß den Safe wieder.

Der Ordner enthielt mehrere maschinenbeschriebene Seiten. Auf dem Blatt, das er gerade studierte, befand sich eine Mitgliederliste des *Institut de la Défense*.

Ähnlich wie Engel hatte auch Hassan die Namen der sieben ermordeten Mitglieder durchgestrichen. Allerdings standen auf Hassans Liste hinter jedem Namen die Initialen einer von drei verschiedenen Frauen, alle sehr attraktiv, aber von ihrem Wesen her sehr unterschiedlich. Zusammengestellt hatte die Liste der Engländer aus Dorset – und bisher hatten sich seine Prognosen, zu welcher der Frauen sich die einzelnen Männer hingezogen fühlen würden, als absolut zuverlässig erwiesen.

Hassan strich den Namen Norbert Engel durch. Neben seinem Namen standen die Initialen *T. L.* Das war die Frau, die er eben im Ausbildungsraum auf die Probe gestellt hatte.

Hassan hatte die Angewohnheit, beim Arbeiten mit sich selbst zu sprechen.»Das nächste Opfer ist Pierre Dumont. Extrem wichtig. Der Mann ist ein strategisches Genie. Wie ich sehe, empfiehlt unser Freund in Dorset Simone Carnot. Dumont muß eine Schwäche für große Rothaarige haben. Er lebt am Stadtrand von Zürich. Ich muß mich mit Simone in Verbindung setzen, ihr die Daten über Dumont zukommen lassen ...«

Es war früher Abend, als Newman mit Tweed auf der Landstraße nach Shrimpton unterwegs war. Über den Bäumen, welche die Straße auf beiden Seiten säumten, wölbte sich der wolkenlos blaue Himmel. Tweed, der kein Wort gesagt hatte, seit sie vom Summer Lodge aufgebrochen waren, setzte sich plötzlich auf.

»Halten Sie an, Bob.«

Newman reagierte sofort. Seit sie losgefahren waren, waren ihnen kaum andere Fahrzeuge begegnet. Tweed beugte sich zur Fahrerseite hinüber, machte die Zündung aus und ließ per Knopfdruck das Fenster auf seiner Seite des Mercedes herunter.

»Hören Sie«, sagte er.

»Was? Ich kann nichts hören.«

»Genau. In diesem Teil Dorsets herrscht eine höchst eigenartige Stille. Sie ist mir schon aufgefallen, als ich kürzlich vom Hotel aus einen Spaziergang gemacht habe. Richtig unheimlich, geradezu beängstigend.«

»Meinen Sie, das könnte etwas zu bedeuten haben?«

»In dieser Gegend könnte alles mögliche vor sich gehen, ohne daß ein Mensch etwas davon merken würde. Wir haben, seit wir hier eingetroffen sind, keinen einzigen Streifenwagen gesehen. Dieser Teil Englands ist völlig abgeschnitten vom Rest der Welt. Es mag sich vielleicht ein wenig sonderbar anhören, aber mein sechster Sinn sagt mir, wir sind am richtigen Ort. Halten Sie bitte noch mal an, bevor wir nach Shrimpton hineinfahren ...«

Sobald die ersten Häuser der kleinen Ortschaft vor ihnen auftauchten, stellte Newman den Mercedes so in der Zufahrt zu einem Feld ab, daß er notfalls sofort wieder wegfahren konnte. Tweed stieg aus und wartete, bis Newman den Wagen abgeschlossen hatte. Das erste, was ihm auffiel, war wieder diese bedrückende Stille. Sie gingen auf der High Lane, der Hauptstraße, auf das Dorf zu.

Tweed merkte sofort, daß irgend etwas damit nicht stimmte. Zu beiden Seiten der asphaltierten Straße drängten sich, terrassenförmig ineinander übergehend, alte zweistöckige Häuser, denen ausnahmslos etwas Verlassenes anhaftete.

Vor die Fenster waren schäbige, ausgefranste Gardinen gezogen, die einen Blick ins Innere der Häuser unmöglich machten. Die hölzernen Eingangstüren hätten dringend wieder einmal gestrichen werden müssen. Aber was Tweed vor allem auffiel, war der ausgestorbene Eindruck, den der Ort machte. Weit und breit kein Zeichen von Leben. Newman empfand es genauso.

»Es muß sehr dunkel sein in diesen Häusern, aber ich habe in keinem Licht brennen sehen.«

»Das ist mir auch schon aufgefallen. Wie in einer Geisterstadt. Richtig gespenstisch. Es ist auch nirgendwo eine Fernsehantenne zu sehen.«

Sie setzten ihre Wanderung durch die bedrückende Stille fort. Mit Ausnahme der einen oder anderen altmodischen Laterne, die an einer rostigen Halterung von der Fassade eines Hauses hing,

42

gab es keine Straßenbeleuchtung. Sie hatten fast das Ende der menschenleeren Straße erreicht, als Newman einen leisen Pfiff ausstieß.

»Kaum zu glauben. Da vorne ist ein Pub, The Dog and Whistle. Und offen ist es auch – jedenfalls haben sie Licht an.«

»Gehen wir mal rein«, schlug Tweed vor. »Falls ein paar Einheimische da sind, übernehmen vor allem Sie das Reden, Bob. Ich beobachte…«

Wie Tweed erwartet hatte, hatte das Pub innen eine niedrige Decke, die von dicken Eichenpfosten gestützt wurde. An der Rückwand zog sich ein sauber polierter Holztresen entlang. Die rechte hintere Ecke nahm ein großer gemauerter Kamin ein.

Tweed zählte acht Männer in dem Pub – einige standen an der Bar, die anderen saßen mit ihren Biergläsern an kleinen Tischen in den Ecken. Ein weibliches Wesen war nirgendwo zu sehen. Newman steuerte auf den Tresen zu und grinste den Barmann an, einen freundlichen, rotgesichtigen Mann, der ihn wie einen Stammgast begrüßte.

»Was darf's denn sein, die Herren? Einen schönen guten Abend beiderseits.«

»Für mich ein Glas Ale«, sagte Newman.

»Für mich das gleiche«, sagte Tweed. Er mochte zwar kein Ale, aber er wollte sich der Umgebung anpassen. »Ziemlich ruhig heute abend im Dorf.«

»Hier ist es immer ruhig«, antwortete der Zapfer. »Wie in einem Grab.« Er korrigierte sich rasch. »Das hätte ich nicht sagen sollen. Sonst denken Sie noch, Sie sind hier auf einem Friedhof. Ich immer mit meinen Witzchen.«

Nachdem der Zapfer sein Glas Ale auf den Tresen gestellt hatte, sah sich Tweed im Pub um. Die Gäste waren eindeutig Einheimische – Landarbeiter wahrscheinlich. Die meisten trugen Hemden mit hochgekrempelten Ärmeln und Cordhosen voller Erdflecken; sie hatten die wettergegerbten Gesichter von Männern, die schon ihr Leben lang im Freien arbeiteten. Newman wandte sich dem alten Mann zu, der neben ihm stand.

»Ich habe zwei Freunde hier in der Gegend. Habe sie schon eine

Ewigkeit nicht mehr gesehen. Einer ist Captain Wellesley Carrington. Er ist doch hoffentlich nicht weggezogen.«
»Der Cap'n.« Es war der Barmann, der antwortete. »Ziemlich feiner Pinkel das. Aber nicht, daß Sie mich falsch verstehen. Er kommt ab und zu auf ein Bier vorbei. Genau wie alle anderen auch. Die Sache ist nur, er ist viel im Ausland. Aber passen Sie auf, wenn Jed mal zu erzählen anfängt, ist er nicht mehr zu stoppen.«

Newman wandte sich wieder dem weißhaarigen, buckligen Alten zu und bestellte ihm zuerst einmal ein Glas Bier.

»Nur keine Hemmungen, Jed«, forderte er ihn dann grinsend auf. »Legen Sie ruhig los.«

»Kann sich vor Frauen kaum erwehren, der Cap'n. Was ich bei dem schon für Schönheiten ein und aus hab gehen sehen. So richtig feine Damen – jedenfalls, wie die angezogen sind. Wie auf so Fotos von irgendwelchen Fotomodellen. Gegen ein kleines Techtelmechtel mit so einer hätte ich nichts einzuwenden.«

Er zwinkerte anzüglich, worauf der Zapfer, der sich nur höchst ungern von einer Unterhaltung ausschließen ließ, kopfschüttelnd zu ihm sagte:

»Jetzt bleib aber mal schön auf dem Teppich, Jed – über das Alter bist du doch längst hinaus. Das hättest du vielleicht gern.«

»Daß du dich da mal nicht täuschst«, erwiderte Jed ungehalten.

»Aber er wohnt doch noch im selben Haus wie früher, oder nicht?« fragte Newman beiläufig.

»Klar, Dovecote Manor ist immer noch das Nest, in dem seine Vögelchen ein und aus fliegen«, sagte Jed, sah aber immer noch finster den Barmann an.

»Ist schon so lange her, daß ich das letzte Mal hier war, daß ich glatt vergessen habe, wie man hinkommt«, sagte Newman.

»Haben Sie ein Auto? Gut. Wenn Sie jetzt hier zur Tür rausgehen, fahren Sie rechts die Straße aus dem Dorf raus, und etwa nach einer halben Meile kommt rechter Hand das Tor. Weit und breit sonst kein Haus da draußen.«

»Wie heißen Sie übrigens«, wollte der Zapfer wissen, der gerade ein Glas polierte.

44

»Dick Archer«, antwortete Newman rasch. »Ich bin im Computergeschäft.«

»Da verdienen Sie bestimmt nicht schlecht.«

»Zum Leben reicht's gerade.«

»Der andere, den wir suchen, ist ein Freund von uns beiden.« Es war das zweite Mal, daß sich Tweed zu Wort meldete. »Amos Lodge. Ein verdammt kluger Kopf. Und als Chefermittler einer Versicherung habe ich weiß Gott schon mit einigen von der Sorte zu tun gehabt. Das Problem ist nur, wir haben seine Adresse verloren.«

Bei dieser indirekten Frage sah er Jed an, der auch prompt loslegte, ohne sich um den warnenden Blick des Zapfers zu kümmern.

»Lodge wohnt immer noch im Minotaur. Hab mal als Gärtner für ihn gearbeitet. Es ist ein großes strohgedecktes Cottage. Fahren Sie am Haus des Cap'n vorbei und nehmen die erste Abzweigung nach rechts. Ist nur ein schmaler Feldweg – gerade breit genug für ein Auto. Das Cottage kommt nach einer halben Meile auf der linken Seite. Können Sie nicht übersehen. Sonst wohnt da draußen nämlich keine Menschenseele.«

»Amos war ein paarmal hier«, schaltete sich der Zapfer wieder ein. »Sie haben übrigens völlig recht. Geistig schwebt der in höheren Sphären. Da kommt unsereins manchmal wirklich nicht mehr mit, was der so meint.«

Tweed merkte, daß seine Taktik funktioniert hatte. Indem er sich als Ermittler einer Versicherungsgesellschaft ausgegeben hatte, hatte er die Bedenken des Zapfers ausgeräumt. Um sich diesen Umstand in vollem Umfang zunutze zu machen, sah er wieder Jed an, als er mit einer etwas heiklen Frage herausrückte.

»Uns ist aufgefallen, daß die Häuser hier alle irgendwie so verlassen aussehen. Wohnt hier überhaupt noch jemand?«

»Wie gesagt, das ist hier ein ziemlich verschlafener Ort …« begann der Zapfer.

»Damit kann unser Freund hier doch nichts anfangen«, schaltete sich Jed wieder ein. »Das ganze Dorf gehört einem gewissen Shafto. Er vermietet die Häuser an seine Angestellten. Ich wohne in einem. Kann gut verstehen, was Sie meinen. In ein paar von diesen Häusern gehen höchst eigenartige Dinge vor.«

»Jed...« warnte der Barmann und hörte auf, das Glas in seiner Hand zu polieren.

Newman, dem nicht entgangen war, wie schnell der Alte sein letztes Bier ausgetrunken hatte, bestellte ihm noch ein Glas. Der Alte hatte zwar schon einiges intus, war aber durchaus noch bei klarem Verstand. Er kam ohne Umschweife zur Sache. »Einmal konnte ich nachts wegen der Hitze nicht schlafen. Ich stehe also auf, ziehe mir was an und gehe raus, um mir ein bißchen die Füße zu vertreten. Da sehe ich ein Stück die Straße runter so eine Araberin aus einem Haus kommen. Sie geht die Straße runter, am Dog and Whistle vorbei, und dann höre ich, wie ein Wagen angelassen wird und wegfährt.«

»Er träumt manchmal schlecht...« begann der Zapfer.

»Wie kommen Sie darauf, daß es eine Araberin war?« hakte Tweed nach.

»Wegen ihrer Kleider«, fuhr Jed fort. »Sie hatte so ein langes schwarzes Gewand an. Vom Kopf bis zu den Füßen. Und einen schwarzen Schleier hatte sie auch und so ein Ding, das arabische Frauen immer tragen. Das weiß ich von Fotos, die ich gesehen habe. Was hat die wohl hier gemacht, hab ich mich da natürlich gefragt.«

»Ist das die einzige Araberin, die Sie hier gesehen haben?« fragte Tweed.

»Die einzige. Aber das war um drei Uhr früh. Um diese Zeit liege ich normalerweise in den Federn.«

»Könnte doch auch eine Frau in einem ausgefallenen Kleid gewesen sein«, bemerkte Tweed.

Er zwang sich, sein Glas leer zu trinken, dann sah er auf die Uhr. Newman verstand den Hinweis.

»Tja, wir müssen wieder los«, sagte er. »Noch ein Glas für Jed.«

Damit klatschte er etwas Geld auf den Tresen und folgte Tweed nach draußen.

»Hier sind wir eindeutig richtig«, sagte Tweed finster, als sie zu ihrem Wagen zurückgingen.

»Sieht ganz so aus«, bestätigte ihm Newman. »Wen zuerst?«

»Willie, auch bekannt als Captain William Wellesley Carrington. Wir müssen ohnehin an seinem Haus vorbei, und außerdem möchte ich mit ihm zuerst sprechen. Bleibt nur zu hoffen, daß er nicht gerade wieder im Ausland ist.«

Das vergoldete Tor war offen, und dahinter führte eine gewundene Einfahrt zum Dovecote Manor, einem prächtigen Herrschaftssitz im georgianischen Stil. Auf dem asphaltierten Platz vor dem Eingang stand ein roter Porsche. Newman fuhr langsam darauf zu und hielt direkt neben dem Porsche an.

»Stinkt nach Geld«, bemerkte er. »Dieses Tor am Eingang hat sicher eine hübsche Stange Geld gekostet. Und der Himmel weiß, was für Kostbarkeiten hinter den geschlossenen Toren dieser Doppelgarage verborgen sind. Wahrscheinlich ein Rolls.«

Tweed sagte nichts. Er stieg aus dem Wagen und stapfte die Steintreppe zum Eingangsportal hinauf. Er drückte auf die Klingel, wartete. Nach einer Weile ging die Tür auf, und Wellesley Carrington blickte nach draußen.

Er lächelte erfreut. »Was für eine angenehme Überraschung. Lange nicht gesehen. Kommen Sie herein mit Ihrem Freund. Ist das nicht Robert Newman, der bekannte Auslandskorrespondent?«

»Das ist er«, bestätigte ihm Newman, nicht sonderlich begeistert.

Wie das sonst gar nicht seine Art war, fand er den Mann spontan unsympathisch. Er war knapp eins achtzig groß, gut gebaut und trug einen marineblauen Trainingsanzug. Newman schätzte ihn auf Mitte vierzig. Er strahlte ein Selbstbewußtsein aus, das fast an Unverschämtheit grenzte. Seine Aussprache hörte sich nach einer exklusiven Privatschule an, und seine Manieren ließen keinen Zweifel daran, daß er sich zur Elite gehörig fühlte. Sein dichtes Haar und der hauchdünne Schnurrbart waren hellbraun, seine Augen eisblau, und auf dem vollen, sinnlichen Mund über dem harten Kinn lag ein gewinnendes Lächeln.

Ein Gigolo, dachte Newman, und ein ausgekochtes Schlitzohr, vor dem man sich besser in acht nimmt. Dieser Mann war fest davon überzeugt, mit jedem Menschen und jeder Situation fertigzuwerden. Er schüttelte erst Tweed, dann Newman die Hand. Sein Händedruck war fest. Nach außen hin vermittelte er den Eindruck eines geselligen Menschen, der sich freute, Besuch zu bekommen. Warum hatte Newman dann trotzdem das Gefühl, daß sie im falschen Moment bei ihm aufgetaucht waren?

»Kommen Sie doch rein«, forderte er sie herzlich auf.

»Ich hoffe, unser Besuch kommt Ihnen nicht ungelegen«, erklärte Tweed – woraus Newman schloß, daß auch Tweed eine gewisse Reserviertheit im Verhalten ihres Gastgebers bemerkt hatte. »Wir können auch gern ein andermal vorbeikommen«, fuhr Tweed fort. »Es ist nur, daß wir Sie telefonisch nicht erreichen konnten«, fügte er geschickt hinzu. »Sie können es gern sagen, wenn es Ihnen gerade nicht paßt, Willie.«

»Jetzt hören Sie aber mal! Kommen Sie gefälligst herein. Darf ich Ihnen was zu trinken anbieten?«

Tweed betrat die Eingangshalle. Sie war mit Parkettboden ausgelegt, und in die prunkvolle Wandtäfelung waren kleine Nischen eingelassen, in denen üppige Blumensträuße standen. Nachdem Willie die Tür geschlossen hatte, führte er seine Besucher zu einer offenen Tür. Dahinter lag der Salon, der sich von der Vorderseite bis zur Rückseite des Hauses erstreckte.

Der Raum war luxuriös und geschmackvoll eingerichtet. Zahlreiche Antiquitäten, eine Couch, so groß wie ein Bett, mehrere Sessel, eine Hausbar mit Innenbeleuchtung, alle möglichen orientalisch aussehenden Kunstgegenstände – Andenken an Willies Reisen in den Nahen Osten, nahm Newman an. Aber was ihm vor allem ins Auge stach, war die attraktive Brünette, die es sich mit untergezogenen Beinen auf der Couch bequem gemacht hatte. Es waren übrigens sehr wohlgeformte Beine, und sie geizte nicht mit ihren Reizen. Willie übernahm das Vorstellen.

»Meine Herren, das ist Celia, meine neueste Freundin. Celia, Liebling, das ist Tweed, und das ist Bob Newman.«

»Was für interessante Freunde du hast, Willie«, bemerkte Celia und sah Newman ganz direkt an. »Wirklich schade, daß ich schon los muß. Noch so eine von diesen schrecklichen Partys, zu der zu erscheinen ich in einem schwachen Moment versprochen habe. Sicher werde ich mich zu Tode langweilen, aber ich habe nun mal zugesagt.«

Sie trank ihr langstieliges Glas leer, das, vermutete Tweed, Champagner enthielt. Dann stand sie auf und strich dabei ihr blaues Futteralkleid glatt, das etwas in Unordnung gebracht worden zu sein schien. Sie küßte Willie auf die Wange, bedachte die beiden Besucher mit einem hinreißenden Lächeln und verließ mit dem eleganten Gang eines Models den Raum. Gleich darauf hörten sie den Motor des Porsche anspringen, gefolgt von einem kurzen Aufschrei der Reifen, als sie losfuhr.

»Absolut einzigartig, das Mädchen«, bemerkte Willie.

»Das sagen Sie sicher bei jeder«, zog ihn Newman auf.

Einen Sekundenbruchteil bekam Willies Miene etwas Eisiges, doch schon im selben Moment kehrte sein breites Lächeln wieder zurück.

»Was darf ich Ihnen anbieten?«

»Für mich bitte einen doppelten Scotch. Pur«, sagte Newman.

»Und für mich ein Glas Weißwein«, fügte Tweed, der selten trank, hinzu.

Er nahm seine Brille ab, putzte sie mit einem sauberen Taschentuch und setzte sich auf die große Couch. Nachdem er die Brille wieder aufgesetzt hatte, sah er sich um. Die zwei Glastüren im hinteren Teil des Salons, die auf einen weitläufigen Garten hinausgingen, waren offen. Tweed stutzte.

Auf der gepflegten Rasenfläche des Gartens erhob sich ein steinerner Bogen, in den fremdartige Schriftzeichen eingemeißelt waren. Er hatte eindeutig orientalischen Charakter. Als Willie mit einem silbernen Tablett mit den Drinks zurückkam, entging ihm nicht, in welche Richtung Tweeds Blick ging.

»Den Garten zeige ich Ihnen später. Dieser Torbogen stammt übrigens aus Beirut. Ich habe eine ausgesprochene Schwäche für solche aufwendigen Erinnerungsstücke an meine Auslandsaufenthalte. Cheers!«

»Cheers!« sagte Newman und nahm in einem der Lehnsessel Platz. »Wirklich sehr apart, Ihre Freundin Celia. Wie heißt sie mit Nachnamen?«

»Ah!« Willie ließ sich gegenüber Tweed auf die Couchlehne nieder. »Ich weiß genau, was Sie vorhaben. Aber mir machen Sie nichts vor. Ich müßte schön dumm sein, Ihnen ihren Nachnamen zu sagen. Sie ist meine Freundin – zumindest im Moment. Trinken Sie aus – damit ich Ihnen nachschenken kann.«

Tweed fand das Ganze höchst amüsant. Ihm war klar, Newmans Frage hatte nur dem Zweck gedient, Celia vielleicht ein paar Informationen zu entlocken, nicht, ihr Avancen zu machen.

»Sie fürchten wohl die Konkurrenz«, stichelte Newman.

Inzwischen hatte er sich einen ersten Eindruck von Willies Persönlichkeit verschafft. Er war jemand, der andere rücksichtslos überfuhr, wenn er es sich leisten konnte. Er respektierte nur Männer, die sich von seiner vordergründigen Forschheit nicht beeindrucken ließen.

»Meinen Sie?« Willie nahm einen Schluck von seinem Grand Marnier. »Also, ich hätte es sicher nicht so weit gebracht, wenn ich nicht mit ein paar ziemlich üblen Zeitgenossen kurzen Prozeß gemacht hätte – wobei sich das selbstverständlich nicht auf Sie bezieht. Die Sitten werden immer rauher«, fuhr er freundlich fort. »Es ist nur noch ein einziger Kampf ums Überleben. Darauf läuft es letzten Endes hinaus. Aufs Überleben.«

Newman stellte fest, daß er anfing, Willie sympathisch zu finden. Dieser Mann hielt sich nicht an Konventionen. Er ging seinen eigenen Weg, egal, was angepaßtere Leute von ihm dachten. Er hatte ein gewinnendes Lächeln, und Newman konnte unschwer sehen, was die Frauen an ihm so anziehend fanden. Seine Vitalität, seine Ihr-könnt-mich-alle-mal-Einstellung verfehlten sicher nicht ihre Wirkung auf das andere Geschlecht. Und er kam auch gut mit Männern aus, vorausgesetzt, es waren starke Persönlichkeiten.

»Nur so eine Frage, Willie«, sagte Tweed unvermutet. »Was machen Sie eigentlich zur Zeit beruflich?«

»Import-Export. Wie immer.«

»Sagt mir überhaupt nichts. Womit handeln Sie?«

»Egal, was der Westen vom Osten will, ich beschaffe es. Was der Osten vom Westen will, ich beschaffe es. Ich liefere Kisten mit Scotch, wie Newman ihn gerade trinkt, in islamische Länder. Zum Zehnfachen des Preises, den ich hier dafür bezahle. Manchmal wollen sie aber auch Dinge haben, bei denen ich nicht mitmache.

Da lasse ich von vorneherein keine Zweifel aufkommen, und sie respektieren meinen Standpunkt. Jetzt werde ich Ihnen erst mal nachschenken, und dann sehen wir uns den Garten an ...«

Newman bat mit dem Hinweis, er müsse fahren, um ein Glas Mineralwasser. Tweed legte die Hand auf sein halbleeres Weinglas. Achselzuckend schenkte sich Willie Grand Marnier in sein Glas, bevor er sie nach draußen führte.

Die parkähnliche Anlage wurde auf beiden Seiten von üppigen Rhododendronbüschen von der Außenwelt abgeschirmt. Tweed und Newman folgten Willie auf einem gepflasterten Weg zu dem seltsamen steinernen Torbogen. Tweed blieb darunter stehen, betrachtete die in den Stein gemeißelten Schriftzeichen. Arabisch.

»Was bedeuten diese Schriftzeichen?« fragte er.

»Keine Ahnung«, erwiderte sein Gastgeber schroff.

»Aber verstehen Sie denn kein Arabisch, wo Sie doch so viel im Nahen Osten zu tun haben?«

»Ich habe mir die gesprochene Sprache selbst beigebracht«, sagte Willie in beiläufigem Ton, »um bei dem ständigen Gefeilsche besser zurechtzukommen. Aber lesen kann ich kein Wort. Verträge werden immer in englisch abgefaßt. Kommen Sie, es gibt noch wesentlich mehr zu sehen.«

Sie gingen einen Weg entlang, der um einen großen Teich führte. In seiner Mitte befand sich eine Insel, und auf der Insel stand eine asiatische Steinstatue, ein Mann und eine Frau, um die sich eine Schlange wand. Newman entging der erotische Charakter der Darstellung keineswegs.

Als sie weitergingen, umgab sie wieder die seltsame Totenstille, die in diesem Teil Dorsets herrschte. Sie erreichten einen weiteren Teich. Auch darin gab es eine Insel. Newman blieb stehen und betrachtete aufmerksam den tempelartigen achtseitigen Bau, der darauf stand. Was jedoch vor allem seine Aufmerksamkeit erregt hatte, waren die hohen Fenster, die alle schwarz übermalt waren.

»Was ist das denn?« fragte Tweed.

»Kein Ahnung«, erwiderte Willie. »Aber es gefiel mir so gut, daß ich es hierherbringen ließ. Es gibt noch mehr zu sehen«, fügte er hastig hinzu und ging weiter.

Newman, der sich wunderte, warum Willie sie so zur Eile drängte, ging extra langsam weiter. Als er sich umblickte, sah er, daß eine Seite des Gebäudes offen war und das Innere von einer riesigen Laterne beleuchtet wurde. Unter der Laterne stand ein großes Doppelbett, über das ein Perserteppich gebreitet war. Willie drehte sich um und bemerkte Newmans neugierige Blicke. »Ich fahre immer mit einem Boot hinüber«, rief er. »Der ideale Ort, um ein Nickerchen zu machen oder in Ruhe nachzudenken, ohne von einem Fax oder Telefon gestört zu werden. Deshalb nenne ich es auch mein geheimes Refugium. Ab und zu braucht man einfach einen Ort, an den man sich zurückziehen kann.«

»Das kann ich mir bei Ihnen gut denken«, bemerkte Newman sarkastisch.

Er mußte an Celia denken, an Willies leichtes Unbehagen über ihren unerwarteten Besuch, an Celias etwas überstürzten Aufbruch. Er war fest davon überzeugt, daß es mit diesem Ort etwas Besonderes auf sich haben mußte.

Schließlich gingen sie weiter, einen Weg entlang, der auf beiden Seiten von einer zwei Meter hohen Buxbaumhecke eingefaßt war. An seinem Ende, wo der Park plötzlich wilder, naturbelassener wurde, deutete Willie nach vorn.

»Noch ein Teich. Ich mag Wasser.«

Tweed stand vollkommen reglos da. Die große Wasserfläche hatte die Form eines Halbmonds. Und wieder befand sich in ihrer Mitte eine Insel. Wie der Teich hatte auch sie die Form eines Halbmonds. Der seltsam gedrungene, aus großen unregelmäßig geformten Steinblöcken errichtete Bau, der darauf stand, erinnerte Tweed an Abbildungen alter assyrischer Monumente. Besonders eigenartig fand er eine große, an einem Felsblock befestigte Steintafel, in die eine türkische Flagge eingemeißelt war.

»Alles nur zu meinem Vergnügen«, sagte Willie, der neben seinen zwei Besuchern stehengeblieben war.

»Mir ist aufgefallen, daß es in jedem Teich einen im Schilf versteckten Anlegesteg gibt«, sagte Tweed langsam. »Und an jedem ist ein kleines Boot mit einem Außenbordmotor vertäut – so kommen Sie vermutlich auf die Inseln.«

Willies Verhalten änderte sich abrupt. Seine Miene wurde steinern, sein Ton schroff.

»Wir sollten vielleicht wieder ins Haus zurückkehren. Es wird langsam kühl.« Damit begann er, rasch in die Richtung zurückzugehen, aus der sie gekommen waren, und er blieb nicht eher wieder stehen, als bis sie im Salon angelangt waren. Er trat an die Hausbar, schenkte sich zu trinken nach und wandte sich seinen Gästen zu.

»Noch einen zum Abschied?«

»Ich nicht«, winkte Newman ab.

»Ich passe ebenfalls«, sagte Tweed. »Vielen Dank für die freundliche Aufnahme, Willie. Wir sollten uns wieder öfter mal treffen.«

»Gute Idee«, erwiderte Willie ohne Begeisterung.

Nachdem sie sich verabschiedet hatten, gingen Tweed und Newman zu ihrem Wagen. Keiner von beiden sagte ein Wort, als sie die Einfahrt entlangfuhren. Erst kurz vor dem Tor brach Tweed das Schweigen.

»Fahren Sie rechts die Straße weiter. Halten Sie Ausschau nach dem Feldweg, der zu Amos Lodges Haus führt.« Er kurbelte das Fenster nach unten. »Mir ist nach etwas frischer Luft.«

»*Dovecote* Manor«, bemerkte Newman. »Einen unpassenderen Namen könnte man sich wohl kaum denken. Mir kam das Haus eher wie eine Fassade vor. Einmal draußen im Garten, sah mir das Ganze sehr nach wüsten Orgien aus.«

»Das würde ich als etwas übertrieben bezeichnen«, entgegnete Tweed in verträumtem Ton. »Aber Willie weiß, wie man Besucher aus dem Osten beeindruckt. Sie werden sehen, Amos Lodge ist ganz anders.«

5

Noch am selben Tag, an dem Butler und Nield von Monica Tweeds Befehl übermittelt bekamen, zu Paulas und Marlers Unterstützung nach Wien zu fliegen, starteten sie von Heathrow mit einer Maschine nach Zürich. In Zürich hatten sie Glück – sie erreichten gerade noch die Austrian Airlines-Maschine nach Wien. »Hoffentlich erwischen wir die beiden überhaupt«, sagte Butler. »Wir kommen schon rechtzeitig in Wien an«, erwiderte Nield, der neben seinem Partner saß. »Keine Sorge.«

Die zwei Männer waren, was Erscheinung und Temperament anging, sehr unterschiedlich. Harry Butler, Mitte vierzig, war untersetzt und stämmig und machte sich immer gleich wegen allem Sorgen. Er legte wenig Wert auf sein Äußeres und trug eine Windjacke und eine graue Hose mit Bügelfalte. Seinen Rucksack hatte er neben dem Nields im Gepäckfach über ihnen verstaut. Nach außen hin sahen sie wie Touristen aus.

Pete Nield war schlank und hatte einen sorgfältig gestutzten Schnurrbart. Er war Ende dreißig, achtete sehr auf sein Äußeres und kam bei den Frauen gut an. Doch diesmal trug er, seiner Rolle entsprechend, einen schwarzen Adidas-Trainingsanzug. Er sah wesentlich smarter aus als sein Partner.

»Ich finde, wir sollten erst ins Hotel Sacher fahren, bevor wir uns auf den Weg in dieses komische Burgenland machen«, schlug der stets vorausschauende Butler vor.

»Einverstanden«, sagte Nield. »Ich hoffe ja nach wie vor, daß sie aus irgendeinem Grund noch mal im Sacher Zwischenstation gemacht haben, bevor sie zu ihrer Fahrt ins Ungewisse aufgebrochen sind. Monica hat am Flughafen Schwechat bereits einen Mietwagen für uns reservieren lassen.«

Nield sah auf seine Uhr. Obwohl nach außen hin wie immer ruhig und beherrscht, machte auch er sich Sorgen. Der Versuch, Paula zu entführen, sowie der brutale Gefängnisausbruch ließen keinen Zweifel daran, daß sie es mit einer ziemlich üblen Bande zu tun hatten.

Er wünschte sich, das Flugzeug würde schneller fliegen, aber er zwang sich zur Ruhe. Als die Maschine zu ihrem langen Landeanflug ansetzte, behielt er die Finger weiter überkreuzt.

Wie es der Zufall wollte, waren Paula und Marler in Wien aufgehalten worden. Nach Verlassen des Hotels hatte Marler Paula keinen Moment mehr aus den Augen gelassen. Sie schlossen ihr Gepäck im Kofferraum des gemieteten BMW ein, den Marler in einem Parkhaus in der Nähe abgestellt hatte.

»Wir gehen die Kärntnerstraße runter«, sagte er ihr.»Wir haben nur zwei Faustfeuerwaffen. Das wird nicht genügen. Ich kenne jemand, der uns ein paar zusätzliche Schußwaffen besorgen kann – zu einem entsprechenden Preis, versteht sich.«

»Wollen Sie ein Armalite?«

»Steht auf meiner Liste.«

Als sie den Dom erreichten, führte Marler Paula in ein Kaufhaus und sagte ihr, sie solle in der Dessous-Abteilung auf ihn warten. Da der Waffenhändler unbedingt anonym bleiben wollte, konnte er sie nicht zu ihm mitnehmen.

Nachdem er sich vergewissert hatte, daß niemand ihm folgte, betrat Marler eine Kunstgalerie im Graben, einer von alten Häusern gesäumten Straße, die im rechten Winkel zur Kärntnerstraße vom Dom abging. Da es sich hier um dieselbe Gegend handelte, in der die drei Ganoven Paula zu entführen versucht hatten, war er besonders vorsichtig. Blitzschnell verschwand er im Eingang der Galerie.

Ihr Besitzer, Alexander Ziegler, stand mit verschränkten Armen da und beobachtete eine Frau, von der er wußte, daß sie nie ein Bild kaufen würde. Als er Marler auf englisch begrüßte, nannte er ganz bewußt nicht seinen Namen.

»Willkommen in Wien, Sir. Lange nicht mehr gesehen.«

Ziegler war ein großer, stattlicher Mann in einem eleganten dunklen Anzug. Er hatte eine hohe Stirn und Augen mit schweren Lidern.

»Ich wollte mir mal den Monet ansehen, dessentwegen Sie mich angerufen haben.«

»Ich habe ihn hier drinnen. Anna«, rief er dann,»könnten Sie in der Galerie kurz übernehmen?«

Als er die Tür aufschloß, erschien eine schlanke Frau, die sich wegen der Hitze das Haar nach hinten gebunden hatte. Ziegler führte Marler hinein und schloß die Tür wieder ab. Auf einer Staffelei war ein Bild, das wie ein Monet aussah, aber es war nur zur Tarnung da.

»Ich habe es eilig«, sagte Marler.

Er gab Ziegler seinen Einkaufszettel und die große Segeltuchtasche, die er sich umgehängt hatte. Die Transaktion nahm nur ein paar Minuten in Anspruch. Den Beutel mit Waffen und Munition vollgepackt, erschien Ziegler wieder in der Tür, die in den Keller führte.

Marler zahlte in bar, und im Handumdrehen war er zurück in dem Kaufhaus. Er fand Paula an einem Regal mit Unterwäsche, wo sie gerade einen BH befühlte.

»Ganz schön sexy«, flüsterte Marler.

»Nicht mein Stil. Wohin jetzt?«

»Wieder die Kärntnerstraße runter, zurück zum Parkhaus. Ich gehe ein paar Schritte hinter Ihnen.«

Paula ging los. Die Tatsache, daß er auf sie aufpaßte, hatte etwas Beruhigendes für sie. Auf halbem Weg die Fußgängerzone hinunter spürte sie, daß ihr noch jemand folgte. Sie sah auf die andere Straßenseite und entdeckte den kleinen, dicken Mann, der sie in die Limousine zu schieben versucht hatte. Da sie nicht wußte, ob Marler ihren Schatten bereits entdeckt hatte, blieb sie stehen und sah in ein Schaufenster.

Roka, der von Hassan genaueste Anweisungen erhalten hatte, war mit dem Hubschrauber aus der Slowakei nach Wien zurückgeflogen worden. Der nachdrückliche Ton, in dem Hassan auf ihn eingeredet hatte, hatte ihm zu denken gegeben.

»Du hast die Beschreibung der Frau, die unserem Kontakt mit Engel gefolgt ist. Sieh zu, daß du sie findest. Schaff sie hierher, wenn dir dein Leben lieb ist.«

Roka hatte im Sacher angefangen und Paula das Hotel mit einem schlanken Mann in einem Leinenanzug verlassen sehen. Er war ihnen in einigem Abstand gefolgt. Er hielt seine Chance für gekommen, als sie das Kaufhaus betrat, aber als er ihr nach drinnen folgte, stellte er fest, daß dort zuviel Betrieb herrschte.

Später folgte er ihr wieder die Kärntnerstraße hinauf, fest entschlossen, sie mit seinem Springmesser zu erstechen, wenn sie sich weigerte, zu seinem Wagen mitzukommen. Dann könnte

Hassan sie zwar nicht mehr verhören, aber zumindest wäre sie aus dem Verkehr gezogen.

Roka war froh, daß ihr Begleiter verschwunden war. Es war dieser Kerl, der ihr bei der Entführung zu Hilfe gekommen war. Seit Paula die Kärntnerstraße wieder betreten hatte, war er so damit beschäftigt, Paula zu beobachten, daß er gar nicht mehr an den anderen Mann dachte.

Marler hatte sich etwas zurückfallen lassen und war auf Rokas Straßenseite übergewechselt. Er holte eine Walther Automatik aus seinem Schulterbeutel.

Als Paula kurz vor einem Schaufenster stehenblieb, sah sie darin Roka und hinter ihm Marler gespiegelt. Darauf ging sie, etwas langsamer, weiter. Was würde Marler wohl in dieser Situation machen? Auf der Straße herrschte einiger Betrieb.

Marler wartete, bis Roka ein bestimmtes Gebäude erreicht hatte. Dann schritt er zur Tat. Binnen weniger Sekunden war er neben dem Gangster und rammte ihm, von dem Beutel verdeckt, den Lauf der Automatik in die Seite. Seine Stimme war hart.

»Geh da rein. Langsam. Keine Dummheiten, oder ich verpasse dir eine Kugel.«

»Das ist eine Kirche!«

»Rein da, du Drecksack.«

Eingeschüchtert von Marlers Ton, gehorchte Roka. Die zwei Männer betraten die Malteserkirche. Marler hatte sich schon am Tag zuvor in der Kärntnerstraße umgesehen, war im selben Gebäude gewesen, erstaunt, daß es in Wien etwas gab, das mit Malta zu tun hatte. Die Kirche war leer gewesen.

Sie war auch jetzt leer, ein düsterer, höhlenartiger Bau, das Dunkel in seinem Innern nur von schwachem Licht durchdrungen. Der Mittelgang, der nach vorn zum Altar führte, war von Holzbänken gesäumt. Das geschäftige Treiben Wiens schien Lichtjahre entfernt.

Sobald sie die Kirche betreten hatten, postierte sich Marler hinter Roka und drückte ihm die Walther gegen die Wirbelsäule. Der Gangster machte langsame, schwere Schritte, als Marler ihn vor sich her den Mittelgang entlangschob. Dann packte Marler ihn am Arm, stieß ihn in eine Bank und zischte:»Hinknien!«

Marler war ausnahmsweise wütend – beherrscht, aber dennoch wütend. Er erinnerte sich, wie dieser Kerl Paula behandelt hatte. Roka, dem Marlers eisiger Ton sogar noch mehr Angst einjagte, kniete nieder. Die Mündung der Walther wanderte von seinem Rücken zu seinem Hinterkopf hoch, hielt direkt über seinem breiten behaarten Hals.

»So machen sie es doch, stimmt's? Setzen die Waffe am Hinterkopf an und drücken ab.«

»Bitte, Herr. Ich flehen Sie an ...«

»Betteln bringt Abschaum wie dich nicht weiter. Also fang an zu reden und versuch erst gar nicht, lange zu überlegen. Wo ist das Hauptquartier dieser Organisation?«

»Sie sagen was?«

»Ich sage gar nichts. Ich stelle dir eine Frage. Und das weißt du sehr genau. Also antworte gefälligst. Wo ist das Hauptquartier? Wenn du nicht sofort antwortest, wirst du nie mehr etwas sagen, du Dreckschwein.«

»Ich nicht wissen.«

»Dann mach schon mal dein Testament.«

»Bitte nicht ...«

»Du bist ein toter Mann.«

»Slowakei ...«

»Wer ist der Anführer?«

»Mein Knie.«

Rokas rechtes Knie gab nach, und er sank vornüber. Es wirkte durchaus überzeugend, aber Roka hatte den Mann, mit dem er es zu tun hatte, unterschätzt. Er wirbelte herum und riß das Springmesser aus seiner Jackentasche. Mit einem leisen Klicken schnellte eine stilettartige Klinge aus dem Griff in seiner Hand. Damit stieß er nach dem Bauch seines Gegners. Marler bewegte sich so schnell, daß ein Augenzeuge es nicht mitbekommen hätte. Mit unglaublicher Wucht drosch er den Griff der Walther auf Rokas fleischige Nase.

Der Gangster ging zu Boden und blieb halb unter der Kirchenbank liegen. Er rührte sich nicht mehr. Marler nahm sich nicht die Zeit, seinen Puls zu fühlen. Er war einer der Männer, die bei dem Gefängnisausbruch mehrere Wärter ermordet hatten.

Auf dem Weg zum Ausgang steckte er die Walther in seinen Beutel zurück, dann trat er blinzelnd in den hellen Sonnenschein hinaus. Paula stand wieder einmal vor einem Schaufenster und beobachtete in dessen Spiegelung den Eingang der Malteserkirche auf der anderen Seite.

Lächelnd überquerte Marler die Straße. Ihm war die Besorgnis in ihrer Miene nicht entgangen, Besorgnis darüber, was ihm zugestoßen sein könnte.

»Wir gehen noch mal ins Sacher zurück«, sagte er. »Ich habe wichtige Informationen für Tweed. Vielleicht können wir unsere Zimmer ja noch mal bekommen. Wir sollten erst abwarten, was Tweed dazu zu sagen hat. Ich bin nicht sicher, ob wir wirklich ins Burgenland fahren sollten.«

Er erzählte Paula, was er aus dem Gangster herausbekommen hatte. Sie dachte eine Weile nach, bevor sie erwiderte: »Sollten wir nicht lieber sehen, daß wir aus Wien wegkommen – Ihretwegen, meine ich? Erzählen Sie, was passiert ist.«

»Ich habe ihn außer Gefecht gesetzt.«

»Und wenn die Polizei nach Ihnen sucht?«

»Das wird sie nicht. Niemand hat uns reingehen sehen – oder mich wieder rauskommen. Ich habe mich vergewissert. Ich habe übrigens eine Browning für Sie...«

Sie bekamen ihre Zimmer noch einmal. Auf Paulas Rat zog Marler ein Polohemd und eine legere Hose an, eine Kombination aus Weiß und Marineblau, die sein Erscheinungsbild veränderte. Als er in ihr Zimmer mitkam, merkte sie, wie anders er aussah. Er stellte den schweren Beutel hinter einem Sessel auf den Boden.

»Darin ist alles, was wir brauchen«, erklärte er dazu. »Hier ist die Browning und Munition.«

Kaum hatte er das gesagt, klopfte es leise. Er nahm eine Walther aus dem Beutel, ging zur Tür und rief: »Wer ist da?«

»Harry Butler. Und ich habe noch jemanden dabei. Diesen Trottel Pete Nield.«

Marler ließ sie herein und verschloß die Tür wieder. Die Begrüßung fiel recht knapp aus. Zu viele ähnliche Begegnungen hatte es zwischen ihnen schon gegeben. Paula empfand eine gewisse Erleichterung, als die beiden Neuankömmlinge sie kurz umarmten. Sie wurde das Gefühl nicht los, daß Wien eine Falle war.

Das Minotaur war genau so, wie Jed es Tweed und Newman beschrieben hatte. Hinter einem kleinen Tor führte ein mit Kies aufgeschütteter Weg durch eine Wiese auf ein großes strohgedecktes Cottage zu. Im violetten Dunkel des Abends glommen Lichter hinter den Sprossenfenstern. Rechts davon führte eine Einfahrt zu einer kleinen Garage, vor der ein Jaguar stand.

»Willies Besitz sollte Minotaur heißen«, bemerkte Newman, »während für dieses Häuschen Dovecote viel zutreffender wäre.«

Tweed zog an der Kette neben dem Eingang, worauf im Innern eine Glocke ertönte. Nach einer Weile ging die alte Holztür auf.

Newman, der Amos Lodge nie gesehen hatte, machte große Augen. Er hatte einen typischen Gelehrten erwartet, ziemlich angegraut und leicht verstaubt.

Doch vor ihnen stand ein kräftig gebauter Mann von gut eins achtzig in der Tür. Lodge hatte einen kantigen Kopf und eine kurze energische Nase, auf der eine Brille mit Stahlrand saß. Er studierte Newman mit wachen Augen. Sein dichtes Haar war dunkel, und er war glatt rasiert. Bevor er den Mund aufmachte, hätte Newman ihn für den Chef eines Großkonzerns gehalten.

»Tweed, schön, Sie mal wiederzusehen. Ist das nicht Bob Newman? Hab ich mir doch fast gedacht. Willkommen. Kommen Sie doch rein.«

Nichts von der überschwenglichen Begrüßung, die ihnen bei Willie zuteil geworden war. Das war ein Mann, der sofort zur Sache kam. Newman war beeindruckt von der dynamischen Ausstrahlung ihres Gastgebers.

Sie traten in eine mit Bücherregalen vollgestellte Diele, gingen durch eine Eßküche, in der eine gefliese Theke Arbeits- und Eßbereich trennte. Durch einen Vorraum mit einem Eichentisch kamen sie schließlich in ein Wohnzimmer mit einem gemauerten Kamin.

Die Einrichtung war bequem, ein quadratischer Eichentisch mit vier kunstvoll gedrechselten Holzstühlen. Lodge deutete auf den Tisch, fragte, was sie trinken wollten. Newman entschied sich für einen stark verdünnten Scotch. Tweed bat um ein Glas Wein.

Nachdem sie am Tisch Platz genommen hatten, gesellte Lodge sich mit seinem eigenen Glas Scotch zu ihnen. Das würde kein oberflächliches Gespräch werden, spürte Newman.

»Wieviel weiß Newman?« fragte Lodge, als er sich gegenüber Tweed niederließ.

»Er weiß vom *Institut de la Défense*«, antwortete Tweed. »Aber vielleicht können Sie ihm noch etwas mehr erzählen, als ich das bereits getan habe.«

»Das bezweifle ich. Aber ich werde es trotzdem versuchen. Ganz kurz, es handelt sich dabei um eine Art Club, dem fünfzehn Männer angehören, zum größten Teil anerkannte Koryphäen auf ihrem Wissensgebiet. Männer, die es, wie mich, mit Sorge erfüllt, daß Europa im Moment so schlecht gegen einen Angriff aus dem Osten geschützt ist. Damit meine ich nicht Rußland. Wir treffen uns hin und wieder in einer Villa bei Ouchy am Ufer des Genfer Sees zu einem informellen Gedankenaustausch über die neuesten Entwicklungen.«

»Was für neueste Entwicklungen?« fragte Newman.

»Der Westen ist führerlos. In unseren Regierungen sitzen doch nur Schlappschwänze: der Premierminister in London, der Präsident in Washington, der Kanzler in Bonn, der französische Präsident, um nur die wichtigsten zu nennen. Dem *Institut* gehören lauter einflußreiche Männer an, die versuchen, unsere sogenannten Führer dahingehend zu beeinflussen, daß sie diese Bedrohung überhaupt einmal als solche erkennen und schließlich auch etwas dagegen unternehmen und umgehend hochmoderne Abwehrsysteme installieren lassen. Bislang stoßen wir noch auf taube Ohren. Aber es muß eine Organisation geben, der unsere Bemühungen ein Dorn im Auge sind – sie hat bereits acht unserer Mitglieder umbringen lassen. Lauter Morde, die als Selbstmorde getarnt waren. Acht Mitglieder ausgeschaltet, womit noch sieben übrig bleiben.«

»Sie eingeschlossen«, bemerkte Tweed.

»Und auch Sie eingeschlossen. Dann wäre da noch ein Punkt: der rapide fortschreitende Werteverfall im Westen.«

61

»Das ist das erste Mal, daß ich Sie diesen Punkt anschneiden höre«, sagte Tweed.

Lodge schenkte sich ein Glas Scotch nach. Tweed hatte den Eindruck, daß sich ihr Gastgeber vor ihrer Ankunft bereits ein paar Gläser genehmigt hatte. Das überraschte ihn. Lodge war deshalb gesprächiger als üblich, denn prompt fuhr er mit seiner rauhen Stimme fort:

»Das Römische Reich ging an seiner eigenen Dekadenz zugrunde. Kurz vor seinem endgültigen Fall war die Führungsschicht nur noch mit jeder erdenklichen Form von Perversion beschäftigt. Ganz ähnlich sehe ich inzwischen die Situation im Westen. Ich glaube an die Gleichberechtigung, aber im Westen geht das inzwischen so weit, daß die Frauen die dominierende Kraft geworden sind. Sie sind diejenigen, die das Sagen haben. Das zeigt sich in vielerlei Hinsicht. Was die Mode angeht, kann man die fortschreitende Dekadenz an der Art erkennen, wie sich Filmstars oder Damen der Gesellschaft in der Öffentlichkeit kleiden – beziehungsweise entkleiden. Das Motto lautet ›Alles ist erlaubt‹. Die Männer erleben, daß sie nur noch zweite Garnitur sind. Das ist selbstverständlich eine Verallgemeinerung. Ich bin kein Frauenfeind – das wissen Sie, Tweed. Aber das Fundament der westlichen Zivilisation wird von Grund auf untergraben. In vielen Ehen herrscht keine Stabilität mehr. In der moralischen Einstellung vieler Menschen, Männer wie Frauen, fehlt jedes Gefühl für sittliche Werte, für Anstand. Unsere Politiker – nicht alle – tragen die gleichen dekadenten Züge. Dieser Abstieg in moralisches Chaos ist nicht nur für Amerika und England kennzeichnend, sondern auch für alle anderen westlichen Schlüsselstaaten.«

Lodge hatte mit großem Nachdruck gesprochen. Seine Augen hinter den viereckigen Brillengläsern leuchteten vor missionarischem Eifer.

»Und was schlagen Sie zur Lösung dieses Problems vor?« fragte Tweed.

»Die Errichtung einer starken Führung im Westen. Ein wesentlich größeres Maß an Disziplin, eine Wiederherstellung der alten Stabilität. Dabei hat es, fürchte ich, keinen Sinn, auf die Kirche zu

bauen. Nur noch wenige Menschen messen ihr echte Bedeutung
bei. Nehmen Sie nur die Filme, die die Leute sehen, die Bilder, die
unsere sogenannten Künstler malen. Ein einziger Abstieg in die
Barbarei. Nicht immer, zugegebenermaßen, aber zu oft, zu durch-
gängig. Wie gesagt, alles ist erlaubt.«
»Könnten Sie etwas konkreter werden?« fragte Newman.
»Wir haben sowohl ein moralisches als auch ein militärisches Va-
kuum. Wir hätten der Aufoktroyierung eines wesentlich rigideren
Wertesystems aus dem Osten nichts entgegenzusetzen. Damit meine
ich den Islam. Nicht die Fundamentalisten – nein, bestimmte noch
extremere Gruppen, die schon lange im verborgenen unseren Sturz
vorbereiten. Diese Leute wissen ganz genau, was sie tun – deshalb
schalten sie der Reihe nach sämtliche Mitglieder des *Institut de la
Défense* aus. Sie fürchten, wir könnten uns schließlich doch noch bei
unseren politischen Führern Gehör verschaffen und sie zu einer
Wiederaufrüstung des Westens bewegen. Der Osten ist fest davon
überzeugt, über ein sittliches Wertesystem zu verfügen, das er dem
Westen aufzwingen kann, sobald wir militärisch bezwungen sind.«
»Der Mann immer vorneweg, die Frau immer ein paar Schritte
hinterher«, bemerkte Newman.
»Genau. Das halten diese Leute für die natürliche Gesell-
schaftsordnung. Die Geschichte zeigt uns, daß eine solche Entwicklung durchaus im Bereich des Möglichen liegt. Denken Sie
nur an Mohammed, den Propheten. Seine Armeen kamen buchstäblich aus dem Nichts, und doch überrannten sie ganz Nord-
afrika und setzten in Gibraltar, das sie Jeb-el-Tarik nannten, über
das Mittelmeer. Sie eroberten Spanien und stießen nach Frankreich vor, wo sie erst Charles Martel, Karl der Hammer, in der
Schlacht von Poitiers aufhalten konnte. Das war mitten in Frankreich! Beim nächsten Mal wird alles wesentlich schneller gehen.
Sie verfügen über modernste Waffen – Raketen, Panzer, sonstige
hochentwickelte Technologien. Die Eroberung Europas, das, ich
betone, unter der gegenwärtigen Pseudo-Führung völlig wehrlos
ist, wird sehr schnell erfolgen.«
»Militärisch betrachten Sie es also ganz aus strategischer Sicht«,
bemerkte Tweed.»Das war ja immer schon Ihre Stärke – Strategie.«

»Ganz richtig.« Lodge hielt inne. Seine Miene war ernst. »Ich werde in Kürze nach Zürich reisen, um dort mit Pierre Dumont zu sprechen. Er ist einer der größten Denker der Gegenwart.«

»Allerdings.« Tweed stand auf. »Wenn Sie uns jetzt bitte entschuldigen würden, wir haben noch einen anderen Termin.« Er lächelte. »Das heißt, mit Ihnen hatten wir, genaugenommen, gar keinen – trotzdem, es war sehr freundlich von Ihnen, uns etwas von Ihrer kostbaren Zeit zu widmen. Ich weiß, Sie arbeiten praktisch pausenlos.«

»Das ist eine meiner schlechten Angewohnheiten«, entgegnete Lodge freundlich und stand ebenfalls auf, als Newman ihm die Hand reichte. »Und es freut mich, daß Sie soviel Geduld aufgebracht haben, sich mein albernes Geschwafel anzuhören, Mr. Newman.«

»Von albernem Geschwafel kann da wohl kaum die Rede sein.«

Auch Newman lächelte, als sie sich die Hände schüttelten. Er sah seinen Gastgeber aufmerksam an. Lodges hypnotische Augen leuchteten vor Sendungsbewußtsein.

Tweed war sehr still, als Newman mit ihm zum Hotel zurückfuhr. Seine ganze Aufmerksamkeit schien auf die Straße vor ihnen gerichtet, die jetzt, nach Einbruch der Dunkelheit, nur noch von den Lichtkegeln ihrer Scheinwerfer beleuchtet wurde. Es war Newman nicht neu, daß Tweed so schweigsam wurde, wenn er sich mit einem ernsten Problem herumschlug. Schließlich begann Tweed zu sprechen.

»Könnten Sie rasch Ihre Sachen packen, wenn wir im Hotel zurück sind? Ich werde ebenfalls meinen Koffer packen. Außerdem muß ich noch Monica anrufen. Wir kehren sofort nach London zurück. Die Park Crescent ist unsere Kommunikationszentrale, und dort muß ich ab sofort unbedingt sein.«

»Geht in Ordnung. Und ich zahle die Zimmer.«

Newman hatte sich ohne Umschweife einverstanden erklärt. Ihm war klar, daß jetzt der Ernstfall eingetreten war. Die Lage würde sich immer mehr zuspitzen, bis sie unausweichlich zu einem Höhepunkt kam, von dem noch kein Mensch sagen konnte, wie er aussehen würde.

Mit einem zufriedenen Lächeln legte Hassan den Hörer auf. Er hatte Simone Carnot gerade die wichtigsten Daten über Pierre Dumont durchgegeben.

Er hatte alles bestens organisiert – mit Hilfe der Liste, die ihm der Engländer beschafft hatte, war es ihm möglich, die richtige Frau auf das jeweilige Opfer anzusetzen. Simone hatte schon über eine Woche ein Foto von Dumont. Hassan hatte sie in einer Wohnung in der Züricher Innenstadt, nicht weit von der Bahnhofstraße, untergebracht, und inzwischen kannte sie nicht nur Dumonts Adresse, sondern auch seine Gewohnheiten. Dumont war ein Mann mit einem streng geregelten Tagesablauf.

»Er verläßt seine Wohnung in der Talstraße jeden Morgen um zehn Uhr«, hatte Hassan Simone gesagt. »Zehn Minuten später trifft er im Café Sprüngli in der Bahnhofstraße ein. Man kann die Uhr nach ihm stellen. Vermutlich hängt das damit zusammen, daß er Schweizer ist. Er begibt sich in den ersten Stock, wo er exakt dreißig Minuten damit verbringt, ein Croissant zu essen und Kaffee zu trinken. Dann...«

Er fuhr fort, Dumonts Tagesablauf bis zu dem Punkt zu beschreiben, wenn er in seiner Wohnung zu Bett ging. Hassans Spitzel verstanden etwas von ihrem Geschäft – bei dem Honorar, das er ihnen zahlte, war auch nichts anderes zu erwarten. Dank dieser Informationen war es für die jeweilige Frau ein Leichtes, die Bekanntschaft ihres angehenden Opfers zu machen. Und, dachte Hassan, Simone Carnot ging rasch zur Sache. Der Engländer hatte bei der Rekrutierung der Frauen ein sehr feines psychologisches Gespür bewiesen.

6

Simone Carnot schritt durch den Eingang des Hotels Baur au Lac in Zürich und blieb stehen. Mehrere Männer starrten sie unverhohlen an. Simone war Anfang dreißig, eins siebzig groß, schlank und rothaarig. Ohne sich um die Blicke zu kümmern, sah sie auf die Terrasse links von der Hotelauffahrt, wo mehrere Paare im Freien saßen und etwas tranken.

An einem der Tische entdeckte sie Pierre Dumont. Es war ein heißer Juniabend, und sie hatte ein kurzes weißes ärmelloses Leinenkleid an, das ihre Figur betonte. Um ihren Schwanenhals trug sie eine Goldkette.

Sie ging auf einen freien Tisch neben dem von Dumont zu, nahm unter dem gelben Sonnenschirm Platz und schlug ihre langen Beine übereinander. Sie setzte sich so, daß sie Dumont, der sich in einem ledernen Notizbuch Aufzeichnungen machte, halb zugewandt war. Rasch erschien ein Kellner an ihrem Tisch. Sie hob kaum merklich ihre rauchige Stimme, als sie bestellte.

»Ach, ich glaube, ich hätte gern einen trockenen Martini.«

Dumont, durch den Klang ihrer Stimme aufmerksam geworden, blickte auf, legte seine Zigarette beiseite. Das trifft sich gut, dachte Simone. Er raucht auch. Beiläufig fing sie mit ihren grünen Augen seinen Blick auf, um dann jedoch wieder wegzusehen. Sie wußte, daß er seit über drei Monaten von seiner Frau getrennt lebte und daß es ihre Schuld gewesen war, weil sie ein Verhältnis mit einem anderen gehabt hatte und nicht diskret genug gewesen war. Sie hatte von Hassan einen ausführlichen Bericht über ihr Opfer bekommen.

Dumont stellte plötzlich fest, daß ihn seine Aufzeichnungen nicht mehr interessierten. Die Frau am Nebentisch sah auffallend gut aus, und sie trug keinen Ring. An sich war er hergekommen, um zu arbeiten – er mußte in weniger als einer Woche im Kongreßhaus eine Rede halten –, aber er konnte sich nicht mehr konzentrieren.

Nachdem ihr Drink gekommen war, paßte Simone einen Moment ab, in dem alle Kellner unter der gelben Markise vor dem Eingang zur Küche versammelt waren. Sie nahm eine Packung Zigaretten heraus, steckte sich eine in den Mund und wühlte in ihrer Handtasche, als suchte sie nach einem Feuerzeug.

Dumont sprang auf, kam an ihren Tisch und hielt ihr sein goldenes Feuerzeug hin.

Sie blickte auf und sah ihn mit einem dankbaren Lächeln an. Sie hatte perfekte Züge, ein Kinn, das Entschlossenheit verriet.

»*Merci, Monsieur.*«

66

Das war ein weiterer Punkt, der von Vorteil für sie war. Sie wußte, er kam aus der französischsprachigen Schweiz. Er begann französisch zu sprechen.

»Ich glaube, um diese Jahreszeit ist der Abend die schönste Tageszeit. Dieses Gefühl von Ruhe und Frieden findet man nur jetzt.«

»Das stimmt. Sie scheinen ein sehr feines Gespür für Stimmungen zu haben. Das haben nicht viele Männer. Ich habe den ganzen Tag am Computer gesessen. Da genieße ich es um so mehr, im Freien zu sitzen und einfach abzuschalten.«

»Tun Sie das am liebsten allein?«

»An sich nicht.«

Sie streifte ihre Zigarette an einem Aschenbecher ab, obwohl es eigentlich noch nicht nötig gewesen wäre. Dumont, der es bemerkte, faßte es als ein Zeichen leichter Unsicherheit auf.

»Dürfte ich Ihnen dann vielleicht Gesellschaft leisten? Ich bin auch allein hier.«

»Sicher, gern. Aber haben Sie nicht gerade etwas in Ihr Notizbuch geschrieben.«

Sie ging es sehr raffiniert an. Nur nichts überstürzen, sagte sie sich. Auch nur für die Andeutung eines Flirts war es noch zu früh.

Dumont sagte, er habe genug geschrieben, holte sein Glas und setzte sich zu ihr. Er deutete über die Terrasse auf den Garten des Hotels, der sich zum Zürichsee hinab erstreckte.

»In letzter Zeit ist der Garten wesentlich gepflegter. Es ist noch gar nicht so lange her, als er regelrecht verwahrlost war. Jetzt ist er ein richtiger Park, ein Park von großer Schönheit. Ich komme jeden Abend hierher. Nicht nur, um etwas zu trinken, sondern auch, um zu beobachten, wie die Schatten auf dem Rasen langsam länger werden...«

Pierre Dumont war ein kleiner, rundlicher Mann Mitte fünfzig. Er hatte krauses braunes Haar, ein rosiges Gesicht und eine umgängliche Art. Seit seine Frau ihn verlassen hatte, war er sehr einsam, obwohl ihm nach außen hin nichts davon anzumerken war. Um seine blaugrauen Augen lag immer ein leicht verträumter Zug – seine Gedanken kreisten oft um die verfahrene politische Weltlage und um gangbare Lösungsmöglichkeiten. In den drei

Monaten seit der Trennung von seiner Frau hatte er fast jeden Tag bis drei Uhr nachts zu Hause an seinem Schreibtisch gesessen und fieberhaft gearbeitet, um seinen Schmerz über den Verlust zu vergessen. Doch jetzt verspürte er ein starkes Bedürfnis nach weiblicher Gesellschaft.

Im Summer Lodge in Dorset packten Tweed und Newman ihre Koffer, bezahlten die Rechnung und traten mitten in der Nacht die Rückfahrt nach London an. Im Auto saß Tweed lange schweigend da, und Newman hütete sich, ihn aus seinen Gedanken zu reißen. Ohne ein Wort darüber zu verlieren, sah Newman während der Fahrt immer wieder in den Rückspiegel. Nach einer Weile brach Tweed schließlich das Schweigen. Er hatte, ohne daß Newman es gemerkt hatte, in regelmäßigen Abständen einen Blick in den Seitenspiegel geworfen.

»Jemand folgt uns. Schon, seit wir vom Hotel losgefahren sind. Der Wagen ist immer noch hinter uns.«

»Soll ich ihn abhängen?« fragte Newman.

»Auf keinen Fall. Ich habe keine Ahnung, was hier eigentlich gespielt wird. Sollen sie uns ruhig folgen. Vielleicht bekommen wir ja auf diese Weise heraus, wer die Leute sind, die hinter diesen Anschlägen stecken.«

»Glauben Sie, Willie oder Amos könnten ihre Spürhunde auf uns gehetzt haben?«

»Möglich. Wer weiß?«

Sie vielleicht, dachte Newman. Aber er kannte Tweed. Solange er nicht sicher war, mit wem er es zu tun hatte, ließ er sich nicht in die Karten sehen. Sie waren schon in London, nicht mehr weit von der Park Crescent, als Tweed wieder zu sprechen begann. Trotz der langen Fahrt zeigte er keine Zeichen von Müdigkeit.

»Ich habe vor der Abfahrt im Summer Lodge Monica angerufen. Sie erwartet uns.«

»Arme Monica. Was für Arbeitszeiten!«

»Das würde sie sich um keinen Preis entgehen lassen. Sie merkt, daß es langsam losgeht.«

»Wirklich?«

68

»Ja. Ich muß Paula, Marler und ihre Begleiter davon abhalten, einen Fehler zu machen.«

»Aber danach sollten Sie sich unbedingt schlafen legen. Wir haben einen langen Tag hinter uns.«

»Wer redet hier von Schlafen? Wir haben noch eine lange Nacht vor uns.«

Newman beugte sich über Monica, als sie Tweeds Büro im ersten Stock betraten. George, der Sicherheitsbeamte am Eingang, hatte sie eingelassen.

»Sie und Monica sind sicher die einzigen, die noch hier sind«, hatte Tweed bemerkt, als sie an George vorbeigekommen waren.

»Von wegen, Sir. Auch Howard ist noch in seinem Büro.«

Tweed hatte aufgestöhnt. Der letzte Mensch, dem er in dieser Nacht begegnen wollte, war der aufgeblasene Direktor des SIS.

Als Newman Monica auf die Wange küßte, blickte sie überrascht auf. Dann sagte sie mit einem schalkhaften Lächeln:

»Was soll ich nun von dieser Begrüßung halten. Werden Sie mich als nächstes etwa noch zum Essen einladen?«

»Das versuche ich doch schon die ganze Zeit, wenn Sie mir nicht jedesmal einen Korb geben würden«, konterte Newman.

Monica, Tweeds langjährige Sekretärin, war eine Frau unbestimmbaren Alters, die ihr graues Haar zu einem strengen Knoten gebunden hatte. Tweed rief ihr von seinem Schreibtisch zu:

»Schaffen Sie mir Marler an den Apparat. Er ist im Sacher in Wien.«

»Langsam müßte ich eigentlich wissen, wo das Sacher ist.«

Da sie die Nummer im Kopf hatte, hatte sie bereits zu wählen begonnen. Während sie wartete, daß sie zu Marlers Zimmer durchgestellt wurde, warnte sie Tweed:

»Denken Sie daran, daß wir ihn wahrscheinlich aus dem Schlaf... Marler? Ja, ich weiß, daß meine Fistelstimme nicht zu verwechseln ist. Einen Augenblick. Da will Sie jemand dringend sprechen.«

»Marler? Gut. Ich bin wieder zurück im Hauptquartier. Was ich jetzt sage, ist ein Befehl. Das gilt auch für die anderen. Sie übernehmen das Kommando. Sie bleiben, wo Sie sind, bis Sie wieder von mir hören. Also auch kein Stadtbummel, um nach schönen Frauen Ausschau zu halten.«

Tweed legte auf und bat Monica, ihn mit Pierre Dumont zu verbinden. Dann überlegte er es sich anders und sagte, er würde die Nummer selbst wählen. Es meldete sich eine Frauenstimme.

»Ja? Wer ist da bitte?«

»Könnte ich bitte Pierre Dumont sprechen?«

»Tut mir leid, aber er ist gerade nicht erreichbar. Wer spricht da bitte?« Die rauchige Stimme hatte einen leichten französischen Akzent.

»Der Milchmann«, knurrte Tweed und knallte den Hörer auf die Gabel.

Er saß mehrere Minuten da und dachte nach. Er wußte, Dumont war von seiner Frau verlassen worden. Es sah ihm nicht ähnlich, woanders Trost zu suchen. Andererseits war er inzwischen schon drei Monate lang solo. Tweed konnte nicht ahnen, daß Dumont gerade duschte und daß die Frau am Telefon Simone Carnot gewesen war.

Tweed saß aufrecht in seinem Drehstuhl und blickte aus dem Fenster. Es war eine helle Mondnacht, und in der Ferne waren die Bäume des Regent's Park zu sehen.

»Gibt es Probleme?« fragte Newman.

»Ich hoffe nicht. In zwei Tagen hält Pierre Dumont im Kongreßhaus in Zürich eine Rede. Er hat bereits angekündigt, daß er bei dieser Gelegenheit auf die dramatische Zuspitzung der weltpolitischen Lage zu sprechen kommen wird. Man erwartet, daß neben der internationalen Presse und einem ausgesuchten Publikum auch CNN mit einem Kamerateam vertreten sein wird. Irgendwie gefällt mir das nicht. Monica, verbinden Sie mich bitte mit Arthur Beck.«

Monica wählte, wieder aus dem Gedächtnis, die Privatnummer des Chefs der Schweizer Bundespolizei in Bern. Er war ein alter Freund Tweeds. Ein paar Minuten später nickte Monica und signalisierte Tweed, daß sie ihn am Apparat hatte.

»Hier Tweed...«

70

»Ah, der große Meister persönlich«, erwiderte Beck in seinem perfekten Englisch. »Gibt es irgendwelche Probleme?«

»Ich bin gerade in der Zentrale in London. Pierre Dumont hält in zwei Tagen im Züricher Kongreßhaus eine wichtige Rede.«

»Ich weiß. Die Medien haben ja schon ausführlich darüber berichtet.«

»Ich glaube, er könnte das Opfer des nächsten Attentats sein.«

»Bitte nicht. Wir hatten bereits in Genf eins.«

»Ich finde, Sie sollten alles tun, was zu seinem Schutz möglich ist. Wenn er die Rede hält, gibt er ein hervorragendes Ziel ab. Aber das sind natürlich nur Vermutungen.«

»Ihre Befürchtungen machen mir Sorgen. Normalerweise treffen Ihre Prognosen immer ins Schwarze. Ich rufe den Polizeichef von Zürich an und sage ihm, er soll umgehend etwas unternehmen. Irgendwelche Hinweise, wer hinter diesen Morden steckt? Übrigens, vielleicht habe auch ich etwas, das Sie interessieren könnte. Einer meiner Leute hat Emilio Vitorelli auf dem Flughafen Kloten ankommen sehen und ist ihm von dort ins Baur du Lac gefolgt, wo er sich auf unbestimmte Zeit eine Suite genommen hat.«

»Das macht Emilio immer – dann weiß niemand, wann er abzureisen gedenkt.«

»Wenn er irgendwo auftaucht, heißt das in der Regel, daß irgend etwas im Busch ist.«

»Lassen Sie ihn observieren. Der führende Kopf der Gegenseite könnte ein gewisser Assam sein. Ich buchstabiere ...«

»Assam ist ein indischer Bundesstaat. Ich glaube nicht, daß Indien etwas mit der Sache zu tun hat.«

»Ich auch nicht. Wir hören voneinander.«

Tweed begann etwas auf einen Block zu kritzeln und murmelte dabei vor sich hin: »Assam? Assam? Assam?« Hatte Paula vielleicht nicht richtig verstanden, was ihr der Fahrer der Entführer gesagt hatte?

Dann erzählte er Newman von Vitorellis Eintreffen in Zürich. Newman machte ein finsteres Gesicht.

»Es wird gemunkelt, daß er auf der ganzen Welt in alle möglichen dubiosen Geschäfte verwickelt ist. Wenn er auftaucht, ist etwas faul im Staate Dänemark.«

»Das meinte auch Beck.«

Wenige Minuten später erhielt Tweed einen Anruf von Arthur Beck aus Bern. Zu seiner Beruhigung teilte ihm der tüchtige Chef der Schweizer Bundespolizei mit:

»Ich habe Zürich alarmiert. Niemand wird sich von hinten an Pierre Dumont heranschleichen und ihn in den Hinterkopf schießen – nicht vor den Augen einer großen Zuhörerschaft. Emilio Vitorelli hat im Baur au Lac zu Abend gegessen und ist anschließend schlafen gegangen.«

»Danke, daß Sie mich so ausführlich auf dem laufenden halten.«

Becks Bemerkung sollte Tweed nicht mehr aus dem Kopf gehen.

Mario Parcelli, der in die Rolle eines typischen Gigolo geschlüpft war, war an den Polizeibeobachtern im Züricher Flughafen Kloten vorbeigekommen, ohne deren Aufmerksamkeit zu erregen. Der gepflegte, kleine Mann in dem leichten blauen Anzug aus der Londoner Savile Row war in Wirklichkeit Vitorellis rechte Hand. Er hatte das Flugzeug in einigem Abstand von seinem Boß verlassen.

Vorsichtshalber nahm er nicht gleich das erste Taxi, sondern erst das dritte. Jetzt hatte er Gewißheit, daß niemand ihm folgen würde. Er stellte seinen Louis Vuitton-Koffer neben sich, schlug seine in marineblauen Ferragamo-Slippern endenden Beine übereinander und sah aus dem Rückfenster. Er konnte dem Drang, sich umzublicken, nicht widerstehen.

Als er sich wieder nach vorne wandte, blickte er an sich hinab. Sein elegantes Äußeres war nur Tarnung. Seine Aufgabe bestand vor allem darin, das weitgespannte Netz von Informanten zu koordinieren, die ihn über die neuesten wirtschaftlichen Entwicklungen auf dem laufenden hielten. Auf diese Weise hatte Vitorelli schon einige höchst profitable Coups landen können. Diesmal war Marios Aufgabe etwas schwieriger, aber er glaubte, eine interessante Entdeckung gemacht zu haben.

»Zum Hotel Schweizerhof«, sagte er dem Taxifahrer.

Als er vor dem Hotel, das gegenüber dem Züricher Hauptbahnhof lag, ausgestiegen war, wartete er, bis das Taxi weggefahren war. Dann ging er nicht in das Hotel, sondern bog um die Ecke in die Bahnhofstraße, wo er an einem Automaten eine Fahrkarte löste und in die erste Straßenbahn stieg.

»Du übertreibst es mit deiner Vorsicht«, hatte Vitorelli einmal spöttisch bemerkt.

»Ich weiß, was ich tue«, hatte Mario entgegnet.

Am Ende der Bahnhofstraße, fast am See, stieg Mario aus der blauen Trambahn, ging ins Baur au Lac und nahm sich dort ein Zimmer. Bevor er mit dem Lift nach oben fuhr, fragte er den Portier:

»Könnten Sie mir bitte Emilio Vitorellis Zimmernummer geben? Er wohnt hier im Hotel. Ich habe eine dringende Nachricht für ihn.«

»Bedaure, Sir«, erwiderte der Portier, »das geht leider nicht. Aber falls ein Herr dieses Namens bei uns wohnt, kann ich ihm gern eine Nachricht übermitteln.«

Mario konnte seine Ungeduld nur mit Mühe im Zaum halten, als der Portier in Vitorellis Zimmer anrief und ihm den neuen Hotelgast beschrieb. Aber schließlich wandte er sich lächelnd wieder Mario zu und nannte ihm die Zimmernummer.

Während ein Hoteldiener seinen Koffer auf sein Zimmer brachte, eilte Mario zum Lift und fuhr nach oben. Vitorelli stand bereits in der offenen Tür seines Zimmers. Er begrüßte Mario mit erhobener Hand, zog ihn herein und schloß die Tür hinter ihm wieder ab.

»Im Flugzeug wollte ich nicht an dich herantreten«, begann Mario, »obwohl ich eine wichtige Mitteilung erhalten habe.«

»Von einem deiner Informanten?«

»Ja.«

»Und von wem genau?«

»Das darf ich leider nicht sagen, nicht einmal dir. Das ist Teil unserer Abmachung. Eine Hand wäscht die andere. Jedenfalls ist es jemand mit guten Beziehungen zur Unterwelt. Es sind Gerüchte in Umlauf, daß sich die Organisation, die für die acht Morde verantwortlich ist, ›Schwarzer Orden‹ nennt.«

7

Tweed blieb zwei Tage lang in der SIS-Zentrale – meistens in seinem Büro. Monica hatte ihm das Feldbett gemacht, das er für solche Fälle in einem Schrank aufbewahrte, und er hatte es tatsächlich geschafft, ein paar Stunden zu schlafen.

»Und? Tut sich heute etwas?« fragte Monica, nachdem er aufgestanden war.

»Wir befinden uns gerade in einer schwierigen Phase«, antwortete Tweed ausweichend.

Dann machte er sich sofort wieder an die Arbeit. Er setzte sich mit Keith Kent, der in der City stationiert war, in Verbindung. Es gab niemanden, der schneller als Kent herausfand, woher größere Geldbeträge kamen, die auf verschlungenen Wegen ihren Besitzer wechselten. Die Anweisungen, die Tweed ihm telefonisch erteilte, waren ganz einfach.

»Keith, da sind zwei Leute, über die ich nähere Auskünfte brauche – das heißt, woher ihr Geld kommt. Einer ist Captain William Wellesley Carrington, er lebt in Dorset in ...«

Er gab Kent alle Daten, die er hatte, dann nannte er ihm den zweiten Namen.

»Ganz in der Nähe lebt auch ein anscheinend nicht ganz so begüterter Mann. Amos Lodge, der bekannte Experte für strategische Fragen. Er lebt in ... Und dann noch ein letztes. Wie es scheint, gehört das Dorf Shrimpton einem einzigen Mann. Wenn dem so ist, wer ist dieser Mann? Ich bräuchte diese Informationen möglichst gestern.«

»Ganz was Neues«, antwortete Kent lachend. »Halten sich diese Männer öfter im Ausland auf?«

»Auf diesen Punkt wollte ich gerade kommen. Willie – das heißt Carrington – unternimmt häufig Reisen in den Nahen Osten. Auch Lodge hält sich gelegentlich im Ausland auf. Allerdings weiß ich nicht, wo und wie oft. Von einem Freund weiß ich, daß Kuriere jemandem in dieser Gegend große Mengen Bargeld gebracht haben. Wir wissen, daß erst vor kurzem eine größere Summe geliefert wurde – allerdings wissen wir nicht, wohin das

Geld in Dorset ging oder wer der Empfänger war. Von der Beantwortung dieser Frage könnte das Leben einer ganzen Reihe von Leuten abhängen. Um so mehr tut es mir leid, daß ich nicht mehr Daten habe, die ich Ihnen geben kann.«

»Dann werde ich mich gleich an die Arbeit machen. Aber das wird Sie einiges kosten.«

»Ganz was Neues«, erwiderte Tweed nun seinerseits.

Newman hatte das Gespräch mitgehört. Er kannte Kent. Sobald Tweed aufgelegt hatte, fragte er:

»Glauben Sie, einer der beiden – Lodge oder Willie – hat etwas mit den Attentaten zu tun?«

»Keine Ahnung. Es könnte jemand Dritter in Dorset sein, von dem wir bisher noch nichts wissen.«

»Ich habe die ganze Zeit darauf gewartet, daß Sie Willie fragen, was aus seiner alten Freundin Tina Langley geworden ist. Sie haben es aber nicht getan.«

»Ganz bewußt. Ich wollte auf keinen Fall seinen Argwohn wecken. Mir war aufgefallen, daß auf dem Flügel im Wohnzimmer ein Foto von ihr stand. Das Foto einer zierlichen, etwa dreißigjährigen Frau, die sich bei Willie unterhakt.«

»Mir fiel dieses Bild auch auf. Tina ist eine sehr attraktive Frau. Gute Figur, sympathisches Lächeln. Nach so einer Frau würden sich viele Männer die Finger lecken.«

»Was haben Sie eben gesagt?« Tweed war mit seinen Gedanken woanders gewesen.

Newman wiederholte, was er gesagt hatte. Tweed sah nachdenklich aus dem Fenster, wo die Sonne über dem Regent's Park aufging. Es würde wieder ein heißer Tag werden.

»Habe ich gerade etwas gesagt?« hakte Newman nach.

»Sie haben wiederholt, was Sie zuvor sagten. Monica, könnten Sie versuchen, Kuhlmann zu erreichen. Er dürfte inzwischen aus Wien nach Wiesbaden zurückgekehrt sein.«

Er hatte kaum zu Ende gesprochen, als das Telefon läutete. Monica sagte Tweed, daß Paula am Apparat war.

»Was gibt's, Paula?« fragte Tweed.

»Wenn es wirklich nicht anders geht, werden wir so weitermachen wie gehabt – im Sacher rumsitzen und Däumchen drehen, meine ich. Allerdings kann ich nicht umhin, mich zu fragen, ob das nicht unverantwortliche Zeitverschwendung ist.«

Sie hörte sich verärgert an. Tweed merkte, daß sie eine ihrer aufmüpfigen Phasen hatte. Nicht, weil sie ungeduldig war, sondern weil sie spürte, daß sich die Lage zuspitzte. Er hielt viel auf ihr Urteil, deshalb traf er augenblicklich eine Entscheidung.

»Sind Sie bereit, auf der Stelle abzureisen?«

»Wir sitzen bereits in den Startlöchern.«

»Dann fliegen Sie alle nach Zürich. Geben Sie mir bitte kurz Marler? Ich möchte mit ihm sprechen.«

»Natürlich.«

Nach einer kurzen Pause kam Marler an den Apparat. Wie immer machte er keine langen Worte und brachte die Sache sofort auf den Punkt.

»Wir wollen nicht fliegen. Ich plädiere dafür, daß wir statt dessen mit zwei Mietwagen in die Schweiz fahren. Dafür gibt es gute Gründe.«

»Einverstanden«, sagte Tweed. »Sie werden im Baur au Lac und im Gotthard wohnen. Um die Zimmerreservierung kümmern wir uns.«

Nachdem er aufgelegt hatte, wandte sich Marler den anderen in seinem Zimmer im Sacher zu und setzte sie über Tweeds Anweisungen in Kenntnis.

»Warum nicht mit dem Flugzeug?« wollte Paula wissen.

»Was haben Sie in Ihrer Umhängetasche, Paula? Eine 32er Browning. Und was habe ich Harry und Pete gegeben?« Marler wandte sich den beiden Männern zu. »Eine Walther und jede Menge Munition. Ich habe ebenfalls eine Walther – und ein Armalite-Gewehr. Damit können wir unmöglich fliegen.«

»Dann versenken wir eben alles in der Donau«, schlug Paula vor.

»Ich kenne in Genf einen verläßlichen Waffenhändler.« Marler schüttelte den Kopf. »Dem Händler, den ich in Zürich kenne, traue ich nicht. Wir wissen nicht, was uns erwartet, wenn wir in Zürich ankommen. Wenn wir mit zwei Autos fahren, kann ich unsere Waffen mit Klebeband unter meinem Wagen befestigen. Sie und Harry nehmen ein Auto, Pete und ich das andere. Ich weiß, wie wir in die Schweiz kommen, ohne durch den Zoll zu müssen.«

»Durch ganz Österreich zu fahren wird eine Ewigkeit dauern«, protestierte Paula.

»Tweed hat dieses Vorgehen abgesegnet.«

»Folglich können wir uns alle weiteren Diskussionen sparen«, erklärte Butler. »Wir machen es so, wie Tweed gesagt hat.«

»Wahrscheinlich haben Sie recht«, pflichtete ihm Paula widerstrebend bei. »Obwohl nicht anzunehmen ist, daß wir unsere Waffen in Zürich brauchen werden.«

»Darauf würde ich mal lieber nicht wetten«, warnte Marler.

Nachdem Tweed das Telefonat mit Paula beendet hatte, berichtete er Newman, was passiert war.

»Kein Wunder, daß sie langsam einen Koller kriegen«, meinte Newman. »Die ganze Zeit im Sacher herumzusitzen.«

»Ich mußte mich blitzschnell entscheiden. Mein sechster Sinn sagt mir, daß sich in Bälde alles auf Zürich konzentrieren wird. Da kann es nicht schaden, unsere Leute dort zu postieren. Ich mache mir immer noch Sorgen wegen Pierre Dumonts Rede, die überall groß angekündigt wird.«

»Sie haben Beck gewarnt, und er hat entsprechende Schritte eingeleitet. Ich fahre jetzt in meine Wohnung – ich muß dringend schlafen. Sie wissen ja, Sie können mich jederzeit erreichen, wenn es etwas Neues gibt.«

Den Rest des Tages erledigte Tweed mit Monica den anfallenden Verwaltungskram, den er zwar haßte, der aber dennoch vom Tisch mußte. Sie arbeiteten bis spät in die Nacht. Er wollte sich gerade auf sein Feldbett legen, als Howard in sein Büro kam. Der Direktor hatte die Gabe, immer im ungünstigsten Moment aufzutauchen. Monica schnitt hinter seinem Rücken ein Gesicht, als er es sich in einem Sessel bequem machte.

Wie üblich war er tadellos gekleidet, diesmal in einem blauen Chester-Barrie-Anzug von Harrods. Er rückte erst die Clubkrawatte über seinem blütenweißen Hemd zurecht, bevor er sich – in bestem Eliteschulenakzent – erkundigte:

»Irgendwelche Neuigkeiten aus Dorset?«

»Wir haben uns sowohl mit Willie Carrington als auch mit Amos Lodge getroffen.« Nachdem Howard sich solche Sorgen um ihre Sicherheit machte, beschloß Tweed, seine Neugier wenigstens etwas zu befriedigen. »Allerdings haben wir aus keinem von beiden etwas Brauchbares herausbekommen.«

»Demnach können wir sie also von der Liste der Personen streichen, die als Empfänger der Geldlieferung in Frage kommen, die ein Kurier nach Dorset gebracht hat?«

»Das habe ich nicht gesagt.«

»Wirklich zutiefst besorgniserregend, wie diese großen Geister einer nach dem anderen ermordet werden. Ich kannte Norbert Engel. Sympathischer Bursche.«

»Das ist etwas, was uns allen Sorgen macht. Im Moment können wir allerdings nur warten, daß etwas passiert, was uns auf die richtige Spur führt.«

»Wie ich sehe, schlafen Sie sogar in Ihrem Büro. Sie sollten lieber nach Hause fahren.« Seufzend erhob Howard sich aus seinem Sessel. »Jedenfalls werde ich das jetzt tun. Halten Sie mich auf dem laufenden ...«

Fünf Minuten später läutete das Telefon. Es war Keith Kent.

»Schon was herausgefunden, Keith?« fragte Tweed.

»Ich versuche seit Stunden, etwas über Carrington und Lodge herauszubekommen. Aber obwohl ich mich dabei auch einiger etwas unkonventioneller Methoden bedient habe, auf die ich sonst nur im Notfall zurückgreife, konnte ich nichts über sie in Erfahrung bringen. Es ist wie verhext ...«

»Das bin ich gar nicht von Ihnen gewohnt, Keith.«

»Irgend etwas ist faul an der Sache. Aber ich bekomme einfach nicht heraus, womit sie so viel Geld verdienen, um sich diesen aufwendigen Lebensstil leisten zu können. Ich dachte trotzdem, ich sage Ihnen schon mal Bescheid. Auf jeden Fall werde ich es weiter versuchen. Von Aufgeben kann gar keine Rede sein. Ich melde mich wieder, sobald ich etwas Konkretes habe.«

78

»Danke, daß Sie angerufen haben. Ich überlasse alles ganz Ihnen.«
Nachdem er Kent eine gute Nacht gewünscht hatte, sah Tweed
Monica an, die das Gespräch mitgehört hatte.

»Was halten Sie davon, Monica?«

»Einer dieser Männer, oder auch beide müssen eine geheime
Einnahmequelle haben. Allerdings haben sie ihre Spuren außerordentlich gut verwischt. So etwas tun nur Leute, die eine Menge
zu verbergen haben.«

»Durchaus möglich.«

Tweeds Miene bekam etwas Nachdenkliches. Das kannte Monica. Deshalb fragte sie ganz vorsichtig:

»Woran denken Sie gerade?«

»An Zürich.«

Kurz zuvor hatte Hassan den Engländer angerufen, der die Operation leitete und nur noch einen einzigen Mann über sich hatte:
das Oberhaupt eines Nahoststaates, der mit seinen Generälen
über sämtliche Entwicklungen hinsichtlich des geplanten Großangriffs auf den Westen stets bestens informiert war.

»Hier Hassan. Mir ist zu Ohren gekommen, daß eine der Personen auf der Liste mit einem Mal sehr aktiv geworden ist. In Wien
ist es deshalb bereits zu einem ärgerlichen Zwischenfall gekommen.«

»Dann sollte ihn das nächste Mal die richtige Person aufsuchen.
Falls sie scheitert, nehmen Sie sich die Person vor, die nach ihm
auf der Liste steht. Ich nehme doch an, wir verstehen uns?«

»Selbstverständlich, Sir. Ich werde sofort alle nötigen Schritte in
die Wege leiten.«

Der Mann am anderen Ende der Leitung hatte nicht geantwortet, sondern bloß aufgelegt. Hassan schauderte. Es war ihm jedesmal von neuem unangenehm, mit diesem Mann zu sprechen.
Seine Stimme war so kalt und bedrohlich. Diesmal war er jedoch
aus einem anderen Grund beunruhigt. *Falls sie scheitert ...*

Bisher hatte der Engländer diese Möglichkeit nie in Erwägung
gezogen. Bei der Liste, auf die er sich bezogen hatte, handelte es
sich um die fünfzehn Mitglieder des *Institut de la Défense.* Hassan

konnte sie aus dem Gedächtnis aufsagen. Der Mann, der dort nach Pierre Dumont kam, hatte nur einen Nachnamen. Tweed. Was, fragte sich Hassan, war an diesem Tweed so besonders? Er war der erste auf der Liste, vor dem der Engländer Respekt gezeigt hatte – sogar Angst.

Hassan schloß eine Schublade auf, um sich noch einmal zu vergewissern. Ja, nach Dumont kam dieser Name. Tweed. Daneben standen die Initialen K. B. – Karin Berg, eine atemberaubende Blondine, die darüber hinaus auch für ihre intellektuellen Fähigkeiten bekannt war. Sie hatte an der Universität Uppsala Psychologie und Weltgeschichte studiert.

Im Gegensatz zu den anderen befand sie sich nicht vor Ort. Wohin sollte er sie beordern? Sie hatte einmal für die schwedische Spionageabwehr gearbeitet. Hassan griff nach dem Telefon und wählte die Nummer ihrer Stockholmer Wohnung. Er hatte wenig Hoffnung, sie zu Hause zu erreichen.

»Hallo?« kam ihre kühle Stimme aus dem Hörer.

»Du weißt, wer ich bin«, erwiderte er in seinem typischen Singsang.

»Ja.«

»Deine nächste Verabredung hast du mit einem gewissen Tweed.«

»Das ist aber ein sehr schwieriger Auftrag. Da werde ich mein Honorar verdoppeln müssen.«

Das Honorar verdoppeln! Zweihunderttausend Dollar. Hassan stand kurz davor, wütend zu protestieren, doch dann erinnerte er sich an die Anweisung des Engländers und an den Umstand, daß das Oberhaupt des Nahoststaates über ein immenses Vermögen verfügte. Völlig unwidersprochen konnte er diese Forderung aber dennoch nicht hinnehmen.

»Das ist eine Menge Geld.«

»Wie ich bereits gesagt habe«, erklärte sie in arrogantem Ton, »handelt es sich hier um einen extrem schwierigen Auftrag. Mein Honorar ist nun mal so hoch. Wenn dir das nicht paßt ...«

»Einverstanden«, lenkte Hassan ein.

Wäre ihr durchaus zuzutrauen, daß sie einfach auflegte. Er mußte dem Engländer gehorchen.

»Wo soll ich Stellung beziehen?«

»Ich bin noch nicht sicher.«

»Aber ich. In Zürich. Dumont, der Experte für weltpolitische Fragen, hält im Kongreßhaus eine Rede. Die Zeitungen sind voll davon. Tweed wird da sein. Das am nächsten gelegene Luxushotel ist das Baur au Lac. Reserviere mir dort eine Suite. Ich fliege noch heute von Stockholm nach Zürich. Reserviere die Suite auf meinen Namen. Alles weitere kannst du mir überlassen. Bis dann.«

Perplex und wütend, daß jemand so mit ihm zu sprechen wagte, legte Hassan auf. Karin Berg war die einzige seiner drei Frauen, die ihn nicht mit dem Respekt behandelte, den er seiner Meinung nach verdiente. Er zuckte mit seinen schmalen Schultern und wischte sich den Schweiß von der Stirn.

Er rief im Baur au Lac an und überredete den Geschäftsführer, ihm die letzte Suite für Karin Berg zu überlassen. Dann rief er den Züricher Waffenhändler an, der ihr eine Luger liefern sollte – in einem Geschenkkarton von Cartier, in Styropor verpackt.

Eines verstand er immer noch nicht. Warum war dieser Tweed so gefährlich?

Emilio Vitorelli saß in seiner Suite im Baur au Lac und sah seinen Freund und Assistenten Mario Parcelli an, der gerade von einem mehrstündigen Erkundungsgang zurückgekehrt war.

»Eine Hitze ist das«, klagte Mario, der gerade eine ganze Flasche Mineralwasser getrunken hatte.»So heiß wird es ja nicht mal bei uns in Italien.«

»Jetzt übertreib mal nicht. Hast du schon einen Hinweis, wo Tina Langley sein könnte?«

»Leider nicht. Sie ist vor über vier Wochen in Dorset untergetaucht. Ich konnte noch einen Taxifahrer auftreiben, der sie mitsamt ihrem Gepäck nach London zum Flughafen gebracht hat. Aber danach fehlt jede Spur von ihr.«

»Hast du die Passagierlisten der Maschinen überprüft, die zum Zeitpunkt ihrer Ankunft von dort abgeflogen sind?«

»Natürlich. Kurz nach Tinas Eintreffen am Flughafen starteten dort Maschinen nach New York, Zürich und Genf. Soviel habe ich herausbekommen.«

»Interessant.« Die Eiswürfel in Vitorellis Campari klimperten leise, als er in seinem Glas rührte. »Und von Zürich bekommt man problemlos einen Anschlußflug nach Wien.«

»Hat das denn etwas zu bedeuten?« fragte Parcelli.

»In Wien ist es zu einem kleinen Zwischenfall gekommen. Norbert Engel wurde mit einem Schuß in den Hinterkopf ermordet. Dann wurde in der Malteserkirche – man stelle sich das mal vor – ein toter Gangster gefunden. Kuhlmann, der Chef des Bundeskriminalamts, dem ich schon ein paarmal nur mit knapper Not entwischen konnte, hat heute öffentlich erklärt, er sei ganz sicher, der Tod dieses Mannes stünde in Zusammenhang mit der Ermordung Engels.«

»Ich sehe da keinen Zusammenhang«, meinte Parcelli.

»Ich eigentlich auch nicht. Aber da fällt mir ein, du hast doch verschiedene Kontakte in Wien. Bitte sie, nähere Erkundigungen über den Engel-Mörder – wie Kuhlmann ihn nennt – einzuholen. Sie sollen vor allem herausfinden, ob eine Frau in die Sache verwickelt war.«

»Ich werde sofort alles Nötige veranlassen.«

Es war schon nach Mitternacht, als sich Marler, Paula, Butler und Nield in ihren zwei Mietautos der Schweizer Grenze näherten.

Am Steuer des ersten Wagens saß Butler. Paula hatte auf dem Beifahrersitz ein paar Stunden geschlafen, war aber inzwischen wieder hellwach. Sie bat Butler, kurz anzuhalten, und lief zum zweiten Wagen zurück.

»Wann kommen wir ungefähr nach Zürich?« fragte sie.

Marler sagte, sie würden es vermutlich bis zum frühen Morgen schaffen, vorausgesetzt, sie bekamen beim Grenzübertritt keine Probleme. Paula nickte, dachte nach.

»Wir schaffen es also noch rechtzeitig zu Dumonts Rede nach Zürich. Ich würde sie mir nämlich gern anhören. Er hält sie am Abend.«

»Wird wahrscheinlich eine stinklangweilige Angelegenheit,

aber das müssen Sie selbst wissen. Steigen Sie wieder ein und essen Sie was während der Fahrt. Nur gut, daß wir Verpflegung mitgenommen haben.«

Alle waren unterwegs nach Zürich. Amos Lodge war von Dorset zum Flughafen gefahren, dort hatte er die erste Maschine der Swissair genommen. Der große Mann verzichtete auf sein Frühstück und studierte statt dessen einen Ordner mit Dokumenten. Er trank starken Kaffee und sah kein einziges Mal aus dem Fenster.

Als die Maschine in Kloten landete, nahm er sich ein Taxi ins Baur au Lac, wo er bereits ein Zimmer gebucht hatte. Nachdem er mehrere Telefonate geführt hatte, ging er nach unten, um etwas zu essen.

Anschließend verließ er das Hotel, auf dessen breiter Auffahrt ein Mercedes und ein Rolls standen, und ging in Richtung See. Mehrere Frauen sahen dem stattlichen Mann mit der Metallbrille hinterher, aber er nahm kaum Notiz von ihnen. Vor dem großen modernen Gebäudekomplex am General Guisan Quai, in dem das Kongreßhaus lag, blieb er stehen. Er studierte ein Plakat, auf dem Pierre Dumonts Rede angekündigt wurde.

Nichts in seiner Miene verriet, was in ihm vorging, aber er war bekannt dafür, sich nie anmerken zu lassen, was er dachte. Vom See tönte das Nebelhorn eines ablegenden Dampfers herauf. Gleichzeitig näherte sich eine kleine Barkasse dem Anlegesteg. Sie beförderte Pendler, die außerhalb der Stadt teure Häuser hatten und in Zürich arbeiteten.

»Ein herrlicher Tag«, murmelte Lodge, als er im strahlenden Sonnenschein seinen Spaziergang um den See fortsetzte. »Ein herrlicher Tag für Pierre Dumonts Rede.«

Er begann, rascher auszuschreiten. Amos Lodge war ein Mann, der großen Wert darauf legte, sich jeden Tag körperlich zu betätigen.

Hassan nahm sofort ab, als das Telefon zu läuten begann. Es war der Engländer. Hassan blickte aus dem Fenster, während er zuhörte. Auf der dem Steinbruch zugewandten Seite des Hauses gab es keine Fensterläden. Die Sonne brannte vom Himmel. Die weite Ebene, die tief unter ihm lag, gehörte bereits zu Österreich. »Ich habe noch mal über die Daten aus Wien nachgedacht, die Sie mir gegeben haben. Sie sagten, einer Ihrer Leute hätte die brünette Frau gesehen.« Damit bezog er sich, ohne sich dessen bewußt zu sein, auf Paula Grey. »Sie ist zusammen mit drei Männern in zwei Autos abgereist. Einer Ihrer Leute ist ihnen gefolgt, verlor sie aber hinter Salzburg aus den Augen. Sie könnten nach Zürich unterwegs sein. Wäre das nicht naheliegend?«

»Auf jeden Fall, Sir.«

Hassan war zwar nicht dieser Meinung, aber er gab dem Engländer immer in allem recht. Er wollte nicht geschaßt werden.

»Ich habe bereits entsprechende Schritte eingeleitet. Die Monceau-Gang ist von Genf nach Zürich unterwegs. Ich habe Monceau entsprechende Anweisungen erteilt – und ihm Ihre Telefonnummer gegeben. Tun Sie alles, was er sagt.«

Wieder war die Verbindung einfach unterbrochen worden. Wenn der Engländer seine Befehle erteilt hatte, sah er keine Veranlassung mehr, das Gespräch fortzuführen.

Hassan fluchte auf arabisch. Die Monceau-Gang. Bei Allah, das paßte ihm ganz und gar nicht in den Kram. Jules Monceau war für seine Rücksichtslosigkeit berüchtigt. Im Zuge einer ganzen Reihe von Banküberfällen hatte seine Gang mehrere Menschen umgebracht. Außerdem erpreßte er in Frankreich prominente Persönlichkeiten. Eben alles, was viel Geld brachte.

Früh am Morgen klingelte in Tweeds Büro das Telefon. Es war Beck, der aus Bern anrief.

»Hört sich an, als wäre es dringend«, teilte Monica ihrem Chef mit. Sie hielt den Hörer zu. »Soll ich ihn durchstellen?«

Tweed nickte. Er war gerade mit Duschen und Rasieren fertig und saß fertig angezogen an seinem Schreibtisch, auf den ihm Monica sein Frühstück gestellt hatte.

»Arthur, guten Morgen. Hier Tweed.«

»Pierre Dumont ist tot. Er wurde mit einem Schuß in den Hinterkopf getötet. Letzte Nacht, in seiner Wohnung. Der Züricher

Polizeichef hatte zwar sämtliche Zufahrtswege zum Kongreßhaus von bewaffneten Beamten in Zivil kontrollieren lassen, aber
Dumonts Wohnung war nicht überwacht worden. Ich habe einen
Zeugen. Er hat eine verschleierte Frau in einem schwarzen Gewand aus der Wohnung kommen sehen…«

8

*Niemand wird sich von hinten an Pierre Dumont heranschleichen und
ihm in den Hinterkopf schießen…*

Becks Worte kamen Tweed mit schockierender Deutlichkeit in
Erinnerung, als er den Hörer auflegte. Fast wie ein Buddha saß er
mehrere Minuten vollkommen reglos da. Monica beobachtete ihn
stumm. Er ballte seine rechte Hand zweimal zu einer Faust, was
ihr verriet, daß er sich, was selten vorkam, in einem Zustand kon-
trollierter Wut befand. Und wenn Tweed in Wut geriet, nahm
man sich besser in acht vor ihm.

»Sie haben es ja gehört«, sagte er schließlich.

»Einfach schrecklich. Hat Paula nicht auch gesagt, kurz bevor
sie in Wien Engels Ermordung entdeckte, sei aus seiner Wohnung
eine verschleierte Frau in einem schwarzen Gewand gekommen?«

»Demnach haben wir es hier mit einer professionellen Serien-
killerin zu tun. Mit einer Frau, die ihr mörderisches Geschäft sehr
gut versteht.«

»Eine beängstigende Vorstellung.«

In diesem Moment kam Newman zur Tür herein. Ein Blick auf
Tweeds Gesicht genügte, um den Ernst der Lage zu erkennen. Er
hörte aufmerksam zu, als Tweed ihm von den jüngsten Vor-
kommnissen erzählte.

»Dann werden wir hier wohl nicht mehr länger herumsitzen«,
sagte Newman.

»Allerdings nicht. Monica, buchen Sie für Bob und mich zwei
Plätze in der ersten Swissair-Maschine nach Zürich und reservie-

ren Sie uns zwei Zimmer im Baur au Lac. Irgend etwas werden sie dort schon noch für uns haben. Setzen Sie Howard über alle Einzelheiten in Kenntnis, sobald wir abgereist sind.« Sein Verstand arbeitete auf Hochtouren, als er seine Anweisungen herunterratterte.»Dann rufen Sie Beck an und sagen ihm, daß wir nach Zürich fliegen, wann wir ankommen und wo wir wohnen. Ich bin sicher, er ist ebenfalls schon nach Zürich unterwegs. Sie können ihn im Züricher Polizeipräsidium erreichen.«

Monica machte sich keine Notizen. Sie behielt alle Anweisungen im Gedächtnis. Tweed sah Newman an.

»Bob, fahren Sie lieber schon mal in die Beresforde Road und holen Ihre Sachen.«

»Die habe ich bereits dabei. Mein Koffer steht neben ihrem. Ich habe ihn hier reingeschmuggelt, als Sie auf dem Feldbett geschlafen haben. Ich dachte mir schon, daß es jeden Augenblick losgehen kann.«

»Gut.« Tweed sah Monica an, die auf eine Antwort von Heathrow wartete. »Rufen Sie in ein paar Stunden Amos Lodge an. Wenn er drangeht, wissen wir, daß er noch in Dorset ist. Mit Willie Carrington machen Sie es genauso.«

»Glauben Sie, einer von ihnen steckt da mit drin?« fragte Newman.

»Irgend jemand aus Dorset spielt dabei jedenfalls eine wichtige Rolle – und ich bin mir ziemlich sicher, der Betreffende muß irgendwo in der Nähe von Shrimpton ansässig sein. Irgend etwas stimmt mit diesem seltsamen Ort nicht.«

Zehn Minuten später, gerade als Monica ein Gespräch beendet hatte, läutete das Telefon. Sie lauschte in den Hörer, bat den Anrufer zu warten und sah Tweed an.

»Ihr Freund Loriot aus Paris ...«

»Ich habe da etwas«, begann Loriot, sobald Tweed an den Apparat gegangen war, »was für Ihre Ermittlungen von Belang sein könnte. Die Monceau-Gang, Jules Monceau eingeschlossen, ist gerade in der Nähe von Genf aus Frankreich in die Schweiz eingereist.«

»Setzen Sie Beck davon in Kenntnis.«

»Mache ich. Er wird sie festnehmen. Sie reisen immer mit dem Auto. Aber ich würde sagen, er soll auch den Flughafen überwachen lassen.«

»Danke.«

Tweed lehnte sich in seinen Drehstuhl zurück und erzählte Newman, was Loriot ihm gerade mitgeteilt hatte. Newman stieß einen leisen Pfiff aus.

»Wir dürfen auf keinen Fall vergessen, daß diesen Leuten jedes Mittel recht ist … falls wir es mit ihnen zu tun bekommen …«

»Sie sollten langsam zusehen, daß Sie zum Flughafen kommen«, drängte Monica. »Ich habe zwei Plätze in der nächsten Maschine nach Zürich für Sie reserviert. Sonst versäumen Sie sie noch.«

Die Monceau-Gang ging Beck durch die Lappen. Die einzelnen Mitglieder trafen kurz hintereinander in verschiedenen Taxis in Genf ein, wo sie sich am Genfer Bahnhof Cornavin absetzen ließen.

Dort kauften sie sich, jeder einzeln, Fahrkarten nach Zürich, bestiegen den ersten Schnellzug und verteilten sich auf die einzelnen Waggons des langen Zuges. Der Schnellzug hielt auf der Fahrt nach Zürich nur in Lausanne und Bern. Auf Jules Monceaus Anweisung stiegen am Züricher Hauptbahnhof alle Mitglieder der Bande einzeln aus. Jeweils zwei Männer verteilten sich auf verschiedene kleine Hotels. Alle hatten gefälschte Pässe.

Sobald er auf seinem Hotelzimmer war, wählte Jules Monceau die Nummer, die ihm der Engländer gegeben hatte. Hassan gab Monceau alles durch, was er wissen mußte.

Tweed und Newman erreichten gerade noch ihre Maschine. Die wartende Stewardess brachte sie rasch an Bord zu ihren Plätzen in der Business Class. Wenige Minuten später war die Maschine in der Luft.

»Das war knapp«, bemerkte Newman, der einen Gangplatz hatte.

»Das wird in nächster Zeit noch öfter so sein«, erwiderte Tweed. »Ich bin nicht sicher, ob Beck rechtzeitig an Ort und Stelle ist, um Monceau und seine Leute festzunehmen.«

»Dann trifft es sich doch ganz gut, daß Marler, Paula, Butler und Nield auf dem Weg nach Zürich sind.«

»Ja, hin und wieder treffe ich, scheint es, doch ein paar richtige Entscheidungen.«

»Ihre Entscheidungen sind fast immer richtig – wie sich allerdings oft erst ganz am Ende herausstellt.«

»In diesem Fall könnte das Ende allerdings noch in weiter Ferne liegen. Wir müssen diese Killerin unbedingt ausfindig machen und identifizieren, bevor sie ein weiteres Mal zuschlagen kann. Wir müssen herausfinden, wer diese großangelegte Operation leitet. Wir müssen unbedingt das Hauptquartier dieser Organisation ausfindig machen. Und zwar möglichst, bevor es zu spät ist.«

»Ich würde sagen, da kommt einiges auf uns zu«, bemerkte Newman.

»Es sind nur noch wenige Mitglieder des *Institut de la Défense* übrig.«

»Und eines davon sind Sie«, sagte Newman finster.

Nach ihrer Ankunft im Baur au Lac trafen sich Tweed und Newman als erstes mit Paula. Erleichtert, sie wohlbehalten wiederzusehen, schloß Tweed sie in die Arme. Sie trug ein leichtes weißes Kleid mit einem blauen Ledergürtel um ihre schmale Taille, und er war überrascht, wie frisch sie wirkte. Er machte ihr ein Kompliment über ihr Aussehen.

»Marler und ich sind vor drei Stunden in Zürich eingetroffen«, begann Paula, nachdem sie es sich in Tweeds Zimmer bequem gemacht hatten. »Moncica ist ein Schatz – sie hat für jeden von uns ein Zimmer reserviert, in Ihrem Namen, nehme ich mal an. Ich war ganz schön geschafft von der langen Fahrt, aber ich habe kurz geduscht und mich zwei Stunden schlafen gelegt. Außerdem hatte ich im Auto schon ein wenig geschlafen. Inzwischen habe ich auch schon gefrühstückt, so daß ich mich wieder absolut fit fühle.«

»Ist Marler auf seinem Zimmer?«

»Ja. Vermutlich schläft er noch. Ziemlich anstrengend, die Fahrt durch Österreich.« Sie senkte die Stimme. »Wir haben Waffen. Ich habe eine Browning in meinem Umhängebeutel, und Marler hat eine 38er Smith & Wesson mit Hüftholster für Bob.«

»Nur gut, daß Sie damit über die Grenze gekommen sind.«

»Marler wußte eine Stelle, wo man in die Schweiz einreisen kann, ohne kontrolliert zu werden. Er hatte...«

Sie verstummte, als das Telefon läutete. Tweed nahm ab. Es war Beck, der aus der Hotelhalle anrief. Tweed bat ihn nach oben zu kommen.

Arthur Beck war Ende vierzig, schlank, groß und aufrecht wie eine englische Palastwache. Sein dichtes Haar begann an den Schläfen bereits zu ergrauen, und zwischen seiner markanten Nase und der energischen Kinnpartie hatte er einen sorgfältig gestutzten grauen Schnurrbart. Im entschlossenen Blick seiner stahlgrauen Augen schwang auch ein Anflug von Humor mit. Er lächelte zwanglos.

Er beugte sich über Paula, faßte sie an den Schultern und küßte sie auf beide Wangen. Tweed wußte, daß der Schweizer sehr angetan war von Paula, ohne daß dabei irgendwelche amourösen Hintergedanken mitgespielt hätten. Als Tweed ihm etwas zu trinken anbot, lehnte er dankend ab. Er setzte sich gegenüber den beiden, die auf der Couch saßen, in einen Sessel.

»Dafür ist jetzt keine Zeit. Sämtliche Zeitungen bringen wegen der Ermordung Pierre Dumonts Sonderausgaben heraus. Vermutlich wird auch die internationale Presse bald darüber berichten. Dumont hatte Freunde in höchsten politischen Kreisen. Monica rief an, um mir zu sagen, Sie würden im Baur au Lac wohnen – darauf rief ich an der Rezeption an und ersuchte sie, mich unverzüglich von Ihrem Eintreffen in Kenntnis zu setzen. Diesmal ist uns ein schwerer Fehler unterlaufen.«

»Das war schwer vorherzusehen«, tröstete ihn Tweed. »Diesmal haben wir es mit einem außerordentlich gefährlichen Gegner zu tun, der blitzschnell zuschlägt. Sagten Sie nicht, Sie hätten einen Zeugen?«

Tweed teilte Paula in kurzen Zügen den Inhalt von Becks Anruf mit, auf den hin er und Newman unverzüglich nach Zürich gereist waren. Sie hörte aufmerksam zu.

»Der Zeuge wartet unten mit zwei Kriminalbeamten«, sagte Beck. »Er ist Kassierer in einer Bank.« Er sah Paula an. »Hört sich ganz so an, als hätten wir es mit derselben Frau zu tun, die Norbert Engel ermordet hat.«

»Ein zuverlässiger Zeuge?« fragte Tweed.

»Ja. Er hat noch bis spät abends in der Bank gearbeitet. Anschließend war er in einer Bar, und als er die Talstraße hochging, wurde er plötzlich so müde, daß er sich auf eine im Dunkeln liegende Eingangstreppe setzte – die zufällig genau gegenüber von dem Haus war, in dem sich Dumonts Wohnung befindet. Dann sah er die verschleierte Frau herauskommen. Seine Beschreibung paßt auf die Frau, die Paula in Wien in Engels Wohnung gehen sah.«

»Könnte ich mit dem Mann sprechen?« fragte Paula unvermittelt. »Selbstverständlich. Ich lasse ihn sofort heraufbringen. Er ist ein bißchen nervös, aber sehr intelligent. Wenn Sie mich kurz entschuldigen würden …«

Er ging zum Telefon, sprach ein paar Minuten und kehrte wieder an seinen Platz zurück. Dann wandte er sich Paula zu.

»Ist Ihnen eine Idee gekommen?«

»Nein, leider nicht. Ich würde mir nur gern selbst anhören, was der Zeuge gesehen hat. Wahrscheinlich stimmt es mit dem überein, was ich in Wien beobachtet habe.«

Als es klopfte, sprang Beck auf, ging zur Tür, schloß sie auf und ließ einen blassen Mann in den Dreißigern herein, der trotz der Hitze einen dunklen Anzug trug. Nachdem er ihn aufgefordert hatte, Platz zu nehmen, stellte er ihn vor.

»Das ist Alfred Horn. Er hat ein Jahr bei einer Bank in London gearbeitet und spricht sehr gut Englisch. Herr Horn, diese Dame und dieser Herr möchten Ihnen ein paar Fragen stellen, was Sie heute morgen in der Talstraße gesehen haben. Sie können ihnen genauso offen antworten wie mir. Ich wiederhole, wir wissen, daß Sie nichts mit diesem bedauerlichen Vorfall zu tun haben.«

Paula beugte sich vor und musterte Horn lächelnd. Das blasse Gesicht deutete darauf hin, daß er sich wenig im Freien aufhielt. Sein dunkles Haar war ordentlich gekämmt, seine Hände lagen krampfhaft ineinander verschlungen in seinem Schoß.

»Mr. Horn«, begann Paula ruhig. »Könnten Sie mir schildern, was Sie gesehen haben, als Sie sich auf dieser Treppe in der Talstraße ausgeruht haben?«

»Ich habe bereits alles, was ich weiß, Chefinspektor Beck erzählt.«

»Mr. Horn, Sie haben mitten in der Nacht eine Frau aus diesem Haus kommen sehen. Mir als Frau fallen vielleicht Dinge in Ihrer Schilderung auf, die einem Mann entgehen würden. Bitte, ich bin ganz Ohr.«

Paula lächelte immer noch und merkte, daß sich Horns Hände nicht mehr ganz so fest ineinander verkrallten. Tweed, der ganz entspannt am anderen Ende der Couch saß, als interessierte ihn das alles kaum, wurde von Horn mit keinem Blick bedacht.

»Ich habe keinen Schuß gehört, obwohl man mir gesagt hat, daß Monsieur Dumont erschossen wurde. Alles, was ich gesehen habe, war diese Frau, die in einem bodenlangen schwarzen Gewand aus dem Haus kam. Sie trug eine Art schwarzer Kappe und einen Schleier, der mich an arabische Frauen erinnerte.«

»Wie groß, würden Sie sagen, war die Frau?«

»Knapp eins achtzig. Etwas in der Richtung. Auffallend groß und schlank.«

Paula ließ sich ihre Bestürzung nicht anmerken, sondern stellte weiterhin lächelnd Fragen.

»Wir wissen, daß Sie, wie das jeder von uns ab und zu tut, einiges getrunken hatten. Könnte das die Genauigkeit Ihrer Beobachtung beeinträchtigt haben?«

»Nein. Bis zu diesem Zeitpunkt hatte ich wieder einen vollkommen klaren Kopf. Ich war bereits so weit zu Kräften gekommen, daß ich kurz darauf aufstand und weiterging.«

»In der Straße dürfte es ziemlich dunkel gewesen sein«, bohrte Paula behutsam weiter. »Sie haben die Frau also nicht sehr deutlich gesehen.«

»Der Mond schien. Und als sie unter einer Straßenlaterne durchging, wehte ihr ein Windstoß den Schleier aus dem Gesicht. Sie zog ihn sich zwar sofort wieder vors Gesicht, aber ich konnte trotzdem sehen, daß sie rothaarig war.« Horn begann rascher zu

91

sprechen, als seine Erinnerungen zurückkehrten.»Ihr Haar war sehr voll – wie Flammen. Sie sah sehr gut aus.«
»Eine Frau, mit der man gern ausgehen würde?« fragte Paula mit einem strahlenden Lächeln.
»O ja, sie war sehr attraktiv. Seltsamerweise bin ich ganz sicher, daß sie Europäerin oder Amerikanerin war, eine richtige Dame. Wie man sie in der Old Bond Street in London sehen kann.«
»Glauben Sie, sie hat Sie bemerkt?«
»Ganz sicher nicht. Wo ich saß, war es sehr dunkel. Bevor sie sich entfernte, sah sie kurz die Straße hinauf und hinunter. Ihr Blick verharrte nicht auf dem Hauseingang, in dem ich saß.«
»Vielen Dank, Mr. Horn. Dürfte ich Sie bitten, niemandem zu erzählen, was Sie gesehen haben – auch keinem engen Freund oder Verwandten.«
»Ihr Leben könnte davon abhängen, daß Sie den Mund halten«, fügte Beck zu Paulas nicht geringem Ärger hinzu.
»Es ist einfach nur eine Frage der Diskretion«, erklärte Paula freundlich.»Jedenfalls vielen Dank für Ihre bereitwillige Unterstützung. Noch eine letzte Frage. Würden Sie diese Frau wiedererkennen, wenn Sie sie noch einmal sähen?«
»Ich glaube nicht. Es ging alles so schnell.«
»Noch mal vielen Dank«, sagte Paula.
Sie wartete, bis Beck Horn aus dem Raum begleitet hatte, wo ihn die zwei Kriminalbeamten in Empfang nahmen. Als Beck sich von der Tür abwandte, war seine Miene plötzlich ungewöhnlich finster.
»Das war ein hervorragendes Verhör«, bemerkte er anerkennend.»Mir hat er nicht erzählt, daß sie rothaarig war, daß er einen Blick auf ihr Gesicht erhascht hatte. Stimmt etwas nicht?«
»Allerdings«, erwiderte Paula.»Die verschleierte Frau, die in Engels Wohnung eingedrungen war und die ich später in normaler Kleidung die Kärntnerstraße hinuntergehen sah, war auf keinen Fall größer als eins sechzig. Und sie hatte kastanienbraunes Haar.«
»Eine Perücke?« meinte Beck.
»Nein. Wie könnte eine Frau plötzlich um fast zwanzig Zentimeter größer werden? Diese Mörderin war eine andere.« Paula sah Tweed an.»Wir haben es mit mehr als einer Killerin zu tun.«

9

Nach einer längeren Diskussion hatte Tweed Paula und Marler, den er ebenfalls in sein Zimmer hatte kommen lassen, seine Anweisungen erteilt. Dann sagte er, er wolle etwas frische Luft schnappen, und ging zur Tür. Sofort erhob Newman warnend die Stimme.

»Ich habe mir die Liste mit den Mitgliedern des *Institut de la Défense* angesehen, die Paula aus der Schublade von Norbert Engels Schreibtisch genommen hat. Hinter Pierre Dumont steht Ihr Name. Sie sind das nächste Opfer.«

»Ich habe eine Walther übrig, die ich Ihnen geben könnte«, schlug Marler vor.

»Sie wissen, ich trage nur in den seltensten Fällen eine Waffe«, entgegnete Tweed und verließ das Zimmer.

Im Erdgeschoß schlenderte er auf den Haupteingang zu und spähte nach draußen. Im Laufe des Tages würde es wieder sehr heiß werden. Auf der Terrasse saßen bereits einige Leute. Ansonsten wirkte alles völlig normal. Aber das hatte nichts zu bedeuten. Wenn etwas passierte, würde es ganz unerwartet passieren. Wie ein Blitz aus heiterem Himmel.

Tweed drehte sich um und ging in die Hotelhalle, wo einige wenige Gäste Kaffee tranken und sich unterhielten. Sie saß an einem Ecktisch. Er erkannte Karin Berg sofort.

Die große, extrem gutaussehende Schwedin trug einen leichten grünen Hosenanzug und eine weiße Baumwollbluse mit rundem Kragen. Ihre Menschenkenntnis war hervorragend – sie wußte genau, Tweed hieße eine Zurschaustellung ihrer langen Beine oder einen tiefen Ausschnitt auf keinen Fall gut. Nicht ahnend, daß er sie bereits entdeckt hatte, hob sie die Hand, um ihn auf sich aufmerksam zu machen.

Scheinbar unschlüssig, wo er Platz nehmen sollte, blieb Tweed in der Tür stehen. Er dachte an die Zeit in Skandinavien zurück, als er mit Karin Berg, die damals noch für die schwedische Spionageabwehr tätig gewesen war, zusammengearbeitet hatte. Er hatte gehört, sie hätte sich beruflich verändert – in welche Richtung, wußte niemand.

Er tat so, als bemerkte er sie erst jetzt, ging auf sie zu, schüttelte ihr die Hand und setzte sich zu ihr an den Tisch.

»Lange nicht mehr gesehen«, sagte er lächelnd.

»Allerdings. Viel zu lange. Wo wir doch immer so gut miteinander ausgekommen sind.«

»Auf jeden Fall.«

Karin Bergs schön geformte Gesichtszüge wurden von ihrem kurz geschnittenen blonden Haar eingefaßt. Ihre vollen roten Lippen kamen durch die makellose Blässe ihrer Haut noch besser zur Geltung. Sie sah Tweed direkt in die Augen, als sie ihn über das Glas mit Eiskaffee, aus dem sie trank, anblickte. Tweed bestellte bei einem in der Nähe stehenden Kellner das gleiche.

»Ich habe gehört, Sie haben Ihre Stelle aufgegeben«, griff er den Gesprächsfaden wieder auf. »Warum? Was machen Sie jetzt beruflich?«

Ihm war nicht entgangen, daß sie an ihrer rechten Hand keinen Ring trug. Lächelnd stellte sie ihr Glas ab.

»Soll das ein Verhör sein? In so etwas waren Sie schon immer sehr geschickt.«

»Nein, nur eine persönliche Frage. Die im übrigen nicht so weit hergeholt ist. Immerhin haben wir einmal zusammengearbeitet.«

»Tja ...« Sie hielt inne, sah ihn immer noch an. »Ich habe meine Geheimdiensttätigkeit aufgegeben. Die Bezahlung war einfach zu schlecht. Außerdem hatte ich ein sehr gutes Angebot von der Sicherheitsabteilung eines großen Konzerns vorliegen. Als Sicherheitschefin.«

»Was ist das für ein Konzern?« fragte Tweed scharf.

»Sie können es einfach nicht lassen. Ich habe mich vertraglich verpflichtet, niemandem zu verraten, für wen ich arbeite. Gesagt sei nur so viel, daß es ein internationaler Großkonzern ist. Ich bin nun mal den Dingen, die man mit Geld kaufen kann, nicht abgeneigt.«

»Das sind die wenigsten Frauen.« Er wartete, bis der Kellner, der sein Getränk gebracht hatte, wieder gegangen war. »Sie hatten zwei nicht sehr erfreuliche Beziehungen. Seitdem haben Sie wohl genug von den Männern?«

94

»Das ist eine ziemlich persönliche Frage.«

»Sie haben mir davon erzählt, als ich in Stockholm war. Sie sagten sogar, ich sei der einzige Mensch, dem Sie erzählt hätten, wie schlecht Sie behandelt wurden.«

»Das stimmte auch. Und es stimmt noch immer.«

Sie verstummte, als Newman erschien. Er blieb hinter einem freien Stuhl stehen und sah sie beide mit einem strahlenden Lächeln an. »Dürfte ich Ihnen einen Moment Gesellschaft leisten? Oder störe ich gerade – dann löse ich mich selbstverständlich auf der Stelle in Luft auf.«

Tweed übernahm das Vorstellen. Karin Berg gab zu verstehen, daß sie nicht das geringste gegen seine Anwesenheit einzuwenden hätte. Sie musterte ihn aus halbgeschlossenen Augen. »Robert Newman? Der bekannte Auslandskorrespondent? Dachte ich mir's doch fast. Sie schreiben in letzter Zeit nicht mehr sehr viel – ich habe Ihre scharfsichtigen Artikel im *Spiegel* gelesen. Und in zahlreichen anderen Publikationen.«

»Ich habe mir finanziell ein hübsches Polster zugelegt. Außerdem tut sich im Moment auf der Welt nicht mehr viel, über das zu schreiben sich lohnt«, bemerkte er beiläufig und stellte das Glas, das er mitgebracht hatte, auf den Tisch. »Aber vielleicht schreibe ich einen größeren Bericht über die Attentate, die in jüngster Vergangenheit auf acht prominente Persönlichkeiten verübt wurden. Das heißt«, fügte er mit einem scharfen Blick auf Karin Berg hinzu, »sobald ich weiß, wer der Attentäter ist.«

Sie erstarrte. Nur für den Bruchteil einer Sekunde, aber Newman bemerkte ihre Reaktion, bevor sie wieder eine interessierte Miene aufsetzte.

»Attentate? Ich habe gelesen, es handle sich um eine Reihe von Selbstmorden.«

»Sie dürfen nicht alles glauben, was in der Zeitung steht.«

Newman grinste. Er hob sein Glas und nahm einen Schluck Scotch.

»Ich habe Sie aufgrund der Fotos erkannt, die immer mit Ihren Artikeln abgedruckt wurden. Sie haben sich kein bißchen verändert. Wenn überhaupt, sehen Sie eher jünger aus.«

»Mit Schmeicheleien können Sie bei mir ziemlich viel erreichen«, versicherte ihr Newman.

»Ich sage immer, was ich denke«, entgegnete sie, und nun machte sich zum erstenmal ihre Arroganz bemerkbar.

Tweed strich sich mit dem Finger über die rechte Augenbraue. Damit signalisierte er Newman, daß er jetzt lieber mit Karin Berg allein wäre.

»Dann werde ich Sie nicht mehr länger in Ihrer Unterhaltung stören«, bemerkte Newman prompt und stand auf. »Hat mich gefreut«, fügte er, an Karin Berg gewandt, hinzu, bevor er sich durch die Hotelhalle entfernte.

»Man könnte mich durchaus als Karrierefrau bezeichnen«, knüpfte Karin Berg an den Punkt ihres Gesprächs mit Tweed an, an dem sie unterbrochen worden waren. »Und was ist mit Ihnen? Es ist schon einige Zeit her, daß Ihre Frau mit diesem griechischen Großreeder durchgebrannt ist. Oder haben Sie sich inzwischen scheiden lassen?«

»Nein, habe ich nicht. Ich höre zwar nichts mehr von ihr, aber die Unannehmlichkeiten, die mit einer Scheidung einhergehen, scheinen mir doch eine zu große Zeitverschwendung.« Er lächelte. »Jedenfalls habe ich auch Karriere gemacht, wie Sie vermutlich wissen.«

»Sie sollten sich unbedingt eine kleine Verschnaufpause gönnen. Wenn Sie wollen, lade ich Sie bei Gelegenheit in meine Wohnung zum Essen ein.«

»Ein sehr freundliches Angebot. Aber ich habe Ihnen ein besseres zu machen. Wir nehmen uns ein Taxi ins Ermitage. Das ist ein sehr schönes Restaurant am See, etwas außerhalb Zürichs, in Küsnacht. Wie wär's mit morgen abend neun Uhr? Ich lasse uns einen schönen Tisch reservieren und hole Sie um halb neun hier ab.«

»Sehr gern.«

»Wenn Sie mich dann entschuldigen würden. Ich wollte eigentlich einen Spaziergang machen. Ich habe ein Problem, über das ich in Ruhe nachdenken möchte.«

»Ich kann mich noch gut an diese Angewohnheit von Ihnen erinnern ...«

Falls sie scheitert …

Die Warnung, die der Engländer ausgesprochen hatte, als er den Auftrag zur Eliminierung Tweeds erteilt hatte, ging Hassan nicht mehr aus dem Kopf. Es bestand kein Zweifel, wen es den Kopf kosten würde, wenn Karin Bergs Mission erfolglos verliefe. Deshalb beschloß Hassan, die Sache selbst in die Hand zu nehmen.

Als Jules Monceau ihn zum zweiten Mal anrief, hatte Hassan sich einen Plan zurechtgelegt. Er erteilte Monceau seine Anweisungen und umklammerte dabei den Hörer so fest, als hinge sein Leben von diesem Anruf ab.

»Ihr Opfer befindet sich in Zürich …«

»Da bin ich gerade«, unterbrach ihn Monceau mit seiner rauhen Stimme.

»Sehr gut! Aus zuverlässiger Quelle weiß ich, daß der Mann im Hotel Baur au Lac abgestiegen ist. Er muß liquidiert werden. Sein Name ist Tweed.«

»Tweed!« Monceau konnte seine Freude nicht verbergen. »Tweed, haben Sie gesagt?«

»Ja. Ich gebe Ihnen seine Personenbeschreibung. Wir haben sie in unseren Akten. Sie ist ziemlich vage –«

»Keine Beschreibung nötig. Sofortige Liquidierung?«

»Ja. Das Honorar kann sich sehen lassen.«

»Das mache ich auch ohne Honorar.«

Die Verbindung wurde unterbrochen. Hassan war verwirrt – er konnte die Reaktion des Franzosen nicht verstehen. Er begann an seinen Nägeln zu kauen. Hatte er das Richtige getan? Mit seinem Auftrag an Monceau verstieß er zwar gegen die Anweisungen des Engländers, doch wenn Monceau den Auftrag erfolgreich durchführte, wäre der Engländer sicher zufrieden – egal, wer die Sache erledigte.

Jules Monceau hatte früh am Morgen von einer Zelle im Foyer des kleinen Hotels angerufen, in dem er wohnte. Tweed! Er konnte sein Glück noch gar nicht fassen. Vor mehreren Jahren, vor dem Fall der Berliner Mauer, hatte Monceau den Fehler begangen, sich an der Beschaffung französischer Militärgeheimnisse zu beteiligen und sie an die Russen zu verkaufen. Es war Tweed gewesen, der ihn in Zusammenarbeit mit der französischen Spionageabwehr gefaßt hatte. Es war Tweed gewesen, der ihn in einer Zelle im Hauptquartier der französischen Spionageabwehr in der Rue des Saussaies verhört hatte – und der ihm ein verhängnisvolles Geständnis entlockt hatte.

In den Jahren, die Monceau im Santé-Gefängnis verbracht hatte, hatte er sich geschworen, Tweed eines Tages umzubringen. Jetzt war ihm die Gelegenheit, sich zu rächen, auf einem silbernen Tablett serviert worden. Es tagte gerade, als er in seinem winzigen Zimmer auf dem Bett saß.

Er wußte, Tweed machte, wenn es sein Terminplan erlaubte, früh morgens immer gern einen Spaziergang. Nach einer halben Stunde stand Monceaus Plan. Er rief von der Zelle im Foyer drei seiner Leute an. Zwei wohnten in einem dubiosen Hotel, nur knapp einen Kilometer von seinem entfernt. Der dritte konnte auf dem Motorrad, das zu kaufen ihm Monceau aufgetragen hatte, ebenfalls in kürzester Zeit in sein Hotel kommen.

Jules Monceau war ein kleiner, korpulenter Mann mit schwarzem, von Pomade glänzendem Haar. Zusammen mit seinem wölfischen Grinsen hatte ihm seine lange Nase den Spitznamen »der Wolf« eingetragen.

Als alle seine Männer in seinem Zimmer versammelt waren, erklärte ihnen Monceau mit einem qualmenden Stumpen zwischen den Zähnen, was sie zu tun hatten. Bernard zum Beispiel sollte eine Perücke und noch verschiedene andere Dinge kaufen.

»Wer wird sie zünden?« fragte Bernard, ein großer, dünner Mann mit fahler Haut und schmalen Augenbrauen. Der ehemalige Turner war sehr gelenkig und verstand es hervorragend, die Bewegungen und die Körpersprache anderer Menschen zu imitieren.

»André natürlich. Wie ihr wißt, ist er unser Sprengstoffexperte. Es dürfte überhaupt kein Problem für ihn darstellen, eine Bombe aus der Ferne zu zünden.«

»Laß das mal ruhig meine Sorge sein«, entgegnete André bissig. »Ich werde das Kind schon schaukeln. Sieh lieber zu, daß du das mit dem Baby gescheit hinkriegst.«

»Klappe halten, beide, und zwar sofort«, fuhr Monceau dazwischen. »Yves, du fährst den Wagen. Ich lasse mir den Plan noch einmal durch den Kopf gehen. Ich postiere mich an der Straßenbahnhaltestelle und gebe euch ein Zeichen, wenn Tweed auftaucht, um seinen Morgenspaziergang zu machen. Ich werde mir das Kinn reiben. Und ich werde trotz der Hitze einen dunklen Anzug tragen – wie ein Banker. Außerdem werde ich, wie schon bei früheren Gelegenheiten, einen Zwicker aufsetzen und eine Zigarette rauchen. Das Opfer kennt mich nur mit meinen stinkenden Stumpen. Wir schlagen heute morgen zu – wenn das Opfer das Hotel verläßt.«

Als die drei Männer gegangen waren, zündete sich Monceau einen frischen Stumpen an. Schon jetzt weidete er sich an der Vorstellung, wie Tweed in die Luft gejagt würde. Dieses Schauspiel wollte er sich nicht entgehen lassen.

10

Ein paar Stunden später schlenderte Tweed aus dem Baur au Lac. Als er die Talstraße erreichte, blickte er sich um. Da waren ein paar Touristen, die etwas verloren durch die Gegend liefen. An der Straßenbahnhaltestelle stand ein korpulenter Mann in einem dunklen Anzug, der eine Zigarette rauchte und Zeitung las. Wahrscheinlich studierte er gerade die Börsenkurse. Der Mann, der wie ein typischer Banker aussah, rieb sich das Kinn. Vielleicht standen die Kurse nicht gut.

Tweed setzte seinen Spaziergang zum See hinunter fort. Er wartete, bis die Fußgängerampel auf Grün schaltete, und überquerte die Straße zur Uferpromenade. Der Zürichsee lag ganz still da. Es legte gerade ein Dampfer an, als Tweed, inzwischen etwas schneller, in Richtung Kongreßhaus ging. Auf dem General Guisan Quai rauschte in beiden Richtungen dichter Verkehr vorbei.

99

Eine Frau mit dunklem gekraustem Haar, die einen Kinderwagen mit einem puppenartigen, dick eingepackten Baby vor sich herschob, überholte ihn. Tweed registrierte nicht ohne ein gewisses Maß an Bewunderung, welches Tempo sie vorlegte. Er ließ den Blick über den See wandern. An der Stelle, wo das Ufer eine Biegung machte, ragten die Silhouetten mehrerer hoher Berge in den wolkenlosen Himmel empor, darunter auch der Mythen mit seinen vulkanähnlichen Konturen.

Während ein Teil von Tweeds Bewußtseins alles aufnahm, was um ihn herum geschah, befaßte sich die andere Hälfte mit dem ernsten Problem, das er zu lösen versuchte. Er murmelte den seltsamen Namen, den der Fahrer der Entführer Paula verraten hatte. »Assam? Assam? Assam? Daraus werde ich einfach nicht schlau. Ich muß Paula noch mal fragen, was sie genau gehört hat.«

Ein grauer Volvo, der langsamer fuhr als die übrigen Autos, kam an ihm vorbei. Der Fahrer trug eine Baseballmütze und eine Sonnenbrille mit extrem breiten Bügeln. Tweed machte sich darauf gefaßt, sich jeden Moment auf den Boden zu werfen. Doch der Wagen fuhr an ihm vorbei. Seine Anspannung ließ etwas nach, und er mußte plötzlich an den dicken Banker denken, den er vor dem Baur au Lac gesehen hatte. Irgend etwas an dem Mann war ihm bekannt vorgekommen. Tweed zerbrach sich den Kopf, dachte an alle möglichen Episoden aus seiner Vergangenheit zurück. Aber er konnte den Mann nicht einordnen.

Währenddessen folgte Monceau Tweed in dreißig Metern Abstand. Er sehnte sich nach einem Stumpen, zwang sich aber, einen weiteren kurzen Zug von seiner Zigarette zu nehmen. Gleich war es soweit. Bei dem Gedanken an das bevorstehende Blutbad verzog sich sein Gesicht zu einem fiesen Grinsen.

Als sich Tweed, wie er das schon mehrere Male getan hatte, wieder einmal umblickte, war Monceau gerade hinter zwei Rucksacktouristen in Deckung gegangen. Tweed sah wieder nach vorne, wo er die kraushaarige Frau mit dem Kinderwagen in einiger Entfernung wieder auf sich zu kommen sah. Sie mußte sich auf dem Heimweg von ihrem täglichen Spaziergang auf der Uferpromenade befinden. Er erinnerte sich, wie lautlos sich der Kinderwagen bewegt hatte. Gut geölte Räder.

Draußen auf dem See ertönte das Nebelhorn eines Dampfers, der sich der Anlegestelle näherte. Zürich war eine herrliche Stadt, dachte Tweed. Es hatte nicht nur eine Altstadt, sondern sogar zwei – eine auf jeder Seite der Limmat, die hinter ihm unter einer Brücke in den See floß.

Er merkte, daß die Frau mit dem Kinderwagen jetzt wesentlich langsamer ging. Wahrscheinlich hatten sie nach dem Tempo, das sie anfangs vorgelegt hatte, die Kräfte verlassen. Als er über die Straße blickte, sah er einen Mann mit einer karierten Mütze und einer Windjacke, der mit einem Golfsack den Gehsteig entlangschlenderte, als hätte er gerade achtzehn Löcher Golf gespielt. Seine Augen waren hinter einer Sonnenbrille verborgen, und er blickte beim Gehen vor sich auf den Gehsteig.

»Assam, Assam«, murmelte Tweed.

Er wurde immer noch nicht schlau aus dem Namen. Konzentriere dich auf das, was um dich herum vorgeht, rief er sich in Erinnerung. Newman war sicher außer sich, daß er allein losgegangen war. Aber er mußte allein sein, um das Puzzle zusammenzufügen.

Als er nach vorne blickte, sah er die Frau mit dem Kinderwagen gemächlich auf sich zukommen. Das Baby mußte geschlafen haben, als ihn die Frau überholte hatte – es hatte keinen Laut von sich gegeben. Dann sah er die Frau stehenbleiben, die Arme anwinkeln, den Kinderwagen mit aller Kraft auf ihn zustoßen. Er schoß wie eine Rakete auf ihn zu. Gleichzeitig bemerkte er hinter der Frau einen Mann, der ein kleines Kästchen in der Hand hielt, ähnlich einer Fernsteuerung für Modellflugzeuge.

Um dem auf ihn zuschießenden Kinderwagen auszuweichen, war es zu spät. Wie aus dem Nichts tauchte plötzlich auf seiner Seite der Straße der graue Volvo mit dem Mann mit der Baseballmütze am Steuer auf. Er mußte ein Stück weiter gewendet haben. Dahinter raste ein Motorrad mit Newman im Sattel auf ihn zu.

Der Volvo schoß auf den Gehsteig und kollidierte mit dem Kinderwagen, so daß dieser auf eine Lücke in der Mauer zuflog, wo

101

eine Treppe zu einem Landungssteg hinabführte. Als der Kinderwagen mit der als Baby verkleideten Puppe hinunterholperte, drückte André auf den Knopf seiner Fernsteuerung. Mit einem ohrenbetäubenden Knall explodierte der Kinderwagen und flog in hohem Bogen auf den See hinaus.

Während der Volvo noch quer über dem Gehsteig stand, kam auf der anderen Straßenseite ein cremefarbener BMW, aus dessen hinterem Seitenfenster der Lauf einer Maschinenpistole ragte, auf Tweed zugerast. Die »Frau« mit dem Kinderwagen hatte Newman bereits erschossen. Sie, beziehungsweise er war zu Boden gesunken, die Waffe, die er gezogen hatte, war seiner Hand entglitten, die Perücke über die Gehsteigkante auf die Straße gerutscht. Der Mann auf der anderen Straßenseite hatte ein Armalite-Gewehr aus seinem Golfsack gezogen. Es war Marler, der sich die Sonnenbrille herunterriß, auf den Fahrer des BMW zielte und abdrückte. Der Fahrer sackte vornüber auf das Lenkrad. Der Wagen schoß quer über die Straße, so daß ein entgegenkommender Fahrer heftig auf die Bremse steigen mußte. Dann krachte der BMW gegen die Mauer auf der Seeseite und ging in Flammen auf. Newman hatte einen zweiten Schuß abgegeben und damit André getötet, der die Bombe gezündet hatte.

In der Zwischenzeit war Tweed zurückgelaufen und hatte sich hinter die Mauer geduckt, um Schutz vor dem Feuerball zu suchen, der wenige Augenblicke zuvor noch ein BMW gewesen war. Marler hatte das Gewehr in seinen Golfsack zurückgesteckt und war über die Straße gerannt, wo er auf den Beifahrersitz von Newmans Motorrad sprang, das in Richtung Limmatbrücke davonraste.

Tweed stand auf und ging rasch zum Baur au Lac zurück. Ein Stück vor ihm, das Gesicht angesichts des Fiaskos wutverzerrt, rannte Monceau auf den Landesteg, kaufte eine Fahrkarte und schaffte es gerade noch rechtzeitig an Bord eines ablegenden Dampfers. Er stieg zum überdachten Oberdeck hoch, setzte sich abseits von den anderen Passagieren auf einen Platz im Heck und starrte, außer sich vor Wut, vor sich hin.

102

Er war nicht der einzige in Zürich, der wütend war. Beck stürmte auf Tweed zu, der auf sein Zimmer im Baur au Lac zurückgekehrt war.

»Warum in drei Teufels Namen mußten Sie allein losgehen?«

»Ich war nicht allein«, entgegnete Tweed, der auf der Couch Platz genommen hatte, seelenruhig. »Das wissen Sie doch jetzt.«

»Und wußten Sie es auch?« fragte der Polizeichef.

»Nein«, gab Tweed zu. »Aber wenn ich den Feind – wer immer das ist – unschädlich machen will, muß ich ungestört nachdenken können.«

»Also, wer in diesem Fall der Feind war, wissen wir. Es war die Monceau-Gang. Wir konnten die drei Toten identifizieren – wir haben Unterlagen über sämtliche Bandenmitglieder in unseren Akten.«

»Monceau ist nicht der eigentliche Feind«, erklärte Tweed. »Er ist vermutlich zur Verstärkung hinzugezogen worden. Wir müssen uns vor allem auf den Mann konzentrieren, der die acht Attentate angeordnet hat. Aber es macht Ihnen doch sicher nichts aus, diese drei Gangster los zu sein.«

»Es befinden sich mindestens noch sechs weitere Männer Monceaus auf freiem Fuß«, warnte Beck. »Er könnte durchaus noch mal versuchen, Sie umzubringen.«

»Das wird er auf jeden Fall. Er ist nicht gerade gut auf mich zu sprechen. Wie Sie wissen, habe ich ihn damals in Frankreich für längere Zeit hinter Gitter gebracht. Dafür würde er sich nur zu gern rächen. Haben Sie schon herausgefunden, wer diese Gangster erledigt hat?«

»Nein«, sagte Beck vorsichtig. »Es ging alles so schnell, daß uns kein Zeuge die Männer, die Ihnen zu Hilfe kamen, beschreiben konnte. Aber ich habe da einen ganz bestimmten Verdacht.«

»Na, sehen Sie, Arthur. Ich kann Ihnen jedenfalls versichern, daß die Killer, hinter denen wir her sind – ich bitte den Plural zu beachten –, Frauen sind. Die Gleichberechtigung hat auch vor dem Verbrechen nicht Halt gemacht. Dumonts Mörderin ist rothaarig – das wissen wir von Horn.«

»Es ist ja nicht so, daß es in Zürich nicht jede Menge rothaariger Frauen gäbe«, erwiderte Beck mit einem ironischen Grinsen. »Aber wie kommen Sie darauf, daß wir es mit mehr als nur einer Killerin zu tun haben?«

»Weil ich weiß, daß Norbert Engel von einer Frau ermordet wurde, die völlig anders aussah. Und das weiß ich absolut sicher.«

»Das ist allerdings bedenklich, sehr bedenklich sogar.« Beck, der sich inzwischen beruhigt hatte, hörte auf, im Zimmer auf und ab zu gehen. Er sah auf seine Uhr. »Ich muß jetzt los – einen Bericht über das Blutbad auf der Uferpromenade abfassen. Ich möchte allerdings, daß Sie mir eines versprechen, Tweed: Gehen Sie nicht mehr aus, wenn nicht zumindest Newman oder Marler Sie begleitet.«

»Soweit es mir möglich ist, werde ich mich daran halten.«

»Was natürlich nichts anderes heißt, als daß Sie weiter machen, was Ihnen paßt.«

Kurz nachdem der Polizeichef gegangen war, kamen Paula, Marler und Newman in Tweeds Zimmer. Paula sah Tweed besorgt an.

»Fehlt Ihnen auch wirklich nichts?«

»Ich habe mich nie besser gefühlt. Langsam wagen sich unsere Gegner aus ihrer Deckung hervor. Offensichtlich haben sie Monceau und seine sauberen Freunde als Verstärkung angeheuert. Und Ihnen, Marler und Bob, vielen Dank, daß Sie mir das Leben gerettet haben. Eine schwache Anerkennung. Jedenfalls sind Sie wieder einmal auf eigene Faust tätig geworden, als ich Sie gebeten hatte, über die Monceau-Bande Nachforschungen anzustellen.«

»Oh«, bemerkte Newman beiläufig, »wir kennen Sie doch. Deshalb haben wir uns etwas einfallen lassen, falls Sie in Gefahr geraten sollten. Was ja auch tatsächlich der Fall war. Es gehört schon ein gehöriges Maß an Unverfrorenheit dazu, eine Bombe als Baby in einem Kinderwagen zu tarnen.«

»Das sieht mir ganz nach Monceau aus. Ich bin sicher, er war irgendwo in der Nähe, um mit eigenen Augen zu beobachten, wie ich in die Luft gejagt würde. Doch jetzt«, fuhr er energisch fort, »möchte ich, daß Sie mir noch einmal in allen Einzelheiten schildern, Marler, wie Sie diesen Gangster in der Malteserkirche in Wien dazu gebracht haben, Ihnen zu verraten, wo sich das Hauptquartier seiner Organisation befindet.«

»Die Kirche war leer«, sagte Marler knapp. »Ich ließ ihn in einer Kirchenbank niederknien und hielt ihm meine Walther an den Kopf. Er dachte, ich würde abdrücken – wenn er nicht mit der Sprache rausrückt.«

»Sie müssen ihm also eine ganz schöne Angst eingejagt haben?«

»Nur so konnte ich ihn zum Sprechen bringen.«

»Hat er klar und deutlich geantwortet?« hakte Tweed nach.

»Er stotterte ein bißchen. Dann ging er mit einem Messer auf mich los.«

»Er stotterte?« wiederholte Tweed nachdenklich. »Demnach könnten Sie also nicht richtig gehört haben, was er sagte? Womit ich meine, daß er irgendwelches unzusammenhängendes Zeug hervorgestoßen haben könnte. Slowakei. War es das, was Sie gehört haben?«

»Etwas in der Richtung.«

»Aha, ist ja interessant. Das ist übrigens keineswegs als Kritik gemeint – Sie befanden sich in einer extremen Situation, und selbst das wäre noch harmlos ausgedrückt.«

»So könnte man es durchaus nennen«, brummte Marler.

»Danke.« Tweed sprach lebhaft weiter. »Ich sagte Ihnen früher schon, wir haben es hier mit mindestens zwei verschiedenen Killern zu tun. Beide sind Frauen. Paula hat Ihnen die Killerin beschrieben, die sie in Wien gesehen hat. Becks Zeuge, Alfred Horn, konnte uns nur eine sehr oberflächliche Beschreibung der Frau geben, die wahrscheinlich Pierre Dumont ermordet hat. Natürlich wurden auch früher schon, zum Beispiel vom KGB, Frauen eingesetzt, um Männer zu bezirzen. Aber das hier ist etwas anderes. Im Moment ist unser wichtigstes Ziel, diese Frauen zu fassen. Darüber hinaus gilt es, die übrigen Mitglieder der Monceau-Gang aus dem Verkehr zu ziehen. Ich glaube, diese zwei Dinge hängen zusammen. Die ganze Stadt muß nach Monceaus Leuten durchkämmt werden – Beck meint, es sind einschließlich Jules noch sieben von ihnen auf freiem Fuß. Er schickt uns Fotos von ihnen.«

105

Kaum hatte er zu Ende gesprochen, klopfte es. Newman schloß auf, öffnete die Tür einen Spalt breit und nahm von einem uniformierten Polizisten einen an Tweed adressierten Umschlag entgegen.

Tweed riß ihn auf, nahm sieben Hochglanzvergrößerungen heraus und breitete sie auf dem Tisch aus, damit auch die anderen sie sehen konnten.

»Das sind sie. Die sieben Herren, von denen ich eben sprach.«

»Sehr sympathisch sehen sie nicht aus«, bemerkte Paula.

»Eine wirklich üble Bande«, fügte Newman hinzu. »Das hier ist Jacques Lemont. Ein hervorragender Messerwerfer. War beim Zirkus, bevor Monceau ihn anheuerte. Ich habe ihn einmal verhört. Das war zu einer Zeit, als Monceau den Leuten weiszumachen versuchte, er sei so eine Art Robin Hood, der die Reichen beraubte, um den Armen zu helfen. Das war natürlich kompletter Unsinn, aber Monceau war mit im Raum und trug eine Maske, die seine obere Gesichtshälfte verdeckte. Rauchte einen Stumpen nach dem anderen, ein kleiner, dicker Mann.«

»Das war er«, sagte Tweed unvermutet. »Ein kleiner, dicklicher Mann, der wie ein Bankier gekleidet war. Als ich zu meinem Spaziergang aufbrach, stand er in der Nähe des Baur au Lac. Rauchte eine Zigarette und hatte einen Zwicker auf der Nase. Irgendwie kam er mir bekannt vor, aber ich konnte ihn nicht einordnen.«

»Er wartete nur darauf, daß Sie in die Luft gejagt würden«, bemerkte Marler.

»Sie sagten vorhin, das wäre etwas anderes«, schaltete sich an dieser Stelle Paula ein. »Haben wir es hier mit Terroristen zu tun?«

»Mit etwas noch wesentlich Schlimmerem«, antwortete Tweed.

Im Nahen Osten, weit hinter dem Euphrat, hing eine riesige künstlich erzeugte schwarze Wolke über der Wüste. Unter ihr kam eine Phalanx modernster Panzer aus den unterirdischen Bunkern, in denen sie versteckt gewesen waren.

Die Wolke, eine Erfindung russischer Wissenschaftler, setzte sich aus harmlosen Chemikalien zusammen und machte es den amerikanischen Satelliten, die in regelmäßigem Abstand über diese Region flogen, unmöglich zu fotografieren, was dort unten vor sich ging.

Unter der Aufsicht mehrerer Generäle führten die Panzer ein Manöver durch. Jeder war mit einem schweren Geschütz ausgestattet, das mit einer Granate mit biologischen Kampfstoffen geladen war. Die Panzerbesatzungen waren mit einem neuen Gasmaskentyp ausgerüstet, der den Träger gegen das giftige Gas immun machte. In einer bestimmten Phase des Manövers wurden die Geschütze abgefeuert. Die Geschosse schlugen weit entfernt in der Wüste ein. Ein paar umherstreifende Kamele erstarrten plötzlich, als sie das Gas einatmeten. Dann fielen sie auf der Stelle tot um. Die Vorbereitungen für den Generalangriff auf den Westen waren sehr weit fortgeschritten. Jetzt warteten sie nur noch auf das Zeichen des Staatsoberhaupts, dessen Befehl auch Hassan unterstand: Das Zeichen, das besagte, daß nun auch der letzte der Männer aus dem Weg geräumt worden war, die mit allen Mitteln versuchten, die politischen Führer des Westens zu energischerem Einschreiten zu bewegen.

Nachdem er sich von Tweed verabschiedet hatte, begab sich Newman in die Bar des Hotels und blickte sich um. Inzwischen war er fest davon überzeugt, daß sich der Feind in unmittelbarer Nähe befand. Simone Carnot, die ihn lauernd beobachtete, strich ihre üppige rote Mähne glatt.

Nachdem sie Dumont tot und mit einem häßlichen Loch im Hinterkopf auf der Couch liegengelassen und alles »arrangiert« hatte, wie Hassan es nannte (sprich, die schlaffe Hand des Toten um die Luger gelegt), hätte sie Zürich normalerweise mit der ersten Maschine verlassen. Allerdings hatte Hassan auch in ihrem Fall eine eigenmächtige Entscheidung getroffen.

Als Simone ihn angerufen hatte, um ihm in verschlüsselter Form die erfolgreiche Durchführung ihres Auftrags zu melden, war Hassan eine Idee gekommen. Er befahl ihr, noch mindestens eine Woche in Zürich zu bleiben. Des weiteren teilte er ihr mit, das nächste Opfer sei ein gewisser Tweed, und gab ihr eine Personenbeschreibung des Mannes. Falls bis zum Wochenende seine Ermordung nicht in den Medien gemeldete würde, sollte sie sich umgehend an seine Eliminierung machen.

»Du bekommst das übliche Honorar«, hatte er ihr zugesichert. »Außerdem möchte ich, daß du mich anrufst, wenn du ihn ausfindig gemacht hast...«

Weitere einhunderttausend Dollar. Für soviel Geld sagte Simone ohne Umschweife zu. Sie konnte nicht ahnen, daß sie und Hassan damit gegen ein Grundprinzip des Engländers verstießen: Nach einem Anschlag hatte die Täterin die Stadt, in der sie ihn verübt hatte, unverzüglich zu verlassen.

Als Newman sie ansah, senkte sie rasch den Blick. Da sie regelmäßig Zeitung las, hatte sie ihn sofort erkannt. Er war eine extrem auffallende Erscheinung, und ihr wurde sofort klar, daß sie jetzt möglichst keine Aufmerksamkeit erregen durfte. Sie hatte keine Ahnung, wer den Auftrag erhalten hatte, das neue Opfer zu übernehmen.

Simone Carnot hatte in Paris eine PR-Agentur für Models geleitet, als sie aufgrund ihres Aussehens und ihrer Liebe zum Geld rekrutiert worden war. Zudem gehörte sie zu dem Typ moderne Frau, der Männer als Räuber betrachtete, die es verdient hatten, nach Strich und Faden ausgebeutet zu werden. Diese Einstellung kam ihr bei ihrer Aufgabe ebenfalls zugute.

Als sie merkte, daß Newman auf sie zukam, änderte sie ihre Taktik. Wenn sie ihn gezielt ignorierte, erregte sie nur mehr Aufmerksamkeit. Es war ohne weiteres möglich, daß Newman, der so viele bedeutende Persönlichkeiten kannte, auch diesen Tweed kannte, der eindeutig sehr wichtig sein mußte.

»Entschuldigen Sie, wenn ich so direkt bin«, begann Newman, als sie zu ihm aufblickte, »aber ich langweile mich und würde mich gern mit jemandem unterhalten. Und Sie sehen alles andere als langweilig aus. Was darf ich Ihnen zu trinken bestellen?«

»Einen Kir royale«, antwortete sie sofort.

Er bestellte für sie einen Kir und für sich einen Scotch. Mit ihrem glänzenden, flammend roten Haar war sie sehr attraktiv.

Der Grund, weshalb er ihre Gesellschaft suchte, war keineswegs der, den er ihr genannt hatte. Gewiß, es gab auch noch andere rothaarige Frauen, aber ihr Aussehen paßte genau zu der Beschreibung, die ihnen Horn von der Frau gegeben hatte, die Dumont ermordet hatte. Newman hatte ausgiebig über die Sache nachgedacht, und dabei war ihm klargeworden, daß die Mörderin extrem starke Nerven gehabt haben mußte. Das naheliegendste war an sich, daß sie versuchen würde, die Stadt auf schnellstem Weg zu verlassen. Aber eine besonders kaltblütige Frau könnte es für sicherer erachtet haben, noch ein paar Tage am Ort ihrer Tat zu bleiben.

»Ich bin Bob Newman«, stellte er sich vor, als sie mit ihren Gläsern anstießen, die der Kellner im Handumdrehen gebracht hatte.

»Simone Carnot. Was machen Sie beruflich, Mr. Newman – wenn Sie nicht gerade fremde Damen ansprechen?«

Sehr direkt, dachte er – was ebenfalls in das Bild paßte, das er sich von der Mörderin gemacht hatte. Nicht, daß die Wahrscheinlichkeit, daß er die richtige Frau vor sich hatte, sehr hoch war.

»Ich ziehe über alle möglichen Leute Erkundigungen ein«, erklärte er provokativ.

»Ziehen Sie dann auch über mich Erkundigungen ein? Wobei ich mich allerdings fragen müßte, ob Sie Gründe dafür haben.«

Jedes Wort, das sie sagte, paßte zu einer Frau, die kaltblütig genug war, um einem Mann aus nächster Nähe in den Kopf zu schießen. Obwohl – daß er die Mörderin so leicht finden sollte, war einfach zu unwahrscheinlich. Sie hatte ihre langen Beine übereinandergeschlagen; infolge ihres geschlitzten Rocks war einiges von ihnen zu sehen. Da er spürte, daß sie es von ihm erwartete, begutachtete er sie aufmerksam.

»Auf beide Fragen kann ich nur mit einem Nein antworten«, sagte er schließlich. Er hielt inne. Ihm war der Gedanke gekommen, Tweed könnte das nächste Opfer einer weiblichen Attentäterin sein. Und sie war im selben Hotel. »Wohnen Sie im Baur au Lac?« fragte er sie.

»Ich kann nicht umhin, mich zu fragen, was Sie mit dieser Frage bezwecken, Mr. Newman.«

109

»Nicht mehr und nicht weniger als: Wohnen Sie hier?«

»Vielleicht. Wer kann das schon so genau sagen?«

»Sie könnten es«, sagte er rasch.

»Sie sind sehr direkt. Mehr wie ein Amerikaner.«

Sie lächelte, und das Lächeln blieb auf ihren straffen Lippen. Doch die Augen, die in die seinen blickten, waren kalt wie Eis. Er zog die Augenbrauen hoch und nahm einen Schluck aus seinem Glas.

»Ich weiß nicht, ob ich das als Kompliment auffassen soll, aber belassen wir es mal dabei.«

»Wie rücksichtsvoll von Ihnen«, konterte sie. »Und wenn Sie über mich keine Erkundigungen einziehen, über wen dann?«

»Über den Mörder von Pierre Dumont.«

Er hatte mit großem Nachdruck gesprochen und sah sie nicht an, als er einen weiteren Schluck nahm. In diesem Moment kam Tweed in die Bar. Als er an ihnen vorbeiging, rief Newman:»Leisten Sie uns doch Gesellschaft. Simone – ich darf Sie doch so nennen? – das ist Tweed. Darf ich Sie mit Simone Carnot bekannt machen, Tweed.«

11

Kurz zuvor, bevor Newman das Zimmer verlassen hatte, hatte Tweed Butler und Nield aus dem Hotel Gotthard am anderen Ende der Bahnhofstraße zu sich kommen lassen. Während sie auf die beiden warteten, hatten Paula und die anderen dagesessen und zugesehen, wie Tweed mit abwesendem Blick, die Hände hinter dem Rücken verschränkt, langsam auf und ab ging.

Niemand hatte gesprochen. Aus Erfahrung wußten sie, daß er Stille brauchte und daß er gerade eine wichtige Entscheidung traf, die sie alle betreffen würde. Plötzlich blieb Tweed stehen und setzte sich dann mit verschränkten Armen auf die Lehne von Paulas Sessel.

»Der Mann am Steuer des Volvo, der den Kinderwagen mit der Bombe in den See gestoßen hat, war Butler, stimmt's?«

110

»Ja«, bestätigte ihm Newman. »Im Fond kauerte Pete Nield mit einer Schußwaffe und einer Betäubungsgranate. Wir wußten zwar nicht, was passieren würde, aber wir bereiteten uns ohne Ihr Wissen auf verschiedene Angriffsmöglichkeiten auf Sie vor –«

Als es klopfte, verstummte er und ging zur Tür, um Harry Butler und Pete Nield hereinzulassen. Tweed empfing sie mit einem grimmigen Lächeln.

»Nehmen Sie bitte Platz, machen Sie es sich bequem. Harry, ich muß Ihnen danken, daß Sie mich vor dieser Bombe gerettet haben.«

»Keine Ursache«, erwiderte Butler, der seine Worte so spärlich setzte, als kostete jedes einzelne davon Geld.

»Ich bin zu der Überzeugung gelangt, daß wir die Sache nicht mehr so behutsam wie bisher angehen dürfen«, begann Tweed. Er erklärte den Neuankömmlingen, daß zwei Attentäterinnen Europa unsicher machten. »Das nächste Opfer bin ich«, fuhr er fort. »Der Umstand, daß wir das wissen, ist unser Trumpf im Ärmel. Inzwischen kennen wir die Methode, nach der sie vorgehen, kaltblütig und teuflisch raffiniert.«

»Und was wäre das für eine Methode?« fragte Nield ruhig und zupfte an seinem sauber gestutzten Schnurrbart.

»Um ganz nah an ihre Opfer heranzukommen, versuchen diese gefährlichen Frauen zunächst, deren Bekanntschaft zu machen. Da sie es mit hochintelligenten, kultivierten Männern zu tun haben, müssen sie sowohl sehr attraktiv als auch sehr erfahren im Umgang mit Männern sein. Ich nehme an, irgend jemand, der alle Mitglieder des *Institut de la Défense* kennt, hat jeden von ihnen sorgfältig analysiert, um herauszufinden, auf welchen Frauentyp er besonders stark anspricht. Der Betreffende muß über eine hervorragende Menschenkenntnis verfügen. Des weiteren wissen wir, daß heimlich viel Geld nach Dorset gebracht wird.«

»Das deutet auf Amos Lodge oder Willie Carrington hin«, flocht Newman ein.

»Möglicherweise. Außer es gibt in dieser Gegend einen dritten Mann, der bisher noch nicht in Erscheinung getreten ist …«

»Entschuldigung«, unterbrach Paula ihn, »aber ist einer dieser beiden Männer Mitglied des *Institut*?«

111

»Ja, Amos Lodge.«

»Und er ist noch am Leben. Müssen wir da noch lange suchen?«

»Leider ja. Auf der Mitgliederliste, die Sie aus Wien mitgebracht haben, steht sein Name hinter meinem. Aber bevor die Attentatserie begann, veranstalteten wir in unserem Hauptquartier in Ouchy am Genfer See ein Symposium zum Thema Naher Osten. Dazu luden wir eine Reihe von Leuten ein, die diese Region sehr gut kennen, um darüber zu referieren. Einer dieser Männer war Willie Carrington.«

»Sein Name steht nicht auf der Liste.« Paula ließ nicht locker.

»Wir versuchten, uns durch die Ankündigung abzusichern, daß dies unser letztes Treffen sei, da sich das *Institut* auflösen wolle. Das war übrigens nicht meine Idee – es hörte sich nicht sonderlich überzeugend an und hat dann auch niemanden überzeugt. Ich habe eine neue Strategie für uns konzipiert.«

»Vor ein paar Minuten sagte er, nun wäre Schluß mit behutsam«, flüsterte Newman Paula zu. »Hört sich so an, als würde es demnächst ganz gewaltig krachen.«

»Nun bin also ich ihr nächstes Opfer«, sagte Tweed noch einmal. »Wenn sie so vorgehen wie bisher, wird eine attraktive Frau meine Bekanntschaft suchen und Anstalten machen, mich in ihre Wohnung oder sonst an ein abgeschiedenes Plätzchen zu locken. Alle bisherigen Opfer hatten Häuser oder Wohnungen, in denen sich die Täterinnen mit ihnen treffen konnten. Ich bin in einem Hotel. Das stellt sie vor ein Problem. Ich möchte der Frau, die sie auf mich ansetzen, eine Falle stellen. Und dann bringen wir sie dazu, uns zu sagen, für wen sie arbeitet.«

»Darum werde ich mich kümmern, wenn es so weit ist«, erklärte Paula mit nur mühsam unterdrückter Wut. »Wie ich schon einmal gesagt habe – im Zeitalter der Gleichberechtigung sind manche Frauen kaltblütiger als viele Männer.«

»Wie kann man so etwas nur tun?« fragte Pete Nield. »Sich von hinten an einen Mann heranschleichen, den man kennt, vielleicht sogar verführt hat, und ihm dann in den Kopf schießen?«

»In mancher Hinsicht sind Frauen anders als Männer«, erklärte Paula. »Und ich kann das sicher besser beurteilen als jeder Mann.

Nehmen Sie zum Beispiel folgende simple Tatsache: Viele Frauen unterhalten sich lieber mit Geschlechtsgenossinnen. Sie haben lieber Freundschaften mit Frauen als mit Männern – zum Teil, weil sie mit ihnen offener über Dinge sprechen können, über die sie sich mit Männern nicht im Traum unterhalten würden. Und viele Frauen sind sehr vorsichtig, wenn sie einen neuen Mann kennenlernen – aus naheliegenden Gründen.«

»Nennen Sie mir doch so einen naheliegenden Grund«, drängte Nield.

»Ich glaube, das reicht weit zurück – bis in eine Zeit, in der ausschließlich die Männer das Sagen hatten. Um zu überleben, mußten die Frauen lernen, mit den Männern umzugehen, sie zu manipulieren, wenn Sie so wollen. Angesichts der immensen Freiheiten, die sie mittlerweile genießen, sind diese raffinierten Methoden nicht mehr erforderlich – und erst recht nicht wünschenswert, wie ich meine. Dennoch greifen sie weiterhin auf diese altbewährten Methoden zurück, was zur Folge hat, daß das Verhältnis zwischen den Geschlechtern ziemlich unausgeglichen ist und manchmal allein die Frauen am Drücker sind. Manche Männer sind damit nicht einverstanden, und es trägt nicht dazu bei, unsere Gesellschaft zu stabilisieren. Manche Beziehungen drohen beständig, ins Chaos abzugleiten.«

»Für mich erklärt das immer noch nicht, wie eine Frau einen Mann einfach von hinten abknallen kann«, versetzte Nield.

»Trotzdem sind bestimmte Frauen – eine kleine Minderheit – durchaus dazu imstande, und vielleicht tun sie es sogar gern.«

»Das ist doch grauenhaft«, entfuhr es Nield entsetzt.

»Das ist es auf jeden Fall. Ein weiteres wichtiges Motiv ist Geld. Ganz bestimmt kassieren sie für ihre schmutzige Arbeit ein enormes Honorar. Wie Tweed sagte, müssen die Frauen attraktiv sein. Die Konkurrenz ist hart, daher kostet es eine hübsche Stange Geld, andere Frauen in puncto Aussehen auszustechen. Kosmetika, Kleider, Friseurkosten – später lassen sie sich auch noch liften und was sonst noch alles dazukommt. Das alles ist höllisch teuer. Diese Frauen sind wie Raubtiere auf der Pirsch, sie wollen immer begehrenswert sein für die Männer.«

»Sie machen einem die Vorstellung, mal zu heiraten, nicht gerade schmackhaft«, bemerkte Nield.

»Nichts läge mir ferner als das«, erklärte Paula mit großem Nachdruck. »Die meisten Frauen sind ja durchaus anständig und ehrlich. Sie heiraten nur einen Mann, den sie lieben – und immer lieben werden. Wenn sie gut zusammenpassen – und Millionen Paare tun das –, sind sie vollauf damit zufrieden, ihre Kinder großzuziehen, ihrem Mann in allem zur Seite zu stehen und in bescheidenen Verhältnissen zu leben. Das trifft auf den Großteil der Frauen auf dieser Welt, im Westen, zu. Verstehen Sie mich also nicht falsch, Pete...«

Unmittelbar nach diesem Gespräch hatte Newman die Suite verlassen, war in die Hotelbar hinuntergegangen und hatte kurz darauf Tweed mit Simone Carnot bekanntgemacht. Er hielt sich streng an die einzelnen Punkte von Tweeds Strategie – und einer der wichtigsten davon war, daß die unbekannte Attentäterin erst einmal Tweeds Bekanntschaft machen mußte.

Als Newman Tweeds Namen nannte, reichte ihm Simone Carnot die Hand. Dabei kam sie gegen ihr Glas Kir royale und verschüttete seinen Inhalt über den Tisch.

»Ich bitte vielmals um Entschuldigung«, stieß sie hervor, während bereits ein Kellner an den Tisch geeilt kam, um den Inhalt des Glases aufzuwischen und ihr anschließend ein neues zu bringen. »Wie ungeschickt von mir.«

»Das kann jedem passieren«, tröstete Tweed sie. »Kein Problem.«

Ohne sich etwas anmerken zu lassen, dachten sowohl Tweed als auch Newman ausführlich über den Zwischenfall nach. Es war Tweeds Name gewesen, der Simone vorübergehend aus der Fassung gebracht hatte. Was für ein Glück – das nächste Opfer saß ihr direkt gegenüber, plötzlich aus dem Nichts aufgetaucht. Doch dann rief sie sich in Erinnerung, daß er ein Zimmer im Baur au Lac hatte, daß Newman, obwohl sie so getan hatte, als würde sie ihn nicht kennen, ein international bekannter Auslandskorrespondent war, die Sorte Mann also, mit der Tweed, der eine außerordentlich wichtige Persönlichkeit sein mußte, erwartungsgemäß verkehren würde.

»Könnte ich bitte ein Glas Orangensaft haben?« wandte sich Tweed an den Kellner, der Simone ein frisches Glas Kir royale gebracht hatte. Tweed war nicht entgangen, daß Simone lange, schlanke Beine hatte und überhaupt sehr gut aussah. Er sah sie lächelnd an, als er sie fragte:»Was machen Sie beruflich, wenn ich fragen darf? Sie könnten Model sein.«

Das gefiel ihr. Tweed gegenüber verhielt sie sich nicht annähernd so reserviert wie Newman gegenüber. Das ist ein Fisch, der bestimmt schnellstens anbeißt, dachte sie, während sie laut sagte:

»Danke. Ich fasse das als großes Kompliment auf. Tatsächlich habe ich früher in Paris eine Agentur für Models geleitet.« Kaum hatte sie die französische Hauptstadt erwähnt, wurde ihr bewußt, daß sie einen Fehler gemacht hatte. Was hatte dieser Mann nur an sich, daß sie plötzlich alle Vorsicht aufgab?»Im Moment versuche ich über meine gescheiterte Ehe hinwegzukommen.«

»Wie bedauerlich. Allerdings kann ich nicht verstehen, wie ein Mann auch nur auf die Idee kommen kann, Sie zu verlassen.«

Jetzt trägt er aber ganz schön dick auf, dachte Newman. Aber es scheint ihr runterzugehen wie Öl. Wenn er wollte, konnte Tweed sehr charmant sein. Er hatte etwas an sich, das viele Frauen ausgesprochen einnehmend fanden.

»Es hat einfach nicht geklappt«, erklärte Simone.»Darf ich fragen, ob Sie verheiratet sind?«

»Ja, bin ich«, antwortete Tweed, ohne auf die näheren Hintergründe dieser Feststellung einzugehen.»Schon lange«, fügte er hinzu.

Das wird ja immer besser, dachte Simone zynisch. Irgendwann kamen die meisten verheirateten Männer an einen Punkt, an dem sie einer kleinen Abwechslung nicht abgeneigt waren. Vermutlich hatte sie leichtes Spiel mit ihm. Aber warum läuteten dann in ihrem klugen Kopf nicht sämtliche Alarmglocken?

»Wie schön«, bemerkte sie.»Es ist ein tröstliches Gefühl zu hören, daß eine Ehe auch funktionieren kann. Auf ihre trifft das sicher zu. Keine vernünftige Frau käme auch nur auf den Gedanken, jemanden wie Sie zu verlassen.«

115

»Wir wetteifern ja förmlich miteinander, wer wem die schönsten Komplimente macht«, bemerkte Tweed trocken.

»Jedenfalls muß ich sagen, daß ich mich selten so nett mit einem Mann unterhalten habe. Vielleicht könnten wir ja mal gemeinsam etwas trinken. Ich habe hier im Hotel ein Zimmer.«

»Mit dem allergrößten Vergnügen. Aber wenn Sie mich jetzt entschuldigen würden. Ich habe eine geschäftliche Verabredung.«

Er ließ Newman allein mit ihr zurück und ging zu der Drehtür, die nach draußen führte. Als er von der Bar aus nicht mehr zu sehen war, blieb er stehen. Der letzte Mensch, den er zu sehen erwartet hätte, saß auf der Terrasse. Amos Lodge.

Tweeds Blick wanderte über die auf der Terrasse sitzenden Gäste. Butler, der besser gekleidet war als gewöhnlich, trank gerade aus einer Tasse. Ein Stück weiter weg sah er Nield eine Zeitung lesen. Tweed war sicher, daß auch Marler nicht weit entfernt war. Und tatsächlich sah er ihn fast im selben Augenblick auch schon mit einem Glas Eiskaffee in der Nähe der Bar sitzen.

Er schlenderte auf Marlers Tisch zu, tat so, als stolperte er, und stieß mit seiner ausgestreckten Hand sein Glas um. Auf diese Idee hatte ihn der Kir royale-Zwischenfall mit Simone Carnot gebracht. Er entschuldigte sich, als spräche er mit einem Fremden, dann fügte er leiser hinzu:

»Morgen abend werde ich mit Karin Berg, einer Frau, die ich von früher kenne, im Ermitage, einem Restaurant, das etwas außerhalb Zürichs am See liegt, essen gehen. Ich werde um halb neun von hier mit ihr losfahren.«

»Aber das macht doch nichts, Sir«, sagte Marler laut. »Da kommt schon der Kellner, um sauberzumachen.«

Tweed änderte die Richtung und tat so, als bemerkte er Amos Lodge erst jetzt. Der hünenhafte Gelehrte, den er das letzte Mal in Dorset getroffen hatte, trug einen Panamahut, der seine enorme Körpergröße noch zu unterstreichen schien. Er blickte auf, als Tweed seinen Tisch erreichte.

116

»Nicht die Möglichkeit! Mit Ihnen hätte ich hier wirklich zuletzt gerechnet. Setzen Sie sich doch. Leisten Sie mir auf ein Glas Lager Gesellschaft?«

»Gern. Aber ich hätte lieber einen Kaffee. Ich dachte übrigens das gleiche über Sie. Der letzte, mit dem ich – Sie wissen schon. Was führt Sie nach Zürich, Amos?«

»Ich wollte mir Dumonts Rede im Kongreßhaus anhören. Wirklich schrecklich, diese Geschichte – ich habe es in der Zeitung gelesen. Ehrlich gestanden, hätte ich nie für möglich gehalten, daß ein Mann wie Dumont Selbstmord begehen könnte.«

»Damit haben Sie auch völlig recht. Es war Mord.«

»Tatsächlich? Wieso? Wer war es?«

»Um das herauszufinden, Amos, bin ich hier. Ich bin dem Mörder stündlich dichter auf den Fersen. Aber was werden Sie jetzt tun?«

»Morgen abend im Kongreßhaus eine Rede halten. Offiziell ist es eine Art Gedenkfeier – aber ich werde die Gelegenheit nutzen, meine Ansichten mit allem Nachdruck vorzubringen. Die Agentur, die Dumont vertrat, hat die Personen, die Karten für den Vortrag hatten, bereits davon in Kenntnis gesetzt. Es werden auch Plakate aufgehängt. Der Saal wird sicher sehr voll.«

»Ist das nicht ein bißchen gefährlich? Sie gehören dem *Institut* an. Wie alle anderen sogenannten Selbstmorde.«

»Glauben Sie, das könnte mich davon abhalten, den Vortrag zu halten?« Aus Lodges Augen sprach eiserne Entschlossenheit. »Sie werden doch hoffentlich kommen? Ich habe eine Freikarte – das heißt, einen ganzen Packen davon. Sie können also gern ein paar Freunde mitbringen.«

Mit diesen Worten zog Amos Lodge einen dicken Umschlag aus der Brusttasche seines Sommersakkos und gab Tweed ein paar davon.

»Danke. Sie haben sie aber schnell drucken lassen.«

»Von einer Schweizer Druckerei. Die Schweizer sind sehr effizient – und vor allem auch schnell. Hier kommt Ihr Kaffee. Wünschen Sie mir alles Gute für meine Rede.«

»Alles Gute – und Sicherheit.«

»Sicherheit? Ach was. Halb Dorset scheint in Zürich zu sein. Ich
warte übrigens gerade auf jemanden, den auch Sie gut kennen.
Auf Willie Carrington.«

»Willie ist hier?«

»Er wohnt im Dolder Grand, oben auf dem Hügel hinter der
Altstadt. Ich hatte ihm am Telefon erzählt, daß ich hierherkommen wollte, um mir Dumonts Rede anzuhören. Er sagte, er wäre
aus dem gleichen Grund in Zürich. Da kommt er schon – unser
Ladykiller...«

Willies Aufzug konnte sich sehen lassen. Nach Art der Araber
hatte er sich ein weißes Tuch um den Kopf gebunden. Dazu trug
er einen konventionellen Anzug und eine Sonnenbrille mit breiten Bügeln.

»Wenn man vom Teufel spricht – ich habe sehr genau gehört,
was Sie gesagt haben«, begrüßte er Tweed, als er sich setzte. »Sie
hier anzutreffen, hätte ich nun wirklich nicht erwartet. Haben Sie
schon gehört, daß der arme Dumont Selbstmord begangen hat?
Ist mir unerklärlich, was ihn dazu getrieben haben könnte. War
ein ziemlicher Schock für mich. Er war erst kürzlich in meinem
Club in London. Da muß er wohl einen schlimmen Aussetzer gehabt haben. Wirklich schade um so einen klugen Kopf. Einen
doppelten Wodka«, sagte er zu einem Kellner, um sich danach
gleich wieder Tweed zuzuwenden. »Den brauche ich jetzt.«

»Wieso dieser ungewöhnliche Aufzug?« fragte Tweed. Er
stellte seine Kaffeetasse ab und schenkte sich aus der Kanne nach.
»Die Leute werden denken, Sie sind einer dieser unermeßlich reichen Ölscheichs.«

»Ach so.« Willie zog an seinem Schnurrbart und grinste. »Ich
werde morgen gleich nach Amos' Rede nach Nahost fliegen. Dort
mögen sie es, wenn man so erscheint. Sie halten es für ein Zeichen
von Respekt oder so.«

»Eine Ihrer Geschäftsreisen?«

»Ich hoffe. Sicher kann ich aber erst sein, wenn ich mich mit den
Leuten dort getroffen habe. Sie spielen gern Katz und Maus. In
der Hoffnung, den Preis zu drücken. Bei mir werden sie damit

aber keinen Erfolg haben. Wenn nötig, sage ich, ich nehme die erste Maschine nach Hause. Das bringt sie normalerweise zur Vernunft.« Sein Drink war gekommen. Er hob sein Glas.»Auf Dumont. Prima Kerl. So schnell kann es manchmal gehen. Und ich stehe gerade davor, in Nahost einen tollen Abschluß zu tätigen. Ganz großes Geschäft das. Aber das bleibt natürlich unter uns.« Er zwinkerte.»Nur unter Freunden.«

Tweed merkte, daß Carrington schon leicht angetrunken war – unter anderem an seiner Wortwahl. In seinen Augen lag ein triumphierendes Leuchten, als er Tweed ansah. Warum?

Auch Amos Lodge war das aufgefallen. Als Tweed ihn kurz ansah, starrte Amos Lodge Willie so durchdringend an, als könnte er in sein Innerstes blicken. Die Atmosphäre bekam plötzlich etwas so Gespanntes, daß man meinte, die Luft knistern zu hören.

»Dumont ist Ihnen doch völlig egal«, sagte er mit seiner rauhen Stimme.»Alles, was Sie interessiert, ist, noch mehr Geld zu scheffeln.«

»So etwas zu sagen ist aber gar nicht nett«, entgegnete Willie ruhig.

»In dieser Welt ist die Wahrheit nur in den seltensten Fällen nett«, schoß Amos Lodge zurück.»Sie und Ihre Geschäfte. Worum ging es denn bei diesem? Waffen für die Araber? Irgendwelche Raketen?«

Tweed hielt sich da raus. Er saß nur da, trank seinen Kaffee und studierte die beiden Männer. Was ihn am meisten faszinierte, war der Umstand, daß Willie über Amos Lodges Attacke nicht im geringsten verblüfft schien. Wenn überhaupt etwas, wirkte Willie plötzlich stocknüchtern, denn jetzt sah er Lodge durchdringend an. Tweed war bisher nicht klar gewesen, wie gut sich Willie im Griff hatte, wie hervorragend er es verstand, mit jeder Situation fertig zu werden. Die joviale, schulterklopfende Art, die Tweed sonst von ihm kannte, war plötzlich einer erstaunlichen Selbstbeherrschung gewichen. Es war wie eine Offenbarung.

»Jetzt reißen Sie sich aber mal zusammen, Amos«, sagte Willie gelassen.»Dumont war ein guter Freund von mir. Deshalb weiß ich, daß das letzte, was er gewollt hätte, Tränen an seinem Sarg waren. Darum, lassen wir die Vergangenheit lieber ruhen.«

»Wenn Sie meinen.«

»Und ob ich das meine. Aber jetzt will ich Sie beide nicht mehr länger stören. Mir ist nach einem Spaziergang in der Sonne – in Erinnerung an alte Zeiten.«

Mit diesen Worten verließ er sie. Sein Schritt war fest und stet, als Tweed ihm hinterherblickte.

»Ich mochte ihn noch nie«, bemerkte Lodge.

»Warum?«

»Irgendwie wirkt alles an ihm aufgesetzt. Ich habe ihm noch nie getraut. Wenn Sie mich entschuldigen würden, ich muß jetzt leider gehen. Bis später ...«

Kaum war Amos Lodge gegangen, kam ein großer, gebräunter Mann in einem Trainingsanzug auf Tweeds Tisch zugeschlendert. Emilio setzte sich mit einem Drink zu ihm.

»Da ist etwas, was Sie wissen sollten ...«

»Lange nicht mehr gesehen, Emilio«, begrüßte Tweed den Italiener. »Im Augenblick werden Sie gerade von mindestens drei schönen Frauen ins Visier genommen.«

»Kommen Sie mir bitte nicht damit. Ich nehme an, Sie sind hier, um die Auftragsmörderinnen zu fassen, die acht Männer ausgeschaltet haben.«

»Sie raten.«

»Aber, genau wie Sie, bin ich sehr gut im Raten.« Vitorelli strich sich mit der Hand über sein dichtes schwarzes Haar. »Eine von ihnen gehört mir.«

»Sie haben schon immer in nebulösen Andeutungen gesprochen. Drücken Sie sich doch wenigstens einmal etwas deutlicher aus.«

»Sie wissen, meiner Verlobten ist von einer Frau, die ihr Säure ins Gesicht geschüttet hat, das Gesicht zerstört worden. Danach hat sie sich von einer Terrasse der Villa Borghese zu Tode gestürzt. Der Name der Säureattentäterin, deren Avancen ich mich nur mit allergrößter Mühe erwehren konnte, ist Tina Langley.«

120

Vitorellis schönes Gesicht war ausdruckslos, als er einen langen Schluck aus seinem Glas nahm. Er sieht extrem sportlich aus, dachte Tweed – ein Mann, der ganz zwangsläufig bei Frauen gut ankommt.

»Interessant«, sagte Tweed. »Sehr sogar.«

»Sie waren schon immer sehr vorsichtig, was Ihre Reaktionen angeht«, bemerkte Vitorelli mit einem gewinnenden Lächeln.

»Wie kommen Sie darauf?«

»Weil Sie sehr genau wissen, daß Tina Langley eine ehemalige Freundin von Captain William Wellesley Carrington ist. Willie, wie er auch genannt wird, hat eben Ihren Tisch verlassen.«

»Wollten Sie mir das sagen?«

»Was ich Ihnen sagen wollte, ist, daß Tina Langley eine dieser berüchtigten Killerinnen ist – sie ist ein Mitglied des Schwarzen Ordens.«

12

Tweed blickte sich auf der Terrasse um, während er versuchte, den Schock über das, was Vitorelli gesagt hatte, zu verdauen. Marler, Butler und Nield waren verschwunden, aber Tweed war nicht auf sich allein gestellt. Hinter ihm, mit dem Rücken zur Wand, saß Paula über einer Tasse Kaffee und sah an ihm vorbei auf den Garten hinaus. Sie hatte ihren Umhängebeutel bei sich, und er nahm an, daß in einer der Taschen ihre geladene 32er Browning steckte.

»Schwarzer Orden?« wiederholte er. »Was ist das?«

»Mindestens drei sehr attraktive Frauen«, antwortete Vitorelli finster. »Sie töten ihre Opfer, indem sie sie an einen Ort locken, an dem sie ihnen in den Hinterkopf schießen – und es dann als Selbstmord hinstellen.«

»Wem untersteht dieser Orden?« fragte Tweed.

»Das weiß ich nicht. Vermutlich jemandem, der in Dorset ansässig ist.«

»Deshalb Ihr Hinweis auf den Kurier, der eine größere Summe Bargeld in diese Gegend brachte.«

»Das war alles, was mir zu diesem Zeitpunkt an Informationen vorlag.«

»Wie haben Sie mehr herausgefunden?«

»Das sollte ich Ihnen eigentlich nicht sagen, Tweed.« Vitorelli leerte sein Glas und grinste. »Als Chefermittler einer großen Versicherungsgesellschaft müßten Sie doch weltweite Kontakte haben, die Sie über solche Transaktionen informieren. Auch ich verfüge über ein solches Nachrichtennetz. Der einzige Unterschied, nehme ich mal an, besteht darin, daß meines auf einer wesentlich niedrigeren Ebene operiert – nämlich in der Unterwelt. Geld wechselt den Besitzer, nichts Schriftliches, alles unter der Hand. Verstehen Sie, was ich meine?«

»So weit ja. Aber Sie haben mir immer noch nicht erzählt, wie Sie von der Existenz dieses Ordens erfahren haben.«

»Durch puren Zufall. Ich versuche schon seit geraumer Zeit, Tina Langley zu finden. Das letzte, was ich von ihr gehört habe, ist, daß sie vor kurzem in Salzburg war. Sind Sie gerade hellhörig geworden, oder sollte ich mich getäuscht haben?«

Tweed nahm sich vor, künftig besser auf seinen Gesichtsausdruck achtzugeben. Emilio Vitorelli war clever, ein scharfer Beobachter.

Tweed war tatsächlich hellhörig geworden. Salzburg war nicht weit von Wien entfernt. Norbert Engel war in der österreichischen Hauptstadt ermordet worden – und Paula hatte ganz kurz seine Mörderin zu Gesicht bekommen.

»Nein«, antwortete er rasch.

»Ich wollte schon nach Salzburg fahren«, fuhr Vitorelli fort. »Doch dann hörte ich, daß sie wieder untergetaucht ist. Außerdem hörte ich, sie sei Mitglied des Schwarzen Ordens. Hassan...«

hörte Tweed ihn dann seinen nächsten Satz beginnen.

»Was sagten Sie gerade?«

»Haß an sich ist etwas, das ihr sicher nicht fremd ist. Ich kann sie mir sehr gut als Killerin vorstellen. Eine Frau, die einer anderen Säure ins Gesicht schleudert, ist zu allem imstande. Tina ist clever, bis zu einem gewissen Punkt auf jeden Fall. Sie hat ein sehr flatterhaftes Wesen. Daher ihr Spitzname, der Schmetterling.«

»Sauberer Schmetterling.«

»Versprechen Sie mir, mir sofort Bescheid zu geben, wenn Sie sie gefunden haben?«

»Ich werde tun, was ich kann«, erwiderte Tweed ausweichend. »Wie kommt es, daß ich Ihnen so viele Informationen zukommen lasse und umgekehrt von Ihnen so gut wie gar nichts dafür bekomme?«

»Das liegt in der Natur meiner Arbeit.«

Zur Tarnung des SIS-Hauptquartiers in der Park Crescent war am Eingang des Gebäudes eine Tafel mit der Aufschrift General & Cumbria Assurance angebracht. Tweeds Rolle als Chefermittler erklärte seine zahlreichen Auslandsreisen, seine Verschwiegenheit. Die vermeintliche Versicherungsgesellschaft führte angeblich Lösegeldverhandlungen, wenn reiche Männer entführt wurden.

Wenig später verabschiedete sich Tweed, und Paula wartete einen Moment, bevor sie hinter ihm herschlenderte.

Hass an... Das waren die Wörter, die Vitorelli gesagt hatte. Tweed wiederholte sie mehrmals. *Hass an...* Hassan. Assam. Der Name des Mannes, dem der Orden unterstand, war Hassan, ein arabischer Name. Das paßte.

»Hassan?« sagte Paula. »Das ist ein ziemlich gebräuchlicher Name.«

Tweed und Paula hatten sich nach Verlassen der Terrasse in Tweeds Zimmer zurückgezogen. Tweed, der langsam durch den Raum ging, ließ sich Zeit mit seiner Antwort.

»Es ist ein Name«, sagte er schließlich. »Etwas, das wir bisher nicht hatten.«

»Das war wieder einmal sehr scharfsinnig von Ihnen – nur aufgrund einer zufälligen Bemerkung Vitorellis diesen Zusammenhang herzustellen. Assam – Hassan. Beides klingt sehr ähnlich. Anscheinend habe ich den Namen, den mir der Fahrer nach dem Entführungsversuch sagte, falsch verstanden.«

123

»Vermutlich hat der Kerl vor Angst halb in die Hosen gemacht und deshalb gestottert.«

»Marler hat mir erzählt, Sie wollen heute abend mit Karin Berg in einem Restaurant, das sich Ermitage nennt, essen gehen? Nehmen Sie da nicht schon wieder ein unnötiges Risiko auf sich?«

»Ich kenne Karin aus ihrer Zeit bei der schwedischen Spionageabwehr. Sie ist keine Fremde für mich.«

»Und was macht sie jetzt?« wollte Paula wissen.

»Angeblich ist sie Leiterin der Sicherheitsabteilung eines internationalen Großkonzerns. Ein Job, für den sie wie geschaffen ist.«

»Welcher Großkonzern ist das?«

»Das durfte sie mir nicht sagen. Sie hat sich vertraglich verpflichtet, das Unternehmen, für das sie arbeitet, nicht zu nennen.«

»Wie praktisch«, bemerkte Paula sarkastisch. »Doch jetzt zu diesem Orden, von dem Ihnen Vitorelli erzählt hat. Diese Frauen, die für Geld kaltblütig morden – denn Sie können sicher sein, daß sie für ihre schmutzige Arbeit gut bezahlt werden –, wieso sollte Karin Berg etwas über sie wissen. Sie arbeitet doch nicht mehr für den Geheimdienst.«

»Möglicherweise weiß sie etwas, ohne sich bewußt zu sein, daß sie es weiß«, erklärte Tweed. »Ich möchte nichts unversucht lassen.«

»Egal, wie gefährlich es ist?«

»Wissen Sie eine bessere Möglichkeit?« In Tweeds Stimme hatte sich ein scharfer Unterton eingeschlichen. »Ich bin ganz Ohr. Schießen Sie los.«

Paula wußte keine Antwort. Verzweifelt suchte sie nach einer Alternative. Ohne Erfolg.

»Sie spielen selbst den Lockvogel«, sagte sie schließlich.

Da klopfte es. Angespannt wie sie war, sprang Paula mit der Browning in der Hand auf und ging an die abgeschlossene Tür.

»Wer da?« rief sie.

»Eine Nachricht für Mr. Tweed.«

»Schieben Sie sie unter der Tür durch.«

»Ich soll sie ihm persönlich übergeben.«

»Schieben Sie sie schon unter der Tür durch, oder ich rufe den Polizeichef.«

Nach einer kurzen Pause wurde ein weißer Umschlag unter der Tür durchgeschoben. Paula hob ihn auf, sah, daß er an Tweed adressiert war und die Aufschrift ›persönlich‹ trug. Sie reichte ihn ihrem Chef. Der öffnete ihn, nahm ein Foto heraus, sah es an und steckte es in den Umschlag zurück.

»Beruhigen Sie sich wieder«, sagte Tweed. »Es besteht kein Grund zur Besorgnis.«

»Als Sie das das letzte Mal sagten, flog uns fast die halbe Welt um die Ohren.«

»Was in diesem Fall wirklich passieren könnte, wenn wir den Feind nicht neutralisieren. Ich habe vorhin einen Anruf erhalten. Von Beck. Er wollte mich von bewaffneten Sicherheitskräften abholen lassen. Ich wurde mit Blaulicht ins Polizeipräsidium an der Limmat gefahren. Beck erwartete mich bereits. Er hatte einen dringenden Anruf von Cord Dillon erhalten, dem stellvertretenden Direktor der CIA in Langley – mit der Bitte, ich solle ihn über ein abhörsicheres Telefon zurückrufen. Was er mir zu berichten hatte war höchst besorgniserregend.«

»Jetzt machen Sie es doch nicht noch spannender«, sagte Paula erstaunlich gelassen.

»Dillon berichtete mir von einer riesigen schwarzen Wolke über einer Wüstenregion in dem Staat im Nahen Osten, der schon eine ganze Weile Anlaß zu Beunruhigung gibt. Die Wolke war so beschaffen, daß die Kameras der amerikanischen Satelliten, die diese Region überfliegen, sie nicht durchdringen konnten. Ihren Schätzungen zufolge hatte die Wolke eine Flächenausdehnung von etwa dreißig bis vierzig Kilometern. Da kein Wind wehte, bewegte sie sich nicht von der Stelle. Sie vermuten, daß unter der Wolke große militärische Manöver durchgeführt wurden. An ihren Rändern erfaßten die Kameras zehn tot im Sand liegende Kamele. Daraus schließt man in Washington, daß bakteriologische Kampfstoffe zum Einsatz kamen.«

»Beängstigend.«

»Der Präsident hat verboten, irgendwelche Gegenmaßnahmen zu ergreifen – er bezeichnet das Ganze als Bluff.«

»Was glauben Sie?« fragte Paula.

»Im Nahen Osten bereitet sich eine riesige Armee darauf vor, Israel zu vernichten. Gelingt das, wird sich eine ganze Reihe arabischer Staaten mit dem Angreifer verbünden. Anschließend dringt diese Armee nach Norden vor und weiter durch die Türkei, wo die Ultraextremisten – wesentlich fanatischer als die Fundamentalisten – nur auf eine Gelegenheit warten, um in Ankara die Macht zu übernehmen. Von der Türkei aus dringen sie über den Balkan noch weiter nach Norden vor. Und hier heißt ihr erstes größeres Ziel Wien. Von dort geht es dann weiter nach München. Dann ein rascher Vormarsch bis an den Rhein. Ihre Raketen werden London in Schutt und Asche legen.«

»Sie sind ein hervorragender Stratege – wie Amos Lodge.«

»Oh, ich bin sicher, darauf ist er auch selbst schon gekommen«, erwiderte Tweed.

»Sie haben mir wirklich angst gemacht.«

»Glauben Sie jetzt immer noch, ich sollte nicht alles daransetzen herauszufinden, wer hinter diesem Eröffnungszug steckt – hinter diesen Attentaten?«

»Ich komme heute abend mit Ihnen.«

»Damit würden Sie nur alles verderben. Kommt überhaupt nicht in Frage.«

»Und Sie glauben allen Ernstes, darauf lasse ich mich ein?«

»Etwas anderes wird Ihnen wohl kaum übrig bleiben. Doch jetzt sollte ich Ihnen vielleicht mal das Foto zeigen, das Vitorelli mir mit einer kurzen Nachricht geschickt hat. Hier ist die Nachricht.«

Ich habe Kopien davon anfertigen lassen. Hier ist ein Foto von Tina Langley.

Gruß, E.

Paula sah auf die Hochglanzvergrößerung, die mit der Nachricht gekommen war. Es war ein einwandfreier Farbabzug, und sie studierte ihn ein paar Minuten, bevor sie zu Tweed aufblickte.

»Das ist die Frau, die Norbert Engel ermordet hat.«

»Sind Sie sicher?«

»Sie drehte sich auf der Kärntnerstraße zwar nur einmal kurz nach mir um, aber ich bekam sie bei dieser Gelegenheit sehr gut zu sehen. Ich bin ganz sicher. Ein Mitglied des Ordens hätten wir damit also schon identifiziert.«

Tina Langley, die sich unter dem Namen Lisa Vane ins Melderegister eingetragen hatte, wohnte im Hôtel des Bergues in Genf, wo sie von Hassan ›aufs Abstellgleis‹ geschoben worden war. Sie kannte die Bedeutung dieser Redewendung – sie war wie die Waggons eines Zuges vorübergehend aus dem Verkehr gezogen worden.

Mit ihrer kastanienbraunen Mähne, ihrer hervorragenden Figur und ihrem verführerischen Lächeln war es ihr während ihres kurzen Aufenthalts in der Stadt bereits gelungen, sich einen Freund zu angeln, einen Schweizer Bankier. Für die schöne Tina mit ihrem Schlafzimmerblick war das ein Leichtes gewesen. Neben den vollen roten Lippen waren ihre Augen ihre wirksamste Waffe. Sie brauchte einen Mann nur mit diesen Augen anzusehen, und schon fraß er ihr aus der Hand. Nur um die eins sechzig groß, trug sie hohe Absätze, um größer zu erscheinen. Ihr Begleiter sprach englisch mit ihr, als sie die Rhône-Promenade entlanggingen.

»Aus welchem Teil Englands kommst du eigentlich, Lisa?«

»Aus Kent«, log sie. »Das ist nicht weit von Dover. Bei welcher Bank bist du gleich wieder Direktor?« fragte sie scheinbar beiläufig.

Sie lächelte still in sich hinein, als er es ihr verriet. Es war eine große Bank. Sie begann sich bereits zu fragen, wieviel sie aus ihm herausschlagen könnte. Der Hauptgrund, weshalb sie seine Bekanntschaft gesucht hatte, war jedoch, daß eine attraktive Frau mit einem männlichen Begleiter weniger Aufsehen erregte. Obwohl sie eigentlich nicht damit rechnete, daß die Polizei in Genf nach ihr suchen würde, während sie darauf wartete, von Hassan Anweisungen für ihren nächsten Auftrag zu erhalten. Genf war sehr weit von Wien entfernt.

Sie führte ihren Begleiter eine Seitenstraße hinunter, wo es ein exklusives Juweliergeschäft gab. Sie hatte eine Schwäche für Diamanten, und sie betrachtete ein funkelndes Collier. Anton, ihr neuer Freund, stand ungeduldig neben ihr, und sie merkte, es war noch zu früh, um auf ein so teures Stück zu spekulieren.

»Sehr schön«, bemerkte sie, »aber auch sündhaft teuer.«

»Gefällt es dir?« fragte Anton.

Am liebsten hätte er sich, kaum daß er das gesagt hatte, die Zunge abgebissen. Das Collier kostete ein kleines Vermögen. Sie sah ihn mit einem langen, verschleierten Blick von der Seite an.

»Jede Frau, die so etwas trägt, kann sich nur noch mit einem Leibwächter auf die Straße wagen. Mit so einem Schmuckstück handelt man sich nur Scherereien ein.«

Sie machte einen Schritt zur Seite und betrachtete eine Perlenkette. Ebenfalls sehr teuer, aber nur ein Bruchteil dessen, was das Collier kostete.

»Wie findest du das?« fragte er.

»Ein Schmuckstück ganz nach meinem Geschmack.«

Anton, ein großer, gutaussehender Mann Mitte vierzig, konnte es kaum erwarten, in ihr Zimmer zu kommen. Er führte sie in den Laden, und der Geschäftsführer, der die Tür für sie aufgeschlossen hatte, schloß sie hinter ihnen wieder ab, bevor er die Perlen aus dem Schaufenster holte und Tina um den schlanken Hals legte. Sie betrachtete sich eine Weile im Spiegel.

»Wie für mich geschaffen«, bemerkte sie schließlich.

Anton holte seine Kreditkarte heraus. Während er mit dem Geschäftsführer zahlen ging, holte Tina ein Kopftuch aus ihrer Gucci-Handtasche und legte es an, um ihr kastanienbraunes Haar darunter zu verbergen. Entlang der Rhône herrschte starker Wind, aber ihr ging es vor allem darum, ihr Aussehen zu ändern.

»Der Wind bringt mir sonst die Frisur durcheinander«, lautete ihre Begründung für Anton.

»Dein Haar ist wundervoll.«

Sie gab keine Antwort. Es war ihr erster Besuch in Genf, und sie fand die Stadt schön. Links von ihr lag die Rhône, die unter der Pont du Rhône hindurch aus dem Genfer See floß. Weiter vorne teilte sich der Fluß, und die Inseln in seiner Mitte waren durch ein kompliziertes Netz von Fußgängerbrücken mit den Ufern verbunden. Am anderen Flußufer waren die Fassaden alter, mehrstöckiger Bürogebäude zu sehen. Dahinter erhob sich eine Felswand, steil und fast wie ein Berg.

»Genf ist eine sehr kosmopolitische Stadt«, führte Anton aus. »Hier wohnen viele reiche Ausländer, die für internationale Großkonzerne arbeiten.«

Sie spitzte die Ohren. Das hörte sich an, als wäre hier einiges zu holen. Sie konnte nur nicht recht verstehen, warum sie ausgerechnet in Genf ›aufs Abstellgleis‹ geschoben worden war. Hatte es mit dieser Stadt etwas auf sich, wovon sie nichts wußte? Ohne sich dessen bewußt zu sein, hatte sie eben einen wichtigen Punkt angerührt.

»Vom Gipfel dieses Bergzugs muß man einen phantastischen Blick haben.«

»Auf jeden Fall. Das ist der Mont Salève. Allerdings gehört er nicht mehr zur Schweiz. Er liegt in Frankreich.«

Als in Jules Monceaus winzigem Hotelzimmer das Telefon läutete, ließ er es eine Weile klingeln, bevor er abnahm. Es war taktisch unklug, jemandem den Eindruck zu vermitteln, er habe nur auf seinen Anruf gewartet.

»Ja«, meldete er sich schließlich.

»Sie wissen, wer dran ist«, kam Hassans glatte Stimme aus dem Hörer.

»Sicher.«

»Ich habe gehört, Tweed will heute abend im Ermitage, einem Restaurant außerhalb Zürichs, mit einer Frau essen gehen. Sie haben einen Tisch mit Seeblick reserviert und werden gegen neun Uhr abends eintreffen. Alles Weitere bleibt Ihnen überlassen.«

Als Monceau auflegte, lag ein gemeines Grinsen auf seinen Lippen. Er nahm einen Stadtplan, auf dem auch der Zürichsee eingezeichnet war. Die genaue Adresse würde er im Telefonbuch finden. Es gab noch einiges vorzubereiten. Diesmal würde ihm Tweed nicht entkommen. Er wäre zu sehr mit seiner Begleiterin beschäftigt, zu voll vom Wein, um mitzubekommen, was auf ihn zukam. Er würde es erst merken, wenn es zu spät war.

13

Tina Langley hieß nicht ohne Grund der Schmetterling. Sie war bekannt für ihre abrupten Stimmungsumschwünge, ihr Bedürfnis, ständig den Ort zu wechseln. Willie hätte dies sicher bestätigen können. Und ihr Bankiersfreund Anton sollte diesen Charakterzug gerade kennenlernen.

»Ich möchte nach Frankreich«, verkündete sie plötzlich.

»Nach Frankreich?« fragte Anton überrascht. »Dafür ist es aber schon ein bißchen spät.«

»Wie lange würde es dauern, auf den Mont Salève zu fahren?« fragte sie mit einem leichten Schmollen. »Hast du nicht gesagt, dein Wagen steht irgendwo ganz in der Nähe.«

Sie saßen in der Bar des Hôtel des Bergues, das in einer Seitenstraße der Promenade lag. Sie hatte den Champagner in sich hineingeschüttet wie Wasser. Anton hoffte, sie würde ihn bald auf ihr Zimmer einladen.

»Ich weiß nicht, ob das wirklich so eine gute Idee ist«, sagte er langsam.

»Wenn ich finde, es ist eine gute Idee, ist es eine phantastische Idee«, schrie sie ihn an. »Und wenn du keine Lust hast, dann sag es mir lieber gleich, und ich gehe. Für wen hältst du dich eigentlich? Wenn ich auf etwas Lust habe, dann tue ich es auch. Auf der Stelle. Hast du gehört?«

Es war peinlich. In der Bar waren noch andere Paare, und auf den Wutanfall hin sahen alle zu ihnen herüber, einige amüsiert, andere entrüstet. Anton war nicht nur verlegen – er war auch fasziniert von dieser wilden Seite ihres Wesens, die so unvermutet zum Vorschein gekommen war.

»Wenn wir sofort aufbrechen, Lisa«, sagte er, »müßten wir bis Einbruch der Dunkelheit wieder zurück sein.«

Wieder schlug ihre Stimmung um. Sie wandte sich ihm zu, bedachte ihn mit einem strahlenden Lächeln und küßte ihn auf die Wange.

Im Grand Hotel Dolder, einem alten Prachtbau auf einem Hügel über Zürich, unterhielt sich Willie schon eine Weile mit einer Frau, die ebenso teuer wie modisch gekleidet war. Das mußte sie auch sein, dachte Willie – sonst könnte sie es sich nicht leisten, hier zu wohnen.

»Ich hätte da einen etwas ungewöhnlichen Auftrag, der allerdings auch recht einträglich wäre«, erklärte er in saloppem Ton.

»Tatsächlich?«

Seine Gesprächspartnerin war Carmen, eine spanische Schönheit mit glänzendem Haar, so schwarz wie die Nacht. Insgeheim dachte Carmen, die von ihrem Mann getrennt lebte: Das ist ja eine ganz neue Masche. Aber ich werde darauf einsteigen, bis zu einem gewissen Punkt jedenfalls. Sie langweilte sich, und Willies überschwengliche Art übte auf viele Frauen eine starke Faszination aus.

»Wissen Sie was?« fuhr er fort und zupfte grinsend an seinem Schnurrbart. »Hätten Sie nicht Lust, im Ermitage essen zu gehen. Soll eins der In-Lokale am See sein. Der Portier hat es mir empfohlen. Wäre Ihnen morgen abend recht? Ich werde es schon mal vorab testen, mich vergewissern, ob es auch gut genug ist für eine Frau wie Sie. Werde das heute abend machen.«

»Sind Sie in allem, was Sie tun, so gründlich?« fragte sie amüsiert.

»Das muß ich in meinem Job sein.«

»Und was machen Sie beruflich?«

»Ich verkaufe an reiche arabische Scheichs Waffen und Munition. Sie zahlen ordentlich, weil ich dort unten gut bekannt bin. Mit Festbanketten in richtigen Palästen und was sonst noch alles dazugehört. Jetzt habe ich Sie vermutlich schockiert.«

»Ich bin nicht so leicht zu schockieren, Willie.«

Wenn das stimmte, was er sagte, war sie beeindruckt. Es hörte sich alles so aufregend und romantisch an und erinnerte sie an die Zeit, als spanische Galleonen ihre kostbaren Goldladungen gegen englische Freibeuter hatten verteidigen müssen, sie hatte viel darüber gelesen.

Genau dieser Nimbus von Abenteuer war es übrigens, mit dem sich Willie für seine schöne Tischgenossin zu umgeben versuchte. Er hatte ein geradezu unheimliches Gespür dafür, womit man auf eine

Frau Eindruck machen konnte. Da spielte es letztendlich keine Rolle, was für ein Garn man spann. Hauptsache, es gefiel ihnen. In diesem Fall hatte er allerdings sogar die Wahrheit gesagt – was er selten tat.

»Dann also bis morgen abend«, sagte er. »Ich hole Sie um acht mit meinem Wagen hier ab. Falls das Lokal in Ordnung ist. Wenn nicht, weiß ich in Zürich etwas anderes.« Er stand auf. »Wenn Sie mich jetzt bitte entschuldigen würden, Carmen, ich habe einen Termin. Es geht um einen wichtigen Auftrag. Aber wahrscheinlich wird nichts daraus.«

Er salutierte in seinem blauen Trainingsanzug, der an sich gegen die Kleiderordnung des Hotels verstieß – aber er ließ viel Geld hier –, und entfernte sich mit zackigem Schritt.

Körperlich war Amos Lodge der untätigste. Er verbrachte die meiste Zeit damit, in seinem Zimmer die Rede zu schreiben, die er am nächsten Abend im Kongreßhaus halten wollte.

Sie würde so schonungslos und direkt und kontrovers werden, als legte er seine Ansichten nur einer einzelnen Person dar. Ein geborener Redner, hatte er sich nichts Geringeres vorgenommen, als das Kongreßhaus in hellen Aufruhr zu versetzen. Er ärgerte sich, als das Telefon läutete. Es war Beck.

»Mr. Lodge, ich wollte Ihnen nur sagen, daß das Kongreßhaus morgen abend von einem schwerbewaffneten Polizeiaufgebot schärfstens bewacht wird.«

»Das halte ich für sehr unklug. Überall Polizisten in Uniform. Tun Sie das nicht.«

»Alle meine Männer werden in Zivil sein. Sie werden sich unter die Zuhörer mischen. Ich habe bereits die nötige Anzahl an Eintrittskarten besorgt. Daran können Sie mich nicht hindern.«

»Zivilbeamte, das hört sich schon etwas besser an. Trotzdem halte ich es für überflüssig.«

»Ich nicht. Sie könnten das nächste Opfer sein. Ich habe auch einige meiner Männer im Baur au Lac postiert. Sie werden Sie diskret zum Kongreßhaus begleiten. Keine Widerrede, Mr. Lodge.«

»Wenn Sie meinen«, knurrte Lodge und knallte den Hörer auf die Gabel.

Anton machte sich Sorgen, als er mit Tina die kurvenreiche Straße auf den Mont Salève hinauffuhr. Sie hatten die französische Grenzstation passiert, und nun fühlte sich Anton schon etwas besser.

»Kannst du nicht schneller fahren?« fragte Tina in ihrem fordernden Ton. »Ich würde da in einem ganz anderen Tempo hochbrausen.«

»Daran zweifle ich nicht im geringsten.« Anton schwieg wieder. In der Bar des Hôtel des Bergues hatte er den Fehler gemacht, beim Trinken kräftig mitzuhalten mit der Frau, die er unter dem Namen Lisa Vane kannte. In seinem Kopf drehte sich alles, und er wollte in seiner momentanen Verfassung auf keinen Fall schneller fahren. Lisa schien Unmengen von Champagner trinken zu können, ohne daß der Alkohol eine Wirkung bei ihr zeigte.

»Du kriechst ja dahin wie eine Schnecke«, stichelte sie.

Innerlich kochend, behielt er sein vorsichtiges Tempo bis auf den Gipfel des Berges bei und begann dann auf der anderen Seite wieder nach unten zu fahren. Jedesmal wenn er sie ansah, blickte sie mit frustrierter Miene geradeaus nach vorn. Als sie in einer einsamen Gegend in die Zufahrt des Château d'Avignon bogen, schlug ihre Stimmung abrupt um.

»Anton, was für ein schönes Hotel. Und wie rücksichtsvoll von dir, so vorsichtig zu fahren.«

Er merkte, daß das nicht sarkastisch gemeint war, sondern daß sie wieder einmal einen ihrer Stimmungsumschwünge hatte. Bevor sie ausstieg, legte sie ihm eine Hand auf den Arm, beugte sich zu ihm hinüber und drückte ihm einen Kuß auf die Wange. Er war sichtlich verwirrt, als sie ihn mit einem verträumten Blick und einem einladenden Lächeln ansah, bevor sie aus dem Wagen sprang.

Das Château d'Avignon war ein alter, liebevoll renovierter Bau. Sie stiegen eine breite Treppe hinauf und gingen durch die große Eingangshalle in das Lokal dahinter. Zwei mächtige Türflügel öffneten sich auf eine Terrasse, auf der mehrere Paare an geschmackvoll gedeckten Tischen saßen. Der Blick raubte Tina den Atem.

Sanft fiel direkt vor ihnen eine Landschaft aus saftig grünen Wiesen ab, und in der Ferne wurde das Panorama von mehreren Bergketten eingefaßt, die rötliche Abendsonne tauchte die atemberaubende Szenerie in ein sanftes Licht. In die Täler zwischen den Bergketten schmiegten sich kleine Dörfer, deren Häuser wie Spielzeug aussahen. Auf der linken Seite glitzerte in der untergehenden Sonne das tiefe Blau eines fernen Sees.

»Man könnte meinen, ein Gemälde vor sich zu haben«, bemerkte Anton.

Tina hörte ihn nicht. Sie blickte wie gebannt auf einen gutaussehenden, sonnengebräunten Mann, der mit einer Frau an einem der Tische saß. Er erwiderte ihren Blick mit unübersehbarem Interesse. Tina spürte ein leichtes Prickeln. Es gab nichts Schöneres für sie als die Bewunderung gutaussehender Männer – und Geld.

»Tolle Aussicht, nicht?« sagte der Mann. »Ich bin Sam West.«

»Schön, mal wieder einen Landsmann zu treffen«, gurrte Tina, die die bewundernden Blicke des Mannes förmlich aufsog.

Erst jetzt bemerkte West ihren Begleiter. Er nickte und wandte den Blick von ihr ab. Die Frau, die mit ihm am Tisch saß, schien belustigt. Laut genug, daß Anton es hören konnte, sagte sie:

»Amüsierst du dich gut, Sam?«

»Ist doch ein bezaubernder Abend, oder nicht?« erwiderte er lächelnd.

Neben West und seiner Begleiterin war ein Tisch frei. Es gab jedoch auch eine ganze Reihe freier Tische, die weiter weg standen. Als Anton auf einen davon zusteuerte, sagte Tina scharf:

»Ich würde mich gern an diesen Tisch setzen, Anton. Von hier hat man den besten Blick.«

»Wenn du möchtest.«

»Das möchte ich.« Sie setzte sich ganz dicht neben West. Als ein Kellner auf ihren Tisch zukam, fuchtelte sie mit beiden Armen durch die Luft und rief: »Wir möchten Champagner. Kübelweise.«

Anton stöhnte innerlich auf. Er bat den Kellner, auch eine große Flasche Mineralwasser zu bringen. Taktvollerweise hatte West seinen Stuhl so gedreht, daß er Tina nicht ansah. Die erste Flasche Champagner war im Handumdrehen leer, und Tina bestellte eine zweite. Sie hatte die erste fast ganz allein getrunken, da Anton nur kleine Schlucke von seinem Glas nahm und hauptsächlich Mineralwasser trank. Ich muß wieder zurückfahren, dachte er.

Tina setzte sich auf einen anderen Stuhl. Nun saß sie West direkt gegenüber. Anton beugte sich vor und flüsterte so leise, daß niemand außer ihr es hören konnte:

»Er ist mit seiner Freundin hier.«

»Ich bin nicht dein Eigentum«, schrie sie ihn laut an.

Die Paare an den anderen Tischen drehten sich nach ihr um. Offensichtlich waren die meisten von ihnen Franzosen, und sie schienen ihr Verhalten zu mißbilligen. Anton war das Ganze wieder einmal schrecklich peinlich. Tina machte sich gerade über das nächste Glas Champagner her, als Anton sich in tadellosem Englisch an West wandte:

»Entschuldigen Sie, Sir, aber Sie wissen nicht zufällig, wem dieses Lokal gehört?«

»Die Besitzverhältnisse scheinen etwas kompliziert zu sein. Da ich französisch spreche, hab ich vorhin mitbekommen, wie der Buchhalter mit dem Geschäftsführer sprach. Soviel ich verstanden habe, hat das Hotel vor einiger Zeit eine Firma gekauft, deren Sitz sich auf den Kanal-Inseln befindet. Zumindest ist sie dort angemeldet. Aber eigentlich wird das Hotel wohl von einem Engländer aus Dorset geführt.«

Tina verschluckte sich an ihrem Champagner und verschüttete etwas auf den Tisch. Dann bedachte sie Anton mit einem reizenden Lächeln.

»Die viele Kohlensäure.«

14

Tweed fand Emilio Vitorelli auf der Terrasse, wo dieser in der Sonne saß. Er bat den Italiener, mit ihm auf sein Zimmer zu kommen, wo Paula bereits auf sie wartete.

»Sie kennen Emilio ja bereits«, sagte er zu ihr.

»Wir haben uns vor einiger Zeit in Rom kennengelernt. Guten Morgen, Mr. Vitorelli.«

»Emilio, bitte.«

Sie sagte nichts weiter, als Tweed seinen Gast bat, am Tisch Platz zu nehmen, und sich ihm gegenübersetzte. Vitorellis Interesse galt im Moment jedoch mehr Paula, die allerdings nicht einmal dann eine Reaktion zeigte, als er sie betont freundlich anlächelte.

Vitorelli hatte Paula bei den wenigen Gelegenheiten, bei denen sie sich begegnet waren, immer sehr sympathisch gefunden. Paulas Reaktion fiel jedoch nicht so positiv aus. In ihren Augen war Vitorelli der Inbegriff eines *Latin lover*, aber das verstellte ihr keineswegs den Blick auf die Tatsache, daß er eine ebenso kluge wie dynamische Persönlichkeit war.

»Es geht um das Foto, das Sie mir freundlicherweise geschickt haben«, begann Tweed.»Das ist also Tina Langley?«

Er schob die Hochglanzvergrößerung, die er bis dahin in seinem Schoß verborgen hatte, über den Tisch. Vitorelli sah die Aufnahme an, und Paula merkte, wie sich seine Miene schlagartig verfinsterte.

»Das ist die fragliche Dame«, antwortete er ruhig.

»Ich weiß, daß sie in Wien einen Mann ermordet hat. Sie ist die Mörderin Norbert Engels. Hat sich von hinten an ihn herangeschlichen und ihm mit einer Luger in den Hinterkopf geschossen. Man könnte sagen, sie gehört zum harten Kern des Ordens.«

»Verstehe.«

Vitorelli ließ sich zurücksinken und verschränkte seine großen Hände über dem Bauch. Er sah Paula an, die noch einmal die Liste mit den Mitgliedern des *Institut de la Défense* studierte.

»Erst wollte ich es nicht glauben – das mit Tina und dem Orden«, bemerkte der Italiener.»Aber dann habe ich mir überlegt, daß eine Frau, die einer anderen Frau Säure ins Gesicht spritzt, auch vor einem Mord nicht zurückschreckt, wenn sie nur entsprechend dafür bezahlt wird.«

»Sie muß eine in vieler Hinsicht attraktive Frau sein, wenn Norbert Engel bei ihr angebissen hat«, fuhr Tweed fort.

»In der Tat – das ist sie. Fast hätte Tina Langley mich mit ihrem einnehmenden Wesen meiner Verlobten abspenstig gemacht. Aber ich hab der Versuchung widerstanden. Mir war von Anfang an klar, daß meine Verlobte wesentlich mehr zu bieten hatte – nicht nur was Aussehen und Stil angeht, sondern auch, was sehr wichtig ist, in intellektueller Hinsicht. Wenn sie noch leben würde«, fuhr er düster fort, »wären wir jetzt ein sehr glückliches Paar. Diese skrupellose Frau hat einen außergewöhnlichen Menschen in den Tod getrieben.«

Paula war bestürzt. Seine Stimme klang völlig verändert. Er hatte mit beängstigender Bitterkeit gesprochen. Seine normalerweise lachenden Augen waren eiskalt geworden. Tweed tippte mit dem Finger auf das Foto.

»Gibt es noch viele Abzüge von diesem Foto, außer dem, das Sie vermutlich selbst behalten haben?«

»Warum fragen Sie?«

»Weil ich überzeugt bin, daß es viele Abzüge davon gibt. Wir sind beide hinter derselben Person her.«

»Es überrascht mich, daß Sie mit einer so zwielichtigen Gestalt wie mir kollaborieren wollen«, erwiderte Vitorelli mit einem breiten Grinsen.

»Die Lage ist so ernst, daß ich notfalls sogar mit dem Teufel kollaborieren würde.«

»Vielleicht tun Sie genau das. Ja, es gibt jede Menge Abzüge. Ich habe sie an die Angehörigen meines weitgespannten geheimen Nachrichtennetzes verteilt, die in ganz Europa nach ihr suchen. Nicht umsonst hat diese Frau den Spitznamen ›der Schmetterling‹. Manchmal denke ich, sie ist eine ruhelose Seele, die irgendein unerreichbares Paradies auf Erden sucht, ein Paradies, das sie nie finden wird.«

»Das Bild, das Sie von ihr zeichnen, ist sehr treffend«, bemerkte Tweed.

»Außerdem sucht mein Adjutant und Vetrauter in allen größeren Schweizer Städten nach ihr.«

»Warum ausgerechnet in der Schweiz?«

»Weil ich weiß, wie raffiniert sie ist. Zum letztenmal wurde sie kurz in Salzburg gesehen. Und jetzt erfahre ich von Ihnen, daß sie an Norbert Engels Ermordung in Wien beteiligt war. Daher nehme ich an, daß sie in einem neutralen Staat wie der Schweiz Zuflucht gesucht hat.«

»Und es paßt ja auch zu Ihrer Beschreibung des Schmetterlings«, ergriff Paula zum erstenmal das Wort. »Es scheint ein zentraler Wesenszug von ihr zu sein, daß sie es nirgendwo lange aushält.«

»Sehr scharfsinnig«, bemerkte Vitorelli nachdenklich und sah dabei Paula mit neuem Respekt an. »Das zeugt von psychologischem Gespür.«

»Ich bin nichts weiter als eine Frau, die sich in eine andere hineinzuversetzen versucht.«

»In welchen Städten«, fragte Tweed, »hat Ihr Adjutant bisher nach ihr gesucht?«

»Zürich, Basel, Lausanne. Im Moment ist er gerade in Genf. Verschiedene Informationen, die mir meine Kontakte zugespielt haben, deuten darauf hin, daß sich in Genf irgend etwas zusammenbraut – eine Sache von größerer Tragweite.«

»In Genf ist auch die Monceau-Gang aus Frankreich in die Schweiz gekommen«, sagte Tweed. »Vielleicht besteht da irgendein Zusammenhang.«

»Wer weiß. Ich muß jetzt gehen.« Der Italiener stand auf. »Könnte vielleicht nicht schaden, wenn wir in Verbindung bleiben.«

»Das sollten wir unbedingt«, erklärte Tweed.

Marler traf ein, kurz nachdem Vitorelli gegangen war. Er trug einen ziemlich schäbigen Anzug. Die Hose ohne Bügelfalte, das Jackett zerknittert. Paula sah ihn erstaunt an.

»Was ist passiert? Wie kommt es, daß eine normalerweise so elegante Erscheinung wie Sie plötzlich wie eine Vogelscheuche daherkommt?«

»Jedenfalls falle ich so nicht groß auf, oder?« entgegnete Marler ironisch.

»Wohl kaum.«

»Genau das war meine Absicht. Ich habe mich ein bißchen umgesehen.« Er nahm seine Sonnenbrille ab. Sie war erheblich größer als die Modelle, die er sonst trug.»Ich habe mich im Dolder Grand für eine Stelle als Hoteldiener beworben. Sie haben mich nicht genommen. Nicht zu fassen!«

»Und wenn sie Sie genommen hätten?«

»Hätte ich gesagt, die Bezahlung wäre zu schlecht. Anschließend habe ich einen Packen Geldscheine herausgeholt. Dem Portier fielen fast die Augen aus dem Kopf. Ich hab ihm gesagt, ich würde in die Bar gehen. Er war so baff, daß er mich nicht zurückzuhalten versuchte. Wahrscheinlich dachte er, ich wäre irgend so ein ausgeflippter Millionär, dem es völlig egal ist, wie er aussieht, und daß das Ganze nur ein Scherz war.«

»Haben Sie etwas herausgefunden?« fragte Tweed.

»Nur, daß jemand nicht mehr im Hotel war. Captain William Wellesley Carrington hatte ganz plötzlich sein Zimmer aufgegeben. Ich hab mich nämlich mit dem Barkeeper sehr gut verstanden.«

»Willie ist verschwunden?«

»Hat sein Zimmer aufgegeben. Nächste Meldung. Amos Lodge hat sich den ganzen Morgen in seinem Zimmer eingeschlossen. Hat sich das Frühstück hochkommen lassen. Irgendwas Neues von unserem liebenswerten Halunken, Emilio Vitorelli?«

Tweed erzählte ihm alles, was ihm der Italiener verraten hatte. Nachdenklich an die Wand gelehnt, zündete sich Marler eine King-Size an.

»In Genf tut sich also irgendwas?«

»Möglicherweise«, sagte Tweed vage.

»Dann verdrücke ich mich lieber mal und ziehe mir irgendein anständiges Tropenoutfit an, bevor sie mich aus dem Baur au Lac werfen.« An der Tür blieb er noch einmal stehen.»Ach, übrigens, auch Butler und Nield waren nicht untätig. Mit den Einzelheiten will ich Sie nicht langweilen. Carrington wohnt jetzt im Gotthard am anderen Ende der Bahnhofstraße.«

»Wie haben Sie das rausgefunden?« fragte Tweed.

»Ich hab ihnen eine Beschreibung von Carrington gegeben. Ist ja auch schwerlich zu übersehen, der Mann. Pete Nield hat ihn mit seinem Gepäck an der Rezeption des Hotels gesehen, in dem er und Harry wohnen. Bis dann.«

Als er weg war, stand Paula auf und begann, unruhig auf und ab zu gehen. Als sie aus dem Fenster auf die Hotelauffahrt hinunterblickte, sah sie Marler, mittlerweile in einem eleganten weißen Leinenanzug, zu seinem Mietwagen eilen. Butler stieg auf der Beifahrerseite ein. Marler fuhr los. Paula teilte Tweed mit, was sie gesehen hatte.

»Marler ist eine Marke für sich«, bemerkte Tweed. »Er hat irgend etwas vor. Warum gehen Sie wie ich ständig auf und ab, als könnten Sie nicht stillsitzen? Ich überlege gerade, ob ich Sie bitten soll, nach Genf zu fahren. Sie könnten dieses Foto mitnehmen – ich selbst werde Tina Langley mit Sicherheit erkennen, falls ich sie zu Gesicht bekommen sollte.«

»Marler hat mir eingeschärft, unbedingt hierzubleiben.«

»Und ich dachte, hier bestimme ich«, entgegnete Tweed lächelnd.

»Sie haben sich eben einverstanden erklärt, daß Marler auf eigene Faust handelt. Auch Newman ist verschwunden. Warum, glauben Sie, ist Willie vom Dolder Grand ins Gotthard umgezogen? Sollte er es mit der Angst zu tun bekommen haben?«

»Das würde mich bei Willie sehr wundern. Sicher gibt es dafür einen anderen Grund.«

»Wie zum Beispiel?«

»Das Gotthard liegt näher am Hauptbahnhof und am Flugplatz. Nur so ein Gedanke. Mich würde eher interessieren, was Jules Monceau im Schilde führt.«

Mario Parcelli, Vitorellis Vertrauter, hatte vom vielen Herumlaufen wunde Füße. Die Sonne brannte vom Himmel, und das Thermometer kletterte unaufhaltsam in die Höhe. Mario hatte sich in jedem größeren Genfer Hotel erkundigt, allerdings ohne Erfolg. Er hatte sich sein Vorgehen gut überlegt und sich in jedem Hotel an den Portier gewandt.

»Ich versuche, meine Schwester Tina Langley zu finden. Sie hat mir kurz vor ihrer Abreise nach Genf ein Fax geschickt, auf dem der Name des Hotels leider nicht leserlich war. Vielleicht möchten Sie meine Karte sehen?«

Daraufhin hatte er eine der Visitenkarten, die er sich in Zürich noch rasch hatte drucken lassen, auf den Schalter gelegt.

RUTLAND & WARWICKSHIRE BANK
Mark Langley. Direktor.

Er wußte, in der Schweiz genossen Bankdirektoren hohes Anse-
hen. Zugleich wußte er, kein Portier eines größeren Hotels wäre
bereit, einem Fremden den Namen eines Hotelgasts zu nennen.
Aber er hatte noch einen Trumpf im Ärmel. Bevor der jeweilige
Portier protestieren konnte, hatte er das Foto von Tina Langley
auf den Schalter gelegt.
»Das ist meine Schwester.«
Auch in diesem Fall rechnete er mit der Diskretion seitens des
Portiers. Doch Mario Parcelli war ein guter Beobachter. Sobald ein
Portier auf das Foto sah, taxierte er ihn mit Habichtsaugen und
hielt nach einem kurzen Aufflackern von Erkennen im dem ansonsten ausdruckslosen Gesicht Ausschau. Inzwischen war er zu
der Überzeugung gelangt, daß Tina in keinem der Hotels wohnte,
die er aufgesucht hatte.
Eben hatte er das Hôtel des Bergues verlassen. Dummerweise
war er an den Aushilfsportier geraten, der für den Hauptportier
einsprang. Keine Reaktion.
Er nahm Visitenkarte und Foto, verließ das Foyer und warf
einen Blick in das in einem Pavillon gelegene Restaurant, das zum
Bergues gehörte und dessen Fenster sich auf die Promenade öffneten. Keine Spur von ihr. Er ging die Promenade entlang, und
dann entdeckte er sie in einer kleinen Seitenstraße.

Sie sah gerade in ein Schaufenster, als er auf der anderen Straßenseite langsam vorüberschlenderte. Um ganz sicherzugehen, daß
er sich nicht täuschte, blickte er noch einmal auf das Foto in seiner
Hand – und das war ein Fehler.
Tina sah den wie einen Bankier gekleideten Mann auf etwas in
seiner Hand hinabblicken. Sie schaltete blitzschnell. Das konnte
nur ein Foto sein. Sie zuckte innerlich zusammen, spazierte dann
aber weiter die Straße hinunter, als wäre nichts gewesen. Der
Feind suchte nach ihr – wahrscheinlich die Leute, vor denen Roka
sie in Wien gerettet hatte.

Sie zwang sich, ganz langsam zu gehen, sich ihre Nervosität nicht anmerken zu lassen. Ein Stück weiter erblickte sie ein großes Kaufhaus. Sie betrat es und stellte erleichtert fest, daß es dort von Menschen wimmelte, die vor der Hitze Zuflucht suchten. Sie überlegte fieberhaft. Sie hatte in der Vergangenheit schon reichlich Gelegenheit gehabt, Erfahrungen zu sammeln, wie man sich von Männern absetzte, die man vorher ordentlich ausgenommen hatte. Als sie sich noch einmal prüfend nach dem kleinen, dicken Mann umsah, beschloß sie, ihm den Spitznamen Teddybär zu geben.

Da er anscheinend Angst hatte, sie aus den Augen zu verlieren, blieb er in der Nähe der Eingangstür stehen. Sie kaufte sich einen billigen Koffer. Dann ging sie von einer Abteilung zur nächsten, kaufte wahllos billige Kleider, irgend etwas, um den Koffer zu füllen.

Als Tina mit ihren Einkäufen fertig war, schlenderte sie zum Ausgang zurück. Teddybär wartete auf der anderen Straßenseite. Sie trat hinaus auf den Bürgersteig und winkte sogleich einem der zahlreichen Taxis.

»Zum Bahnhof Cornavin bitte«, rief sie laut.

Als ihr Taxi losfuhr, nahm Mario Parcelli sich ein anderes und erteilte dem Fahrer die gleiche Anweisung. Tina blickte sich ganz bewußt nicht um, doch im Rückspiegel sah sie, daß Teddybärs Taxi ihrem folgte. Sie lächelte.

Am Bahnhof angekommen, bezahlte sie den Fahrer und ging mit ihrem Koffer in die Bahnhofshalle. Vor dem Fahrkartenschalter hatte sich eine Schlange gebildet. Teddybär wartete einen Augenblick, bevor er sich etwas weiter hinten in der Schlange einreihte. Wahrscheinlich hielt er bewußt Abstand. Als sie an die Reihe kam, sprach sie wieder betont laut und deutlich.

»Eine einfache Fahrkarte nach Zürich, bitte. Danke. Wann geht der nächste Schnellzug?«

»In etwa fünf Minuten.«

Sie eilte eine Rampe hinab und stieg die Treppe zum *quai* hoch – zum Bahnsteig, von dem der Schnellzug abfuhr. Nachdem sie sich bei einem Bahnbeamten erkundigt hatte, wo sich die Spitze

142

des Zuges befinden würde, ging sie rasch zu der angegebenen Stelle. Sie stellte den Koffer ab, nahm ein teures Spitzentaschentuch heraus und wischte sich den Schweiß von der Stirn.

Teddybär war in einiger Entfernung, nicht weit vom Zugende, stehengeblieben. Als der lange Schnellzug mit den blitzenden Waggons einfuhr, nahm sie ihren Koffer. Nachdem sie einen Waggon an der Spitze des Zuges, gegenüber einer Säule, bestiegen hatte, stellte sie den Koffer in der Nähe der Tür auf dem Gang ab. Es war ein Vorteil der Schweizer Bahn, daß die Züge auf die Minute pünktlich waren. Angespannt beobachtete sie die Zeiger der großen Bahnhofsuhr, und einmal riskierte sie einen Blick aus dem Fenster. Von Teddybär war unter den in letzter Minute eintreffenden Fahrgästen nichts zu sehen. Fünfzehn Sekunden vor der Abfahrt des Zuges stieg sie mit ihrem Koffer in der Hand wieder aus und stellte sich hinter die Säule.

Prompt gingen die automatischen Türen zu, und der Zug verließ den Bahnhof. Als sie ihm einen letzten Blick hinterherwarf, kicherte sie.

Mario, der sich vom Ende des Zuges zur Spitze vorarbeitete, hatte keine leichte Aufgabe. Kurz vor Abfahrt des Zuges waren noch so viele Fahrgäste eingestiegen, daß er nur mühsam von Abteil zu Abteil, von Waggon zu Waggon, vorankam.

Er hatte es erst bis zur Mitte des Zuges geschafft, als der Zug in Lausanne anhielt. Für den Fall, daß Tina Langley schon früher ausstieg, steckte er den Kopf aus dem Fenster. Nichts von ihr zu sehen. Der Zug setzte sich wieder in Bewegung. Der nächste Halt, Bern, lag ein gutes Stück weiter nördlich. Seine Füße schmerzten. Wegen seiner Bankiers-Verkleidung trug er elegante Schuhe, die seine Zehen zusammendrückten.

Lange vor der Ankunft in Bern hatte er den ganzen Zug durchsucht. Er setzte sich in ein leeres Abteil und kaufte sich drei Becher Kaffee und zwei Flaschen Mineralwasser, als es ihm endlich zu dämmern begann.

Erschöpft stieg er in Bern aus, ließ sich auf dem Bahnsteig auf eine Bank sinken und wartete auf den nächsten Schnellzug in die

143

Gegenrichtung. Als ihm einfiel, daß er nur eine einfache Fahrkarte gelöst hatte, machte er sich widerwillig auf den beschwerlichen Weg zum Fahrkartenschalter und kaufte eine Fahrkarte zurück nach Genf.

Die Hitze in der Berner Bahnhofshalle war nahezu unerträglich. Nachdem er eine Fahrkarte gekauft hatte, setzte er sich auf eine Bank, um auf den Zug zu warten. Sein Hemd klebte an seinem Rücken, sein Kragen war feucht und formlos. Er spürte, wie ihm der Schweiß an seinen Seiten hinunterlief. Er hätte alles darum gegeben, seine Schuhe ausziehen zu können, aber er wagte es nicht – sonst hätte er seine Füße nicht wieder hineinbekommen. Aber Mario Parcelli war ein Mann, der sich nicht so leicht unterkriegen ließ.

Er war sicher, Tina Langley war noch in Genf – und er würde sie finden.

Als der Zug in den Bahnhof einfuhr, wurde deutlich, daß die Hitze den Leuten schwer zu schaffen machte. Normalerweise korrekte Menschen schoben und drängelten, um sich einen Platz im Zug zu sichern. Mario wurde von der Menschenmenge förmlich in den Waggon gedrückt und mußte selbst kräftig von seinen Ellbogen Gebrauch machen, um beim Einsteigen nicht über die Stufe zu stolpern. Er blieb lieber im Gang stehen, als sich mit anderen Fahrgästen in ein Abteil zu zwängen.

Als erstes würde er in Genf ein Schuhgeschäft aufsuchen. Und dann – nach einem kurzen Imbiß – würde er sich erneut auf die Suche nach Tina Langley machen.

Nachdem Tina kalt geduscht hatte, ging es ihr gleich wesentlich besser. Sie schlüpfte in frische Sachen. Sie war mit dem Taxi ins Hôtel des Bergues zurückgefahren. Anstatt jedoch sofort auf ihr Zimmer zu gehen, hatte sie am Flußufer einen Spaziergang gemacht. Die Hitze hatte die meisten Menschen in die Häuser getrieben. An einer verlassenen Stelle hatte sie den überflüssigen Koffer in die Rhône geworfen.

Nachdem sie sich geschminkt hatte, begutachtete sie sich sorgfältig im Spiegel. Sie hatte beschlossen, Anton unter der Nummer,

144

die er ihr gegeben hatte, anzurufen, bevor Hassan sich bei ihr meldete. Sie wußte, Anton würde sie zum Essen einladen, und sie würde annehmen – aber in einem Restaurant, nicht in seiner Wohnung. Sie schmiedete bereits Pläne, was sie tun würde, wenn genügend Wein geflossen war.

Das Ganze ist mir schrecklich peinlich, Anton, aber die Reisechecks, die mir mit Federal Express hätten zugeschickt werden sollen, sind immer noch nicht eingetroffen. Deshalb bin ich im Moment sehr knapp bei Kasse. Glaubst du, du könntest mir zwanzigtausend Franken leihen? Sobald die Schecks eingetroffen sind, bringe ich dir das Geld in deine Wohnung ...

Sie würde ihn mit ihrem ganz speziellen Lächeln ansehen. Er war verrückt nach ihr. Man muß das Eisen schmieden, solange es heiß ist ... Das Telefon klingelte. Das war ganz sicher Anton. Sie ließ es mehrere Male läuten, bevor sie abnahm.

Es war Hassan.

»Ich muß unbedingt weg von hier ...« begann sie.

»Du bleibst, wo du bist. Du verläßt das Hotel auf keinen Fall.«

»Gewöhne dir gefälligst einen anderen Ton an, wenn du mit mir sprichst!«

»Langsam habe ich genug von deiner Unverschämtheit. Unterbrich mich nicht noch einmal. Du wirst jetzt schön zuhören. Du bist eine hochbezahlte Angestellte der Firma. Wir können jederzeit Ersatz für dich finden.«

Sie sog den Atem ein. Hassan war kaum mehr wiederzuerkennen. Sein Ton war forsch, kompromißlos. Von seiner glatten, öligen Art war nichts mehr zu spüren.

»Du wirst bald einen neuen Auftrag bekommen. Alles, was du darüber wissen mußt, wirst du morgen unter folgender Adresse von einem Mann erfahren ... Er weiß, wie du aussiehst. Das ist alles.«

Hinweise? Sie wußte, er hatte ihr gesagt, wie sie sich eine Luger und Munition beschaffen könnte. Sie wollte bereits auflegen, als er hinzufügte:

»Bis auf weiteres bin ich unter folgender Nummer zu erreichen ...«

Danach legte sie endlich auf. Nachdem sie eine Weile nachgedacht hatte, rief sie an der Rezeption an und fragte, zu welcher Stadt die Vorwahl gehörte, die Hassan ihr gegeben hatte. »Zürich«, antwortete der Portier sofort.

Tweed hatte zehn Minuten stumm in seinem Zimmer im Baur au Lac gesessen. Das wußte Paula deshalb so genau, weil sie unauffällig auf die Uhr gesehen hatte. Dann brach er plötzlich sein Schweigen.

»Nur um mich noch mal zu vergewissern, daß ich mich nicht täusche: Sie haben die Mitgliederliste des *Institut de la Défense*. Der nächste auf der Liste bin ich. Dann kommt Amos Lodge. Wer kommt nach Lodge?«

»Christopher Kane. Warum?«

»Bisher sind wir davon ausgegangen, daß der Feind die Namen auf dieser Liste der Reihe nach abhakt. Dabei haben wir nie die Möglichkeit in Betracht gezogen, daß er ohne weiteres auch einmal ein oder zwei Namen überspringen könnte. Auf diese Weise ließe sich umgehen, daß das betreffende Opfer Polizeischutz beantragt.«

»Wer ist Christopher Kane überhaupt?«

»Ein Experte für biologische Kampfstoffe – und für die entsprechenden Gegenmittel. Er ist von London nach Genf umgezogen.«

»Warum?«

»Keine Ahnung. Als ich ihm in London zum letztenmal begegnete, habe ich ihm diese Frage auch gestellt. Er gab mir eine eigenartige Antwort. Er meinte, er wolle näher am Brennpunkt des Geschehens sein.«

»Was meinte er damit?«

»Das weiß ich nicht. Ich habe Chris die gleiche Frage gestellt, aber er ging nicht weiter darauf ein. Eigenartig, wie immer wieder der Name Genf fällt. Mario Parcelli befindet sich gerade dort und sucht nach Tina Langley. Monceau und seine Leute sind Beck in Genf durch die Lappen gegangen. Ich habe das Gefühl, daß sich das Netz immer enger um den Drahtzieher dieser Anschläge

146

zusammenzieht, bei denen es sich meiner Meinung nach um die Vorphase eines Großangriffs auf Europa handelt.«
»Ich frage mich schon die ganze Zeit, wo Monceau steckt und was er vorhat.«
»Das tue ich auch.«

Hassan hatte den Mitgliedern des Ordens gegenüber immer den Eindruck erweckt, ein Mittelsmann zu sein, der Vertreter einer wesentlich höhergestellten und mächtigeren Persönlichkeit. In Wirklichkeit war er der Sohn eben jenes Staatsoberhaupts, das unter dem Schutz der schwarzen Wolke die Manöver hatte durchführen lassen. Der große Einfluß, den der Engländer auf seinen Vater hatte, war Hassan seit jeher ein Dorn im Auge gewesen. Und er hatte deswegen, allerdings ohne Erfolg, schon einige hitzige Diskussionen mit ihm geführt.

»Der Engländer kennt die individuellen Eigenheiten der Mitglieder des *Institut de la Défense* besser als jeder andere«, hatte sein Vater erklärt.»Sie müssen alle unschädlich gemacht werden, bevor wir unser großes Vorhaben beginnen können. Jeder von ihnen könnte seine Regierung dazu bewegen, Schritte zur kurzfristigen Aufstellung einer enormen Streitmacht zu unternehmen. Also tu, was ich dir sage.«

Inzwischen hatte Hassan allerdings endgültig die Geduld verloren. Er war fest davon überzeugt, die Pläne des Engländers notfalls selbst in die Tat umzusetzen. Im Augenblick hielten sich die meisten Mitglieder des *Institut* in der Schweiz auf. Das war nicht weiter verwunderlich, da sich ihr Hauptquartier in Ouchy am Genfer See befand.

Vor seiner Abreise aus der Slowakei hatte Hassan in der Züricher Altstadt im Hotel Zum Storchen auf den Namen Ashley Wingfield eine Suite mit Blick auf die Limmat gebucht.

Hassan war in England zur Schule gegangen, hatte dann die Militärakademie in Sandhurst besucht und es dort zum Lieutenant gebracht. Er konnte sich problemlos als Engländer ausgeben, zumal er einen falschen Paß hatte, der auf den Namen Wingfield ausgestellt war.

Der Umstand, daß seine Haut ziemlich dunkel war, machte ihm keine Sorgen. Er war sich sicher, nach der langen Hitzeperiode würden auch die Züricher alle kräftig gebräunt sein.

Er brauchte etwas mehr als eine Stunde, um von seinem Hauptquartier in der Slowakei zum Flughafen Schwechat außerhalb Wiens zu fahren. Bei Ashley Wingfield lief immer alles wie am Schnürchen. Er traf gerade noch rechtzeitig ein, um die Maschine der Austrian Airlines nach Zürich zu erreichen. Gut zweieinhalb Stunden später kam er im Hotel Zum Storchen an, wo man ihn umgehend in seine Suite brachte.

Er trug einen Anzug aus der Savile Row und die Krawatte eines bekannten englischen Regiments. Die Hitze machte ihm nichts – aus seiner Heimat war er höhere Temperaturen gewöhnt. Er zündete sich eine Havanna an und blickte über die träge dahinströmende Limmat auf die Altstadt auf der anderen Uferseite hinüber.

Nachdem er in Zürich eingetroffen war, würde in diesem Bollwerk des dekadenten Westens bald die Hölle losbrechen. Er wollte die restlichen Mitglieder des *Institut* möglichst schnell beseitigt haben. Wer, fragte er sich, würde Tweed schneller erledigen? Karin Berg oder diese Ratte Jules Monceau? Hassan war ein kultivierter Mensch.

15

»Eigenartig«, sagte Paula, als Tweed sich in seinem Zimmer auf einen Stuhl setzte. »Wieso ist Willie so plötzlich vom Dolder ins Gotthard umgezogen?«

»Vielleicht will er sich unbemerkt mit jemandem treffen. Und im Dolder herrscht dafür zuviel Betrieb.«

»Mit wem könnte er sich treffen wollen?«

»Vielleicht mit jemandem, der gerade in Zürich eingetroffen ist und nicht gesehen werden will.«

»Und wer könnte das sein?«

»Vielleicht der geheimnisvolle Hassan.«

Paula sah ihn an. Sie kannte diese seltsamen Geistesblitze Tweeds. Sie waren eine Folge seiner verbissenen Konzentration auf alle Aspekte eines Problems. Auf diese Weise gelangen ihm manchmal Gedankensprünge, die sie schon immer in Erstaunen versetzt hatten.

»Was könnte er in Zürich vorhaben?«

»Wenn er, wie ich vermute, der Kopf des Ordens ist, könnte er hergekommen sein, um die Beseitigung der restlichen Mitglieder des *Institut* voranzutreiben.« Tweed runzelte die Stirn. »Sollte meine Theorie richtig sein – und es ist wirklich nur eine Theorie –, droht dem Westen ernstere Gefahr, als ich dachte.«

»Es dürfte in Zürich nicht allzu schwer sein, einen Araber aufzuspüren...«

»Dabei dürfen Sie allerdings nicht vergessen, daß viele im Westen erzogen wurden, vor allem in England. Folglich könnte es durchaus sein, daß er fließend Englisch spricht und sich als Engländer ausgibt.«

»Trotzdem würde ihn seine Hautfarbe verraten«, entgegnete Paula.

»Dann sehen Sie doch mal aus dem Fenster«, hielt ihr Tweed entgegen. »Diese Hitzewelle herrscht nun schon so lange, daß auch die meisten Einheimischen eine gesunde Bräune haben.«

»Trotzdem könnten wir Marler bitten, sich in allen großen Hotels zu erkundigen, ob heute ein neuer Gast eingetroffen ist. Marler kann bekanntlich sehr gut mit Portiers. Ich würde im Dolder Grand anfangen.«

»Warum ausgerechnet dort?«

»Weil es das Hotel ist, aus dem Willie so überstürzt ausgezogen ist.«

»Da kann ich Ihnen leider nicht folgen.«

»Wenn sich Willie tatsächlich heimlich mit jemandem treffen wollte, mußte er sich zwangsläufig in einem anderen Hotel einmieten, um diese Person zu treffen.«

»Das entbehrt für mich jeder Logik.«

»Dann nennen Sie es eben weiblichen Instinkt. Ich weiß, es haut nicht immer hin – aber manchmal schon...«

In diesem Moment klopfte es. Paula sprang auf und schloß mit der Browning in der Hand die Tür auf. Wie auf ein geheimes Kommando kam Marler herein.

»Alles vorbereitet«, verkündete er. »Aber zuerst werde ich mich in meinem Zimmer kurz aufs Ohr legen. Wollte nur mal sehen, ob es irgendwas Neues gibt.«

»Sie haben leider Pech«, erklärte Tweed lächelnd. »Paula hat nämlich noch eine Aufgabe für Sie. Es war Ihre Idee, Paula, also dürfen Sie es ihm auch beibringen.«

Marler hörte an die Wand gelehnt zu. Als Paula schon dachte, er hätte sie vergessen, zog Marler eine King-Size heraus und zündete sie sich an, ohne Paula dabei eine Sekunde aus den Augen zu lassen.

»Ich kann natürlich alle teuren Hotels überprüfen, aber viel verspreche ich mir davon nicht. Was haben wir also bisher, Tweed?«

»Wir haben eine Reihe kaltblütiger Morde. Begangen von dem Schwarzen Orden. Einziges uns bekanntes Mitglied ist Tina Langley – bestätigt durch Paulas Aussage und das Foto, das mir Emilio Vitorelli gegeben hat. Wir wissen, die Monceau-Bande treibt sich hier irgendwo herum – Beck nimmt an, daß sie nach dem mißglückten Attentat auf mich noch zu sechst sind, mit Jules sieben. Wir haben Genf, das in dieser Angelegenheit eine Schlüsselrolle zu spielen scheint. Laut Vitorelli – und ich habe keinen Grund, an seinen Aussagen zu zweifeln – werden von einem Kurier hohe Geldbeträge nach Dorset gebracht. Zwei prominente Bewohner Dorsets, Amos Lodge und Willie, sind hier. Die Amerikaner melden, daß ein bestimmter Nahoststaat einen Großangriff auf Westeuropa plant. Wir wissen von einem gewissen Hassan, der den Orden befehligt, Aussehen und Verbleib unbekannt. Das wär's.«

»Mit anderen Worten«, faßte Marler zusammen, »wir haben so gut wie nichts.«

»Wir haben noch etwas mehr«, sagte Paula. »Wir haben die Methode durchschaut, mit der die Morde begangen werden. Inzwischen wissen wir, daß sich eine attraktive Frau an das Opfer heranmacht und sich das Vertrauen des Betreffenden erschleicht, um ihn dann bei der erstbesten Gelegenheit mit einer Luger von hinten in den Kopf zu schießen und das Ganze ziemlich amateurhaft als Selbstmord hinzustellen.«

»Warum amateurhaft?« wollte Marler wissen.

»Das war meine Idee«, meldete sich Tweed zu Wort. »Es soll bewußt unprofessionell aussehen. Die Leute, die dieser Hassan um sich geschart hat, wollen den Mitgliedern des *Institut* ganz bewußt angst machen. Sie wollen erreichen, daß sie in ständiger Angst leben und in Panik geraten. Auf diese Weise geben sie für die Killerinnen des Ordens eine leichtere Beute ab. Sie werden dadurch empfänglicher für weibliche Gesellschaft und sind in Gegenwart einer Frau nicht mehr so auf der Hut.«

»Wirklich teuflisch«, bemerkte Paula.

»Diese ebenso kaltblütige wie brutale Methode ist das Ergebnis sorgfältiger Planung. Ich habe ein Psychogramm dieser Leute erstellt, und diese Methode paßt genau ins Bild. Was die Sache kompliziert, ist das Hinzukommen der Monceau-Bande. Das heißt, wir müssen uns mit zwei Gegnern herumschlagen.«

»Was halten Sie von folgendem Vorschlag?« sagte Paula. »Wir packen diese Probleme schön der Reihe nach an. Erst konzentrieren wir uns ganz darauf, Monceau und seine Leute unschädlich zu machen. Dann wenden wir unsere ungeteilte Aufmerksamkeit dem Orden zu.«

»Das heißt«, knurrte Marler, »wir müssen Tweed als Köder benutzen.«

»Gütiger Gott, nein!« Paula war entsetzt. »Daran hatte ich bisher noch gar nicht gedacht.«

»Ich schon«, sagte Tweed. »Ich glaube, an Ihren Überlegungen ist nichts auszusetzen. Zweifellos wird Monceau noch einmal versuchen, mich zu eliminieren. Das ist der Punkt, an dem wir ihn packen. Doch erst einmal«, fuhr er energisch fort, »muß ich Beck auf ein weiteres potentielles Opfer aufmerksam machen – auf Christopher Kane, der sich in Genf niedergelassen hat. Ich werde Beck ersuchen, ihn Tag und Nacht unter Polizeischutz zu stellen. Als international anerkannter Fachmann für bakteriologische Kampfstoffe muß er eins der nächsten Opfer sein. Ich rufe Beck sofort an...«

151

Jules Monceau hatte die noch verbleibenden sechs Mitglieder seiner Bande in seinem engen Hotelzimmer zusammengerufen. Auf dem Bett hatte er eine Landkarte ausgebreitet, die er vor dem Treffen lange studiert hatte. Es war eine Generalstabskarte von Küsnacht und Umgebung. Bei seinen Ausführungen richtete er sich vor allem an Georges Lemont, seinen Sprengstoffexperten.

»Waren Sie im Ermitage?«

»Ja.« Lemont war ein kleiner, zierlicher Mann mit einem langen Gesicht, das in einem spitzen Kinn auslief. Er lächelte immer, so als fände er das Leben ausgesprochen amüsant.

»Sind Sie wirklich mit dem Grundriß vertraut?« fragte Monceau.

»Ja«, antwortete Lemont, der nie viel Worte machte.

»Gründlich?«

Lemont warf eine sorgfältig gezeichnete Bleistiftskizze mit einem Plan des Hotels und des Restaurants auf den Tisch. Sogar die Länge des hoteleigenen Seegrundstücks hatte er abgemessen. Ebenso war der Anlegesteg unweit der Hotelterrasse eingezeichnet.

»Haben Sie die Spezialwaffe vorbereitet?« fuhr Monceau fort.

»Ja.«

»Wird es auch bestimmt klappen? Mit dieser lasergesteuerten Rakete von einem Boot draußen auf dem See?«

»Ja.«

»Und Sie haben Ersatzwaffen, falls es mit der Rakete nicht hinhauen sollte? Können Sie die Terrasse unter Beschuß nehmen?«

»Ja.«

»Tweed wird dort heute abend um einundzwanzig Uhr mit einer Frau eintreffen. Ihr Zeitplan steht?«

»Ja.«

Monceau gab auf. Georges Lemont lächelte immer noch, als er mit den anderen fünf Männern aus dem Zimmer geschickt wurde. Heute abend wirst du schon sehen, sagte er zu sich selbst, wie gut ich alles geplant habe. Er zweifelte nicht daran, daß sich Monceau ganz in der Nähe versteckt halten würde, um Zeuge von Tweeds Untergang zu werden.

»Sind Sie's, Tweed?« kam Becks gutgelaunte Stimme aus dem Hörer. »Ich habe Neuigkeiten für Sie. Amos Lodges Rede im Kongreßhaus wurde auf morgen abend verschoben.«

»Tatsächlich? Warum?«

»Wir haben eine anonyme Bombendrohung erhalten. Es wird Stunden dauern, das ganze Gebäude abzusuchen. Vielleicht ist es nur falscher Alarm, aber davon dürfen wir nicht ausgehen.«

»Wie hat Lodge darauf reagiert?«

»Er war sehr wütend. Ich sagte ihm, er solle entsprechende Aufkleber drucken lassen und an allen Plakaten in Zürich anbringen lassen. Auf seine Kosten natürlich.«

»Er ist also nicht gerade begeistert?«

»Er hat mich am Telefon fürchterlich angeschrien. Ich habe noch weitere Neuigkeiten, die Ihnen nicht schmecken werden. Sie haben mich gebeten, Christopher Kane, den Experten für bakteriologische Kampfstoffe, in Genf unter Polizeischutz zu stellen. Das hat Kane jedoch kategorisch abgelehnt.«

»Das sieht ihm ähnlich. Ziemlich sturer Hund.«

»Na ja, wenn er unbedingt ein Loch in den Hinterkopf verpaßt haben will. Aber das wäre fürs erste alles. Dürfte ja auch reichen...«

Paula saß ein paar Minuten sehr still da, nachdem Tweed ihr von Becks Anruf erzählt hatte. Sie starrte auf ihre Schuhspitzen, bevor sie aussprach, was ihr durch den Kopf ging.

»Irgend etwas an dieser Bombendrohung kommt mir komisch vor.«

»Wieso?« Tweed war in Gedanken ganz woanders. »Was kommt Ihnen daran komisch vor?«

»Wenn ich das wüßte, vielleicht ist es wieder nur mein weiblicher Instinkt, aber bitte lachen Sie nicht.«

»Ich lache ja gar nicht. Wenn Sie mich jetzt entschuldigen würden. Es ist schon spät, und ich muß mich noch für meine Verabredung mit Karin Berg umziehen.«

Paulas Instinkt erwies sich als gefährlich richtig. Nicht weit vom Ende der Bahnhofstraße hatte der Engländer einige Stunden zu-

153

vor eine Straßenbahn bestiegen, die ihn auf den Gipfel des Zürichbergs brachte, des hohen bewaldeten Hügels hinter der Stadt.

Die Tram kämpfte sich in zahlreichen Kurven durch die Vororte Zürichs und hielt schließlich an der Endstation. Selbst im Sonnenschein hatte der dunkle Nadelwald etwas Bedrohliches. Hassan saß auf einer Bank am Waldrand und wartete.

Sonst war niemand zu sehen. Wegen der Hitze suchten Einheimische wie Touristen die Nähe des Sees. Der Engländer setzte sich neben Hassan und blickte in die Ferne. Er hatte etwas Platz zwischen ihnen gelassen. Jemand, der sie aus der Ferne beobachtete, hätte sie durchaus für Fremde halten können – sie hatten sich auf der einzigen Bank weit und breit niedergelassen.

»Tweed verabschiedet sich heute abend.« Hassans Lippen bewegten sich beim Sprechen kaum. »Für immer.«

»Sehr gut.«

»Die Sache steigt etwas außerhalb Zürichs. Deshalb ist es wichtig, daß die Polizei anderweitig beschäftigt ist.«

»Das kann jedenfalls nicht schaden.«

»Wenn Sie nach Zürich zurückfahren, rufen Sie im Polizeipräsidium an, anonym, versteht sich, und sagen mit verstellter Stimme, daß im Kongreßhaus eine Bombe ist.«

»Was versprechen Sie sich davon?«

»Können Sie sich das nicht denken? Das Kongreßhaus wird von einem enormen Polizeiaufgebot bewacht. Ich war heute nachmittag dort. Ein riesiger Gebäudekomplex. Und nun stellen Sie sich vor, wie viele Polizisten nötig sind, um so einen Bau nach einer Bombe zu durchsuchen. Das wird sie von da abziehen, wo sich das nächste Opfer heute abend aufhalten wird. Sie sollten jetzt lieber gehen, mein Freund. Da kommt gerade wieder eine Tram – sie wird in Kürze nach Zürich zurückfahren. Rufen Sie so schnell wie möglich an. Tweed wird heute abend ins Gras beißen.«

Elegant gekleidet, traf Tweed pünktlich um halb neun in der Halle des Baur au Lac ein. Karin Berg, ganz in Schwarz, was ihr blondes Haar noch mehr zur Geltung brachte, wartete bereits auf ihn.

»Pünktlichkeit war schon immer eine Ihrer Tugenden«, begrüßte Tweed sie.

»Vielleicht meine einzige«, erwiderte sie lächelnd.

Die Limousine, die Tweed bestellt hatte, wartete vor dem Eingang. Der Chauffeur hielt ihnen die Tür auf, und sie ließen sich auf dem Rücksitz nieder. Zum Glück verfügte der Wagen über eine Klimaanlage. Die Hitzewelle hielt nun schon so lange an, daß es selbst abends schwül und drückend war.

Tweed nahm ein silbernes Zigarettenetui heraus, das ihm seine Frau geschenkt hatte, als er noch geraucht hatte. Da er wußte, daß Karin Berg noch rauchte, bot er ihr eine Zigarette an. Er hatte sie eine ausdrücken sehen, als er in der Hotelhalle auf sie zugegangen war. Während die Limousine in Richtung See losfuhr, gab er ihr mit einem alten Feuerzeug Feuer.

»Ich sagte Ihnen doch, das ist meine einzige Tugend«, wiederholte sie mit einem vielsagenden Lächeln.

Tweed schien Probleme zu haben, das Etui zu schließen. Er klopfte damit gegen das Fenster. Wie er vermutet hatte, war es aus Panzerglas. Wer um alles in der Welt hatte das arrangiert?

Marler hatte kurz zuvor mit Beck telefoniert. Das Gespräch war kurz und sachlich gewesen.

»Beck, Tweed ißt heute mit einer alten Bekannten im Ermitage zu Abend. Er hat vom Portier einen Wagen bestellen lassen, den ich wieder abbestellt habe. Können Sie etwas zu seinem Schutz tun?«

»Kann und werde ich«, hatte Beck erwidert. »Ich werde einen Wagen mit Panzerglasscheiben und verstärkter Karosserie schicken. Mehr kann ich leider nicht tun. Ich kann nicht einmal einen bewaffneten Zivilbeamten als Fahrer abstellen – die meisten meiner Leute durchsuchen das Kongreßhaus nach einer Bombe, der Rest ist mit einer Massenkarambolage außerhalb Zürichs beschäftigt. Ansonsten könnten Sie höchstens versuchen, Tweed zu überreden, das Essen abzusagen.«

»Sie kennen doch Tweed. Das würde er nie tun. Danke für den Wagen...«

Bald merkte Tweed, daß sie die Seefeldstraße entlangfuhren. Die lange Straße, die von Bürobauten und später von alten Villen

155

gesäumt war, schien kein Ende nehmen zu wollen. Nach Küsnacht war es weiter, als er angenommen hatte.

»Stört es Sie, wenn ich noch eine Zigarette rauche?« fragte Karin Berg.

»Natürlich nicht.«

Er erinnerte sich, daß sie früher immer eine nach der anderen geraucht hatte, wenn sie sich entweder ganz besonders auf ein Problem konzentrierte oder wenn sie nervös war.

»Ist irgendwas?« erkundigte er sich.

»Ja, die Hitze. Vergessen Sie nicht, ich komme aus Schweden. Ab und zu wird es zwar auch in Stockholm recht heiß, aber nur für kurze Zeit. Daß so lange eine solche Hitze herrscht, habe ich noch nie erlebt. Zum Glück hat der Wagen eine Klimaanlage. Glauben Sie, da, wo wir hinfahren, ist es etwas kühler?«

»Hoffen wir mal. Das Ermitage liegt direkt am See.«

»Ihnen scheint die Hitze nichts auszumachen«, bemerkte sie und wischte sich diskret ihre feuchte Stirn.

»Sie kann mir nicht allzuviel anhaben, aber das heißt nicht, daß ich sie mag.«

Es war eine unbestrittene Tatsache, daß sich Tweed, obwohl er einen dunklen Anzug anhatte, selbst bei der glühendsten Hitze nicht in seiner Wachsamkeit beeinträchtigen ließ.

Früher hatte er sich mit Karin Berg immer recht anregend unterhalten. Sie hatte über wichtige Fragen, über die weltpolitische Lage gesprochen. Diesmal erging sie sich in Belanglosigkeiten. Er spürte, daß die Banalität dessen, was sie sagte, darauf zurückzuführen war, daß sie dachte, es wäre besser, irgend etwas zu sagen, als nur stumm neben ihm zu sitzen. Das konnte selbstverständlich an der Hitze liegen. Aber warum konnte er sich dann des Eindrucks nicht erwehren, daß dem nicht so war?

Nachdem sie an einer Reihe sehr teuer aussehender Villen vorbeigekommen waren, erreichten sie schließlich das Ermitage. Der Geschäftsführer kam nach draußen, um sie in das Lokal zu begleiten.

»Mr. Tweed? Ihr Freund Beck rief an mit der Bitte, uns um Sie zu kümmern. Wir haben Ihnen einen der besten Tische am Seeufer reserviert.«

»Sehr freundlich«, entgegnete Tweed. »Darum hatte ich auch gebeten, als ich telefonisch einen Tisch reservierte.«

Das Ermitage war ein großer Bau, der etwas vom See zurückversetzt stand. Von einer großen Terrasse hatte man einen herrlichen Blick auf den Zürichsee. Tweeds Tisch lag direkt am Wasser, nur durch eine niedrige Steinmauer vom See getrennt.

»Herrlich ist es hier«, bemerkte Karin Berg und blickte sich auf der von zahlreichen Lichtern erhellten Terrasse um. »Wie in alten Zeiten. Sie haben wirklich einen hervorragenden Geschmack.«

»Danke.«

Sobald sie Platz genommen hatten, ließ Tweed seinen Blick über die anderen Tische wandern. Alle waren besetzt. An einem Tisch weiter hinten saß ein einzelner Mann, groß und dünn und mit dunklem Haar, das so in seine Stirn fiel, daß es ihm eine gewisse Ähnlichkeit mit Hitler verlieh. Er hatte auch einen kleinen dunklen Schnurrbart. Er studierte die Speisekarte und winkte einen Kellner zu sich heran, sobald Tweed und Karin Berg Platz genommen hatten. Vermutlich hatte er es satt, auf die Person zu warten, mit der er verabredet war.

An einem anderen Tisch, im Schatten mehrerer Büsche, saß, reglos wie eine Statue, ein weiterer einzelner Mann. An den meisten anderen Tischen genossen Paare oder größere Gesellschaften den herrlichen Abend. Das Stimmengewirr und das Gelächter der Gäste, vermischt mit dem Klappern des Bestecks und dem Klirren der Gläser, sorgten für einigen Lärm. Auf der Terrasse herrschte eine festliche Atmosphäre.

»Was möchten Sie gern trinken?« fragte Tweed.

»Einen trockenen Martini.«

Tweed bestellte sich, was selten vorkam, ebenfalls einen Aperitif. Offenbar war Karin dem Alkohol noch immer nicht abgeneigt. An ihrem linken Handgelenk, unter dem schwarzen Ärmel ihres Kleides, das sich nicht zu eng um ihre Figur legte, trug sie eine diamantenbesetzte Armbanduhr. Sie hatte einen kurzen Blick

157

darauf geworfen, als sie sich gesetzt hatten. Jetzt sah sie wieder darauf.

»Wir haben jede Menge Zeit«, versicherte ihr Tweed mit einem Lächeln.

»Nichts kann uns drängen. Zum Wohl!«

Sie stießen an. Karin trank ihr Glas in einem Zug zur Hälfte leer, während Tweed an seinem nur nippte. Ein Kellner brachte ihnen zwei Speisekarten und eine Weinkarte. Er sagte, sie sollten in Ruhe wählen, er käme später wieder zurück. Tweed sah auf Karin Bergs Armbanduhr.

»Das Geschenk eines Verehrers? Sie müssen jede Menge davon haben.«

»Armbanduhren?«

»Nein, Verehrer natürlich«, sagte Tweed galant.

»Um ehrlich zu sein, habe ich sie mir selbst gekauft. In letzter Zeit hatte ich nicht mehr viel mit Männern zu tun.«

»Warum nicht? Das war früher aber anders. Und Sie sind doch höchstens knapp über dreißig.«

»Mein Job läßt mir keine Zeit mehr dafür. Wenn ich ein paar freie Stunden habe, schlafe ich gewöhnlich – um für die nächste berufliche Herausforderung fit zu sein. Eine führende Position in der Sicherheitsbranche erfordert, wie Sie wissen, vollen Einsatz. Und wie sieht es bei Ihnen aus? Sie haben doch sicher auch die eine oder andere Freundin?«

»Mein Job läßt mir keine Zeit dafür«, griff er ihre Antwort auf. »Aber vielleicht sollten wir erst einmal bestellen – das Essen soll sehr gut sein…«

Er hielt die Speisekarte so, daß er unauffällig das Ufer und den See dahinter beobachten konnte. Es war immer noch sehr heiß, und die Luft schien förmlich zu dampfen, obwohl die Sicht vollkommen klar war. Das gegenüberliegende Seeufer war mit Lichtern gesprenkelt, ähnlich Karin Bergs Armbanduhr, auf die sie gerade wieder verstohlen geblickt hatte.

Draußen auf dem See glitt ein Dampfer vorüber, hell erleuchtet, wie ein Weihnachtsbaum. Als das Stimmengewirr auf der Terrasse einen Moment verstummte, konnte Tweed von dem Damp-

fer Tanzmusik über das spiegelglatte Wasser des Sees herüber-
klingen hören.

Er hatte erwartet, daß Karin Berg verhalten mit ihm flirten
würde, wie sie das früher immer getan hatte. Statt dessen hielt sie
den Blick auf die Speisekarte gesenkt. Er betrachtete sie. Mit
ihrem naturblonden Haar, ihrem makellosen Gesicht und ihrer
angenehmen Stimme war sie eine außerordentlich attraktive
Frau. Dazu kam, daß sie hochintelligent war.

Tweed riß den Blick von ihr los und blickte wieder auf den See
hinaus. Eine Motorbarkasse kam langsam auf die Hotelterrasse
zu. Sie hatte ein hohes Vordeck und eine luxuriös wirkende Ka-
jüte. Sie war noch etwa zweihundert Meter entfernt, aber im
Mondschein deutlich zu erkennen, obwohl außer den Positions-
lichtern nirgendwo an Bord ein Licht brannte.

Weiter draußen auf dem See fuhr ein Motorboot ständig im
Kreis. Bestimmt hatte der Besitzer eine Freundin an Bord und das
Ruder festgebunden. Tweed nahm an, daß es enorme Geschwin-
digkeiten erreichte, wenn es geradeaus fuhr.

»Haben Sie schon gewählt?« fragte er Karin.

»Ich weiß bereits, was ich nehme.« Sie bedachte ihn mit ihrem
rätselhaften Lächeln. »Sie haben recht. Die Speisekarte liest sich
sehr vielversprechend.«

Der Kellner erschien, und sie bestellten. Nachdem er sich mit Karin beraten hatte, bestellte Tweed eine Flasche Wein. Er sah nicht
auf den Preis. Sie zog die Augenbrauen hoch, als der Kellner ging.

»Mit dem Wein haben Sie sich aber nicht lumpen lassen. Zufällig
ist es meine Lieblingssorte. Aber vermutlich wissen Sie das noch
von früher. Sie haben wirklich ein phänomenales Gedächtnis.«

Fast hätte Tweed eine Bemerkung fallen lassen, was für ein ro-
mantischer Abend es war, tat es dann aber doch nicht. Trotz der
gelösten Atmosphäre um sie herum, riet ihm eine innere Stimme
hartnäckig, auf der Hut zu sein. Allerdings wußte er noch nicht,
vor was.

Bis auf den Bereich, wo der Mond eine Straße aus Licht über
das Wasser warf, sah der See inzwischen aus wie schwarzes Eis.
Nicht die kleinste Welle kräuselte seine Oberfläche. Die Barkasse

hatte inzwischen etwa zweihundert Meter vom Ufer entfernt angehalten. Das Motorboot drehte weiter seine Runden.

Der Wein floß in Strömen, und entsprechend wurden die Stimmen auf der Terrasse lauter, das Gelächter ausgelassener. Tweed sah zu den Tischen, an denen die zwei einzelnen Männer gesessen hatten. ›Hitler‹ schlang hastig sein Essen hinunter, als ärgerte er sich, daß er versetzt worden war. Der Mann im Schatten der Büsche saß immer noch fast vollkommen reglos da und hielt, ohne daraus zu trinken, ein Glas an seinen Mund.

Tweed und Karin Berg waren mittlerweile beim Hauptgericht angelangt, und Karin aß mit sichtlichem Genuß. Plötzlich wurde sie auffallend gesprächig.

»Sie sollten sich wirklich eine Freundin zulegen, Tweed.«

»Sie und Ihre guten Ratschläge«, wies er sie freundlich in die Schranken.

»Nein, wirklich. Wahrscheinlich wären Sie noch besser in Ihrem Beruf, wenn Sie sich manchmal etwas von einer Frau verwöhnen ließen.«

»Soll das heißen, Sie wollen sich persönlich dazu anbieten, mir beruflich etwas auf die Sprünge zu helfen?«

»Das bleibt ganz Ihnen überlassen.«

»Wenn ich mich auf so was einlassen würde – und ich bitte, das ›Wenn‹ zu beachten –, dann vermutlich mit jemandem wie Ihnen. Ich weiß nämlich eine geistreiche Unterhaltung sehr zu schätzen.«

»Finden Sie, daß das mit mir nicht möglich ist?«

Lag es am Wein? Er spürte ganz deutlich die Nervosität hinter ihrer heiteren Fassade. So weit war sie noch nie gegangen. Es hörte sich wirklich so an, als meinte sie es ernst.

»Lassen Sie es mich mal überdenken«, antwortete er ausweichend. »Im Moment habe ich mir, metaphorisch gesprochen, den Teller ziemlich vollgeladen.«

»Aber Sie haben ihn doch gerade, genau wie ich, leergegessen. So gut habe ich übrigens schon lange nicht mehr gespeist.«

Sie tupfte sich mit der Serviette die Lippen ab. Ihr Glas war leer. Sie hatte fast die ganze Flasche allein getrunken, was sonst nicht ihre Art war. Als Tweed vorschlug, noch eine Flasche zu bestellen, hatte sie nichts dagegen einzuwenden.

»Nehmen Sie doch noch einen Nachtisch«, schlug Tweed vor.

»Ja, sehr gerne. Aber es stört Sie doch hoffentlich nicht, wenn ich erst noch eine Zigarette rauche?«

»Der Abend ist noch jung.«

»Sie haben sich nicht verändert. Sie schenken mir scheinbar Ihre volle Aufmerksamkeit – das mögen Frauen. Sie haben meine Kleider, mein Äußeres bewundert, und doch würde ich jede Wette eingehen, daß Sie jeden anderen Gast hier auf der Terrasse genauestens beschreiben könnten.«

»Es tut mir leid, wenn ich Ihnen doch nicht meine ganze Aufmerksamkeit geschenkt habe.«

»Mir tut es nicht leid. Schließlich müßte ich sonst annehmen, daß Sie nachgelassen haben. Wenn überhaupt etwas, scheinen Sie noch mehr auf Draht als je zuvor, soweit das überhaupt möglich ist.«

»Mit Schmeicheleien kommen Sie Ihrem Ziel bestimmt näher«, sagte Tweed lächelnd.

»Nichts Geringeres hatte ich gehofft.«

Sie strahlte förmlich, ihre Augen ließen keinen Moment von den seinen. Auf ihrem blonden Haar, auf dem sich der Schein der Lichter brach, lag ein seidiger Glanz. Einerseits fühlte sich Tweed wohler, als er sich seit langem gefühlt hatte, andererseits weigerte sich die warnende Stimme in seinem Innern beharrlich zu verstummen.

Wurde er paranoid? fragte er sich. Er tat diesen Gedanken rasch wieder ab. Wenn man so anfing, befand man sich auf dem besten Weg zur Selbstzufriedenheit. Genau das bleute er jedem neuen Anwärter immer wieder ein. Langsam trank er ein ganzes Glas Wasser – um der Wirkung vorzubeugen, die der Wein auf ihn haben könnte.

Ein paar Tische weiter saß eine besonders feuchtfröhliche Runde. Ein Mann stand auf, stolperte und mußte sich am Tisch festhalten, um nicht hinzufallen. Ein Mädchen, das neben ihm saß, stieß gegen sein Bein, und er fiel fast der Länge nach hin. Sie brach in schrilles Gelächter aus. Die Leute gerieten langsam in

Fahrt. Der Mann gelangte zu der Überzeugung, sein Ausflug auf die Toilette konnte noch eine Weile warten. Er sank auf seinen Stuhl zurück und griff nach dem Weinglas.

An einem anderen Tisch begannen die Gäste, ein französisches Lied zu singen, und die Leute an den angrenzenden Tischen fielen mit ein. Das Ganze artete rasch in wüstes Gegröle aus. Man prostete sich mit erhobenen Weingläsern überschwenglich zu.

»Langsam kommt richtig Stimmung auf«, sagte Karin Berg, die sich umgedreht hatte, um das Geschehen zu beobachten.

»Ich hoffe nur, diese Leute fahren hinterher mit dem Taxi nach Hause«, bemerkte Tweed freundlich.

Doch dann fiel ihm ein, daß sie wohl kaum fürchten mußten, von der Polizei kontrolliert zu werden. Die meisten von Becks Leuten würden immer noch das Kongreßhaus nach der Bombe durchsuchen – es sei denn, sie hatten sie inzwischen gefunden. Die übrigen Beamten befanden sich wahrscheinlich noch an der Unfallstelle außerhalb Zürichs, um sich um die Opfer der Massenkarambolage zu kümmern.

Eigenartig, dachte er. Hier ist alles so friedlich und heiter, und nicht weit von hier entfernt herrscht das blanke Chaos. Was für eine seltsame Mischung die Welt doch war.

»Ich weiß nicht, ob ich noch einen Nachtisch schaffe«, erklärte Karin Berg. »Das Essen war sehr reichlich. Vielleicht wäre im Moment ein starker Kaffee das beste. Aber wenn Sie gern einen Nachtisch möchten, tun Sie sich bitte keinen Zwang an.«

Draußen auf dem See war alles unverändert. Zwar gab es inzwischen mehrere hell beleuchtete Vergnügungsdampfer mit Tanzkapellen. Aber die Motorbarkasse lag immer noch an derselben Stelle. Und das Motorboot kreiste weiter vor sich hin. Die zwei Männer, die allein an ihren Tischen saßen, waren ebenfalls noch da. Männer, die so ganz allein dasaßen, hatten etwas Trauriges an sich.

Als der Kellner an ihren Tisch kam, warf Karin Berg wieder einmal einen kurzen Blick auf ihre Uhr. Tweed bestellte für sie beide Kaffee und sagte, einen Nachtisch schafften sie nicht mehr. Als sich der Kellner entfernte, schob Karin Berg ihren Stuhl zurück und sah Tweed an.

»Ich gehe mir nur kurz die Nase pudern. Wenn Sie mich einen Moment entschuldigen würden.«

Tweed blieb sitzen. Sein Kopf bewegte sich nicht, aber seine Augen waren überall. Er witterte Gefahr. Doch aus welcher Richtung drohte sie? Die Barkasse bewegte sich langsam auf das Ermitage zu. Das kreisende Boot war inzwischen stehengeblieben, sein Motor tuckerte im Leerlauf weiter, der Bug zeigte in Richtung Ufer.

Tweed drehte sich nach den zwei einzelnen Männern um, die immer noch an ihren Tischen im hinteren Teil der Terrasse saßen. Bedächtig rückte Tweed mit seinem Stuhl ein Stück zurück, legte beide Hände um die Tischkante und hob den Tisch leicht an. Er war nicht gerade leicht, aber das würde ihm keine Probleme bereiten.

Auf dem Vordeck der Barkasse hatte Georges Lemont einen lasergesteuerten Raketenwerfer aufgestellt. Er konnte Tweed im Fadenkreuz des Zielfernrohrs ganz deutlich sehen. Das Boot hob und senkte sich kaum merklich, so daß das Fadenkreuz langsam auf und ab ging. Er mußte nur den richtigen Moment abpassen.

Der Mann auf der Brücke steuerte die Barkasse langsam auf sein Ziel zu. Er wartete nur noch darauf, daß ihm Lemont das vereinbarte Zeichen gab. Lemont würde, während er die rechte weiter am Abzug behielt, einfach nur die linke Hand heben.

Auf der Backbordseite der Brücke war ein Fenster offen. Dahinter kauerte ein weiterer Mann mit einer Heckler & Koch-Maschinenpistole. Wenn sie nahe genug ans Ufer herangekommen waren, würde er die ganze Terrasse mit einem dichten Kugelhagel überziehen. Monceau, der in der Nähe des Ermitage in seinem Wagen wartete, hatte darauf bestanden, sich für alle Eventualitäten abzusichern.

Ein vierter Mann hatte sich mit einem konventionellen Granatwerfer hinter der Brücke postiert. Die Granate in seinem Lauf war mit tödlichem Schrapnell geladen. Als erster würde Lemont in Aktion treten. Sobald er gefeuert hatte, kämen auch die Waffen der anderen zum Einsatz.

Alle wußten, sie hatten den richtigen im Visier. Ein Mann, der mit einer schwarz gekleideten Frau mit kurz geschnittenem blon-

163

dem Haar am Tisch saß. Sie hatte zum vereinbarten Zeitpunkt den Tisch verlassen. Um elf Uhr. Ihr Äußeres sowie der Zeitpunkt, zu dem sie den Tisch verlassen hatte, waren die Bestätigung, daß es sich um den richtigen Mann handelte.

In weniger als zwei Minuten wäre alles vorbei. Es gäbe andere Opfer, sogar eine ganze Menge – unschuldige Restaurantgäste. Das hatte Monceau überhaupt nicht gestört. In einer Menge war die Wahrscheinlichkeit, daß das Ziel eines Anschlags getroffen und getötet wurde, wesentlich höher. Einer ähnlichen Methode hatten sie sich bei einem Banküberfall in Frankreich bedient. Dabei waren acht unbeteiligte Personen ums Leben gekommen, aber sie selbst hatten ein kleines Vermögen in nicht registrierten Scheinen erbeutet.

Paula stand ungeduldig am Steuer des inzwischen still daliegenden Motorboots und wartete. Normalerweise hätte sie in einer solchen Situation eisige Ruhe ergriffen – doch die Vorstellung, daß Tweed den Killern ein hervorragendes Ziel bot, ließ sie die Hände fester um das Ruder legen.

Da sie hervorragend Auto fuhr, konnte sie auch bestens mit einem Motorboot umgehen. Die ganze Zeit im Kreis zu fahren war Marlers Idee gewesen. So konnten sie die Aufmerksamkeit der Barkasse am besten von sich ablenken. Gleichzeitig konnte sich Paula auf diese Weise mit dem Boot vertraut machen.

»Wie lange noch?« flüsterte sie Marler zu.

»Es kann jeden Moment losgehen«, erwiderte dieser ruhig.

Er hatte ein geladenes Armalite-Gewehr über der Schulter hängen und spähte aufmerksam durch sein Nachtglas, beobachtete jede Bewegung an Bord der Barkasse. Sein Hauptaugenmerk galt Lemont, den er mit seinem Raketenwerfer ganz deutlich sehen konnte.

»Wenn ich sage: ›Volle Kraft voraus‹, rammen Sie die Barkasse von der Seite.«

Pete Nield, der sich unterhalb der Brücke auf Deck postiert hatte, zielte mit seinem Armalite-Gewehr auf den Mann mit der Maschinenpistole. Als Nield vor der Abreise aus England Schießübungen mit der Waffe gemacht hatte, hatte Marler ihn wie einen blutigen Anfänger zusammengestaucht.

164

Paula hielt mit der einen Hand das Steuerrad des Motorboots, mit der anderen den Hebel, der das Boot in ein tödliches Geschoß verwandeln würde. Marler hatte den Tag genutzt, um den Motor zu frisieren.

»Noch nicht«, warnte Marler sie.

Sein Fernglas hing jetzt an einem Riemen von seinem Hals. Statt seiner hatte er das Armalite gehoben und blickte durch das Zielfernrohr, das auf Lemont gerichtet war. Ihm stellte sich das gleiche Problem wie Lemont. Das Motorboot bewegte sich in der leichten Dünung kaum merklich auf und ab. Es war nur eine Sache von wenigen Zentimetern, aber Marler wollte trotzdem keinen Kopfschuß riskieren. Er zielte auf Lemonts Rücken.

»Sie warten zu lange«, zischte Paula.

»Geduld ist eine Tugend.«

»Wenn wir jetzt losfahren…«

Kaum hatte Paula den Vorschlag machen wollen, näher an die Barkasse heranzugehen, sprach Marler die Zauberworte.

»Volle Kraft voraus!«

Gleichzeitig drückte er ab, einen Sekundenbruchteil, bevor Lemont die Granate auf Tweed abfeuerte. Die Kugel traf ihn unter dem linken Schulterblatt. Er war auf der Stelle tot. Aber in einem letzten Reflex krümmte sich sein Finger noch so weit um den Abzug, daß die Rakete mit hochexplosivem Sprengstoff in Richtung Ufer katapultiert wurde.

Weil es die Reflexreaktion eines Toten war, verfehlte sie ihr Ziel. Sie flog in hohem Bogen durch die Luft und ging schließlich auf eine unbewohnte Villa neben dem Ermitage nieder. Im selben Augenblick hatte Nield auf Marlers Kommando hin auf den Mann mit der Heckler & Koch-Maschinenpistole gefeuert. Auch in diesem Fall hatte der tödlich Getroffene in einer Reflexreaktion den Abzug betätigt. Paula hatte bereits am Gashebel gezogen, und das starke Motorboot raste mit voller Kraft auf die Barkasse zu.

Auf der Terrasse brach Panik aus. Tweed sah die Granate niedergehen. Er stieß den Tisch um, ging dahinter in Deckung. Als die Granate auf der leeren Villa landete, gab es eine ohrenbetäubende

165

Explosion, und gleich darauf flogen riesige Mauertrümmer durch die Luft. Ein kleiner Gesteinsbrocken durchschlug die Tischplatte und verfehlte Tweeds Schulter nur ganz knapp.

»Glück muß der Mensch haben«, sagte er zu sich selbst.

Als er durch das Loch in der Tischplatte spähte, sah er, was als nächstes geschah. Frauen kreischten, Männer schrien. Alle rannten wild durcheinander, stießen zusammen, fielen zu Boden. Das Verhalten der Männer hatte nichts Ritterliches. Rücksichtslos stießen sie Frauen zur Seite und stürzten verzweifelt zum Ausgang.

Im selben Augenblick feuerte auf der Barkasse der Gangster, der den Granatwerfer bediente und soeben von einer Kugel aus Nields Armalite tödlich getroffen wurde, eine Schrapnellgranate ab. Niemand an Bord der Barkasse hatte den Motor abgestellt, als Paula sie mittschiffs rammte. Die Barkasse lag weniger stabil im Wasser als das Motorboot und kenterte.

Sobald es endlich losgegangen war, hatte die gewohnte eisige Ruhe von Paula Besitz ergriffen. Nun legte sie den Rückwärtsgang ein und stieß mit dem Motorboot von der gerammten Barkasse zurück, ein Manöver, an das Marler sie mehrmals erinnert hatte. Er war nämlich davon ausgegangen, daß sich an Bord der Barkasse große Mengen Munition befänden – womit er auch recht behalten sollte.

Auf der Barkasse brach Feuer aus. Als es die Munitionsvorräte erreichte und diese explodierten, war das Motorboot bereits ein gutes Stück von der Barkasse entfernt. Der Knall war bis ins ferne Zürich zu hören. Die Barkasse verschwand hinter einer riesigen Wand aus Flammen, Teile des Bootes wurden in hohem Bogen durch die Luft geschleudert und stürzten laut zischend in den See. Dann trat plötzlich eine unheimliche Stille ein.

Tweed kam rasch unter dem Tisch hervor und stand auf. Als er sich abklopfte, sah er nach rechts. ›Hitler‹ kam auf ihn zu und richtete eine 38er Smith & Wesson, Newmans Lieblingswaffe, auf ihn. Ausnahmsweise wünschte sich Tweed, er hätte eine Waffe dabei.

Mit einem zufriedenen Grinsen blieb der Mann stehen und richtete die Waffe in aller Ruhe auf Tweeds Brust. Dieser stand vollkommen reglos da, wohl wissend, daß die leiseste Bewegung sein Gegenüber veranlassen würde abzudrücken. Es gab keine Möglichkeit, sich zu verstecken oder zu fliehen. Auf der Terrasse herrschte ein fürchterliches Durcheinander. Zwischen den umgestürzten Tischen lagen zerbrochene Gläser herum.

Seltsamerweise war neben dem Mann mit der Smith & Wesson ein Tisch aufrecht stehen geblieben. Und noch seltsamer, auf dem Tisch stand eine ungeöffnete Flasche Rotwein. Die Hitze war Tweed nie intensiver vorgekommen. Er überlegte, ob er mit dem Killer sprechen sollte, aber auch das könnte ihn veranlassen abzudrücken. Er blieb ganz still, rührte sich nicht. Kein Laut war zu hören. Tweed fühlte sich an die Stille erinnert, die er in Dorset erlebt hatte.

Ein Schuß krachte. Tweed verkrampfte sich in Erwartung der Kugel, die sein Leben beenden würde. Der Mann mit der Smith & Wesson machte ein verdutztes Gesicht. Dann flog er seitlich gegen den Tisch. Blut aus seinem Rücken vermischte sich mit dem Rot des Weins aus der Flasche, die er im Fallen mitgerissen und zerbrochen hatte. Der Mann, der im Dunkel unter den Büschen gesessen hatte, kam nach vorn. Newman ließ seine Smith & Wesson sinken und grinste Tweed an.

»Sie gehen ganz schöne Risiken ein.«

Er beugte sich über den Körper des Mannes, der auf den Tisch niedergesunken war und fühlte ihm am Hals den Puls. Er blickte zu Tweed auf.

»Mausetot...«

Kreidebleich kam der Geschäftsführer aus dem Ermitage und betrachtete das Chaos auf der Terrasse seines Restaurants und den zusammengesunkenen Körper.

In diesem Moment stürzte auch Karin Berg aus dem Lokal. Sie wirkte benommen, als sie auf Tweed zuwankte. Sie stolperte über ein paar herumliegende Trümmer, drohte zu fallen, doch Tweed bekam sie an der schmalen Taille zu fassen. Newman war verschwunden.

»Was ist passiert?« stieß sie hervor.

»Ein paar Herren, die mich nicht besonders mögen, haben einigen Schaden angerichtet. Kommen Sie. Wir fahren ins Baur au Lac zurück.«

»Was ist passiert?« wollte auch der Geschäftsführer wissen.

»Ich glaube, das ist Sache der Polizei«, erklärte Tweed. »Rufen Sie doch Beck an.« Damit führte er Karin Berg zu der wartenden Limousine.

16

Kurz nach Mitternacht rief Tweed sein Team in seinem Zimmer im Baur au Lac zusammen. Zunächst dankte er Newman, daß er ihm das Leben gerettet hatte, was dieser mit einer kurzen Handbewegung abtat. Dann drückte er den anderen seine Anerkennung für die hervorragende Planung der Operation aus, mit der sie die Barkasse außer Gefecht gesetzt hatten.

»Die Vorbereitungen haben nur einen Tag in Anspruch genommen«, bemerkte Marler dazu.

»Das muß aber ein langer Tag gewesen sein«, meinte Tweed.

»Nachdem ich mir das Ermitage angesehen hatte, versuchte ich mich einfach in den Feind hineinzuversetzen«, erklärte Marler beiläufig. »Ich habe mir das ganze Gebiet auf einer Generalstabskarte angesehen. Dabei bin ich zu dem Schluß gelangt, daß der Angriff vom See erfolgen würde. Und Newman war sozusagen für den Nahbereich zuständig. Ganz einfach, wirklich.«

»Wenn Sie das sagen.« Tweed hielt inne. »Durch den Zwischenfall wurde ein weiteres Mitglied des Ordens enttarnt. Karin Berg.«

»Wie kommen Sie denn darauf?« fragte Paula.

Tweed erzählte, wie Karin Berg ständig auf die Uhr gesehen hatte, wie sie auf die Toilette verschwunden war, kurz bevor der Angriff erfolgte, und wie nervös sie den ganzen Abend gewesen war.

»Auf der Rückfahrt«, fuhr er fort, »lud sie mich auf einen Drink in ihre Wohnung in der Pelikanstraße ein. Sie machte plötzlich auf verliebt, aber ich hab ihr gesagt, ich wäre müde. Die genaue Adresse steht hier auf diesem Zettel.«

»Darf ich sie mal besuchen?« fragte Paula finster. »Ich kriege die Wahrheit schon aus ihr heraus.«

»Nein, aber ich habe gleich eine andere Aufgabe für Sie. Ich habe bereits mit Beck gesprochen. Er läßt Bergs Wohnung rund um die Uhr von Zivilbeamten observieren. Wenn sie versuchen sollte, die Stadt zu verlassen, ruft er mich sofort an.«

»Er sollte sie verhaften und verhören«, erklärte Paula.

»Nein, wir lassen sie an der langen Leine. Möglicherweise führt sie uns zum Stützpunkt des Ordens. Das wird Harry Butlers und Pete Nields Aufgabe. Sie beide gehen heute morgen, sobald die Geschäfte geöffnet haben, los und kaufen sich typische Urlauberkleidung und was sonst noch alles dazugehört, Rucksäcke zum Beispiel.«

»Das kann ich allein erledigen«, schlug Nield vor. »Dann kann Harry hierbleiben, falls es von Beck irgend etwas Neues gibt.«

»Vielleicht sollte ich Ihnen eine Zeichnung von ihr machen«, schlug Tweed vor, »damit Sie sie identifizieren können.«

»Nicht nötig«, sagte Nield prompt. »Ich habe mir die Blondine, mit der Sie auf der Terrasse gegessen haben, durch Marlers Nachtglas sehr genau angesehen. Ich nehme mal an, das war Karin Berg.«

»Und ob sie das war. Folgen Sie ihr meinetwegen um die halbe Welt, wenn es sein muß. Aber halten Sie mich auf dem laufenden.«

»Wird gemacht«, antwortete der schweigsame Butler.

»Ist das nicht verdächtig?« bemerkte Paula. »Obwohl sie eine Wohnung in Zürich hat, hat sie sich in diesem Hotel ein Zimmer genommen.«

»Das ist mir auch schon aufgefallen«, bestätigte ihr Tweed. »Beck hat mir übrigens erzählt, seine Leute hätten im Kongreßhaus keine Bombe finden können. Das Ganze war eine Finte, um große Teile der Zürcher Polizei mit der Suche nach der Bombe zu beschäftigen und sie auf diese Weise vom Ermitage abzulenken. Wir erzählen Amos Lodge lieber nichts davon.«

»Werden Sie sich die Rede anhören, die er heute abend im Kongreßhaus halten wird?« erkundigte sich Paula.

169

»Ja, ich freue mich schon darauf. Er ist ein erstklassiger Redner und nimmt kein Blatt vor den Mund.«

»Wenn das so ist«, erklärte Newman bestimmt, »kommen Marler und ich mit Ihnen. Keine Widerrede.«

»Ich tue doch immer, was man mir sagt. Danke. Kommen Sie unbedingt mit. Nur noch eins – Beck hat mehrere seiner Leute losgeschickt, um die Leichen der Männer an Bord der Barkasse zu identifizieren. Hoffen wir mal, es sind sieben – Jules Monceau eingeschlossen. Die Polizei hat Fotos von jedem einzelnen Bandenmitglied. Vielleicht haben sie ja Glück.«

»Wer paßt jetzt gerade auf Karin Berg auf?« fragte Newman.

»Beck hat vor dem Haus, in dem sie wohnt, ein paar als Straßenarbeiter getarnte Polizisten postiert, die sich dort die ganze Nacht mit irgendwelchem schwerem Gerät zu schaffen machen. Ein geschickter Schachzug.«

»Wozu das schwere Gerät?«

»Damit Karin Berg möglichst nicht schlafen kann. Wenn sie dann nämlich in diesem zermürbten Zustand unterzutauchen versucht, wird sie nicht mehr so genau darauf achten, ob ihr jemand folgt.«

»Gute Idee.«

»Da wäre noch eine wichtige Vorsichtsmaßnahme, die ich ergreifen möchte«, fuhr Tweed fort. »Ich werde alle Mitglieder des *Institut* anrufen und sie auf die drohende Gefahr hinweisen. Den Anfang werde ich mit Christopher Kane in Genf machen.«

»Um diese Zeit holen Sie aber alle aus dem Bett«, bemerkte Newman. »Ich bin sicher, daß alle bereits schlafen.«

»Lieber lebendig aufwachen als tot«, hielt ihm Paula entgegen.

»Weil wir gerade von schlafen sprechen«, sagte Tweed. »Ich finde, Sie sollten sich alle ein wenig hinlegen. Wir haben einen anstrengenden Tag vor uns.«

»Was ist eigentlich schlafen?« fragte Nield, bevor er den anderen nach draußen folgte.

Karin Berg war mit den Nerven am Ende. Das kam bei ihr selten vor. Obwohl die Doppelfenster den Baulärm draußen auf der Straße ein wenig dämpften, zermürbte sie der Krach mehr und mehr. Sie beschloß, Hassan unter der Nummer anzurufen, die er ihr vor seiner Abreise aus der Slowakei gegeben hatte.

»Könnten Sie mich bitte mit Ashley Wingfield verbinden?« bat sie den Nachtportier des Hotels Zum Storchen.

Dieses Pseudonym hatte Hassan ihr zusammen mit seiner neuen Telefonnummer gegeben. Hassan studierte in seinem Zimmer gerade die Mitgliederliste des *Institut*.

»Ja?«

»Hier Karin. Die Operation war ein Fehlschlag. Unser Ziel hat überlebt. Und jetzt hat er mich in Verdacht – unter den gegebenen Umständen kann er gar nicht anders. Er ist schließlich nicht auf den Kopf gefallen. Ich glaube nicht, daß ich ihn jetzt noch aus dem Verkehr ziehen kann. Eher zieht er mich aus dem Verkehr – indem er mich sehr, sehr lange hinter Gitter bringt.«

»Welche der Schwestern könnte diese Aufgabe deiner Meinung nach am besten übernehmen?«

»Keine. Aber ich habe eine gewagte Idee. Er hat eine Assistentin, der er total vertraut. Sie weicht nicht von seiner Seite.«

»Haben sie etwas miteinander?«

Für Hassan war das die naheliegendste Erklärung. Eine andere Art von Beziehung konnte er sich nicht vorstellen.

»Nein«, sagte Karin kühl. »Aber wenn du das Honorar verdoppelst, beißt sie vielleicht an. Immerhin hat sie schon mehrere Männer erledigt – dienstlich, versteht sich. Sie kann hervorragend mit Schußwaffen umgehen. Und ...«

»Wie heißt die Person, die diesen Auftrag übernehmen könnte?«

»Paula Grey ...«

Am Morgen war Tweed sehr beschäftigt. Deshalb hatte er darum gebeten, nicht gestört zu werden. Der Anruf Becks kam ihm ungelegen.

»Wenn meine Stimme heiser ist, Tweed, dann deswegen, weil ich die ganze Nacht auf war und mit meinen Leuten den See im Umkreis des Ermitage nach Toten abgesucht habe.«

»Und? Haben Sie etwas gefunden?«

171

»Wesentlich mehr, als ich mir erhofft hatte. War allerdings nichts für schwache Gemüter. Wir haben die Monceau-Bande stückchenweise aus dem See gefischt. Ein Bein hier, ein Fuß da und dazu ein paar kopflose Rümpfe.«

»Sie waren also, nehme ich mal an, nicht in der Lage, alle Toten zu identifizieren.«

»O doch. Zwei waren relativ unversehrt. Und nach langem Suchen gelang es uns schließlich, mit unseren Netzen vier Köpfe aus dem Wasser zu fischen. Sechs Mitglieder der Monceau-Bande wurden erledigt – der Frage, von wem, möchte ich hier lieber mal nicht weiter nachgehen.« Beck hielt inne, und Tweed war klar, daß sein Schweizer Kollege wußte, wer dahinter steckte. »Aber von Jules Monceau konnten wir keine Spur finden. Haben wir aber auch nicht erwartet.«

»Warum nicht?«

»Überlegen Sie doch mal. Er dürfte die Operation aus sicherer Entfernung beobachtet haben, vermutlich in der Hoffnung, Zeuge Ihrer Ermordung zu werden.«

»Sie glauben also, er ist noch am Leben?«

»Allerdings. Höchstwahrscheinlich wird er nun versuchen, Sie persönlich zu erledigen. Vergessen Sie nicht, er ist ein wahrer Meister der Verkleidung. Er arbeitet nicht mit so plumpen Tricks wie falschen Perücken oder angeklebten Schnurrbärten. Die Pariser Polizei nennt ihn nicht umsonst das Chamäleon. Er versteht es hervorragend, sich seiner Umgebung anzupassen, eine völlig andere Persönlichkeit anzunehmen. Ein bißchen wie Dr. Jekyll und Mr. Hyde. Außer daß er immer Mr. Hyde ist.«

»Wollen Sie mir etwa angst machen, Arthur?« fragte Tweed scherzhaft.

»Sie haben echt Nerven, Tweed.« Beck hörte sich verärgert an. »Das ist mein voller Ernst. Sie unterschätzen diesen Mann. Die französische Polizei ist schon seit Jahren hinter ihm her – und hat ihn kein einziges Mal zu fassen bekommen.«

»Ich weiß Ihre Sorge um meine Sicherheit durchaus zu schätzen.«

»Dann geben Sie um Himmels willen auch auf sich acht.«

»Eigentlich sollten Sie mich inzwischen gut genug kennen, um zu wissen, daß ich nie einen Feind unterschätze. Außerdem weiß ich, daß das Ganze für Monceau rein persönlich ist. Nur deswegen hat er sich bereit erklärt, dem Orden zu helfen.«

»Themawechsel. Karin Berg hat sich bisher vollkommen still verhalten. Verkriecht sich immer noch in ihrer Wohnung. Wenn sie einen Flug bucht, erfahre ich es umgehend. Ich habe gute Freunde in der Flughafenleitung.«

»Ich lasse sie durch zwei meiner Männer observieren.«

»Ich würde sie zu gern verhören.«

»Lassen Sie das bitte unbedingt bleiben«, erklärte Tweed rasch. »Möglicherweise ist sie der einzige Anhaltspunkt, der uns zur Operationsbasis dieser abscheulichen Organisation führen könnte.«

»Wie Sie meinen«, seufzte Beck. »Manchmal frage ich mich wirklich, wer hier Polizeichef ist. Passen Sie gut auf sich auf …«

Er hängte auf, bevor Tweed etwas erwidern konnte.

Der geheimnisvolle Anruf wurde am Vormittag zu Paula durchgestellt. Als sie in der Annahme, es sei Tweed, abhob, meldete sich eine kultivierte englische Stimme.

»Spreche ich mit Miss Paula Grey?«

»Ja. Wer ist da bitte?«

»Mein Name ist Ashley Wingfield. Sie sind mir von einem gemeinsamen Bekannten empfohlen worden, der allerdings anonym bleiben möchte.«

»Ein gemeinsamer Bekannter? Charles Dickens?«

»Ich sagte Ihnen doch, ich darf seinen Namen nicht nennen.«

Das war der Punkt, an dem Paula argwöhnisch wurde. Sie erwartete zwar nicht von jedem gebildeten Engländer, daß er ein Buch des bekannten Schriftstellers gelesen hatte – aber sie erwartete, daß er zumindest von ihm gehört hatte. Deshalb achtete sie im weiteren Verlauf des Gesprächs genauer darauf, ob der Anrufer einen Akzent hatte.

»Was ist der Zweck Ihres Anrufs?« fragte sie scharf.

»Zweihunderttausend Dollar. Für Sie.«

»Und wie kann ich sie mir verdienen?«

Sie war geistesgegenwärtig genug gewesen, sich von dem Betrag nicht beeindruckt zu zeigen. Und das Englisch des Anrufers war eine Spur zu korrekt. Diese betont deutliche Aussprache war ihr vor allem an gebildeten Arabern schon des öfteren aufgefallen.

»Meine Beste« – die Anrede ließ Paula innerlich zusammenzucken – »worum es bei dieser Angelegenheit geht, kann ich Ihnen leider nicht am Telefon erklären. Dafür ist die Sache zu wichtig.«

»Wo und wann können Sie es mir dann erklären?« wollte Paula wissen.

»Was halten Sie davon, wenn wir uns heute mittag gegen ein Uhr auf dem Zürichberg treffen? Sie nehmen die Straßenbahn ...«

»Ich weiß, wie man dorthin kommt.«

»Ich werde auf einer Bank nicht weit von der Haltestelle warten. Und ich muß unbedingt darauf dringen, daß Sie allein kommen. Sollte ich irgendwelche Hinweise darauf entdecken, daß Sie in Begleitung sind, werde ich mich auf der Stelle ...«

»In Luft auflösen?«

»Wie bitte?«

»Nichts. Woran erkenne ich Sie? Jeder könnte auf die Idee kommen, sich auf eine Bank zu setzen.«

»Darauf wollte ich gerade zu sprechen kommen, Miss Grey. Ich werde einen Panamahut und eine Sonnenbrille tragen.«

»Und Kleider doch hoffentlich auch.«

»Aber natürlich. Ich finde nicht, daß diese Bemerkung nötig war.«

»Meinetwegen. Dann also heute mittag auf dem Zürichberg. Wiedersehen.«

Paula setzte sich, um nachzudenken. Sie sah auf die Uhr. Elf Uhr. Sie hatte noch jede Menge Zeit, um sich zu entscheiden, ob sie dieser seltsamen Einladung nachkommen sollte. Normalerweise hätte sie erst Tweed um Rat gefragt, bevor sie etwas unternahm, aber sie wußte, er war gerade sehr beschäftigt. Außerdem kam ihr plötzlich ein komischer Gedanke, den sie jedoch sofort wieder als zu verrückt abtat.

174

Nachdem sie eine Weile nachgedacht hatte, ging sie ins Bad, um sich umzuziehen und etwas herzurichten. Sie band ihr Haar nach hinten – was sich bei dieser Hitze von selbst anbot. Dann machte sie sich daran, sich sorgfältig zu schminken.

Im nachhinein wäre es ihr schwer gefallen zu erklären, warum sie das alles getan hatte. Hätte jemand auf eine Antwort gedrängt, hätte sie vielleicht gesagt, eine Art sechster Sinn hätte sie dazu veranlaßt. Schließlich schlüpfte sie in einen hellblauen Hosenanzug, dessen Jacke auf der linken Seite eine versteckte Innentasche hatte.

Sie steckte die große Sonnenbrille in ihre Umhängetasche und verstaute die Browning in dem Spezialfach an der Seite. Dann ging sie zu Marlers Zimmer.

»Haben Sie in dem Waffenarsenal, das Sie aus Wien mitgebracht haben, vielleicht auch eine Beretta für mich?« fragte sie, als sie eingetreten war und Marler die Tür verschlossen hatte.

»Ob Sie es glauben oder nicht, ja. Aber normalerweise tragen Sie doch keine Automatik.«

»Nein, normalerweise nicht«, bestätigte sie ihm lächelnd.

»Geht mich wohl nichts an, wie?« Er grinste ebenfalls. »Ich hole sie Ihnen. Munition brauchen Sie vermutlich auch, oder? Weiß Tweed davon?«

»Natürlich.«

Sie sagte nicht gern die Unwahrheit, aber in diesem Fall war es nötig.

Hassan hatte Karin Bergs Idee zunächst sehr skeptisch aufgenommen. Er konnte sich nicht vorstellen, daß Paula Grey auf so etwas einsteigen würde. Und er war noch bis unmittelbar, bevor er sie anrief, unschlüssig gewesen, ob er sich tatsächlich auf dem Zürichberg mit ihr treffen sollte.

Doch dann hatte Paulas energisches Auftreten alle seine Zweifel ausgeräumt. Ihm hatte zwar nicht gefallen, wie sie mit ihm gesprochen hatte, aber dieses Problem hatte er auch mit den drei anderen Ordensschwestern. Um ihren Job machen zu können, mußten sie knallhart und total abgebrüht sein. Und vor allem auch scharf auf Geld.

Nach diesen Kriterien hatte Paula die höchstmögliche Punktezahl erreicht. Sie hatte nicht einmal beeindruckt geklungen, als er die zweihunderttausend Dollar erwähnt hatte. Und das, obwohl er im Zuge eines zweiten Telefongesprächs mit Karin Berg erfahren hatte, daß Paula Grey nur einen Bruchteil dieser Summe verdiente. Vor allem das hatte Hassan überzeugt, daß Karin Bergs Idee doch nicht so dumm gewesen war. Schließlich war da noch etwas, was bei seiner Entscheidung eine wichtige Rolle gespielt hatte.

Wenn sie scheitert... Die Warnung des Engländers ging ihm nicht mehr aus dem Kopf. Er war sicher, diese Wendung stammte ursprünglich aus dem Mund seines Vaters, des Staatsoberhaupts, vor dem er solche Angst hatte. Wenn jemand versagte, machte sein Vater meistens kurzen Prozeß. Und Hassan fürchtete, er würde auch in seinem Fall keine Ausnahme machen – obwohl er sein Sohn war. Schließlich hatte er mehrere jüngere Brüder, die jederzeit seinen Platz einnehmen konnten. Und Karin Berg hatte versagt. Was nicht hieß, daß er sie nicht wieder einsetzen würde. Ihre Initialen standen neben einigen der noch nicht durchgestrichenen Namen auf der Mitgliederliste des *Institut*.

Paula bestieg die Straßenbahn zum Zürichberg mit gemischten Gefühlen. Tweed war bestimmt außer sich, wenn er herausfand, worauf sie sich da ohne jede Rückendeckung einließ. Die Hitze in der Straßenbahn war kaum auszuhalten. Andere Fahrgäste zogen Jacketts und Krawatten aus. Eine Frau wischte sich ständig mit einem Taschentuch den Nacken.

Als Paula an der Endstation ausstieg, war die Hitze wegen der Höhenlage nicht mehr ganz so stark. Sie ging ein paar Schritte, dann blieb sie stehen. Falls jemand sie beobachtete, mußte für den betreffenden inzwischen deutlich erkennbar geworden sein, daß sie allein war.

Sie sah eine Straße, die sich weiter den Berg hinaufzog, und merkte, daß sie noch nicht auf dem Gipfel des Zürichbergs war. Der Blick auf die zahlreichen Kirchtürme Zürichs mit dem Blau des Sees dahinter war sehr schön. Als sie den höchsten Punkt erreichte, sah sie einen Mann allein auf einer Bank sitzen.

Er trug einen Panamahut und eine dunkle Sonnenbrille, die den größten Teil seines Gesichts verbarg. Er war zierlich gebaut und trug einen naturfarbenen Leinenanzug, ähnlich dem, den Marler in seinem Schrank hängen hatte. Es war ein teures Stück. Genau wie seine handgenähten Schuhe. Seine Haut war sehr braun, was auch eine Folge des hochsommerlichen Wetters sein konnte. Sie setzte sich zu ihm auf die Bank, ließ aber etwas Platz zwischen sich und ihm.

»Bisher haben Sie sich jedenfalls an die Anweisungen gehalten«, bemerkte der Mann.

»Wer sind Sie?« fragte sie forsch.

»Sie wissen, wer ich bin. Aufgrund der Art, wie ich gekleidet bin. Aufgrund der Tatsache, daß ich hier bin.«

»Ich möchte einen Namen hören, oder ich fahre mit der nächsten Straßenbahn nach Zürich zurück.«

»Ashley Wingfield. Ich glaube, ich habe die Ehre, die Bekanntschaft von Miss Paula Grey zu machen.«

Er wußte ganz genau, daß er Paula Grey vor sich hatte. Karin Berg hatte sie ihm sehr detailliert beschrieben. Nur eine Kleinigkeit war anders: die zusammengebundenen Haare.

»Sind Sie daran interessiert, zweihunderttausend Dollar zu verdienen? In bar.«

»Kommt darauf an, was ich dafür tun muß.«

»Lassen wir doch endlich diese Wortgefechte.«

»Dann kommen Sie endlich zur Sache. Ich habe nicht den ganzen Tag Zeit.«

»Entschuldigung.«

Er rückte näher und entfernte behutsam den Beutel von ihrer Schulter. Sie sah ihn finster an, ließ ihn aber gewähren. Ihren SIS-Ausweis hatte sie im Hotelsafe gelassen. Nichts sonst in ihrem Beutel ließ Rückschlüsse auf die Organisation zu, der sie angehörte. Er fand die Browning, zog die schmalen Augenbrauen hoch, nahm das Magazin heraus, warf es über seine Schulter in das Gestrüpp hinter der Bank und machte das gleiche mit der Waffe.

»Sie sind bewaffnet gekommen«, sagte er.

»Was dachten Sie denn? Ich hatte keine Ahnung, wer Sie sind und was Sie möglicherweise vorhaben.«

»Können Sie mit Schußwaffen umgehen?«

»Ich bin zu Hause in England in einem Schützenverein. Allerdings bin ich bei den Männern nicht sehr beliebt. Ich bin der beste Schütze des Vereins.«

»Können Sie mit einer Luger umgehen?«

Sie zuckte innerlich zusammen. Sie war an der richtigen Adresse. Sie blickte auf die unsichtbaren Augen hinter den dunklen Brillengläsern. Auch sie hatte ihre Sonnenbrille aufgesetzt, sobald sie die Straßenbahn bestiegen hatte.

»Ich habe Erfahrung mit dieser Waffe. Kommen Sie endlich zur Sache.«

»Könnten Sie für zweihunderttausend Dollar Tweed erschießen?«

Sie antwortete nicht sofort. Erstens, weil sie spürte, es wäre ein Fehler, wenn sie nicht den Anschein erweckte, darüber nachzudenken. Zweitens kam die Frage nicht vollkommen unerwartet. Doch die Kaltblütigkeit, mit der sie gestellt worden war, erboste sie. Sie blickte auf die Stadt hinab und überlegte sich ihre Antwort. Schließlich erwiderte sie:

»Das dürfte nicht ganz einfach sein.«

Hassan sank das Herz in die Hose. Sie hatte fast die gleichen Worte benutzt wie Karin Berg, als zum erstenmal der Name Tweed gefallen war. Warum gab es mit diesem Mann nur so viele Probleme?

»Warum rechnen Sie mit Schwierigkeiten?« fragte er nach einer Weile.

»Weil er scharf bewacht wird«, erwiderte sie prompt.

»Aber wenn ich recht informiert bin, sind Sie schon lange seine persönliche Assistentin. Es muß doch Momente geben, in denen Sie mit ihm allein sind.«

Karin Berg, dachte Paula. Sie hat diesen Mistkerl auf die Idee gebracht, sich an mich zu wenden.

»Ja, das ist natürlich richtig. Aber es ist immer ein Aufpasser in der Nähe.«

»Setzen Sie Ihren Sexappeal ein, um ihn zu isolieren.«

178

»Das wäre vielleicht eine Möglichkeit.«

»Wo ist dann das Problem?«

»Ich möchte fünfzigtausend Dollar im voraus. Genauer: jetzt.«

»Sie sind nicht gerade bescheiden.«

»Dann vergessen Sie es.« Sie entwand ihm ihre Umhängetasche.

»Ich kann Ihnen etwas geben ...«

»Fünfzigtausend, oder ich gehe, und Sie sehen mich nie wieder.«

»Ich habe zwanzigtausend in diesem Umschlag.«

Sie packte den Umschlag, der sehr dick war, blickte hinein, blätterte eine Reihe von Hundertdollarscheinen durch, steckte den Umschlag in ein Fach ihrer Tasche und zog den Reißverschluß zu. Ihre Hand ruhte in ihrem Schoß. Sie wollte schon die Beretta hervorholen und ihn abführen, aber dann sagte er:

»Sie müssen in unser Hauptquartier mitkommen, für ein kurzes Training. Der Flug geht heute nachmittag. Die restlichen dreißigtausend bekommen Sie, sobald wir da sind. Und jetzt möchte ich Ihre Augen sehen. Nehmen Sie die Brille ab.«

»Und ich möchte Ihre sehen, oder aus dem Geschäft wird nichts.«

Sie hatte es sich anders überlegt. Das war eine einmalige Gelegenheit, herauszubekommen, von wo aus diese Leute operierten.

»Nehmen Sie Ihre Brille ab«, fuhr er sie an.

»Wenn Sie Ihre nicht gleichzeitig abnehmen, gehe ich. Ich möchte gern sehen, mit wem ich es zu tun habe.«

Widerstrebend nahm Hassan seine Brille ab, als Paula ihre abnahm. Sie sahen sich an. Seine Augen waren fahl, ohne eine Spur menschlichen Gefühls. Es bereitete ihr keine Mühe, ihn finster anzustarren. Sie verabscheute diesen Mann.

»Sie haben einen harten Blick«, sagte er, als er seine Brille wieder aufsetzte. »Ich glaube, Sie können es durchziehen. Wir bleiben zusammen, bis wir an Bord des Flugzeugs sind. Ich habe bereits ein Rückflugticket auf Ihren Namen bei mir.«

»Ich brauche Kleider, ein paar persönliche Dinge«, sagte sie. »Ohne sie reise ich nicht.«

»Dann gehen wir eben gemeinsam einkaufen. Und Sie gehen nicht auf die Toilette. Damit werden Sie warten müssen, bis wir im Flugzeug sitzen.«

17

Hassan hatte alles bestens organisiert. Auf die geringe Wahrscheinlichkeit hin, daß Paula Grey sich als geeignet erweisen und auf sein Angebot eingehen würde, hatte er sein Zimmer im Hotel Zum Storchen geräumt und seinen Koffer am Hauptbahnhof in einem Schließfach deponiert. Übertrieben überrascht war er aber nicht, als Paula sein Angebot annahm – in Hassans Augen interessierte westliche Frauen nichts anderes als Geld, je mehr desto besser.

Er hatte Karin Berg Anweisung erteilt, eine Maschine früher nach Wien zu fliegen. Das Risiko, daß Paula die blonde Schwedin im selben Flugzeug sitzen sehen könnte, hatte er nicht eingehen wollen. Als Paula in der Kosmetikabteilung eines Kaufhauses verschiedene Toilettenartikel kaufte, fuhr sie Hassan ärgerlich an:

»Bestimmte persönliche Dinge kann ich mir einfach nicht kaufen, wenn Sie mir ständig über die Schulter sehen.«

Paula ertappte sich dabei, wie sie gegen alle Vernunft hoffte, einer ihrer Kollegen würde sie zufällig sehen. Aber soviel Glück hatte sie nicht.

»Na gut«, knurrte Hassan. »Ich bleibe einen Schritt hinter Ihnen, aber aus den Augen lasse ich Sie nicht.«

»Verschwinden Sie.«

Während sie den Blick über die Auslagen wandern ließ, überlegte sie, wie sie Tweed eine Nachricht zukommen lassen könnte. Es war unmöglich. Sie kaufte einen teuren Koffer, denn Hassan erwartete bestimmt, daß sie sofort anfing, die zwanzigtausend Dollar, die er ihr gegeben hatte, auszugeben.

Dann stopfte sie die Tragetüten mit den teuren Kleidern, die sie gekauft hatte, hinein. Sie hielt ständig nach einem Telefon Ausschau, aber Hassan wich nicht von ihren Fersen.

Anschließend ging er mit ihr zum Hauptbahnhof, holte seinen Koffer ab und stieg mit ihr in ein Taxi. Er gab Paula das Ticket. Zielflughafen: Wien. Ihr Paß, in dem ihr Beruf mit Firmenberaterin angegeben war, war in ihrer Umhängetasche.

»Zum Flughafen«, sagte Hassan zum Fahrer.

Kurz zuvor hatte Tweed von Beck einen dringenden Anruf erhalten.

»Eben habe ich erfahren, daß Karin Berg die nächste Maschine nach Wien nimmt«, teilte er ihm mit. »Was sollen wir jetzt tun? Ich würde sie liebend gern festnehmen und verhören. Sie hat Sie im Ermitage ans Messer geliefert. Das wäre endlich eine Gelegenheit, ein Mitglied des Ordens in unsere Gewalt zu bringen – denn inzwischen bin ich fest davon überzeugt, daß sie dieser Organisation angehört.«

»Lassen Sie sie laufen. Zwei meiner Männer werden sie beschatten. Sie können sofort zum Flughafen rausfahren. Ich habe in jeder Maschine nach Wien Plätze für sie reservieren lassen. In der Business Class. Hat dort auch Karin Berg gebucht?«

»Natürlich.«

»Dann mache ich lieber mal Schluß. Bis wann müssen sie in Kloten sein, um die Maschine noch zu erreichen?«

»In einer Dreiviertelstunde.«

»Ich rufe Sie später an …«

Dann war Tweed in Butlers Zimmer gerannt, wo dieser mit Pete Nield gewartet hatte. Sie waren sofort aufgebrochen. Tweed hatte fast den ganzen Vormittag ein Taxi bereitstehen lassen.

Nach der Ankunft am Flughafen mischten sie sich unter die anderen Passagiere. Sie hatten Karin Berg rasch entdeckt. Nield hatte sie Butler unterwegs genau beschrieben. Beide Männer hatten Rucksäcke bei sich. Sie enthielten alles, was sie brauchten. Auf diese Weise mußten sie ihr Gepäck nicht einchecken, sondern konnten alles mit an Bord nehmen.

Waffen mitzunehmen war natürlich unmöglich. Aber Marler hatte Nield die Adresse des Wiener Waffenhändlers gegeben.

Nachdem Karin Berg im vorderen Teil der Austrian-Airlines-Maschine Platz genommen hatte, begaben auch sie sich an Bord. Das Flugzeug war nicht einmal halb voll, und sie hatten sich zwei nebeneinander liegende Plätze ausgesucht, ein gutes Stück hinter dem von Karin Berg. Da die Sitze vor und hinter ihnen sowie auf der anderen Seite des Gangs nicht besetzt waren, konnten sie sich leise unterhalten, nachdem die Maschine gestartet war.

»Wir sollten lieber schon mal über Funk einen Mietwagen reservieren«, schlug Nield vor. »Wenn in Schwechat ein Wagen für sie bereitsteht und wir erst einen mieten müssen, entwischt sie uns.«

»Gute Idee«, stimmte ihm Butler zu.

Nachdem er eine entsprechende Nachricht auf einen Zettel geschrieben hatte, winkte Nield einer der Stewardessen. Er schärfte ihr ein, das Ganze vertraulich zu behandeln. Die Stewardeß nahm den Zettel an sich und verschwand damit im Cockpit. Erleichtert, daß das erledigt war, setzte sich Nield zurück.

»Das wär's fürs erste.«

»Solange wir sie am Flughafen nicht aus den Augen verlieren«, warnte Butler.

Bisher hatte sich Karin Berg kein einziges Mal umgesehen. Sie schien keinen Verdacht zu schöpfen, daß jemand ihr folgen könnte. Sie blickte aus dem Fenster auf die Landschaft unter ihr hinab. Grüne Wiesen, braune Felder und weit und breit keine Stadt. Gelegentlich blickte sie auch nach rechts, wo die imposanten Gipfel der österreichischen Alpen zu sehen waren. Aber nach hinten sah sie kein einziges Mal.

»Vermutlich denkt sie nicht im Traum daran, daß ihr jemand folgen könnte«, bemerkte Nield.

»Wieso auch?«

»Weil sie ein Profi ist – ein ehemaliges Mitglied der schwedischen Spionageabwehr. So hat Tweed sie kennengelernt.«

»Vielleicht ist sie nicht ganz bei der Sache, weil sie irgend etwas sehr stark beschäftigt.« Damit hatte Butler den Sachverhalt besser getroffen, als er ahnen konnte.

Karin Berg zerbrach sich nämlich schon die ganze Zeit den Kopf, was passieren würde, wenn sie in dem Haus in der Slowakei ankam.

Als sich Paula an Bord der nächsten Austrian-Airlines-Maschine nach Wien begab, bestand sie darauf, auf dem Sitz am Mittelgang Platz zu nehmen, obwohl Hassan versuchte, sie dazu zu bringen, den Fensterplatz zu nehmen, wo er sie besser unter Kontrolle hätte. Fast wäre das Ganze in einer lautstarken Auseinandersetzung ausgeartet. Eine Stewardeß eilte herbei, um zu sehen, warum der Gang von den zwei Passagieren versperrt wurde.

»Mein Bekannter möchte mich freundlicherweise am Fenster sitzen lassen«, erklärte Paula lächelnd. »Aber ich fliege nicht gern und möchte nicht auf dem Fensterplatz sitzen.«

»Die Maschine startet gleich«, sagte die Stewardeß bestimmt und sah Hassan an.

Widerstrebend setzte er sich auf den Fensterplatz. Für Paula war das in zweierlei Hinsicht ein kleiner Sieg. Zum einen hatte sie auf dem Sitz am Gang mehr Bewegungsfreiheit, zum anderen hatte sie Hassan eins ausgewischt, ihm gezeigt, daß nicht alles nach seinem Kopf gehen würde.

In der Business Class waren nur wenige Passagiere. Da niemand in ihrer Nähe saß, glaubte sie, sich leise mit Hassan unterhalten zu können.

»Wozu dieses Theater? Ich kann sehr wohl mit einer Luger umgehen.«

»Sagen wir mal, es ist ein psychologischer Test, dem Sie sich unterziehen müssen.«

»Das ist doch reine Zeitverschwendung.«

»Gewöhnen Sie sich gefälligst einen anderen Ton an, wenn Sie mit mir reden«, wies er sie ungehalten zurecht.

»Warum? Ich bin nicht Ihre Sklavin.«

»Sie bekommen zweihunderttausend Dollar«, flüsterte er.

»Von denen ich bisher nur zwanzigtausend gesehen habe.«

»Darüber sollten wir in der Öffentlichkeit lieber nicht sprechen.«

»Haben Sie noch nicht gemerkt, daß niemand in der Nähe ist? Daß kein Mensch hören kann, was wir sagen? Sie könnten ruhig etwas genauer auf Ihre Umgebung achten. Ich möchte wissen, was passiert, wenn wir in Wien eintreffen – andernfalls nehme ich die erste Maschine zurück nach Zürich.«

Hassan befand sich in der Klemme. Er wollte ihr nicht zuviel erzählen. Andererseits bestätigte ihm ihre forsche Art, daß Karin Berg die richtige Frau ausgesucht hatte. Er gelangte mehr und mehr zu der Überzeugung, daß Paula Grey den Auftrag ausführen konnte.

Wenn sie scheitert ...

Tweed mußte aus dem Weg geräumt werden. Hassan wußte, für Notfälle hatte der Engländer eine Direktverbindung zu seinem Vater, und der hatte kein Verständnis für Leute, die ihn enttäuschten. Im Orient waren die Strafen für Versagen drastisch. Enthauptung war eine davon.

»Wir bleiben nicht in Wien«, sagte Hassan schließlich. »Am Flughafen wartet ein Wagen auf uns. Er bringt uns zu unserem Ausbildungszentrum.«

»Wo ist das?«

»Das weiß ich nicht«, log Hassan, der mit dieser Frage gerechnet hatte. »Es wird ständig verlegt – aus Sicherheitsgründen. Nur der Fahrer weiß, wohin er uns zu bringen hat, der Fahrer des Wagens.«

Paula beschloß, fürs erste Ruhe zu geben. Sie glaubte ihm zwar nicht, aber sie bildete sich ein, in seiner Stimme Angst mitschwingen gehört zu haben. Vor wem fürchtete er sich?

Es war Abend und immer noch heiß und schwül, als Beck Tweed in seinem Zimmer anrief. Unmittelbar zuvor hatte er mit Newman telefoniert, um sich zu erkundigen, wo Paula steckte. Newman hatte gesagt, er habe keine Ahnung, und sich darauf sofort auf den Weg zu Tweeds Zimmer gemacht. Beck rief in dem Moment an, in dem Tweed ihm die Tür öffnete.

»Leider habe ich schlechte Nachrichten, Tweed«, begann der Chef der Schweizer Bundespolizei ohne Umschweife.

»Das war eigentlich in letzter Zeit immer so, wenn Sie angerufen haben«, erwiderte Tweed jovial.

»Nein, ich meine es ernst. Machen Sie sich schon mal auf was gefaßt. Einer meiner Männer in Kloten hat eine bestimmte Person an Bord der Maschine nach Wien gehen sehen. Leider hat er es mir erst eben mitgeteilt.«

»Was mitgeteilt?«

Tweed wurde hellhörig. Es mußte wirklich etwas Ernstes sein, wenn Beck so lange herumdruckste.

»Er hat Paula Grey an Bord einer Maschine nach Wien gehen

sehen. In Begleitung eines Mannes, den wir mittlerweile als einen gewissen Ashley Wingfield identifizieren konnten ...«

»Lassen Sie die Maschine umkehren«, erklärte Tweed sofort. »Erteilen Sie dem Piloten Anweisung, nach Zürich zurückzukehren.«

»Genau das hatte ich vor – natürlich erst nach Absprache mit Ihnen. Aber dafür ist es zu spät. Die Maschine ist bereits gelandet. Alle Passagiere haben das Flugzeug verlassen.«

»Ich möchte mit dem Mann sprechen, der sie gesehen hat.«

»Das habe ich bereits selbst getan.«

»Hat sie den Eindruck gemacht, als begäbe sie sich unter Zwang an Bord des Flugzeugs? Ich weiß nämlich nichts davon, daß Paula nach Wien fliegen wollte.«

»Nicht unter Zwang. Wie auch? Dafür hätte Wingfield eine Waffe benötigt. Und wie hätte er die durch die Kontrolle schmuggeln sollen? Sie schien es aus freien Stücken zu tun ...«

»Rufen Sie bei der Flughafenpolizei in Schwechat an.«

»Auch das habe ich bereits getan. Aber sie konnten mir nicht weiterhelfen. An Bord von Paulas Maschine waren zwar nicht viele Passagiere, aber wie es der Zufall will, landete zur gleichen Zeit auch noch ein anderes Flugzeug. Sie wissen ja, wie sich die Passagiere vermischen, wenn mehrere Maschinen gleichzeitig ankommen. Zu meinem Bedauern muß ich sagen, daß sie spurlos verschwunden ist. Es tut mir leid.«

»Danke, Arthur. Vielleicht rufe ich Sie zurück ...«

Tweed erzählte Newman, was passiert war, worauf dieser erklärte, er werde sich um alles weitere kümmern und im Sacher anrufen, wo sie das letzte Mal in Wien gewohnt hatte.

Tweed ging im Zimmer auf und ab, während Newman in Wien anrief. Nach ein paar Minuten legte Newman auf und wandte sich Tweed zu.

»Im Sacher wurde kein Zimmer auf eine Paula Grey reserviert.«

»Verstehe.« Die Hände hinter dem Rücken verschränkt, schritt Tweed weiter auf und ab, bevor er schließlich fortfuhr: »Sehen Sie bitte zu, daß Sie Beck an den Apparat bekommen.«

185

Es schien eine Ewigkeit zu dauern, bis ihm Newman den Hörer in die Hand drückte.

»Arthur, haben Sie eine Beschreibung dieses Ashley Wingfield?«

»Ich habe den Mann, der Paula am Flughafen gesehen hat, angerufen. Er war zu Hause und hat geschlafen. Er hat mir folgende Beschreibung gegeben: Panamahut, Sonnenbrille, etwas über eins siebzig groß, dunkle Gesichtsfarbe, glatt rasiert, hatte einen Koffer bei sich. Auch Paula hatte einen Koffer bei sich, einen Louis Vuitton.«

»Louis Vuitton? So teure Sachen sind eigentlich sonst nicht ihr Stil. Sind Sie sicher?«

»Der Mann ist sehr zuverlässig. Ihm entgeht normalerweise nichts.«

»Danke.«

Tweed erzählte Newman, was er gerade erfahren hatte, und begann wieder, im Raum auf und ab zu schreiten. Newman setzte sich auf die Couch und zündete sich eine Zigarette an. Er vermied es bewußt, etwas zu sagen. Er wußte, Tweed dachte angestrengt nach. Plötzlich blieb Tweed stehen.

»Daß wir daran nicht gleich gedacht haben! Nield und Butler sind doch ebenfalls nach Wien unterwegs, um Karin Berg zu beschatten. Ich muß Beck fragen...«

Er sprach den Satz nicht zu Ende. Das Telefon klingelte. Tweed schoß darauf zu, bevor Newman abheben konnte.

»Ja?«

»Hier Pete Nield. Wir sind eben in Schwechat gelandet. Unsere Maschine mußte nach Zürich zurückkehren – Triebwerkschaden. Butler behält Karin Berg im Auge. Sie scheint auf eine Fahrgelegenheit zu warten.«

Rasch erzählte ihm Tweed alles, was er von Beck über Paula erfahren hatte. Nields gelassene Reaktion war typisch.

»Da werden Harry und ich was unternehmen müssen. Durchaus möglich, daß Paula mit demselben Ziel unterwegs ist wie Karin Berg. Ich finde es sehr bezeichnend, daß Paula nicht im Sacher ist. Das kann nur heißen, daß sie nicht in Wien bleibt. Sie hören wieder von mir. Ab sofort hat Paula oberste Priorität...«

»Dann haben wir also zwei zuverlässige Leute in der Gegend«, meinte Newman, nachdem Tweed ihm alles erzählt hatte. »Von daher erübrigt es sich, daß auch ich noch nach Wien fliege. Vorerst jedenfalls.«

Tweed begann wieder, auf und ab zu gehen. Er konnte einfach nicht stillsitzen. Hatte er alles in seiner Macht Stehende zu Paulas Schutz getan? Oder sollte er Newman doch nach Wien schicken?

»Warum könnte sie so etwas getan haben?« fragte er laut.

»Vielleicht ist sie auf eine wichtige Spur gestoßen. Und hat beschlossen, ihr nachzugehen. Vielleicht hatte sie keine Zeit mehr, Sie zu verständigen.«

»Diesmal hat sie ihre Befugnisse aber weit überschritten.«

»Da spricht nur die Sorge aus Ihnen. Vergessen Sie nicht, letztes Jahr haben Sie sie ganz allein nach Kalifornien geschickt.«

»Das ist richtig«, gab Tweed zu. »Bob, rufen Sie Howard an, und dann erkundigen Sie sich im Paßamt, ob auf den Namen Ashley Wingfield ein britischer Paß ausgestellt ist ...«

Trotz seiner Besorgnis hatte Tweed eine Reihe anderer Aspekte des Problems nicht übersehen. Als Newman zu Ende telefoniert hatte, rief er Christopher Kane in Genf an. Er war erleichtert, als er die distinguierte Stimme des Schotten hörte.

»Nun, alter Junge, wo drückt der Schuh? Wenn Sie mich anrufen, kann das nur heißen, irgend etwas in diesem Dynamo, den Sie Hirn nennen, treibt Sie ganz gewaltig um.«

»Ich hoffe, Sie haben meine Warnung beherzigt.«

»Sie meinen, daß ich vor gutaussehenden Frauen, die sich an mich heranzumachen versuchen, auf der Hut sein soll.« Kane lachte leise. »Schön wär's. Die Methode, nach der sie Ihren Aussagen zufolge vorgehen, ist in der Tat höchst raffiniert. Aber seien Sie unbesorgt. Und vielen Dank für Ihren Anruf ...«

Schmunzelnd legte Kane in seiner Genfer Wohnung den Hörer auf. Tweed wäre sicherlich nicht begeistert gewesen, wenn er ihm von seiner Begegnung mit Lisa Vane erzählt hätte.

Er hatte die auffallend gutaussehende rothaarige Frau in der Bar des Richemond gesehen, wo er sich jeden Tag einen Drink genehmigte. Sie hatte seinen Blick aufzufangen versucht, und Kane war auf das Spiel eingestiegen.

Inzwischen hatten sie sich im Les Armures, einem erstklassigen Restaurant in der Altstadt am anderen Rhôneufer, zum Abendessen verabredet. Er hatte ihr zwar erzählt, daß er eine Wohnung hatte, aber ihren Fragen nach seiner genauen Adresse war er ausgewichen.

Christopher Kane war einen Meter dreiundachtzig groß und hager. Er hatte schwarzes Haar und ein langes Gesicht, das in einem energischen Kinn auslief. Aufgrund seines schottischen Akzents war es manchmal nicht ganz einfach, ihn zu verstehen. Er hatte tadellose Manieren und eine sympathische Ausstrahlung, die Frauen aller Altersstufen anziehend fanden. Obwohl bereits Anfang vierzig, war er immer noch Junggeselle. Hin und wieder ließ er sich jedoch als Ausgleich zu seiner Arbeit, die höchste geistige Konzentration erforderte, auf eine Beziehung ein.

Im Gegensatz zu vielen anderen Wissenschaftlern und Kopfarbeitern interessierte sich Kane jedoch auch noch für andere Dinge als seine Arbeit und hatte keineswegs jeden Realitätsbezug verloren. Im Gegenteil, er war jemand, der mit beiden Beinen im Leben stand.

Er nahm sich ein Taxi, kam aber absichtlich zu spät ins Les Armures. Tina Langley, die sich als Lisa Vane ausgab, hatte von Hassan neue Anweisungen erhalten. Da das Honorar, das er ihr in Aussicht stellte, wesentlich höher war als die Beträge, die sie ihrem Bankiersfreund Anton aus der Tasche hatte ziehen können, hatte sie Anton den Laufpaß gegeben. Vielleicht würde sie sich ja wieder einmal bei ihm melden, wenn sie etwas Taschengeld brauchte.

»Sie kommen spät«, bemerkte sie ärgerlich, als Kane von einem Kellner zu ihrem Tisch geführt wurde.

»Kann vorkommen«, erklärte er statt einer Entschuldigung und gestattete ihr, sich den ersten Punkt ihrer Eröffnungsrunde gutzuschreiben. »Zwei Kir royale bitte«, wandte er sich an den Kellner.

»Ich würde eigentlich ganz gern gefragt werden, was ich trinken möchte.« Tina war inzwischen auf hundertachtzig.

»Meine Liebe«, sagte Kane ruhig und tätschelte ihr die Hand. »Ich habe schon oft hier gegessen. Einen besseren Kir royale als hier bekommen Sie auf der ganzen Welt nicht. Überlassen Sie alles weitere einfach mir.«

»Wäre trotzdem nett, wenn Sie mich das Essen selbst aussuchen ließen.« Sie bedachte ihn mit einem Lächeln, das die meisten Männer hätte dahinschmelzen lassen.

»Kommt überhaupt nicht in Frage. Ich bin ein Gourmet. Wenn Sie selbst wählen, versäumen Sie das Beste, was dieses Lokal zu bieten hat. Überlassen Sie es mir, unser Menü zusammenzustellen, und Sie werden sich noch lange an dieses Essen erinnern. Ich kann nur wiederholen, lassen Sie ruhig Christopher machen.«

Tina wußte nicht, was sie davon halten sollte. An diesem Punkt hätten ihr die meisten Männer längst aus der Hand gefressen. Was war nur los mit diesem langen Lulatsch von einem Schotten? Zum erstenmal hatte sie das Gefühl, nicht alles fest im Griff zu haben. Diesem Mistkerl würde sie mit dem größten Vergnügen ein Loch im Kopf verpassen. Sie sah ihn jedoch weiterhin lächelnd an und beugte sich ein Stück vor, damit er ihr Parfüm riechen konnte.

»Das wird bestimmt ein netter Abend«, sagte sie. »Für uns beide.«

»Er fängt jedenfalls schon mal gut an. Wie ich sehe, sind einige sehr interessante Leute da.«

Und was ist mit mir? fragte sie sich. Er hat mir noch kein einziges Kompliment gemacht – weder zu meinem Aussehen noch zu meinen Kleidern noch zu sonst etwas. Trotzdem sah er ihr mit einem sympathischen Lächeln in die Augen. Sie hatte das unangenehme Gefühl, als könnte er ihre Gedanken lesen. Das war ganz anders als mit Norbert Engel in Wien. Mit ihm hatte sie leichtes Spiel gehabt. Und so, wie sie sich einschätzte, hatte sie mit fast allen Männern, die an Frauen interessiert waren, leichtes Spiel.

Sie ließ ihn den Wein und das Essen aussuchen. Vielleicht war seine Schwäche seine Eitelkeit, seine feste Überzeugung, alles besser zu wissen. Vielleicht sollte sie sich das zunutze machen.

»Sie sind für Ihren Scharfsinn und Weitblick berühmt«, sagte sie, als sie beim Hauptgericht angelangt waren.

»Das haben auch schon andere festgestellt. Keine sehr originelle Bemerkung.«

»Was machen Sie eigentlich genau? Ich würde gern mehr über Sie und Ihre Arbeit erfahren.«

»Welche Arbeit?«

Tina war baff. Sie stellte fest, daß er eine Menge Wein getrunken hatte. Sie schenkte ihm nach. Er bestellte eine neue Flasche. Auch sie selbst begann kräftig zu trinken – sie wußte, sie konnte jeden Mann unter den Tisch trinken. Alkohol konnte ihre wichtigste Waffe sein.

»Sie haben aber eine große Aktentasche«, bemerkte Kane.

»Lauter Papiere«, antwortete sie rasch. »Ich brauche sie für meinen Job.«

»Was machen Sie beruflich?«

»Ich bin Assistentin eines Schweizer Bankiers«, improvisierte sie und dachte dabei an Anton.

»Dann sprechen Sie also fließend Französisch?«

»Es geht so. Cheers!«

Sie hob ihr Glas und trank es zur Hälfte leer, um seine gefährlichen Fragen abzuwehren. Er lächelte. Christopher Kane lächelte viel.

»Sie sprechen fließend Französisch«, wiederholte er. »*Peut-être?*«

Sie hatte keine Ahnung, was er gesagt hatte. Um ihn aus der Fassung zu bringen, konterte sie mit einem abrupten Stimmungsumschwung. Ihr warmes Lächeln verflog, und statt dessen starrte sie ihn wütend an.

»Ich muß diese blöde Sprache den ganzen Tag sprechen«, legte sie los. »Sie steht mir bis hier. Sprechen Sie also gefälligst Englisch mit mir, oder das war das letzte Wort, das ich mit Ihnen gewechselt habe.«

Bisher hatte das immer funktioniert. Ihre abrupten Stimmungsumschwünge faszinierten die Männer. Aus Angst, der Abend könnte hier und nicht woanders enden, taten sie dann immer ihr Bestes, sie bei Laune zu halten.

»Können Sie nicht noch etwas lauter sprechen?« bemerkte
Kane. »Dann kann man Sie auch noch am anderen Rhôneufer
hören.«

Er trank mehr Wein, und sie beeilte sich, ihm nachzuschenken.
Er schien durch den Alkohol in keinster Weise beeinträchtigt.
Tina kam aus dem Staunen nicht heraus. Wieviel vertrug dieser
Kerl eigentlich noch?

Am Ende des Essens hatte Kane ein ordentliches Quantum von
dem hervorragenden Wein getrunken. Blinzelnd fuhr er sich mit
der Hand über die hohe Stirn. Als er, scheinbar Halt suchend, seinen Stuhl näher an den Tisch heranzog, nahm sie dies zufrieden
zur Kenntnis. Nach dem Kaffee, zu dem sie einen Cognac getrunken hatten, sah sie ihn mit einem ganz bestimmten Blick an.

»Warum trinken wir den Rest Wein nicht in Ihrem Zimmer?«

»Gute ... Idee.«

Inzwischen schien ihm das Sprechen Mühe zu bereiten. Als er
zahlte, fummelte er umständlich mit den Geldscheinen in seiner
Brieftasche herum und gab dem Kellner ein viel zu hohes Trinkgeld.

In dem Taxi, das sie in seine Wohnung brachte, drückte sie mit der
linken Hand ihre Aktentasche an sich, die rechte ließ sie auf seinem Knie ruhen. Im Gegenzug legte er den Arm um ihre schlanke
Taille und lehnte sich an sie.

Seine Wohnung befand sich in einem Altbau nicht weit von der
Rhône. Er mußte sich am Geländer festhalten, als er vor Tina die
Treppe hinaufwankte. Da er Mühe hatte, den Schlüssel ins Schloß
zu bekommen, nahm sie ihn ihm behutsam ab und schloß die Tür
selbst auf. Er hielt die Hand auf, und sie ließ den Schlüssel hin-
einfallen.

»Was für eine zauberhafte Wohnung«, schwärmte sie. »Und so
schön eingerichtet. Das sind alles Antiquitäten, oder nicht? Und
was für ein toller Schreibtisch. Aber jetzt setz dich erst mal in deinen bequemen Drehstuhl. Ich habe einen Stadtplan in meiner Aktentasche. Kannst du auf diesen Berg am anderen Ufer des Sees
fahren?«

»Wenn … du … nach Frankreich … möchtest.«

»Zu gern. Vielleicht kannst du mich ja mal mitnehmen.«

»Gute … Idee.«

»Wo ist das Schlafzimmer?«

»Die … Tür da.«

»Willst du es mir denn nicht zeigen?«

»Wozu ist der Stadtplan?«

Sie hatte den Stadtplan von Genf und Umgebung auf seinem Schreibtisch ausgebreitet, als er in den Sessel gesunken war. An der gegenüberliegenden Wand hingen mehrere Bilder. In einem der Rahmen befand sich jedoch ein Spiegel, der beim flüchtigen Hinsehen nicht auffiel.

Tina stand mit der Aktentasche, aus der sie den Stadtplan genommen hatte, hinter ihm und steckte nun wieder die Hand hinein. Kane hatte im Spiegel alles beobachtet. Er drehte sich mit dem Stuhl herum, sprang hoch, und ehe sie wußte, wie ihr geschah, war er neben ihr. Er packte sie an der Hand, mit der sie nach der Luger gegriffen hatte, und drehte ihr mit aller Kraft das Handgelenk um. Sie schrie laut auf, ließ die Waffe fallen und trat ihm gegen das Schienbein. Als er sie darauf losließ, rannte sie auf den Gang hinaus und die Treppe hinunter. Kane, der plötzlich wieder vollkommen nüchtern war, stürzte ihr hinterher, stolperte über die Aktentasche, die sie fallen gelassen hatte, und verlor das Gleichgewicht. Hätte ihm das Geländer nicht im letzten Moment noch einen Halt geboten, hätte er sich ohne weiteres auf den Steinstufen das Genick brechen können. Die Eingangstür des Hauses fiel zu. Er kam gerade noch rechtzeitig unten an, um zu sehen, wie Tina in einem Durchgang verschwand. Er lief nach draußen zu seinem Wagen.

Kane kannte Genf wie seine Westentasche und fuhr zu der Straße, in die der Durchgang mündete, in dem Tina Langley verschwunden war. Da sein Wagen fast direkt vor dem Haus gestanden hatte, bog er rechtzeitig um die Ecke, um Tina in einen am Straßenrand geparkten Renault steigen zu sehen.

Sie schien nicht zu ahnen, daß sie verfolgt wurde. Er sollte sich nicht täuschen. Tina war einer Panik nahe. Sie startete den Leihwagen, den sie mit den falschen Papieren, die Hassan ihr auf den Namen Lisa Vane besorgt hatte, gemietet hatte. Sie fuhr in Richtung Pont du Rhône los, dieselbe Strecke, die Anton mit ihr gefahren war.

Kane folgte ihr ohne Mühe. Selbst einmal ein hervorragender Rennfahrer, gelangte er rasch zu der Überzeugung, daß Lisa sehr gut Auto fuhr. Den Grenzübergang nach Frankreich passierte er, ohne angehalten zu werden.

Etwa eine halbe Stunde später, auf dem Kamm des Mont Salève, bog Tina auf den Parkplatz des Château d'Avignon. Sie hatte gerade mit ihrem Koffer das Hotel betreten, als Kane langsam daran vorbeifuhr, um dann auf der Westflanke des Bergzugs nach Genf zurückzukehren.

»Ich sollte vielleicht besser Tweed anrufen«, murmelte er. »Mein kleines Abenteuer wird ihn sicher amüsieren.«

18

Am Abend ging Tweed ins Kongreßhaus, um sich Amos Lodges Rede anzuhören. Der Saal war gedrängt voll, als Lodge ans Rednerpult trat. Hinter Tweed saß Marler. Newman stand im Gang hinter den Sitzreihen neben einem von Becks Zivilbeamten.

»Der Westen ist dekadent geworden ...« tönte Lodge.

»Entweder Sie führen ein anständiges Leben, oder Sie frönen dem Laster. Ein Zwischending gibt es nicht.

Die ehedem verläßlichen Beziehungen zwischen Männern und Frauen sind instabil geworden. Bestimmte Frauen haben amerikanische Gepflogenheiten übernommen. Sie sind dominant und aggressiv geworden, und die Männer lassen sich unterdrücken, ins Abseits drängen – in der Politik, in der Wirtschaft.

Wenn die Männer erst einmal kein Zutrauen mehr zu sich selbst haben, versinkt die Gesellschaft im Chaos!

Das Römische Reich zerfiel, als es dekadent wurde, als es seine Energien in wüsten Orgien vergeudete. Der Westen ist auf demselben niedrigen Niveau angelangt. Schmutzige Filme, schmutziges Fernsehen, schmutzige Bücher, schmutziges Verhalten zwischen den Geschlechtern …

Das verweichlichte, nur noch seinen Orgien huldigende Rom wurde von stärkeren Kräften aus dem Osten besiegt, es ging an seiner eigenen Dekadenz zugrunde. Dem Westen droht das gleiche Schicksal!

Im Osten gibt es heute diszipliniertere Religionen, diszipliniertere Gesellschaftsformen und damit auch stärkere Staatsformen. Der Westen ist führerlos, seine sogenannten Führer sind lächerliche Marionetten, deren einziges Interesse dem eigenen Machterhalt gilt.

Sie haben den Westen praktisch wehrlos gemacht. Wir haben ein Machtvakuum, moralisch wie militärisch.

Die Gleichberechtigung von Mann und Frau ist die solide Grundlage einer stabilen Gesellschaftsform. Doch mittlerweile beginnt sich die immer stärker werdende Dominanz eines bestimmten Frauentyps abzuzeichnen. Wenn sich daran nicht bald etwas ändert, ist der Westen dem Untergang geweiht – dann wird er vom Osten überrollt.

Setzen Sie unsere Pseudo-Führer ab, ersetzen Sie sie durch wahrhaft tatkräftige Männer mit einer gesunden Einstellung!«

»Eine äußerst kontroverse Ansicht«, bemerkte Newman, als er mit Tweed den Saal verließ. »Selbst wenn man nicht seiner Meinung ist, für einen Strategen ist er ein ausgezeichneter Redner.«

»Er bekam nicht umsonst stehende Ovationen«, entgegnete Tweed. »Wen haben wir denn da?«

Willie war an ihrer Seite aufgetaucht. Sie wurden von der zum Ausgang drängenden Menge mitgerissen. Willie, dessen Gesicht noch röter war als sonst, tippte Tweed am Arm an.

»Amos versteht es weiß Gott, die Zuhörer mitzureißen. Die Leute waren völlig aus dem Häuschen. Sie lagen ihm zu Füßen.«

»Wo kommen Sie denn so plötzlich her?« fragte Tweed. »Immer noch in Zürich?«

»Ich bin vom Dolder Grand ins Gotthard umgezogen. Um mich dort in aller Stille mit einem Kunden zu treffen. Habe einen größeren Abschluß getätigt. Jetzt ziehe ich wieder ins Dolder Grand.«

»Sie bleiben weiter in Zürich?«

»Meistens kann ich nicht einmal selbst sagen, was ich als nächstes tun werde. Ich bin eben der geborene Globetrotter. Was halten Sie davon? Wie wäre es, wenn wir uns morgen im Baur au Lac treffen. Ich lade Sie auf ein paar Drinks ein. Im Pavillon. Wäre Ihnen mittags recht?«

»Gern«, sagte Tweed.

»Und ich sage auch nicht nein«, erklärte Newman.

»Dann muß ich mal los, meine Herren. Telefonieren. Man kommt einfach nie zur Ruhe.«

»Wenigstens wurde kein Versuch unternommen, Amos Lodge zu ermorden«, bemerkte Newman.

»Das dachte ich auch schon die ganze Zeit«, sagte Tweed. »Erinnert mich an diese Sherlock Holmes-Geschichte. Der Hund, der nachts nicht bellte. Etwas in der Richtung.«

Sie näherten sich Newmans Leihwagen, als sich eine größere Personengruppe durch die Menge drängte. An ihrer Spitze befand sich Beck, der sich nach allen Richtungen umsah. Direkt hinter ihm ging mit verärgerter Miene Amos Lodge her. Er war umringt von mehreren Polizisten in Zivil.

Beck trat rasch auf Tweed zu und nahm ihn am Arm.

»Amos Lodge wird in einem gepanzerten Polizeifahrzeug ins Baur au Lac zurückgebracht. Und Sie werden ihn begleiten. Sie beide sind Ziel eines Anschlags.«

»Ich kann allein ins Hotel zurückfahren«, erklärte Newman.

»Danke«, sagte Tweed, an Beck gewandt. »Ich nehme Ihr freundliches Angebot gern an.«

Es war eine gute Gelegenheit, mit Amos zu sprechen. Die Tatsache, daß Willie weiter in Zürich bleiben wollte, hatte seine Neugier geweckt.

Amos Lodge ließ sich auf den Rücksitz sinken.

195

»Was soll dieses blöde Theater?«

»Beck ist nur vorsichtig. Oder haben Sie schon vergessen, was Dumont passiert ist. Übrigens ist Willie immer noch in Zürich. Er wohnt wieder im Dolder Grand. Für ihn ist nur das Beste gut genug.«

»Das können Sie laut sagen«, brummte Lodge, als der Wagen losfuhr. »Und dann noch seine Liebe zum Orient!«

»Wundert Sie das? Er hat ihm schließlich seinen Reichtum zu verdanken.«

»Das hatte ich damit eigentlich nicht gemeint. Haben Sie diese eigenartigen orientalischen Kunstwerke im Park seines Landsitzes in Shrimpton gesehen? Er hat mir alles gezeigt. Ich bekam davon allerdings eher eine Gänsehaut. Als würde man einen nahöstlichen Staat nach Dorset verpflanzen. Ausgerechnet. Komischer Kauz. Aber wir kommen ganz gut miteinander aus.«

»Waren Sie schon mal im Nahen Osten?«

»Ich bin viel gereist. Ich bin ein guter Zuhörer. Die Araber reden gern. Manchmal verraten sie dabei zuviel.«

»Meinen Sie damit militärische Geheimnisse? Strategische Pläne?«

»Ich meine strategische Pläne.«

Den Rest der Fahrt schwieg Lodge. Als sie im Baur au Lac ankamen, wünschte er Tweed eine gute Nacht und ging auf sein Zimmer. Tweed war absichtlich nicht auf Lodges Rede zu sprechen gekommen. Er wußte, daß er keine Lust gehabt hätte, sich darüber zu unterhalten.

Tweed amüsierte es keineswegs, als Christopher Kane ihn anrief und von seinem Erlebnis berichtete. Newman, der auf sein Zimmer gekommen war, entging nicht, wie sich seine Miene zusehends verfinsterte.

»Wie konnten Sie ein solches Risiko eingehen?«

»Ist doch alles gut gegangen. Und bei der Rückkehr in meine Wohnung habe ich mit einem Taschentuch – wegen der Fingerabdrücke, wissen Sie – die Aktentasche mit der Luger mitgenommen, die die mordlustige Dame auf der Treppe fallen ließ. Sie könnte einmal als wichtiges Beweisstück dienen, soviel werden Sie mir doch wohl zugute halten.«

»Das ist natürlich möglich«, gab ihm Tweed recht. »Ich werde Beck, den Chef der Schweizer Bundespolizei, bitten, sie von einem Kurier abholen zu lassen.«

»Ich kenne Beck. Wir haben schon zusammen Bridge gespielt. Sagen Sie ihm, er soll mich anrufen.«

»Können Sie diese Frau beschreiben? Diese Lisa Vane?«

Prompt beschrieb ihm darauf Kane in allen Einzelheiten, wie sie aussah und wie sie sprach und daß sie entgegen ihrer eigenen Darstellung kein Wort Französisch konnte.

»Sie sind der erste, der einen Anschlag des Schwarzen Ordens überlebt hat«, warnte Tweed.

»Ich bin in einigen Dingen der erste. Was ist der Schwarze Orden?«

Tweed erklärte es ihm in drastischer Ausführlichkeit. Er erinnerte ihn an den Mord an Norbert Engel in Wien, an die Tatsache, daß das Leben aller noch lebenden Mitglieder des *Institut* in Gefahr war.

»Ihres eingeschlossen«, versetzte Kane.

»Ich weiß. Jedenfalls möchte ich Sie bitten, in Zukunft etwas vorsichtiger zu sein.«

»Dann lerne ich aber keine schönen Killerinnen mehr kennen. Ich hätte gute Lust, nach Zürich zu kommen und herauszufinden, was das alles soll.«

»Das würde ich Ihnen nicht raten.«

»Kann mich nicht erinnern, Sie um Ihren Rat gefragt zu haben. Adieu…«

Newman hörte aufmerksam zu, als Tweed ihm den Inhalt seines Telefongesprächs mit Kane erzählte. Er steckte sich eine Zigarette an, blies Rauchringe in die Luft und beobachtete, wie sie sich auflösten, bevor er etwas sagte.

»Ich finde, Sie waren ein bißchen streng mit Christopher. Er kann durchaus auf sich selbst aufpassen. War mal ein guter Rugbyspieler. Wir waren auf derselben Schule.«

197

»Was hat das damit zu tun?«

»Das heißt, ihm entgeht so gut wie nichts, und er hat gute Reflexe. Was ist mit der Beschreibung, die er Ihnen von Lisa Vane gegeben hat?«

»Sie stimmt genauestens überein mit Paulas Beschreibung von der Frau, die sie kurz nach der Ermordung Norbert Engels in Wien die Kärntnerstraße hinuntergehen gesehen hat.«

»Tina Langley kommt also viel herum. Wäre sicher interessant, Kane ihr Foto zu zeigen, falls er hier auftaucht.«

»Ganz meiner Meinung. Für noch interessanter halte ich allerdings dieses Château d'Avignon, in das sich Tina zurückgezogen hat. Beziehungsweise den Umstand, daß es in Frankreich liegt, nicht weit von Genf. Der Name dieser Stadt fällt immer wieder.«

»Und worüber haben Sie und Amos Lodge sich unterhalten, als Sie so königlich hierher chauffiert wurden?«

Trotz seiner Müdigkeit konnte Tweed sich noch an jedes Wort seines Gesprächs mit Lodge erinnern. Newman runzelte die Stirn, als er geendet hatte.

Ehe er etwas sagen konnte, klingelte das Telefon. Es war Monica, die im SIS-Hauptquartier in der Park Crescent zu so später Stunde die Stellung hielt.

»Erinnern Sie sich noch an dieses Stück Stoff, das Paula am Eingang von Norbert Engels Wohnung gefunden hat – das ich zur Analyse geben sollte?«

»Ja. Ich habe mir allerdings nicht viel davon versprochen.«

»Da kennen Sie unsere Tüftler in den Labors aber schlecht. Einer von denen ist Experte für Stoffe. Raten Sie mal, was er gesagt hat.«

»Schießen Sie schon los.«

»Es ist eindeutig ein Stück Stoff von einem dieser langen schwarzen Gewänder, wie sie arabische Frauen tragen.«

»Sind Sie sicher?«

»Ich bin nicht sicher. Der Experte ist sicher. Nach dem, was Sie mir erzählt haben, dient das Gewand als Tarnung. Das Interessante daran ist, daß der Orden ausgerechnet ein solches Kleidungsstück als Tarnung benutzt.«

»Das deutet auf eine radikale Sekte hin – wesentlich radikaler als die Fundamentalisten. Sie wollen uns damit schon einmal einen Vorgeschmack darauf geben, wie die Frauen im Westen gekleidet – und behandelt – werden, sobald diese Sekte im Westen erst einmal die Macht übernommen hat.«

»Glauben Sie, die Frauen, die diese Verkleidung tragen, wenn sie die Morde verüben, sind sich dessen bewußt?«

»Ganz sicher nicht. Sie halten das Ganze nur für eine hervorragende Tarnung. Das einzige, was diese Frauen interessiert, ist Geld. Danke, Monica. Lassen Sie wieder von sich hören ...«

»Dann geht das Ganze also von einem arabischen Staat aus?« fragte Newman.

»Wahrscheinlich. Keine Nachricht von Paula. Keine Nachricht von Nield und Butler.«

Bei der Ankunft am Flughafen Schwechat bekam Hassan einen Wutanfall, als er beim Verlassen des Flughafengebäudes feststellte, daß kein Wagen für ihn und Paula bereitstand. Der Flughafen, der ein gutes Stück von der österreichischen Hauptstadt entfernt war, lag in einer weiten Ebene.

Als Hassan sein Handy benutzen wollte, funktionierte es nicht. Er schüttelte es wütend.

»Das nützt nichts«, bemerkte Paula spöttisch. »Vermutlich ist ein Sender außer Betrieb.«

»Ein Sender? Was meinen Sie damit?«

»Offensichtlich«, bemerkte Paula lächelnd, »wissen Sie nicht sehr viel über die Funktionsweise dieser Dinger. Das Funksignal wird über den nächsten Sender weitergeleitet. Wenn Sie nicht telefonieren können, heißt das, der Sender, über den Sie weiterverbunden werden müßten, ist defekt. *Kaputt*!«

»Ich kann nicht den ganzen Tag hier rumstehen«, knurrte Hassan.

»Ich schon – wenn Sie mir nur sagen, wohin wir fahren sollen.«

»Ich sagte Ihnen doch, das weiß ich nicht.«

»Behaupten Sie!«

Zum Schutz vor der sengenden Sonne gingen sie wieder nach drinnen. Selbst Hassan schien unter der drückenden Hitze zu leiden. Er nahm die Brille ab, um sich den Schweiß von der Stirn zu wischen. Wieder sah Paula in diese kalten, seelenlosen Augen.

»Mein Wagen steht draußen«, sagte er.

»Warum nehmen wir ihn dann nicht?«

»Weil Sie woanders hin müssen als ich.«

»Wer soll mich dort hinbringen?«

»Hören Sie eigentlich nie zu fragen auf?« fuhr er sie an.

»Nur äußerst selten.« Sie spürte, sie war auf dem besten Weg, ihn zu zermürben. »Wohin fahren wir?«

»Zu einem geheimen Treffpunkt.«

»Immer diese Geheimniskrämerei. Warum steigen Sie nicht in Ihren Wagen und lassen mich hier warten.«

»Sie glauben im Ernst, das würde ich tun?«

»Warum nicht? Oder glauben Sie, ich lasse mir die zweihunderttausend Dollar entgehen?«

»Wir müssen uns an die Vorschriften halten.«

»An welche Vorschriften?«

»Tun Sie mir einen Gefallen, und halten Sie endlich die Klappe...«

Während sie gewartet hatten, waren eine Reihe anderer Maschinen gelandet. Eine war die mit Verspätung eingetroffene Maschine aus Zürich. Unter den Passagieren waren auch Harry Butler und sein Partner Pete Nield. Nachdem Nield mit Tweed telefoniert hatte, trugen die beiden nun ihre Rucksäcke umgeschnallt und sahen mit ihren kurzen Hosen und den am Hals offenen Hemden wie typische Touristen aus.

Gerade als sie in den grellen Sonnenschein hinaustreten wollten, packte Butler seinen Partner am Arm. Er deutete nach rechts.

Paula wurde von einem Mann mit Panamahut und Sonnenbrille zu einem Volvo-Kombi geführt. Nield rannte ins Büro des Autoverleihs, erledigte rasch die nötigen Formalitäten und ließ sich von der Frau am Schalter den für sie reservierten Ford zeigen. Inzwischen fuhr der Wagen, in den Paula gestiegen war, weg, und der Mann mit dem Panamahut ging auf einen Alfa Romeo zu.

200

»Klasse Auto«, bemerkte Nield neidisch, als Butler ihren Leihwagen startete. »Laß dich von diesem Volvo bloß nicht abhängen.
Gott sei Dank war Paula noch hier. Hast du dir auch schon überlegt, warum?«

»Hauptsache, sie war noch da. Ich kann sie noch sehen. Das
Land hier ist platt wie ein Billardtisch.«

»Nach Wien fahren sie also nicht«, bemerkte Nield, als sie eine
Abzweigung nahmen, die fort von der österreichischen Hauptstadt führte. »Wird wohl eine Fahrt ins Blaue.«

Er konnte in diesem Moment nicht ahnen, wie recht er hatte.

Paula war von Hassan zu dem Volvo gebracht worden. Nachdem
sie auf dem Rücksitz Platz genommen hatte, ging er sofort weg,
vielleicht aus Angst vor weiteren Fragen. Der Fahrer hatte mit
Hilfe der Zentralverriegelung alle Türen verschlossen, so daß sie
auf dem Rücksitz gefangen war.

Kurz nachdem sie vom Flughafen losgefahren waren, schoß ein
Alfa Romeo an ihnen vorbei. Da Hassan den Hut abgenommen
und statt dessen eine zerzauste graue Perücke aufgesetzt hatte,
merkte sie nicht, daß der Mann, der am Steuer saß, Hassan war. Es
dauerte nicht lange, und der schnelle Sportwagen war nicht mehr
zu sehen.

Paulas Fahrer war ein gedrungener, muskulöser Mann mit
Stiernacken und brutalem Boxergesicht. Er hatte ihr den Koffer
abgenommen und neben sich auf den Beifahrersitz gestellt. Vermutlich eine weitere Sicherheitsvorkehrung.

»Wie heißen Sie?« fragte sie nach einer Weile.

»Me Valja.«

»Hört sich so an, als kämen Sie aus dem ehemaligen Jugosla-
wien.«

»Me Valja.«

»Ist das Ihr Vor- oder Nachname?« fragte sie höflich weiter.

»Me Valja. Muß fahren.«

Was Paula als ›Halt die Klappe‹ auslegte. Dieser Mann ließ sich
offenbar nicht so leicht aus der Ruhe bringen wie Hassan. Eine
Weile sah sie auf die vorbeiziehende Landschaft hinaus. Das

201

wurde rasch langweilig. Alles sah gleich aus. Eine weite Ebene, die sich endlos dahinzog. Auf beiden Seiten der Straße lagen riesige Felder ohne Zäune oder sonstige Abgrenzungen.

Am Sonnenstand konnte sie ablesen, daß sie in südöstlicher Richtung fuhren. Immer weiter weg von Wien. Sie war ziemlich sicher, daß sie im Burgenland waren, Österreichs östlichstem Bundesland, das an die Slowakische Republik und Ungarn grenzte.

Es war eine einsame Gegend mit nur wenigen verlassenen kleinen Dörfern, durch die Valja brauste, ohne vom Gas zu gehen.

»Wohin fahren wir, Valja?« fragte sie nach einer Weile.

»Me Valja.«

Hassan hatte veranlaßt, daß sein eigener Wagen am Flughafen für ihn bereitgestellt wurde. Er wollte im Hauptquartier in der Slowakei sein, bevor Paula Grey dort eintraf.

Erstens wollte er die Lage sondieren. Zweitens wollte er den Trainingsraum für Paula vorbereiten. Ein lebendes Opfer, das vor seiner Ermordung mit Drogen sediert wurde.

Er kam in seinem Alfa gut voran und erreichte den Grenzübergang zwischen Österreich und der Slowakei, an dem keine Kontrollen durchgeführt wurden. Der Tafelberg mit dem langgestreckten Gebäude darauf war schon von weitem zu sehen. Nachdem Hassan schließlich die kurvenreiche Straße an seiner Westflanke hinaufgefahren war, erwartete ihn die erste unangenehme Überraschung. Als er auf den Eingang zuschritt, öffnete ihm sein jüngerer Bruder Ahmed.

»Was machst du denn hier?« fragte Hassan.

Er zwängte sich an seinem Bruder vorbei in das kühle Innere des Hauses. Ahmed folgte ihm dicht auf den Fersen.

»Das Staatsoberhaupt hat mich als deinen Assistenten hierher beordert.«

Keiner der Söhne sprach von seinem Erzeuger jemals als ›Vater‹. Er verlangte von ihnen strikte Disziplin und bestand darauf, Staatsoberhaupt genannt zu werden.

»Ich brauche keinen Assistenten«, zischte Hassan über seine Schulter zurück.

»Wir müssen alle dem Staatsoberhaupt gehorchen. Ich bin hier, um dir zu helfen.«

»Um mich zu bespitzeln«, murmelte Hassan.

Was Ahmed, nicht ohne einen Anflug von Schadenfreude, als nächstes sagte, bestätigte Hassans schlimmste Befürchtungen.

»Der Engländer hat das Staatsoberhaupt angerufen. Du scheinst die Anweisungen mißachtet und auf eigene Faust gehandelt zu haben.«

»Es sind unvorhergesehene Probleme aufgetreten. Die galt es zu lösen – und zwar rasch.«

»Nach Beendigung dieser Mission erwartet das Staatsoberhaupt eine Rechenschaftserklärung von dir. Vorausgesetzt, du bringst deine Mission überhaupt zum Abschluß.«

»Wenn du dich nicht aus dieser Sache raushältst, bist du schuld, wenn etwas schiefgeht. Du hast doch nicht die leiseste Ahnung, worum es hier eigentlich geht.«

Nachdem er das gesagt hatte, fühlte sich Hassan besser. Wenn etwas schiefging, konnte er das als Entschuldigung anführen. Das Problem war nur, daß bereits einiges schiefgegangen war. Tweed war noch am Leben. Tina hatte ihn aus dem Schloßhotel in Frankreich angerufen, um ihm eine hanebüchene Geschichte zu erzählen, warum Kane noch am Leben war – eine Geschichte, die er nicht glauben konnte.

Er betrat den Trainingsraum und knallte Ahmed die Tür vor der Nase zu. Der arme Bauer, der als lebendes Opfer für Paula Grey herhalten mußte, war mit einem Seil an den Stuhl vor dem Schreibtisch gefesselt. Hassan ging zum Schrank und nahm eine Beruhigungsspritze heraus. Davon würde das Opfer zwar bewegungsunfähig werden, aber noch sehr lebendig bleiben. Der Bauer war entführt worden, als er allein auf einem Feld gearbeitet hatte.

Karin Berg war nervös. Nachdem sie in derselben Maschine wie Nield und Butler am Flughafen Schwechat eingetroffen war, hatte sie sich unter die wenigen Passagiere gemischt. Als Nield und Butler ihr nach draußen gefolgt waren, hatten sie Paula entdeckt.

203

Daraufhin hatten sie vorerst das Interesse an Karin Berg verloren – Paulas Sicherheit hatte Vorrang.

Karin Berg hatte am Ausgang gewartet, und als alle anderen Passagiere verschwunden waren, hatte ein dunkelhäutiger Mann ein Stück Pappe mit ihrem Namen darauf hochgehalten. Nachdem sie auf ihn zugegangen war, führte er sie wortlos zu einem wartenden BMW, öffnete die hintere Tür, schloß sie, setzte sich auf den Fahrersitz und verriegelte alle Türen.

Als er losfuhr, strich Karin Berg ihr blondes Haar glatt und lächelte den Fahrer im Rückspiegel an. Es gab kaum einen Mann, der sich der Wirkung ihres Lächelns entziehen konnte. Doch der Fahrer des BMW starrte nur weiter finster vor sich hin und konzentrierte sich auf den Verkehr.

Karin Berg, die schon einmal im Trainingscamp gewesen war, merkte bald, daß sie wieder auf Umwegen dorthin gebracht wurde – damit sie nicht herausbekäme, wo es sich befand. Nachdem ihr klargeworden war, daß sie bei dem Fahrer nichts erreichen würde, zündete sie sich eine Zigarette an und schloß die Augen.

Bei der Abfahrt vom Flughafen hatte Karin Berg einen Hubschrauber starten gehört. Was sie nicht wußte, war die Tatsache, daß auf dem Copilotensitz in der Kanzel des Sikorsky Emilio Vitorelli saß und ihren Wagen durchs Fernglas beobachtete.

»Sieh zu, daß du den Wagen auf keinen Fall aus den Augen verlierst«, schärfte er seinem Piloten Mario ein. »Aber der Fahrer soll möglichst nicht merken, daß wir ihm folgen.«

»Mit anderen Worten«, erwiderte Mario auf italienisch. »Ich soll ein Wunder vollbringen.«

»Dafür wirst du ja auch bezahlt.«

Es war Tweed gewesen, der Vitorelli darauf aufmerksam gemacht hatte, daß Karin Berg vermutlich dem Orden angehörte. Auf diese Weise revanchierte er sich dafür, daß ihm der Italiener ein Foto von Tina Langley hatte zukommen lassen. Tweed hatte keine Ahnung gehabt, wie Vitorelli reagieren würde, aber der Italiener war unverzüglich zur Tat geschritten.

Nachdem er sich eine Beschreibung der attraktiven Schwedin beschafft hatte, hatte er am Flughafen, am Hauptbahnhof und an den Hauptausfallstraßen Zürichs Leute postiert, um nach ihr Ausschau zu halten.

Es war ein kluger Schachzug gewesen, in seinem Sikorsky nach Schwechat zu fliegen. Da er wußte, daß in der österreichischen Hauptstadt ein buntes Völkergemisch lebte, hatte er angenommen, der Stützpunkt des Ordens könnte sich irgendwo im dünn besiedelten Hinterland Wiens befinden.

Nachdem er dem Wagen eine Weile gefolgt war, gelangte er rasch zu der Überzeugung, daß sich der Fahrer seinem Ziel, wo immer das sein mochte, auf Umwegen näherte. Von Natur aus impulsiv, konnte der Italiener dennoch unerschöpfliche Geduld an den Tag legen, sobald er sich einmal etwas in den Kopf gesetzt hatte. Deshalb lehnte er sich nun zurück und wartete, während sie dem Wagen, der sich wie ein winzig kleiner Punkt durch die Landschaft bewegte, in sicherem Abstand folgten.

»Haben Sie Freunde?« fragte Valja unvermutet.

»Wie bitte?« fragte Paula.

»Ich sehe Ford-Auto weit hinter uns.«

»Wie bitte?« sagte Paula noch einmal.

»Haben Sie Freunde?«

»Ich habe hier keine Freunde. Ich weiß nicht mal, wo wir sind. Also, wo sind wir?«

»Me Valja.«

Paula gab es auf. Sie hielt nach einem Wegweiser Ausschau, aber es gab kaum welche. Heimlich hatte sie eine Karte von Österreich aus ihrem Beutel genommen. Sie breitete sie so in ihrem Schoß aus, daß Valja sie nicht sehen konnte.

Sie waren schon lange unterwegs, als sie an einem Wegweiser mit der Aufschrift Eisenstadt vorbeikamen. Sie erinnerte sich, daß die Wiener Polizei im Zuge des Gefängnisausbruchs den Prospekt eines Hotels in dieser Stadt aus der Toilette gefischt hatte. Wie hatte das Hotel gleich wieder geheißen? Burgenland. Wie das Bundesland im Osten Österreichs.

Paula hörte auf, nach Wegweisern Ausschau zu halten, und überlegte, was sie wohl am Ziel ihrer Reise erwartete. Als sie im

Flugzeug versucht hatte, Hassan zum Sprechen zu bewegen, hatte er etwas von einem ›Trainingscamp‹ gesagt. Was für eine schreckliche Prüfung hatte er für sie vorgesehen? Sie wurde aus ihren Gedanken gerissen, als Valja ein Handy herausholte und in einer Sprache zu reden begann, die sie nicht kannte. Es hörte sich an, als erteilte er Befehle.

Ihre linke Hand bewegte sich verstohlen auf ihren Schminkbeutel zu, dann zog sie die Hand zurück. Egal, was sie erwartete, sie mußte herausfinden, wo sich der Stützpunkt des Ordens befand.

19

Butler saß am Steuer des Ford. Neben ihm studierte Nield eine Karte des Burgenlands, die er am Flughafen gekauft hatte. Weil kaum Verkehr herrschte und das Land so flach war, konnten sie Paulas Volvo auch aus großem Abstand gut im Auge behalten.

»Seit ein paar Minuten fährt der Volvo etwas langsamer«, bemerkte Butler. »Warum das plötzlich? Die Straße ist doch völlig frei, es sind kaum Autos unterwegs.«

»Vielleicht telefoniert er«, meinte Nield.

»Glaubst du, er hat uns entdeckt?«

»Würde mich ziemlich wundern, wenn nicht. Schon eine ganze Weile fahren zwei Wagen in dieselbe Richtung – seiner und unserer.«

»Das gibt vielleicht Ärger«, bemerkte Nield gelassen.

»Meine Rede. Halt die Augen offen.«

Sie kamen an eine Straßengabelung, an der Butler die linke Abzweigung nahm. Nield sah nach Süden. Ein gutes Stück hinter ihnen flog ein Hubschrauber die Straße entlang, von der sie gerade abgebogen waren.

»Vielleicht von dem Hubschrauber«, murmelte Butler.

»Das glaube ich nicht. Sonst wäre er schon längst näher gekommen, um sich uns genauer anzusehen. Außerdem hat er seinen Kurs nicht geändert, seit Charlie telefoniert hat.«

»Charlie?«

»Paulas Fahrer. Irgendwie muß ich ihn doch nennen.«

»Charlie steigt jetzt wieder aufs Gas, fährt sogar schneller als vorher.«

»Könnte heißen, daß Gefahr im Verzug ist. Etwas, von dem Charlie wegkommen will. Uns zum Beispiel.«

Paula traute kaum ihren Augen, als sie den seltsamen Tafelberg sah, der sich vor ihnen aus der Ebene erhob. Auf seinem Gipfel stand ein langgezogener Flachbau. Sein Dach, wie seine Wände aus Holz, stieg erst schräg, dann senkrecht an. So etwas hatte Paula noch nie gesehen.

Inzwischen waren sie auf einen unbefestigten Weg gebogen, der sich in zahlreichen Kurven den Berg hinaufzog und von dem Haus auf dem Gipfel nicht einzusehen war. Valja, der Paulas Blick im Rückspiegel auffing, grinste wölfisch.

»Dahin fahren wir.«

Er nahm eine Hand vom Steuer, um auf das Haus zu deuten. Seinem fiesen Grinsen nach zu schließen, erwartete sie dort oben nichts Gutes. Sie zog die Nagelfeile aus ihrem Necessaire, beugte sich vor und drückte die scharfe Spitze gegen seinen dicken Hals.

»Valja. Sofort anhalten – oder ich stoße dir das Messer rein.«

Im Rückspiegel sah Paula, wie sich sein Gesichtsausdruck schlagartig änderte. An Stelle des hämischen Grinsens trat nackte Angst. Paula starrte ihn kalt an und drückte die Spitze tiefer in seine Haut.

»Hören Sie, ich …«

»Erzähl mir keinen Blödsinn«, fiel sie ihm energisch ins Wort. »Dreh um. Du kannst ruhig durch die Wiese fahren.«

Sie merkte, daß er sie nicht verstand, daß er furchtbare Angst hatte. Sie bedeutete ihm mit der linken Hand, er solle umkehren. Jetzt verstand er, was sie meinte. Er begann langsam am Lenkrad zu drehen und wendete auf dem verdorrten Gras. Als der Volvo in die Richtung zeigte, aus der sie gekommen waren, hielt er an.

»Valja!« stieß sie eisig hervor. Ihre Miene ließ keinen Zweifel daran, daß sie nicht zum Spaßen aufgelegt war. »Zum Flughafen. Zurück zum Flughafen. Los, fahr schon, du Schwein.«

Er war auf dem Sitz nach hinten gerutscht, so daß sich die Nagelfeile tiefer in seinen fleischigen Nacken grub. Er fuhr langsam in die Richtung, aus der sie gekommen waren. Paula machte sich Sorgen, in dem Haus auf dem Berg könnte jemand merken, daß etwas nicht stimmte, und ihnen ein paar Autos hinterherschicken.

»Valja!« schrie sie den Fahrer deshalb an. »Los! Schneller! Oder ich bringe dich um!«

Er verstand genug von dem, was sie sagte, um kräftig aufs Gas zu steigen. Bald rasten sie die Landstraße entlang. Paula drückte ihm weiter die Nagelfeile in den Nacken. Als sie sich nach ein paar Minuten wieder einmal umblickte, sah sie in der Ferne einen Wagen auftauchen. Offensichtlich hatte jemand sehr schnell reagiert.

»Schneller!« rief sie.

Valja gehorchte. Als sie kurz darauf wieder nach hinten sah, stellte sie fest, daß der schwarze Wagen rasch aufholte.

Butler hatte das Tempo erhöht, als er den Volvo mit Paula hinter einer Kurve verschwinden, dann wieder auftauchen sah. Nield war der erste, der den riesigen gelben Bagger entdeckte, der ein Stück weiter am Straßenrand stand. Er holte das kleine Fernglas aus seinem Rucksack.

Der Bagger riß ein großes Stück Asphalt aus der Straßenoberfläche und ließ es neben der Straße in eine Wiese fallen. Butler hob die Schultern.

»Es ist doch überall das gleiche. Genau wie zu Hause. Sie baggern Löcher in die Straße, und hinterher schütten sie sie wieder zu. Und alles nur, damit die Leute beschäftigt sind.«

»Da wäre ich mir nicht so sicher«, entgegnete Nield. »Fahr langsamer. Schrittempo.«

»Meinetwegen. Aber warum?«

»Weil der Baggerführer seine riesige Schaufel genau da über die Straße schwenkt, wo wir gleich durchmüssen.«

»Du denkst doch nicht etwa, er ...«

»Ich schätze, er hat ein Handy. Paß auf, Harry.«

208

»Ich passe schon auf. Bin nur gerade vom Lenkrad abgerutscht. Meine Hände sind klitschnaß. Ist ja auch wieder eine Bullenhitze heute.«

»Und verdammt einsam ist es hier auch. Sie könnten uns jederzeit in einem dieser Felder hier verscharren. Bräuchten nur kurz mit dem Bagger ein Loch ausheben. Kein Mensch würde uns hier finden.«

»Höchstens irgendwelche Archäologen, die in hundert Jahren nach Dinosaurierknochen graben. Das Problem ist, wir haben keine Waffen.«

»Hast du diesen Lehrgang damals in Surrey etwa schon wieder vergessen. Der Ausbilder meinte, es gibt immer etwas, das man als Waffe benutzen kann.«

»Surrey ist nur ein bißchen weit weg von hier…«

Einziges Anzeichen von Nields Anspannung war, daß er sich, was selten vorkam, eine Zigarette anzündete. Er hatte das Päckchen und das Feuerzeug aus einer seiner Taschen gekramt. Er rauchte, ohne zu inhalieren, während sie langsam auf den Bagger zufuhren. Er studierte das Gelände entlang der Straße. Es war mit hohem Gras und Schilf bewachsen. Infolge der schon seit Wochen anhaltenden Dürre war es braun und verdorrt, strohtrocken.

»Kann sein, daß ich plötzlich abspringe«, warnte Nield seinen Partner. »Rette du den Wagen.«

»Du scheinst dir sehr sicher zu sein, daß er gerettet werden muß.«

»Todsicher. Mit Betonung auf Tod.«

»Wird ja auch langsam Zeit, daß mal jemand einen Witz reißt.«

»Vielleicht gräbt der Kerl hier nach Gold. Was Besseres fällt mir im Moment nicht ein.«

»Ha-ha«, bemerkte Butler beißend.

»Jetzt wird's ernst…«

Inzwischen hatten sie den riesigen Bagger fast erreicht. Butler fuhr nur noch im Schrittempo.

»Ich verabschiede mich«, sagte Nield.

Er öffnete die Tür, sprang nach draußen und warf die Tür hinter sich zu. Dann riß er eine Handvoll von dem verdorrten Gras am Straßenrand aus. Der Baggerführer hatte ihn zwar aussteigen

209

sehen, konzentrierte sich aber vor allem auf den näherkommenden Ford.

Um an dem am rechten Straßenrand stehenden Bagger vorbeizukommen, mußte Butler nach links ausweichen. Da weit und breit kein entgegenkommendes Fahrzeug zu sehen war, stellte das jedoch kein Problem dar. Im selben Moment hob der Baggerführer die mit mörderischen Zähnen versehene Schaufel hoch in die Luft. Für einen Moment schwebte sie über dem riesigen Loch, das sie in die Straßenoberfläche gerissen hatte.

Butler behielt den Baggerführer in dem gläsernen Führerhaus scharf im Auge. Und dann, gerade als er an ihm vorbeifahren wollte, sah er ihn an den Hebeln ziehen, und der mächtige Arm mit der riesigen Schaufel sauste direkt auf ihn zu.

Blitzschnell legte Butler den Rückwärtsgang ein und stieß ein Stück zurück. Im selben Moment krachte die Schaufel dort, wo eben noch der Ford gewesen war, mit solcher Wucht auf den Asphalt, daß die Zähne tiefe Löcher hineinrissen.

In der Zwischenzeit hatte Nield mehrere Garben verdorrtes Gras mit Schilf umwickelt und rannte damit auf den Bagger zu. Als der Baggerführer ihn auf sich zukommen sah, riß er die Tür der Kabine auf.

Und während er noch an seine Maschinenpistole zu kommen versuchte, hatte Nield bereits die erste Garbe mit seinem Feuerzeug in Brand gesteckt und in die Kabine geschleudert. Der von Rauch und Flammen eingeschlossene Baggerführer ließ die Maschinenpistole auf die Straße fallen. Blitzschnell rannte Nield darauf zu, hob sie auf, lief ein paar Schritte zurück und bedeutete Butler, weiter zurückzustoßen. Als der Ford zurückfuhr, zündete Nield die nächste Grasgarbe an und schob sie unter den Treibstofftank des Baggers. Dann rannte er, so schnell er konnte, auf den wartenden Wagen zu.

Wenige Augenblicke später explodierte der Tank. Nield warf sich neben dem Ford bäuchlings auf den Boden. Rings um den Bagger schossen gewaltige Stichflammen hoch, und die schwere Baumaschine flog in die Luft. Riesige Metallteile wurden in hohem Bogen davongeschleudert und landeten scheppernd in den

Feldern ringsum. Ein großes Stück krachte nicht weit von Nield direkt neben dem Ford auf die Straße.

Nach dem ohrenbetäubenden Knall trat plötzlich wieder Stille ein. Nield stieg in den Ford und klopfte sich den Staub von den Kleidern. Butler starrte auf die Stelle, wo eben noch der Bagger gestanden hatte.

»Da kommt ein Auto – hat ganz schön Tempo drauf. Und ein zweites dicht dahinter …«

Nield sah kurz durch sein Fernglas, dann fuhr er finster fort: »Das erste Auto ist der graue Volvo mit Paula auf dem Rücksitz und einem Mann am Steuer. In dem schwarzen Mercedes, der ihm hinterherjagt, sitzen vier Leute.«

Paula drückte Valja immer noch die Nagelfeile in den Nacken. Sie brauchte sich nicht mehr umzublicken. Inzwischen konnte sie den schwarzen Mercedes im Rückspiegel sehen.

»Sie werden mich umbringen«, stieß Valja hervor.

»Ich bringe dich auch um«, zischte Paula. »Fahr weiter.«

Sie hatte die gewaltige Explosion gehört, hatte die mächtige Stichflamme gesehen. Aber sie hatte keine Ahnung, was dies zu bedeuten hatte. In extrem brenzligen Situationen war sie die Ruhe in Person. In der Annahme, Valja würde ihr in seiner Panik antworten, ohne lange zu überlegen, schleuderte sie ihm die Frage entgegen.

»Wo befindet sich das Haus auf dem Berg?«

»Slowakei«, krächzte Valja.

Erst als sie an den Trümmern des Baggers vorbeigerast waren, bemerkte sie die Gestalt, die neben dem Ford stand. Harry Butler. Fast hätte sie vor Erleichterung laut aufgestöhnt. Aber sie beherrschte sich.

»Halt hinter diesem Wagen an«, befahl sie Valja.

Er bremste so heftig, daß der Volvo fast von der Straße abkam. Aber er gehorchte und hielt hinter dem Ford. Sie erteilte ihm den nächsten Befehl.

»Steig aus! Dann runter – hinter dem Ford!«

Valja sprang aus dem Wagen und ging hinter dem Ford in Deckung. Als auch Paula selbst nach draußen hechtete, wurde sie von Butler am Arm gepackt und hinter den Ford gezerrt. Er duckte sich neben ihr, als der schwarze Mercedes langsam näherkam. Alle Fenster waren offen, und aus jedem ragte der Lauf einer Schußwaffe. Paula wartete auf die erste Salve.

Doch bevor einer der vier Männer das Feuer eröffnen konnte, brach ein gewaltiger Kugelhagel über die schwarze Limousine herein. Nield lag im hohen Gras am Straßenrand und nahm den Mercedes gnadenlos unter Beschuß. Nur der Fahrer hatte sich noch rechtzeitig ducken und aus dem Wagen springen können. Mit einer Maschinenpistole verschwand er im hohen Gras auf der anderen Straßenseite.

Nield, der inzwischen hinter dem Ford in Deckung gegangen war, spähte hinter dem Heck hervor, zielte und schoß den fliehenden Fahrer in den Rücken. Valja, der sich die ganze Zeit nicht von der Stelle bewegt hatte, lag reglos auf dem Boden. Einer der Männer im Mercedes hatte ihn getroffen, bevor es ihn selbst erwischt hatte.

20

Tweed und Newman saßen an einem Tisch im Pavillon des Baur au Lac, als Willie sich zu ihnen gesellte.

»Einen wunderschönen guten Tag, meine Herren. Ein Prachtwetter, finden Sie nicht auch? Meinetwegen könnte diese Hitzewelle ewig anhalten. Getränke gehen auf meine Rechnung.«

»Ich habe schon eins.« Tweed deutete auf seinen Orangensaft.

»Ich nehme noch einen Scotch«, sagte Newman.

»Ich leiste Ihnen Gesellschaft. Herr Ober!«

Willie trug ein elegantes weißes Jackett und eine weiße Hose mit messerscharfer Bügelfalte. Um den Hals hatte er ein gelbes Tuch gebunden. Als er mit federndem Schritt an Tweeds Tisch gekommen war, hatten ihn mehrere attraktive Frauen aufmerksam gemustert. Sein Gesicht war puterrot. Er ließ sich auf einen freien Stuhl nieder und schlug die Beine übereinander.

»Ich hoffe, diese Hitzewelle geht bald zu Ende«, sagte Tweed.

»Sie sind eben nicht wie ich an die Hitze gewöhnt. Ich habe so viel Zeit im Nahen Osten verbracht, daß ich sie richtig liebe. Wenn sie nur lange genug anhält, gewöhnt man sich irgendwann daran.«

»Ich möchte mich aber gar nicht daran gewöhnen«, bemerkte Tweed. Als der Kellner die Getränke brachte, die Willie bestellt hatte, wartete er einen Moment, bevor er fortfuhr: »Ich habe gestern abend mit Amos Lodge gesprochen. Ihr orientalischer Garten in Dovecote Manor scheint es ihm angetan zu haben.«

»Wäre ja auch ein Wunder, wenn nicht. Schließlich war er es, der den größten Teil der Statuen und sonstigen Kunstgegenstände aus dem Orient nach England geschafft und mir überlassen hat, weil ich den nötigen Platz dafür habe. Er hat sogar einen Schlüssel für Dovecote Manor und sieht dort nach dem rechten, wenn ich verreist bin. Cheers!«

»Cheers!«

Tweed brauchte einen Moment, um zu verarbeiten, was Willie gerade gesagt hatte. Es stand in totalem Widerspruch zu Amos Lodges Aussagen.

»Muß eine hübsche Stange Geld gekostet haben, das alles aus dem Orient nach England zu bringen«, bemerkte er schließlich.

»Das will ich doch meinen«, pflichtete ihm Willie bei. »Mehr, als mir der Spaß wert wäre. Ich gebe mein sauer Erspartes lieber dafür aus, reiche Scheichs bei Laune zu halten.« Er grinste. »Nicht zu reden von Scharen gutaussehender Frauen.«

Er zwinkerte und strich sich mit dem Finger über seinen dünnen Schnurrbart. Seinem Gesichtsausdruck nach zu schließen, dachte er gerade an einige seiner amourösen Abenteuer zurück.

»Kennt Amos Lodge einige Ihrer Freundinnen?« erkundigte sich Tweed.

»Und ob. Wenn ich mal ein Mädchen loswerden will, rufe ich ihn an und lade ihn auf einen Drink zu mir ein. Amos hat ein Händchen für Frauen. Manchmal nimmt er sie mit, um ihnen sein Cottage zu zeigen. Behauptet er zumindest.« Er zwinkerte wieder. »Würde mich nicht wundern, wenn sie am Ende die Nacht dort verbringen.«

213

»Aber sicher wissen Sie das natürlich nicht«, fragte Newman dazwischen. »Das vermuten Sie nur, oder?«

»Machen wir uns doch nichts vor. Außerdem – was sollte daran auszusetzen sein? Amos ist Junggeselle.«

»Wer sagt denn, daß jemand etwas daran auszusetzen hat?« schaltete sich Tweed wieder ein. »Wissen Sie zufällig, ob Tina Langley Amos kannte?«

»Ja, natürlich. Sie haben sich sofort prächtig verstanden, als er sie bei mir kennenlernte.«

»Hat sie ihn später im Minotaur besucht, in Amos' Cottage?«

»Durchaus möglich. Aber mit Sicherheit kann ich es nicht sagen. Jedenfalls gingen sie beide gleichzeitig weg. Daran kann ich mich noch erinnern.«

»Tina Langley ist verschwunden.«

»Wahrscheinlich sonnt sie sich im Mittelmeer auf der Jacht irgendeines Tycoons. Klasse Frau. Ich fand sie allerdings zu teuer. Irgendwo muß man eine Grenze ziehen.«

»Weshalb sollte sie im Mittelmeer auf der Jacht eines Tycoons sein?«

»Ihr oberstes Ziel war immer schon, sich ein schönes Leben zu machen – selbstverständlich auf Kosten von jemand anderem. Aber jetzt brauche ich dringend noch mal was zu trinken. Ich habe Ihnen doch erzählt, daß ich gerade einen großen Auftrag an Land gezogen habe?«

»Für mich nichts mehr, danke. Wir müssen leider gehen, Willie. Ich habe eine wichtige Verabredung.«

Tweed eilte mit Newman zum Lift, um zu seinem Zimmer hochzufahren. Newman nahm auf der Couch Platz. Zu seiner Erleichterung setzte sich auch Tweed und wanderte ausnahmsweise einmal nicht wie ein eingesperrter Tiger im Zimmer auf und ab.

»Mit wem sind Sie verabredet?« fragte er.

»Mit Beck. Er muß jeden Augenblick auftauchen. Er soll mir verschiedenes abnehmen. Wir sind im Moment etwas überfordert. Hoch interessant übrigens, diese Unterhaltung eben mit Willie. Ich habe Ihnen doch gestern abend erzählt, was Amos Lodge mir auf der Fahrt ins Hotel berichtet hat.«

»Paßt irgendwie nicht zusammen.«

»Ganz und gar nicht. Amos Lodge stellt es so hin, als wären alle Kunstgegenstände im Park von Dovecote Manor von Willie aus dem Orient nach England geschafft worden. Jetzt erzählt uns aber Willie, sie gehören Amos Lodge, der sie ihm nur überlassen hat, weil er in seinem Park den nötigen Platz dafür hat. Außerdem hat er bei dieser Gelegenheit auch erwähnt, daß Amos Lodge einen Schlüssel für Dovecote Manor hat.«

»Einer von beiden lügt.«

»Ja, aber wer? Und warum?«

In diesem Moment klopfte es. Newman sprang auf und öffnete vorsichtig die Tür. Es war Beck. Newman bat ihn herein. Tweed bot ihm einen bequemen Sessel an.

»Wie ich Sie kenne, werden Sie mich gleich um einen größeren Gefallen bitten«, sagte Beck lächelnd.

»Wie haben Sie das gemerkt? Ich habe im Moment zu wenig Leute, aber ich möchte Amos Lodge und Captain Wellesley Carrington unbedingt rund um die Uhr observieren lassen. Lodge hat hier ein Zimmer, Willie wohnt im Dolder Grand. Ich möchte wissen, ob sie von öffentlichen Fernsprechern telefonieren, und wenn ja, wann und wie lange. Außerdem möchte ich wissen, wohin sie anschließend gehen.«

»Das ist kein Pappenstiel. Um so etwas richtig zu machen, sind einige Leute nötig.«

»Außerdem will ich wissen, mit wem sie sich wie lange treffen und wie die betreffenden Personen aussehen.«

»Sie haben Newman und Marler. Nicht zu reden von den zwei Männern, die nach Wien geflogen sind – Butler und Nield ...«

»Sie suchen nach Paula«, erklärte Tweed. »Sie wissen, sie ist verschwunden.«

»Das bedaure ich nicht weniger als Sie.« Beck stand auf. »Ich werde umgehend veranlassen, daß diese beiden Männer observiert werden. Aber was haben Sie vor?«

»Ich fliege nach Wien ...«

Tweed packte seine Reisetasche. Newman hatte gerade drei Plätze für den nächsten Austrian-Airlines-Flug nach Wien gebucht, als Pete Nield anrief.

»Hier ist alles in Ordnung. Paula ist in Sicherheit. Ich rufe aus dem Sacher an. Wir wohnen alle drei hier. Habe gestern abend versucht, Sie zu erreichen. Aber Sie waren weg. Wollte Ihnen lieber keine Nachricht hinterlassen. Wir wissen nicht, wer in Zürich okay ist und wer nicht.«

»Danke, Pete«, sagte Tweed leise. »Könnte ich mal mit Paula sprechen?«

»Sie schläft immer noch. Wir hielten es für das beste, wenn sie sich erst mal ausruht. Ihr fehlt nichts, aber es gab etwas Zoff. Nichts, was der Rede wert wäre. Paula hat den Stützpunkt entdeckt, wenn Sie wissen, was ich meine.«

»Ja.«

»Ich sage den Ort nicht. Könnte sein, daß das Telefon abgehört wird.«

»In Ordnung. Übermitteln Sie Paula meine Glückwünsche. Wenn Sie alle wieder auf dem Damm sind, nehmen Sie die erste Maschine zurück nach Zürich.«

»Paula meint, wir sollten hierbleiben.«

»Sagen Sie ihr, das ist ein Befehl.«

»Und was ist mit uns?«

»Sie begleiten sie. Das ist auch ein Befehl. Rufen Sie mich an, sobald Sie die genauen Flugdaten wissen. Sie werden in Kloten abgeholt.«

»Sie sind der Boß.«

»Machen Sie das bitte auch Paula klar ...«

Nachdem er aufgelegt hatte, ließ sich Tweed neben Newman auf die Couch sinken und erzählte ihm die Neuigkeiten.

»Paula ist in Sicherheit«, seufzte er erleichtert. »Gott sei Dank.«

»Ich glaube, jetzt brauchen Sie was zu trinken«, sagte Newman.

»Einen doppelten Brandy. Ohne Wasser.«

»Sind Sie sicher?«

»Lassen Sie ihn sofort aufs Zimmer bringen.«

Als der Brandy kam, nahm Tweed unter Newmans erstaunten Blicken sofort einen kräftigen Schluck. Dann hielt er kurz inne, bevor er den Rest hinunterstürzte. Newman erwartete, Tweed, der selten Alkohol trank, würde Anzeichen leichter Benommenheit zeigen. Statt dessen wirkte er wacher denn je, als er sich nachdenklich vorbeugte.

»Wir müssen unsere Leute möglichst geschickt verteilen«, erklärte er.

»Warum dann das Team, das bereits in Wien ist, zurückholen?«

»Ich muß auf alle Eventualitäten gefaßt sein. Wenn sie zurück sind, entwerfen wir einen Schlachtplan.«

Hassan war in seinem Büro in dem Haus in der Slowakei. Er tobte. Die Männer, die für seine Sicherheit zuständig waren, gingen ihm bewußt aus dem Weg. Der Grund? Am Tag zuvor, als Karin Berg endlich eingetroffen war, war mehrere Male ein Sikorsky-Hubschrauber über das Haus geflogen.

Hassan konnte nicht wissen, daß Vitorelli an Bord des Hubschraubers gewesen war. Mit einer deutschen Kamera, die über ein besonders starkes Teleobjektiv verfügte, hatte er das Gebäude von allen Seiten fotografiert. Zuvor hatte er durch sein Fernglas beobachtet, wie Karin Berg aus dem Auto gestiegen und nach drinnen verschwunden war.

»Da haben wir wieder mal einen Volltreffer gelandet«, sagte er zu seinem Piloten, Mario Parcelli.

Parcelli sah ihn fragend an, als er um das Haus kreiste.

»Das muß der Stützpunkt des Ordens sein. Sieh dir das Haus genau an.«

»Sieht jedenfalls ziemlich seltsam aus«, bemerkte Mario auf italienisch. »Da kommt gerade jemand aus dem Haus gelaufen, um uns mit einem Fernglas zu beobachten.«

»Da wird er aber nicht viel sehen, oder?«

Die bernsteinfarbene Tönung der gläsernen Kanzel verhinderte, daß jemand in den Hubschrauber sehen konnte.

Es war Hassan, der mit dem Fernglas nach draußen gestürzt war. Fest entschlossen, den Eindringling zu identifizieren, notierte er sich das Kennzeichen auf dem Rumpf des Hubschraubers. Dann, als ihm klar wurde, daß er möglicherweise fotografiert wurde, rannte er wieder nach drinnen und warf die Eingangstür hinter sich zu.

Hassan mußte bis zum nächsten Tag warten, bis er einen Bekannten mit guten Beziehungen zu allen europäischen Luftfahrtbehörden anrufen konnte. Trotz der stattlichen Entschädigung, die dieser Bekannte für seine Bemühungen verlangen würde, fielen die Auskünfte, die er Hassan schließlich erteilte, alles andere als positiv aus.

»Ich kann den Hubschrauber nicht identifizieren«, teilte er Hassan am Telefon mit.

»Warum nicht?« schrie Hassan. »Ich habe dir doch die Kennzeichen durchgegeben.«

»Du kannst noch so laut schreien«, erklärte der Freund ungehalten. »Aber es wird dir nichts nützen. Ich habe bei der Zulassungsstelle für Hubschrauber nachgefragt. Sie haben sich mit den entsprechenden Behörden jedes europäischen Landes in Verbindung gesetzt. Aber nirgendwo konnte man mit den Kennzeichen, die du mir gegeben hast, etwas anfangen.«

»Ich bezahle dich nicht dafür, daß du mir keine Informationen beschaffst«, brüllte Hassan.

»Ich kann dir nur sagen, daß besagter Hubschrauber in Schwechat gelandet ist, um nach dem Auftanken mit unbekanntem Ziel weiterzufliegen.«

»Dann sieh zu, ob du jemanden im Tower bestechen kannst. Dort müssen Sie doch wissen, wohin der Hubschrauber unterwegs war.«

»Zur Flugüberwachung habe ich leider keine Beziehungen. Auch nur der Versuch, dort jemanden zu bestechen, könnte mich auf der Stelle hinter Gitter bringen.«

»Du denkst nur an dich.«

»Irgend jemand muß schließlich an mich denken.«

»Du bist zu nichts zu gebrauchen. Ein Totalausfall.«

»Mein Honorar beträgt tausend Pfund. Sterling.«

»Schick mir eine Rechnung!«

Hassan hatte aufgelegt. Er verstand das einfach nicht. Wer könnte an Bord des Hubschraubers gewesen sein? Jedenfalls war das Ganze in höchstem Maße bedenklich.

Was er nicht wußte, war, daß der Hubschrauber nach der Landung in Kloten darum ersucht hatte, in einen abgelegenen Teil des Flughafens gebracht zu werden. Dort half Vitorelli Mario Parcelli, die falschen Kennzeichen zu entfernen, mit denen sie die offiziellen überklebt hatten.

Anschließend hatte Parcelli den Film in eine Züricher Wohnung gebracht, die sein Chef unter einem falschen Namen gemietet hatte. Dort entwickelte er den Film und fertigte Abzüge von den Aufnahmen an, die Vitorelli in der Slowakei gemacht hatte. Er arbeitete die ganze Nacht und brachte seinem Chef am nächsten Morgen die fertigen Bilder.

Während Tweed den Brandy trank und sich mit Newman unterhielt, saß Vitorelli in seinem Zimmer und studierte die Fotos mit einer starken Lupe. Mit einem zufriedenen Brummen steckte er sie schließlich wieder in den Umschlag zurück, in dem Parcelli sie ihm gebracht hatte. Er sah seinen Adjutanten an.

»Gut gemacht, Mario. Jetzt lassen wir uns erst mal was zu trinken aufs Zimmer kommen. Das muß gefeiert werden. Und als nächstes werden wir versuchen, Tina Langley aufzuspüren.«

Vitorelli konnte nicht wissen, daß Tweed dasselbe Ziel verfolgte. Er holte ihr Foto hervor, das Vitorelli ihm gegeben hatte, und zeigte es Newman.

»Fotos können oft gewaltig täuschen. Trotzdem, welchen Eindruck gewinnen Sie aufgrund dieser Aufnahme von der darauf abgebildeten Frau?«

»Erstens finde ich, daß diese Aufnahme ihren Charakter – beziehungsweise dessen Fehlen – sehr treffend zum Ausdruck bringt. Und zweitens würde ich sagen, diese Frau verdient ihren Lebensunterhalt ausschließlich mit ihrem guten Aussehen.«

»Ich möchte, daß sich auch Paula das Foto noch mal ansieht. Dann werde ich Beck bitten, eine größere Zahl von Kopien davon anfertigen zu lassen.«

»Wozu?«

»Das sage ich Ihnen, wenn Paula sich das Foto angesehen hat.«

»Wie es scheint, kommen wir des Rätsels Lösung langsam näher.«

»Jedenfalls müssen wir rasch etwas unternehmen. Wir dürfen keine Zeit mehr verlieren.«

Kurz nachdem er die Nachricht erhalten hatte, daß sich der Hubschrauber nicht hatte identifizieren lassen, rief der Engländer Hassan an. Als er merkte, wer der Anrufer war, zwang sich Hassan zur Ruhe. Es wäre äußerst gefährlich gewesen, den Engländer kopfscheu zu machen.

Die Hand, in der er den Hörer hielt, war naß von Schweiß.

»Sie haben keine einzige meiner jüngsten Anweisungen befolgt«, erklärte der Engländer eisig.

»Wir hatten Pech.«

»Sie sind unfähig. Tweed und Kane sind noch am Leben.«

»Keiner von beiden sprach auf die Frauen an, die Sie auf sie angesetzt haben.«

»Ich habe gehört, Karin Berg ist bei Ihnen. Warum?«

»Bei mir?« Hassan konnte sich nicht erklären, woher der Engländer das wußte. »Sie zeigte erste Anzeichen einer Panik. Deshalb haben wir sie erst mal aus der Schußlinie genommen.«

»Sie haben sie aus der Schußlinie genommen, weil *Sie* in Panik geraten sind. Schicken Sie sie auf schnellstem Weg wieder nach Zürich zurück. Sie wohnt im Dolder Grand. Es ist bereits ein Zimmer für sie reserviert. Ihr nächstes Opfer ist Christopher Kane.«

»Kane ist in Genf.«

»Kane ist eben in Zürich eingetroffen. Im Baur au Lac. Schicken Sie Tina Langley aus Genf nach Zürich zurück. Ihr nächstes Opfer ist Tweed. Ebenfalls im Baur au Lac.«

»Wir müssen aber erst noch verschiedene Vorbereitungen treffen.«

»Sie haben genau drei Tage Zeit, um diese beiden Aufträge durchzuführen. Die Sache geht in Zürich über die Bühne. Und jetzt habe ich noch einen anderen Anruf zu tätigen.«

Die Verbindung wurde unterbrochen. Hassan, dem der Schweiß von der Stirn troff, fragte sich, wie lange es noch dauern würde, bis es ihm an den Kragen ging. Die letzte Bemerkung des Engländers machte ihm ernste Sorgen. Würde er das Staatsoberhaupt anrufen? Woher wußte er soviel?

Dann fiel Hassan ein, daß er bei seiner Ankunft von Ahmed begrüßt worden war, seinem verhaßten Bruder und schärfsten Rivalen. Langsam erhob er sich von seinem Schreibtischstuhl, ging zur Tür und schloß sie ab.

Nur drei Menschen kannten die Kombination des Safes in der Ecke – das Staatsoberhaupt, das alles wußte, er selbst und Ahmed. In dem Safe befand sich ein Buch, in das Hassan alle Einzelheiten der laufenden Operation eintrug, um dem Staatsoberhaupt regelmäßig seine Berichte schicken zu können.

Hassan bückte sich und studierte das runde Kombinationsschloß. Die Zahlenringe standen anders als beim letzten Mal, als er es bedient hatte. Demnach hatte Ahmed seine Aufzeichnungen gelesen. Es war Ahmed, der den Engländer über seine Fehlschläge in Kenntnis gesetzt hatte.

Wutentbrannt packte Hassan eine kostbare Vase und schmetterte sie auf den Boden. Danach fühlte er sich besser. Er stapfte aus dem Raum, um Ahmed zur Rede zu stellen.

Er fand seinen Bruder in einem der zahlreichen Wohnräume, von denen man in Richtung Österreich blickte. Ahmed schenkte sich gerade ein Glas Whisky ein. Seine Hand zitterte, und die Flasche schlug immer wieder gegen den Rand des Glases. Er hatte Hassans Eintreten nicht bemerkt.

Alkohol war vom Staatsoberhaupt streng verboten. Ahmed kam gern in das Haus auf dem Tafelberg. Denn hier konnte er trinken, so viel er wollte – und heimliche Ausflüge nach Wien unternehmen, um seinen sexuellen Gelüsten zu frönen.

»Ich habe vom Staatsoberhaupt eine wichtige Nachricht erhalten«, teilte ihm Hassan mit. »Die Sache ist so geheim, daß ich es dir lieber draußen auf der Terrasse sagen möchte.«

Er öffnete die Tür, die nach draußen führte. Ahmed, immer noch mit der Flasche in der Hand, stolperte fast, als er seinem Bruder nach draußen folgte, aber Hassan hielt ihn am Arm fest und führte ihn an den Rand der Terrasse. Ahmed war klein und dick, sein Gesicht trug bereits Spuren des Alkohols und seiner Ausflüge nach Wien. Er lallte: »Was soll der Quatsch?«

»Hast du dem Staatsoberhaupt schon gemeldet, was du herausgefunden hast?«

»Noch nicht. Aber das gibt sicher Ärger.«

»Aber du wirst mir doch sicher helfen.«

»Dir helfen? Kannst du mir vielleicht sagen, warum, *Bruder*?«

Das letzte Wort sprach Ahmed mit unüberhörbarem Sarkasmus. Dann hob er die Flasche, trank daraus und verschüttete einen Teil über seinen Anzug. Als er wieder das Gleichgewicht zu verlieren drohte, packte Hassan ihn am Arm und führte ihn ein paar Schritte zurück zum Haus.

»Wir werden belauscht«, flüsterte Hassan. »Unten im Steinbruch sind Leute mit Abhörvorrichtungen. Direkt unter uns. Paß auf...«

Hassan war jetzt ein paar Schritte hinter Ahmed und hatte seinen Arm losgelassen. Sein Bruder schüttelte benommen den Kopf. Er bekam nur halb mit, was sein Bruder sagte.

»Spione... meinst du? Machen wir sie fertig...«

Hassan ballte die Fäuste, stieß sie Ahmed in den Rücken und schob ihn dann mit ganzer Kraft wieder nach vorn. Ahmed ließ die Flasche fallen und stürzte mit einem lauten Aufschrei in den Abgrund. Sein Schrei verstummte erst, als er hundert Meter tiefer auf dem Boden des Steinbruchs aufschlug.

Im selben Moment gab der Boden unter Hassans Füßen nach. Er konnte gerade noch rechtzeitig zurückspringen, bevor sich ein mächtiger Felsbrocken am Rand des Steilabfalls löste und, gefolgt von einer Kaskade kleinerer Steinbrocken, in die Tiefe polterte. Hassan war am ganzen Körper der Schweiß ausgebrochen, als er über den Rand der Terrasse spähte. Die Felsen, über denen noch eine dichte Staubwolke hing, hatten Ahmed unter sich begraben. Hassan rannte zurück, um die Diener zu wecken, die in ihren Zimmern auf der kühleren Vorderseite des Gebäudes Siesta hielten.

222

21

Sie verpaßten ihn nur um fünf Minuten. Der Engländer, der Hassan von einer Telefonzelle angerufen hatte, war bereits in das Hotel zurückgekehrt, als die zwei Zivilbeamten eintrafen, die Beck dorthin geschickt hatte. Auch vor dem Hotel, in dem der andere Engländer wohnte, hatten zwei Männer Stellung bezogen.

»Beide Verdächtige werden ab sofort rund um die Uhr observiert«, teilte Beck Tweed am Telefon mit.

»Hat sich schon irgend etwas getan?« wollte Tweed wissen.

»Nein. Amos Lodge, der in Ihrem Hotel wohnt, ist auf seinem Zimmer. Vermutlich schläft er bei dieser Hitze.«

»Wie ich Amos Lodge kenne, arbeitet er eher.«

»Der andere ist in der Halle seines Hotels und macht sich an eine attraktive Frau heran.«

»Wie attraktiv?« wollte Tweed wissen.

»Umwerfend wäre, glaube ich, keineswegs übertrieben.«

»Danke, Arthur.«

Tweed erzählte Newman, was Beck berichtet hatte.

»Ist mir schleierhaft, woher Willie diese Energie nimmt«, bemerkte Newman.

»Sind Sie etwa neidisch?«

»Ich muß zum Flughafen. Paulas Maschine wird in Kürze eintreffen.«

»Ich komme mit. Ich glaube, sie würde sich über ein Empfangskomitee freuen. Nehmen wir Ihren Wagen. Dann können wir uns auf der Rückfahrt ungestört unterhalten.« Er schloß eine Schublade auf und nahm das Foto von Tina Langley heraus. »Auf dem Rückweg vom Flughafen möchte ich außerdem Beck einen Besuch abstatten. Er hat sein Hauptquartier im Züricher Polizeipräsidium eingerichtet. Los, fahren wir.«

Am Flughafen kam Paula als erste durch die Sperre. Butler und Nield folgten ihr auf dem Fuß. Sie warf sich Tweed in die Arme, und Tweed drückte sie fest an sich.

»Froh, wieder zurück zu sein?« fragte er, als er sie zu Newmans Wagen begleitete.

»Allerdings.« Sie nahm zwischen Tweed und Nield auf dem Rücksitz Platz. Butler machte es sich, mit seinem Rucksack im Schoß, auf dem Beifahrersitz neben Newman bequem.

»Der Stützpunkt des Schwarzen Ordens«, begann Paula, sobald der Wagen losfuhr, »ist in der Slowakei. Die genaue Lage habe ich auf der Karte eingetragen.«

»So weit im Osten«, bemerkte Tweed nachdenklich. »Obwohl, ja, das paßt eigentlich sehr gut ins Bild.«

Dann begann Paula in allen Einzelheiten zu schildern, was passiert war, seit sie sich mit Ashley Wingfield getroffen hatte. Zu Tweeds Erleichterung klang sie sehr frisch und munter. Anschließend erzählte Nield kurz von ihrem Erlebnis mit dem Bagger.

Im Polizeipräsidium angekommen, wurde Paula von Beck mit einer herzlichen Umarmung begrüßt. Er hatte schon immer eine Schwäche für Paula gehabt. Dann legte Tweed das Foto von Tina Langley auf den Schreibtisch.

»Könnten Sie davon umgehend mindestens fünfzig Abzüge anfertigen lassen?«

»Ja«, antwortete Beck. »Warum?«

»Ich möchte, daß sie an die Polizeidienststellen aller größeren Schweizer Städte geschickt werden – insbesondere nach Genf. Wir müssen sie vor dieser Dame – falls das der richtige Ausdruck ist – warnen. Sonst bringt sie noch jemanden um. Wie sie es mit Norbert Engel getan hat. Sie hat versucht, Christopher Kane in Genf zu erschießen, aber er hat ihr einen Strich durch die Rechnung gemacht.«

»Christopher Kane? Der Experte für biologische Kampfstoffe? Ist es das, worauf wir uns gefaßt machen müssen?«

»Ja.«

»Ich muß die entsprechenden Heeresstellen informieren – sie haben die technischen Möglichkeiten, ihre Truppen gegen einen solchen Angriff zu schützen.«

»Das täte ich an Ihrer Stelle auch. Sie können sich sicher denken, welches Land hinter der ganzen Sache steckt. Ich nehme an, es war China, das diese nahöstliche Macht mit diesen modernen Technologien beliefert hat – sozusagen, um schon mal den Weg zu ebnen.«

»Wie kommen Sie darauf?«

»Die Chinesen tönen viel zu laut, daß sie Amerika unterwerfen wollen. Ich glaube, damit wollen sie nur vor ihrem tatsächlichen Ziel ablenken. Von Europa.«

»Wir leben in schwierigen Zeiten«, sagte Beck, als er sie zur Tür begleitete.

»Und im Westen ist nur wenigen bewußt, welche Gefahr uns droht. Aber im alten Rom war es genauso – wie Amos Lodge in seiner Rede ganz richtig angedeutet hat. Die Römer hätten es sich damals nicht träumen lassen, daß die Barbaren aus dem Osten kommen würden.«

Auf dem Weg zurück zum Auto sagte Paula lange nichts. Tweed dachte, sie wäre müde. Weit gefehlt.

»Wissen Sie, was ich täte, wenn ich der Führer des Ordens wäre?« fragte sie unvermittelt.

»Was?«

»Alle meine Leute nach Zürich holen. Die nächsten Opfer sind alle hier.«

»Kane sagte, er wolle von Genf nach Zürich kommen.«

»Sehen Sie.«

»Ich wollte Sie noch fragen, ob Sie wirklich sicher sind, daß Tina Langley die Frau ist, die Sie nach Norbert Engels Ermordung in der Kärntnerstraße gesehen haben.«

»Absolut sicher.«

Der erste, dem sie begegneten, als sie das Baur au Lac betraten, war Christopher Kane. Er trug einen leichten grauen Anzug und ein rosa Hemd und schien sich zu freuen, Paula zu sehen.

»Es ist immer wieder von neuem ein Vergnügen, dieser reizenden jungen Dame zu begegnen. Sie ist schön, charmant – und hochintelligent. Eine äußerst seltene Kombination.«

»Jetzt übertreiben Sie aber«, erwiderte Paula schmunzelnd.

Er küßte sie auf beide Wangen und faßte sie mit seinen kräftigen Händen an den Schultern. Dann überreichte er ihr einen Blumenstrauß, den er auf einem Tisch in der Nähe abgelegt hatte.

»Vielen Dank, Chris. Aber womit habe ich das verdient?«

225

»Nur eine kleine Anerkennung für eine ebenso tapfere wie findige Frau.«

»Ich könnte mir vorstellen«, schaltete sich Tweed an dieser Stelle ein, »daß diese tapfere Frau auf ihr Zimmer gehen möchte, um sich etwas frisch zu machen. Ich bin sicher, Sie werden später noch genügend Gelegenheit finden, sich mit ihr zu unterhalten.«

»Das will ich doch sehr hoffen«, erwiderte Kane, immer noch lächelnd.

Newman brachte Paula auf ihr Zimmer. Unten in der Hotelhalle wandte sich Tweed Nield und Butler zu.

»Sie haben jetzt beide hier ein Zimmer. Die im Gotthard habe ich bereits abbestellt. Wir müssen unsere Kräfte konzentrieren. Marler ist ebenfalls hier.«

»Dann werde ich gleich mal bei ihm vorbeischauen«, sagte Nield.

Tweed lächelte still in sich hinein, als die beiden zum Lift gingen. Vermutlich hofften sie, neue Waffen von Marler zu bekommen. Es war wirklich eine Glanzleistung gewesen, wie sie ohne Waffen mit dem Baggerführer fertiggeworden waren.

»Sollen wir hier unten noch was trinken«, wandte sich Tweed an Christopher Kane, »oder möchten Sie lieber erst auf Ihr Zimmer gehen?«

»Geduscht habe ich vor meiner Abreise. Geschlafen im Zug. Das heißt, jetzt ist ein Drink angesagt. Was nehmen Sie, Tweed?«

»Mineralwasser. Ohne Kohlensäure.«

»Für mich bitte einen trockenen Martini«, bestellte Kane, nachdem sie in einer Ecke der verlassenen Hotelhalle Platz genommen hatten.

»Warum sind Sie nach Zürich gekommen?« fragte Tweed, als sie allein waren.

»Ich greife immer gern selbst ins Spielgeschehen ein. Beim Rugby sitzen Sie auch nicht rum und warten, bis Sie der Gegner zur Schnecke macht, sondern schlagen vorher selber zu. Das gleiche gilt auch, wenn der Angreifer eine Frau ist. Lisa Vane hat versucht, mich umzubringen, und im Moment scheint Zürich im Brennpunkt des Geschehens zu liegen. Deshalb bin ich hier.«

»Sie stehen nach wie vor ganz oben auf der Abschußliste«, warnte Tweed. »Und wir haben es mit mindestens zwei Killerinnen zu tun. Lisa Vane und Karin Berg. Wir glauben zu wissen, wer Dumont ermordet hat, aber wir können es nicht beweisen. Karin Berg ist schlank, relativ groß und hat kurzes blondes Haar – für den Fall, daß Sie ihr begegnen.«

Er verstummte, als er merkte, daß jemand von hinten auf ihn zugekommen war und ihm zärtlich die Hand in den Nacken legte. Er blickte auf. Es war Simone Carnot, die rothaarige Schönheit, die er erst vor kurzem mit Newman in der Hotelhalle getroffen hatte.

»Hallo, Mr. Tweed«, säuselte Simone mit einem betörenden Lächeln. »Ohne Sie stören zu wollen – ich wollte Ihnen nur sagen, daß ich immer noch in Zürich bin.«

»Leisten Sie uns doch ein wenig Gesellschaft«, sagte Tweed sofort.

»Störe ich auch wirklich nicht?«

»Ganz im Gegenteil«, erklärte Kane jovial. »Dieser freie Stuhl hat schon die ganze Zeit auf Sie gewartet.«

»Wirklich nett, zwei Herren mit so guten Manieren Gesellschaft leisten zu dürfen«, entgegnete Simone lächelnd. »Ich glaube, ich nehme einen Kir royale«, fügte sie nach einem Blick auf Kanes Drink hinzu.

»Das ist Simone Carnot«, stellte Tweed sie vor. »Miss Carnot…«

»Simone, bitte.«

»Simone, das ist Christopher Kane.«

»Sehr erfreut«, erklärte Kane galant. »Und ich bin Christopher. Meine Freunde nennen mich Chris.«

»Angenehm, Chris. Sie sehen aus, als wäre es interessant, sich mit Ihnen zu unterhalten.«

Als der Kellner den Kir brachte, den Kane für Simone bestellt hatte, dachte sie: Nur gut, daß ich hiergeblieben bin. Ich unterhalte mich gerade mit den beiden nächsten Opfern. Ich habe zwei angehende Leichen vor mir, die mich zweihunderttausend Dollar reicher machen werden.

Hassan war sehr direkt gewesen, als er sie angerufen hatte. Er hatte ihr aufgetragen, die zwei Männer bei der ersten sich bietenden Gelegenheit umzubringen, ohne sich die Mühe zu machen, es als Selbstmord hinzustellen, und er hatte ihr die Adresse eines Mannes in Zürich genannt, der ihr eine Luger und Munition beschaffen konnte. Hassan hatte es eilig gehabt.

»Leben Sie in Zürich, Chris?« fragte Simone.

»Nein, in Genf.« Er beobachtete sie scharf. »Das ist zwar nicht der beste Kir royale der Welt, aber er ist sehr gut. Den besten bekommen Sie im Les Armures in Genf. Das Lokal kennen Sie doch sicher.«

»Leider nein.«

»Waren Sie noch nie in Genf?« fragte er freundlich.

»Bisher nicht.«

Beide Männer bemerkten die kurze Pause, bevor sie auf die Frage geantwortet hatte. Simone trug ein enganliegendes grünes Futteralkleid. Es enthüllte eine wohlgeformte Schulter. Simone kleidete sich nach dem Motto: Zeig ihnen etwas Haut, und sie wollen mehr sehen.

»Sind Sie aus der französischen Schweiz?«

»Nein, aus Frankreich.«

»Das beste Französisch«, fuhr Kane fort, »wird in Genf gesprochen.«

»Da wären die Pariser bestimmt anderer Meinung.«

»Sie sind also aus Paris?«

»Das habe ich nicht gesagt. Sie gehen zwar sehr geschickt vor, Chris, aber Sie hören sich fast an wie ein Detektiv, der einen Zeugen verhört.«

»Ich bin nur interessiert an Ihnen.«

»Dann sollte ich an Ihnen interessiert sein, was ich auch bin. Was machen Sie beruflich?«

»Ich bin ein international anerkannter Experte für bakteriologische Kriegsführung.«

Kane war noch nie jemand gewesen, der sein Licht unter den Scheffel stellte, dachte Tweed, der bewußt schwieg, während er Simone studierte. Aus den Seitenblicken, die sie ihm immer wieder zuwarf, wurde ersichtlich, daß sie dachte, sein Interesse an ihr ginge etwas über das übliche Maß hinaus.

»Ist es nicht furchtbar, sich mit einer so schrecklichen Materie zu befassen?« fragte Simone.

»Früher oder später werden diese Kampfstoffe notgedrungen zum Einsatz kommen«, entgegnete Kane ungerührt. »Da gibt es nur eins: möglichst gut auf den Ernstfall vorbereitet sein. Jeder, der für die fragliche nahöstliche Macht arbeitet, gehört erschossen.«

Beide Männer sahen Simone blinzeln. Sie fing sich jedoch sofort wieder, trank ihr Glas leer und stellte es ab. Nachdem sie auf ihre Uhr, eine Rolex, gesehen hatte, stand sie auf.

»War wirklich nett, sich mit Ihnen zu unterhalten. Vielleicht können wir unser Gespräch ja bei Gelegenheit bei einem gemeinsamen Abendessen fortsetzen. Aber dann darf ich Sie einladen.«

»Selbstverständlich werden Sie mein Gast sein«, erklärte Tweed. »Wir werden sehen, wann es sich machen läßt. Wohnen Sie hier im Hotel?«

»Ja, es kann allerdings sein, daß ich zwischendurch mal ein paar Tage verreisen muß.«

»Früher oder später werde ich Ihrer schon habhaft werden«, sagte Tweed mit einem eigenartigen Unterton.

»Und? Was meinen Sie, Christopher?« fragte Tweed, als sie gegangen war.

»Könnte durchaus sein, daß wir uns gerade mit einer dritten Ordensschwester unterhalten haben.«

»Ganz meiner Meinung. Sie scheinen langsam in Panik zu geraten – oder zumindest ihr Auftraggeber.«

»Mit Sicherheit würde ich so etwas natürlich nie behaupten«, modifizierte Kane seine Aussage. »In Schottland haben wir das Gerichtsurteil ›nicht erwiesen‹. Und das würde ich auch im Fall der äußerst reizend anzusehenden Simone Carnot fällen.«

»Jedenfalls bin ich Ihnen mit meiner Einladung zum Abendessen zuvorgekommen.«

»Das sind Sie allerdings, Sie alter Schwerenöter. Ich wollte ihr schon den gleichen Vorschlag machen. Was ist nun eigentlich los?«

229

»Der Feind gerät in Panik. Sie operieren nach einem genau festgelegten Zeitplan, und langsam läuft ihnen die Zeit davon. Genau wie uns.«

Ein Mann kam in die Hotelhalle, sah Tweed und überreichte
ihm einen Umschlag. »Von Chefinspektor Beck«, flüsterte er.

»Danke.«

»Wer war das?« fragte Kane.

»Einer von Becks Leuten. Ah, er hat mir das Foto zurückgebracht, das ich ihm gegeben habe. Kennen Sie diese Dame?«

»Das ist Lisa Vane«, sagte Kane.

»Auch als Tina Langley bekannt. Die Frau, die in Wien Norbert
Engel erschossen hat – und die Frau, die in Genf um ein Haar Sie
umgebracht hätte.«

»Dann habe ich ja nichts mehr von ihr zu befürchten.«

»Darauf würde ich lieber nicht zählen. Ich glaube, sie kommen
alle hierher. Wenn mich nicht alles täuscht, wird die Operation,
die es sich zum Ziel gesetzt hat, sämtliche Mitglieder des *Institut*
zu beseitigen, von einem Engländer aus Dorset gesteuert. Entweder von Amos Lodge oder von Willie.«

»Diese Theorie halte ich selbst für Ihre Verhältnisse ziemlich gewagt, Tweed. Wie sind Sie zu diesem erstaunlichen Schluß gelangt?«

»Eben in diesem Moment. Sie haben der Reihe nach die ganze
Liste durchgemacht. Nur jemand, der sich im Besitz der Liste befindet, kann dahinterstecken.«

»Willie ist kein Mitglied des *Institut*«, warf Kane ein.

»Aber Sie erinnern sich vielleicht, daß er einmal in der Zentrale
des *Institut* in Ouchy an einer Konferenz teilgenommen hat. Er
hielt einen äußerst aufschlußreichen Vortrag über die Lage in
Nahost. Bei dieser Gelegenheit zeigte ihm Dumont dummerweise unsere Mitgliederliste.«

»Halten Sie es für möglich, daß er auch die genaue Reihenfolge
in Erinnerung behalten haben könnte, in der die einzelnen Mitglieder aufgeführt waren?«

»Das ist keineswegs auszuschließen. Willie hat, wie ich zufällig
weiß, ein fotografisches Gedächtnis. Spaßeshalber habe ich ihn

230

deswegen sogar einmal auf die Probe gestellt. Ich gab ihm eine Seite aus Somerset Maughams Roman ›Der bunte Schleier‹ zu lesen. Er konnte sie danach tatsächlich Wort für Wort aus dem Gedächtnis wiedergeben.«

»Dann könnten es tatsächlich beide sein.«

»Richtig. Und beide halten sich in Zürich auf.«

In diesem Moment betrat Newman die Hotelhalle. Tweed winkte ihm zu. Als er an ihrem Tisch Platz genommen hatte, erzählte ihm Tweed, worüber er mit Kane gesprochen hatte.

»Klingt durchaus einleuchtend«, stimmte ihm Newman zu. »Und beide sitzen direkt vor unserer Nase. Jetzt ist nur noch die Frage, welcher von beiden ist es?«

»Stimmt«, sagte Tweed. »Aber in jedem Falle werden die nächsten Anschläge in Zürich stattfinden. Der nächste auf der Liste ist Adrian Manders, der Raketenexperte. Er ist nach Zürich gekommen, um hier Urlaub zu machen und sich Dumonts Rede anzuhören. Er war auch bei Amos Lodges Rede im Kongreßhaus.«

»Wo wohnt er?« wollte Newman wissen.

»Im Dolder Grand. Sowohl Amos Lodge als auch Willie muß ihn gesehen haben. Manders saß in der ersten Reihe. Er war der erste, der beim Schlußapplaus aufstand und ging.«

»Zürich wird ein immer gefährlicheres Pflaster«, bemerkte Newman.

»Deshalb werden wir ab sofort drastische Maßnahmen ergreifen und in die Offensive gehen. Noch heute.«

22

»Erzählen Sie mir zuerst mal von diesem Hotel, zu dem Sie Tina Langley gefolgt sind«, bat Tweed Christopher Kane.

»Ist das denn der geeignete Ort, um über solche Dinge zu sprechen?« warf Newman ein.

»Durchaus«, erklärte Tweed. »Ich habe ihn sogar ganz bewußt gewählt. Wir sind im Augenblick die einzigen hier. Alle anderen sitzen draußen in der Sonne. Außerdem könnte mein Zimmer abgehört werden – und wir haben nicht das nötige Equipment, um das nachzuprüfen.« Er wandte sich Kane zu. »Also, was hat es mit diesem Schloßhotel auf sich?«

»Auch wenn ich Ihnen am Telefon schon alles erzählt habe, wiederhole ich es hier noch einmal. Es heißt Château d'Avignon. Ein paar Kilometer weiter befindet sich das wesentlich schönere Château des Avenières, bei dem es sich um ein echtes Schloß handelt. Es gehört einem ausgesprochen netten Ehepaar.«

»Sie sagten, das sei ein echtes Château«, sagte Tweed. »Soll das heißen, mit diesem Château d'Avignon stimmt irgend etwas nicht?«

»Allerdings. Kein Mensch weiß, wem es gehört. Ich war einmal da, um dort etwas zu trinken. Die Kellner kamen mir mehr wie Sicherheitsbeamte vor. Stellten sich nicht gerade geschickt beim Servieren an – als ob sie nicht dafür ausgebildet wären. Behielten mich aber die ganze Zeit scharf im Auge. Als ich ging, merkte ich, wie sich einer von ihnen mein Autokennzeichen notierte. Ein eigenartiger Ort.«

»Und dort verschwand Tina Langley mit ihrem Koffer?« fragte Tweed.

»Ja.«

»Monceau und seine Leute sind aus Frankreich gekommen – und das Château, sagen Sie, liegt in Frankreich.«

»Ja. Auf dem Mont Salève.«

»Ist das dieser Bergzug, den man von Genf aus sieht und von dem die meisten Leute denken, er gehört zur Schweiz?«

»Ja. Er ist elfhundert Meter hoch.«

»Wir dürfen auch Monceau nicht vergessen«, betonte Newman.

»Mir ist jedenfalls sehr deutlich bewußt, daß er mich nicht vergessen wird«, bemerkte Tweed. »Und er ist ein wahrer Meister der Verkleidung. Wir werden alle aus Zürich abreisen«, erklärte er dann beiläufig.

»Und wohin soll es von hier gehen?« wollte Newman wissen.

»Ich schwanke noch zwischen Wien und Genf. Zürich ist im Moment wegen seiner Größe und Komplexität eine richtige Todesfalle.«

»Das könnte Wien genauso sein«, warnte Newman. »Sehen Sie nur, was Paula um ein Haar passiert wäre.«

»Daran habe ich sehr wohl gedacht.«

»Genf ist da sicher auch nicht besser«, mischte sich Kane ein. »Denken Sie nur an mein Abenteuer mit Tina Langley.«

»Dann halten wir uns am besten ganz von Städten fern.«

»Wohin sollen wir uns dann also zurückziehen?« wollte Newman wissen.

»An einen Ort, an dem wir den Gegner aus der Reserve locken können. Wir begeben uns ganz offen dorthin. Der Feind soll uns ruhig sehen. In einer Stunde reisen wir ab. Christopher, ich muß Sie dringend bitten, mit uns zu kommen. Manders werde ich nahelegen, umgehend nach England zurückzufliegen. Wer weiß? Vielleicht leisten uns ja drei attraktive Damen Gesellschaft. Drei Ordensschwestern.«

»Und wohin fahren wir nun eigentlich?« fragte Newman noch einmal.

»Ins Château des Avenières auf dem Mont Salève. Reservieren Sie dort schon mal für uns alle ein paar Zimmer, Bob. Nur Butler und Nield werden sich in diesem dubiosen Château d'Avignon einquartieren. Die beiden können auf sich selbst aufpassen.«

Newman war zwar an Tweeds plötzliche Entscheidungen gewöhnt, aber diesmal mußte sogar er schlucken.

In dem kleinen Park gegenüber dem Baur au Lac wartete ein Mann in der Uniform eines Schweizer Soldaten. Er trug Kontaktlinsen und hatte sich die Mütze tief ins Gesicht gezogen. Nicht weit von ihm, hinter einer Hecke, stand ein Motorrad.

Er war so damit beschäftigt, den Eingang des Hotels zu beobachten, daß er nicht merkte, daß außer ihm noch zwei andere Beobachter Stellung bezogen hatten. Einer von ihnen, ein Schweizer Taschendieb, saß in der Talstraße in seinem Auto und tat so, als studierte er eine Straßenkarte. Der dritte Mann, Mario Parcelli, stellte es etwas raffinierter an. Er hatte die Kühlerhaube seines Wagens hochgeklappt und machte sich am Motor zu schaffen.

Parcelli war von Vitorelli geschickt worden, da dieser gemerkt hatte, daß Tweed ihm aus dem Weg ging. Er fragte sich, warum. Sollte Tweed vorhaben, Zürich zu verlassen? Vielleicht führte er Mario sogar zu Tina Langley. Vitorelli hatte großen Respekt vor Tweed und seiner Spürnase.

Dann fuhren fast gleichzeitig mehrere Taxis vor dem Baur au Lac vor. In das erste stiegen Tweed und Paula. Tweed bat den Fahrer jedoch, noch zu warten. In das Taxi hinter ihnen stiegen Marler und Newman. Erst als auch noch Butler und Nield in einem dritten Taxi Platz genommen hatten, setzte sich der kleine Konvoi in Bewegung.

Sie unternahmen keinerlei Anstalten, ihre Abreise aus dem Baur au Lac geheimzuhalten. Im Gegenteil, Tweed hatte es ganz gezielt darauf angelegt, daß der Feind sie sah. Auf der Fahrt zum Hauptbahnhof bemerkte Tweed, wie Mario Parcellis grauer Fiat ihnen folgte. Er lächelte still in sich hinein – es lief alles nach Plan.

Was er nicht bemerkte, war der Soldat, der dem Fiat auf seinem Motorrad folgte. Und auch der Taschendieb in dem weißen Renault entging ihm mehrere Minuten lang.

»Tut sich irgendwas?« flüsterte Paula.

»Ein grauer Fiat folgt uns. Außerdem ein weißer Renault, wenn ich mich nicht täusche.«

»Wir scheinen ja sehr beliebt zu sein. Haben Sie mit gleich zwei Verfolgern gerechnet?«

»Nein. Einer muß zum Orden gehören. Was den zweiten angeht, kann ich nur Vermutungen anstellen. Das Problem ist, ich kann den Fahrer keines der beiden Fahrzeuge erkennen. Die Windschutzscheibe reflektiert zu stark. Möglicherweise hat der Orden zwei Wagen auf uns angesetzt – falls uns einer aus den Augen verliert. Nur keine Aufregung.«

»Wer sagt denn, daß ich aufgeregt bin?« entgegnete Paula ironisch.

Schließlich hielten die drei Taxis vor dem Hauptbahnhof. Tweed hatte kaum bezahlt, als Newman und Marler bereits neben ihnen auftauchten.

»Wir werden beschattet«, sagte Tweed.

»Ich weiß«, sagte Marler. »Von einem grauen Fiat und einem weißen Renault. Da kommen sie gerade.«

»Gehen Sie in den Bahnhof. Ich kaufe die Fahrkarten.«

Er stellte sich in die Schlange vor dem Schalter. Mario Parcelli bezog hinter einer Frau in Newmans Nähe Stellung. Der Motorradfahrer stellte das Motorrad am Straßenrand ab und stellte sich ebenfalls in die Schlange, dicht genug hinter Tweed, um alles verstehen zu können, was Tweed, der absichtlich laut sprach, sagte.

»Sechs Rückfahrkarten erster Klasse nach Genf, bitte.«

Sie verließen den Schalter und eilten zu dem Bahnsteig, an dem bereits ein Zug wartete. Mario Parcelli stieg wieder in seinen Fiat und fuhr zur nächsten Telefonzelle. Der Soldat kaufte eine einfache Fahrkarte erster Klasse nach Genf.

Nachdem er einen Platz in der ersten Klasse gefunden hatte, holte Tweed ein Buch heraus. Paula setzte sich neben ihn. Marler nahm schräg gegenüber von Tweed auf der anderen Seite des Gangs Platz. Er schloß die Augen und ließ den Kopf zurücksinken. Ihm gegenüber hatte Newman Platz genommen.

Butler bezog am einen Ende des Waggons Stellung, Nield am anderen. Um in einem Notfall genügend Bewegungsspielraum zu haben, hatten alle ihre Koffer im Gepäcknetz verstaut.

»Könnten Sie mich bitte wecken, wenn wir uns Genf nähern«, bat Tweed Paula.

»Selbstverständlich. Ich bin hellwach.«

Als sie zwei Minuten vor Abfahrt des Zuges aus dem Fenster blickte, sah sie einen Soldaten des Schweizer Bundesheeres vorbeieilen. Er schien zu fürchten, den Zug zu versäumen. Als sie zu Marler hinüberblickte, stellte sie fest, daß seine Augen kurz aufgingen.

Als der Zug aus der Bahnhofshalle in den hellen Sonnenschein hinauszugleiten begann, fragte sie sich, warum sie ein ungutes Gefühl hatte. Das muß an den zwei Wagen liegen, die uns gefolgt sind, dachte sie. Wer wohl in ihnen gesessen hatte?

»Hier Mario«, sagte der Italiener in der Telefonzelle.

»Was gibt's?« fragte Vitorelli in seinem Hotelzimmer.

»Tweed und seine ganze Truppe haben den Zug nach Genf bestiegen. Wahrscheinlich ist er gerade abgefahren ...«

»Fahr sofort zum Flughafen raus und laß den Hubschrauber startklar machen. Ich komme auf der Stelle nach. Vielleicht schaffen wir es noch vor dem Zug nach Genf.«

»Kaum.«

»Fahr schon zum Flughafen raus.«

Vitorelli legte auf. Dann rief er den Portier an und teilte ihm mit, er werde wahrscheinlich ein paar Tage verreisen und wolle sein Zimmer so lange behalten. Fünf Minuten später war er zum Flughafen unterwegs.

Was war nur mit Genf? fragte er sich immer wieder. Warum war Tweed mit allen seinen Leuten dorthin unterwegs? Es mußte irgend etwas Wichtiges passiert sein, das ihn veranlaßt hatte, so überstürzt dorthin aufzubrechen.

Sobald der Engländer von dem Schweizer Taschendieb erfahren hatte, was passiert war, rief er Hassan an. Der hatte gerade dem Staatsoberhaupt von dem »Vorfall« berichtet, der zum Tod Ahmeds geführt hatte.

»Ja?« knurrte er unwirsch in den Hörer.

»Sie wissen, wer dran ist. Tweed hat Zürich eben in Richtung Genf verlassen. Ist Tina noch im Château? Gut. Sagen Sie ihr, sie soll dort bleiben. Ihr nächstes Opfer ist weiterhin Tweed. Sagen Sie außerdem Karin Berg und Simone Carnot, sie sollen auf schnellstem Weg nach Genf fahren. Eine von ihnen muß Tweed finden. Ihn unverzüglich töten. Und dann Christopher Kane. Los, Mann, Beeilung ...«

Ehe Hassan etwas erwidern konnte, hatte der Engländer aufgelegt. Er fluchte wüst, dann griff er erneut nach dem Telefon.

Tweed schlief noch, als der Zug in Bern hielt. Seine Begleiter waren alle wach und auf der Hut. Es tat sich nichts, und der Zug war immer noch fast leer. Sie waren die einzigen Fahrgäste in ihrem Erste-Klasse-Waggon.

236

In Bern stiegen nur wenige Leute ein. Marler hatte ein Fenster geöffnet und spähte nach draußen. Keiner der zusteigenden Fahrgäste machte einen verdächtigen Eindruck. Paula beobachtete, wie er das Fenster schloß. Sie hatte immer noch dieses seltsam ungute Gefühl, ohne daß sie hätte sagen können, was der Grund dafür war. Wenigstens verfügte der Zug über eine Klimaanlage, so daß sie nicht unter der zermürbenden Hitze zu leiden hatten.

Als der Zug aus Bern abfuhr, holte Marler sein Handy heraus und begann zu telefonieren. Paula nahm an, er hielt Beck über den Stand der Dinge auf dem laufenden. Außerdem fragte sie sich, ob der Streß Tweed tatsächlich nichts anhaben konnte.

Der einzige Grund, weshalb er schlief, war, daß er fast die ganze Nacht kein Auge zugedrückt, sondern angestrengt nachgedacht hatte. Unter anderem waren seine Gedanken immer wieder zu seinem Besuch auf Willies Herrschaftssitz in Dorset zurückgekehrt, wo er und Bob Newman den Park mit den seltsamen Statuen besichtigt hatten. Des weiteren zu den widersprüchlichen Aussagen hinsichtlich des Besitzers der Statuen, die Amos Lodge und Willie ihm gegenüber in Zürich gemacht hatten. Zu der Tatsache, daß Willie Tina Langley kannte. Zu dem mysteriösen Haus in der Slowakei, das auf dem Weg in den Osten lag.

Christopher Kane hatte Tweeds Angebot, mit ihnen zusammen nach Genf zu fahren, höflich abgelehnt. Er hatte sein Zimmer geräumt und bezahlt und war fünf Minuten später mit seinem Porsche losgebraust.

Kane, ein ehemaliger Rennfahrer, war sicher, schneller als jeder Schnellzug – der unterwegs an mehreren Stationen hielt – am Genfer Hauptbahnhof Cornavin anzukommen. Während er auf der Autobahn in Richtung Genf jagte, überlegte er, wie er herausbekommen könnte, wem das Château d'Avignon gehörte.

Sich an seine Bankiersfreunde zu wenden hätte keinen Sinn gehabt – aus ihnen wäre kein Wort herauszubekommen. Er brauchte jemanden, der sich mit Immobilien auskannte. Dann fiel ihm ein Bekannter ein, dem er einmal einen Gefallen getan hatte und der

237

zufällig Immobilienmakler war. Vielleicht konnte er ihm bei der Lösung dieses Rätsels behilflich sein.

Während der Fahrt sah Kane immer wieder in den Rückspiegel. Es war ziemlich unwahrscheinlich, daß jemand ihm folgte, aber Tweed hatte ihm gegenüber keinen Zweifel daran gelassen, daß der Orden seine Augen überall hatte. Er begann lautlos vor sich hin zu sprechen.

»Eine Blondine, die Schwedin Karin Berg. Eine Rothaarige, Simone Carnot. Eine Brünette, die sich Lisa Vane nannte, aber in Wirklichkeit Tina Langley heißt. Tja, Schätzchen, ich werde dich sicher erkennen, wenn ich dir wieder begegne. Und um genau zu sein, werde ich auch Simone Carnot erkennen. Der Orden zeigt langsam sein wahres Gesicht.«

Dann sah er von hinten eine Blondine in einem Ferrari näher kommen. Sie hatte allerdings langes wallendes Haar. Als sie ihn überholte, machte sie eine Handbewegung, als wollte sie sagen: »Fang mich doch, wenn du kannst.« Er ließ sie fahren. Er war fest entschlossen, vor dem Schnellzug in Cornavin einzutreffen.

»Aufwachen, wir sind gleich in Genf«, sagte Paula und stieß Tweed vorsichtig an.

»Bin schon wach. Seit einer halben Stunde.«

»Dann sind Sie ein Schwindler. Seit wir Zürich verlassen haben, fühle ich mich wesentlich sicherer.«

»Sicher sind wir nirgendwo. Vergessen Sie nicht, daß uns zwei Autos zum Bahnhof gefolgt sind. Wer weiß, wer außer uns noch in diesem Zug mitfährt.«

»Sie wollen mich nur nervös machen«, grummelte Paula.

»Ich will nur dafür sorgen, daß Sie hier genauso auf der Hut sind, wie Sie es in Zürich waren – oder in Wien. Solange wir den Orden nicht unschädlich gemacht haben, können wir uns nirgendwo sicher fühlen.«

Bei der Ankunft in Cornavin gingen die Türen automatisch auf. Einer der ersten Fahrgäste, die ausstiegen, war der Soldat. Er schnallte sich seinen Rucksack um und ging zum gegenüberliegenden Bahnsteig, als wartete er auf einen Anschlußzug.

Marler stieg als erster von Tweeds Mannschaft aus. Er blickte den langen Bahnsteig hinauf und hinunter. Eine Handvoll Fahrgäste trottete zum Ausgang, auf dem angrenzenden Bahnsteig wartete ein Schweizer Soldat. Paula trug ihren Koffer wie Marler in der linken Hand, als sie aus dem Waggon stieg. Die rechte Hand wollte sie für den Fall, daß sie ihre Browning brauchte, frei haben.

Als nächster kam Tweed, gefolgt von Newman, Butler und Nield. Als sie ihn auf dem Weg zum Ausgang von allen Seiten umringten, brummte er: »Müssen Sie eigentlich immer so um mich herumwuseln. Ich bin doch nicht der Kaiser von China.«

»Überlassen Sie das ausnahmsweise mal uns«, wies ihn Paula zurecht. »Man kann nie wissen, von wo Gefahr droht.«

»Haben Sie telefonisch bereits ein paar Leihwagen gebucht?« wandte Tweed sich an Newman.

»Sie stehen schon für uns bereit. Die Formalitäten erledigt Marler – darum geht er auch schon voraus.«

Marler, der auf die Bahnhofshalle zusteuerte, warf einen Blick auf den Soldaten auf dem gegenüberliegenden Bahnsteig. Man sah sie überall herumstehen – Soldaten, die von einer Übung zurückkamen oder zu einer fuhren. Newman hatte zwei Wagen angefordert, und Marler hatte alle erforderlichen Papiere einstecken.

»Das muß der längste Bahnsteig sein, den ich je gesehen habe«, bemerkte Tweed.

Sie näherten sich der Stelle, wo der Soldat stand, und Butler ließ sich ein paar Schritte zurückfallen. Als sie den Bahnsteig verließen, setzte sich auch der Soldat in Bewegung. Er folgte ihnen in einigem Abstand, bis sie den Autoverleih erreichten.

Sobald er sie diesen wieder verlassen sah, ging er hinein, um den Citroën abzuholen, den er sich telefonisch hatte reservieren lassen. Als die zwei Fahrzeuge mit Tweed und seinen Leuten vom Bahnhof losfuhren, saß auch er bereits am Steuer seines Wagens.

Bevor Tweed eingestiegen war, hatte er zu seiner Überraschung Christopher Kane, die Hände in die Hüften gestemmt, neben einem roten Porsche stehen sehen. Er war grinsend auf ihn zugekommen.

»Auch in der Schweiz sind die Züge nicht die schnellsten. Während Sie sich im Speisewagen einen hinter die Binde gekippt haben, bin ich mit dem Auto von Zürich hierhergefahren.«

»Über unsere Lippen ist kein Tropfen Alkohol gekommen«, versicherte ihm Tweed. »Wir wollen auf schnellstem Weg zum Château d'Avignon. Vielleicht können Sie ja mit uns mithalten...«

Paula fuhr einen cremefarbenen Renault mit Tweed auf dem Beifahrersitz und Newman und Marler im Fond. Butler und Nield folgten ihr in einem blauen Ford. Die Nachhut bildete Christopher Kane in seinem Porsche.

Je weiter sie den Mont Salève hinauffuhren, desto besser wurde der Blick auf Genf und die zwanzig Meter hohe Fontäne, das Wahrzeichen der Stadt. Nach einer Weile überholte sie Kane und winkte ihnen aus seinem Porsche zu. Paula deutete diese Geste als ein »Fang mich doch, wenn du kannst, Mädchen«.

»Chris legt ein ganz ordentliches Tempo vor«, bemerkte Tweed dazu.

»Er hat ja auch einen Porsche.«

»Na und? Können wir nicht auch schneller fahren? Wir kriechen ja richtig den Berg rauf.«

Paula sah Tweed einen Moment erstaunt an. So eine Bemerkung hatte sie aus seinem Mund noch nie gehört. Doch dann sah sie das Leuchten in seinen blaugrauen Augen. Er schien förmlich unter Strom zu stehen, und mit einem Mal verstand sie. Es wurde allmählich ernst. Von Tweeds Entschlossenheit angesteckt, stieg sie aufs Gas.

Auf der Straße herrschte kaum Verkehr, und bald sah sie Kanes roten Porsche wieder vor sich auftauchen. Auf einer längeren Gerade überholte sie Kane und winkte ihm zu.

»Teufel!« entfuhr es Kane. »Das Mädchen fährt ja wie der Henker.«

Er unternahm keinen Versuch, sie wieder zu überholen, sondern begnügte sich damit, sich nicht von ihr abhängen zu lassen, während sie weiter den Berg hinaufkurvten. Butler, der hinter Kane herfuhr, zog zwar leicht verwundert die Augenbrauen hoch, hielt aber kräftig mit.

240

»Wir kriegen doch nicht etwa Gesellschaft?« bemerkte Nield.
»Da ist ein blauer Citroën, der sich in Genf an uns gehängt hat
und immer noch ein Stück hinter uns ist. Den Fahrer kann ich allerdings nicht erkennen.«

»Wir werden ja sehen, ob er immer noch da ist, wenn wir im
Château d'Avignon ankommen«, meinte Butler. »Dort sind nämlich zwei Zimmer für uns reserviert. Die anderen fahren ins Château d'Avenières. Kane wird uns zeigen, wo wir abbiegen müssen.«

23

Der Schmetterling war entsetzt, als Hassan ihr am Telefon befahl,
im Château d'Avignon zu bleiben.

»Ich will in die Schweiz zurück«, protestierte sie.

»Was du willst, interessiert niemanden«, fuhr Hassan sie an.
»Das einzige, was mich interessiert, ist, daß du endlich Christopher Kane und Tweed aus dem Weg räumst. Mach es, wie du
willst. Keine umständlichen Vorbereitungen mehr – bring sie
meinetwegen auf offener Straße um. Ein Kurier ist bereits mit
einer Luger zu dir unterwegs. Sie befindet sich in einem Cartier-
Geschenkkarton.«

»Hier gefällt es mir nicht.«

»Aber die Aussicht, weitere hunderttausend Dollar zu verdienen, gefällt dir. Vielleicht zweihunderttausend, wenn du beide er-
ledigst.«

»Sie kennen mich beide. Zumindest Kane ...«

»Woher sollte Tweed dich kennen? Ich muß noch andere Telefonate führen.«

»In Genf hat mich ein Mann beobachtet – er hatte ein Foto in der
Hand, und dann ist er mir gefolgt.« Ihre Stimme wurde selbstbe-
wußter. »Aber ich habe ihn ausgetrickst – ihn in den Zug nach
Zürich gelockt. Als er abfuhr, war ich allerdings schon wieder auf
dem Bahnsteig.«

»Dann sieh zu, daß du das hier auch so gut hinkriegst.«

Die Verbindung wurde unterbrochen, und dann hörte sie auch noch ein Klicken. Sie fuhr zusammen. Jemand hatte mitgehört. Sie mochte das Château d'Avignon nicht – das Personal, die ganze Atmosphäre hier waren ihr nicht geheuer. Wieso, konnte sie nicht genau sagen.

Wenn ihr etwas Sorgen bereitete, setzte sie sich, wenn es irgendwie ging, an den Schminktisch. Das tat sie auch jetzt. Es lagen alle nur erdenklichen Utensilien darauf herum, die eine Frau brauchte, um sich schön zu machen. Sie begann sich die Lippen zu schminken.

»Du nimmst die erste Maschine von Schwechat nach Zürich«, befahl Hassan Karin Berg. »Ich habe bereits einen Platz für dich gebucht. Business Class.«

»Ich will nicht nach Zürich zurück.«

»In Zürich hast du einen Anschlußflug nach Genf. Ich habe im Hôtel des Bergues ein Zimmer für dich bestellt. Es gilt, zwei Männer zu beseitigen. Christopher Kane und Tweed.«

»Bist du komplett verrückt? Tweed kennt mich.«

»Halt endlich dein freches Maul. Für dich springen zweihunderttausend Dollar dabei heraus. Oder willst du das Geld nicht? Daß du Tweed kennst, ist doch nur von Vorteil.«

»Tweed hat mich im Verdacht.«

»Wieso sollte er dich im Verdacht haben? Kannst du mir das vielleicht sagen?«

»Weil ich mit ihm im Ermitage war. Monceau hat mir gesagt, wann der Anschlag verübt würde, und ich bin, kurz bevor es losging, auf die Toilette gegangen. Tweed ist nicht auf den Kopf gefallen.«

»Kann er dir etwas nachweisen?«

»Vermutlich nicht.«

»Hat er Gewißheit, daß du etwas damit zu tun hattest?«

»Vermutlich nicht.«

Karin Berg wog die Risiken ab. Geld war ihr sehr wichtig. Nein, fand sie, Gewißheit, daß sie etwas damit zu tun gehabt hatte, konnte Tweed auf keinen Fall haben. Aber wie es schien, wollte Hassan die zwei Männer unbedingt beseitigt haben.

»Gut, aber ich will dreihunderttausend Dollar.«

»Dreihunderttausend! Kommt überhaupt nicht in Frage.«

»Dann eben nicht.« Sie stand auf. »Ich fliege nach Schweden zurück. Für den Fall, daß mir etwas zustoßen sollte, verfügt mein Anwalt in Stockholm über ein Schreiben, das er an die Presse und an die Polizei weiterleiten wird.« Sie bedachte ihn mit einem triumphierenden Lächeln. »Sozusagen meine Lebensversicherung.«

»Für beide Männer?« fragte Hassan schließlich.

»Ja. Zweihunderttausend, wenn ich nur einen ausschalten kann. Wo sind sie?«

»Sie sind heute mit dem Zug nach Genf gefahren. Ich hab den Bahnhof Cornavin überwachen lassen. Unser Mann folgte ihnen in Richtung Frankreich, aber an der Grenze wurde er von Zollbeamten aufgehalten. Er glaubt, sie waren auf den Mont Salève unterwegs.«

»Na großartig. Wann soll ich los?«

»Sofort. Ich hab doch gesagt, du sollst dich bereithalten, um notfalls jederzeit abreisen zu können.«

»Tue ich doch auch. Um nach Schweden zurückzukehren.«

»Bald wirst du reich sein. Hier ist dein Ticket. Und die Zimmerreservierung.«

Als der Wagen, der sie zum Flughafen brachte, abgefahren war, rief Hassan Simone Carnot an und machte ihr das gleiche Angebot. Zu seiner Überraschung hatte sie keinerlei Einwände.

Trotzdem hatte Hassan kein gutes Gefühl bei der Sache, als er schließlich auflegte. Er bot den gesamten Orden für diese Operation auf. Niemand würde übrigbleiben, um sich der restlichen Mitglieder des *Institut* anzunehmen.

Hassan hatte gerade ein Glas Brandy getrunken, als das Telefon läutete. Fluchend nahm er ab. Er brauchte dringend etwas Schlaf. Es war der Engländer.

»Haben Sie meine Anweisungen befolgt?«

243

»Ja. Alle drei Frauen sind auf dem Weg nach Genf. Wie sie ihre Opfer aufspüren, weiß ich nicht.«

»Ich habe sie persönlich ausgesucht, weil sie sich zu helfen wissen.«

»Allerdings bleibt damit niemand mehr, der sich der restlichen Mitglieder des *Institut* annehmen könnte.«

»Das macht nichts. Sobald wir diese zwei Männer aus dem Weg geschafft haben, sind die gefährlichsten beseitigt. Außerdem wird die Zeit langsam knapp.«

»Haben Sie sich in Verbindung gesetzt mit …«

»Ja. Er ist derselben Meinung wie ich.«

Wieder einmal hatte der Engländer unvermittelt aufgelegt. Hassan fiel ein Stein vom Herzen. Er hatte den Engländer fragen wollen, ob er sich mit dem Staatsoberhaupt in Verbindung gesetzt hatte. Da das offensichtlich der Fall war, fühlte sich Hassan abgesichert. Und was waren schon ein paar hunderttausend Dollar? Dem Staatsoberhaupt standen Milliarden zur Verfügung.

Als das Telefon erneut klingelte, hätte es Hassan, der sich auf die Couch gelegt hatte, am liebsten aus dem Fenster geworfen. Seufzend stand er auf und nahm ab.

»Hier Monceau. Ich nehme mal an, Sie würden es sich einiges kosten lassen, wenn ich Ihnen Tweed aus dem Weg räume.«

Hassan nannte ihm sofort eine hohe Summe, und der Franzose erklärte sich auf der Stelle einverstanden. Er brauchte Geld, um in Frankreich eine neue Bande aufzubauen.

»Trauen Sie sich das wirklich zu? Wissen Sie, wo er ist? Wo sind Sie im Moment?«

»In Zürich«, log Monceau.

»Tweed ist in Genf. Letzten Meldungen zufolge auf dem Weg nach Frankreich. Auf den Mont Salève.«

»Kein Problem.«

»Warten Sie.«

Hassan war eine Idee gekommen. Wenn eine der drei Ordensschwestern verhaftet würde, erklärte sie sich bestimmt bereit, gegen Strafminderung ein umfassendes Geständnis abzulegen. Das

244

hatte er eigentlich auch dem Engländer klarmachen wollen, als
dieser ihm seine Anweisungen erteilt hatte – allerdings war der
Engländer kein Mann, der Widerspruch duldete.

»Monceau, da sind drei Frauen, deretwegen ich mir Sorgen mache. Aber nur für den Fall, daß eine von ihnen verhaftet wird.
Wenn es dazu kommt, wäre es das beste, wenn die betreffende
umgehend eliminiert würde. Ich weiß nicht, ob Sie so etwas be-
werkstelligen können, wenn sie sich in Polizeigewahrsam befindet.«

»Dazu ist nur eine starke Bombe nötig. Zum Beispiel in einem
Auto, das vor der Polizeistation, in der sie festgehalten wird, geparkt ist.«

»Ich gebe Ihnen ihre Namen, eine kurze Personenbeschreibung
und ihren Aufenthaltsort.«

»Sie haben noch genau zwei Minuten Zeit. Geben Sie mir die
Daten durch. Ich telefoniere mit einem Handy.«

Als sie den Gipfel erreichten, überholte Christopher Kane Paulas
Renault. Er signalisierte allen, ihm auf den Parkplatz des Aussichtspunkts zu folgen. Nachdem er angehalten hatte, ging er mit
langen Schritten auf Tweeds Wagen zu.

»Die Aussicht von hier oben ist ohne Übertreibung einzigartig.
Genf liegt tausend Meter unter uns.«

»Tweed wird nicht aus diesem Wagen steigen«, sagte Newman
finster.

»Muß er auch nicht. Er kann die Aussicht auch durchs Fenster
genießen.«

»Wir haben sie bereits gesehen«, sagte Newman ungeduldig.

»Tun Sie ihm doch den Gefallen«, schaltete sich an dieser Stelle
Tweed ein. »Vielleicht hat er uns mit seinem Hinweis auf dieses
Château d'Avignon den entscheidenden Tip gegeben. Ich hatte ja
immer schon den Eindruck, daß Genf in dieser Geschichte eine
Schlüsselrolle zukommt.«

»Warum das?«

»Weil es, wie Sie gerade gesehen haben, so dicht an der französischen Grenze liegt. Jeder, der Becks Adleraugen entkommen

245

möchte, kann sich in wenigen Minuten nach Frankreich absetzen und sich so dem Zugriff der Schweizer Behörden entziehen.«

Marler, der ebenfalls ausgestiegen war, schlenderte auf dem kleinen Plateau herum. Er hatte seine Jacke aufgeknöpft, um sofort an seine Walther zu kommen, und musterte jeden, der die Aussicht genoß, scharf.

Genf lag tief unter ihnen. Im klaren Licht des Spätnachmittags waren die Straßen der Stadt so deutlich zu erkennen wie auf einem Stadtplan.

Nield war zur Einfahrt des Parkplatzes zurückgegangen und blickte die Straße hinunter. Sie machte schon nach kurzem eine scharfe Biegung, hinter der sie nicht mehr einzusehen war. Er kehrte zum Auto zurück.

»Nervös?«

»Ich wollte mich nur vergewissern, ob uns jemand folgt. Von dem blauen Citroën ist jedenfalls nichts mehr zu sehen.«

»Wahrscheinlich ist er schon vor einer Weile abgebogen. Sieht ganz so aus, als wären wir wieder allein.«

Kane fuhr in seinem Porsche voraus. Paula folgte ihm, und Butler bildete die Nachhut. Auf dem Kamm des Mont Salève war der Charakter der Landschaft vollkommen anders. Hatten sie bisher auf der kurvenreichen Straße immer wieder herrliche Ausblicke auf den See und die fernen Berge gehabt, war die Straße jetzt auf beiden Seiten von dichtem Nadelwald gesäumt. Tweed blickte aufmerksam aus dem Fenster.

»Halten Sie nach etwas Bestimmtem Ausschau?« fragte Paula.

»Im Château d'Avignon könnte es Ärger geben. Deshalb studiere ich schon mal das Terrain.«

»Da ist immer noch dieser Hubschrauber über uns«, bemerkte sie. »Als wir vom Bahnhof losfuhren, dachte ich, er würde den Verkehr überwachen. Aber inzwischen bin ich mir da nicht mehr so sicher.«

»Die Welt ist voll von Hubschraubern«, sagte Tweed beiläufig und studierte weiter den Wald.

In der Kanzel des Hubschraubers blickte Vitorelli durch sein Fernglas auf die kleine Wagenkolonne hinab, die den Kamm des Mont Salève entlangfuhr.

Bevor er mit seinem Piloten Mario Parcelli von Kloten gestartet war, hatte er sich telefonisch nach der Ankunftszeit des Schnellzugs in Genf erkundigt. Dann waren sie zum Auftanken zum Genfer Flughafen Cointrin und von dort weiter zum Genfer Hauptbahnhof geflogen, wo Vitorelli aus der Luft beobachtet hatte, wie Tweed und die anderen nach ihrer Ankunft mit den zwei Leihwagen weitergefahren waren.

»Eigenartig«, sagte Vitorelli. »Dieser Schweizer Soldat in dem blauen Citroën scheint Tweed zu folgen. Wer könnte das bloß sein?«

»Wahrscheinlich Tweeds Nachhut. Das wäre jedenfalls eine vernünftige Vorsichtsmaßnahme.«

»Möglich«, gab ihm Vitorelli recht.

Der Wald wurde immer dichter. Nur auf der linken Seite lichtete er sich gelegentlich, so daß sich vorübergehend der Blick auf eine weite, sich in der Ferne verlierende Landschaft auftat.

»Frankreich ist ein wunderschönes Land«, bemerkte Tweed. »Übrigens habe ich vorsichtshalber Loriot in Paris angerufen. Als ich auf Monceau zu sprechen kam, war er sofort ganz Ohr. Vielleicht fliegt er hierher, um sich mit uns zu treffen. Wir könnten jedenfalls etwas Verstärkung brauchen.«

»Warum sind wir eigentlich in diese verlassene Gegend gekommen?« wollte Newman wissen.

»Wie Sie bestimmt gemerkt haben, habe ich unsere Abreise nicht gerade geheimgehalten. Hätte nur noch gefehlt, sie in der Zeitung anzukündigen. Wie ich bei einer früheren Gelegenheit schon einmal bemerkt habe, sind Großstädte momentan zu gefährlich für uns. Sie sind zu unübersichtlich. Hier draußen dagegen ist es für den Feind viel schwerer, unbemerkt an uns heranzukommen. Das hier ist also wesentlich gefährlicheres Gelände – für den Feind. Wir müssen die Gegenseite rasch ausschalten. Mein Gefühl sagt mir, daß wir nicht mehr viel Zeit haben.«

»Dieser Hubschrauber ist immer noch über uns«, bemerkte Paula.

»Gut. Das könnte heißen...«

Er sprach den Satz nicht zu Ende, denn Kane verlangsamte das Tempo plötzlich drastisch. Er streckte die Hand aus dem offenen Seitenfenster und bewegte sie auf und ab. Paula gab Butler und Nield, die hinter ihr fuhren, das gleiche Zeichen.

»Offensichtlich nähern wir uns dem Château d'Avignon.«

Eine Minute später fuhren sie langsam am Eingangstor eines Schlosses mit zahlreichen Erkern und Türmen vorbei. Es war ein heruntergekommener alter Bau, die Fassade fast ganz von Kletterpflanzen überwuchert, die Paula an die Arme eines grünen Oktopus erinnerten. Am offenen Tor stand ein uniformierter Wächter. Im Rückspiegel sah sie, wie Butler und Nield von der Straße abbogen und vor dem Tor anhielten.

»Mal sehen, was sie den beiden für einen Empfang bereiten«, bemerkte sie nachdenklich. »Sieht ziemlich gespenstisch aus, dieses Château.«

24

Ein paar Kilometer weiter streckte Kane erneut die Hand aus dem Fenster und winkte. Paula bremste und bog hinter dem Porsche langsam von der Straße ab. Das Château des Avenières hatte kein Tor an der Einfahrt, und es stand nur ein kleines Stück von der Straße zurückversetzt. Paula stieß einen leisen Pfiff aus, als sie anhielt.

»Was für ein Unterschied. Hier ist es ja richtig schön. Genau so habe ich mir ein französisches Château immer vorgestellt.«

Hier gab es keine uniformierten Sicherheitskräfte. Statt dessen kam eine gutaussehende Frau durch die offene Tür, als Tweed die Treppe hinaufging.

»Mr. Tweed?« fragte sie in tadellosem Englisch. »Willkommen im Château des Avenières. Wir freuen uns immer, einen neuen

Gast begrüßen zu dürfen. Um Ihr Gepäck wird sich ein Hoteldiener kümmern.«

Paula, Newman und Marler begrüßte sie mit derselben Freundlichkeit und führte sie nach drinnen. Tweed fühlte sich sofort zu Hause, als er die schöne Einrichtung sah. Sie war großzügig und geschmackvoll, ohne protzig zu sein. Nachdem ihnen zwei Hoteldiener das Gepäck abgenommen hatten, erklärte die Frau, die sie in Empfang genommen hatte: »Sicher sind Sie nach der langen Fahrt müde. Darf ich Ihnen deshalb vielleicht auf der Terrasse ein Glas Champagner anbieten?«

»Danke, sehr gern«, rief Christopher Kane, der gerade hereingekommen war.

Sie durchquerten einen großen Raum, der ebenfalls mit unaufdringlicher Eleganz eingerichtet war und sich auf eine geräumige Terrasse öffnete, auf der mehrere Paare saßen. Tweed entschied sich für einen großen Tisch am Rand, weil er etwas abseits stand. Nachdem er Paula einen Stuhl herausgezogen hatte, setzte er sich und bewunderte die Aussicht.

»So etwas habe ich noch nie gesehen«, bemerkte er dazu.

Unter ihnen befand sich eine zweite, noch größere Terrasse mit einem ovalen Swimmingpool. Dahinter fiel das Gelände sanft ab. In der Ferne sah man im Abendlicht eine Reihe von Hügelketten. Zu seiner Rechten glitzerte das Blau eines Sees in der untergehenden Sonne. Kane deutete darauf.

»Das ist der Lac d'Annecy. Man kann auch einen Teil der alten Stadt sehen.«

»Einfach himmlisch«, schwärmte Tweed. »Hier würde ich gern mal Urlaub machen.«

Erstaunt sah Paula ihn an, als er an seinem Champagnerglas nippte. Sie hatte Tweed noch nie sehnsüchtig von Urlaub sprechen hören. Der Ort hatte eine unbeschreibliche Atmosphäre. Wie ein Gemälde von Turner. Die Paare an den anderen Tischen unterhielten sich leise.

»Welch ein Frieden«, erklärte Tweed.

»Wie es wohl Nield und Butler geht?« bemerkte Paula.

Die Ankunft im Château d'Avignon verlief etwas anders. Butler, der auf Tweeds Anweisung einen gutgeschnittenen Leinenanzug trug, wurde von uniformierten Sicherheitsbeamten angehalten.

»Sie dürfen das Gelände nur betreten, wenn Sie eine Reservierung haben.«

Der Sicherheitsbeamte war eins achtzig groß und kräftig gebaut. Sein Englisch erinnerte Butler an die weniger begüterten Gegenden des Londoner East End. An seinem Ledergürtel baumelte ein Holster, aus dem der Griff eines Revolvers hervorstand.

»Tatsächlich?« Butler blieb stehen und sah den Mann an. »Begrüßen Sie so alle Gäste, die eine Reservierung *haben*?«

»Namen.«

»Sie meinen doch wahrscheinlich«, schaltete sich an dieser Stelle Nield ein, »›könnten Sie mir bitte Ihre Namen nennen‹?«

»Wenn Sie eine Reservierung haben, ist alles okay.«

»Was ist das hier eigentlich?« wollte Nield wissen. »Ein Hotel oder San Quentin? Wozu brauchen Sie diese Kanone da? Wimmelt wohl von Kaninchen hier, wie?«

»Dies hier ist eine sehr einsame Gegend«, teilte ihm der Sicherheitsbeamte mit.

»Das habe ich schon gemerkt«, erwiderte Butler. »Nield und Butler. Wir haben aus Zürich angerufen und zwei Zimmer reserviert. Und jetzt setzen Sie sich langsam mal in Bewegung. Gehen Sie rein und prüfen Sie es nach. Wir kommen mit.«

»Und unser Gepäck dürfen Sie auch tragen«, fügte Nield hinzu.

Widerstrebend packte der Mann mit seinen Preisboxerpranken ihre Koffer. An der Rezeption wurden sie von einem wieselgesichtigen Mann argwöhnisch gemustert.

»Ja, Ben?«

»Big Ben«, kommentierte Butler, für alle vernehmlich.

»Nield und Butler. Aus Zürich. Behaupten, sie haben zwei Zimmer reserviert.«

»Haben sie auch, Ben.« Mit einem aalglatten Grinsen reichte ihnen der Mann die Anmeldeformulare. »Willkommen im besten Hotel Frankreichs.«

»Dann kann ich nur sagen, Gott stehe Frankreich bei.«

250

Zusammen mit den anderen erwünschten Daten kritzelte er unleserlich seinen Namen auf das Papier. Nield, der es ihm gleichtat, sah beim Schreiben den Portier an, bevor er ihm das Formular zuschob.

Trotz seines guten Englisch hatte der Portier einen französischen Akzent. Er nahm zwei Schlüssel von einem Brett und grinste wieder. Nield gelangte zu der Ansicht, daß dieses Grinsen wohl das war, was sich der Kerl unter Freundlichkeit vorstellte.

Beide bekamen ein Zimmer mit Blick auf die Einfahrt und die Straße. Keiner von beiden hielt es für lohnenswert, um ein Zimmer nach hinten raus zu bitten. Nachdem sie sich frisch gemacht hatten, trafen sie sich auf dem düsteren Gang und gingen nach unten, um etwas zu essen.

Im Restaurant, in dem man einen herrlichen Panoramablick hatte, saßen nur wenige Leute. Der Oberkellner, der sie sehr von oben herab behandelte, führte sie zu einem Tisch hinter einer Säule. Butler setzte sich nicht.

»Wir möchten den Tisch da drüben.«

»Der ist bedauerlicherweise reserviert.«

»Natürlich ist er reserviert. Für uns.«

Gefolgt von Nield, marschierte Butler auf den Tisch zu, von dem man eine bessere Sicht hatte, und nahm Platz. Der Oberkellner eilte ihnen aufgebracht hinterher.

»Ich weiß nicht, ob die Herrschaften, die diesen Tisch reserviert haben, da so begeistert sein werden.«

»Sie sind aus Birmingham, stimmt's?« erwiderte Butler. »Bringen Sie uns die Weinkarte und zwei Flaschen Mineralwasser. Mit viel Kohlensäure. Und wir würden gern ein bißchen fix bedient werden.«

»Bei uns werden Sie immer prompt bedient, Sir.«

»Das werden wir ja gleich sehen.«

Als der Kellner gegangen war, sah sich Butler in dem fast leeren Lokal um. Die meisten Gäste schienen Franzosen zu sein. An einem Ecktisch saß eine ausnehmend attraktive Frau mit kastanienbraunem Haar. Sie fing seinen Blick auf, erwiderte ihn eine Weile und wandte ihn schließlich ab. Mit einem Mal schien sie es nicht mehr so eilig zu haben, ihren Kaffee auszutrinken. Offensichtlich war sie zu der Auffassung gelangt, der kräftig gebaute Mann könnte ein reicher Industrieller sein.

»Nicht hinsehen«, flüsterte Butler Nield zu. »Die Sirene am Fenstertisch auf der gegenüberliegenden Seite ist niemand anderes als Tina Langley.«

»Ich weiß«, bestätigte ihm Nield. »Ich habe mir ihr Foto sehr genau angesehen. Sieht fast so aus, als wären wir hier an der richtigen Adresse.«

Der Fahrer des blauen Citroën hatte den kleinen Konvoi gerade rechtzeitig eingeholt, um Butler und Nield zum Chateau d'Avignon abbiegen zu sehen. Er fuhr weiter, bis er den Wagen, in dem Tweed saß, vor dem Chateau des Avenières halten sah. Als er langsam daran vorbeifuhr, beobachtete er, wie Tweed am Eingang begrüßt wurde.

Nach einer Weile wendete er und fuhr zurück. Dabei vergewisserte er sich im Rückspiegel immer wieder, ob ihm jemand folgte. Doch die Straße hinter ihm war leer. Er bog scharf nach rechts ab und fuhr langsam einen Forstweg entlang, der tief in den Wald hineinführte.

Schließlich hielt er an und stieg aus. Er lauschte mehrere Minuten, hörte aber keinen Laut, nicht einmal Vogelgezwitscher. Er brauchte nur ein paar Minuten, um ein Zelt aufzubauen. Dann holte der Soldat in der Uniform des Schweizer Bundesheeres seine Marschverpflegung aus dem Rucksack und begann zu essen.

Nachdem sie zu Ende gegessen hatten – wider Erwarten war das Essen sehr gut gewesen –, zogen sich Butler und Nield in Butlers Zimmer im Erdgeschoß zurück, das nur ein paar Türen von Nields Zimmer entfernt lag.

»Ich muß dir was zeigen. Du warst doch mal Fassadenkletterer, oder nicht?«

»War ich nicht – und das weißt du ganz genau.«

»Dann wirst du eben jetzt einer.«

Butler schloß die Zimmertür auf, sah den Gang hinauf und hinunter, steckte den Schlüssel von innen ins Schloß und betrat das Zimmer, ohne das Licht einzuschalten. Nield hatte zwar keine Ahnung, was sein Partner vorhatte, folgte ihm aber. Butler schloß die Tür von innen wieder ab und schob den Sicherheitsriegel vor.

»Das Fenster«, flüsterte er dann. »Der Mond ist hell genug. Komm mit. Es stehen keine Möbel im Weg. Du hast doch hoffentlich eine Waffe einstecken.«

»Klar.«

Butler hatte den Vorhang offengelassen, so daß das Mondlicht ins Zimmer fiel. Nachdem sich seine Augen an die Dunkelheit gewöhnt hatten, sah Nield, daß es ein sehr geräumiges Zimmer mit einem Doppelbett war. Größer als sein Zimmer.

»Irgend etwas ist komisch an diesem Hotel«, flüsterte Butler.

»Das ist mir auch schon aufgefallen.«

Butler ging ans Fenster, öffnete es leise und spähte nach draußen. Von den Sicherheitsbeamten keine Spur. Das Tor war geschlossen. Butler packte Nield am Arm, damit auch er nach draußen sah. Dann bückte er sich und zog zwei Paar Handschuhe hervor, die er hinter dem Vorhang versteckt hatte, und reichte eines davon Nield, der immer noch keine Ahnung hatte, was das alles sollte.

»Ich habe auch schon bei Tageslicht aus dem Fenster gesehen«, flüsterte Butler. »Du weißt ja, mir entgeht selten etwas.«

»Und?«

»Dieses Zimmer befindet sich unter einem der Türme, die wir bei unserer Ankunft gesehen haben. Schau mal, was da ist.«

Butler beugte sich aus dem Fenster und schob ein paar Efeuranken zur Seite, damit Nield das dicke Kabel sehen konnte, das zum Turm hinauflief. Es gab keinen Zweifel, daß es sich dabei um ein Glasfaserkabel handelte.

»Was befindet sich da über uns?« flüsterte Butler.

»Könnte eine moderne Sendestation sein. Aber wofür braucht man so was in einem Hotel?«

»Ich klettere mal hoch, um es mir näher anzusehen. Ich habe den Efeu getestet. Die Ranken sind so dick und fest wie Seile. Unsere Schuhe müssen wir allerdings hierlassen. Wenn du willst, kann ich dir ein extra Paar Socken leihen. Damit du besseren Halt hast ...«

Nachdem er sich ein zweites Paar Socken übergestreift hatte, vergewisserte sich Nield, daß seine Walther sicher in seinem Holster verwahrt war. Er schwang ein Bein aus dem Fenster.

Butler hangelte sich bereits rasch, aber mit der gebotenen Vorsicht die Efeuranken hinauf. Jedesmal bevor er ein Stück höher kletterte, prüfte er, ob der Efeu sein Gewicht aushielt. Nield warf einen Blick nach unten, stellte fest, daß sich nichts rührte, und begann ebenfalls, an der Fassade hochzuklettern.

Das Ganze war an sich nicht viel anders als beim Training in Surrey, wo sie an Seilen an einer Hauswand hochgeklettert waren. Mit einer Ausnahme. Wenn Big Ben nach draußen kam und nach oben sah, gäben sie zweifellos hervorragende Schießscheiben für ihn ab. Und eine solche Gelegenheit ließe er sich bestimmt nicht entgehen.

Als Butler das zweite Stockwerk erreichte, wand er sich an einem dunklen Fenster vorbei, bevor er den Aufstieg fortsetzte. Mit den Socken fanden sie tatsächlich besser Halt. Im dritten Stock mußte Butler noch einmal dasselbe Manöver vollführen. Und dann, kurz bevor er den Turm erreichte, wo hinter einem Fenster Licht brannte, spürte er, wie Nield an seinem Hosenbein zupfte. Er erstarrte, als er nach unten blickte.

Big Ben war nach draußen gekommen und ging die Zufahrt unter ihnen auf und ab.

Vorsichtig drückte sich Butler enger an die Wand und verhielt sich dann vollkommen still. Nield wagte es nicht, seine Walther zu ziehen. Die leiseste Bewegung konnte Big Ben auf sie aufmerksam machen. Nield beobachtete, wie Big Ben wankend zum Tor ging. Offensichtlich war er betrunken. Und tatsächlich blieb er kurz darauf stehen, hob eine Weinflasche, die er die ganze Zeit in der Hand gehalten hatte, und nahm einen Schluck daraus.

Als er das Tor erreichte, schien es, als vergewisserte er sich, ob es abgeschlossen war. Haarig würde die Sache, wenn er zum Hotel zurückkehrte – dann brauchte er nur einen Blick nach oben zu

254

werfen. Da half es auch nichts, daß er betrunken war. Bestimmt gab es noch andere bewaffnete Sicherheitskräfte, die er alarmieren konnte.

Torkelnd kehrte Big Ben schließlich vom Tor zum Hotel zurück. Nield seufzte erleichtert auf, als er endlich die Eingangstür zufallen hörte. Er sah zu Butler hoch und reckte ihm den erhobenen Daumen entgegen. Butler kletterte weiter.

Er wartete neben dem offenen Turmfenster, bis Nield auf der anderen Seite auf gleicher Höhe war. Vermutlich war das Fenster wegen der Hitze offen. Vorsichtig spähte Nield hinein.

Das Kabel führte in einen sechsseitigen Raum. Plötzlich ertönte ein leises Summen. Als Nield daraufhin nach oben blickte, sah er, wie aus der Turmspitze automatisch eine Antenne ausgefahren wurde.

Im Turmzimmer saß der wieselgesichtige Kerl mit dem Rücken zum Fenster vor einer riesigen Sendeanlage. Er trug einen Kopfhörer und sprach auf englisch in ein Mikrophon.

»Möglicherweise zwei Eindringlinge. Harry Butler und Pete Nield. Für beide traf aus dem Hotel Baur au Lac in Zürich eine Zimmerreservierung ein. Bitte um Anweisung, welche Maßnahmen gegebenenfalls zu ergreifen sind. Ja, wir könnten sie ohne weiteres von der Bildfläche verschwinden lassen. Sie melden sich, sobald Sie ihre Identität überprüft haben? Ich warte auf Ihren Rückruf, Taube ...«

Nield bedeutete Butler, wieder nach unten zu klettern. Beim Abstieg waren sie noch vorsichtiger als beim Aufstieg. Nield blickte immer wieder nach oben und betete, der Mann im Turmzimmer möge nicht plötzlich frische Luft schnappen und aus dem Fenster sehen. Auf keinen Fall durften sie sich jetzt zu übertriebener Hast hinreißen lassen. Sie hatten das offene Fenster von Butlers Zimmer fast erreicht, als sich eine Ranke, an der Butler sich gerade festhielt, löste.

Nields Puls beschleunigte sich deutlich, als er beobachtete, wie Butler die Ranke losließ und eine andere packte. Dann steckte er das losgerissene Stück wieder zurück. Schließlich sollte niemand ahnen, daß jemand zum Turm hochgeklettert war.

255

Nield fiel ein Stein vom Herzen, als er Butler endlich nach drinnen folgte und er wieder festen Boden unter den Füßen hatte. Butler schloß das Fenster, zog den Vorhang zu, tastete sich durch das Zimmer und schaltete das Licht ein.

Keiner der beiden sprach ein Wort, bis sie sich Hände und Gesicht gewaschen hatten. Anschließend machte Butler eine Flasche Champagner auf, die er mit aufs Zimmer gebracht hatte.

»Das war eben ganz schön knapp«, bemerkte er.

»Was man nicht alles für England tut«, sagte Nield. »Das hier ist weit mehr als nur ein Hotel. Wir müssen Tweed umgehend von dieser Funkstation berichten.«

»Heute abend aber kaum noch. Das Tor ist abgeschlossen. Wenn wir darum bitten, es für uns aufzuschließen, wecken wir nur noch mehr ihren Verdacht. Darum trinken wir lieber. Cheers!«

Nields Bedenken waren damit nicht ausgeräumt. Butler dagegen hatte sich damit abgefunden, daß sie warten mußten. Das entsprach genau der unterschiedlichen Art, wie die beiden mit Problemen umgingen.

Hunderte von Kilometern weiter östlich war eine ähnlich moderne Antenne aus dem Dach des Hauses in der Slowakei ausgefahren worden. Der Empfänger der vom Portier des Hotels übermittelten Nachricht war Hassan gewesen.

Die Meldung hatte ihn beunruhigt. Er hatte schon eine ganze Weile dagesessen und darüber nachgedacht, als das Telefon klingelte.

»Wer ist am Apparat?« fragte er mürrisch.

»Sie kennen doch meine Stimme«, sagte der Engländer.

»Gut, daß Sie anrufen. Eben habe ich aus dem Château die Nachricht erhalten, daß sich dort zwei verdächtige Personen eingeschlichen haben.«

»Der genaue Wortlaut der Meldung?«

»Möglicherweise zwei Eindringlinge.«

»›Möglicherweise!‹ Müssen sie im Château immer gleich aus jeder Mücke einen Elefanten machen? Sie wissen doch, daß sie auch normale Gäste aufnehmen, damit der Eindruck entsteht, als wäre es ein richtiges Hotel.«

»Gewiß …«

»Fangen Sie jetzt auch noch an, verrückt zu spielen? Haben Sie schon Nachricht, daß Tweed oder Kane eliminiert worden sind? Am besten beide.«

»Nein, bisher nicht.«

»Wachen Sie langsam auf, Mann. Dieser Punkt hat absolute Priorität. Inzwischen müßte der Orden zumindest den Aufenthaltsort dieser beiden Männer festgestellt haben. Wir haben nicht mehr viel Zeit!«

Die Verbindung wurde unterbrochen. Wieder einmal hatte der selbstherrliche Engländer einfach aufgehängt. Hassan saß da und kochte vor Wut.

Tina Langley war frustriert. Der untersetzte Mann, dessen Blick sie aufgefangen hatte, hatte das Restaurant mit seinem Begleiter verlassen. Sie wußte, sie hatte seine Aufmerksamkeit erregt – allerdings hatte sie nicht gemerkt, daß er sie erkannt hatte. Ihren Kleidern und dem Essen nach zu schließen, das sie bestellt hatten, mußten die beiden Geld haben. Dafür hatte sie ein todsicheres Gespür.

Sie hatte beschlossen, in der Hotelhalle noch einen Kaffee zu trinken. Am Eingang blickte sie sich um. Keine Spur von ihm. Ein französisches Paar, dem aufgefallen war, daß sie allein war, sah zu ihr herüber. Die modisch gekleidete Frau sprach sie auf englisch an.

»Entschuldigung, aber sind Sie allein hier? Das ist sicher nicht einfach für Sie. Ich war auch einmal in dieser Situation.«

»Aber jetzt nicht mehr«, sagte ihr Mann und ergriff lächelnd ihre Hand. »Wir fänden es schön, wenn Sie uns ein wenig Gesellschaft leisten würden. Wir haben eine ausgeprägte Schwäche für England. Ich habe zwei Jahre in London gelebt.«

»Das ist wirklich sehr nett von Ihnen. Ich fühle mich tatsächlich ein wenig allein.«

Sie setzte sich auf den Stuhl, den ihr der Franzose herauszog. Der Hauptgrund, weshalb sie die Einladung angenommen hatte, war der Diamant am Verlobungsring der Frau, den sie neben ihrem Ehering trug. Der gutaussehende Franzose war in den Vierzigern und trug einen Armani-Anzug. Und er hatte zweifellos Geld.

Der Gedanke, diesen Mann seiner Frau abspenstig zu machen, bereitete ihr keinerlei Skrupel. Männer liebten Abwechslung. Vielleicht konnte sie ihn sogar erpressen, wenn er ihr einmal ins Netz gegangen war. Nachdem der Kaffee serviert worden war, begannen sie sich zu unterhalten.

»Ich bin Louis Marin«, stellte sich der Mann vor. »Und das ist meine Frau Yvette.«

»Ich bin Lisa Vane, und ich möchte Ihnen noch mal sagen, daß ich das ausgesprochen nett von Ihnen finde. Waren Sie schon öfter in diesem Hotel?«

»Sie denn?« Marin sprach leiser. »Wir sind zum erstenmal hier.«

»Ich auch«, antwortete Tina mit einem verführerischen Lächeln.

»Kennen Sie die Besitzer?« fragte Yvette.

»Nein. Ich kenne niemanden hier.«

»Wir sind nicht sehr glücklich mit unserer Wahl«, fuhr Yvette fort. »Das Personal ist nicht gerade so, wie man es in einem Fünf-Sterne-Hotel erwartet. Nehmen Sie es mir bitte nicht übel, wenn ich das so sage, aber ein paar sind Engländer und nicht gerade freundlich. Wir wissen das, weil wir schon in einigen phantastischen Hotels in England gewohnt haben.«

»Wie kommt es dann, daß Sie hier abgestiegen sind?« erkundigte sich Tina.

»Wir haben versehentlich das falsche Hotel genommen. Nach unserer Ankunft haben wir mit Freunden in Paris telefoniert. Sie sagten, wir hätten ins Château des Avenières gehen sollen, ein richtiges Fünf-Sterne-Hotel.«

»Es liegt nur ein paar Kilometer weiter«, flocht der Ehemann ein, der Mühe hatte, den Blick von Tinas übereinandergeschlagenen Beinen loszureißen. Sie tippte ihm aufs Knie, und er nahm wieder einen Schluck von seinem Kaffee.

»Sie erreichen es, wenn Sie die Straße, die am Hotel entlangführt, einfach weiterfahren. Unsere Freunde meinen, im Château des Avenières wäre der Blick schöner und vor allem das Essen und der Service erheblich besser. Es wird von einem ausgesprochen netten Ehepaar geführt, und das offensichtlich außerordentlich gut.«

»Spielen Sie demnach mit dem Gedanken, das Hotel zu wechseln?«

Tina versuchte, Louis Marins Blick aufzufangen, aber er sah überallhin, nur nicht zu ihr. Er hat ganz schön Angst vor seiner Frau, dachte Tina verächtlich. Wenn er mir mal allein über den Weg läuft, ist er sicher nicht mehr annähernd so verklemmt. Vor allem nicht in einem Schlafzimmer.

Sie unterhielt sich noch eine Weile mit den beiden, dann tat sie so, als unterdrückte sie ein Gähnen. Sie sah auf die Uhr.

»Es war wirklich nett, sich mit Ihnen zu unterhalten.« Sie lächelte Yvette an. »Sie werden mich hoffentlich entschuldigen, aber ich hatte einen anstrengenden Tag ...«

Auf ihrem Zimmer machte sie sich unverzüglich an die Arbeit. Normalerweise wurden den Mitgliedern des Ordens alle Daten zur Verfügung gestellt, die nötig waren, um ihre Opfer zu finden. Tina hatte sich in Genf einen Stadtführer besorgt, in dem auch alle führenden Hotels aufgeführt waren. Sie machte sich daran, in einem nach dem anderen anzurufen. Dabei ging sie jedesmal nach dem gleichen Schema vor.

»In London hat es einen Notfall gegeben. Mr. Tweed muß umgehend davon in Kenntnis gesetzt werden. Es ist sehr dringend ...«

Jedesmal wurde ihr mitgeteilt, niemand dieses Namens wohne in dem Hotel. Sie gab nicht auf und rief in jedem besseren Hotel der Stadt an. Jedesmal ohne Erfolg. In keinem der Hotels, in denen sie anrief, wohnte jemand dieses Namens.

Sie saß vor dem Spiegel, bürstete ihr kastanienbraunes Haar und trug verschiedene Kosmetika auf ihr Gesicht auf. Dabei war ihr schon manche gute Idee gekommen. Außerdem bestand immer noch die Möglichkeit, daß sie Louis Marin allein auf dem Flur begegnete. Dann fiel ihr das Gespräch mit ihm und seiner Frau wieder ein.

Nachdem sie im Branchenbuch unter Hotels nachgeschlagen hatte, wählte sie die Nummer des Château des Avenières. Wieder erzählte sie die gleiche Geschichte. Ihre Lippen spannten sich, als der Nachtportier antwortete:»Ich glaube, er ist noch in der Hotelhalle. Ich hole ihn … Hallo! Hallo …«

Tina hatte aufgelegt. Um ihre Lippen spielte ein gehässiges Grinsen. Sie hatte voll ins Schwarze getroffen. Tweed, ihr nächstes Opfer, war nur wenige Kilometer entfernt. Und Hassan hatte ihr eine sehr genaue Beschreibung von diesem Mr. Tweed zukommen lassen.

25

Nachdem der Soldat vor seinem Zelt zu Ende gegessen hatte, übte er mit seinem Armalite-Gewehr. Er richtete die mit einem Zielfernrohr ausgestattete Waffe auf einen Vogel, der hoch oben in einem Baum saß. Im Fadenkreuz war der Vogel so stark vergrößert, daß er seine Augen sehen konnte. Das Gewehr war nicht geladen, und als er abdrückte, klickte es nur leise. Der Vogel flog davon.

Der Soldat grinste und begann, weitere »Ziele« ins Visier zu nehmen. Ein Blatt im Gipfel eines hohen Baumes, einen vertrockneten Tannenzapfen an einem Zweig, einen kleinen Felsbrocken, den er in einiger Entfernung im Mondlicht sehen konnte.

Schließlich überzeugt, daß er das Schießen nicht verlernt hatte, ging er auf dem Forstweg zur Straße zurück. Das Gewehr hatte er unter einem Haufen Zweige versteckt.

Als er eine Weile an der verlassenen Straße entlanggewandert war und das Château des Avenières fast erreicht hatte, hörte er einen Wagen auf sich zu kommen. Bevor er reagieren konnte, kamen die Scheinwerfer um eine Kurve und erfaßten ihn. Er verlangsamte auf der Stelle seine Schritte und schlenderte gemächlich dahin, als machte er in der angenehm frischen Nachtluft nur einen kleinen Spaziergang.

Nachdem sich die anderen Mitglieder des Teams im Château des Avenières auf ihre Zimmer zurückgezogen hatten, beschloß Marler, der mit sehr wenig Schlaf auskam, noch einmal kurz zum Château d'Avignon zu fahren. Vielleicht gab es bereits Neuigkeiten von Butler und Nield.

Als er auf dem Weg dorthin um eine Kurve bog, sah er auf der anderen Straßenseite einen Soldaten entgegenkommen. Er fuhr langsam an ihm vorbei und versuchte sich zu erinnern, wo er vor kurzem schon einmal einen Soldaten gesehen hatte.

Dann fiel es ihm ein. Als sie nach der Ankunft im Genfer Hauptbahnhof den langen Bahnsteig entlanggegangen waren, hatte ein Gleis weiter ein Soldat mit einem Rucksack gewartet. Es war vermutlich ein Zufall, aber andererseits wußte Marler, daß Tweed nicht an Zufälle glaubte. Nachdem er eine Weile langsam weitergefahren war, traf er eine rasche Entscheidung. Der Soldat war inzwischen hinter einer Kurve verschwunden.

Marler nahm die Walther aus seinem Hüftholster und legte sie auf den Beifahrersitz. Dann wendete er und fuhr langsam in der Richtung zurück, aus der er gekommen war.

Ich glaube, ich habe ein Wörtchen mit dir zu reden, Freundchen, sagte er zu sich selbst.

Mit der Sprache hatte Marler keine Probleme. Er sprach gut genug Französisch, um als Franzose durchgehen zu können. Bei einer Gelegenheit hatte er sich sogar schon als einer ausgeben müssen. Er hatte nur die linke Hand am Steuer, als er um die Kurve fuhr. Die rechte bedeckte die Walther auf dem Beifahrersitz. Hinter der Kurve kam eine längere Gerade.

Marler schaltete das Fernlicht ein. Die Straße war leer. Keine Spur von dem einsamen Soldaten. Was hatte das zu bedeuten? Da fiel ihm eine Übung ein, mit der in der British Army getestet wurde, wie weit ein Soldat in der Lage war, sich auf eigene Faust durchzuschlagen. Der Betreffende wurde in einer verlassenen Gegend ausgesetzt und sollte sich zu einem vorher festgelegten Punkt durchschlagen. Vielleicht führte das Schweizer Bundesheer ähnliche Übungen durch – wobei sie den Soldaten allerdings auf französischem Boden sich selbst überlassen hätten.

261

Marler war nicht entgangen, daß immer wieder Forstwege von der Straße abgingen. Vermutlich hatte der Soldat einen von ihnen genommen. Er wendete noch einmal und fuhr in der ursprünglichen Richtung weiter.

Kurz bevor er die Einfahrt des Château d'Avignon erreichte, ging er vom Gas und schaltete das Standlicht ein. Das hohe Holztor war verschlossen und versperrte die Zufahrt zum Hotel. Eigenartig, dachte er. Da es keine Möglichhkeit gab, mit Butler und Nield Verbindung aufzunehmen, fuhr er wieder zum Château des Avenières zurück.

Unmittelbar hinter der Kurve war der Soldat auf einem der Forstwege in den Wald gerannt und hinter einem dicken Baumstamm in Deckung gegangen. Von dort beobachtete er, wie der Wagen zurückkam, wendete und wieder in der ursprünglichen Richtung weiterfuhr.

Er wußte nicht recht, was er davon halten sollte. Hielten die Leute in dem Auto nach ihm Ausschau? Das war ziemlich unwahrscheinlich. Er wartete noch eine Weile. Seine Geduld war unerschöpflich. Da er von den Scheinwerfern geblendet worden war, hatte er nicht sehen können, wer in dem Wagen gesessen hatte. Als der Wagen nach einiger Zeit wieder zurückkam, glaubte er jedoch, des Rätsels Lösung gefunden zu haben: Ein Mann hatte mit seiner Freundin gerade das getan, was der Soldat an seiner Stelle auch getan hätte. Aber zuerst waren sie noch einmal zurückgekommen, um sich zu vergewissern, daß der Soldat nicht versuchte, sie bei ihren amourösen Aktivitäten zu beobachten. Der Soldat wartete eine weitere halbe Stunde, bevor er seinen Marsch die Straße entlang fortsetzte.

Als er Lichter sah, wußte er, daß er das Château des Avenières erreicht hatte, wo Tweed mit seinen Leibwächtern die Nacht verbrachte. Er sah sich die Bäume gegenüber der Einfahrt des Hotels an. Schließlich entdeckte er nicht weit vom Straßenrand eine hohe Fichte. Er begann an ihr hochzuklettern.

Nicht besonders hoch oben fand er einen idealen Platz. Er setzte sich rittlings auf einen kräftigen Ast und lehnte sich mit dem Rücken an den Stamm. Von hier hatte er die Einfahrt des Hotels gut im Blick. Er nahm die Arme hoch, als hielte er ein Gewehr. Von hier konnte er Tweed im Auto erschießen, wenn er die Zufahrt zum Hotel entlangkam.

Hinter ihm befand sich dichtes Unterholz, ein dichtes Gewirr aus Büschen und Ranken. Der ideale Fluchtweg. Wenn sie ihn verfolgten, konnte er ihnen mühelos einen Hinterhalt legen. Rasch kletterte er den Baum wieder hinunter und trat den Rückweg zu seinem Zelt an. Dort angekommen, lud er das Armalite und legte sich schlafen.

Kurz vor Sonnenuntergang hatte Vitorelli von seinem Hubschrauber aus Tweeds Konvoi auf das Hotelgelände biegen sehen. Er lächelte. Und während er durch sein Fernglas beobachtete, wie Tweed das Hotel betrat, erteilte er Mario neue Anweisungen.

»Jetzt, wo wir wissen, wo er ist, können wir zum Genfer Flughafen zurückfliegen. Morgen früh mieten wir uns einen Wagen und fahren auf den Mont Salève. Ich habe nämlich mit meinem Freund ein Wörtchen zu reden.«

»Wozu das alles?«

»Wie ich Tweed kenne, war das Ganze nur ein Ablenkungsmanöver. Seine Abreise aus Zürich ging einfach zu auffällig vonstatten. Ich nehme fast an, er weiß, wo sich Tina Langley versteckt hält. Höchstwahrscheinlich will er versuchen, den Orden aus der Reserve zu locken.«

»Er hat doch gesagt, es sind mehrere.«

»Wir sind Tweed einen Schritt voraus«, sagte Vitorelli mit einem finsteren Lächeln. »Wir wissen nämlich, daß ihr Stützpunkt dieses einsame Haus in der Slowakei ist.«

»Woher wollen wir wissen, daß sich Tina Langley nicht dort versteckt hält?«

»Weil *du* sie in Genf gesehen hast. Und als sie merkt, daß du ihr folgst, lockt sie dich in den Zug nach Zürich, während sie selbst heimlich wieder aussteigt. Und das wiederum kann nur heißen, daß sie gar nicht aus Genf abreisen wollte. Warum? Weil es mit dem Wagen nur eine halbe Stunde zu diesem Hotel in Frankreich ist. Wo sie sich – hofft sie – problemlos aus der Schweiz absetzen kann. Darüber hinaus gibt es vielleicht noch einen anderen Grund.«

»Und der wäre?« fragte Mario, als er den Kamm des Mont Salève überflog und auf den Genfer Flughafen zusteuerte.

»Ihr nächstes Opfer ist Tweed.«

Tweed saß in der Hotelhalle des Château des Avenières mit Paula und Newman beim Kaffee. Trotz der Strapazen des langen Tages arbeitete sein Verstand auf Hochtouren. In Paulas Stimme schwang Besorgnis mit, als sie fragte:

»Wo steckt Marler? Er ist verschwunden, ohne ein Wort zu sagen.«

»Ich würde mir mal um Marler keine Sorgen machen. Er kann auf sich selbst aufpassen. Er nimmt schon mal die nähere Umgebung des Hotels unter die Lupe, falls es hier zu einem Feuergefecht kommen sollte – was ich übrigens sehr hoffe, da sonst unsere auffällige Abreise aus Zürich umsonst gewesen wäre.«

»Dann wollen Sie also schon wieder den Lockvogel spielen«, stieß Paula aufgebracht hervor.

»Drücken wir es mal so aus: Ich bin ein Magnet, der die Eisenspäne – sprich, den Feind – in eine einsame Gegend lockt, wo die Gefahr, daß Unschuldige zu Schaden kommen, sehr gering ist.«

Da sie allein in der Hotelhalle waren, konnten sie sich unterhalten, ohne fürchten zu müssen, belauscht zu werden. Als der Nachtportier auf sie zu kam, verstummte Tweed.

»Entschuldigung, Mr. Tweed«, begann der Mann. »Aber da kam eben ein seltsamer Anruf herein. Jemand sagte, in London wäre etwas Wichtiges passiert, und dann wurde die Verbindung unterbrochen.«

»Wann war das?«

»Vor ein paar Minuten. Da ich annahm, der Anrufer würde noch einmal anrufen, wartete ich eine Weile, bevor ich losging, um Sie zu verständigen.«

»War der Anrufer ein Mann oder eine Frau?«

»Eine Frau, Sir. Ich würde sagen, sie war Engländerin.«

»Hatte sie vielleicht einen ganz leichten Akzent?«

»Nein, Sir.«

»Danke. Geben Sie mir sofort Bescheid, wenn sie noch einmal anruft.« Tweed wartete, bis sich der Nachtportier entfernt hatte. »Sie wird natürlich nicht noch einmal anrufen. Das war Tina Langley. Sehr raffiniert, wie sie meinen Aufenthaltsort herausgefunden hat.«

»Woher wollen Sie wissen, daß es Tina Langley war?« fragte Newman.

»Weil Karin Berg einen leichten Akzent hat, von Simone Carnot ganz zu schweigen.«

»Sie geben eine hervorragende Zielscheibe ab«, erklärte Paula mit Nachdruck.

»Mein Plan hat funktioniert.« Tweed lächelte. »Der Orden kommt aus der Deckung hervor. Sie laufen in meine Falle. Und jetzt werden wir erst einmal mit ihren eigenen Methoden gegen sie vorgehen. Können Sie sich die Telefonnummern der führenden Genfer Hotels beschaffen, Paula?«

»Selbstverständlich. Ich weiß die Namen aller größeren Hotels.«

»Dann rufen Sie in jedem an. Sagen Sie, Sie müssen dringend mit Karin Berg oder Simone Carnot sprechen. In Stockholm wäre etwas passiert. Es ginge um Leben und Tod. Mit ein bißchen Glück wird ein Portier damit herausrücken, daß eine von ihnen in dem Hotel wohnt, in dem Sie gerade anrufen. Und dann legen Sie einfach auf.«

»Sie schlagen sie mit ihren eigenen Waffen. Und es geht tatsächlich um Leben und Tod. Denken Sie nur mal daran, wieviel Mitglieder des *Institut* bereits ermordet wurden.«

»Es muß nicht unbedingt klappen«, warnte Tweed. »Aber bei Tina hat es geklappt.«

»Dann wird es auch bei mir klappen. Noch etwas anderes. Der Hubschrauber, der auf dem Weg hierher über uns geflogen ist – ich glaube ganz sicher, er ist uns gefolgt.«

»Ich bin ziemlich sicher, daß an Bord mein alter Weggefährte Emilio Vitorelli war. Er hofft, daß ich ihn zu Tina Langley führe. Da sie am Tod seiner Verlobten Gina schuld ist, ist er fest entschlossen, sie umzubringen.«

265

»Ich habe Ihnen noch gar nicht erzählt, daß uns auch ein Hubschrauber gefolgt ist, als ich zum Stützpunkt des Ordens gebracht wurde, zu diesem eigenartigen Haus in der Slowakei. Aber vielleicht war das ja nur Zufall.«

Tweed bedachte sie mit einem Seitenblick – Paula wußte, was er zu bedeuten hatte – und dachte einen Moment nach. »Ich würde nur gern wissen, wie er diesen Ort entdeckt hat. Können Sie diese Anrufe noch erledigen, bevor Sie zu Bett gehen?«

»Ich gehe auf mein Zimmer und fange sofort damit an.«

»Dann warten wir hier so lange. Mal sehen, ob Sie Erfolg haben ...«

Nachdem er mit Tweed und den anderen ganz vorzüglich zu Abend gegessen hatte, entschuldigte sich Christopher Kane. Tweeds Vorschlag, in der Hotelhalle einen Kaffee mit ihnen zu trinken, hatte er abgelehnt.

»Ich brauche meinen Schönheitsschlaf«, sagte er zu Paula. »Sonst fangen all die gutaussehenden Frauen noch an, mich zu übersehen.«

»Das würde mich aber sehr wundern«, entgegnete Paula amüsiert.

»Kane sah keineswegs müde aus«, bemerkte sie den anderen gegenüber, nachdem sie in der Hotelhalle Platz genommen hatten.

»Das ist er auch nicht«, bestätigte ihr Tweed. »Er hat sich bestimmt auf sein Zimmer zurückgezogen, um zu arbeiten. Wie ich kann er sich vermutlich um diese Zeit am besten konzentrieren. Wahrscheinlich arbeitet er an irgendeiner Methode, wie sich ein Angriff mit bakteriologischen Kampfstoffen am besten abwehren läßt.«

Sobald er in seinem Zimmer war, schloß Christopher Kane die Tür ab und zog sein Jackett aus. Dann setzte er sich auf die Bettkante, griff nach dem Telefon und begann zu wählen. Die Person, die er erreichen wollte, meldete sich auf der Stelle.

»Hier Christopher. Ich brauche ausführliche Informationen, die nur Sie mir geben können. Deshalb, machen Sie es sich schon mal bequem, mein Bester. Es wird ein Weilchen dauern ...«

266

Er telefonierte eine Viertelstunde. Er stellte Fragen. Er machte Vorschläge, erteilte Anweisungen. Betonte immer wieder, wie ernst die Sache war. Kane fiel ein Stein vom Herzen, als ihm die Person am anderen Ende der Leitung schließlich beipflichtete. Er bedankte sich und betonte noch einmal den Ernst der Lage.

Nachdem er aufgelegt hatte, köpfte er eine Flasche Champagner, die er auf dem Weg nach oben von der Bar mitgenommen hatte. Dann schlug er ein Notizbuch auf und begann, alle möglichen Berechnungen anzustellen. Seine Lippen bewegten sich kaum, als er dabei seine Gedanken laut artikulierte.

Tweed hätte alles darum gegeben, dieses Gespräch mithören zu können, aber ich glaube, er wird Verständnis dafür haben. Er weiß, ich bin ein Einzelgänger. Und von diesem Gespräch könnte das Schicksal der westlichen Welt abhängen ...

Als Paula gegangen war, um die Anrufe zu erledigen, wirkte Tweed, wenn das überhaupt möglich war, noch energiegeladener. Von Newman, der für seine unerschöpfliche Ausdauer bekannt war, fiel die Anspannung etwas ab, denn er spürte, daß Tweed eine Idee gekommen war.

»Ich werde auch noch zwei Anrufe tätigen.«

»Mit wem wollen Sie so spät noch telefonieren?«

»Zuerst mit Amos Lodge. Ich werde ihn bitten, morgen früh umgehend nach Genf zu fliegen. Wenn er dazu bereit ist, schicken wir ihm einen Wagen zum Flughafen, der ihn hierher bringt.«

»Wen noch?«

»Willie im Dolder Grand. Ihn werde ich dasselbe bitten.«

»Dorset geht Ihnen wohl nicht mehr aus dem Kopf, wie?«

»Es wäre ein verhängnisvoller Fehler, Dorset außer acht zu lassen. Vergessen Sie nicht, daß Vitorelli mir von einem Kurier erzählt hat, der einen Koffer voll Geld nach Dorset brachte.«

»Sie sind also sicher, das Geld war für Lodge oder Willie bestimmt?«

»Sicher ist im Moment noch gar nichts. Aber wenn Sie wollen, können Sie gerne so lange hier warten, bis ich oben auf meinem

Zimmer die Anrufe gemacht habe. Dann komme ich noch mal nach unten und sage Ihnen, wie die beiden reagiert haben …«

Newman hatte sich eine Zigarette angezündet und eine weitere Tasse Kaffee bringen lassen, als Marler hereinkam. Er setzte sich zu Newman und erzählte ihm von der Begegnung mit dem Schweizer Soldaten und daß das Tor des Château d'Avignon nachts geschlossen war.

»Die Sache mit diesem Schweizer Soldaten gefällt mir gar nicht«, bemerkte Newman. »Als wir in Genf aus dem Zug gestiegen sind, hat einer auf dem gegenüberliegenden Bahnsteig gewartet.«

»Vielleicht führen die Schweizer gerade ein Manöver durch«, entgegnete Marler und erläuterte ihm seine Theorie.

»In Frankreich? Das kann ich mir nicht vorstellen. Wenn ihn eine französische Polizeistreife entdeckt, würden sie ihn sofort verhören, vermutlich sogar in Gewahrsam nehmen.«

»Ganz genau. Das würde die Übung erschweren. Noch mehr Wachsamkeit von ihm erfordern. Ich sagte Ihnen doch, wie er sich plötzlich in Luft aufgelöst hatte, als ich umkehrte, um nach ihm zu suchen.«

»Sie könnten natürlich recht haben. Aber mit diesem Château d'Avignon stimmt irgend etwas nicht. Möglicherweise sitzen Butler und Nield dort in der Falle.«

»Haben Sie schon mal gehört, daß Butler und Nield sich von jemandem in eine Falle haben locken lassen? Nehmen Sie doch nur mal ihr kleines Abenteuer mit diesem Bagger in Österreich. Und das, obwohl keiner von ihnen bewaffnet war – bis Nield sich die Maschinenpistole des Baggerführers schnappen konnte.«

»Stimmt schon. Aber wenn sie morgen früh nicht auftauchen, werde ich dort mal nach dem rechten sehen.«

»Ich komme mit. Ist Tweed früh zu Bett gegangen? Für seine Verhältnisse früh, meine ich.«

Newman erklärte ihm, warum Tweed auf sein Zimmer gegangen war und wen er anrufen wollte. Marler runzelte die Stirn.

»Was hat er vor? Er kommt mir vor wie eine Spinne, die alle gefährlichen – tödlichen – Fliegen in ihr Netz lockt.«

»Genau das hat er meiner Meinung nach vor.«

In diesem Moment kam Paula in die Hotelhalle zurück. Kaum hatte sie Platz genommen, tauchte auch Tweed auf.

»Ladies first«, sagte Tweed mit einem Blick auf Paula, nachdem er sich gesetzt hatte.

»Ich mußte zwar ziemlich viel telefonieren«, begann Paula daraufhin, »aber schließlich hatte ich Erfolg. Sowohl Karin Berg als auch Simone Carnot befinden sich sozusagen in unserer unmittelbaren Nachbarschaft. Karin Berg ist im Hôtel des Bergues an der Rhône abgestiegen. Simone Carnot logiert im Richemond. Nehmen Sie sich also besser in acht, Tweed.«

»Das tue ich doch immer. Doch jetzt meine Neuigkeiten. Paula, nachdem Sie auf Ihr Zimmer gegangen waren, beschloß ich, Amos Lodge und Willie anzurufen – und beide zu bitten, morgen nach Genf zu fliegen und hierherzukommen.«

»Dorset geht Ihnen wohl nicht mehr aus dem Kopf, hm?«

»Dasselbe hat Bob auch gesagt. Amos Lodge meinte, er hätte sehr viel zu tun, aber er will die Nachmittagsmaschine nach Genf nehmen. Willie entschuldigte sich, meinte, er könnte nicht kommen. Er ist gerade dabei, ein wichtiges Geschäft abzuschließen, bei dem es um enorme Summen geht.«

»Zwei sehr unterschiedliche Reaktionen«, bemerkte Paula.

»Die ich höchst interessant finde.«

Was genau er daran so interessant fand, sagte er nicht.

26

Tina Langley saß in ihrem Zimmer im Château d'Avignon vor dem Spiegel und schminkte sich. Dann begann sie, ihr dichtes kastanienbraunes Haar zu bürsten, wobei sie vor allem ihren Locken große Sorgfalt schenkte. Ihr Teint war sehr hell, was sehr schön mit ihrem roten Lippenstift kontrastierte. Sie lächelte verführerisch, das Lächeln, dem die Männer so schwer widerstehen konnten. Und sie liebten es, mit den Fingern durch dieses Haar zu streichen.

Sie war schlank und nur da rund, wo es erwünscht war. Sie hatte die hochhackigen Schuhe, die sie größer erscheinen ließen, abgestreift. Sie lagen unter dem Schminktisch. Amüsiert dachte sie an Anton, den Bankier. Sie hatte die zwanzigtausend Francs, die er ihr »geliehen« hatte, bereits ausgegeben.

Es stärkte ihr Selbstbewußtsein, daß sie im Moment zwei Männer an der Leine hatte. Sie hatte keinen Zweifel, daß Louis Marin, den sie eben in der Hotelhalle kennengelernt hatte, brennend an ihr interessiert war. Sie war sicher, wenn sie dorthin zurückkehrte, hätte sich Marin bestimmt eine Ausrede für seine Frau zurechtgelegt, warum er noch bleiben mußte, während sie sich bereits schlafen gelegt hatte. Tina brauchte mehr Geld. Sie brauchte immer mehr Geld. Sie hatte einen ausgefallenen Geschmack. Nur Couturierkleider waren gut genug für sie. Sie fluchte, als das Telefon klingelte.

»Du weißt ja, wer dran ist«, kam Hassans vertraute Stimme aus dem Hörer.

»Möchte ich doch meinen.«

»Es ist äußerst wichtig, daß du deine Bekanntschaft mit Tweed und Kane kultivierst. Wenn du bei beiden Erfolg hast, beträgt dein Honorar dreihunderttausend. In bar, versteht sich. Hast du schon einen von ihnen aufgespürt?«

»Bin gerade dabei.«

»Dann klemm dich etwas mehr dahinter. Hast du das Geschenk bekommen?«

»Ja. Es kam beim Abendessen.«

»Worauf wartest du dann noch?«

Die Verbindung wurde unterbrochen. Sie fluchte noch einmal. Hassan war ein Schwein, hatte überhaupt keine Manieren. Aber er hatte sehr raffiniert ausgedrückt, was er meinte. »Die Bekanntschaft kultivieren« bedeutete, sie umzubringen. Sie ging zu einem verschlossenen Schrank und nahm die Cartier-Geschenkschachtel heraus, die ein Kurier abgeliefert hatte. Hassan hatte sehr schnell auf ihren Anruf reagiert, in dem sie ihm ihren Aufenthaltsort mitgeteilt hatte. Die Schachtel war voll Blumen. Darunter, in Papier verpackt, befand sich eine Luger samt Munition. Sie hatte die Waffe bereits geladen.

Als nächstes schloß sie einen Koffer auf und nahm ein schwarzes arabisches Gewand mit einem Schleier heraus. Sie trug es nicht gern, aber es war eine gute Tarnung, falls sie nach der Durchführung eines Auftrags beim Verlassen des Tatorts gesehen wurde. Sie überlegte, wie sie mit Tweed und Kane am besten fertig würde. Dieses Schwein Hassan hatte ihr bei einer früheren Gelegenheit gesagt, daß sie Konkurrenz bekommen hatte – daß sowohl Karin Berg als auch Simone Carnot denselben Auftrag erhalten hatten. Das hatte sie geärgert, aber sie hatte sich nichts anmerken lassen. Um die Angelegenheit schneller zum Abschluß zu bringen, hatte er ein regelrechtes Wettrennen zwischen ihnen veranstaltet.

Ich gehe mal nach unten und sehe, ob ich mir Marin anlachen kann, redete sie mit sich selbst. Morgen fahre ich dann ins Château des Avenières. Schließlich besteht keine Gefahr, daß Tweed mich erkennt.

»Ihr Zimmer ist jetzt für Sie bereit, Madame«, teilte der Portier des Hôtel des Bergues der eleganten blonden Dame mit.

»Ich werde gleich nach oben gehen«, erwiderte Karin Berg. »Ich habe eine anstrengende Reise hinter mir.«

»Ach, da ist ein Paket für Sie eingetroffen. Sollen wir es Ihnen aufs Zimmer bringen lassen?«

»Danke, ich nehme es selbst mit. Aber wenn sich jemand um mein Gepäck kümmern könnte...«

Als sie allein in ihrem Zimmer war, machte Karin das Päckchen auf. Es enthielt die übliche 9 mm Luger und ein achtschüssiges Magazin, beides in Geschenkpapier verpackt. Sie versteckte die ungeladene Pistole mit dem Magazin unter einem Kopfkissen des Doppelbetts.

Nachdem sie ein Bad genommen hatte, begutachtete sie sich im Spiegel, bevor sie in einen Pyjama und einen Morgenmantel schlüpfte. Sie hatte immer noch einen schönen Körper, der die Männer verrückt machte, aber sie gab sich keinen Illusionen hin.

Das wird nicht ewig so bleiben, sagte sie zu sich selbst. Und trotz aller Silikonbehandlungen und sonstigem Schnickschnack stehen die Männer auf junge, knackige Dinger. Daran führt kein Weg vorbei.

Als Tochter eines schwedischen Vaters und einer serbischen Mutter hatte Karin Berg ihr gutes Aussehen von ihrem Vater, der ein außerordentlich attraktiver Mann gewesen war. Der Umstand, daß er auch nach seiner Heirat noch zahlreiche Affären gehabt hatte, hatte ihre Meinung – und Einstellung – zu Männern aufs nachhaltigste beeinflußt. Sie verachtete sie und wunderte sich immer wieder von neuem, wie leicht sie mit ihnen machen konnte, was sie wollte.

Aufgrund eines ernsten, fast strengen Charakterzugs hatte sie eine gänzlich andere Einstellung zu Geld als Tina Langley. Karin Berg hatte eine nicht sehr umfangreiche, aber dafür um so sorgfältiger ausgewählte Garderobe. Sie hatte den größten Teil der von Hassan gezahlten Honorare gut angelegt.

Sie hatte bereits drei Männer getötet – lauter Mitglieder des *Institut* –, aber das sollte ihr letzter Auftrag werden. Danach würde sie untertauchen, eine neue Identität annehmen. Dabei würden ihr ihre Erfahrungen bei der schwedischen Spionageabwehr sehr zugute kommen. Sie würde sich in Rom niederlassen. Sie sprach fließend Italienisch. Und die Steuern in Schweden waren hoch.

Der Auftrag, Tweed zu beseitigen, bereitete ihr allerdings einiges Kopfzerbrechen. Sie wußte von seiner gescheiterten Ehe, von seiner Frau, die ihn wegen eines steinreichen griechischen Reeders verlassen hatte. Und daß sich Tweed nicht so schnell auf andere Frauen einließ. Er schien sich ganz seiner Arbeit verschrieben zu haben.

Das wird nicht einfach werden, sagte sie sich, als sie in ihren Morgenmantel schlüpfte. Dreihunderttausend Dollar sind eine Menge Geld. Aber werde ich wirklich abdrücken können, wenn er mir in die Augen sieht, was er ganz bestimmt tun wird?

Simone Carnot, die nur von Zürich nach Genf hatte fliegen müssen, war ein paar Stunden vor Karin Berg eingetroffen. Da sie gern lange aufblieb, schlief sie bis spät in den Tag hinein. Sie war gerade nach einem Spaziergang und einem frühen Abendessen in ihr Zimmer im Hôtel Richemond zurückgekehrt.

Im Spiegel begutachtete sie ihr feuerrotes Haar – ihr auffälligstes Erscheinungsmerkmal. Während des Spaziergangs am Rhôneufer hatten ihr viele Männer hoffnungsvoll nachgesehen. An Aufmerksamkeit gewöhnt, hatte sie ihnen keine Beachtung geschenkt. Statt dessen konzentrierte sie sich ganz nüchtern, fast geschäftsmäßig auf ihre schwierige neue Mission – nicht umsonst hatte sie in Paris sehr erfolgreich eine Agentur für Models geleitet. Wie sollte sie Tweed und Christopher Kane aufspüren?

Ihr Leben hatte eine dramatische Wende genommen, als sie versucht hatte, ihre Gewinnspanne zu vergrößern, indem sie anfing, Steuern zu hinterziehen. Die Steuerfahndung hatte sie bereits ins Visier genommen, als ein Engländer, »der eine attraktive Frau suchte, die sich ein paar hunderttausend Dollar verdienen wollte«, in der Agentur aufgetaucht war und sie gebeten hatte, ihn nach Dorset zu begleiten.

Das war die Gelegenheit gewesen, sich aus Frankreich abzusetzen. Nach einer Weile war sie in die Slowakei geflogen. Als ihr klargeworden war, was sie tun sollte, hatte sie das seltsame Angebot sofort angenommen. Simone brauchte Geld – viel Geld.

Ein Jahr zuvor hatte sie ein Verhältnis mit einem verheirateten Mann angefangen. Daß er gebunden war, hatte sie in keiner Weise gestört.

»Schließlich«, vertraute sie einer Freundin an, »ist er reich und großzügig. Und du kennst ja die Männer – sie mögen Abwechslung.«

Doch dann, nach ein paar Monaten, teilte ihr Liebhaber ihr eines Tages mit, es sei aus, er wolle zu seiner Frau zurückkehren. Simone war außer sich. Hätte sie ihm den Laufpaß gegeben, hätte die Sache ganz anders ausgesehen. Aber das konnte sie nicht auf sich sitzen lassen. Am selben Abend ging sie in eine Bar und trank ausnahmsweise extrem viel. Irgendwann wurde ihr klar, was sie tun würde. Um ihr rotes Haar zu verbergen, hatte sie die Bar, die einen etwas zweifelhaften Ruf hatte, mit einer Perücke aufge-

273

sucht. Es waren Gerüchte in Umlauf, daß man vom Barmann dort so ziemlich jede Waffe kaufen konnte.

Obwohl sie Unmengen Wein getrunken hatte, war sie im Kopf immer noch vollkommen klar. Sie wartete, bis die Bar fast leer war. Dann sprach sie den Barmann beiläufig an. »Ich muß mich vor jemandem schützen. Können Sie mir eine Waffe und etwas Munition besorgen?«

Dabei hielt sie bereits ein Bündel Geldscheine in ihrer langen, schmalen Hand. Der Barmann hörte nicht auf, Gläser zu polieren, während er sie eindringlich musterte. Sie war klug genug, sonst weiter nichts zu sagen, sondern ihm nur unverwandt in die Augen zu sehen.

»Sie brauchen eine Beretta«, antwortete der Mann schließlich. »Schieben Sie die Hand über den Tresen und lassen Sie das Geld auf meiner Seite los.«

Sie verließ die Bar mit einer geladenen Schußwaffe. Er hatte eine 6.35 mm Beretta ausgesucht, weil es die ideale Waffe für eine Frau war. Leer nur knapp dreihundert Gramm schwer, war sie etwas weniger als zwölf Zentimeter lang und paßte problemlos in jede Handtasche.

Es war schon spät nachts, als sie nicht weit von der Wohnung ihres Geliebten auf der Kellertreppe Stellung bezog. Geld hatte er sich auch noch von ihr geliehen, er schuldete ihr einen hohen Betrag. Als er schließlich auftauchte, sah sie, daß er sich in Begleitung einer anderen Frau befand, bei der es sich jedoch nicht um seine Ehefrau handelte. Bis zu diesem Punkt war sie sich bezüglich ihres Vorgehens noch unschlüssig gewesen.

Doch ihre Zweifel waren verflogen, als das Paar über der Treppe stehenblieb, unter der sie sich versteckt hatte. Der Gutenachtkuß war leidenschaftlich. Ihr Geliebter betatschte seine neue Flamme von oben bis unten. Er winkte einem vorbeifahrenden Taxi, war ihr beim Einsteigen behilflich. Simone wartete, bis das Taxi weggefahren war und Paul die Treppe zu seiner Wohnung hinaufstieg. Sie rannte die Kellertreppe hinauf.

»Paul«, flüsterte sie, »ich finde, wir sollten uns wenigstens noch auf Wiedersehen sagen.«

»Auf Wiedersehen, Simone«, antwortete er mit einem anzüglichen Grinsen.

Die Gummisohlen ihrer Schuhe machten kein Geräusch, als sie ihm die Treppe hinauf folgte. Er fummelte gerade an seinen Schlüsseln herum, als sie ihm den Lauf der Beretta an den Hinterkopf hielt und abdrückte. Als er gegen die Tür sank und zu Boden glitt, feuerte sie weiter, schoß das ganze Magazin leer, bevor sie die Treppe wieder hinunterlief.

Niemand war in der Nähe, als sie die Waffe in ihre Handtasche steckte und davonging. Zurück in ihrer Wohnung, schenkte sie sich einen Drink ein, dann noch einen. Was sie am meisten überraschte, war, wie leicht es gewesen war. Sie spürte keine Gefühlsreaktion außer Genugtuung.

Es bestand keinerlei Gefahr, daß sie der Tat überführt würde. Wegen seiner Frau hatte sich Paul in anderen Vierteln mit ihr getroffen, vorwiegend in diskreten Cafés, wo niemand sie beide kannte. Ihren amourösen Aktivitäten waren sie in seinem Wagen nachgegangen, außerdem waren sie dazu meistens aufs Land gefahren. Kein Verdacht würde auf sie fallen.

Ähnlich einfach fand sie das Töten auch im Ausbildungsraum in dem Haus in der Slowakei. Sie merkte, daß der ›Dummy‹, der mit dem Rücken zu ihr auf einem Stuhl saß, am Leben war. Ihr entging nicht, daß er sich leicht bewegte. Sie ging, wie man ihr gesagt hatte, von hinten auf den Bauern zu, richtete die Luger auf seinen Hinterkopf und drückte ab. Es war ganz einfach gewesen. Und sie hatte dafür einen Vorschuß von zwanzigtausend Dollar kassiert.

Vor der Ermordung Pierre Dumonts in Zürich hatte sie bereits ein anderes Mitglied des *Institut* umgebracht. In keinem von beiden Fällen hatte sich so etwas wie eine Schockreaktion eingestellt. Beide Opfer waren verheiratet gewesen. Deshalb fand sie, daß sie den Tod verdient hatten. Sie waren schlecht.

Bei ihrem Eintreffen im Hotel stellte sie zu ihrer Überraschung fest, daß ein Päckchen von Cartier für sie abgegeben worden war. Es enthielt eine Luger mit Munition. Daraus schloß sie, daß Hassan in Panik geriet. Denn ursprünglich hatte er ihr die Adresse eines Genfer Waffenhändlers gegeben.

Sie blieb auf ihrem Zimmer und rief in allen führenden Genfer Hotels an. Grundsätzlich bediente sie sich der gleichen Methode wie Tina Langley. Lediglich ihre Begründung war etwas anderer Natur.

»Ich muß dringend mit Mr. Tweed sprechen. Seine Frau in England ist schwer erkrankt. Falls er nicht erreichbar ist, wird sein Freund Christopher Kane eine Nachricht entgegennehmen…«

Sie hatte kein einziges Mal Erfolg. Darauf holte sie eine Karte von Genf und Umgebung heraus und zog einen Kreis. Dabei stellte sie fest, daß Genf so nahe an der französischen Grenze lag, daß auch ein Teil Frankreichs innerhalb dieses Kreises lag. Als sie nach unten ging, um etwas zu essen, stellte sie fest, daß der Nachtportier noch nicht zum Dienst erschienen war. Sie unterhielt sich lieber mit ihm als mit seinem Kollegen von der Tagschicht, da er sich in der Regel zu Tode langweilte, weil so gut wie nichts passierte.

Es war schon ziemlich spät abends, als sie das Gartenrestaurant verließ, das sie an das Baur au Lac erinnerte. Mit einem aufreizenden Lächeln ging sie auf die Rezeption zu.

»Ich habe für zwei Nächte ein Zimmer bestellt«, wandte sie sich an den Nachtportier. »Ein guter Freund von mir wohnt in einem Hotel in Frankreich, dessen Namen ich leider vergessen habe. Ich kann mich nur erinnern, daß er sagte, es läge gleich hinter der Grenze. Es ist ein Fünf-Sterne-Hotel. Haben Sie eine Ahnung, in welchem Hotel er abgestiegen sein könnte?«

»Wenn Sie kurz vor die Tür kommen wollen, Madame, zeige ich Ihnen etwas…«

Er begleitete sie nach draußen. »Sehen Sie diese Bergkette dort drüben im Mondlicht? Das ist der Mont Salève. Ich habe schon sehr viel Gutes vom Château des Avenières gehört. Wenn Sie dort hinwollen, brauchen Sie nur diesen Berg hinaufzufahren. Dann sind Sie in Frankreich. Haben Sie ein Auto?«

»Ja«, antwortete Simone.

»Ich zeige Ihnen auf der Karte, wie Sie hinkommen. Aber denken Sie daran: Das Hotel heißt Château des Avenières. Auf dem Weg dorthin werden Sie nämlich an einem anderen Hotel vorbeikommen, dem Château d'Avignon. Das ist nicht annähernd so gut.«

276

Ohne sich große Hoffnungen zu machen, rief Simone in dem Hotel an, das ihr der Nachtportier genannt hatte.

»Ich muß dringend Mr. Tweed sprechen. Seine Frau in London ist ernsthaft erkrankt.«

»Haben Sie vorher schon mal angerufen?«

»Ja«, antwortete Simone, einer plötzlichen Eingebung folgend.

»Die Verbindung wurde plötzlich unterbrochen. Ihre Stimme klingt allerdings anders.«

»Ich habe eine Erkältung. Stellen Sie mich bitte zu Mr. Tweed durch. Ich muß ihn ganz dringend sprechen.«

»Einen Augenblick. Ich sage ihm sofort Bescheid ...«

Simone legte auf. Sie konnte ihr Glück kaum fassen. Dann schenkte sie sich etwas zu trinken ein, setzte sich in einen Sessel und begann angestrengt nachzudenken.

Sowohl Tweed als auch Christopher Kane – falls er sich zufällig in Tweeds Begleitung befand – würden sie erkennen. Spielte das eine Rolle? Hätte die Züricher Polizei sie mit dem Mord an Pierre Dumont in Verbindung bringen können, wäre sie längst verhaftet worden. Niemand hatte sie belästigt.

Sie hatte unmittelbar nach ihrer Ankunft in Genf einen Wagen gemietet. Was sie außerdem beschäftigte, war der Umstand, daß der Portier sie mit einer anderen Frau verwechselt hatte. Hatte bereits ein anderes Mitglied des Ordens Tweed ausfindig gemacht? Wenn es ein Problem zu lösen galt, war Simone immer sehr entschlußfreudig. Sie würde noch in dieser Nacht zum Château des Avenières fahren – selbst auf die Gefahr hin, daß sie dort kein Zimmer mehr bekam.

27

Es gab auch andere Männer, die Nachteulen waren und Erfolg hatten, weil sie arbeiteten, während der Rest der Menschheit schlief. Einer von ihnen war Captain William Wellesley Carrington. Als in seinem Zimmer im Dolder Grand – wo er kurz zuvor telefonisch die Einladung von Tweed ausgeschlagen hatte – das Telefon läutete, studierte er gerade verschiedene Angebote für Maschinenpistolen.

»Ja? Wer ist da, bitte?«

»Langsam sollten Sie meine Stimme eigentlich kennen«, sagte Hassan.

»Keine Namen, keine langen Formalitäten.«

»Wie bitte?«

»Nur so eine alte Redewendung, lieber Freund. Was verschafft mir zu so später Stunde die Ehre Ihres Anrufs?«

»Ein Großauftrag für Sie. Wenn der Preis stimmt – und wenn Sie liefern können.«

»Ob der Preis stimmt, bestimme ich, und sobald die andere Seite einverstanden ist, liefere ich immer. Das müßten Sie inzwischen eigentlich wissen.«

»Sie müssen hierherkommen. Mein Vater hat mir einen Gulfstream-Jet geliehen. Damit lasse ich Sie morgen früh um neun Uhr in Kloten abholen.«

»Nein, das werden Sie nicht. Sie werden morgen damit hierherfliegen. Ich erwarte Sie um zehn im Dolder Grand.«

»So können Sie mit mir nicht umspringen«, tobte Hassan.

»Finden Sie wirklich? Wenn es Ihnen nicht paßt, dann lassen Sie es eben. Ich habe hier im Moment zuviel zu tun, um Zürich verlassen zu können. Um was geht es bei diesem sogenannten Großauftrag?«

»Für Sie springen jedenfalls einige Millionen dabei heraus.«

»Eigentlich habe ich gar keine Zeit. Aber ich werde trotzdem hier auf Sie warten. Es sei denn, Sie wollen nicht kommen. Etwas präziser müssen Sie sich allerdings schon äußern. Möglicherweise muß ich noch die ganze Nacht aufbleiben, um mit allen möglichen Geschäftspartnern zu telefonieren.«

»Das kann ich Ihnen am Telefon nicht sagen. Der Umfang des Auftrags ist gigantisch. Und wir müssen auf umgehende Lieferung dringen, am üblichen Ort.«

»Geben Sie mir einen Hinweis, oder Sie können das Ganze vergessen.«

278

Daraufhin trat eine lange Pause ein. Willie konnte fast hören, wie Hassan nachdachte. Um ihn zu zermürben, blieb Willie still und setzte die Berechnungen fort, an denen er gerade gearbeitet hatte. Schließlich hörte er Hassan tief Luft holen.

»Können Sie mich verstehen?« flüsterte er.

»Ganz deutlich.«

»Einen Bazillus«, hauchte Hassan.

»Riesige Mengen, sagten Sie?«

»Ja.«

»Seien Sie morgen Punkt zehn hier«, sagte Willie und legte auf.

Ein *Bazillus*? Bakteriologische Kampfstoffe. Willie spielte mit einem Stift herum. Bei seinen Geschäften mit Hassan hatte er eine Menge Geld verdient. *Für Sie springen jedenfalls einige Millionen dabei heraus.* Dollar oder Pfund? fragte sich Willie.

Tweed wirkte frischer denn je, während er immer noch in der Hotelhalle des Château des Avenières saß und ab und zu Kaffee nachbestellte. Newman unterdrückte ein Gähnen, aber Marler und Paula wirkten genauso munter wie Tweed.

Der Kellner war gerade gegangen, um ihnen frischen Kaffee zu bringen, als der Nachtportier an ihren Tisch kam. Er wandte sich flüsternd an Tweed.

»Eben war da noch einmal so ein seltsamer Anruf für Sie – wieder von einer Frau. Sie sagte, Ihre Frau in London wäre ernsthaft erkrankt.«

»Was?«

Einen Moment war Tweed heftig erschrocken, doch dann schaltete sich sein Verstand wieder ein. Ihm wurde schnell klar, daß da irgend etwas nicht stimmen konnte – seine Frau hatte ihn vor Jahren verlassen. Seitdem hatte er nichts mehr von ihr gehört. Selbst wenn sie tatsächlich schwer erkrankt wäre, wäre er der letzte gewesen, den sie davon in Kenntnis gesetzt hätte. Außerdem konnte sie unmöglich wissen, wo er zu erreichen war – er hatte Monica im SIS-Hauptquartier noch nicht über die jüngsten Entwicklungen informiert.

»Hörte sie sich wie die Frau an, die vorher schon mal angerufen hat?« fragte er. »Als die Verbindung unterbrochen wurde?«

»Nein, eigentlich nicht. Als ich sie fragte, ob sie heute schon einmal angerufen hätte, sagte sie allerdings ja. Und als ich darauf bemerkte, ihr Stimme höre sich anders an, meinte sie, sie hätte sich erkältet. Ich bin sicher, es war eine andere Frau.«

»Ich scheine ja außerordentlich gefragt zu sein«, bemerkte Tweed im Spaß. »Ich habe keine Frau. Hat sie sonst noch etwas gesagt?«

»Sie bat mich, sie zu Ihnen durchzustellen, worauf ich ihr sagte, ich würde Ihnen Bescheid sagen. Dann wurde die Verbindung unterbrochen.«

»Sagen Sie mir Bescheid, wenn sie noch einmal anruft.«

»Was geht hier vor?« fragte Paula, die alles mitgehört hatte.

»Inzwischen ist es einem zweiten Mitglied des Ordens gelungen herauszubekommen, daß ich in diesem Hotel bin.« Tweed lächelte. »Mein Plan funktioniert besser, als ich dachte.«

»Und«, machte Paula geltend, »nur drei Menschen wissen, daß Sie hier sind. Christopher Kane, Amos Lodge und Willie. Einer von ihnen muß mit dem Orden unter einer Decke stecken.«

»Doch nicht Christopher, ich bitte Sie«, protestierte Newman.

»Ich traue niemandem.« Paula stand auf. »Ich werde den Portier fragen, wann der zweite Anruf kam.«

»Sie wird langsam paranoid«, bemerkte Newman, nachdem Paula sich entfernt hatte.

»In so einer Situation muß man paranoid sein«, erwiderte Tweed. »Diese Frage hätte im übrigen schon ich dem Portier stellen sollen.«

»Das ist ja interessant«, sagte Paula bei ihrer Rückkehr. »Der Portier hat sich entschuldigt. Unmittelbar nachdem er den Anruf bekommen hatte, rief ihn der Cheflieferant des Hotels an. Der Portier mußte ihm eine ganze Liste von Lebensmitteln durchgeben, die dringend gebraucht werden, und konnte Ihnen daher nicht gleich Bescheid geben. Es ist über einer Stunde her, daß diese Frau angerufen hat.«

»Langsam wird es tatsächlich spannend«, bemerkte Tweed. Er

streckte die Beine aus und schlug sie an den Fußgelenken übereinander. »Ich glaube, das wird wieder mal eine dieser langen
Nächte.«

Tweed begann noch einmal alles zu rekapitulieren. Er spielte
die verschiedenen Möglichkeiten durch, wie sie den bevorstehen-
den Bedrohungen am besten entgegenwirken könnten. Mitten
unter seinen Ausführungen betrat eine Frau den Raum. Sie trug
ein eng anliegendes weißes Futteralkleid, das eine Schulter unbe-
deckt ließ.

»Wen haben wir denn da?« begrüßte Tweed sie mit einem
strahlenden Lächeln. »Was für eine nette Überraschung, Sie hier
zu sehen. Ich weiß nicht, ob alle von Ihnen Simone Carnot kennen.«

Wenige Minuten zuvor hatte Simone ihren Wagen in der Einfahrt
abgestellt und war mit einem Koffer ins Foyer gekommen. Nachdem sie den Nachtportier um eine Suite gebeten hatte, hatte dieser sie nach oben begleitet.

Sobald der Mann gegangen war, hatte sie die Tür abgeschlossen, ihren Koffer geöffnet und den Cartier-Geschenkkarton mit
der Luger herausgenommen. Zusammen mit einer Tragetasche,
in der sich das schwarze Kleid und der Schleier befanden, legte
sie den Karton auf den Boden des Kleiderschranks. Dann machte
sie sich ans Auspacken und hängte ihre Kleider bis auf das weiße
Futteralkleid so in den Schrank, daß die Tasche und der Karton
von ihnen verdeckt wurden. Sie schloß den Schrank ab und
steckte den Schlüssel in ihre Handtasche.

Sie zog ihr Kostüm aus, verschwand kurz ins Bad und
schlüpfte in das weiße Kleid. Dann ging sie nach unten in die Hotelhalle, in der sie bei ihrer Ankunft Tweeds Stimme gehört hatte.

»Nehmen Sie doch Platz und leisten Sie uns ein wenig Gesellschaft«, forderte Tweed sie auf.

Simone setzte sich zu Paula auf die Couch. Sie lächelte sie kurz
an, beobachtete sie aber ansonsten scharf. Paula veränderte ihre
Haltung etwas, damit sie mit der rechten Hand jederzeit an die
Browning in ihrem Umhängebeutel heronkäme.

»Und was darf ich Ihnen zu trinken bestellen?« erkundigte sich Tweed. »Das ist ein hervorragendes Hotel. Man kann die ganze Nacht aufbleiben, ohne daß der Service nachläßt.«

»Wenn Christopher hier wäre, würde ich einen Kir royale nehmen«, sagte Simone, nachdem Tweed alle miteinander bekanntgemacht hatte.

»Einen Kir royale für die Dame«, wandte Tweed sich an den Kellner, der wie aus dem Nichts aufgetaucht war.

»Ich glaube, ich nehme auch einen«, sagte Marler.

Sowohl Newman als auch Marler starrten ganz bewußt auf Simones bloße Schulter. Sie wußten, daß sie das erwartete. Langsam wanderte Simones Blick von einem Mann zum andern. Sie war sicher, sie waren begierig, diese Schulter mit einer Hand zu streicheln, während sie sich mit der anderen weiß Gott wo zu schaffen machten.

Paula wußte, was in ihr vorging. Sie zwang sich, ihren Abscheu zu verbergen. Offensichtlich spielte Tweed hier irgendein Spiel, also ging sie darauf ein. Lächelnd drehte sie sich herum und sah Simone ganz direkt an.

»Wirklich schön, Ihr Kleid. Es ist nicht nur sehr schick, sondern steht Ihnen auch ganz hervorragend.«

»Danke, Paula«, erwiderte Simone. »Ich habe einen anstrengenden Tag hinter mir, deshalb dachte ich, ich ziehe mich noch um. Das ist gut für die Moral.«

»Sagten Sie eben tatsächlich Moral?« fragte Paula höflich.

»Sicher. Aber natürlich mehr im Sinn von Kampfmoral.«

Einen Moment verflog Simones freundliche Miene, und sie bedachte Paula mit einem giftigen Blick. Doch schon im nächsten Augenblick wandte sie sich wieder mit einem verführerischen Lächeln Newman und Marler zu.

»Cheers!« Sie nahm einen Schluck von ihrem Kir royale. »Trinken Sie denn gar nichts, Mr. Newman?«

»O doch. Zu so später Stunde bin ich richtig kaffeesüchtig. Eine lange Fahrt, sagten Sie. Von woher kommen Sie denn?«

»Ich bin am späten Nachmittag von Zürich nach Genf geflogen. Dann fuhr ich mit einem Leihwagen zu diesem Hotel, das mir ein

Freund wärmstens empfohlen hat. Nach Dumonts Ermordung hielt ich es in Zürich einfach nicht mehr aus.«

Ganz schön frech, dachte Paula. Jetzt verstehe ich, warum dieses Luder für den Orden arbeitet. Aber mit hundertprozentiger Sicherheit läßt sich natürlich noch nicht sagen, ob dem tatsächlich so ist. Währenddessen hatte Simone eine etwas aufrechtere Haltung eingenommen. Dadurch klaffte der Schlitz ihres Kleids etwas stärker auf und enthüllte mehr von ihren spektakulären Beinen.

»Es wundert mich nur, daß Sie nicht länger in einer so schönen Stadt wie Genf geblieben sind«, bemerkte Newman.

»Ich finde Genf tödlich langweilig«, erwiderte Simone.»Vor allem kann man es eigentlich gar nicht als eine Schweizer Stadt bezeichnen. Es sind so viele ausländische Firmen dort ansässig, daß es von Fremden nur so wimmelt.« Sie spitzte die Lippen.»Gerade aus meinem Mund muß sich das vielleicht etwas eigenartig anhören. Ich bin Französin, aus Paris.«

Immerhin ist sie so clever, dachte Tweed, immer die gleiche Geschichte zu erzählen, was ihre persönliche Vergangenheit angeht. Er hielt sich bewußt im Hintergrund und stellte fest, daß sie sich mit allen anderen unterhielt, nur nicht mit ihm. Ja, dachte er noch einmal, sie ist wirklich clever. Vor dieser Frau muß man sich in acht nehmen.

»Die Welt wird immer verrückter«, fuhr Simone fort. »Tag für Tag wird jemand erschossen. Man braucht nur in die Zeitung zu sehen.«

»Oft mit einer Luger«, bemerkte Marler beiläufig.

»Was ist eine Luger?« fragte Simone scheinheilig.

»Eine automatische Pistole, ein deutsches Modell. Kaliber neun Millimeter. Das Magazin faßt acht Schuß – oder Kugeln. Sehr wirksam.«

»Klingt ja schrecklich. Sie scheinen sich gut mit Waffen auszukennen, Mr. Marler.«

»Ich? Ich träfe aus fünf Metern Entfernung nicht mal ein Scheunentor.«

Paula lächelte in sich hinein. Simone konnte nicht ahnen, daß sie den besten Schützen Westeuropas vor sich hatte. In gewisser

283

Hinsicht war Paula auch fasziniert von Simone. Sie war schon einer ganzen Reihe von wagemutigen und extrem selbstbewußten Frauen begegnet, aber Simone Carnot war eine Klasse für sich. Sie hatte sich mit unübertroffener Gelassenheit und Nonchalance in die Höhle des Löwen gewagt.

»Wie lange beabsichtigen Sie hierzubleiben?« erkundigte sich Marler.

»So lange es mir hier gefällt. Vielleicht könnten wir ja morgen in der Bar gemeinsam etwas trinken.«

»Heute, meinen Sie«, korrigierte Marler sie grinsend.

»Dann müssen wir ja nicht mehr lange warten.«

Paula zog sich innerlich alles zusammen. Simones Eroberungsdrang schienen keine Grenzen gesetzt. Bestand die Möglichkeit, daß Amos Lodge sie in Dorset angeworben hatte? Oder war eher Willie ihr Fall? Sie konnte sich nicht recht entscheiden – vorausgesetzt, es war einer dieser beiden Männer gewesen, der sie für den Orden angeworben hatte. Vorausgesetzt, sie gehörte tatsächlich dieser verabscheuungswürdigen Organisation an.

»Es was mir ein Vergnügen, mich mit Ihnen zu unterhalten«, erklärte Simone. »Aber jetzt muß ich Sie leider doch bitten, mich zu entschuldigen. Sie wissen ja, mein Schönheitsschlaf. Es tut mir leid, wenn ich Sie während unserer Unterhaltung etwas habe links liegen lassen, Mr. Tweed.«

»Ich war vollauf damit zufrieden, Sie einfach zu betrachten, meine Teuerste. Und Sie brauchen sich wirklich keine Sorgen zu machen, Sie könnten nicht genügend Schlaf bekommen – Ihre Schönheit ist ohne jeden Makel.«

»Wie galant.« Simone stand auf und reichte jedem die Hand. Paula entging nicht, daß sie einen kräftigen Händedruck hatte. Mit einem kurzen Winken schwebte Simone aus dem Raum. Marler, der sie zur Tür begleitet hatte, sah ihr hinterher, als sie die Treppe hinaufging. Oben angekommen, drehte sie sich kurz um und warf ihm eine Kußhand zu. Er kehrte in die Hotelhalle zurück, setzte sich und sprach mit gesenkter Stimme.

»Wissen Sie was? Ich habe schon einen Plan. Die Sache ist ein bißchen kompliziert. Deshalb erkläre ich Ihnen das Ganze morgen früh. Ich bin bei seiner Ausführung auf Nields und Butlers Hilfe angewiesen. Vor allem auf Nield.«

»Können Sie uns nicht wenigstens schon ein paar Hinweise geben?« bat Paula.

»Tote reden nicht ...«

Tweed begab sich auf sein Zimmer, ging aber noch nicht zu Bett. Sein Verstand arbeitete auf Hochtouren. Er fand, es wäre Zeit, Monica seinen Aufenthaltsort durchzugeben, falls es irgend etwas Neues gab. Als sie abnahm, hörte sie sich gleichzeitig erleichtert und angespannt an.

»Gott sei Dank, daß Sie endlich anrufen. Ja, ich habe Ihre Nummer und die Adresse Ihres Hotels. Howard will Sie unbedingt sprechen. Er rennt schon die ganze Zeit wie ein eingesperrter Tiger im Haus herum, so dringend ist es. Ach, da ist er ja gerade.«

Howard hatte immer etwas Großspuriges an sich, sogar am Telefon. Wenn er daher einmal auf sein affektiertes Getue verzichtete, wußte Tweed, daß die Sache wirklich ernst war.

»Tweed, haben Sie unsere Freunde identifiziert?«

Offensichtlich hatte ihn Monica gewarnt, daß er über einen Hotelanschluß sprach, der möglicherweise nicht abhörsicher war.

»Noch nicht endgültig, aber viel fehlt nicht mehr. Sie hören sich nervös an.«

»Wir haben eine ernste Krise. In der Nähe wichtiger Kraftwerke sind Autobomben von enormer Sprengkraft hochgegangen. Betroffen sind Anlagen in London, in den Industriegebieten im Norden und im Themsetal, wo unsere Computerindustrie angesiedelt ist.«

»Wer steckt dahinter? Die IRA?«

»Diesmal nicht. Eine der Bomben ging nicht hoch, und eben habe ich den streng geheimen Bericht unserer Sprengstoffabteilung erhalten. Der Zündmechanismus ist wesentlich raffinierter als alles, worüber die IRA verfügt. Eine völlig neuartige Technologie.«

»Sie sagten, ›in der Nähe wichtiger Kraftwerke‹. Mußten welche vom Netz genommen werden?«

»Nein, das ist ja das Eigenartige. Und das Beängstigende. Aus diesem Grund konnten die Täter auch nicht gefaßt werden. Sie haben die Autos unmittelbar außerhalb der bewachten Zone abgestellt. Das Ganze ergibt also eigentlich keinen rechten Sinn – aber gerade das läßt mir keine Ruhe. Das Land befindet sich in hellem Aufruhr, am Rand einer Panik. Es passierte alles heute abend. Und es war eine sorgfältig geplante Operation. Sämtliche Autobomben wurden heute abend – das heißt gestern – Punkt 22.00 Uhr gezündet. Vor wenigen Stunden.«

»Gab es bereits irgendwelche Bekennerschreiben oder Anrufe?«

»Nein.«

»Menschenopfer?«

»Fünfzig Tote. Hauptsächlich Männer und Frauen, die aus einem Nachtclub kamen. Die Regierung ist fassungslos, obwohl sie es natürlich zu verbergen versucht. Die Leute, die das geplant haben, sind absolute Profis. Aber wozu das Ganze? Sämtliche Autos waren zu weit entfernt, um an einem der Kraftwerke irgendeinen Schaden anrichten zu können. Könnte das etwas mit dem zu tun haben, woran Sie gerade arbeiten, Tweed?«

»Nicht auf den ersten Blick.«

»Was soll das wieder heißen? Himmel noch mal, jetzt lassen Sie doch endlich diese Geheimniskrämerei.«

»Ich weiß genauso viel – beziehungsweise wenig – wie Sie. Ich halte Sie auf dem laufenden.«

Tweed bestellte beim Zimmerservice zwei Flaschen Mineralwasser. Sobald sie gebracht worden waren, duschte er, schlüpfte in seinen Schlafanzug und schritt langsam in seinem Zimmer auf und ab. Es war vier Uhr früh, als ihm, nachdem er noch einmal die ganze Kette der Ereignisse seit seinem Besuch in Dorset durchgegangen war, ein bestimmter Vorfall einfiel. Und plötzlich verstand er alles.

Die Stunde Null war noch näher, als er befürchtet hatte.

28

Tweed wollte sich gerade schlafen legen, als es leise klopfte. Er erkannte Paulas typisches Klopfen, aber er griff trotzdem nach dem Glas Cognac, das er sich aufs Zimmer hatte kommen lassen. Als er die Tür öffnete, schlüpfte Paula herein und setzte sich.

»Seit wann trinken Sie denn Cognac?« fragte sie, als Tweed die Tür wieder abschloß.

»Ich hatte nie vor, ihn zu trinken. Aber so ein Glas Cognac in den Augen kann einen erst mal eine Weile außer Gefecht setzen.«

»Ich finde, Sie sollten vorsichtiger sein. Deshalb bin ich hier. Sie befinden sich in großer Gefahr. Immerhin ist Simone Carnot in diesem Hotel – und Tina Langley nur wenige Kilometer entfernt im Château d'Avignon.«

»Jetzt übertreiben Sie aber.«

»Jede der beiden Frauen könnte sich einen Nachschlüssel besorgen und sich Zutritt zu Ihrem Zimmer verschaffen, während Sie schlafen. Vielleicht sollten Marler oder Newman im anderen Bett schlafen.«

»Sie würden mich nur beim Nachdenken stören. Was mich vor allem beschäftigt, ist ein Punkt, den wir bisher nicht berücksichtigt haben. Zweifellos haben wir es mit einer absolut professionellen Organisation zu tun, die auf jeden Fall mehr als nur einen Stützpunkt haben dürfte. Die Slowakei liegt sehr weit im Osten. Und wie wir wissen, haben sie inzwischen auch schon in England eine Reihe von Anschlägen verübt.«

Er erzählte ihr von seinem Telefonat mit Howard. Dabei wies er sie vor allem darauf hin, daß die Autobomben zu weit von den Kraftwerken entfernt gezündet worden waren, um irgendwelchen Schaden anzurichten. Paula fragte stirnrunzelnd:

»Wie kommen Sie überhaupt darauf, diese Anschläge könnten auf das Konto des Ordens gehen?«

»Es ist ein Ablenkungsmanöver, das dem Zweck dient, die Sicherheitskräfte zu Hause in England von einem anderen Ziel abzulenken. Im Augenblick wird dort für jedes Kraftwerk ein umfangreiches Sicherheitsaufgebot bereitgestellt. Das Ganze ist ein uralter Trick, den sie schon einmal angewendet haben.«

»Wann?«

»Als sie an dem Abend, an dem Lodge seine Rede halten sollte, mit Hilfe der Bombendrohung dafür gesorgt haben, daß fast die ganze Züricher Polizei für die Bewachung des Kongreßhauses abgestellt wurde. Das sollte sie nur vom Ermitage in Küsnacht fernhalten, wo ich mit Karin Berg zu Abend gegessen habe.«

»Aber diesen Anschlag hat doch die Monceau-Bande verübt.«

»Ich weiß. Aber die raffinierte Planung trug eindeutig die Handschrift des Engländers, der, davon bin ich inzwischen fest überzeugt, der Kopf des Ordens ist.«

»Womit wir wieder bei Amos Lodge und Willie wären.«

»Ich denke fast die ganze Zeit nur an diese beiden. Erinnern Sie sich noch an den Kurier, von dem uns Vitorelli erzählt hat, daß er jemandem in Dorset heimlich einen Koffer voll Geld brachte.«

»Und Amos wird irgendwann im Lauf des Tages hier eintreffen.«

»Ich freue mich schon, ihn zu sehen. Aber in erster Linie will ich herausfinden, wo sich das Hauptquartier des Ordens befindet.«

Am Morgen frühstückten Butler und Nield im Château d'Avignon. Nield, der ein englisches Frühstück bevorzugte, mußte mit sechs Croissants, dick mit Butter bestrichen, vorliebnehmen. Als sie nach draußen zu ihrem Wagen gingen, pflanzte sich Big Ben vor ihnen auf.

»Bleiben Sie noch ein paar Tage?« wollte er wissen.

»Aber sicher«, antwortete Nield freundlich. »Das Essen und der Service lassen nichts zu wünschen übrig. Wir haben in letzter Zeit praktisch nonstop geschuftet – wir haben in London einen Kurierdienst. Da brauchen wir dringend mal ein bißchen Ruhe. Und Sie tun ja wirklich alles, daß man sich hier so richtig wohl fühlt.«

»Hast du da nicht etwas arg dick aufgetragen?« bemerkte Butler, als sie in ihren Wagen gestiegen waren.

»Er ist doch aber auch so ein reizender Kerl, findest du nicht?«

»Nein, ganz und gar nicht«, knurrte Butler und fuhr los. Das

Tor war inzwischen wieder offen, und er bog nach rechts ab, in Richtung Château des Avenières.

Die Straße war auf beiden Seiten so dicht von hohen Bäumen gesäumt, daß sie selbst bei Tag düster, fast unheimlich wirkte. Butler sah immer wieder in den Rückspiegel, aber niemand folgte ihnen. Als er in die Einfahrt des Hotels bog, warf Nield einen Blick nach rechts.

»Ist ja vielleicht riesig dieser Baum, der da gegenüber der Einfahrt steht.«

»Sieht aus wie eine Douglasfichte, obwohl ich nicht weiß, ob es die hier überhaupt gibt.«

Der Soldat in der Schweizer Uniform war sehr früh aufgestanden. Nachdem er etwas von seiner Marschverpflegung gegessen und aus einer Feldflasche lauwarmen Kaffee getrunken hatte, war er, das auseinandergenommene Armalite-Gewehr unter seinen Kleidern versteckt, die einsame Straße entlanggegangen.

Anschließend war er auf die riesige Fichte geklettert, hatte auf dem Ast Platz genommen, das Armalite sorgfältig zusammengebaut und es geladen. Als er Butlers Wagen hörte, ging er hinter dem dicken Stamm der Fichte in Deckung. Dann machte er sich ans Warten. Er bezweifelte, daß im Hotel schon jemand gefrühstückt hatte, als er eingetroffen war.

Bevor Butler und Nield aufgetaucht waren, hatte er noch einmal mit dem Gewehr geübt. Als ein großer Lebensmittel-Lkw in die Hoteleinfahrt bog, nahm er dessen Fahrer ins Fadenkreuz seines Zielfernrohrs. Er konnte sein Gesicht so dicht vor sich sehen, daß er glaubte, nur die Hand ausstrecken zu müssen, um ihn zu berühren. Er hätte ihn mühelos erschießen können. Schließlich ließ er die Waffe mit einem gehässigen Grinsen sinken.

Ich hoffe, Sie haben ein gutes Frühstück, Mr. Tweed, murmelte er. Es wird nämlich Ihr letztes sein.

»Ich habe noch einmal in Paris angerufen«, teilte Tweed seinen Leuten mit, als sie auf die Terrasse hinausgingen. »Ich wollte mit Loriot sprechen, dem Chef der *Direction de la Surveillance du Territoire*.«

»Heißt das, Sie glauben, diese Geschichte betrifft auch die französische Spionageabwehr?« fragte Paula.

»Auf jeden Fall. Wenn ich, was diese geplante Invasion Westeuropas angeht, recht habe, richtet sie sich vor allem gegen Frankreich, Deutschland und England. Meine Hauptsorge gilt im Moment der Suche nach dem feindlichen Hauptquartier, das meiner Meinung nach irgendwo in der Nähe sein muß.«

»Das Château d'Avignon«, sagte Butler finster.

Nield, der gesprächigere der beiden, berichtete, wie sie an der Fassade des Hotels hochgeklettert waren und was sie im Turmzimmer entdeckt hatten. Tweed hörte aufmerksam zu, aber es war Newman, der als erster etwas sagte.

»Wir könnten den ganzen Laden noch heute auffliegen lassen. Wir sind genügend Leute.«

»Nein, damit warten wir vorerst noch«, erklärte Tweed. »Die Tatsache, daß wir von seiner Existenz wissen, verschafft uns einen enormen Vorteil gegenüber unserem Gegner. Lassen Sie mich erst mal überlegen.«

»Und Tina Langley ist im Château d'Avignon«, sagte Nield.

»Damit hätten wir zwei Mitglieder des Ordens in unmittelbarer Nähe«, bemerkte Paula finster.

»Zwei?«

Darauf erzählte Paula, wie Simone Carnot am Abend zuvor frech wie Oskar in die Hotelhalle spaziert gekommen war und sich mit ihnen unterhalten hatte. Butlers Reaktion war typisch.

»Dann schnappen wir uns doch beide.«

»Noch nicht«, warnte Tweed. »Wir werden selbstverständlich auf der Hut sein, aber wir müssen unbedingt die Organisation als Ganzes zerschlagen.«

»Außer eine von ihnen bringt Sie vorher um«, warf Paula ein.

»Ich sagte doch, wir werden auf der Hut sein«, entgegnete Tweed. »Ein gigantisches Puzzle fügt sich allmählich fast von selbst zusammen. Wir warten noch eine Weile. Aber ich glaube, ich würde mich gern mal mit Tina Langley unterhalten. Ein paar von uns könnten zum Château d'Avignon rüberfahren. Aber nicht zu viele.«

»Das Personal dort ist ausgesprochen reizend«, bemerkte Nield. Dann beschrieb er die seltsamen Gestalten, die das Château d'Avignon bevölkerten. Ganz besonders interessierten Tweed die dubiosen Engländer, die den Großteil der Belegschaft ausmachten. Nield beschrieb die unterschwellig feindselige Atmosphäre im Hotel sehr treffend.

»Paula, erinnern Sie sich noch, was ich über diese Autobomben gesagt habe, die gestern abend in England gezündet wurden?«

»Ja. Besteht da denn ein Zusammenhang?«

Zunächst setzte Tweed Butler und Nield sowie die anderen über die Vorfälle vom Vorabend in Kenntnis. Dabei verwies er wieder auf die Parallelen zu der Bombendrohung in Zürich, durch die Becks Polizeikräfte vom Ermitage abgelenkt worden waren.

Sie gingen beim Sprechen auf der Terrasse auf und ab. Marler, der seltsam nervös wirkte, hielt sich vom Rest der Gruppe fern. Es war ein strahlender Sommermorgen. Der tiefblaue Himmel war wolkenlos, und bis auf Tweed und Paula trugen alle Sonnenbrillen.

Paula warf immer wieder flüchtige Blicke auf die herrliche Landschaft, die sanft zum Lac d'Annecy abfiel, der in der Ferne wie Quecksilber glitzerte. Was für ein wundervoll friedlicher Morgen, dachte sie. Wie weit weg die schrecklichen Erlebnisse von Zürich mit einem Mal zu sein schienen. Sie merkte, daß Marler Wache hielt. Seine Blicke waren überall.

»Paula wollte wissen, ob da ein Zusammenhang besteht«, rief Newman Tweed in Erinnerung, als dieser nicht mehr weitersprach.

»Ich bin sicher, die Autobomben in England wurden von englischen Terroristen gelegt. Jetzt erfahren wir von Nield und Butler von diesen zwielichtigen Gestalten im Château d'Avignon – lauter Engländer. Wie bereits gesagt, bin ich inzwischen sicher, daß der führende Kopf des Ordens Engländer sein muß. Die Frauen, die diese Anschläge verübt haben, wurden in England rekrutiert.«

»Und Amos Lodge kommt heute nachmittag hierher«, wiederholte Paula.

»Richtig. Und damit wären wir auch schon bei einem strittigen Punkt. Willie ist zweifellos ein Mann, der auf gutaussehende Frauen eine starke Anziehungskraft ausübt. Inzwischen wissen wir jedoch, daß einige von ihnen später mit Amos Lodge abgezogen sind.«

»Demnach könnten beide dafür in Frage kommen«, bemerkte Newman.

»Ganz so sieht es aus.«

»Wie kommen Sie darauf, daß die Autobomben von britischen Terroristen gezündet wurden?« bohrte Newman weiter. »Ist das nicht nur eine Vermutung?«

»Der Kopf des Ordens ist eindeutig ein Perfektionist«, führte Tweed aus. »Sehen Sie doch selbst, wie erfolgreich er bisher war. Er kannte die richtigen Frauen, von denen sich die jeweiligen Mitglieder des *Institut* angezogen fühlen würden. So jemand hätte bestimmt nicht den Fehler gemacht, diese Bomben von Ausländern legen zu lassen. Ein Ausländer würde viel eher die Aufmerksamkeit der Polizei auf sich lenken.«

»Somit haben wir es also mit einem außerordentlich gewieften Gegner zu tun«, folgerte Newman.

»Allerdings.« Tweed genoß ein letztes Mal die Aussicht. »Jetzt würde ich gern zum Château d'Avignon fahren. Könnte nicht schaden, ein paar Worte mit Tina Langley zu wechseln, falls sie noch dort ist.«

»Wir kommen alle mit«, sagte Marler, dem kein Wort entgangen war.

»Wenn zu viele von uns anrücken, schöpft sie nur Verdacht. Ich finde, Nield soll mich hinfahren – dann kann er sagen, er wollte einem Bekannten das Hotel zeigen. Butler, Sie könnten mit Marler auf dem Rücksitz mitkommen.«

»Ich fahre auch mit«, erklärte Paula. »Im anderen Wagen. Versuchen Sie mal, mich daran zu hindern.«

»Wäre wohl Zeitverschwendung.«

Sie kehrten ins Hotel zurück und gingen anschließend durch den Vordereingang nach draußen, wo die Autos geparkt waren. Tweed nahm auf dem Beifahrersitz Platz, Nield setzte sich ans Steuer.

Willie sah auf die Uhr. Er hatte in seinem Zimmer im Dolder Grand gerade einen Anruf erhalten, daß Ashley Wingfield in Zürich eingetroffen war. Er fragte sich, was Hassan wohl diesmal von ihm geliefert haben wollte.

»Können wir uns nicht draußen im Park unterhalten?« schlug Hassan vor, als sich Willie im Foyer mit ihm traf. »Das Ganze muß streng geheim bleiben.«

»Bleibt es doch immer. Aber meinetwegen, bequatschen wir es eben im Garten.«

»Bequatschen?«

»Ach, nichts. Sie sehen sehr schick aus mit Ihrem Panamahut.«

»Seit meiner Ankunft haben schon drei Frauen – alle sehr hübsch – ein Auge auf mich geworfen.«

»Besser, sie werfen beide auf Sie.«

»Wie bitte?«

Hassan konnte sich nie des Eindrucks erwehren, daß Willie ihm gegenüber den gebührenden Respekt vermissen ließ. Er merkte nicht, daß dieses Verhalten zu Willies Strategie gehörte, den Geschäftspartner herunterzuhandeln.

»Ach, nichts. Setzen wir uns doch hierher. Kein Mensch in der Nähe. Also, ich habe noch ein paar andere Geschäfte in Aussicht. Was soll deshalb an diesem so besonders sein?«

»Die zu liefernde Substanz, die Verpackungsmethode, der Umfang der Lieferung. Sehen Sie sich das mal an.«

Hassan zog einen Stoß maschinengeschriebener Blätter aus seinem Aktenkoffer. Trotz der zunehmenden Hitze reichte er sie Willie mit weißen Handschuhen. Um keine Fingerabdrücke auf dem Papier zu hinterlassen. Willie überflog sie rasch. Seine Miene verriet nichts von seinem Erstaunen darüber, was da von ihm verlangt wurde.

»Lieferung in einer Woche, am üblichen Ort«, knurrte Hassan. »Unmittelbar bei Erhalt der Ware werden zwanzig Millionen Dollar auf ihr Konto auf den Cayman Islands überwiesen.«

»Das sind genügend Bakterien, um halb Europa auszulöschen. Ich muß unbedingt wissen, wie sie weitergeleitet werden.«

»Warum?«

»Weil davon abhängt, was für Behälter wir benötigen.«

»Ich weiß nicht, ob ich Ihnen das sagen darf.«

»Dann nehmen Sie diese Papiere wieder. Ich habe noch einen anderen Termin.«

»Lassen Sie mich kurz überlegen«, bat Hassan.

»Aber beeilen Sie sich ein bißchen.«

»Zwanzig Millionen Dollar.«

»Das habe ich schon beim ersten Mal ganz deutlich verstanden.«

»Es gibt andere Lieferanten …«

»Dann gehen Sie doch zu denen. Sie stehlen mir bloß die Zeit.«

Hassan nahm seinen Panamahut ab, wischte sich mit einem seidenen Taschentuch die Stirn. Er schwitzte heftig. Behutsam setzte er den Hut wieder auf.

»Die Bakterien, die selbstverständlich tödlich sind, werden in allen größeren Trinkwasserreservoirs in England, Frankreich und Deutschland eingesetzt. Genau gleichzeitig. Wir haben Monate damit zugebracht, die wichtigsten Wasserreservoirs ausfindig zu machen, insbesondere auch in Hinblick auf ihre Nachbarschaft zu wichtigen Militärstützpunkten in diesen drei Ländern. Kein Panzer wird sich in Bewegung setzen, kein Flugzeug starten.«

»Dann ziehen Ihre Armeen in Richtung Westen.«

»Dazu darf ich nichts sagen. Aber ich würde Ihnen raten, sich unverzüglich auf die Cayman Islands abzusetzen, sobald die Lieferung erfolgt ist.«

»Lieferung in einer Woche, sagten Sie. Sie brauchen also Behälter, die sich bei Berührung mit Wasser sofort auflösen. Das läßt sich machen. Allerdings werden Sie noch heute fünf Millionen Dollar auf die Cayman Islands überweisen müssen, als Anzahlung.«

»Dann müssen wir Ihnen also vertrauen.«

»Wie lange machen wir jetzt schon Geschäfte? Ich finde diese Bemerkung ziemlich unverschämt.«

»Ich nehme Sie zurück. Können Sie liefern?«

»Ja, aber jetzt verschwinden Sie schleunigst aus Zürich. Und vergessen Sie die fünf Millionen Anzahlung nicht.«

»Das erledige ich noch vor meinem Abflug aus Zürich.«

»Was wollen Sie dann noch hier?«

Tweed freute sich auf das Treffen mit Tina Langley. Er konnte es kaum erwarten, die Frau kennenzulernen, die Norbert Engel in Wien kaltblütig von hinten erschossen hatte.

Paula hatte sich von Butler den Schlüssel des anderen Wagens geben lassen und schritt nun rasch auf diesen zu. Die Sonne brannte ihr in den Nacken. Sie konnte sich des Eindrucks nicht erwehren, daß es extrem heiß werden würde – sogar noch heißer als an dem Tag, als Valja sie in die Slowakei gebracht hatte.

»Heutzutage gibt es in der Tat einige höchst eigenartige Frauen«, bemerkte Tweed. »Da fühlt man sich zwangsläufig an gewisse Punkte von Amos Lodges Rede erinnert.«

Der Soldat, der auf einem Ast der großen Fichte gegenüber der Einfahrt saß, hob sein Armalite. Tweeds Gesicht hinter der Windschutzscheibe kam im Fadenkreuz immer näher. Der Wagen hatte die Einmündung in die Straße erreicht. Nield blickte nach links und nach rechts – was er dort sah, war genau das, was er erwartet hatte: eine verlassene Straße. Aber genau so kam es zu vielen Unfällen – man dachte, die Straße wäre frei, und plötzlich kam irgendein Verrückter mit höllischem Tempo um die Kurve geschossen.

Inzwischen war Tweeds Gesicht im Zielfernrohr so nah, daß der Soldat seine Augen sehen konnte. Der Wagen fuhr immer noch langsam, aber er würde gleich in die Straße einbiegen. Der Zeigefinger des Soldaten begann sich um den Abzug zu krümmen. Aus dieser Entfernung konnte er gar nicht danebenschießen.

Paula, die gerade ihren Wagen erreicht hatte, blickte auf. Sie sah ein kurzes Aufblitzen, so, als hätte ein Stück Glas die Sonne reflektiert. Hoch oben in einem Baum? Sie ließ den Autoschlüssel in ihrer linken Hand fallen und riß mit der rechten die Browning aus ihrem Umhängebeutel. Sie packte die Pistole mit beiden Händen, reagierte ganz automatisch.

Sie feuerte. Ein-, zwei-, dreimal. Die Schüsse fielen so kurz hintereinander, daß selbst ein so erfahrener Schütze wie Marler hinterher dachte, er hätte nur zwei gehört. Eine menschliche Gestalt sank von Ast zu Ast, fiel zu Boden und blieb einen Meter neben einem Armalite-Gewehr reglos liegen.

Tweed war als erster aus dem Wagen gesprungen. Er rannte auf den Soldaten zu und nahm ihm vorsichtig die durch den Sturz zerdrückte Mütze ab. Der Körper des Mannes war grotesk verdreht. Tweed fühlte ihm am Hals den Puls. Nichts. Der Mann war tot. In seiner Stirn befanden sich drei rote Einschußlöcher. Tweed blickte stumm auf sein Gesicht hinab.

»Jules Monceau«, sagte er ruhig, als die anderen auf ihn zustürzten.

Wenige Minuten später traf ein aus vier Wagen bestehender Konvoi ein. Aus dem vordersten sprang ein kleiner, glatt rasierter Mann Mitte fünfzig, der sein dunkles Haar nach hinten frisiert hatte. Er trug einen dunkelblauen Anzug und eilte mit ausgestreckter Hand auf Tweed zu.

»Sie sind aber schnell gekommen, Loriot«, begrüßte Tweed seinen alten Bekannten. »Das trifft sich hervorragend. Der Tote hier ist Jules Monceau. Er wollte mich ermorden. Paula, die Sie ja auch kennen, hat mir das Leben gerettet.«

»Da haben Sie wieder mal Glück gehabt«, sagte Loriot in einwandfreiem Englisch.

Er wandte sich Paula zu, umarmte sie und küßte sie auf beide Wangen. Sie lächelte. Die meisten Geheimdienst- und Polizeichefs Europas mochten sie, dachte Tweed. Sie schätzten ihre taktvolle Art, ihre Kompetenz und ihre Charakterstärke.

Während Loriot den Toten persönlich untersuchte, nahm Tweed Paula am Arm und führte sie auf die Terrasse des Hotels. Sie ließ sich auf einen Stuhl niedersinken.

»Das war verdammt knapp, wie der Duke of Wellington nach der Schlacht von Waterloo so schön sagte. Ich habe etwas in der Sonne blitzen sehen und ganz automatisch reagiert.«

»Vielen Dank, obwohl das natürlich angesichts der Umstände etwas wenig ist.« Tweed setzte sich neben sie. »Was möchten Sie trinken? Cognac oder Kaffee?«

»Kaffee. Schwarz und stark.«

Nachdem Tweed Kaffee bestellt hatte, fuhr er fort: »Ich werde meinen Besuch im Château d'Avignon auf heute nachmittag verschieben. Es gibt da bestimmt einige Formalitäten, die ich für Loriot erledigen muß. Sie haben ihm einen großen Gefallen erwiesen. Er versucht Monceau schon seit Jahren zu fassen, seit seiner Flucht aus dem Gefängnis Santé. Kein Mensch weiß, wie viele Menschen Monceau in diesen zwei Jahren umgebracht hat. Was gibt's?« fragte er, als der Portier auf sie zukam.

»Da ist ein Anruf für Sie, Sir. Von einem Mr. Carrington.«

»Ich nehme ihn auf meinem Zimmer entgegen.«

Tweed blieb ziemlich lange weg, so daß Paula schon angefangen hatte, sich Sorgen zu machen, als er wieder auftauchte. Er winkte ihr mit beiden Händen aufgeregt zu.

»Was seine Geschäfte angeht, ist Willie leider nie sehr gesprächig. Er wollte mir bloß mitteilen, daß er in einer wichtigen Angelegenheit verreisen muß. Ein neuer Auftrag. Ich frage mich, was er diesmal liefert und an wen.«

»Hat er Ihnen nicht wenigstens einen kleinen Hinweis gegeben?«

»Er hält sich diesbezüglich immer sehr bedeckt. Und Christopher Kane ist bereits abgereist. Der Portier hat mir diese Nachricht von ihm gegeben. Könnte Sie interessieren, Paula. Das heißt, falls Sie seine bekanntermaßen völlig unleserliche Handschrift entziffern können.«

Tweed. Wichtige Geschäfte zwingen mich, zwei Tage zu verreisen. Melde mich, sobald ich zurück bin.

Christopher Kane

»Ziemlich geheimnisvoll, finden Sie nicht auch?« bemerkte Paula, als sie Tweed den Zettel zurückgab.

»Christopher war schon immer ein höchst eigenwilliger Mensch. Er verschwindet weiß Gott wohin, um plötzlich da wieder aufzutauchen, wo man am wenigsten mit ihm rechnet.«

»Loriot kommt«, warnte Paula.

»Kein Wort von dem Sender im Château d'Avignon. Und auch nichts über Tina Langley.«

»Christopher Kane ist nicht der einzige, der nicht gerade sehr gesprächig ist«, versetzte sie darauf.

»Ich habe meine Gründe ...«

29

Tweed hatte die Formalitäten mit Loriot auf seinem Zimmer erledigt. Um Paula die langwierige Prozedur zu ersparen, hatte er selbst seinem französischen Kollegen die Umstände, die zum Tod Jules Monceaus geführt hatten, in aller Ausführlichkeit geschildert. Als seine Aussage schriftlich vorlag, bat er Paula, in sein Zimmer zu kommen und das Protokoll zusammen mit ihm zu unterschreiben.

»Sie haben Frankreich einen großen Dienst erwiesen«, erklärte Loriot mit einer tiefen Verneigung.

»Sie hat der Welt einen großen Dienst erwiesen«, korrigierte ihn Tweed. Er wandte sich lächelnd Paula zu. »Jetzt muß ich noch einmal Loriots Autotelefon benutzen.«

Loriot begleitete Tweed nach unten und zu seinem großen Wagen hinaus, der etwas abseits von den anderen zwei Fahrzeugen stand. Paula folgte Tweed bis zum Eingang. Sie war sich sehr deutlich bewußt, daß Simone Carnot noch im Hotel war.

Während die zwei Männer zu Loriots Wagen eilten, blieb sie am Eingang stehen und blickte sich um. In einiger Entfernung – wo sie nicht hören konnten, was gesprochen wurde – standen mehrere Zivilbeamte sowie uniformierte französische Polizisten herum, jeder mit einer Maschinenpistole bewaffnet. Es beruhigte sie, daß Tweed so gut bewacht wurde.

Loriot öffnete Tweed die Beifahrertür, worauf dieser in den leeren Wagen stieg. Er deutete auf einen am Armaturenbrett befestigten schwarzen Kasten, der über eine Reihe von Tasten und Schaltern verfügte. Loriot beugte sich vor und drückte auf einen Knopf. Aus dem Heck des Wagens wurde automatisch eine Antenne ausgefahren.

»Das«, erklärte er dazu, »ist eins der hochentwickeltsten Kommunikationssysteme der Welt. Es kann nicht abgehört werden.«

»Werden die Gespräche aufgezeichnet?«

Loriot betätigte einen Schalter. »Jetzt nicht mehr. Ich wollte das Aufnahmegerät gerade abschalten.«

»Ich werde mehrere Gespräche führen, und das wird einige Zeit dauern.«

»Tun Sie sich keinen Zwang an.«

Paula setzte sich auf die Terrasse und genoß die Aussicht. Sie wollte nachdenken und den Tod Monceaus verarbeiten. Sie empfand kein Bedauern. Was ihr viel mehr zusetzte, war die Erkenntnis, wie wenig gefehlt hatte, daß Tweed erschossen worden wäre. Es war um Sekundenbruchteile gegangen. Sie hätte den Sonnenstrahl, den das Zielfernrohr des Armalite reflektiert hatte, ohne weiteres übersehen können.

Tweed blieb etwa eine halbe Stunde weg. Als er schließlich auf ihren Tisch zu kam, entging ihr nicht, wie federnd sein Schritt plötzlich war. Kaum hatte er sich gesetzt, erschien ein Kellner.

»Ich glaube, ich nehme einen Kir royale«, sagte er.

»Für mich noch eine Tasse Kaffee«, sagte Paula, und an Tweed gewandt, fügte sie hinzu: »Seit wann trinken Sie um diese Zeit schon Alkohol?«

»Nur ausnahmsweise. Mir ist einfach nach Feiern zumute. Jetzt besteht endlich die Aussicht, daß die Leute, die wirklich zählen, umfassende Gegenmaßnahmen ergreifen. Falls sie noch rechtzeitig etwas unternehmen.«

»Darf ich fragen, wer die Leute sind, die wirklich zählen?«

»Ich hatte ein längeres Gespräch mit dem Premierminister. Diesmal hat er mir zugehört. Und er will mit dem französischen Präsidenten und dem deutschen Bundeskanzler sprechen.«

»Sie müssen aber sehr überzeugend gewesen sein.«

»Wenn er nur rasch etwas unternimmt. Und es nicht schon zu spät ist. Wir könnten beim Ausgang des Ganzen eine Schlüsselrolle einnehmen. Was ich vorhabe, ist sehr gefährlich. Und ich habe eine ziemlich krumme Tour gefahren.«

»Ich frage Sie erst gar nicht, was Sie sich da wieder haben einfallen lassen.«

»Ich würde es Ihnen auch nicht verraten. Heute nachmittag nehmen wir das Château d'Avignon unter die Lupe. Und irgendwann im Lauf des Tages wird uns Amos Lodge besuchen kommen.«

»Amos ist schon hier«, ertönte hinter ihnen eine rauhe Stimme.

»Wenn man vom Teufel spricht ...« sagte Tweed im Spaß.

Vitorelli genoß es, am Steuer des Alfa Romeo die kurvenreiche Straße auf den Mont Salève hinaufzufahren. Mario neben ihm hielt sich an beiden Seiten des Sitzes fest und hätte am liebsten die Augen geschlossen, was er aber nicht wagte. Vitorelli, der einmal Rennfahrer gewesen war, fuhr gern schnell.

»Warum hast du auf einmal dieses Auto gekauft?« fragte Mario.

»Eine meiner üblichen spontanen Entscheidungen. Das müßtest du doch inzwischen kennen. Du hast doch nicht etwa Angst?«

»Keine Spur«, log Mario.

Er wußte, wenn er seine Angst zugäbe, würde Vitorelli noch fester aufs Gaspedal steigen. Nicht aus Grausamkeit, sondern weil er anderen gern zu einem gewissen Nervenkitzel verhalf. Bevor er seine Verlobte kennengelernt hatte, hatte er viele schöne Frauen herumgekriegt, indem er sie in einem seiner zahlreichen teuren Gefährte auf eine rasante Ausfahrt mitgenommen hatte. Er hatte festgestellt, daß sie das extrem gefügig machte.

»Ich verstehe immer noch nicht ganz, warum wir uns eigentlich mit Tweed treffen«, sagte Mario.

»Ich bin mir ganz sicher, daß der alte Fuchs seiner Beute dicht auf den Fersen ist. Und ich will dabei sein, wenn er zuschlägt.«

»Sie kommen früh – darauf war ich gar nicht vorbereitet«, sagte Tweed, als er Lodge aufforderte, sich zu ihnen zu setzen.

Paula beobachtete, wie Amos sich auf einen Stuhl niederließ. Er trug einen schicken cremefarbenen Leinenanzug, ein Hemd in der gleichen Farbe und eine Krawatte mit einem wilden Blumenmuster. Sein kantiger Kopf wirkte noch größer als sonst, und er musterte Paula hinter seiner eckigen Brille hervor, als versuchte er, ihre Gedanken zu lesen. Doch als er lächelte, fühlte sie sich von seinem dynamischen Wesen sofort angezogen. Der ungeheuer wache Verstand, der aus diesen Augen sprach, hatte etwas Hypnotisches.

»Was möchten Sie gerne trinken?« fragte Tweed, als ein Kellner an ihren Tisch kam.

»Einen doppelten Scotch. Ich habe Newman vorhin im Foyer gesehen, und ich nehme mal an, er wird das gleiche trinken, wenn er sich uns anschließt. Ist Ihnen eigentlich klar, Tweed, daß wir kurz vor unserer Auslöschung stehen? Und mit wir meine ich ganz Westeuropa.«

»Müssen Sie mir unbedingt diesen schönen Tag verderben?« versetzte Paula.

»Es hat keinen Sinn, den Kopf in den Sand zu stecken.«

»Sie verstehen es wieder mal bestens, einen aufzumuntern«, sagte Newman, der unbemerkt hinter ihnen aufgetaucht war. »Wie finden Sie die Aussicht?«

»Welche Aussicht?«

Paula merkte, daß Lodge das herrliche Panorama noch gar nicht wahrgenommen hatte. Außer Tweed hatte sie noch nie jemanden kennengelernt, der sich wie Amos Lodge so total auf eine bestimmte Sache konzentrieren konnte. Vermutlich träumte er sogar von dem, was ihn gerade beschäftigte.

»Können Sie denn nie abschalten und einfach nur einmal etwas genießen?« fragte sie.

»Aber das tue ich doch ständig. Meine Arbeit macht mir ungeheuren Spaß. Und ob Sie es glauben oder nicht, es gibt auch andere Dinge, an denen ich meine Freude habe.« Er lächelte sie wieder an. »Vielleicht könnten wir ja mal zusammen zu Abend essen, wenn Sie etwas Zeit erübrigen können. Es sei denn, Tweed hat etwas dagegen.«

»Tweed hat nichts dagegen«, sagte Tweed. »Warum sollte er?«

»Sind Sie schon weitergekommen?« wandte sich Lodge darauf an ihn. »Ich meine, was diese Attentate angeht. Immerhin haben es diese Leute auch auf mich abgesehen.«

»Dann halten Sie sich vorerst von allen auffallend attraktiven Frauen fern.«

»Aber ich habe doch gerade eine zum Essen eingeladen.«

»Dann haben Sie eben Pech gehabt.«

»Amos«, schaltete sich Newman in das Gespräch ein, »kommen Sie doch mal mit.«

Lodge nahm sein Glas, entschuldigte sich bei Paula und ging mit Newman an den Rand der Terrasse, wo ihm dieser die näheren Einzelheiten des großartigen Panoramas erläuterte.

»Erwähnen Sie Amos gegenüber auf keinen Fall Tina Langley oder sonst etwas, was das Château d'Avignon angeht«, flüsterte Tweed Paula zu. »Das gilt auch für Willie, falls er hier auftauchen sollte.«

»Glauben Sie, Willie könnte einfach so, aus heiterem Himmel, hier erscheinen? Er hat doch gesagt, er kann nicht kommen, weil er zu beschäftigt ist.«

»Hat er gesagt.«

»Weiß Loriot etwas von den seltsamen Vorgängen im Château d'Avignon?«

»Nein. Ich will nicht, daß er die Organisation mit einer Großrazzia aufscheucht. Außerdem würde er Tina Langley festnehmen, falls sie noch dort ist. Ich möchte jedoch vorläufig noch nicht in den Lauf der Dinge eingreifen.«

»Sie spielen mit dem Feuer.«

»Laut Amos Lodge spielen wir mit einem Inferno. Und ich zweifle im Grunde nicht an der Richtigkeit dieser Einschätzung.«

Er verstummte, als Newman mit Lodge zurückkam. Lodge sprach rasch und machte auch keine Pause, als er seinen Platz am Tisch wieder einnahm.

»Ich scheine die Mächtigen nicht überzeugen zu können, daß der Westen durch den unaufhaltsamen Niedergang der allgemeinen Moral – und zwar in beiderlei Sinne des Wortes – extrem anfällig für einen Angriff einer bestimmten nahöstlichen Macht wird. Ganz Europa wird im Chaos versinken. Wenn die Menschen etwas wollen, wollen sie es sofort. So etwas wie Verzicht kennen die meisten von uns nicht mehr. Dazu kommt, daß wir immer perverseren Vergnügungen nachhängen – genauso war es auch im alten Rom, bevor es von den Barbaren überrannt wurde, die ebenfalls aus dem Osten kamen. Überlebensfähig ist nur eine stabile, disziplinierte Gesellschaft. Heute geht es nur noch um die Rechte des einzelnen. Kaum mehr jemand spricht noch von Pflicht und Verantwortung, den wichtigsten Kennzeichen einer starken, überlebensfähigen Kultur.«

Newman, der mit Blickrichtung zum Eingang saß, sah Simone Carnot auf der Treppe erscheinen. Sie trug ein hellgrünes Kleid, das über ihren Knien endete. Es hatte lange Ärmel und einen hochgeschlossenen Kragen. Die Farbe betonte das flammende Rot ihrer herrlichen Haare. Wie sie so dastand, die rechte Hand an die Hüfte gelegt, sah sie aus wie ein Traum.

Sie ging langsam die Treppe hinunter und setzte sich an einen Tisch, der sehr weit von dem Tweeds entfernt war. Sie schlug die Beine übereinander und winkte Newman zu, er solle sich zu ihr setzen.

»Warum eigentlich nicht?« sagte er sich. »Mal sehen, was sie im Schilde führt.«

Er war sich jedoch nicht sicher, ob das sein wahrer Beweggrund war. Sie sah ungeheuer anziehend aus, als sie die Hände im Schoß verschränkte und ihn mit einem freundlichen Lächeln begrüßte, während er ihr gegenüber Platz nahm.

»Das hatten Sie doch gemeint, wenn ich Ihr Winken richtig verstanden habe«, bemerkte er in neutralem Ton.

»Das hatte ich gemeint«, bestätigte sie ihm. »Ich weiß, Sie werden mich fragen, was ich trinken möchte. Ich tue mir keinen Zwang an. Ich nehme einen Kir royale. Sicher denken Sie, ich bin champagnersüchtig, weil ich so früh schon damit anfange. Aber was soll's? Dann bin ich es eben.«

»Ich werde doch einer schönen Frau keinen so harmlosen Wunsch abschlagen«, erwiderte Newman lächelnd und bestellte zwei Kir royale.

»Vielen Dank für Ihr Verständnis«, sagte sie. »Wer ist übrigens der große Herr mit der eckigen Brille? Er hat mich gerade recht eindringlich gemustert.«

»Keine Ahnung. Ein Bekannter von Tweed, nehme ich an.«

»Er scheint viel herumzukommen. Ich habe ihn im Baur au Lac gesehen.«

»Wie klein die Welt manchmal ist.«

»Jemand vom Hotelpersonal hat mir eben erzählt, die Polizei wäre hier gewesen; ein Mann sei erschossen worden. Wie furchtbar. Der Herr, der bei Tweed sitzt, hat eben schon wieder zu mir herübergesehen.«

»Das kann man ihm schwerlich verdenken. Cheers!« Er hob

eins der zwei Gläser, die der Kellner gebracht hatte. »Haben Sie heute abend schon etwas vor? Ich finde, wir könnten doch gemeinsam hier zu Abend essen. Das Essen ist unvergleichlich. Oder wäre es Ihnen irgendwo in Genf lieber?«

»Nein, hier fände ich sehr schön. Würde Ihnen halb neun passen? Sie müssen mir etwas Zeit lassen, mich fertig zu machen.«

»Einverstanden.«

In Newman war ein heftiger Widerstreit von Gefühlen entbrannt. Simone sah ihn weiter mit diesen faszinierenden Augen an. Ein Teil von ihm spielte mit den wundervollen Möglichkeiten, sie zur Geliebten zu haben. Zugleich war sich ein anderer Teil seiner selbst sehr deutlich bewußt, daß sie alles tun würde, um ihn in ihren Bann zu ziehen. Sie war verschlagen, berechnend, die raffinierteste Frau, die er je kennengelernt hatte. In Wirklichkeit, da war er ganz sicher, ging es ihr nur darum, durch ihn an Tweed heranzukommen. In der Tat eine äußerst hinterhältige, kaltblütige Frau.

Um seine wahren Gedanken zu verbergen, lächelte er freundlich, als sie ihr Glas leertrank und aufstand. Sie bedachte ihn mit einem sehr sinnlichen Lächeln, als sie sich von ihm verabschiedete.

»War wirklich nett, sich mit Ihnen zu unterhalten, Bob. Ich freue mich schon auf heute abend. Aber wenn Sie mich jetzt bitte entschuldigen würden, ich muß dringend Post erledigen.«

Dann beugte sie sich vor. Ihre Lippen streiften seine Wange, ihre Hand legte sich kurz um die seine, und im nächsten Augenblick ging sie auch schon in Richtung Ausgang.

30

Sie beschlossen, das Château d'Avignon am frühen Nachmittag zu besuchen. Auf Tweeds Anweisung waren Butler und Nield schon früher hingefahren, um dort zu Mittag zu essen. Es sollte möglichst nicht der Eindruck entstehen, daß die beiden zu Tweeds Team gehörten.

Tweed saß am Steuer des Mietwagens. Paula hatte auf dem Beifahrersitz Platz genommen. Auf dem Rücksitz saßen Marler und Newman. Außer Tweed waren alle bewaffnet. Sie waren noch nicht lange unterwegs, als Newman verkündete:

»Ich werde heute mit Simone Carnot in unserem Hotel zu Abend essen.«

»Seien Sie vorsichtig. Diese Frau ist sehr raffiniert. Ich habe beobachtet, wie sie Ihnen heute morgen auf der Terrasse schöne Augen gemacht hat.«

»Und ich dachte immer, das hätte nur Amos Lodge mitbekommen.«

»Genau so sollte es auch sein. Simone hat nicht gemerkt, daß ich sie aus der Ferne beobachtet habe.«

»Was macht eigentlich unser Energiebündel Amos heute nachmittag?« fragte Marler.

»Sicher brütet er in seinem Zimmer wieder irgendwelche neuen strategischen Konzepte aus.«

»Marler, Nield hat Ihnen doch die genaue Lage der Kommunikationszentrale im Turm des Château d'Avignon beschrieben. Könnte sie nötigenfalls ein einziger Mann, in diesem Fall Butler, zerstören?«

»Sie scheint zwar nicht gerade leicht zu erreichen zu sein, aber Butler ist bekanntlich ein findiger Kopf. Ich habe Sprengstoff und verschiedene Zünder dabei. Ich könnte ihm also eine Zeitbombe bauen, mit der er den ganzen Turm in die Luft jagen kann – vorausgesetzt, ich kann ihn mir heute nachmittag noch kurz ansehen.«

»Dann nehmen Sie den Turm mal genau unter die Lupe, wenn wir da sind.«

»Falls sie uns überhaupt reinlassen«, gab Newman zu bedenken.

»Sie werden mich reinlassen.«

Als sie sich dem Château näherten, fuhr Tweed langsamer. Das große Eingangstor war offen. Bei Tag erschien Paula der Bau sogar noch häßlicher als im Dunkeln. Als Tweed anhielt, kam ein großer, kräftiger Mann aus dem Hotel und eilte auf sie zu.

»Das muß Big Ben sein«, brummte Marler.

»Glaube nicht, daß wir für Sie noch ein Zimmer frei haben«, teilte ihnen Big Ben mit.

»Wir wollten uns das Hotel nur mal ansehen«, sagte Tweed, nachdem er aus dem Wagen gesprungen war. Er blickte an dem Hünen hoch. »Chefinspektor Loriot von der Inneren Sicherheit möchte in ein paar Monaten Urlaub machen. Ihm ist zu Ohren gekommen, daß das hier der ideale Ort ist, um mal richtig auszuspannen.«

»Sind Sie von der Polizei?«

»Ich? Nein. Ich leite in England ein Sicherheitsunternehmen. Wenn Sie möchten, kann ich mir Ihre Sicherheitsvorkehrungen mal ansehen.«

»Das ist nicht nötig.« Big Ben konnte den Blick nicht von Paulas Beinen losreißen, als sie aus dem Wagen stieg. Sie lächelte ihn an. Er leckte sich die Lippen, hielt aber sofort inne, als er sich dessen bewußt wurde.

»Wir werden doch wenigstens in der Bar was trinken können«, sagte Tweed. »Oder vielleicht auf der Terrasse, wo man diesen herrlichen Blick hat, von dem alle so schwärmen.«

»Sicher, ich zeige Ihnen, wo die Bar ist.«

Als sie auf dem Weg durchs Foyer an der Rezeption vorbeikamen, musterte sie der Mann, dem Nield den Spitznamen ›das Wiesel‹ gegeben hatte, über die halbmondförmigen Gläser seiner Lesebrille hinweg zunächst argwöhnisch. Doch als Big Ben ihm den Grund ihres Besuchs nannte, setzte er ein aalglattes Lächeln auf.

»Dieser Typ da ist ein Freund des Chefs der Inneren Sicherheit.«

»Ach, das ist ja interessant.« Die Bemerkung kam erst nach einer merklichen Pause. »Wirklich sehr interessant.«

»Wie heißt der Mann gleich wieder?« knurrte Big Ben.

»Loriot«, wiederholte Tweed.

»Loriot möchte hier in nächster Zeit mal Urlaub machen.«

»Es wäre uns eine Ehre, einen so hohen Gast hier begrüßen zu dürfen. Ich bin Frederick Brown. Wenn Sie vielleicht so freundlich wären, ihn zu bitten, sich bei der Buchung auf mich zu berufen.«

»Wir würden auf der Terrasse gern etwas trinken«, sagte Tweed abrupt.

Durch die offene Tür hatte er Butler und Nield auf der Terrasse sitzen sehen. An einem anderen Tisch saß Tina Langley.

Tweed ging den anderen voran auf einen Tisch zu, der nicht weit von dem der Frau stand, deren Foto an alle Schweizer Polizeidienststellen verschickt worden war. Er fand, daß sie auf dem Foto sehr gut getroffen war. Der Tisch war ziemlich weit von dem Butlers und Nields entfernt.

»Stört es Sie, wenn wir uns hierhersetzen?« fragte Tweed. »Von hier hat man den besten Blick.«

»Ich habe nichts gegen etwas Gesellschaft einzuwenden. Vor allem, wenn es Engländer sind. Die zwei Männer da drüben sind zwar auch Engländer, aber sehr reserviert.«

»Ich bin Tweed.«

Er musterte sie scharf. Ihre eisblauen Augen blinzelten. Ihre Hand legte sich fester um das Glas Campari Soda. Aber sie hatte sich schnell wieder im Griff. Sie strich mit der linken Hand über ihr dichtes kastanienbraunes Haar. Sie errötete, und ihr Blick wanderte von Newman zu Marler und wieder zurück. Paula, die sie ignoriert hatte, konnte fast hören, wie es in ihrem Kopf arbeitete. Welcher der beiden Männer würde ihr schneller auf den Leim gehen?

Tweed übernahm das Vorstellen, und Paula setzte sich auf einen Stuhl ihr gegenüber. Es war wie eine direkte Konfrontation. Tweed fand Tina Langley, oberflächlich betrachtet, sehr attraktiv. Der Mann aus Dorset, der sie für den Orden angeworben hatte, verstand etwas von seinem Geschäft.

»Ich bin Lisa Vane«, sagte sie in ruhigem, verführerischem Ton.

»Sind Sie allein hier?« fragte Newman mit seinem ansteckenden Lächeln.

»Ich war es, bis Sie aufgetaucht sind.« Sie sah Marler ganz direkt an. »Meine langjährige Beziehung ist eben in die Brüche gegangen. Wenn Sie so wollen, bin ich hier, um meinen Kummer hinunterzuspülen.«

»Ihr Glas ist leer«, bemerkte Newman. »Trinken Sie doch noch eines mit uns.«

»Gern.«

Im Gegensatz zum Château des Avenières, wo der Service nicht das geringste zu wünschen übriggelassen hatte, mußte Newman hier aufstehen und sich auf die Suche nach einem Kellner machen, der dann auch noch eher störrisch auf seine Bestellung reagierte. Er hatte dagesessen und in einem Pornoheft geblättert.

»Ich bringe Ihnen gleich was zu trinken.«

»Nicht gleich, sofort. Ich werde auf die Uhr sehen.«

»Hab gar nicht gewußt, daß plötzlich so anspruchsvolle Herrschaften hier eingetroffen sind.«

»Dann wissen Sie es jetzt. Sie wollen doch nicht, daß ich mich beim Geschäftsführer beschwere.«

»Fred mag keine Gäste, die sich beschweren.«

»Albert, bediene den Herrn sofort.« Es war Brown, der das Gespräch mitgehört hatte. »Und zwar ein bißchen dalli.«

»Sind Sie schon lange hier?« fragte Tweed währenddessen Tina.

»Ich halte es nirgendwo lange aus. Immer am selben Ort, da wird es mir schnell langweilig. Es hat Spaß gemacht, in Genf einzukaufen. Und zu arbeiten.« Sie kicherte.

»Was machen Sie beruflich?« erkundigte sich Tweed.

»Ich bin Model. Für Fernsehspots.«

»Das wird sicher gut bezahlt.«

»Das will ich doch meinen. Sonst würde ich es nicht tun.«

Tweed war entsetzt. Ihm wurde plötzlich klar, daß es Tina Langley im Gegensatz zu Karin Berg und Simone Carnot gänzlich an geistigen Qualitäten fehlte. Sie war, fürchtete er, eine Frau, die im Leben nur ein Ziel hatte – mit allen Mitteln Geld zu verdienen und es dann mit vollen Händen auszugeben. Das dunkelblaue Outfit, das sie trug, mußte ein Vermögen gekostet haben. Neben ihrem Stuhl stand eine Gucci-Handtasche.

Tina Langley war sichtlich bemüht, auch die Aufmerksamkeit der anderen drei Männer an ihrem Tisch auf sich zu lenken. Tweed zum Beispiel bedachte sie immer wieder, zu sehr raffiniert gewählten Zeitpunkten, mit vielsagenden Blicken. Viele Männer, vermutete Tweed, wären verrückt nach ihr gewesen.

308

Sie hatte eine zierliche Nase und war perfekt geschminkt. Paula vermutete, daß sie stundenlang vor dem Spiegel zubrachte. Aber diese Investition zahlte sich bestimmt aus. Sie war der Typ Frau, mit dem sich viele Männer bestens zu amüsieren hofften. Und sie wurden nicht enttäuscht, vorausgesetzt, ihre Geldbörse saß locker genug. Sie war ein Typ Frau, den Paula zutiefst verachtete. Und es gab überhaupt keinen Zweifel: Das war die Frau, die sie in Wien in der Kärntnerstraße gesehen hatte, die Frau, die Norbert Engel erschossen hatte.

»Wo kommen Sie her?« fragte Paula.

»Aus Hampshire«, antwortete Tina nach kurzem Zögern.

»Diese Gegend kenne ich gut. Aus einem hübschen alten Dorf?«

»Ich hasse alte Dörfer. Sie sind so langweilig.«

»Reisen Sie gern?« fragte Marler.

»Und wie!«

Der Schmetterling, dachte Tweed. Sie langweilte sich so schnell, weil sie keine inneren Werte hatte.

»Was ist Ihr Ziel im Leben?« fragte Tweed jovial.

»Ziel?«

»Was würden Sie gern erreichen?«

»Daß ich meinen Spaß habe.« Sie trank den Rest ihres Glases. »Nichts ist von ewiger Dauer.«

»Nicht einmal ein Menschenleben«, bemerkte Tweed beiläufig. »Jedenfalls nicht, wenn es zu einem abrupten Ende gebracht wird. Es soll Leute geben, die erschossen werden.«

»Ich verstehe nicht recht, was Sie meinen.«

»Sie werden kaltblütig ermordet.«

»Jetzt verderben Sie mir diesen wunderschönen Tag.«

Eines mußte man ihr lassen, dachte Tweed. Sie reagierte blitzschnell. Vermutlich verstand sie es bestens, sich aus unangenehmen Situationen herauszureden. Sie hatte genug von Tweed und wandte sich Newman zu.

»Was machen Sie beruflich?«

»Ich bin Auslandskorrespondent.«

»Tatsächlich? Das ist sicher mit vielen interessanten Reisen verbunden.«

309

»Bis zu einem gewissen Punkt.«

Tweed wurde klar, daß sie nie etwas von Newman gehört hatte. Ganz sicher hatte sie nie eine der seriösen Zeitungen und Nachrichtenmagazine gelesen, in denen seine Artikel erschienen waren. Das war zu hoch für sie. Kurz zuvor hatte sie eine Zeitschrift von einem Stuhl genommen, die sich vorwiegend mit Gesellschaftsklatsch befaßte. Tweed stand auf.

»Wenn Sie mich entschuldigen, aber ich habe noch zu arbeiten. Wir werden in Kürze nach Wien abreisen. War sehr aufschlußreich, Sie kennenzulernen.«

»Nach Wien?« Sie war aufgesprungen und folgte ihm, als er sich vom Tisch entfernte. Sie faßte ihn am Arm. »Ich hatte gehofft, wir könnten Freunde werden. Wann werden Sie nach Wien abreisen? Ich habe gehört, es muß eine wunderschöne Stadt sein.«

Es lag auf der Hand, daß sie von ihm eingeladen werden wollte, ihn zu begleiten. Er vermied es tunlichst, zum Turm hochzublicken, als er über die Terrasse ging. Big Ben beobachtete ihn vom Eingang des Hotels.

»Ich weiß noch nicht. Zuerst muß ich noch nach Ouchy in der Schweiz, um dort an einer Konferenz über aktuelle politische Entwicklungen teilzunehmen. Vermutlich werde ich in ein paar Tagen hinfahren. Aber zunächst kehre ich in mein Hotel zurück, das ein paar Kilometer von hier entfernt liegt.«

»Was ist das für ein Hotel? Ich dachte, dies wäre das einzige in der Gegend.«

»Das Château des Avenières. Ehrlich gesagt, ist es wesentlich besser als dieses hier.«

»Tatsächlich? Vielleicht sollte ich das Hotel wechseln. Könnten Sie mir ein schönes Zimmer reservieren lassen? Wenn möglich sogar eine Suite? Ich könnte noch heute umziehen.«

»Ich bin sicher, man wird dort etwas Passendes für Sie haben. Ich werde dem Besitzer sagen, daß Sie kommen…«

»Sind Sie vollkommen übergeschnappt?« platzte Paula heraus, als Tweed mit ihnen ins Château des Avenières zurückfuhr. »Diesem Flittchen das alles zu erzählen.«

310

»Sie mögen sie wohl nicht besonders. Zumindest ist sie gut erzogen, müssen Sie zugeben.«

»Was die Art, wie sie lebt, noch schlimmer macht. Sie ist ein mordgieriges Raubtier. Und bei ihrer Intelligenz war diese Erziehung reine Zeitverschwendung. Wenn es etwas gibt, worin diese Person eine gewisse Schlauheit entwickelt hat, dann ist es die Fähigkeit, Männer zu umgarnen und sie nach Strich und Faden auszunehmen.«

»Ich habe ihr das alles nicht ohne Grund erzählt. Und wir werden tatsächlich bald nach Ouchy fahren, wo, wie Sie wissen, das Hauptquartier des *Institut* ist.«

»Manchmal werde ich einfach nicht schlau aus Ihnen.«

»Dann werden es andere Leute auch nicht, was ganz in meinem Sinne ist. Marler, haben Sie eine Gelegenheit gefunden, Butler und Nield zu sagen, sie sollen zum Abendessen ins des Avenières kommen?«

»Ja. Und ich kann Butler schnell eine Bombe bauen, mit der er die Kommunikationszentrale im Turm lahmlegen kann. Soll Nield ihm dabei helfen?«

»Das geht leider nicht.« Tweed fuhr sehr langsam und beobachtete den Wald zu beiden Seiten der Straße. »Wir brauchen jeden Mann, den wir auftreiben können. Butler soll so tun, als hätte er sich den Fuß verstaucht – als Vorwand, warum er allein im Hotel zurückbleibt.«

»Ich hatte vor der Abfahrt Gelegenheit, mich auf dem Klo kurz allein mit Butler zu unterhalten«, fuhr Marler fort. »Er ist über alles im Bild. Er bat mich, ihn heute nachmittag nach Genf zu fahren, damit er sich dort für seine Flucht ein Motorrad kaufen kann, wenn er hier seine Aufgabe erfüllt hat.«

»Der arme Harry ist wirklich nicht zu beneiden«, bemerkte Paula. »Er kann von Glück reden, wenn er diesen Auftrag überlebt.«

»Da wird es uns kaum anders gehen«, erklärte Tweed. »Aber es gibt kein Zurück mehr. Selbst wenn wir am Ende alle mit dem Leben bezahlen.«

31

Diese Bemerkung erstaunte Paula, Marler und Newman. Obwohl Tweed ganz ruhig und gefaßt gesprochen hatte, war ihnen nicht die eiserne Entschlossenheit entgangen, die er immer an den Tag legte, wenn es ernst wurde.

»Wir reisen heute abend aus dem des Avenières ab. Butler bricht zusammen mit Nield kurz nach uns auf. Marler, Sie bauen umgehend für Butler die Bombe – einschließlich Zeitzünder und was sonst noch dazugehört. Ich werde ein Codewort mit ihm vereinbaren, mit dem ich ihm telefonisch Bescheid gebe, wenn es soweit ist. Dann fahren Sie Butler nach Genf, damit er sich noch ein Motorrad kaufen kann, bevor wir heute abend abfahren.«

»Wohin fahren wir?« wollte Paula wissen.

»Nach Ouchy am Genfer See. Ich habe Tina Langley erzählt, daß wir dorthin fahren, bevor wir nach Wien fliegen. Sicher wird sie den Engländer informieren, daß wir dorthin unterwegs sind.«

»Warum denn das?« fragte Newman.

»Weil das die nächste Phase meines Plans ist. Dazu sei vorerst nur soviel gesagt: Die Belegschaft des Château d'Avignon setzt sich zum größten Teil aus englischen Ganoven der schlimmsten Sorte zusammen. Das erinnert mich an die Zeit, als ich noch bei der Mordkommission von Scotland Yard war.«

»Als jüngster Superintendent in der Geschichte dieser Behörde«, ergänzte Paula.

»Alles Schnee von gestern«, bemerkte Tweed beiläufig. »Damals hatte ich es mit einigen ziemlich üblen Kerlen zu tun. Aber im Vergleich mit dem Pack, das heute sein Unwesen treibt, waren sie eher harmlos. Packen Sie also schon mal Ihre Koffer...«

Von da an fuhren sie in betretenem Schweigen weiter. Als sie vor dem Eingang des Château des Avenières hielten, stieg Tweed sofort aus, um sich auf sein Zimmer zu begeben. Vorher wandte er sich jedoch, die Hand noch am Türgriff des Autos, kurz an Newman:

312

»Essen Sie mit Simone ruhig zu Abend. Aber ich würde Sie bitten, in die Unterhaltung ganz beiläufig einfließen zu lassen, daß wir nach Ouchy fahren wollen – und von dort nach Wien.«

Damit warf er die Tür zu und ließ die anderen verdutzt im Auto sitzen. Dort konnten sie das Gesagte erst einmal in Ruhe verdauen.

»Ich muß los«, sagte Marler schließlich. »Ich habe noch zu tun. Wir sehen uns beim Abendessen – falls ich rechtzeitig aus Genf zurück bin.«

Newman und Paula wußten, warum er es so eilig hatte. Er mußte die Bombe fertig bekommen, bis Butler und Nield eintrafen. Dann mußte er Butler nach Genf bringen und rechtzeitig im Hotel zurück sein.

»Tweed war immer schon für eine Überraschung gut«, sagte Newman, »aber das setzt dem Ganzen die Krone auf. Was hat er wohl diesmal vor?«

»Das frage ich mich auch schon die ganze Zeit«, bemerkte Paula nachdenklich. »Jedenfalls wird er nicht riskieren, die noch lebenden Mitglieder des *Institut* nach Ouchy kommen zu lassen. Das wäre ja, als würde er sie dem Orden auf einem silbernen Tablett präsentieren.«

»So entschlossen habe ich ihn noch nie erlebt.«

»Er muß einen Plan haben – anders kann ich mir jedenfalls nicht erklären, warum er unseren beiden Ordensschwestern absichtlich diese Informationen hat zukommen lassen. Damit geht er ein ungeheures Risiko ein.«

»Ich glaube, er weiß, daß er nicht mehr viel Zeit hat. Und wie es scheint, schätzt er seine Chancen nicht sehr hoch ein. Nicht umsonst sagte er vorhin, es wäre nicht auszuschließen, daß wir am Ende alle tot sind.«

»Aber gerade dann ist er besonders gefährlich – für seine Feinde. Vergessen Sie das nicht. Ach, sehen Sie, Amos Lodge reist ab.«

Der Strategieexperte eilte die Eingangstreppe hinunter, warf seine Reisetasche auf den Rücksitz seines Wagens und fuhr an ihnen vorbei, ohne einen Blick in ihre Richtung zu werfen. Kaum

313

hatte er die Straße erreicht, hörten sie, wie er mit aufheulendem Motor davonbrauste.

»Er fährt nach Genf zurück«, sagte Paula zu Newman. »Und er scheint es ziemlich eilig zu haben.«

»Vielleicht hat Tweed mit ihm gesprochen.«

»Da kommt von hinten ein Wagen auf uns zu. Es sind Butler und Nield, offenbar sind sie nicht, wie Tweed vorgeschlagen hat, zu Fuß hergekommen, sondern mit dem Wagen, mit dem sie aus Genf zum Château d'Avignon gefahren sind.«

»Ich werde mal kurz mit ihnen reden«, sagte Newman und stieg aus.

Als Newman auf den Wagen zuging, stiegen die beiden Männer aus. Sie unterhielten sich im Flüsterton, und Butler hatte einen Beutel umhängen. Nield hielt seinen Koffer in der Hand.

»Tweed hat uns angerufen und verschlüsselt mitgeteilt, was wir tun sollen«, erklärte Nield. »Ich hab dem reizenden Portier gesagt, daß ich mein Zimmer behalten möchte, und im voraus bezahlt. Ich hab behauptet, ich hätte in Genf zu tun und käme wieder zurück. Werde ich aber nicht.«

»Marlers Zimmernummer?« Butler machte wie gewohnt so wenig Worte wie möglich.

Nachdem Newman sie ihm gesagt hatte, verschwand er in das Hotel. Nield fragte Paula, was anstand.

»Wir fahren heute abend nach dem Essen nach Ouchy«, teilte sie ihm darauf mit. »Sie kommen am besten mit uns. Wird allerdings etwas eng werden im Auto.«

»Keine Sorge«, erwiderte Nield. »Harry geht zu Fuß zum Château d'Avignon, wenn Marler ihn nach der Rückkehr aus Genf in der Nähe des Hotels absetzt.«

»Und was ist mit dem Motorrad?«

»Harry will es unbedingt auf der Rückfahrt im Wald verstecken. Ich bin sicher, er weiß, was er tut. Ich verstehe nicht, was wir in Ouchy sollen.«

»Das ist mir gerade klargeworden«, sagte Paula. »Dort soll die Entscheidung fallen.«

314

Das gutgekleidete französische Mädchen an der Rezeption des Hotels sah mit einem freundlichen Lächeln auf, als Newman auf sie zutrat.

»Ich wollte kurz einen anderen Hotelgast sprechen«, begann er. »Amos Lodge. Aber wenn mich nicht alles täuscht, ist er eben abgereist.«

»So ist es, Sir. Mr. Lodge bekam einen Anruf. Dann rief er an der Rezeption an und bat darum, die Rechnung für ihn fertig zu machen, weil er umgehend abreisen müßte. Er muß wegen dringender Geschäfte nach Genf zurück.«

»Danke. Und was ist mit Mr. Tweed?«

»Er telefoniert schon die ganze Zeit, seit er ins Hotel zurückgekommen ist. Aber im Moment scheint er nicht zu sprechen.«

»Ihr Englisch ist wirklich gut.«

»Danke, Sir.« Sie errötete. »Ich habe zwei Jahre in einem großen Hotel in London gearbeitet. Wenn Sie zu Mr. Tweed raufgehen, könnten Sie ihm bitte bestellen, ein Mr. Emilio Vitorelli ist eingetroffen und hat nach Mr. Tweed gefragt. Er sitzt zusammen mit einem weiteren Herrn draußen auf der Terrasse.«

»Ich werde es Mr. Tweed bestellen.«

Paula begab sich auf ihr Zimmer, um vor dem Abendessen noch zu duschen oder, wenn es die Zeit erlaubte, ein Bad zu nehmen. Nield ging in die Bar, und Newman suchte Tweed auf, der sich gerade fürs Abendessen einen dunklen Anzug anzog.

»Das Mädchen an der Rezeption hat mir gesagt, Sie haben die ganze Zeit telefoniert«, sagte Newman zu Tweed, der sein Jackett abbürstete.

»Richtig. Ich wollte unbedingt mal wieder mit Monica sprechen. Sie wußte allerdings nichts Neues zu berichten, außer daß Howard wegen der Bomben, die in der Nähe der Kraftwerke hochgegangen sind, völlig aus dem Häuschen ist. Bisher wurden noch keine Verdächtigen festgenommen. Ich habe ihm geraten, sich bei seinen Ermittlungen auf das Londoner East End zu konzentrieren.«

»Warum?«

»Wegen des dubiosen Hotelpersonals im Château d'Avignon. Ihrem Dialekt nach zu schließen, kommen sie alle aus diesem Teil

315

Londons. Auf dem Weg nach draußen fiel mir ein kleiner, schlanker Mann auf, den Big Ben mit Stan ansprach. Diese Sorte kenne ich. Ständig mit einem aalglatten Grinsen im Gesicht. Genauso eine Type habe ich mal verhaftet. Wanderte schließlich wegen versuchten Mordes hinter Gitter. Ich glaube, der Engländer hält im Château d'Avignon eine gefährliche Killertruppe versteckt.«

»Apropos Engländer. Dem Mädchen an der Rezeption zufolge hat Amos Lodge einen Anruf erhalten, worauf er umgehend die Koffer gepackt hat und abgereist ist.«

»Aus Amos' Verhalten soll mal einer schlau werden. Vermutlich ist er unterwegs zu einem seiner geheimen Kontakte. Und der Schmetterling wird heute auch hier sein. Ich soll Ihnen übrigens bestellen, daß Emilio Vitorelli eingetroffen ist. Er sitzt auf der Terrasse. Was ist, wenn er Tina sieht? Ich würde da jedenfalls für nichts mehr garantieren.«

»Ich gehe gleich zu ihm runter. Wir wollen doch nicht, daß die Sache noch komplizierter wird ...«

Tweed fand Vitorelli mit Mario Parcelli auf der Terrasse. Sobald Mario Tweed kommen sah, stand er auf und verließ mit einem kurzen Nicken den Tisch.

»Was führt Sie denn in diese gottverlassene Gegend?« fragte Tweed, als er sich so an Vitorellis Tisch setzte, daß er das Hotel im Blick hatte.

»Ich bin natürlich Ihretwegen hier, Sie alter Spürhund.«

»Ich will das mal als Kompliment auffassen. Aber nachdem ich heute abend abreisen werde, erklärt es nicht, warum Sie hier sind.«

»Es wäre sicher dumm von mir ...« Vitorelli hielt inne und lächelte gewinnend, »Sie zu fragen, wohin Sie zu fahren gedenken.«

»Wenn ich sagen würde, nach London, würden Sie es mir nicht glauben.«

»Nicht unbedingt.« Vitorelli lächelte wieder und fuhr sich mit der Hand durch das dichte Haar. »Sie sind ein Meister des Bluffs.«

»Wenn Sie das sagen.«

Von seinem Platz konnte Tweed die Fenster der Zimmer sehen, die nach hinten zur Terrasse lagen. Hinter einem davon stand

Tina Langley und beobachtete sie. Als Tweed sie entdeckte, schloß sie rasch den Vorhang. Sie wußte jetzt, daß Vitorelli hier war. Tweed nahm nicht an, daß sie unter diesen Umständen noch mit ihm essen wollte.

»Ich war heute schon mal etwas früher hier.« Der Italiener trank sein Glas aus. »Aber als ich nach Ihnen fragte, sagte man mir, Sie seien weg.«

»War ich auch.«

»Wenn Sie das Hotel verlassen haben, kann sich das, wonach Sie suchen, nicht hier befinden.«

»Wenn Sie es unbedingt wissen wollen: Er ist abgereist.«

»Das hört sich ganz nach Willie oder Amos Lodge an. Beide leben in Dorset. Mit dem Hinweis auf diesen Geldkurier habe ich Ihnen einen großen Gefallen getan. Jetzt sind Sie mir einen schuldig.«

»Ich werde gegebenenfalls daran denken.«

»Hört sich so an, als wollten Sie tatsächlich abreisen. Ich bin immer noch auf der Suche nach Tina Langley.«

»Das sind Sie schon eine ganze Weile.«

»Bis demnächst, Tweed. Und tun Sie nichts, was ich nicht tun würde.«

»Es gibt eine Menge Dinge, die Sie tun, die ich nicht im Traum täte.«

»Wird langsam kühl hier draußen. Das liegt aber, glaube ich, nicht an der Abendluft.«

Damit salutierte Vitorelli leger und ging. Bevor er das Hotel verließ, blieb er an der Rezeption stehen. Er bedachte das Mädchen hinter dem Schalter mit einem breiten Lächeln.

»Ich hatte eigentlich gehofft, meinen alten Freund Amos Lodge hier anzutreffen.«

»Mr. Lodge ist überraschend abgereist. Möchten Sie ihm eine Nachricht hinterlassen, falls er noch einmal zurückkommt?«

»Er kommt nicht zurück.«

Nachdem er nun Gewißheit hatte, daß Tweed ihm die Wahrheit gesagt hatte, ging Vitorelli nach draußen. Wäre seine Frage nach Amos Lodge auf Unverständnis gestoßen, hätte er sich nach Captain Wellesley Carrington erkundigt. Mario wartete in einem Wa-

317

gen, den sie sich am Nachmittag von einem Kontaktmann geliehen hatten.

»Mario«, wandte sich Vitorelli an seinen Begleiter. »Tweed reist demnächst aus dem Hotel ab – behauptet er zumindest. Ich fahre zum Genfer Flughafen zurück, wo unser Hubschrauber steht. Du legst dich hier irgendwo, wo niemand dich sieht, auf die Lauer, und wenn du Tweed wegfahren siehst, folgst du ihm.«

»Wo niemand mich sieht?« fragte Mario ungehalten.

»Du wirst schon einen geeigneten Platz finden.«

Vitorelli setzte sich ans Steuer seines Alfa Romeo, den er hinter einem großen Lieferwagen geparkt hatte, und fuhr mit laut aufheulendem Motor davon.

Er bekam nicht mit, daß Tweed hinter einer der offenen Terrassentüren stand und ihn beobachtete. Tweed fiel ein Stein vom Herzen, als der Italiener weggefahren war. Emilio Vitorelli war der letzte, den er in den nächsten vierundzwanzig Stunden in seiner Nähe haben wollte.

Auf der Rückfahrt von Genf hielt Marler mit seinem Wagen ein paar hundert Meter vor dem Château d'Avignon an und half Butler, das Motorrad vom Dachgepäckträger des Wagens zu heben. Dann schob Butler die Maschine auf einem Forstweg ein Stück in den Wald hinein und versteckte sie unter einer hohen Fichte im Unterholz.

Nachdem er zum Wagen zurückgekehrt und neben Marler eingestiegen war, fuhr dieser weiter. Als sie am Château d'Avignon vorbeikamen, stellte Butler erleichtert fest, daß das Tor noch offen war. Marler hielt hinter der nächsten Kurve an und ließ Butler aussteigen.

»Und nicht vergessen«, schärfte er Butler noch einmal ein. »Fünf Minuten, nachdem der Zeitzünder aktiviert wird, geht die Bombe hoch. Alles Gute.«

»Vielleicht sollte ich vorsichtshalber auf die Uhr sehen«, erwiderte Butler. »Bis bald.«

Er wartete eine Weile, damit niemand im Château d'Avignon, der den Wagen vorbeifahren gehört hatte, ihn mit diesem in Ver-

318

bindung brachte. Dann hängte er sich den Beutel mit der Bombe über die Schulter und schlenderte zum Hotel zurück. Als er die Treppe hinaufging, kam Big Ben auf ihn zu.

»Sie waren aber lange weg.«

»Ich habe eine Wanderung gemacht.«

»Ja, sicher. Das Abendessen wird bereits aufgetragen.«

»Sie werden mir wohl nicht dabei Gesellschaft leisten, hm?«

Bevor Big Ben etwas erwidern konnte, ging Butler an ihm vorbei und auf sein Zimmer. Er hatte den Schlüssel in der Tasche behalten. Er schloß von innen wieder ab und ging zu seinem Koffer. Er vergewisserte sich, ob das Haar, das er daran angebracht hatte, bevor er den Koffer abgeschlossen hatte, noch an Ort und Stelle war. Es war weg. Auch sein Schlüssel ließ sich nicht mehr so mühelos im Schloß drehen wie sonst. Es gab also im Hotel jemanden, der sich an anderer Leute Schlösser zu schaffen machte.

Er ging zu dem hohen alten Schrank, in dem er seine Kleider hatte, und fuhr mit dem Finger über den Rand des obersten Bordes. Er war voll Staub. Niemand hatte daran gedacht, dort nachzusehen.

Er nahm die runde Bombe, die etwa die Größe eines Desserttellers hatte, aus dem Umhängebeutel. Sie war in kräftiges blaues Papier gewickelt. Der Zeitzünder und verschiedene andere Teile waren getrennt in Seidenpapier verpackt. Er riß sich zwei Kopfhaare aus, steckte eines in jedes Päckchen und legte alles auf das oberste Bord.

»Dann sieh mal, ob du das findest, Freundchen«, murmelte er leise.

Als er sich fürs Abendessen herrichtete, dachte er über das Kommende nach. Sein Auftrag war nicht ganz ungefährlich. Er mußte, ganz auf sich gestellt, auf unbestimmte Zeit in diesem Hotel bleiben, in dem es von zwielichtigen Typen wimmelte. So lange, bis Tweed ihm telefonisch das Codewort durchgab.

Aber an sich machte das Butler nichts aus. Das gehörte zu seinem Job. Er bedauerte nur, daß er das Feuerwerk verpassen würde, das Tweed vermutlich in Ouchy veranstalten würde. So wie er Tweed kannte, wurde es jetzt ernst. In Ouchy würde es ganz gewaltig krachen.

32

Tina Langley hatte sofort nach ihrer Ankunft im Château des Avenières ein Telefongespräch geführt. Hassan, der wieder in der Slowakei war, kam schnell an den Apparat.

»Ich habe wichtige Neuigkeiten«, begann Tina ohne Umschweife.

»Was wichtig ist, entscheide ich. Was gibt's?«

»Tweed reist heute abend mit seinen Leuten hier ab. Er will an einer Mitgliederversammlung des *Institut* in Ouchy am Genfer See teilnehmen. Dieser Tip müßte dir doch ein hübsches Sümmchen wert sein.«

»Bist du sicher, daß er heute abend losfährt?«

»Erst will ich wissen, wie hoch mein Honorar ist.«

»Du weißt doch, was mit Leuten passiert, die versuchen, mich unter Druck zu setzen.«

»Jedenfalls ist diese Information einiges wert«, lenkte sie darauf ein.

»Beantworte endlich meine Frage.«

»Ja«, sagte sie rasch. »Ich bin sicher.«

»Zehntausend Dollar.«

Hassan knallte den Hörer auf die Gabel. Er dachte mehrere Minuten nach. Welche Gruppe konnte am schnellsten nach Ouchy kommen? Er mußte umgehend etwas unternehmen. Dann merkte er, daß die Lösung auf der Hand lag. Er rief im Château d'Avignon an. Fred Brown kam ans Telefon.

»Frederick«, begann Hassan eindringlich, »ich habe dringende und extrem wichtige Anweisungen für Sie ...«

Nachdem das Gespräch beendet war, rief Brown nacheinander mehrere Angehörige seines Personals zu sich und sprach eine Weile mit ihnen. Butler, der sich auf der Terrasse etwas zu trinken bestellt hatte, bekam dies zum Teil mit.

Neugierig geworden, begab er sich in die Bar, bestellte sich zur Tarnung einen frischen Drink und schlenderte damit ins Foyer. Dort traf er gerade rechtzeitig ein, um zu sehen, wie am Eingang des Hotels drei Autos vorbeifuhren, die vermutlich hinter einem der Nebengebäude abgestellt gewesen waren.

Am Steuer des ersten Wagens saß Big Ben. Sie fuhren langsam zum Eingangstor und dann weiter in Richtung Genf. Butler merkte, daß sich ihm jemand von hinten genähert hatte, und drehte sich um.

»Nervös, Mr. Butler?« fragte Stan mit einem aalglatten Lächeln.

»Ich wollte nur ein bißchen Luft schnappen.«

»Auf der Terrasse wird jetzt das Abendessen serviert. Wir wollen doch nicht mit leerem Magen zu Bett gehen, oder? Ein Teil des Personals ist zu einer Party eingeladen. Eine kleine Anerkennung seitens Mr. Browns für ihre Bemühungen.«

»Warum erklären Sie mir das alles so genau?«

Das Lächeln verschwand und wich einem höhnischen Grinsen. Als sich der Mann entfernte, stellte Butler fest, daß er ihn ein wenig an ein Reptil erinnerte. Nicht unbedingt jemand, mit dem er gern ein Bier trinken würde.

Ohne sich um die Aufforderung zu kümmern, unverzüglich zum Abendessen auf die Terrasse zu kommen, ging Butler nach oben auf sein Zimmer, um im Château des Avenières anzurufen und an der Rezeption eine verschlüsselte Nachricht zu hinterlassen.

»Falls mein Freund Pete Nield auftaucht, um was zu trinken, sagen Sie ihm bitte, Harry Butler hat angerufen. Ist ein bißchen still geworden hier, deshalb fände ich es schön, wenn er mir Gesellschaft leisten würde. Danke.«

Bevor der Portier etwas erwidern konnte, hatte er bereits aufgelegt. Das Abendessen zog sich diesmal endlos in die Länge. Wegen der Kellnerknappheit kam es zu langen Pausen zwischen den einzelnen Gängen.

Tweed hatte sich gerade zu Paula, Newman und Marler an den Tisch gesetzt, als ihm der Portier Butlers Nachricht überbrachte. Nield machte eine verdutztes Gesicht, aber Tweed lächelte. Er erklärte, Butler wäre nicht nur sehr zuverlässig, sondern auch ausgesprochen geschickt im Übermitteln verschlüsselter Nachrichten.

»Das verstehe ich nicht«, sagte Paula.

»Das heißt, daß auch der Portier nichts versteht. Butler ist wirklich gut.«

»Wollten Sie nicht mit Tina Langley essen?« fragte Paula leise.

»Sie hat mir eine Nachricht zukommen lassen, sie könnte mir heute abend leider nicht Gesellschaft leisten. Sie sei etwas unpäßlich. Ich schätze, Vitorellis Erscheinen hat ihr etwas Kopfschmerzen bereitet.«

»Ich bekomme von dieser Frau Kopfschmerzen.«

»Ich wurde auch versetzt«, bemerkte Newman und machte ein gespielt langes Gesicht. »Simone rief an, sie wäre schrecklich müde.«

»So schrecklich müde«, bemerkte Tweed ironisch, »daß sie mit ihrem ganzen Gepäck abgereist ist. Als ich den Portier darauf ansprach, sagte er, die Dame hätte einen Anruf erhalten und sei daraufhin unverzüglich abgereist.«

»Ich denke, ich werde es überleben«, bemerkte Newman seufzend.

»Auf jeden Fall werden Sie so eher überleben, als wenn sie mit ihr essen gegangen wären«, bemerkte Paula. »Oder haben Sie schon vergessen, was sie mit Pierre Dumont gemacht hat?«

»Tweed, warum wollten Sie eigentlich nicht, daß ich auch Simone etwas von Ouchy und Wien erzähle?«

»Eine ist genug.«

Da Tweed offensichtlich in Eile war, aßen sie schweigend zu Ende. Dann sah Paula Marler an.

»Wir müssen über die französische Grenze, um in die Schweiz zu kommen. Wollen Sie Ihr Waffenarsenal vorher loswerden?«

»Auf gar keinen Fall. Ich befestige alles mit Klebeband unter meinem Wagen. Wenn Sprengstoff und Zünder nicht miteinander verbunden sind, kann nichts passieren. Da fällt mir ein, ich wollte noch einen Vorschlag machen. Ich glaube, es ist sicherer, wenn Tweed, Nield, Paula und Newman in einem Wagen fahren. Ich bilde mit meinem die Nachhut nur für den Fall, daß ich geschnappt werde.«

»Einverstanden«, sagte Tweed.

»Und«, fuhr Marler fort, »wenn wir uns in Genf aus den Augen verlieren, würde ich vorschlagen, wir treffen uns vor dem Hauptbahnhof.«

»Einverstanden.«

Inzwischen war es ganz dunkel geworden. Auf der beleuchteten Terrasse herrschte eine sehr friedliche, fast idyllische Stimmung. Paula versuchte, nicht mehr an den Mordanschlag auf Tweed zu denken, als er aufstand und sie am Arm nahm.

»Genießen wir noch ein letztes Mal die Aussicht.«

Während die anderen auf ihre Zimmer gingen, um ihr Gepäck zu holen, traten Tweed und Paula an den Rand der Terrasse. Der Mond war hinter der einzigen Wolke am Himmel verborgen. Zwischen den dunklen Silhouetten der Hügelketten lagen, wie Diamanten hingestreut, vereinzelte Inseln aus Licht – kleine Dörfer, die sich an die Hänge der Hügel schmiegten. Dann kam der Mond heraus und tauchte die ganze Szenerie in zartes Licht.

»Wie in einem Traum«, sagte Paula ruhig.

»Wenn es sich so einrichten läßt, sehe ich zu, daß Sie noch einmal hierherkommen können«, erklärte Tweed.

»Vielleicht könnten Sie ja mitkommen.«

»Es wäre mein erster Urlaub seit zwanzig Jahren.«

Nach seinem Anruf bei Fred Brown im Château d'Avignon kamen Hassan Bedenken. Wegen der Schwüle, die auch noch nach Einbruch der Dunkelheit herrschte, trank er etwas Wasser. *Wasser.* Die ultimative Kriegswaffe. Er rief Tina Langley ein zweites Mal an.

»Ich möchte, daß du noch heute nach Ouchy fährst. Ich buche im Beau Rivage ein Zimmer für dich – das ist nicht weit vom Hauptquartier des *Institut*, das direkt am See liegt. Ich glaube, morgen abend sind Tweed und die anderen Mitglieder Vergangenheit.«

»Warum morgen abend?«

»Ich habe gehört, das Treffen in Ouchy findet morgen abend statt. Voraussichtlich sind deine Dienste nicht mehr erforderlich.«

»Und was ist mit meinem Honorar?« fragte Tina ungehalten.

»Du wirst schon eine Entschädigung erhalten.«

Danach hatte er aufgelegt. Wütend knallte Tina den Hörer auf die Gabel. Dann dachte sie darüber nach, was Hassan gesagt hatte. Mit etwas Glück würde Tweed überleben, und dann konnte sie das kleine Vermögen einstreichen, das Hassan ihr in Aussicht gestellt hatte.

Hassan rief Simone Carnot an und erteilte ihr die gleichen Anweisungen. Im Gegensatz zu Tina nahm sie alles sehr gelassen auf. Sie hatte genug auf die hohe Kante gelegt. Sie führte keinen aufwendigen Lebensstil und hatte wie Karin Berg ihr Geld gut angelegt.

Als sie gemeinsam vom Château des Avenières aufbrachen, fuhr Paula den ersten Wagen, Marler den zweiten. Kurz bevor sie am Château d'Avignon vorbeikamen, ließ sich Marler ein Stück zurückfallen. Sie wollten nicht riskieren, das jemand, der sich in der Einfahrt des Hotels postiert hatte, sie sah.

»Der arme Harry«, sagte Paula, als sie daran vorbeifuhren. »Das Tor ist geschlossen. Er muß sich wie im Gefängnis vorkommen.«

»Harry macht es nichts aus, auf eigene Faust zu operieren«, sagte Tweed, der neben ihr saß.

»Sicher hat er sich schon schlafen gelegt«, bemerkte Nield. »Aber nicht ohne einen Stuhl unter den Türgriff zu klemmen. Harry geht keine unnötigen Risiken ein.«

»Ich glaube, das Gesindel dort hat andere Dinge im Kopf«, meinte Tweed.

»Was für andere Dinge?« fragte Paula.

»Ich fahre gern nachts«, sagte Tweed. »Das hat so etwas Beruhigendes. Können Sie Marler sehen? Ich nicht.«

»Nein, er hat sich ein Stück zurückfallen lassen. Aber sicher hat er uns bald wieder eingeholt. Ja, da kommt er schon ...«

Marler hatte ein Problem, beziehungsweise war er ziemlich sicher, daß er eines hatte. Hinter ihm war ein Peugeot aufgetaucht, der ihm zu folgen schien. Ob er recht hatte, würde sich früh genug zeigen. Marler zerbrach sich nie den Kopf über Dinge, die er sich vielleicht nur einbildete.

Als sie den Gipfel des Mont Salève erreichten, standen trotz der späten Stunde mehrere Fahrzeuge auf dem Parkplatz des Aussichtspunkts. Paula nahm an, es gab Leute, die sich den Lichterglanz des nächtlichen Genf von hier oben ansehen wollten. Vorsichtig fuhr sie die Serpentinen hinunter.

Inzwischen war Marler fest davon überzeugt, daß er ein Problem hatte. Der Peugeot war dichter aufgerückt. Vermutlich war es jemand aus dem Château d'Avignon, der Tweed und ihn beschattete. Er fuhr langsamer, als wollte er den anderen Wagen zum Überholen auffordern. Doch der Peugeot verlangsamte ebenfalls das Tempo. Das war nicht normal. Der andere Wagen folgte ihm in Sichtweite, als er die Serpentinen hinunterkurvte.

Mario, der am Steuer des Peugeot saß, war sehr zufrieden mit sich. Vitorelli wäre bestimmt begeistert, wenn er ihm berichtete, wohin Tweed unterwegs war. Marler verhielt sich so geschickt, daß Mario nie auf die Idee kam, er könnte ihm auf die Schliche gekommen sein. Mario hoffte nur, er würde die beiden Autos nicht aus den Augen verlieren, wenn sie nach Genf kamen.

Als sie sich dem Grenzübergang näherten, wurde er nervös. Angenommen der Wagen vor ihm wurde einfach durchgewinkt, während er angehalten wurde? Er konnte nicht ahnen, daß Marler tatsächlich mit dem Gedanken gespielt hatte, sich den Grenzübergang zunutze zu machen, um seinen Verfolger abzuhängen. Aber er war gleich wieder davon abgekommen. Mit der Fracht, die unter seinem Auto befestigt war, wollte er lieber nicht angehalten werden.

»Marler verhält sich irgendwie eigenartig«, bemerkte Paula, als sie den Grenzübergang vor sich auftauchen sah.

»Marler weiß schon, was er tut«, beruhigte Tweed sie.

Sie fuhr langsamer, bereitete sich darauf vor anzuhalten, doch der Grenzbeamte winkte sie durch. Marler seufzte erleichtert, als er ebenfalls durchgewinkt wurde. Im Rückspiegel sah er, daß auch der Peugeot ungehindert passieren konnte. Nun begann Marler sich zu konzentrieren.

Er hatte die Route, die sie fahren würden, genau vor Augen. Sie würden über die Pont du Rhône die Rhône überqueren und von dort durch die Innenstadt fahren. Von der Brücke war es nicht weit bis zum Bahnhof, wo sie sich für den Fall, daß sie sich aus den Augen verloren, treffen wollten.

»Leider muß ich dich jetzt ein bißchen an der Nase herum-
führen, Freundchen«, murmelte er.

Er fuhr absichtlich sehr langsam. Andere Wagen, die inzwischen hinter ihm aufgetaucht waren, überholten ihn. Ein Fahrer
hupte ihn sogar an. Kurz vor der Brücke war eine Ampel. Marler
fuhr ganz langsam darauf zu.

Er paßte den Zeitpunkt so ab, daß die Ampel auf Rot schaltete,
als er sie erreichte. Hinter ihm hupte ein Autofahrer, der sich ärgerte, daß er nicht mehr bei Grün über die Ampel gekommen war.
Jetzt war der Peugeot einen Wagen hinter ihm. Nicht, weil Mario
das gewollt hatte, sondern weil ein ungeduldiger Fahrer sich vor
ihn gedrängt hatte. Paula war bereits halb über die Brücke.

Marler, der aus Erfahrung wußte, daß die Ampel eine Weile rot
bleiben würde, machte den Motor mehrere Male hintereinander
an und aus. Dann stieg er aus dem Wagen, öffnete die Kühlerhaube und tat so, als sähe er nach dem Motor. Der Fahrer des Wagens hinter ihm stieg aus und sprach ihn auf französisch an.

»Haben Sie einen Motorschaden? Ich helfe Ihnen, die blöde
Kiste an den Straßenrand zu schieben. Sie können hier nicht die
ganze Straße blockieren.«

»Ich spreche kein Französisch«, log Marler.

Der Mann fluchte auf französisch und kehrte zu seinem Wagen
zurück. Die Ampel hatte auf Grün geschaltet. Marler, der wieder
eingestiegen war, schaltete den Motor erneut ein paarmal an und
aus. Vorher hatte er sich rasch vergewissert, daß kein Streifenwagen in der Nähe war. Rechts von ihm stand ein schwerer Sattel-
schlepper, der darauf wartete, über die Brücke fahren zu können.

Marler sah zu dem grünen Licht hoch und ignorierte das Hup-
konzert hinter ihm. Er hatte einen kleinen Stau verursacht. Als die
Ampel schließlich wieder auf Rot schaltete, trat er das Gas durch
und schoß ganz knapp vor dem bereits anfahrenden Sattelschlep-
per über die Kreuzung. Als dessen Fahrer wütend hupte, hörte es
sich an wie das Nebelhorn eines großen Dampfers. Aber Marler
war bereits auf der Brücke. Am anderen Ufer bog er unverzüglich
in eine Seitenstraße und fuhr auf Umwegen zum Bahnhof weiter.

Außer sich vor Wut hieb Mario mit der Faust auf die Hupe. Der

326

aufgebrachte Franzose vor ihm stieß zurück und rammte den
Peugeot leicht. Das war heute nicht sein Glückstag.

Als Marler den Bahnhofsplatz erreichte, sah er Paulas Wagen
schon von weitem am Straßenrand stehen. Er stieg aus und
rannte darauf zu. Tweed hatte auf der Beifahrerseite das Fenster
heruntergekurbelt.

»Tut mir leid, aber es gab da ein kleines Problem. Jemand ist
mir gefolgt. Habe ihn allerdings abgehängt.«

»Dann auf nach Ouchy. Ins Beau Rivage«, sagte Tweed.

Schon wenige Minuten später fuhren sie auf der Autobahn am
Ufer des Genfer Sees entlang. Es herrschte kaum Verkehr, und sie
kamen schnell voran, obwohl sie sich streng an die Geschwindigkeitsbegrenzung hielten.

»So macht Autofahren Spaß«, bemerkte Paula.

»Und Marler ist hinter uns«, rief Newman auf dem Rücksitz.

»Dann ist ja alles bestens.«

»Es ist keineswegs alles bestens«, erklärte Tweed.

33

Eine Stunde früher war ein aus drei schwarzen Limousinen bestehender Konvoi dieselbe Autobahn entlanggebraust. Am Steuer
des vordersten Wagens hatte Big Ben gesessen. Er fuhr schnell,
hielt sich aber an die Geschwindigkeitsbegrenzung. Neben ihm
saß Jeff, ein großer Kerl, der nur aus Muskeln bestand. Er hatte
Augen wie ein Reptil und fast keine Haare mehr auf dem Kopf.

Jeff hatte sich vor einigen Jahren im Londoner East End als
Erpresser einen Namen gemacht. Die brutalen Methoden, mit
denen er Geschäftsinhaber und Kneipenbesitzer zum Zahlen gebracht hatte, waren gefürchtet gewesen. Einige seiner Opfer blieben ihr Leben lang verkrüppelt. Als er schließlich wegen Mordes
angeklagt werden sollte, brach er aus der Zelle im Polizeirevier
aus und verletzte dabei drei Polizisten schwer.

Auch die zwei Männer auf dem Rücksitz sowie die acht Männer in den zwei anderen Autos hatten sich aus England abgesetzt, um längeren Gefängnisstrafen aus dem Weg zu gehen. Ein paar von ihnen hatten erst vor kurzem der Mafia in Deutschland einen schweren Schlag beigebracht, von dem diese sich noch immer nicht ganz erholt hatte. Als Folge dieses Bandenkriegs waren mindestens zehn verstümmelte Leichen aus dem Rhein gefischt worden.

Sie waren, wie Tweed es bezeichnet hätte, »die *Crème de la Crème* von Leuten, die besser nicht geboren worden wären«. Der lebende Beweis für Tweeds Maxime: »Es gibt so etwas wie das absolut Böse.«

»Die Bombe hätten wir also an den verdammten Flics vorbeigeschmuggelt«, bemerkte Jeff.

»Was ist das eigentlich für ein Gefühl«, fragte Big Ben, »auf so einem Ding zu sitzen, mit dem man den ganzen Buckingham Palast in die Luft jagen könnte?«

»Gemütlich«, antwortete Jeff. »Richtig gemütlich.«

Der Wagen, in dem sie saßen, war in einer kleinen französischen Werkstatt auf dem Land entsprechend umgebaut worden. Dem Mechaniker waren eine Million Francs für seine Bemühungen in Aussicht gestellt worden. In dem Glauben, das Ganze diente als Versteck für eine größere Lieferung Drogen, hatte er einen Teil des Chassis' ausgehöhlt. In Wirklichkeit war dort jedoch eine Bombe angebracht worden, die sich per Funk aus der Ferne zünden ließ.

Der französische Mechaniker hatte seine Million nie zu sehen bekommen. Er war jetzt unter seiner Werkstatt in einem tiefen Loch verscharrt. Fred Brown und Big Ben hatten auf Anweisung Hassans dafür gesorgt, daß der Mann beseitigt wurde, sobald er seine Aufgabe erfüllt hatte.

Ursprünglich hatte Hassans Anschlag dem französischen Präsidenten gegolten. Der Wagen mit der Bombe hätte per Fernsteuerung, also ohne Fahrer, in dem Moment in den Hof des Elysée-Palastes gesteuert werden sollen, in dem das Tor für die Staatskarosse des Präsidenten geöffnet wurde.

Dann hatte Hassan seinen Plan jedoch im letzten Moment fallengelassen. Ihm war klargeworden, daß er auf einen Schlag sämtliche noch lebenden Mitglieder des *Institut* ausschalten könnte, wenn diese sich in ihrem Hauptquartier in Ouchy trafen. Er hatte Fred Brown genaue Anweisungen erteilt, und diese Anweisungen waren an Big Ben weitergeleitet worden.

»Jetzt hätte ich Lust auf eine Zigarette«, sagte Jeff und steckte seine Pranke in seine Hosentasche.

»Untersteh dich«, sagte Big Ben ruhig. »Ich schlag dir die Fresse ein.«

Big Ben haßte Zigarettenrauch. Als Junge hatte ihn sein Vater gezwungen, eine riesige Havanna zu rauchen. Davon war ihm tagelang schlecht gewesen.

»Ich verstehe nur nicht, was die Sache mit diesem bescheuerten Boot soll«, sagte Jeff und zog die Hand widerstrebend aus der Tasche.

»Befehl. Wir sollen im Hafen von Ouchy eine große Barkasse klauen. Ein Mann, der gut schwimmen kann, fährt damit zu dem Haus, wo sich diese komischen Vögel treffen, und tuckert ein bißchen auf dem See herum. Mit dem Zeug, das wir im Auto mitgenommen haben, machen wir dann Figuren, die wie richtige Menschen aussehen. Das ist alles.«

»Das verstehe ich nicht.«

»Du verstehst ziemlich viel nicht. Du brauchst nur tun, was man dir sagt, und keine lange Fragen stellen. Kapiert?«

»Kapiert.«

Big Ben ließ sich keine Gelegenheit entgehen herauszukehren, wer der Boß war. So war er zum Anführer eines von Hassans besten Killerkommandos aufgestiegen. Während er weiterfuhr, ging er im Kopf noch einmal die Anweisungen durch, die Hassan ihm für Ouchy erteilt hatte.

Trotz aller Selbstüberschätzung war Hassan ein kluger Kopf und ein hervorragender Planer. Obwohl er es nie zugegeben hätte, hatte jedoch der Engländer einige der wichtigsten Ideen beigesteuert. Hassan nahm an, daß er sich die Anregungen dafür auf seinen Reisen in den Nahen Osten geholt hatte.

Hassan hatte Karin Berg, die im Hôtel des Bergues untergebracht worden war, nicht vergessen. Er war nämlich zu der Überzeugung gelangt, daß er für den Fall, daß alles schiefging, jemanden brauchte, der die Kastanien aus dem Feuer holte. Der Umstand, daß Tweed noch am Leben war, bereitete ihm Sorgen. Deshalb rief er Karin Berg an.

»Karin, es hat sich verschiedenes getan.«

»Was?«

»Stell nicht so viele Fragen. Pack deine Sachen. Du verläßt Genf morgen früh mit der ersten Maschine.«

»Wo soll ich denn jetzt schon wieder hin?«

»Paß auf, wie du mit mir sprichst!«

»Und du solltest dir mir gegenüber etwas bessere Manieren zulegen. Also, wohin soll ich fliegen?«

»Nach Zürich. Aber du bleibst auf dem Flughafen – und fliegst nach Wien weiter. Nach Schwechat. Dort wirst du von einem Wagen abgeholt.«

»Um mich schon wieder in dieses abscheuliche Haus in der Slowakei zu bringen?«

»Möchtest du dir etwa nicht zehntausend Dollar verdienen?«

»Schon eher dreißigtausend.«

»Hältst du mich vielleicht für einen Goldesel?«

»Dich nicht, aber deinen Vater. Also, was ist?«

»Du kannst...«

Hassan fluchte. Sie hatte schon wieder einfach aufgelegt. Er ließ sich in seinen Stuhl zurücksinken und stellte sich vor, wie er sie langsam erwürgte.

Nachdem sie Ouchy erreicht hatten, fuhren die drei Limousinen mit Big Ben an der Spitze am Jachthafen vorbei. Ein Wald aus Masten schwankte gemächlich in der sanften Brise. Wie bei der Abfahrt im Château d'Avignon verabredet, hielt der hinterste Wagen an. Dann überholte der mittlere Big Ben und parkte ein paar hundert Meter hinter dem Hafen am See.

»Wir wollen keine unnötige Aufmerksamkeit auf uns lenken«, hatte Big Ben bei der Einsatzbesprechung erklärt.

Er stellte seinen Wagen in einer Seitenstraße ab, die zum Hotel Beau Rivage führte. Wie der Rest seiner Männer trug auch er

330

einen Trainingsanzug. Im Juni waren zu jeder Tages- und Nacht-
zeit Jogger unterwegs. Bevor er ausstieg, sah er zum Café Beau
Rivage hoch, wo schöne, elegant gekleidete Frauen mit ihren Begleitern im Freien zu Abend aßen.

Bei ihrem Anblick leckte er sich die Lippen. Ganz im Gegensatz
zu den Leuten, mit denen er sonst zu tun hatte, hatten sie Stil.
Nach erfolgreicher Durchführung dieser Operation sprang für
ihn eine ordentliche Prämie heraus. Damit wollte er als erstes
seine Garderobe auf Vordermann bringen. Einige dieser Frauen
hatten sicher einen ziemlich anspruchsvollen Geschmack.

»Soll ich nicht mal im Hafen nachsehen?« fragte Jeff vorsichtig.

»Wir sehen gemeinsam nach. Ihr zwei hinten auf dem Rücksitz
haltet die Augen nach irgendwelchen Streifenwagen offen. Wenn
Polizei auftaucht, hupt ihr einmal. Wenn sie bloß vorbeifahren,
unternehmt ihr nichts. Wenn sie euch kontrollieren, sagt ihr, ihr
wartet auf Freunde, mit denen ihr joggen gehen wollt. Aber haltet
die Augen offen, ja?«

Dann stiegen er und Jeff aus und gingen zu dem kleinen Hafen
hinunter, in dem viele Segeljachten und Motorboote lagen. Außer
ihnen war niemand zu sehen, und das Hotel lag ein Stück vom
See entfernt.

Sie hatten fast das Ende der langen Reihe von Booten erreicht,
als Big Ben seinen Begleiter am Arm packte und stehenblieb. Auf
dem Deck eines großen Motorboots strich ein glatzköpfiger Mann
eine Kajütentür. Selbst die Kleider, die er zur Arbeit trug, waren
modisch und teuer. Nichts deutete darauf hin, daß sich sonst noch
jemand an Bord befand.

»Genau, was wir brauchen«, flüsterte Big Ben. »Sieht ganz so
aus, als würde das Boot dem Kerl gehören. Hast du deine Sachen
dabei?«

Jeff trug einen Stoffbeutel. Darin befanden sich mehrere Farb-
dosen und Pinsel sowie ein Gerät zum Abkratzen von Lack. Der
Engländer hatte Hassan sehr detaillierte Anweisungen erteilt, die
dieser an Big Ben weitergegeben hatte.

»Sonst niemand zu sehen«, flüsterte Jeff.

»Dann mal los …«

Jeff ging auf das Boot zu. Er sah alle möglichen Dinge auf Deck herumliegen – ein Splißeisen, eine aufgerollte Kette, einen Haufen Putzlumpen. Es war, als hätte der Mann gewußt, was sie brauchten. Lautlos stieg Jeff vom Kai an Deck. Als das Boot wegen seines Gewichts ins Schaukeln geriet, hörte der kahlköpfige Mann zu streichen auf. Als er sich umdrehte, hatte Jeff das Splißeisen bereits aufgehoben. Er hielt es hinter seinen Rücken und ging auf den Mann zu.

»Ich habe mich verfahren«, sagte Jeff. »Ich will nach Vevey.«

»Tatsächlich?« Der Mann schien nicht begeistert über die fiese Visage, die er vor sich hatte. »Also, da müssen Sie einfach …«

Er kam nicht dazu, zu Ende zu sprechen. Jeff schlug ihm das Splißeisen mit aller Kraft auf den kahlen Schädel, so daß er zu Boden sank. Dann ließ Jeff die Waffe fallen, packte den Mann unter den Armen und zog ihn in den Bug, wo er nicht mehr zu sehen war. Big Ben reckte ihm vom Anleger seinen erhobenen Daumen entgegen.

Jeff stieg ins Ruderhaus hoch. Zu Hause in England, auf der Hamble in Hampshire, hatte er einige Erfahrung im Stehlen von Booten gesammelt. Das einzige Problem war, daß vielleicht jemand auf ihn aufmerksam wurde, wenn er den Motor anließ.

Währenddessen hatte Big Ben mit hocherhobenen Armen den beiden Männern in seinem Wagen vor dem Beau Rivage zugewinkt. Einer von ihnen hatte sich ans Steuer gesetzt, um zum Hafen zu fahren. Dort stieß er rückwärts auf den Anleger und blieb am Heck des Bootes so neben Big Ben stehen, daß die Gäste im Garten des Beau Rivage den Kofferraum des Wagens nicht sehen konnten.

Big Ben half den zwei Männern, große Säcke aus dem Kofferraum zu heben und an Bord des Bootes zu bringen. Gerade als sie damit fertig waren, kam am Hotel eine Gruppe von Motorradfahrern vorbei. Um die im Freien sitzenden Gäste zu ärgern, hielten sie direkt davor an und ließen die Motoren aufheulen. Den dabei entstehenden Lärm machte sich Jeff zunutze, um den Bootsmotor zu starten. Big Ben hatte die Leine, die um einen Poller geschlungen war, losgemacht. Jeff steuerte das Boot langsam auf den dunklen See hinaus und verschwand.

»Das Schlimmste hätten wir geschafft«, sagte Big Ben, als er sich wieder ans Steuer setzte.

»Les«, wandte er sich an den Mann, der den Wagen zum Hafen gefahren hatte und jetzt wieder auf dem Rücksitz saß. »Wissen die Jungs im anderen Wagen Bescheid?«

»Ich habe ihnen das verabredete Zeichen gegeben, als ich vorhin zum Hafen runtergefahren bin.«

Les war ein großer, drahtiger Mann mit einer gebrochenen Nase. Er war ein hervorragender Messerwerfer. Er war früher im Zirkus aufgetreten – bis er einem Mädchen, das anderer Meinung gewesen war als er, ein Messer in die Kehle geworfen hatte. Big Ben hatte ihn kennengelernt, als er sich im East End vor der Polizei versteckt hatte.

Als sie langsam die breite Straße am See entlangfuhren, erschien die dritte schwarze Limousine hinter ihnen. Big Bens Grinsen brachte eine Menge schlechter Zähne zum Vorschein. Seinen Leuten gegenüber hatte er den Eindruck erweckt, als wäre das Ganze sein Plan. Er ließ sich keine Gelegenheit entgehen, seine Position zu festigen. Als er auf den See hinausblickte, war das Boot nicht mehr zu sehen.

»Läuft alles wie am Schnürchen«, sagte er mit sichtlicher Zufriedenheit.

»Aber wir sind noch lange nicht fertig«, sagte Les.

Sobald er weit genug vom Ufer entfernt war, schaltete Jeff den Motor aus und ließ das Boot einfach treiben. Dann zog er sich Gummihandschuhe an und machte sich an die Arbeit. Zuerst entkleidete er den Bootsbesitzer, dann hackte er ihm mit einer Axt, die er im Werkzeugschrank des Bootes gefunden hatte, beide Hände ab – damit der Mann nicht aufgrund seiner Fingerabdrücke identifiziert werden könnte. Schließlich steckte er die Hände in zwei mit Blei beschwerte Beutel, die er aus dem großen Sack genommen

333

hatte, in dem sich auch die Farbe und die Pinsel befanden. Anschließend nahm er sich das Gesicht des Mannes vor.

Nachdem er den Toten mit der Kette umwickelt hatte, die er an Deck gefunden hatte, steckte er ihn in einen großen Sack, den er fest zuband. Dann zog er die blutigen Gummihandschuhe aus und steckte sie in einen kleinen Beutel.

Er ging sich in der Kombüse die Hände waschen, kehrte ins Ruderhaus zurück, ließ den Motor wieder an und fuhr auf den See hinaus. Was er nun vorhatte, wollte er möglichst hinter sich bringen, bevor der Mond aufging. In der Mitte des Sees hielt er kurz an. Dieses Manöver wiederholte er zweimal.

Beim ersten Halt hievte er den Sack mit der Leiche über Bord. Beim zweiten warf er einen Beutel mit der ersten Hand ins Wasser. Beim nächsten den mit der anderen. Mit einem Seufzer der Erleichterung ließ er den Motor wieder an.

Nach einer Weile hielt er noch einmal an. Im Licht einer Taschenlampe malte er einen grünen Strich um den gedrungenen Schornstein. Als er mit einer Spezialfolie, die er ebenfalls aus seinem Beutel geholt hatte, den Namen des Bootes überklebte, ging gerade der Mond auf. Die Folie war mit dem Namen *Starcrest V* bedruckt. Was dann kam, war ganz einfach – er entfernte die Schweizer Flagge, die am Heck flatterte, und ersetzte sie durch eine französische Flagge. Die Verwandlung war zwar nicht perfekt, aber das Boot würde nur einen Tag in Vevey vor Anker liegen und dann bei der Eliminierung der restlichen Mitglieder des *Institut* eine tragende Rolle spielen.

Bei der Ankunft in Ouchy hielt Tweed vor dem Eingang des Beau Rivage, der auf der dem See abgewandten Seite lag. Nachdem er den Wagenschlüssel einem Hoteldiener gegeben hatte, betrat er den alten Hotelpalast und ging, begleitet von Paula, Newman und Nield, an die Rezeption.

Wenige Minuten später kam auch Marler vorgefahren. Damit nicht der Eindruck entstünde, sie gehörten zusammen, hatte er auf Tweeds Anraten bei seiner Abreise vom Château des Avenières separat ein Zimmer gebucht.

»Willkommen in Ouchy, Mr. Tweed«, begrüßte ihn die junge Frau an der Rezeption. »Wir haben Ihnen wieder ein Zimmer mit Seeblick reserviert.«

»Besten Dank. Ich glaube, meine Freunde brauchen erst einmal dringend etwas zu trinken.«

Nach Erledigung aller Formalitäten ging er ihnen in die Hotelbar voraus. Bewundernd blickte Paula zu den herrlichen Stuckdecken des alten Hotels hoch. Sie war von der gediegenen Atmosphäre sichtlich beeindruckt.

Auch als sie den langen, breiten Gang hinuntergingen, betrachtete sie begeistert die elegante Einrichtung. Die geräumige Bar mit den bequemen Sesseln lag auf der linken Seite. An einem Flügel saß eine junge Holländerin und sang eine romantische Ballade.

»Das nenne ich Stil«, bemerkte Paula, als sie sich in einen der weich gepolsterten Sessel sinken ließ.

»Was darf ich Ihnen zu trinken bestellen?« fragte Tweed. »Normalerweise wären Sie sicher sofort auf Ihr Zimmer gegangen, Paula, aber ich finde, nach dieser langen Fahrt kann uns ein kleiner Drink nicht schaden.«

»Für mich ein Glas Wein, bitte. Das wird mir auf jeden Fall guttun. Endlich können wir ein bißchen ausspannen.«

»Wir können nirgendwo ausspannen«, erklärte Tweed mit Nachdruck. »Jedenfalls nicht, solange wir unsere Gegner nicht ausgeschaltet haben beziehungsweise sie uns.«

Nachdem er die Getränke bestellt hatte, lächelte er, um der Bemerkung etwas von ihrer Schärfe zu nehmen. Tweed hatte nur einen Orangensaft bestellt. Nachdem sie ihren ersten Durst gestillt hatten, wandte er sich an Paula und Bob Newman.

»Könnten Sie beide vielleicht noch einen Spaziergang am See unternehmen und sich den Sitz des *Institut* ansehen. Ihre Sachen können Sie auch später auspacken.«

»Wir kommen auch mit«, sagte Marler mit einem Blick auf Nield, der zustimmend nickte.

»Aber bitte in einigem Abstand, damit nicht gleich jeder sieht, daß wir zusammengehören.«

335

Tweed kannte eine Abkürzung zum See. Sie fuhren im Lift ins Erdgeschoß und verließen das Hotel. An den Tischen im Freien saßen immer noch Gäste.

Sie durchquerten den Park des Hotels, um auf der Uferpromenade in Richtung Vevey zu gehen. Der Mond war aufgegangen, und Paula blickte über den glitzernden See auf die hohen Berge von Haute-Savoie am anderen Ufer. Der Blick war atemberaubend.

Nach kurzem Marsch deutete Tweed auf eine leicht erhöht liegende Villa, die im Dunkeln fast unheilvoll über ihnen aufragte. Ihr schmiedeeisernes Tor war verschlossen. Ein paar Meter daneben war an der Einfassungsmauer eine beleuchtete Anschlagtafel angebracht. Sie enthielt, in englisch und französisch, folgende Ankündigung:

Morgen um 22 Uhr findet eine Mitgliederversammlung statt.

»Ich nehme mal an, daß alle noch lebenden Mitglieder davon in Kenntnis gesetzt wurden«, bemerkte Paula.

»Möchte man zumindest meinen«, entgegnete Tweed in demselben finster entschlossenen Ton wie in der Bar. »Hier gibt es noch einen Seiteneingang.«

Er blieb vor einer schmalen vergitterten Tür stehen, hinter der eine steinerne Treppe zu der Villa hochführte. Er rüttelte am Vorhängeschloß, aber es war zu. Nichts ließ erkennen, daß es vor kurzem geöffnet worden war.

»Im Innern brennt kein Licht«, bemerkte Paula.

»Wieso auch?« Tweed klang nun nicht mehr so angespannt. »Gehen wir lieber wieder zurück, bevor das Café Beau Rivage schließt. Sie sind bestimmt hungrig.«

»Können Sie meinen Magen nicht knurren hören?«

Auf der anderen Straßenseite, an eine Mauer gelehnt, warteten Marler und Nield und taten so, als blickten sie auf den See hinaus und bewunderten die herrliche Aussicht. In Wirklichkeit behielten beide die Villa des *Institut* scharf im Auge.

Keiner von ihnen hatte jedoch den schwarzen Wagen in Richtung Vevey um eine Kurve verschwinden sehen. Der Engländer,

der sich bei einem Besuch in der Villa deren Grundriß sehr genau eingeprägt hatte, hatte Hassan die baulichen Gegebenheiten in allen Einzelheiten beschrieben. Und der wiederum hatte sie an Big Ben weitergegeben. Die Bombe befand sich an Ort und Stelle.

34

Sie hatten an einem abseits stehenden Tisch im Café Beau Rivage Platz genommen. Paula hatte es vorgezogen, als erstes etwas zu essen, statt auf ihr Zimmer zu gehen und sich umzuziehen. Um weiter den Anschein zu erwecken, als gehörte er nicht zu ihnen, hatte sich Marler an einen der Tische im Freien gesetzt, wo er den Ausblick auf eine Reihe auffallend schöner Frauen genoß.

»Glauben Sie, zwischen den drei Killerinnen des Ordens gibt es irgendwelche Unterschiede?« wandte sich Paula beim Kaffee an Tweed. »Mir ist natürlich klar, daß sie alle für Geld morden. Aber sind sie auch alle gleich schlimm?«

»Wenn Sie mich fragen, welche die schlimmste ist, würde ich sagen, Tina Langley.«

»Warum?«

»Monica hat Erkundigungen über sie eingezogen, und daraus geht eindeutig hervor, daß Tina Langley nur einen Gott kennt: den schnöden Mammon. Menschliche Gefühle bedeuten ihr nichts. Sie hat nie auch nur den Versuch unternommen, für ihren Lebensunterhalt zu arbeiten. Von Jugend an hat sie es nur darauf angelegt, Männer auszunehmen und sie dann, sobald nichts mehr bei ihnen zu holen war, kaltblütig abzuservieren.«

»Sonst noch etwas?« fragte Newman.

»Ja. Zumindest Simone Carnot hat versucht, selbst für ihren Lebensunterhalt aufzukommen. Bevor sie in Paris eine Agentur für Models aufgemacht hat, war sie die – übrigens außerordentlich tüchtige – Chefsekretärin des leitenden Direktors eines großen Unternehmens gewesen. Was Karin Berg angeht, wissen wir alle, daß sie jahrelang für die schwedische Spionageabwehr gearbeitet hat. Ich weiß, wie gut sie war. Die beiden letzteren Frauen sind also erst relativ spät in ihrem Leben auf die schiefe Bahn geraten.«

»Und Tina?« hakte Paula nach.

»Ist ihr ganzes Leben lang nie einer festen Arbeit nachgegangen. Sie hatte noch nie genügend Verstand – oder auch Lust –, sich ihren Lebensunterhalt wie andere Leute auf ehrliche Weise zu verdienen. Wie bereits gesagt, hat sie nie etwas anderes getan, als reiche Männer auszunehmen. Richtig widerwärtig.«

»Da kann ich Ihnen nur recht geben«, pflichtete ihm Paula bei. »Für so jemanden habe ich nur tiefste Verachtung übrig. Aber jetzt muß ich dringend schlafen.«

»Diesen Luxus kann ich mir im Moment nicht leisten«, erklärte Tweed. »Aber ich will nicht klagen. Das gehört nun mal zu meinem Job. Ich muß mich in einem anderen Teil des Hotels mit jemandem treffen.«

»Ich komme mit Ihnen«, sagte Newman rasch.

»Seien Sie unbesorgt, Bob, ich brauche keinen Schutz.«

Als sie vom Tisch aufstanden, erklärte Tweed, er wolle etwas frische Luft schnappen. Er ging nach draußen. Inzwischen kam vom See eine kühle Brise herauf. Nach einer Weile blieb Tweed stehen und hörte sich eine Wettervorhersage an, die aus einem offenen Fenster kam.

»Haben Sie das gehört?« fragte Paula. »Für morgen abend werden heftige Gewitter vorhergesagt.«

»Für heute abend«, verbesserte sie Tweed. »Es ist bereits nach Mitternacht.«

Am Ende der Straße bog Tweed nach rechts ab und steuerte auf den Haupteingang des Hotels zu. Als sie auf den Lift warteten, blickte Paula nach oben. Das Hotelfoyer reichte bis unters Dach, so daß man von jedem Stockwerk über eine Brüstung nach unten blicken konnte. Sie stieß Tweed leicht an, worauf auch er nach oben sah.

Über das Geländer der zweiten Etage lehnte eine Frau mit kastanienbraunem Haar und blickte zu ihnen herab. Tina Langley.

Langsam fuhren die drei schwarzen Wagen ins Zentrum von Vevey, das ein Stück hinter Ouchy am Genfer See lag. Big Ben kannte sich in Vevey bestens aus. Er hatte hier einmal in einem Pharmaunternehmen als Packer gearbeitet. Seine Haupteinnahmequelle waren jedoch die Medikamente gewesen, die er gestohlen und unter der Hand verkauft hatte. Er selbst hatte jedoch nie Drogen genommen. Seine Laster waren Alkohol und Frauen. Da er sehr viel Alkokol vertrug, fand er, die beiden paßten gut zusammen.

»Gib den anderen das Zeichen, daß das ihr Hotel ist«, trug er Les auf, der neben ihm saß.

Der Messerwerfer öffnete ein Fenster und streckte seine Hand zum Winken raus. Der Wagen hinter ihnen parkte vor dem Hotel. Genauso verfuhren sie ein paar Minuten später vor einem anderen kleinen Hotel. Dort hielt der zweite Wagen an. Big Ben gab einen zufriedenen Seufzer von sich.

»Läuft wie am Schnürchen«, murmelte er.

»Was soll das eigentlich mal werden, wenn es fertig ist?« fragte Les.

Der große, dünne Mann mit der gebrochenen Nase streckte die Beine aus. Er war der einzige, der ständig Fragen stellte. Big Ben wäre ihn gern losgeworden, aber er war zu gut, um auf ihn verzichten zu können. Deshalb beschloß er, auf die lästigen Fragen des Kerls einzugehen.

»Wir sind insgesamt zwölf Mann. Denk doch mal ein bißchen nach. Im Moment ist zwar gerade Ferienzeit, aber wenn zwölf von uns alle im selben Hotel absteigen, könnte jemand Verdacht schöpfen. Wenn wir uns dagegen auf drei verschiedene Hotels verteilen, nimmt kein Mensch Notiz von uns. Für jeden von uns wurde für drei Nächte ein Zimmer reserviert. Und nachdem die Zimmer bereits im voraus bezahlt sind, in bar versteht sich, wird sich der Geschäftsführer nichts dabei denken, wenn wir den ganzen Tag auf unseren Zimmern bleiben.«

»Und sobald es dunkel wird«, fuhr Les fort, »treffen wir uns alle, wie vereinbart, in Vevey. Wir nehmen unsere Knarren mit und geben auch den anderen welche, wenn wir uns mit ihnen treffen. Dann fahren wir im Dunkeln nach Ouchy zurück, zu dieser Villa. Sollte es noch jemand schaffen, aus dem Haus zu kommen, wenn die Bombe hochgegangen ist, wird er einfach über den Haufen geknallt.«

»Les, wenn du so weitermachst, wirst du noch ein zweiter Einstein.«

»Wer ist das denn? Einer, der neu bei uns eingestiegen ist?«

»Jetzt enttäuschst du mich aber.«

»Was ist eigentlich mit Jeff? Muß arschkalt sein da draußen auf dem See.«

»Jeff ist ein echtes Genie. Weiß genau, wie man einen Zeitzünder einstellt. Er bleibt mit dem Boot draußen auf dem Wasser. Wenn es dunkel wird, macht er alles bereit. Und wenn es dann so weit ist, fährt er mit dem Boot zu der Villa in Ouchy. Das ist Teil des Plans. Da vorne kommt unser Hotel ...«

Eine halbe Stunde später hatte Tweed auf seinem Zimmer ein Bad genommen und frische Sachen angezogen, diesmal etwas Sportliches – ein Polohemd und eine bequeme Hose. Das Zimmer, eigentlich eine Suite, war groß und komfortabel. Er wollte sich gerade an den Schreibtisch setzen und nach dem Telefon greifen, als er jemanden an die Tür klopfen hörte.

Er stand auf, stellte sich neben die Tür und öffnete sie. Es war Paula. Sie hatte sich ebenfalls umgezogen und trug ein schickes blaues Kostüm. Als sie sah, daß er eine Dose Haarspray in der Hand hielt, nickte sie zustimmend.

»Ich konnte nicht schlafen. Stört es Sie, wenn ich eine Weile bei Ihnen bleibe?«

Tweed sah, daß sie ihren Umhängebeutel dabeihatte, und schloß die Tür lächelnd wieder ab, nachdem sie eingetreten war.

»Sie haben sich selbst zu meinem Aufpasser ernannt.«

»Na ja, während ich im Bad war, um mich herzurichten, habe ich mir die ganze Zeit Sorgen gemacht. Mir geht einfach nicht mehr aus dem Kopf, wie Tina Langley uns vorhin beobachtet hat.«

»Ich habe mir gerade eine Kanne frischen Kaffee aufs Zimmer bringen lassen. Beim Zimmerservice müssen sie sich schon gedacht haben, daß ich nicht allein sein würde – warum sonst die zwei Tassen?«

»Ich schenke Ihnen gleich welchen ein. Ich störe doch nicht, oder?«

»Ganz und gar nicht. Eine angenehmere Gesellschaft könnte ich mir zu so später Stunde schwerlich vorstellen. Ich muß ein paar Anrufe erledigen, nichts, was Sie nicht hören könnten. Die Couch dort drüben ist sehr bequem. Zuerst rufe ich im Baur au Lac an.«

Er kehrte an den Schreibtisch zurück, setzte sich und wählte.

»Hier Tweed. Könnte ich bitte den Portier sprechen? Sie sind der Portier? Ich versuche, meinen Freund Amos Lodge zu erreichen.«

»Er ist nicht im Hotel, Sir«, teilte ihm der Portier mit. »Er ist vor kurzem abgereist, behielt aber das Zimmer. In ein paar Tagen wollte er wieder zurück sein.«

»Hat er eine Nummer hinterlassen, unter der er bis dahin zu erreichen ist?«

»Nein, Sir …«

»Amos Lodge ist verschwunden.« Tweed wandte sich wieder Paula zu, nachdem er aufgelegt hatte.

»Überrascht Sie das?«

»Nein. Trotzdem finde ich es interessant.«

Im selben Moment klopfte jemand leise an die Tür. Bevor Tweed reagieren konnte, war Paula aufgesprungen. Sie hatte die Browning aus ihrem Beutel geholt und hielt sie ganz offen in der Hand. Als sie die Tür öffnete, stand Tina Langley auf dem Gang.

Tina trug ein tief ausgeschnittenes Negligé und hatte eine große Leinentragetasche bei sich, aus der eine Weinflasche hervorstand. Die zwei Frauen sahen sich an. Paula fand, die nächtliche Besucherin hatte Augen wie Schiefer.

»Ich hätte Mr. Tweed verschiedenes zu erzählen gehabt«, erklärte Tina Langley steif. »Nur wußte ich nicht, daß er bereits Besuch hat. Das wird wohl auch den Rest der Nacht so bleiben.«

»Was wird den Rest der Nacht so bleiben?« fuhr Paula sie an.

»Ist das nicht eine Pistole, was Sie da in der Hand halten?«

»Langsam müßten Sie eigentlich wissen, wie eine Pistole aussieht.«

»Schreckliche Dinger.« Und mit einem anzüglichen Lächeln fügte sie hinzu: »Ich hatte nicht damit gerechnet, Mr. Tweed bei einem Tête-à-tête zu stören.«

»Ich würde sagen, Sie kommen immer ungelegen – egal, wo Sie auftauchen«, schoß Paula zurück und knallte ihr die Tür vor der Nase zu. Tweed saß immer noch am Schreibtisch, als sie sich ihm zuwandte. Der Wortwechsel schien ihn amüsiert zu haben.

»Am liebsten hätte ich ihr eine Kugel verpaßt«, zischte Paula böse. »Sie haben ja einiges von ihr zu sehen bekommen. Waren Sie versucht?«

»Dumme Frage. Doch nicht bei dieser Frau. Danke, daß Sie sie abgewimmelt haben. Trinken Sie einen Schluck Kaffee – Sie scheinen ganz schön wütend. Ich werde in der Zwischenzeit im Dolder Grand anrufen und kurz mit Willie reden.«

Nach einem kurzen Wortwechsel legte er wieder auf. Er nahm einen Schluck von dem Kaffee, den Paula ihm eingeschenkt hatte, und drehte sich herum.

»Auch Willie ist verschwunden. Er hat heute – beziehungsweise gestern – sein Zimmer im Dolder Grand aufgegeben. Ohne eine neue Adresse zu hinterlassen. Er ließ auch nicht durchblicken, ob er wieder zurückkommen würde. Interessant, sehr interessant, was ich aus diesen zwei Anrufen erfahren habe.«

Paula kannte Tweed gut genug, um nicht zu fragen, was er so interessant fand. Wenn er es ihr erzählen wollte, täte er es von sich aus. Nachdem er auf die Uhr gesehen hatte, wandte er sich wieder dem Telefon zu.

»Jetzt muß ich jemanden in diesem Hotel anrufen.« Er wählte, mußte nur ganz kurz warten. »Sie wissen, wer dran ist«, begann er. »Wir sind alle hier – bis auf Butler. Ich habe ihn in Frankreich zurückgelassen. Er muß dort noch etwas erledigen, wenn es so weit ist. Wie läuft es? Zu früh, um das sagen zu können? Nicht gerade einfach, was Sie vorhaben. Kann ich jetzt bei Ihnen vorbeikommen? Gut.«

342

Nachdem er aufgelegt hatte, nahm Tweed noch einmal einen Schluck Kaffee, stand auf und sah auf eine große Landkarte, die er auf dem Bett ausgebreitet hatte.

»Wie bereits gesagt, muß ich jemanden im Hotel besuchen. Tut mir leid, aber das muß streng geheim bleiben.«

»Ich lasse Sie auf keinen Fall allein durch die Gegend laufen. Nicht, wenn diese Frau im selben Hotel wohnt.« Paula stand auf. »Ich komme mit. Wenn Sie da angekommen sind, wo Sie hinwollen, lasse ich Sie allein. Keine Widerrede.«

»Schon gut, schon gut. Aber warum legen Sie sich nicht ein bißchen schlafen?«

»Weil ich hierher zurückkomme, wenn Sie so freundlich wären, mir Ihren Schlüssel zu geben. Und wenn Sie fertig sind und wieder hierher zurückkommen wollen, rufen Sie mich an. Dann hole ich Sie ab. Sie können mich ruhig für übervorsichtig halten, aber ich bin sicher, Tina Langley wird sehr gut dafür bezahlt, Sie von hinten niederzuschießen. Und Sie haben mir selbst einmal erzählt, daß bei keinem der bisherigen Anschläge jemand einen Schuß gehört hat.«

»Das stimmt. Offensichtlich haben sie für die Luger einen sehr guten Schalldämpfer entwickelt. Dann machen wir uns schon mal auf den Weg, wenn Sie mich unbedingt begleiten wollen ...«

Tweed wäre lieber allein gegangen. Er traute sich durchaus zu, ohne fremde Hilfe zurechtzukommen. Aber er wollte Paula nicht enttäuschen – soviel Loyalität war selten. Auf ihrem langen Weg durch die breiten Hotelkorridore begegnete ihnen niemand. Es gab keinen stilleren Ort als ein großes altes Hotel mitten in der Nacht.

»Vergessen Sie nicht, mich anzurufen, wenn Sie fertig sind«, sagte Paula, als sie vor der fraglichen Tür ankamen. »Aber warten Sie, bis ich mich durch unser spezielles Klopfzeichen zu erkennen gegeben habe, bevor Sie nach draußen kommen.«

Sie wartete, bis Tweed klopfte. Als ihm jemand öffnete, legte er einen Finger an die Lippen und verschwand ins Zimmer. Auf dem Rückweg sah Paula ein gutes Stück von da, wo sie Tweed abgeliefert hatte, Tina Langley auf sich zu kommen.

Statt des Negligés trug sie inzwischen ein hellblaues Kleid. Außerdem hatte sie eindeutig einige Zeit damit zugebracht, ihr Make-up ihrem Outfit anzupassen.

»Da haben Sie sich aber mächtig aufgedonnert«, bemerkte Paula mit einem süffisanten Lächeln. »Wer soll denn die nächste Eroberung sein?«

Tina Langley bedachte sie mit einem giftigen Blick und ging ohne ein Wort an ihr vorbei. Was sie ganz besonders wütend machte, war der Umstand, daß Paula den Nagel auf den Kopf getroffen hatte. Tina hoffte einem Mann zu begegnen, der spät nachts ohne Begleitung ins Hotel zurückkehrte. Ein kurzes Techtelmechtel, um ihre Portokasse aufzufüllen.

Tweed meldete sich eine Stunde lang nicht. Paula begann sich zu fragen, was ihn so lange aufhielt. Wo war Amos Lodge? Wo war Willie? Was machten sie gerade? Fragen, auf die es keine Antworten gab. Ihr fiel ein Stein vom Herzen, als Tweed anrief, sie könne ihn jetzt abholen.

»Ich muß noch mal telefonieren«, sagte er, als Paula die Tür seines Zimmers hinter ihm abschloß. »Nur, daß Sie sich nicht wundern: Ich rufe Chief Inspector Roy Buchanan vom CID an.«

»So spät noch?«

»Ich hoffe, Sie haben sich nicht gelangweilt, während ich weg war. Sie hätten sich gern die Zeitschriften ansehen können, die hier rumliegen.«

»Ich bin nicht Tina Langley. Ich habe einen Roman gelesen.«

Tweed bekam ihre Antwort jedoch nicht mehr mit. Er konzentrierte sich bereits voll auf das Gespräch mit Buchanan, der sofort ans Telefon kam.

»Wer ruft denn jetzt schon wieder an?«

»Roy, hier ist Tweed. Ich rufe aus der Schweiz an. Tut mir leid, falls ich Sie geweckt haben sollte.«

»Natürlich haben Sie mich geweckt. Ich liege um diese Zeit im Bett. Ich hoffe doch, es ist was Wichtiges. Andernfalls schicke ich Ihnen ein paar Schlaftabletten.«

»In Dorset gibt es eine Ortschaft namens Shrimpton. Nord-

344

westlich von Dorchester. Ein eigenartiger Ort. Offensichtlich sind die meisten der alten Häuser vermietet. Keine Ahnung, wem sie gehören. Möglicherweise sind dort irgendwelche gefährlichen Kriminellen untergebracht. Dürfte ich Sie bitten, mal hinzufahren und in Erfahrung zu bringen, wem diese Häuser gehören und wer darin wohnt? Am Ende des Ortes ist ein Pub. Vielleicht hören Sie sich dort mal um, was die Einheimischen so erzählen. Es ist wirklich dringend, eine ernste Bedrohung für ganz England.«

»Verstehe. Da wäre nur ein kleines Problem: Ich habe morgen einen wichtigen Termin mit dem Commissioner.«

»Da kommt mir gerade eine Idee. Schicken Sie Sergeant Warden hin. Er fällt in so einer ländlichen Umgebung nicht so stark aus dem Rahmen wie Sie.«

»Warum, wenn ich fragen darf?«

»Ich kann es leider nicht anders ausdrücken: Ihnen sieht man zu sehr den feinen Pinkel an. Da sind die Einheimischen sicher nicht sehr gesprächig. Wardens bodenständige Art ist da schon eher dazu angetan, ihnen die Zunge zu lösen.«

»Das werde ich Warden erzählen.«

»Aber seien Sie in Ihrer Wortwahl vielleicht etwas diplomatischer. In diesem Shrimpton geht etwas nicht mit rechten Dingen zu.«

»Ich werde Warden gleich morgen früh anrufen ...«

»Es wäre mir lieber, wenn Sie ihn jetzt sofort anrufen würden. Dann kann er gleich losfahren und sich in Dorchester ein Hotelzimmer nehmen. Auf diese Weise könnte er sich Shrimpton gleich bei Tagesanbruch ansehen. Ich würde vorschlagen, er gibt sich als Immobilienmakler aus, der in der Gegend Häuser aufkaufen möchte.«

»Gute Idee. Aber ist diese Angelegenheit auch wirklich so ernst, daß ich deswegen den Termin mit dem Commissioner sausen lassen sollte?«

»Sie wissen, daß ich nicht zu Übertreibungen neige, Roy. Es geht um den Fortbestand der Nation. Hier haben wir es mit der größten Bedrohung seit Adolf Hitler zu tun.«

345

»Sie haben aber auch wirklich eine Art, einen zu überzeugen, Tweed. Durchaus möglich, daß ich Warden begleite.«

»Wenn dem so sein sollte, erkundigen Sie sich doch ganz unauffällig, ob zwei Honoratioren des Ortes unerwartet von einer Auslandsreise zurückgekommen sind. Beide leben etwas außerhalb. Einer ist Amos Lodge, der andere Captain William Wellesley Carrington.«

»Bis zu welcher Ebene geht das eigentlich?«

»Bis zum Premierminister. Das bleibt aber unter uns.«

»Also gut, Tweed. Ich werde mein Bestes tun. Wo kann ich Sie erreichen?«

»Im Hotel Beau Rivage in Ouchy. Hier ist die Nummer ... Wenn ich umziehen sollte, gebe ich Ihrem Assistenten bei Scotland Yard Bescheid.«

»Noch eine Frage. Schlafen Sie eigentlich nie?«

»Nur, wenn es unbedingt sein muß. Tausend Dank, Roy.«

»Nicht der Rede wert ...«

»Noch einen Schluck Kaffee?« fragte Paula, als Tweed aufgelegt hatte.

»Im Moment nicht. Mir beginnt langsam der Kopf zu schwirren.«

»Diesmal werfen Sie ein weitgespanntes Netz aus.« Paula ging zum Bett, auf dem die Landkarte ausgebreitet war. »Von der Slowakei bis nach Dorset. Wie ich sehe, haben Sie das Château d'Avignon mit einem Kreuz gekennzeichnet. Ebenso dieses seltsame Haus in der Slowakei. Das sind wohl die Hauptkommunikationszentren.«

»Richtig.«

»Geht diese Angelegenheit wirklich bis zum Premierminister?«

»Kein Kommentar.«

Als das Telefon klingelte, ging Tweed an den Schreibtisch zurück. Aus dem Hörer kam eine bekannte Stimme.

»Sind Sie am Apparat, Tweed? Hier Keith Kent. Ich mußte Monica mit Engelszungen beschwatzen, damit sie mir verriet, wo Sie sind. Sie wollten wissen, wem die Ortschaft Shrimpton in Dorset

346

und die umliegenden Ländereien gehören. War nicht einfach herauszukriegen – deshalb die Verzögerung.«

»Heißt das, Sie haben es herausgefunden?« fragte Tweed ruhig.

»Der Besitzer ist ein gewisser Conway.«

»Conway?«

»Das scheint Sie zu überraschen. Kann ich auch verstehen. Er besitzt eine Firma auf den Kanalinseln. Aber jetzt wird die Sache kompliziert.«

»Dachte ich mir fast.«

»Die Firma auf den Kanalinseln, über die sich schwer was rauskriegen läßt, hat Kontakte zu den Cayman Islands. Ich vermute, Geld, das auf die Kanalinseln geschickt wird, wird von dort auf die Caymans in der Karibik weitergeleitet. Und zwar große Summen. Etwas über ein Bankkonto auf den Caymans rauszubekommen ist so gut wie unmöglich.«

»Es wäre nicht das erste Mal, daß Sie das Unmögliche schaffen.«

»Kann sein, daß es mir auch diesmal gelingt. Ich habe sehr gute Kontakte zu jemandem dort – aber das wird eine Weile dauern.«

»Soviel Zeit habe ich aber nicht.«

»Ich wußte, daß Sie das sagen würden.«

»Keith, ich brauche eine Kopie von Conways Bilanzaufstellung, weil da sein richtiger Name draufsteht. Ich brauche sie morgen. Nein – heute.«

»Sie machen es einem wirklich nicht leicht. Ich lasse alles andere liegen und stehen, um zu beschaffen, was Sie haben wollen.«

»Ich weiß Ihren Einsatz sehr zu schätzen, Keith.« Anschließend sagte er Kent das gleiche, was er Buchanan gesagt hatte: Falls er aus Ouchy abreisen sollte, würde er im Hotel eine Nummer hinterlassen, unter der er zu erreichen wäre.

»Sie werden bestimmt aus Ouchy abreisen. Ich kenne Sie doch ...«

»Wer ist Conway?« fragte Paula, als Tweed vom Schreibtisch aufstand. »Ich hatte ganz vergessen, daß Sie Keith Kent darum gebeten hatten herauszufinden, wem Shrimpton gehört. Das ist schon eine Weile her.«

347

»Einer der beiden Männer aus Dorset – Amos Lodge oder Willie – hat mal erwähnt, auf den Caymans gewesen zu sein. Dummerweise kann ich mich nicht mehr erinnern, wer von beiden. Wenn wir wissen, wer Conway ist, wissen wir auch, wer diese großangelegte Operation geplant hat.«

35

Die Ereignisse der kommenden Juninacht sollten einmal als die Schlacht von Ouchy in die Geschichte eingehen.

Nach außen hin begann der Tag ganz harmlos. Obwohl er die ganze Nacht aufgeblieben war, erschien Tweed frisch und munter zum Frühstück. Er hatte für sich und sein Team einen Ecktisch reservieren lassen, an dem sie nicht belauscht werden konnten. Abgesehen davon waren sie mit Ausnahme einiger früher Zecher an der Bar die einzigen Gäste im ganzen Frühstückssaal.

»Sie sehen ja optimistisch aus«, bemerkte Newman, bevor er sich über seine Eier mit Schinken hermachte.

»Bei dieser Gelegenheit möchte ich gleich mal eines klarstellen«, erwiderte Tweed. »Selbstzufriedenheit ist unser größter Feind. Unsere Gegner sind mächtig, gerissen und rücksichtslos.«

»Dann müssen wir eben mit schmutzigen Tricks kämpfen«, meinte Nield.

»Wir werden bei unseren Mitteln nicht wählerisch sein können«, pflichtete Tweed ihm bei. »Wie Sie alle bemerkt haben, ist Marler nicht bei uns. Er hat bereits gefrühstückt und ist jetzt auf seinem Zimmer. Dort säubert er gerade, will ich mal sagen, seine Ausrüstung. Ein Teil davon wird später an Sie verteilt werden.«

»Ich kann mir schon denken, wo der Showdown stattfindet«, sagte Paula. »In der Villa am See, die wir uns gestern abend angesehen haben.«

»Ja, in etwa. Außerdem habe ich eine Reihe roter Barette bekommen. Wenn es so weit ist, wird jeder von Ihnen eines tragen. Diese roten Barette werden Ihnen unter Umständen das Leben retten.«

»So ist es recht«, stichelte Nield. »Immer schön geheimnisvoll. Bis zum Schluß.«

»Ich würde vorschlagen«, fuhr Tweed fort, »daß wir uns nach dem Frühstück trennen. Jeder von uns wird zu einem Spaziergang auf der Strandpromenade aufbrechen. Auf diese Weise können Sie das Hauptquartier des *Institut* und seine Umgebung schon mal bei Tageslicht studieren.«

»Vergessen Sie den See nicht«, warnte Paula. »Denken Sie daran, was im Ermitage am Zürichsee passiert ist, als dieser Anschlag auf Sie verübt wurde.«

Als eine Bedienung an ihren Tisch kam, um ihnen Kaffee nachzuschenken, trat eine kurze Pause in ihrer Unterhaltung ein. Paula wartete, bis sie wieder gegangen war, bevor sie ihren Einwand vorbrachte.

»Wenn wir alle allein am See spazierengehen sollen, werde ich Tweed auf jeden Fall begleiten. Eben erst hab ich noch Tina Langley gesehen, wie sie sich an der Bar ein paar Drinks hinter die Binde gekippt hat.«

»Tweed erklärt sich widerstrebend einverstanden«, sagte Tweed. »Zumal Paula mir ohnehin unbemerkt folgen würde.«

»So gehen Sie geschickt einem Streit aus dem Weg, den Sie sowieso nicht gewinnen würden«, erklärte Paula.

Tweed erzählte, daß er Willie und Amos Lodge anzurufen versucht hatte. Aber wie sich herausstellte, waren beide spurlos verschwunden. Seinen Besuch bei einem anderen Hotelgast verschwieg er. Ebensowenig erwähnte er den mysteriösen Mr. Conway. Er spielt nie alle seine Trümpfe aus, dachte Paula. Was er wohl noch für Überraschungen parat hat?

»Nutzen Sie den Morgen für ein leichtes Fitneßtraining«, fuhr Tweed fort. »Am Nachmittag ruhen Sie sich im Hotel aus. Heute abend werden Sie alle Ihre Kräfte brauchen. Wir treffen uns Punkt neun Uhr in meinem Zimmer. Dann werden Sie alles erfahren. Außerdem bekommen Sie bei dieser Gelegenheit Ihre rote Kopfbedeckung. Das gilt auch für Sie, Paula.«

»Ich fand immer schon, daß mir so ein rotes Käppchen ausnehmend gut stehen müßte«, konterte sie in dem Bemühen, der Besprechung etwas von ihrem Ernst zu nehmen. »Und überhaupt, ist das heute nicht wieder ein herrlicher Tag?«

Die hohen Glastüren, die ins Freie führten, waren offen, und sie hatten einen großartigen Blick auf den kleinen Park des Hotels und den Hafen dahinter. Draußen auf dem See segelten kleine weiße Dreiecke in Richtung Frankreich. Wie eine Vision vom Paradies, dachte Paula. Am anderen Ufer erhob sich die imposante Kulisse der französischen Alpen. Auf den Gipfeln lag kein Schnee. Infolge der lange andauernden Hitzewelle waren auch die letzten Reste geschmolzen.

»Ein denkwürdiger Tag«, bemerkte Tweed.

»Der Spaziergang am See entlang wird sicher sehr schön.«

»Aber«, warnte Tweed, »es wird auch eine denkwürdige Nacht werden.«

Schlecht gelaunt nahm Vitorelli in seinem Zimmer im Baur au Lac den Hörer ab.

»Hallo.«

»Hier Mario. Du hast gesagt, du wolltest nach Zürich zurück. Bist du mit dem Hubschrauber geflogen?«

»Natürlich. Er steht in Kloten. Von wo rufst du an?«

»Aus Genf.« Mario holte tief Luft. »Als ich dich mit dem Handy angerufen habe, bin ich ihnen gerade den Mont Salève hinunter gefolgt …«

»Sag bloß, du hast sie aus den Augen verloren. Ich warte schon die ganze Nacht auf deinen Anruf.«

»In Genf herrschte dichter Verkehr. Schrecklich. Ich bin die ganze Nacht in der Stadt herumgefahren und habe nach ihren Autos Ausschau gehalten.«

»Die Mühe hättest du dir sparen können. Du hättest nur in eine Zeitung zu sehen gebraucht.«

»Tatsächlich?«

»Ja, du Blödmann. Alle Schweizer Zeitungen sind voll davon. Ich lese dir mal die Schlagzeile derjenigen vor, die ich gerade in der Hand halte. ›Furcht vor Anschlag auf Überlebende der Serienmorde. Sie treffen sich heute abend in Ouchy.‹«

Vitorelli las Mario auch die dazugehörige Meldung vor. Sogar der genaue Zeitpunkt der Mitgliederversammlung in Ouchy wurde angegeben: 22 Uhr. Mario brach der Schweiß aus. Er telefonierte von einem Café aus, und sein Blick blieb auf einer Ausgabe des *Journal de Genève* haften, die ein Mann an einem Tisch in der Nähe las. Von der Titelseite sprang ihm eine ähnliche Schlagzeile entgegen.

»Ich habe heute noch keine Zeitung gesehen«, log er, während Vitorelli die Meldung zu Ende las.

»Und ich dachte, du würdest langsam erwachsen«, donnerte Vitorelli los. »Schwing dich schon in deinen Wagen. Wenn du noch nicht gefrühstückt hast, fährst du eben hungrig los. Vielleicht bringt das deine kleinen grauen Zellen etwas auf Trab. Du fährst auf der Stelle nach Ouchy, quartierst dich in einem kleinen Hotel ein und erstattest mir genauestens Bericht, was um zehn Uhr in Ouchy passiert. Oder soll ich dir alles noch mal buchstabieren?«

»Nein, ich habe dich sehr gut verstanden. Ich fahre sofort los.«

Mario hatte noch nicht gefrühstückt. Eigentlich hatte er sich in dem Café eine reichhaltige Mahlzeit bestellen wollen. Statt dessen rannte er zu seinem Wagen. Warum, fragte er sich, war sein Boß nach Zürich zurückgekehrt und hatte den Hubschrauber am Flughafen stehen lassen?

In der Slowakei telefonierte Hassan mit dem Engländer. Der Ton, in dem die beiden Männer miteinander sprachen, war nicht gerade herzlich.

»Haben Sie von dem Treffen in Ouchy gehört?« knurrte der Engländer.

»Ja. Eine Kontaktperson – Tina Langley – hat mich gestern aus dem Château des Avenières angerufen. Ich hatte also genügend Zeit, die nötigen Schritte zu veranlassen. Keiner der Teilnehmer wird überleben.«

»Einschließlich Tweed.«

Tweed, dachte Hassan. Immer wieder Tweed. Der Mann schien unter dem Schutz irgendeiner höheren Macht zu stehen. Und er war überall. Es war schwer, mit seinen blitzschnellen Aktionen

Schritt zu halten. Immer war er sofort zur Stelle, wenn es irgendwo gärte. Hassan begann einen ausgesprochenen Haß auf diesen scheinbar unbesiegbaren Mann zu entwickeln.

»Ja, einschließlich Tweed«, antwortete er. »Tina sagte, er würde an der Versammlung teilnehmen.«

»Dann haben Sie also Zeit hinzufliegen.«

»Nach Ouchy kann man nicht fliegen ...«

»Gott steh mir bei. Sie fahren sofort los, fliegen nach Zürich und von da weiter nach Genf. Ich lasse am Genfer Flughafen einen Mercedes mit Chauffeur für Sie bereitstellen. Rufen Sie mich unter dieser Nummer an, sobald Sie wissen, wann Ihre Maschine in Genf landet.«

»Der Mercedes ...« setzte Hassan verwirrt an.

»Was ist eigentlich los mit Ihnen, Mann? Wachen Sie endlich auf! Der Mercedes wird Sie nach Ouchy bringen.«

Der Engländer schnauzte Hassan an wie ein Feldwebel einen besonders begriffsstutzigen Rekruten.

»Ich verstehe ...«

»Wirklich? Na großartig! Ich brauche einen Zeugen, der mir bestätigen kann, daß Tweed tot ist. Und dieser bescheuerte Zeuge sind Sie. Anschließend bringt Sie der Mercedes nach Genf zurück, wo Sie den ersten Flug nach Zürich nehmen und dann, wenn Sie einen kriegen, nach Schwechat.«

»Ich muß mich allerdings entsprechend kleiden ...«

»Mein Gott, jetzt hat er's! Der Mercedes wird natürlich einiges Aufsehen erregen – aber die Leute werden glauben, er gehört irgendeiner bedeutenden Persönlichkeit.«

»Das ist ja auch der Fall.«

»Sehen Sie bei Gelegenheit mal in den Spiegel. Und jetzt los, aber ein bißchen dalli!«

Als Paula nach dem Frühstück mit Tweed am See entlangspazierte, sah sie sich sehr genau die große Villa an, in der die Mitgliederversammlungen des *Institut* stattfanden. Dabei fiel ihr eine ganze Reihe von Einzelheiten auf, die sie im Dunkeln übersehen hatte. Der erste Gefahrenpunkt sprang ihr sofort ins Auge.

»Wenn das große Tor offen ist«, sagte sie, »sind alle, die sich der Villa nähern – auch im Auto –, sehr schlecht geschützt.«

»Nicht, wenn sie es im Schutz der Mauer tun, die das Gelände umgibt.«

»Aber dann können sie nicht an dem Treffen teilnehmen«, widersprach Paula.

»Warten Sie ab, bis ich heute abend allen ihre Anweisungen erteile.«

Paula ließ nicht locker. »Es wäre wesentlich sicherer, wenn sie das Grundstück durch den Seiteneingang betreten würden – der durch das Vorhängeschloß gesichert ist. Die Steintreppe, die von dort zum Haus hinaufführt, ist durch eine mannshohe Mauer geschützt.«

»Sie können wohl Gedanken lesen.«

»Eine andere sichere Zugangsmöglichkeit sehe ich nicht.«

»Sehen Sie die Lücke dort, in der Mauer am Seeufer.« Tweed deutete auf die Stelle. »Dort führt eine Treppe zu einem Landesteg hinunter.«

»Ihnen entgeht aber rein gar nichts. Heute morgen stand in der Zeitung, daß mehrere Kamerateams erwartet werden. Sie wollen das Ereignis fürs Fernsehen festhalten. Das könnte gefährlich werden – wegen der vielen Scheinwerfer.«

»Daran habe ich bereits gedacht.«

»Sie wollen mir offensichtlich nichts erzählen. Na schön, Themawechsel. Als ich gestern nacht nicht einschlafen konnte, fiel mir ein, daß Sie schon einige Zeit nichts mehr von Christopher Kane gehört haben.«

»Ich habe versucht, ihn anzurufen, nachdem Sie auf Ihr Zimmer gegangen waren. Es ging aber niemand dran.«

»Demnach sind drei der Schlüsselfiguren in diesem Drama wie vom Erdboden verschluckt.«

»Interessant, nicht?« Tweed lächelte.

»Sie können einen ganz schön auf die Palme bringen. Manchmal frage ich mich wirklich, warum ich eigentlich für Sie arbeite.«

»Weil Ihnen Ihre Arbeit gefällt. Bei einer normalen Schreib-

353

tischtätigkeit würden Sie doch in Null Komma nichts die Wände hochgehen.«

»Da haben Sie allerdings recht. Wenigstens haben Sie interessant gesagt, nicht aufschlußreich.«

Am Abend beobachtete Paula, wie die Sonne wie eine blutrote Münze im Westen unterging. In einem Anfall von Fatalismus fragte sie sich, wie viele von ihnen am nächsten Morgen noch am Leben sein würden. Bei ihrem Morgenspaziergang mit Tweed hatte sie ganz deutlich gespürt, welch schwere Verantwortung auf seinen Schultern lastete. Er war jemand, dem das Schicksal anderer Menschen nicht gleichgültig war.

Wie befohlen, hatte sie zwecks besserer Bewegungsfreiheit einen bequemen Hosenanzug angezogen. Ihre Browning steckte im elastischen Bund ihrer Hose. Dort kam sie wesentlich schneller an sie heran als in ihrem Umhängebeutel. Sie saß da und las ein Buch. Langsam ging es auf neun Uhr zu. Jeder hatte sich eine leichte Mahlzeit auf sein Zimmer kommen lassen. Von Marler war fast den ganzen Tag nichts zu sehen gewesen, und sie fragte sich, wo er sich herumgetrieben hatte.

Punkt neun Uhr klopfte sie an die Tür von Tweeds Zimmer. Als ihr geöffnet wurde, sah sie, daß die anderen bereits da waren. Ihr fiel auf, daß an Marlers Stuhl mehrere große Kleidersäcke lehnten.

Tweed saß so hinter dem Schreibtisch, daß er alle im Blick hatte. Es war der fünfte Mann, der Paula stutzen ließ. Arthur Beck, Chef der Schweizer Bundespolizei, saß auf der breiten Couch. Er stand auf, als sie das Zimmer betrat, kam auf sie zu und umarmte sie.

»Willkommen bei unserer Einsatzbesprechung.«

»Sie sind der Mann, den Tweed letzte Nacht heimlich aufgesucht hat«, hauchte sie so leise, daß es kaum zu hören war.

»Richtig«, sagte Tweed, der sie trotzdem gehört hatte.

»Setzen Sie sich doch zu mir«, forderte sie der gutaussehende Schweizer freundlich auf.

Jeder der Anwesenden hatte ein Blatt Papier mit einem Plan darauf. Auch Paula bekam einen von Tweed. Ein Blick genügte, und sie wußte, daß es sich um einen Grundriß der Villa handelte. Sie studierte ihn kurz, während sie sich zu Beck auf die Couch setzte.

»Unsere Strategie hat Marler ausgearbeitet«, erklärte Tweed. »In Zusammenarbeit mit meiner Wenigkeit und in voller Übereinstimmung mit Arthur Beck, der verschiedene Änderungsvorschläge eingebracht hat. Langer Rede kurzer Sinn… doch nein, ich glaube, ich übergebe erst einmal Arthur das Wort.«

Beck stand auf. »Tweed hat die Vermutung geäußert, unter der Villa könnte eine große Bombe angebracht worden sein. Wie sich gezeigt hat, hatte er recht. Ich habe ein Spezialteam nach Ouchy kommen lassen. Diese Männer haben die ganze Nacht gearbeitet und das Gebäude von oben bis unten durchsucht. Schließlich haben sie in einer Besenkammer im Keller eine riesige Bombe gefunden. Sie sollte per Fernsteuerung gezündet werden. Wir haben sie zwar entschärft, aber weil nicht auszuschließen ist, daß die Gegenseite die Vorgänge in der Villa beobachtet, haben wir sie nicht entfernt.«

»Könnte sie trotzdem noch hochgehen?« fragte Paula.

»Der Leiter des Sonderkommandos würde Ihnen darauf etwas anderes antworten als ich. Er würde sagen, daß man bei hochexplosiven Sprengstoffen nie sicher sein kann. Ich sage nein, in entschärftem Zustand kann die Bombe keinen Schaden anrichten. Sobald sich uns eine Gelegenheit dazu bietet, werden wir sie auf einem Lastkahn auf den See hinausschaffen, ins Wasser lassen und dort zünden. Wir können nicht riskieren, eine Bombe dieser Größenordnung auf dem Landweg zu transportieren. Doch jetzt zu unserem eigentlichen Plan. Tweed wird Ihnen alles erklären…«

Tweed stand auf und polierte erst einmal seine Brille, bevor er zu sprechen begann.

»Chefinspektor Beck hat uns seine volle Unterstützung zugesichert. Unmittelbar vor unserer Abfahrt aus dem Château des Avenières hat Nield von Butler einen Anruf erhalten. Butler sagte, ich zitiere: ›Ich steige ein bei dieser Pferdewette. Die Chancen stehen zwölf zu eins.‹«

»Was sollte das bedeuten?« fragte Newman.

»Es ist eine verschlüsselte Nachricht. Sie besagt, daß sich zwölf Angehörige des Hotelpersonals, bei denen es sich in Wirklichkeit um zwölf Verbrecher der übelsten Sorte handelt, das Hotel verlassen haben. Ich bin davon ausgegangen, daß sie sich auf den Weg hierher machen würden. Einer von Becks Männern hat auf der Uferstraße drei schwarze Autos mit zwölf Männern gesehen. Zwölf der gefährlichsten Männer der Welt.«

»Um eine Bombe hochgehen zu lassen, sind zwölf Männer nötig?« fragte Marler skeptisch.

»Nein. Sie sind als Verstärkung dabei. Zum Teil vermutlich für den Fall, daß die Bombe nicht hochgeht. Zum Teil, um alle Mitglieder des *Institut*, die den Bombenanschlag überleben, zu erschießen. Und wenn die Bombe aus irgendeinem Grund nicht hochgeht, stürmen sie die Villa.«

»Was ist eigentlich Ihr tatsächliches Ziel?« wollte Paula wissen.

»Paula kennt mich einfach zu gut.« Tweed lächelte flüchtig. »Bei dieser Operation muß es sich um eine entscheidende Vorphase des Großangriffs handeln, der, wie inzwischen selbst Washington überzeugt ist, aus dem Nahen Osten erfolgen wird.«

»Woher wissen Sie das?« bohrte Paula weiter.

»Weil ich die ganze Zeit mit Cord Dillon, dem Deputy Director des CIA, in Verbindung gestanden habe.«

»Demnach wacht also der Westen langsam doch noch auf?«

»Sagen wir mal, er beginnt sich im Schlaf zu regen. Nähere Einzelheiten kann ich Ihnen nicht nennen. Marler, verteilen Sie diese roten Barette, die Beck uns zur Verfügung gestellt hat.«

»Wie auf einem Kostümfest«, bemerkte Nield. Er war berüchtigt dafür, daß er gerade in Momenten höchster Anspannung Witze riß.

»Sie sollen Ihnen das Leben retten«, versetzte Tweed barsch. »Ich habe ein großes Polizeiaufgebot hierherbestellt, sowohl Zivilbeamte als auch uniformierte Polizisten. Wenn das Geballere losgeht, wissen sie, daß sie auf niemanden mit einer roten Mütze schießen dürfen.«

»Wenn es hier ordentlich kracht«, gab Marler zu bedenken, »könnte doch auch die Bevölkerung gefährdet werden.«

»Das wäre ganz sicher der Fall«, erklärte Beck finster. »Deshalb habe ich die Uferstraße an beiden Enden sperren lassen. Zum Glück herrscht hier so spät kaum noch Verkehr. Falls also die drei schwarzen Fahrzeuge auftauchen ...«

»*Wenn* sie auftauchen«, verbesserte ihn Tweed.

»Werden wir die Sperren schnellstens abbauen und sie durchlassen«, fuhr Beck fort. »So, wie uns Tweed diese Leute beschrieben hat, wäre es das beste, die ganze Bagage einfach auszurotten. Aber das bleibt natürlich unter uns.«

»Wollen Sie tatsächlich riskieren, die Mitglieder des *Institut* unter diesen Voraussetzungen in die Villa kommen zu lassen?« fragte Paula.

»Nein!« Beck schüttelte den Kopf. »An ihrer Stelle werden ein paar meiner Leute, die sich als die einzelnen Mitglieder des *Institut* verkleiden, in die Villa kommen. Wir sind sicher, sie werden beobachtet werden – wahrscheinlich vom See aus. Und von dort wird auch der Hauptangriff erfolgen.«

»Das glaube ich nicht«, widersprach Tweed. »In diesem Punkt sind Beck und ich unterschiedlicher Meinung ...«

Nun nahm Beck Tweeds Platz ein und erläuterte die Einzelheiten des Plans, den er in den frühen Morgenstunden mit Tweed ausgearbeitet hatte. Er fußte im wesentlichen auf der engen Zusammenarbeit zwischen Tweeds Team und Becks umfangreichem Polizeiaufgebot. An einem bestimmten Punkt händigte Beck den Angehörigen von Tweeds Team ein Schreiben aus, das sie zum Tragen von Feuerwaffen ermächtigte. Marler hatte Newman, Paula und Nield schon zu einem früheren Zeitpunkt zusätzliche Waffen ausgehändigt. Außer ihrer Browning hatte Paula nun auch noch Betäubungs- und Schrapnellgranaten sowie ein starkes Fernglas. Obwohl sie alle persönlichen Dinge daraus entfernt hatte, war ihr Umhängebeutel zum Platzen voll.

»Sie wissen jetzt alle, was Sie zu tun haben«, schloß Beck. »Die Stunde Null rückt näher.«

36

Aus Richtung Vevey kamen drei schwarze Autos in einigem Abstand langsam die Uferstraße entlang. Der Kofferraum des letzten Wagens stand offen, weil sich ein Motorrad darin befand. Am Steuer saß Les, auf dem Beifahrersitz neben ihm Big Ben.

Big Ben, dem nicht so leicht etwas entging, hatte noch mitbekommen, wie die Straßensperre ein Stück vor ihnen von der Fahrbahn geräumt worden war. Er grinste.

»Sie haben eine Straßensperre errichtet. Nett von ihnen, sie für uns wegzuräumen.«

»Das heißt, sie wissen, daß wir kommen«, sagte Les. »Finde ich nicht so toll.«

»Wenn sie noch da ist, wenn wir zurückkommen, walzen wir sie einfach nieder und knallen jeden über den Haufen, der sich uns in den Weg stellt.«

»Wofür haben wir eigentlich das Motorrad dabei?«

»Für mich.« Big Ben grinste. »Wenn wir abhauen, fahre ich damit voraus, um zu checken, ob die Luft rein ist.«

In seinem Schoß hatte Big Ben ein dunkles Kästchen liegen, aus dem sich per Knopfdruck eine Antenne ausfahren ließ. Es gab noch einen weiteren Knopf. Damit wurde die Bombe gezündet. Was er vorhatte, war ganz einfach. Wenn ihnen Widerstand geleistet wurde, würden die Männer in den Autos vor ihm alles niedermähen, was sich ihnen in den Weg stellte. Jeder von ihnen war mit einer Maschinenpistole bewaffnet. Damit konnten sie ein ganzes Bataillon ausschalten.

»Ich sehe Jeffs Boot draußen auf dem See«, bemerkte Les. »Was soll er eigentlich machen? Du erzählst nie, wozu dieses Motorboot gut sein soll.«

»Das wirst du noch früh genug erleben. Wir sind schon fast an der Stelle, von der wir die Villa in die Luft jagen. Jetzt warte ich nur noch auf das Zeichen aus dem ersten Wagen, daß alle Mitglieder des *Institut* eingetroffen sind. Und dann – *wumm!*«

Tweed und Paula kauerten neben einer Öffnung in der Mauer, von der eine Treppe hinunter zu einer Anlegestelle führte. Wie alle anderen hatten sie abhörsichere Handys bei sich. Beck hockte sich neben sie.

»Ein Mann betritt gerade die Zufahrt zur Villa«, bemerkte Paula. »Jetzt taucht ein zweiter auf – er geht ebenfalls zum Haus hoch.«

Sie hatte ihre rote Mütze ein Stück nach hinten geschoben, um besser sehen zu können. Das große schmiedeeiserne Tor war schon vorher geöffnet worden. Mehr Männer kamen an, gingen hoch zur Villa. Insgesamt zählte sie sieben, die das hell erleuchtete Haus betraten. Beck lauschte in sein Handy und sagte schließlich: »*Bon.*«

Dann wandte er sich Tweed und Paula zu. »Eben haben drei schwarze Fahrzeuge den Kontrollpunkt passiert. Sie kommen in einigem Abstand aus Richtung Vevey. Moment mal – sehen Sie mal auf den See raus. Dieses große Motorboot da draußen. Es bewegt sich auf uns zu.«

»Schenken Sie ihm keine Beachtung«, sagte Tweed.

»Wie stellen Sie sich das vor! Ich fordere ein paar Boote der Wasserpolizei an, damit sie es kontrollieren.«

Sofort begann er hastig in sein Handy zu sprechen. Paula bekam in groben Zügen mit, worauf seine Anweisungen hinausliefen. Er warnte alle, daß der Hauptangriff möglicherweise vom See aus erfolgen würde und die drei schwarzen Wagen unter Umständen nur zur Ablenkung dienten.

»Kümmern Sie sich nicht um dieses blöde Boot«, knurrte Tweed, der ebenfalls mitgehört hatte. »Es soll uns nur ablenken. Der Engländer hat sicher alles mit militärischer Präzision geplant. Er versucht, uns zum Narren zu halten. Es soll so aussehen, als würden sie noch einmal einen ähnlichen Anschlag wie damals im Ermitage in Zürich verüben. Deshalb sehen Sie diesmal in die falsche Richtung.«

»Und was wäre Ihrer Meinung nach die richtige Richtung?«

»Die drei Autos, die gerade aus Vevey angefahren kommen. Arthur, ich wette meinen guten Ruf darauf, daß es so ist.«

»Das höre ich Sie heute zum erstenmal sagen.« Beck hielt inne, dann nahm er seine bisherigen Anweisungen zurück und schärfte seinen Männern statt dessen ein, sich auf die drei schwarzen Wagen zu konzentrieren, die sich auf der Uferstraße näherten. In dem Moment hörte Paula den ersten Donnerschlag.

Ihr war nicht entgangen, daß sich ein Wetterumschwung ankündigte – die Temperatur war gesunken, und der Wind hatte so stark aufgefrischt, daß sich die Bäume entlang der Strandpromenade zu biegen begannen. Der erste Donnerschlag war nur die Ouvertüre. Ihm folgte ein mächtiges Donnerrollen, das kein Ende mehr zu nehmen schien. Über den Bergen auf der französischen Seite des Sees leuchteten grelle Blitze auf, die zum Teil direkt ins Wasser fuhren. Das würde ein ordentliches Gewitter geben.

»Gott sei Dank sind wir entsprechend angezogen«, bemerkte Paula.

»Hoffen wir mal«, erwiderte Tweed. »Das wird die Sache erschweren.«

Wie die Polizisten und die anderen Mitglieder von Tweeds Team trugen sie alle wasserdichte Anoraks. Als die ersten großen Tropfen fielen, knöpfte Paula ihren bis zum Hals zu. Schon nach kurzem begann es in Strömen zu gießen. Ein Wolkenbruch ging auf sie nieder. Das Donnern wurde immer lauter. Die Blitze erleuchteten die Villa vorübergehend taghell, während gleichzeitig die Lichter in ihrem Innern auszugehen schienen.

»Das kann ja heiter werden«, murmelte Tweed.

Unmittelbar bevor das Gewitter losging, sah Les den Fahrer des ersten Wagens, der sich der Villa inzwischen auf Sichtweite genähert hatte, die Hand aus dem Fenster strecken und zweimal auf und ab bewegen. Er hatte sieben Männer in Anzügen die Villa betreten sehen und hielt an.

»Jetzt geht's los«, sagte Big Ben.

Er drückte auf den Knopf, der die Antenne ausfahren ließ. Dann betätigte er den Knopf für die Fernzündung und wartete auf den Knall einer gewaltigen Explosion. Nichts. Keine Explosion. Nichts. Hektisch drückte er mehrere Male auf den Knopf. Nichts. Er fluchte.

»Gib den Männern in den anderen beiden Wagen das Zeichen zum Angriff«, brüllte er. »Ich nehme das Motorrad. Damit kann ich besser sehen, was passiert. Sobald ich es aus dem Kofferraum geholt habe, fahrt ihr los und helft den anderen.«

Damit sprang er aus dem Auto, klappte den Kofferraumdeckel hoch und wuchtete das Motorrad heraus. Auch Big Ben hatte den Wetterbericht gehört und sein Ölzeug angezogen. Er setzte sich auf die Maschine, ließ sie an und fuhr, um den Schein zu wahren, neben dem Wagen her, der sich bereits in Bewegung gesetzt hatte.

Inzwischen tobte das Unwetter über Ouchy. Als seine Männer aus ihren Autos sprangen, ging vor beiden eine Handgranate hoch und zertrümmerte ihre Scheinwerfer. Big Ben fuhr langsamer, hielt an. Es rannten zu viele Gestalten herum, bei denen es sich nicht um seine Leute handelte. Die Männer im ersten Wagen eröffneten mit ihren Maschinenpistolen das Feuer. Im Gegenzug wurden ihre beiden Wagen sofort unter massierten Beschuß genommen. Sie waren in einen Hinterhalt geraten.

Big Ben wendete und raste mit dem Motorrad in der Richtung davon, aus der er gekommen war. Er hatte beide Hände am Lenker, aber in der linken hielt er außerdem noch eine entsicherte Handgranate. Er sah, daß die Straßensperre wieder errichtet worden war. Aber sie reichte nicht über die ganze Straße.

Während er auf sie zuraste, nahm er die linke Hand kurz vom Lenker und schleuderte die Granate auf eine Gruppe uniformierter Polizisten. Im strömenden Regen sah er mehrere Gestalten zusammenbrechen, als die Granate explodierte. Dann hatte er die Sperre passiert und raste weiter in Richtung Vevey.

Viele von Becks Männern kauerten hinter der Mauer am Seiteneingang der Villa. Sie nahmen die Gestalten, die wahllos um sich schießend aus den schwarzen Autos gesprungen waren, mit ihren automatischen Waffen flächendeckend unter Beschuß. Marler, eigensinnig wie immer, war mit seinem Armalite schon vorher auf einen Baum am Straßenrand geklettert.

»Das Motorboot kommt auf uns zu«, rief Beck. »An Bord befinden sich mehrere schwer bewaffnete Männer!«

»Das sind lauter Attrappen«, schrie Paula zurück. Durch ihr Fernglas hatte sie gesehen, daß sich keiner der ›Männer‹ an Bord bewegte und daß alle ihre Waffen wie Wachsfiguren immer in der gleichen Position hielten.

»Vorsicht!« schrie Tweed.

Einer der Männer aus den schwarzen Fahrzeugen war auf der anderen Seite der Mauer entlanggekrochen und hatte die Gruppe auf der Treppe zum Landesteg entdeckt. Er hatte sich halb aufgerichtet und zielte mit der Maschinenpistole auf sie. Paula wirbelte herum und schleuderte ihr Fernglas nach ihm. Es traf den Mann an der Nase. Er wankte, schüttelte den Kopf und hob die Maschinenpistole wieder. Paula gab aus ihrer Browning zwei Schüsse auf ihn ab. Sein nasses Haar klebte an seinem Kopf. Er taumelte und fiel in den Rinnstein, in dem das Wasser gurgelte.

Das unablässige Donnerkrachen übertönte das Gewehrfeuer, so daß die Szene an ein chaotisches Ballett wild durcheinanderrennender Männer erinnerte, die im Feuer von Becks Leuten einer nach dem anderen zu Boden gingen.

Von seinem Versteck auf dem Baum beobachtete Marler, wie sich ein besonders schlauer Ganove auf der anderen Seite der Mauer an Becks Männer heranzuschleichen versuchte. Als er die Stelle erreichte, von der er sie alle im Blick hatte, stand der Mann auf und brachte seine Maschinenpistole in Position. Doch Marler hatte längst sein Armalite im Anschlag und die Brust des Mannes im Fadenkreuz seines Zielfernrohrs. Er drückte ab. Der Mann, der gerade Becks Männer hatte niedermähen wollen, zuckte zusammen, seine Maschinenpistole flog in hohem Bogen durch die Luft, und im nächsten Moment lag er auch schon leblos am Boden.

Plötzlich schossen aus dem vordersten Wagen Flammen hoch. Der Fahrer hatte vergessen, die Zündung auszuschalten. Im Schein des Feuers konnte Paula erkennen, daß sich niemand mehr rührte. Nur der Regen prasselte unaufhörlich auf die reglos auf der Straße liegenden Gestalten nieder. Dann kamen Becks

Männer aus dem Seiteneingang und liefen die Straße entlang, um sich zu vergewissern, daß alle tot waren. Die Schlacht von Ouchy war vorbei.

Erschöpft ging Paula ins Hotel zurück. Tweed hatte sie am Arm gefaßt. Als sie an einer Straßenlaterne vorbeikamen, fuhr ein Mercedes mit einem Chauffeur am Steuer langsam in Richtung Genf davon. Hassan, der auf dem Rücksitz saß, schloß verzweifelt die Augen, als er Tweed und Paula entdeckte.

Gemächlich rollte der Mercedes auf die Straßensperre am Jachthafen zu. Paula drückte Tweeds Arm, als sie sah, wie der Mercedes durchgewinkt wurde.

»Irgendein hohes Tier, dem es in Ouchy nicht mehr gefällt…«

Währenddessen war ein anderer Wagen, ein Peugeot, die Straße zum Beau Rivage hochgefahren. Mario, der an seinem Steuer saß, hatte Tweed und Paula unter der Straßenlaterne durchgehen sehen. Er war noch wie benommen vom Anblick der vielen Toten, vom Toben des Gewitters. Weil er gesagt hatte, er hätte im Beau Rivage ein Zimmer gebucht, hatte er die Straßensperre am Jachthafen passieren dürfen, allerdings erst, nachdem sich die Polizei durch einen Anruf an der Rezeption von der Richtigkeit seiner Behauptung überzeugt hatte. Er hatte genauso wie ein gewisser Ashley Wingfield aus Genf angerufen und sich ein Zimmer reservieren lassen.

»Ich bin bis auf die Haut durchnäßt«, sagte Paula. »Jetzt möchte ich nur noch eine heiße Dusche. Ich werde heute nacht sicher nicht schlafen können.«

Über eine Stunde später kam sie in ihrem Zimmer aus der Dusche und zog sich an. Als sie aus dem Fenster blickte, sah sie einen großen Lastkahn in die Mitte des Sees hinausfahren. Sie erinnerte sich, wie Beck gesagt hatte, er würde die riesige Bombe auf seine Art entsorgen. In diesem Moment klopfte jemand an die Tür. Es war Tweed. Sie schenkte ihm etwas von dem Kaffee ein, den sie sich aufs Zimmer hatte bringen lassen.

»Sehen Sie mal aus dem Fenster«, forderte sie ihn auf. »Ich mache das Licht aus, damit wir besser sehen können.«

Sie hatten eine ganze Weile am Fenster gestanden, ohne daß einer von ihnen etwas sagte, aber beide waren voll bei der Sache. Inzwischen hatte der Lastkahn mit seiner gefährlichen Fracht die Mitte des Sees erreicht.

Das Unwetter hatte nachgelassen, und mit einem Mal war es seltsam still und friedlich geworden. Paula schenkte ihnen beiden Kaffee nach, und sie tranken schweigend.

»Sie werden heute bestimmt erst etwas später aufstehen«, sagte Tweed schließlich.

»Früher oder später werden mich sicher die Kräfte verlassen.«

Kaum hatte sie zu Ende gesprochen, als es draußen auf dem See eine gewaltige Eruption gab. Sie hörten einen dumpfen Knall, und dann stieg eine riesige Wasserfontäne in den Himmel hoch, um kurz darauf wie ein gigantischer Geysir wieder in sich zusammenzufallen. Sie standen ganz still da, als die tonnenschweren Wassermassen in den See zurückstürzten und in hohe Wellen auf das Ufer zukamen, wo sie sich so heftig an der Ufermauer brachen, daß das Wasser bis auf die Straße spritzte.

»Das war eine Bombe«, bemerkte Tweed.

37

»Tina Langley ist hier im Hotel«, stieß Beck aufgeregt hervor, als er am Tag nach dem Gemetzel um acht Uhr morgens an Tweeds Zimmertür klopfte. Tweed war bereits fertig angezogen, und seine Augen blitzten vor Energie und Wachsamkeit. Ein paar Minuten später gesellte sich Paula zu ihnen.

»Woher wissen Sie das?« fragte Tweed in beiläufigem Ton.

»Weil einer meiner Männer sie anhand eines Fotos erkannt hat, als sie auf ihr Zimmer verschwand. Wahrscheinlich war ihre Neugier stärker als ihre Vorsicht, denn wie es scheint, ist sie von einem Spaziergang am See zurückgekommen. Ich schlage vor, wir nehmen sie fest und verhören sie, bis sie alles gesteht.«

»*Auf gar keinen Fall, Arthur.*« Tweeds Ton bekam plötzlich etwas sehr Bestimmtes. »Im Gegenteil, falls sie das Hotel verläßt, lassen Sie sie bitte nur von einigen Ihrer besten Leute beschatten.«

»Ich bitte vielmals um Entschuldigung.« Beck wandte sich Paula zu. »Ich hoffe, Sie haben sich von gestern abend einigermaßen erholt.«

»Sie meinen die Schießerei? Das Ganze steckt mir noch tief in den Knochen, und ich muß ständig daran denken. Trotzdem, danke der Nachfrage.«

»Das gefällt mir ganz und gar nicht.« Beck wandte sich wieder Tweed zu. »Sie ist eine Mörderin.«

»Aber sie spielt auch eine Schlüsselrolle in einem Drama, in dem sich das weitere Schicksal der ganzen Welt entscheidet. Vielleicht führt sie uns in das Herz dieser gigantischen Verschwörung, die den Westen bedroht.« Tweeds Stimme wurde lauter. »Die größten Denker der gesamten westlichen Zivilisation wurden das Opfer hinterhältiger Anschläge. Und erst vor wenigen Stunden kam es in unserer unmittelbaren Nähe zu einem schrecklichen Blutbad. Machen Sie jetzt nicht noch in letzter Sekunde einen triumphalen Sieg zunichte.«

»Einen triumphalen Sieg?« Beck schien erstaunt.

»Sie haben der Gegenseite einen schweren Schlag beigebracht. Die Männer in den schwarzen Autos sollten, da bin ich ganz sicher, eine Operation von noch wesentlich bedrohlicheren Ausmaßen durchführen. Lassen Sie deshalb Tina Langley unbehelligt und folgen Sie ihr nur, wenn sie abreist, was sie sicher tun wird.«

»Wenn Sie unbedingt meinen. Aber kann ich Ihnen jetzt vielleicht auch mal die schlechte Nachricht überbringen?«

»Ich glaube, ich brauche erst noch mal einen Schluck Kaffee zum Frühstück«, sagte Paula.

»Schießen Sie schon los«, forderte Tweed ihn auf.

»Pete Nield hat mir Big Ben sehr genau beschrieben. Und Sie sagten doch, er ist wahrscheinlich der Kopf der Bande.«

»Wieso? Was ist mit ihm?«

»Wir haben uns alle Toten – inzwischen liegen sie im Leichenschauhaus – genau angesehen. Keiner hat auch nur die geringste

Ähnlichkeit mit ihm. Offensichtlich ist es Big Ben gestern nacht gelungen zu entkommen.«

»Ausgerechnet der Schlimmste der ganzen Bagage. Also, ich bin sicher, früher oder später wird uns dieser sympathische Zeitgenosse bestimmt noch einmal über den Weg laufen.«

»Ich habe noch mal darüber nachgedacht, was Sie über Tina Langley gesagt haben«, richtete sich Beck an Tweed. »Normalerweise behalten Sie mit Ihren Entscheidungen immer recht. Deshalb werde ich, wie Sie vorgeschlagen haben, meine besten Leute auf sie ansetzen. Sobald sie das Hotel verläßt, rufe ich Sie an. Wir brauchen einen Decknamen für sie. Ich würde Jungfrau vorschlagen.«

»Sehr treffend«, bemerkte Tweed ironisch.

»Ich weiß«, sagte Beck mit einem trockenen Grinsen. »Aber jetzt muß ich an die Arbeit...«

»Wenigstens hat er Humor«, bemerkte Paula, nachdem er gegangen war. »Jungfrau!«

Marler, der jede Form von Verschwendung verabscheute, war die halbe Nacht unterwegs gewesen. Immer noch mit dem roten Barett auf dem Kopf, mischte er sich still und heimlich unter die Polizisten, die die Toten einsammelten. Und als er überzeugt war, nicht beobachtet zu werden, packte er einige der überall herumliegenden Waffen, vor allem automatische, in den Umhängebeutel, den er aus seinem Hotelzimmer geholt hatte.

Daß an diesen Waffen Fingerabdrücke waren, die normalerweise als Beweismittel hätten dienen müssen, störte ihn nicht im geringsten. Wer brauchte noch Beweise, wenn Big Bens Gang nur noch aus Toten bestand, die jeden Moment ins Leichenschauhaus geschafft würden?

Seine Aufgabe wurde ihm auch durch den Umstand erleichtert, daß sich viele der Polizisten bewußt waren, daß er ihnen das Leben gerettet hatte, indem er den Gangster erschossen hatte, der sich auf der anderen Seite der Mauer, hinter der sie in Deckung gegangen waren, an sie herangeschlichen hatte. Zum Schluß ging Marler zu der Stelle, wo er diesen Mann erschossen hatte. Seine

Leiche war bereits abtransportiert worden, doch als er im Schein seiner Taschenlampe den Boden absuchte, fand er hinter einem Stein eine Reihe von Magazinen, die der Gangster dort zum Nachladen bereitgelegt hatte. Marler hob sie auf und fügte sie dem Waffenarsenal in seinem Beutel hinzu.

Dann kehrte er mit einer nicht angezündeten Zigarette zwischen den Lippen ins Hotel zurück. Auf seinem Zimmer holte er zunächst seine Schätze aus dem Beutel. Dann schlüpfte er aus seinen nassen Kleidern und nahm eine lange heiße Dusche.

Nachdem sich Paula ein wesentlich reichhaltigeres Frühstück genehmigt hatte als ursprünglich geplant, teilte sie Tweed mit, daß sie im Hotelpark ein Buch lesen wollte. Was sie ihm nicht sagte, war, daß die jüngsten Ereignisse sie sehr stark mitgenommen hatten und sie dringend Schlaf brauchte.

Sie fand es beruhigend, im herrlichen Park des Hotels spazierenzugehen. Die Zeitung mit den dicken Schlagzeilen hatte sie ganz bewußt in der Hotelhalle zurückgelassen.

Nachdem sie sich auf einer abgelegenen Bank niedergelassen hatte, strich sie sich, ein Gähnen unterdrückend, mit der Hand durchs Haar. Gerade als sie kurz davor war, mit dem Buch im Schoß einzunicken, legte ihr jemand behutsam die Hand auf die Schulter. Noch bevor sie die Augen öffnete, wußte sie, daß es Tweed war. Er setzte sich neben sie.

»Ich nehme an, Sie haben schon gepackt? Ich habe allen anderen gesagt, Sie sollten sich bereithalten, damit wir nötigenfalls auf der Stelle abreisen können.«

»Mein Koffer ist gepackt. Bis auf die Toilettenartikel. Ich schätze, heute wird sich nichts Großartiges tun.«

»Leider hat sich bereits etwas getan. Sind Sie mit Ihrem Schlaf sehr weit hinterher?«

»Bis eben. Aber ich habe gerade ein kurzes Nickerchen in der Sonne gemacht, und jetzt geht es mir wieder wesentlich besser. Was ist passiert?«

»Beck hat angerufen. Die Jungfrau hat das Hotel verlassen. Während sie im Speisesaal frühstücken war, hat er ihr Telefon an-

367

zapfen lassen. Er dachte, die Geschäftsleitung wäre vermutlich nicht begeistert, wenn jemand die Gespräche der Hotelgäste mithört.«

»Und hat sie jemanden angerufen?«

»Sie hat eine Limousine bestellt, die sie zum Genfer Flughafen Cointrin bringen soll. Sie hat in der nächsten Maschine nach Zürich einen Platz in der Business Class gebucht. Zuvor hatte sie ein Mann, der seinen Namen nicht nannte, telefonisch dazu aufgefordert, auf schnellstem Weg nach Zürich zu kommen und ihn nach ihrer Ankunft am Züricher Flughafen umgehend wieder anzurufen. Sein Englisch war eine Spur zu kultiviert. Und er hat sich eine Spur zu offensichtlich bemüht, seine Stimme zu verstellen.«

»Dann müssen wir also los?«

»Ja. Aber wir fahren mit den Leihwagen nach Zürich. Marler hat anscheinend genug Waffen für einen mittleren Krieg. Deshalb fährt er allein in einem Wagen. Den anderen nehmen Sie, Bob, Nield und ich. Fühlen Sie sich wirklich wieder ganz in Ordnung, Paula?«

»Auf jeden Fall. Ein kurzes Nickerchen, und ich bin wieder putzmunter. Machen Sie sich also meinetwegen keine Sorgen.«

»Wir verlassen das Hotel in dreißig Minuten durch den Haupteingang. Ich habe Amos Lodge und Willie telefonisch zu erreichen versucht, da ich dachte, Willie könnte inzwischen ins Dolder zurückgekehrt sein. Aber keiner von beiden scheint in Zürich zu sein.«

»Sagen Sie bloß nicht, das wäre aufschlußreich. Ich muß ständig an Christopher Kane denken.«

»Ich auch. Er ist ebenfalls nicht ans Telefon gegangen.«

»Wirklich eigenartig, daß sich alle drei gleichzeitig scheinbar in Luft aufgelöst haben.«

»In der Tat, höchst eigenartig ...«

Es war wieder ein strahlender Sommertag, als Tweed mit seinen drei Begleitern nach Zürich fuhr. Da sie merkten, daß Tweed beim Fahren angestrengt nachdachte, wurde kaum gesprochen. Paula, die neben ihm saß, hatte zwar die Augen geschlossen, aber sie war wach. Woher Tweed diese Energie nahm, war ihr ein Rätsel. Er hatte in den letzten Tagen kaum geschlafen. Aber das überraschte sie nicht. Sie hatte schon eine ganze Reihe von Krisensituationen miterlebt, in denen Tweed auf schier unerschöpfliche Energiereserven zurückgegriffen hatte.

»Heute morgen bekam ich einen Anruf von Harry«, flüsterte Nield Newman zu. »Eine verschlüsselte Nachricht, sehr kurz. Im wesentlichen besagte sie, daß heute morgen in aller Frühe fast die ganze restliche Belegschaft des Château d'Avignon ausgerückt ist. Es sind nur gerade genug Leute zurückgeblieben, um den Hotelbetrieb nicht ganz zum Erliegen kommen zu lassen.«

»Big Ben trommelt sein letztes Aufgebot zusammen«, platzte Tweed dazwischen. Er hatte jedes Wort gehört. »Würde mich brennend interessieren, wo er gerade ist.«

»Wahrscheinlich setzt er sich nach England ab«, meinte Nield.

»Das glaube ich nicht«, entgegnete Tweed.

»Wir steigen wieder im Baur au Lac ab, nehme ich mal an«, sagte Newman.

»Falsch. Diesmal soll nicht jeder gleich auf den ersten Blick sehen, wo wir sind. Wir bleiben im Hotel Zum Storchen, einem guten Haus in der Altstadt am Limmatufer.«

Dann verfiel er wieder in Schweigen, und auch sonst sprach niemand mehr. Paula überlegte, was Tweed vorhaben könnte. Für sie stand völlig außer Zweifel, daß er genau wußte, was er als nächstes tun würde, aber sie hatte keine Ahnung, was das war. Sie ließ den Kopf nach hinten sinken, und plötzlich war sie eingeschlafen.

Im Château d'Avignon mußte Harry Butler wieder einmal seine schier unerschöpfliche Geduld unter Beweis stellen. Er hatte niemanden, mit dem er sich unterhalten konnte – die wenigen noch verbleibenden Gäste waren lauter Franzosen. Butler verstand zwar, was sie sagten, aber er sprach selbst nicht gut genug Französisch, um eine vernünftige Unterhaltung führen zu können.

Deshalb verbrachte er viel Zeit auf seinem Zimmer, wo er ein neues Buch über Sprengstoffe und die jüngsten Entwicklungen auf diesem Gebiet las. Beim Frühstück war ihm aufgefallen, wie

369

wenig Hotelangestellte noch da waren, aber auf diesen Sachverhalt hatte er Pete Nield bereits am Vorabend am Telefon aufmerksam gemacht.

Nach dem Mittagessen brach er zu einem Spaziergang auf. Als er an der Rezeption vorbeikam, beugte sich Fred Brown mit einem schmierigen Grinsen über den Schalter.

»Ein bißchen Bewegung kann nie schaden, oder?«

»Vor allem, wenn man wie ich erst kürzlich einen Unfall hatte«, schwindelte Butler als Erklärung dafür, weshalb er sich die meiste Zeit auf sein Zimmer zurückzog. Er sah auf die Uhr und marschierte auf der verlassenen Straße los in Richtung Genf. Im Schatten der Bäume, die sich über die Fahrbahn wölbten, war es kühler. Als er sein Ziel erreichte – den Forstweg, an dem er sein Motorrad versteckt hatte –, ging er daran vorbei, sah aber auf seine Uhr.

Die Entfernung zum Château d'Avignon betrug fünf Minuten. Wenn er rannte, schätzte er, konnte er es in zwei Minuten schaffen. Fred Brown hatte gar nicht so unrecht gehabt, als er sagte, ein bißchen Bewegung könne nicht schaden. Butler mußte sich auf den rasanten Spurt vorbereiten, den er vermutlich hinlegen mußte, sobald er Marlers Bombe gezündet hatte.

Deshalb legte er die Strecke zum Hotel im Eiltempo zurück und stoppte die Zeit. Er brauchte etwas mehr als zwei Minuten.

Als Butler danach auf der Terrasse des Hotels Platz nahm, blickte er ganz bewußt kein einziges Mal zu dem Turm hoch, in dem sich die Kommunikationszentrale befand.

Nach der Ankunft auf dem Züricher Flughafen Kloten suchte Tina Langley, die ein ziemlich gewagtes Versace-Outfit trug, als erstes ein Münztelefon, um Hassan im Dolder Grand anzurufen. Sie konnte nicht wissen, daß Hassan eine Maschine vor ihr in Zürich eingetroffen war.

Sie stellte ihren Louis Vuitton-Koffer ab, holte Spiegel und Lippenstift aus ihrer Handtasche und zog sich die Lippen nach. Als sie den Blick durch die Ankunftshalle wandern ließ, fiel ihr ein gutgekleideter Mann auf, der sie aufmerksam musterte. Er hatte etwas in der Hand gehalten, was eigentlich nur ein Foto gewesen sein konnte.

Helmut Keller war einer von Becks besten Männern. Er war dazu abgestellt worden, die mit der Maschine aus Genf eingetroffenen Passagiere zu überprüfen. Weil Tina Langley einen modischen Hut mit einer weit nach unten gebogenen Krempe trug, hatte er den Fehler gemacht, auf das Foto zu sehen. Außerdem hatte er sich einen Moment von ihrer atemberaubenden Figur ablenken lassen. Den teuren Anzug hatte ihm Beck geliehen, damit seine Tarnung überzeugender wirkte.

Tina schlenderte kess auf ihn zu und ging so nahe an ihm vorbei, daß ihm ein Hauch ihres Parfüms in die Nase stieg. Er hielt das Foto hinter seinem Rücken. Sie riß es ihm aus der Hand und sah es an. Erschrocken wirbelte Keller herum. Sie lächelte verführerisch.

»Haben Sie diese Frau gesehen?« fragte sie. »Das ist meine Zwillingsschwester. Sie hat mich angerufen, um mir zu sagen, daß es ein Problem gegeben hätte.«

»Ihre Zwillingsschwester?«

Keller war sichtlich durcheinander. Diese Frau hatte ihm buchstäblich die Sprache verschlagen. Handelte es sich hier etwa um ein peinliches Versehen?

»Ja, meine Zwillingsschwester«, fuhr Tina Langley fort, fest entschlossen, sich seine Verwirrung zunutze zu machen. »Rosemary.«

»Rosemary?«

»Sie ist Engländerin. Wie kommen Sie überhaupt zu einem Foto von ihr? Was soll das Ganze?«

»Wir würden gern mit ihr sprechen.«

»Wer ist ›wir‹?«

»Ein Detektivbüro.« Keller hatte sich wieder gefangen.

»Ach, du liebe Güte. Sie hat doch nicht schon wieder mit einem gefälschten Scheck bezahlt?«

»Gefälschter Scheck?«

»Vielleicht ist sie deshalb so überstürzt aus dem Hôtel des Bergues in Genf abgereist. Dachte ich mir's doch, daß da etwas nicht stimmt. Die arme Rosemary. Manchmal benutzt sie den Namen Tina. Das ist aber wirklich unangenehm. Und ich habe einen Termin mit einem Direktor der Zürcher Kredit Bank.«

»Ihre Schwester ist noch in Genf?«

»Offensichtlich. Zu allem Überfluß hat sie auch noch eine Affäre mit einem Schweizer Bankier. Behalten Sie das Foto. Ich muß sofort los.«

Keller wußte nicht mehr, wo ihm der Kopf stand. Er war so hingerissen von dieser Frau, daß er schon überlegt hatte, ob er es wagen sollte, sie zum Essen einzuladen. Doch dann gewann sein Pflichtbewußtsein die Oberhand. Er beschloß, lieber Beck anzurufen, der inzwischen wieder in Zürich eingetroffen war.

Sobald Keller sie nicht mehr sehen konnte, stieg Tina in ein Taxi und ließ sich ins Eden au Lac fahren, das einzige andere gute Hotel, das ihr spontan einfiel. Sie durfte auf keinen Fall mehr ins Baur au Lac.

Sie war etwas enttäuscht. Keller hatte gut ausgesehen, und seiner Kleidung nach zu schließen, mußte er Geld haben. Ihr war nicht entgangen, daß er mit dem Gedanken gespielt hatte, sie zum Essen einzuladen. Warum dieser Trottel Hassan es nur immer so eilig hatte? Dabei hätte sie sich gerade wieder einmal einen dicken Fisch angeln können. Aber zumindest wußte sie jetzt, daß in der ganzen Schweiz nach ihr gesucht wurde. Sie hatte den Mann nicht vergessen, den sie in Genf vor kurzem in einen Schnellzug gelockt hatte.

»Mario, nachdem du ein bißchen geschlafen hast, kannst du mir ja vielleicht mal erzählen, was sich in Ouchy genau abgespielt hat.«

Emilio Vitorelli saß mit einem Glas Wein in seinem Zimmer im Baur au Lac, doch als sein Assistent sich setzte und nach der Flasche griff, schüttelte er den Kopf.

»Kein Alkohol, solange du mir nicht die ganze Geschichte in allen Einzelheiten erzählt hast. In der Zeitung steht zwar bereits ein ausführlicher Bericht, aber du warst direkt vor Ort. Erzähl mir von dieser Bombe.«

»Bombe? Ich weiß nichts von einer Bombe. Als die Schießerei zu Ende war, bin ich sofort auf mein Zimmer im Beau Rivage gegangen …«

»Lag dein Zimmer auf den See raus?«

»Nein, nach vorne raus, zur Straße.«

»Zu dumm. Diese Bombe würde mich brennend interessieren.«

»Und dann bin ich am frühen Morgen abgereist – nachdem du mir am Telefon gesagt hast, ich soll zurückkommen.«

»Erzähl einfach, was du gesehen hast.«

Das tat Mario – diesmal in aller Ausführlichkeit. Als er todmüde im Baur au Lac eingetroffen war, hatte er seinem Boß die Ereignisse vom Vorabend nur in kurzen Zügen geschildert. Danach hatte Vitorelli ihm gesagt, er solle erst mal schlafen gehen, sie würden später darüber sprechen. Schließlich kam Mario zu dem Punkt, an dem er Tweed mit einer attraktiven Frau unter einer Straßenlaterne hatte vorbeigehen sehen.

»Halt!« Vitorelli strich sich durch das zerzauste Haar und beugte sich vor. »Bist du sicher, daß es Tweed war?«

»Ja, du hast ihn mir doch selbst gezeigt, als ich das letzte Mal in diesem Hotel war.«

»Tweed. Jetzt verstehe ich alles. In der Zeitung stand, eine riesige Bombe, die jemand im Hauptquartier des *Institut* versteckt hatte, wurde entschärft. Nach der blutigen Schießerei – sicher handelte es sich um einen Anschlag des Ordens – wurde die Bombe an Bord eines Lastkahns auf den See hinausgebracht. Dort wurde sie an einer tiefen Stelle versenkt und gezündet. Ein Polizeifotograf hat dieses Foto von der explodierenden Bombe gemacht.«

Er reichte Mario die Zeitung. Unter der dicken Schlagzeile war ein Foto der gewaltigen Fontäne zu sehen, die bei der Zündung der Bombe entstanden war. Mario zog die Augenbrauen hoch.

»Das muß ja ein riesiges Ding gewesen sein.«

»Könntest du so eine Bombe bauen?«

»Mit der nötigen Zeit und dem nötigen Material, einschließlich einer Funkfernsteuerung.«

»Und mehrere Thermitbomben?«

»Brandbomben wären einfacher.«

»Tweed«, murmelte Vitorelli und wechselte das Thema. Und dann noch einmal: »Tweed.« Schließlich fuhr er, wieder in normalem Ton, fort: »Jetzt verstehe ich. Er hat dem Orden eine Falle gestellt. Und Beck, der Chef der Schweizer Bundespolizei, hat ihm dabei geholfen. Sag deinen Leuten, sie sollen herauszufinden versuchen, wo Tweed gerade steckt. Und dann baust du diese Bomben.«

»Für welchen Zweck? Ich muß wissen, für welchen Zweck.«

»Keine Ahnung. Zumindest im Moment noch nicht. Benutze einfach deinen Verstand.«

»Sie haben sie doch nicht etwa aus den Augen verloren?«

Becks Stimme war schneidend. Er befand sich in seinem Büro im Züricher Polizeipräsidium. Er konnte kaum glauben, was Helmut Keller ihm gerade am Telefon erzählte.

»Sie hat etwas von einer Zwillingsschwester erzählt. Deshalb dachte ich ...«

»Sie haben eben nichts gedacht! Sie haben sich von Tina Langley so den Kopf verdrehen lassen, daß Sie Ihre Pflicht vernachlässigt haben. Zwillingsschwester! Daß ich nicht lache. Was hatte sie an?«

Becks Miene wurde zynisch, als Keller ihm Tina Langleys spektakuläres Outfit in allen Einzelheiten beschrieb. Erst jetzt wurde ihm in vollem Umfang bewußt, wie leicht es ihr gefallen sein mußte, Norbert Engel in Wien zu bezirzen und ihn dann zu erschießen.

»Also gut, Keller, ich lasse Sie durch zwei Männer ablösen. Sie werden in zirka fünfzehn Minuten eintreffen. Geben Sie ihnen das Foto. Wenigstens haben Sie daran gedacht, es sich von ihr zurückgeben zu lassen.« Becks Sarkasmus hatte etwas Vernichtendes. »Sobald Ihre Ablösung eingetroffen ist, fahren Sie nach Hause. Wo, glauben Sie, ist sie hin?«

»Vermutlich zum Taxistand ...«

»Das läßt sich ohne weiteres nachprüfen. Wir müssen herausfinden, wohin sie gefahren ist. Aber das wird natürlich eine Weile dauern. Sie haben sich natürlich nicht ihren Paß zeigen lassen?«

»Nein. Ihre Anweisungen lauteten, sie nicht festzunehmen, sondern sie bloß im Auge zu behalten.«

»Eins haben sie ja wenigstens richtig gemacht. Wenn die Ablösung kommt, fahren Sie, wie gesagt, nach Hause. Sie sind suspendiert.«

Beck stand auf, ging ans Fenster und blickte auf die Limmat und die Universität am anderen Ufer hinaus. Er war unschlüssig, was er als nächstes tun sollte. Als das Telefon läutete, war es zu seiner Erleichterung Tweed.

»Wir sind zurück in Zürich. Diesmal wohnen wir allerdings im Hotel Zum Storchen. Noch mal vielen Dank für Ihre Hilfe in Ouchy.«

»Das ist doch nicht der Rede wert. Tina Langley treibt sich wieder in Zürich herum.«

Er erzählte Tweed von Kellers Anruf. Nachdem er ihm den Vorfall in allen Einzelheiten geschildert hatte, schimpfte er los: »Was hat diese Frau nur an sich, daß sich die Männer so leicht den Kopf von ihr verdrehen lassen?«

»Das dürfte tatsächlich ihre gefährlichste Waffe sein. Ich bin sicher, auf diesem Gebiet hat sie einige Erfahrung. Es war übrigens eine gute Idee, zwei Männer zum Flughafen zu schicken. Wenn sie Zürich verläßt, wird sie das bestimmt im Flugzeug tun. Wahrscheinlich in Richtung Osten. Das kommt mir sehr gelegen – zumindest solange wir sie nicht aus den Augen verlieren. Ich würde vorschlagen, einer ihrer zwei Männer nimmt sich die Leute in der Abflughalle vor, und der andere hält sich im Hintergrund bereit, um notfalls dieselbe Maschine zu nehmen wie die Jungfrau.«

»Ich bin sicher, sie hat es noch immer auf Sie abgesehen«, warnte Beck.

»Ich werde wie ein Mönch leben – und einen weiten Bogen um alle gutaussehenden Frauen machen.«

Bei der Ankunft im Eden au Lac nahm sich der Schmetterling unter dem Namen Lisa Vane ein Zimmer. Sobald sie allein in ihrer Suite war, rief sie Ashley Wingfield im Dolder Grand an. Hassan kam sofort an den Apparat.

»Ich bin in Zürich angekommen«, sagte sie rasch. »Ich wohne im Eden au Lac. Ich glaube, sie halten am Flughafen nach mir Ausschau. Mir ist ein Mann im Anzug aufgefallen, der auf ein Foto sah. Zum Glück war ich ganz anders angezogen und trug auch noch einen breitkrempigen Hut, der mein Haar verdeckte.«

»Bist du sicher, daß man dich nicht erkannt hat?«

»Ganz sicher.« Dann machte Tina Langley einen für sie typischen Vorschlag. »Ich glaube, ich sollte lieber aus Zürich verschwinden.«

»Zieh dir zuerst was anderes an. Dann rufst du an der Rezeption an und sagst, du hättest einen dringenden Anruf aus London bekommen ...«

»Heißt das, ich soll dorthin?« fragte sie gespannt.

»Nein. Du kommst ins Dolder Grand. Nimm dir ein Taxi zum Paradeplatz in der Stadtmitte. Warte, bis es weg ist. Dann nimmst du dir ein anderes Taxi hierher. Wenn du mich in einem Raum siehst, in dem auch andere Leute sind, tust du so, als würdest du mich nicht kennen. Zum gegebenen Zeitpunkt komme ich dann in dein Zimmer. Trag dich als Lisa Vane ins Melderegister ein. Wenn du etwas zu essen willst ...«

»Ich brauche was zu trinken.«

»Dann betrink dich meinetwegen, aber bitte in deinem Zimmer. Und jetzt mach endlich zu!«

Die letzten Wörter brüllte Hassan ins Telefon. Dann knallte er den Hörer mit solcher Wucht auf die Gabel, daß fast der Apparat kaputt ging. Er sprang auf und begann, im Zimmer auf und ab zu gehen. Am liebsten hätte er irgend etwas zertrümmert. Sein Gesicht war wutverzerrt.

In seiner Heimat war er bekannt – und gefürchtet – für seine unvorhersehbaren und gefährlichen Tobsuchtsanfälle. Einmal hatte er einen Oberst, der ihm widersprochen hatte, zu Tode geprügelt. Sein Vater, das Staatsoberhaupt, hatte den Mord vertuscht. Er hatte die Leiche des Ermordeten mit einem Panzer in die Wüste bringen und von diesem überfahren lassen, um die Verletzungen, die Hassan ihm beigebracht hatte, durch die Ket-

376

tenspuren unkenntlich zu machen. Der Oberst war in militärischen Kreisen sehr beliebt gewesen, und sein Tod wurde als tragischer Manöverunfall hingestellt.

Es war das verheerende Fiasko in Ouchy, das Hassan diesmal in solche Wut versetzt hatte. Er hatte Tweed mit eigenen Augen ins Hotel zurückgehen sehen. Tweed. Immer war es Tweed, der die Pläne des Engländers, die Hassan in die Tat umsetzen sollte, durchkreuzte.

»Der Kerl soll verrecken«, knurrte er, als er aufgebracht in seiner Suite auf und ab ging.

Er hatte Tina Langley ins Dolder Grand kommen lassen, weil sie ihm vielleicht helfen konnte, Tweed aufzuspüren und unschädlich zu machen. Als er eine auf einem Tisch stehende Vase mit dem Ellbogen streifte, blieb er stehen, packte sie und schleuderte sie an die Wand.

Er hatte sich schon in den leuchtendsten Farben ausgemalt, wie die riesige Bombe die Villa in die Luft jagen und die Mitglieder des *Institut* in Fetzen reißen würde. Einschließlich Tweed. Und nun mußte er in der Zeitung lesen, daß kein einziges Mitglied des *Institut* nach Ouchy gekommen war. Er vermutete – völlig zu Recht –, daß Tweed jeden von ihnen angerufen und ihm geraten hatte, die Schweiz auf schnellstem Weg zu verlassen.

Seine großen Hände ballten sich immer wieder zu Fäusten, als wäre er gerade dabei, Tweed mit bloßen Händen zu erwürgen. Im Moment war Hassan außer Rand und Band – wie damals, als er den Oberst erschlagen hatte.

Im Hotel Zum Storchen saß Tweed mit Paula auf einem Balkon, von dem man die Limmat vorbeifließen sehen konnte. Außer ihnen gab es nur noch einen anderen Hotelgast, der in der glühenden Nachmittagssonne auf dem Balkon seines Zimmers saß. Der stets wachsame Marler.

»Sie hecken doch schon wieder einen Plan aus«, sagte Paula zu Tweed.

»Ja. Ich habe mich mittlerweile auf psychologische Kriegsführung verlegt und mir zum Ziel gesetzt, den Feind systematisch zu demoralisieren. Ich will ihn so weit aus der Fassung bringen, ihm so lange einen Schlag nach dem anderen zufügen, bis er die Nerven verliert.«

»Langsam sind also wir am Drücker.«

»Ja. Anfangs standen wir ganz schön dumm da. Der Orden konnte mehrere führende Mitglieder des *Institut* ausschalten. Acht Männer wurden ermordet. Doch jetzt beginnt sich das Kräfteverhältnis zu verschieben. Wir haben den Orden in die Defensive gedrängt. Genau das war meine Absicht. Der harte Kern der Terroristentruppe aus dem Château d'Avignon, der nach Ouchy geschickt wurde, ist inzwischen tot. Bis auf Big Ben. Und sein Versuch, die restlichen Mitglieder des *Institut* in die Luft zu jagen, ist gescheitert.«

»Was haben Sie als nächstes vor?«

»Wir treiben die restlichen Mitglieder des Ordens immer weiter nach Osten. Es würde mich nicht wundern, wenn Simone Carnot und Karin Berg jetzt in Wien wären. Den Engländer, den Kopf der Organisation, aus der Fassung zu bringen dürfte allerdings etwas schwieriger werden.«

»Sie meinen, Amos Lodge oder Willie. Oder vielleicht auch Christopher Kane.«

»Oder jemanden, von dem wir noch nichts wissen. Jemanden, der in Dorset lebt.«

»Auf Christopher Kane trifft das nicht zu.«

»Kane hat sich im Norden Dorchesters ein kleines Cottage gemietet. Das hat mir Monica erzählt, als ich kürzlich mit ihr telefoniert habe.«

»Haben Sie einen Verdacht?« fragte Paula.

»Tja, kann ich im Moment noch nicht sagen.«

»Was werden wir als nächstes unternehmen? Einmal abgesehen davon, daß wir uns in diesem Spitzenhotel ein wenig erholen?«

»Es bringt den Vorteil mit sich, daß es im dichten Straßengewirr der Altstadt liegt.«

»Aber wenn mich nicht alles täuscht, warten Sie darauf, daß etwas passiert.«

»Ich warte, daß der Schmetterling wieder fliegt.«

378

38

In ihrer Suite im Eden au Lac schlüpfte Tina Langley in ein weniger spektakuläres Kleid. Ausnahmsweise wollte sie einmal nicht auffallen. Nachdem sie sich im Badezimmerspiegel begutachtet hatte, trank sie das kleine Fläschchen Cognac, das sie aus der Minibar ihres Zimmers im Hôtel des Bergues in Genf geklaut hatte. Obwohl sie ohne weiteres für ein Kleid ein kleines Vermögen ausgab, nahm sie gern jede Gelegenheit wahr, etwas ohne Bezahlung zu bekommen.

Sie rief an der Rezeption an. »Es tut mir leid, aber ich habe gerade einen Anruf aus London erhalten, daß ich umgehend nach Hause fliegen soll.«

»Aber selbstverständlich. Wir werden Ihnen für die Suite nichts in Rechnung stellen.«

»Sehr freundlich. Könnten Sie mir ein Taxi rufen?«

Beim Verlassen des Hotels bemerkte sie nicht den kleinen rundlichen Mann, der in der Hotelhalle saß und eine Zeitung las. Kriminalhauptmeister Windlin folgte ihr unauffällig nach draußen, als sie in ein wartendes Taxi stieg. Ein Zivilfahrzeug der Polizei hielt am Straßenrand, und Windlin sprang auf den Beifahrersitz.

»Hinter diesem Taxi her. Beck wäre nicht gerade begeistert ...«

Nachdem er von Tina Langleys Eintreffen in Zürich erfahren hatte, war Beck sofort zur Tat geschritten. Mit ihrem Foto vor sich hatte er im Baur au Lac, im Baur en Ville, im Dolder Grand und im Eden au Lac angerufen und dem Portier jedesmal eine kurze Beschreibung Tina Langleys gegeben, mit dem Hinweis, sie müßte innerhalb der letzten Stunde angekommen sein, falls sie sich in dem betreffenden Hotel ein Zimmer genommen hatte. Im Eden au Lac wurde er endlich fündig.

»Ja«, bestätigte ihm der Portier leise. »Eben ist eine Dame, auf die diese Beschreibung zutrifft, hier eingetroffen. Sie ist auf ihr Zimmer gegangen.«

Darauf hatte Beck auf der Stelle Windlin in das Hotel geschickt. Wie viele korpulente Männer war Windlin überraschend flink. Als das Taxi, dem sie folgten, den Paradeplatz erreichte und Tina ausstieg, sprang er blitzschnell aus dem Wagen. Er stellte sich an eine Straßenbahnhaltestelle und beobachtete Tina, die sich an einem Zeitungsstand eine Zeitschrift kaufte. Als das Taxi verschwunden war, winkte sie einem anderen, und als sie einstieg, saß Windlin bereits wieder neben dem Fahrer des Polizeiwagens.

»Ganz schön gerissen, diese Frau«, bemerkte Windlin zu seinem Kollegen. »Aber Beck ist auch nicht auf den Kopf gefallen. Weißt du, wem wir folgen?«

»Keine Ahnung.«

»Tina Langley. Ich habe ihr Foto eingesteckt. Die halbe Schweizer Polizei sucht nach ihr.«

»Verhaften wir die Frau?«

»Auf keinen Fall. Wir folgen ihr und halten Beck über Funk auf dem laufenden.«

In seinem Zimmer im Hotel Zum Storchen eilte Tweed ans Telefon, um abzunehmen. Das Hotel gefiel ihm – in der ruhigen, gediegenen Atmosphäre, die dort herrschte, bekam man kaum etwas mit vom hektischen Getriebe Zürichs mit seinen Menschenmassen, seinen rumpelnden Straßenbahnen und seinem dichten Verkehr.

»Ja?«

»Hier Beck. Die Jungfrau ist gerade vom Eden au Lac ins Dolder Grand umgezogen.«

»Demnach dürfte sie hier noch etwas zu erledigen haben.«

»Ja, und zwar Sie«, sagte Beck finster.

»Ich glaube, ich sehe mir das Dolder Grand mal etwas näher an. Es ist ein phantastisches Hotel. Die Bankiers essen mit Vorliebe dort.«

»Vermutlich wäre es reine Zeitverschwendung, Sie zu bitten, nicht hinzugehen.«

»Nichts für ungut, aber das wäre es wirklich. Ich werde umgehend hinfahren. Und danke für den Hinweis.«

»Besser, ich hätte Ihnen gar nichts gesagt ...«

Tweed wollte gerade sein Zimmer verlassen, als Paula klopfte. Als er ihr öffnete, sah sie ihn streng an und pflanzte sich mit über der Brust verschränkten Armen vor ihm auf.

»Sie können mir nichts vormachen«, sagte sie. »Sie haben etwas vor.«

»Beck hat eben angerufen. Tina Langley ist ins Dolder Grand umgezogen. Ich werde mal hinfahren und mit ihr reden. Ich möchte, daß sie sich noch mal eine neue Bleibe suchen muß.«

»Sie glauben doch nicht im Ernst, daß ich Sie da allein hinfahren lasse? Versprechen Sie mir zu warten, bis ich zurück bin. Ich muß nur noch kurz in mein Zimmer.«

»Sie kommandieren mich ganz schön herum, wissen Sie das?«

»Das ist die einzige Möglichkeit, Sie zur Vernunft zu bringen.«

Als sie zurückkam, war sie nicht allein. Newman und Marler begleiteten sie. Stirnrunzelnd hob Tweed die Hand.

»Ich brauche keine Delegation.«

»Sie kriegen aber eine«, erwiderte Paula. »Marler spielt den Chauffeur. Sie haben die ganze Strecke von Ouchy hierher am Steuer gesessen. Bob war noch nie im Dolder Grand. Er kommt einfach so mit.«

»Das glauben Sie doch selbst nicht!«

Als sie das Hotel verließen, sah sich Paula um. Die engen, verwinkelten Kopfsteinpflasterstraßen der Altstadt waren von jahrhundertealten Häusern gesäumt. Rechts von ihnen teilte die Limmat die Altstadt in zwei Teile. Die Gegend hatte eine ruhige, geschichtsträchtige Atmosphäre. Neben dem Hotel führte ein überdachter Weg am Flußufer entlang. Das muß ich mir mal näher ansehen, dachte Paula, als Marler mit dem Wagen vorfuhr. Sie war sehr still, als sie mit Tweed hinten einstieg.

Als Marler losfuhr, hatte sie das eigenartige Gefühl, es würde etwas Außergewöhnliches passieren. Sie hatte keine Ahnung, was, aber sie hatte dieses Gefühl auch noch, als sie die Limmat überquerten und den Zürichberg hinauffuhren. Bald standen die Häuser nicht mehr so dicht aneinandergedrängt, und an die Stelle mehrstöckiger Stadthäuser traten herrliche alte Villen. Dann kamen sie durch einen Fichtenwald, in dem, von der Straße zurückversetzt, vereinzelte riesige Villen standen.

Hinter ihnen waren inzwischen die dichtgedrängten Stadthäuser und Kirchtürme Zürichs zu sehen. Es gab auch andere Ausblicke – auf den See, dessen blaue Oberfläche in der Sonne blinkte. Tweed stieß Paula behutsam in die Seite.

»Wir kommen jetzt zur Talstation der Seilbahn. Damit könnten wir auch zum Dolder Grand hochfahren.«

»Und was hätten wir davon? Daß wir irgendwo auf dem Zürichberg stehen, wenn wir zurück wollen.«

»Dieser Gedanke ist mir auch schon gekommen ...«

Sie fuhren weiter den Berg hinauf, und der weiße Hotelpalast des Dolder Grand mit seinen seltsamen spitzen Türmchen tauchte vor ihnen auf. Paulas Eindruck, daß gleich etwas passieren würde, verstärkte sich.

Tweed führte sie in eine riesige Hotelhalle mit kostbaren Antiquitäten und dicken Teppichen. Auf einigen Sitzgruppen saßen vornehm aussehende Männer und Frauen, die sich leise unterhielten.

Fast im selben Moment wie Tweed hatte ein mittelgroßer, auffallend brauner Mann in einem Armani-Anzug die Hotelhalle betreten. Als er Tweed entdeckte, blieb er wie versteinert stehen und starrte ihn an, als traute er seinen Augen nicht. Tweed wandte sich mit gedämpfter Stimme an einen Kellner. »Wenn mich nicht alles täuscht, kenne ich den Herrn da drüben. Nur sein Name ist mir im Moment entfallen.«

»Mr. Ashley Wingfield. Er wohnt öfter hier. Ein feiner Mann.«

Auch Tweed stand, die Hände in den Jackentaschen, sehr still da. Er wandte den Blick nicht einen Moment von den seltsam fahlen Augen, mit denen ihn der Mann wie hypnotisiert anstarrte. Ihr Ausdruck wandelte sich – von Staunen über Haß zu Ausdruckslosigkeit. Der Mann namens Ashley Wingfield hatte ein rundliches Gesicht, aber seine stark ausgeprägten Backenknochen ließen Tweed auf eine Herkunft aus dem Nahen Osten tippen. Schon bei Scotland Yard war Tweed für seine Geistesblitze bekannt gewesen. Einen solchen Geistesblitz hatte er auch jetzt. Das war der Mann, der den Orden leitete. Tweed trat vor.

Auch Paula hatte Hassan sofort wiedererkannt, aufgeregt steckte sie die Hand in ihren Umhängebeutel und packte die

382

Browning. Während sie ein paar Schritte nach links machte, postierte sich Newman rechts von den zwei Männern, die sich nun direkt gegenüberstanden. Marler, eine unangezündete Zigarette zwischen den Lippen, lehnte an der Wand.

»Mr. Ashley Wingfield, wenn ich mich nicht täusche«, sprach Tweed den Mann an. »Ich bin Tweed.«

Hassan, der seine Wut immer noch nicht ganz abreagiert hatte, brachte kaum ein Wort hervor. Sie blickten sich weiterhin unverwandt an.

»Freut mich, Ihre Bekanntschaft zu machen, Sir«, antwortete Hassan schließlich gepreßt. »Sie machen mir zwar den Eindruck einer bedeutenden Persönlichkeit, aber zu meinem Bedauern muß ich gestehen, bisher noch nicht von Ihnen gehört zu haben.«

»Und auch nicht davon, was ich tue?«

»Bitte erzählen Sie es mir doch.«

Das kann doch nicht wahr sein, dachte Paula. Wie korrekt er aussieht in seinem schicken Anzug. Ihr war nicht entgangen, daß der Mann seine braunen Hände in die Jackentaschen gesteckt hatte. Tweed, dachte sie, wirkt so gelassen, so beherrscht. Dagegen sah Wingfield aus wie unmittelbar nach einem Wutanfall. Die Hände, die jetzt nicht mehr zu sehen waren, hatten gezittert. Vor Wut.

»Ich bin zwar kein Freund von Übertreibungen«, fuhr Tweed fort, »aber vielleicht sollten Sie mich Nemesis nennen. Das ist, was ich tue – ich vernichte böse Menschen.«

»Sie tun ... was?«

Hassan begann zu blinzeln, als hätte er einen nervösen Tick. Er rang um Beherrschung. Irgend etwas an Tweed verlieh Hassan das Gefühl, unterlegen zu sein, eine ungewöhnliche Erfahrung für einen Mann, der von den Menschen in seiner Umgebung bedingungslosen Gehorsam und absolute Unterwürfigkeit gewohnt war. Er verspürte ein starkes Bedürfnis, sich diesem Mann zu unterwerfen, aber er fühlte sich außerstande, die hierfür nötige Willenskraft aufzubringen. Er bekam zwar das Zwinkern in den Griff, aber der Blick, mit dem dieser Mann ihn ansah, brachte ihn zusehends mehr aus der Fassung.

»Beabsichtigen Sie, länger in Zürich zu bleiben?« brachte er schließlich hervor.

»Immer weiter nach Osten«, antwortete ihm Tweed leise.

»Wie bitte?«

»Sie werden sich zurückziehen – immer weiter nach Osten. Im Westen sammeln sich ungeheure Kräfte. Sie kommen zu spät.«

»Das verstehe ich nicht.«

»Doch, das tun Sie sehr wohl.«

Damit drehte Tweed sich um und ging langsam auf den Ausgang der Hotelhalle zu. Hassan stand wie versteinert da, immer noch mit diesem vollkommen ausdruckslosen, fast abwesenden Blick in seinem glatten Gesicht. Paula blieb wie Newman und Marler da stehen, wo sie gerade war. Sie deckten Tweed den Rücken.

Währenddessen waren auch die anderen Hotelgäste in der Halle verstummt. Sie hatten zwar kein Wort von dem Wortwechsel mitbekommen, aber die Luft im Raum schien plötzlich förmlich zu knistern.

Newman nickte Paula zu, sie solle Tweed folgen, was sie unverzüglich tat. Dann ging er langsam hinter ihr her, während Marler seine Zigarette anzündete, sich knapp vor den anderen Gästen verneigte und nach draußen zum Wagen schritt.

39

Hassan eilte aus der Hotelhalle direkt in Tina Langleys Zimmer. Am liebsten hätte er mit der Faust gegen die Tür gehämmert, doch er beherrschte sich. Nachdem er einmal tief durchgeatmet hatte, klopfte er leise an.

»Ach, du bist's ...«

Er stieß sie barsch beiseite und warf die Tür hinter sich zu. Dann holte er noch einmal tief Luft und begann mit wutverzerrtem Gesicht im Raum auf und ab zu gehen.

»Du zitterst ja«, sagte Tina. »Was ist los?«

»Wo ist die Luger, die ich dir gegeben habe? Tweed ist unten. Er verläßt gerade das Hotel. Wo hast du diese verdammte Luger?«

»In der Schublade, an der du lehnst. Unter meiner Unterwäsche.«

Sie verstummte. Hassan riß die Schublade auf und schleuderte ihre Unterwäsche auf den Boden. Sie wollte protestieren, überlegte es sich dann aber anders. Schließlich fand Hassan die Luger und vergewisserte sich rasch, daß sie geladen war. Um die Hand, in der er die Waffe hielt, hatte er sich ein Seidenunterhemd geschlungen. Er stürzte auf Tina zu und hielt ihr die Luger hin.

»Da, nimm schon! Tweed steigt wahrscheinlich gerade in sein Auto. Er muß im Auto gekommen sein. Geh sofort nach unten und erschieß ihn. Was ist eigentlich los mit dir?«

Tina wich entsetzt vor ihm zurück und lehnte sich mit dem Rücken gegen die Badezimmertür. Sie war einem hysterischen Anfall nahe. Aus ihrer Miene sprachen Angst und Wut.

»Bist du vollkommen verrückt geworden? Im Hotel wimmelt es von Personal und Gästen. Wie sollte ich da entkommen? Selbst wenn es mir gelingt, ihn zu erschießen? Ist dir nicht klar, daß auch du mit reingezogen würdest? Die Polizei würde jeden Hotelgast verhören. Sieh dir meine Hand an. Sie zittert. Ich könnte unmöglich zielen, geschweige denn abdrücken. Du machst doch auch sonst einen weiten Bogen um die Orte, an denen ein Anschlag verübt wird.«

Hassans Stimmung schlug um. Das kannte sie bereits. Einen Moment tobte er vor Wut, dann war er plötzlich ganz ruhig und gelassen. Er lächelte sie an, dann grinste er.

»Das Ganze war nur ein Scherz.«

»Ein Scherz?« Ihr unverschämtes Wesen verschaffte sich wieder Geltung. »Eines steht fest. Als Komiker wärst du ein glatter Reinfall.«

»Findest du mich komisch?« fragte er ungehalten.

»Manchmal schon. Hassan...«

»Ashley.«

»Okay. Ashley, du hast viele Talente. Du hast eine ungeheuer starke Persönlichkeit.« Sie lächelte verführerisch. »Deshalb bist du, was du bist. Ein großer Mann.«

»Das will ich doch hoffen. Aber jetzt wieder zur Sache. Du mußt die Munition herausnehmen, dann die Waffe und die Kugeln loswerden.«

»Soll ich sie in den Abfall werfen?« fragte sie mit gespielter Harmlosigkeit. Sie wußte, jetzt war wieder sie am Drücker.

»Das Hotel liegt mitten im Wald. Mach einen Spaziergang. Versteck alles unter einem Busch. Aber sieh zu, daß du das Zeug los wirst.«

»Danke. Ich tue, was ich kann.«

»Tweed war hier«, fuhr er ernst fort. »In Zürich sind wir nicht mehr sicher. Es ist höchste Zeit, daß du die Stadt verläßt.«

»Ich kann es gar nicht erwarten, von hier wegzukommen. Und du hast mir meine beste Unterwäsche ruiniert. So was kostet eine Menge Geld.«

Sie begann die Sachen aufzuheben, die er auf den Boden geworfen hatte. Nachdem sie sie ordentlich zusammengefaltet hatte, legte sie sie in die Schublade zurück. Während er sie dabei beobachtete, merkte er, wie ihm der Schweiß in die Augen lief. Er zog ein großes besticktes Seidentaschentuch aus der Tasche und wischte sich die Stirn.

»Du meinst, es wäre höchste Zeit, daß ich aus Zürich abreise?«

»Ich finde, du solltest so schnell wie möglich verschwinden. Am besten noch heute. Ja, noch heute. Ich buche dir einen Platz in der nächsten Maschine.«

»Wohin?«

»Nach Wien. Ich schicke dir einen Wagen mit Fahrer zum Flughafen. Und im Sacher ist ein Zimmer für dich reserviert.«

»Nach Wien?« Sie schien nervös. »Dort ist Norbert Engel gestorben…«

»Dort hast du ihn umgebracht«, sagte Hassan schonungslos. »Du wirst nicht lange in Wien bleiben. Wir werden dich an einen sichereren Ort bringen. Und jetzt mach dich schon ans Packen. Ich melde mich in Kürze wieder.«

»Das war einer der packendsten Momente in meinem Leben«, sagte Paula zu Tweed, als sie die Rückfahrt vom Dolder Grand nach Zürich antraten. »Wie Sie diesen Mann angesehen haben. Er bekam es richtig mit der Angst zu tun.«

»Dieser Mann«, entgegnete Tweed bedächtig, »ist der Feind. Ich habe ihn anhand der Fotos aus unseren Akten wiedererkannt. Sein Name ist Hassan. Er ist der älteste Sohn des Staatsoberhaupts einer der gefährlichsten Mächte auf der Welt.«

»Sie haben gesagt ›immer weiter nach Osten‹«, schaltete sich an dieser Stelle Newman in das Gespräch ein. »Sogar zweimal. Was haben Sie damit gemeint?«

»Eine doppelte Falle. Ich glaube, ich habe ihn dadurch so weit aus der Fassung gebracht, daß er Zürich verläßt und sich in Richtung Osten zurückzieht. Genau das war nämlich auch meine Absicht. Er weiß, ich werde ihm folgen, und deshalb wird er bei genauerer Überlegung zu der Ansicht gelangen, er könnte mich vielleicht in *seine* Falle locken. Im Osten fühlt er sich zu Hause, dort stehen ihm weiß Gott wie viele Männer zur Verfügung, die auf ein einziges Wort von ihm jeden töten, der ihnen in die Quere kommt. Außerdem dürfte er nervös werden, wenn sich Tina Langley im selben Hotel aufhält wie er. Ich nehme an, er wird sie ebenfalls in Richtung Osten schicken. Wenn wir im Polizeipräsidium ankommen ...«

»Jetzt weiß ich wenigstens, wohin ich fahren soll«, bemerkte Marler sarkastisch.

»Ich wollte es Ihnen gerade sagen. Wenn wir also dort angekommen sind, werde ich Beck bitten, am Flughafen sämtliche Buchungen zu überprüfen, die vom Dolder Grand aus erfolgt sind. Außerdem sollen seine Leute nach Tina Langley Ausschau halten. Und ich werde Beck eine genaue Personenbeschreibung von Hassan alias Ashley Wingfield durchgeben.«

»Warum haben Sie ihn nicht festgenommen und verhört?« wollte Paula wissen.

»Es gäbe auf diplomatischer Ebene ernste Probleme. Aber der Hauptgrund ist, daß er auf freiem Fuß bleiben muß, damit ich herausfinden kann, was er vorhat.«

»Die Szene eben in der Halle des Dolder Grand hatte es wirklich in sich«, sagte Paula. »Die anderen Hotelgäste konnten zwar kein Wort von dem hören, was gesprochen wurde, aber sie bekamen trotzdem sehr genau mit, was da lief. Nicht umsonst wurden sie alle plötzlich so still.«

»Dann hoffen wir mal, auf Hassan hat das Ganze genauso Eindruck gemacht ...«

Es dauerte eine Weile, bis Big Ben den Engländer unter einer der Telefonnummern erreichte, die er erhalten hatte. An sich hätte er ihm den erfolgreichen Abschluß seiner Mission melden sollen.

»Ja«, meldete sich der Engländer schließlich. »Ich erkenne Sie an der Stimme. Wo sind Sie?«

»Ich habe mir im Bellevue Palace in Bern ein Zimmer genommen. Ich bin in der Nacht mit dem Motorrad hergefahren. Es ging schief ...«

»Allerdings. Ich habe die Zeitung gelesen. Wer hat überlebt?«

»Also, ich. Und Les, der Messerwerfer. Er ist in einem anderen Zimmer. Er hat sich ...«

»Still! Sie scheinen den Schock jedenfalls ganz gut verdaut zu haben. Wie sieht es mit Les aus?«

»Er ist auch okay.«

»Sie machen jetzt folgendes. Später übernehmen Sie eine andere Einheit. Kaufen Sie sich anständige Kleider, einen guten Koffer. Haben Sie genügend Geld?«

»Ich habe im d'Avignon den Safe geplündert, bevor wir nach ...«

»Reden Sie nicht soviel. Wenn Sie sich beide was Anständiges anzuziehen gekauft haben, fahren Sie mit der Bahn nach Zürich. Nehmen Sie einen Zug, der ohne Halt durchfährt. In Zürich nehmen Sie sich im Hotel Schweizerhof am Bahnhof ein Zimmer. Dort hören Sie wieder von mir.«

Simone Carnot hatte den Befehl nicht befolgt, den Hassan ihr telefonisch erteilt hatte, als sie noch im Château des Avenières gewesen war. Die Anweisung, zum Beau Rivage in Ouchy zu fahren, hatte ihr zu denken gegeben.

Im Gegensatz zum Schmetterling war sie zwar nicht gern ständig unterwegs, aber sie konnte es kaum erwarten, Frankreich zu verlassen. Ihr war nicht wohl, solange sie sich hier aufhielt, da der Mord an ihrem Geliebten in Paris immer noch nicht aufgeklärt war. Ohne Hassan etwas davon zu sagen, fuhr sie mit ihrem Leihwagen zum Genfer Flughafen, wo sie den Wagen zurückgab und nach Zürich flog.

Da sie gleich vom Flughafen im Baur au Lac angerufen hatte, bekam sie dort bei ihrer Ankunft prompt ein Zimmer. Während sie in aller Ruhe ihr flammend rotes Haar bürstete, überlegte sie, ob sie sich bei Hassan melden sollte. Sie hatte lediglich ein paar »Aufträge« für ihn durchgeführt, sprich: zwei Mitglieder des *Institut* umgebracht. Er hatte ihr die hohen Geldbeträge gezahlt, die er ihr dafür zugesagt hatte, und das bestärkte sie in ihrem Gefühl, daß ihr Verhältnis rein geschäftlicher Natur war. Auf gut Glück rief sie im Dolder Grand an.

Sie begutachtete gerade im Schminkspiegel ihr Aussehen, als sich zu ihrer Überraschung Hassan meldete, nachdem sie nach Mr. Ashley Wingfield verlangt hatte.

»Simone, wo hast du gesteckt?« fuhr er sie an.

Sie konnte nicht wissen, daß kaum eine Stunde seit seiner Begegnung mit Tweed und der anschließenden Auseinandersetzung mit Tina vergangen war. Er war immer noch außer sich vor Wut.

»Ich bin im Baur au Lac ...«

»*Was?*«

»Wenn du gerade schlecht gelaunt bist, rufe ich später noch mal an.«

»Bleib bloß dran!« Hassan riß sich zusammen. »Ich war die ganze Nacht wach. Erzähl, was passiert ist.«

»Ich bin erst seit kurzem hier. Wenn ich so lese, was heute alles in der Zeitung steht, war es nur klug, nicht nach Ouchy zu fahren. Das hört sich ja furchtbar an.«

»Darüber sprechen wir jetzt lieber nicht. Danke, daß du angerufen hast. Ich habe mir Sorgen um dich gemacht. Laß mich kurz nachdenken.«

Zunächst stürmten so viele Gedanken auf Hassan ein, daß es eine Weile dauerte, bis er wieder halbwegs klar denken konnte. Der Umstand, daß sich eine weitere Ordensschwester in Zürich aufhielt, während Tweed dort war, stellte ein Risiko dar. Er traf eine Entscheidung.

»Simone, es ist besser für dich, wenn du nicht zu lange in Zürich bleibst. Ich möchte, daß du nach Wien fliegst. Ich schicke dir das Ticket und alles weitere per Kurier. In Schwechat wirst du mit einem Wagen abgeholt. Und ich lasse im Sacher ein Zimmer für dich reservieren.«

»Hast du einen neuen Auftrag für mich?«

»Möglicherweise, aber es bleibt dir überlassen, ob du ihn übernimmst. Auf jeden Fall kann sich das Honorar sehen lassen.«

Er mußte eine Weile warten, bis sie antwortete. Simone war schon einmal geschäftlich in Wien gewesen. Und sie hatte im Zuge ihres Aufenthalts dort den Eindruck gewonnen, daß Wien eine Stadt war, in der man sehr schnell spurlos verschwinden konnte. Außerdem hatte ihr Hassan offengestellt, ob sie den Auftrag übernehmen wollte oder nicht. Sie schminkte sich die Lippen, während sie überlegte, was sie tun sollte. Am anderen Ende der Leitung versuchte Hassan, seine angeborene Ungeduld im Zaum zu halten. Er spürte instinktiv, daß es unklug wäre, sie jetzt zu reizen.

»Gut, ich fliege nach Wien«, sagte sie schließlich. »Schick mir das Ticket.«

»Wäre es zuviel verlangt, wenn ich dich bitten würde, so lange auf deinem Zimmer zu bleiben? Wenn du etwas essen möchtest, laß es dir vom Zimmerservice bringen.«

»Mache ich«, erklärte sie, auch wenn sie nicht beabsichtigte, sich daran zu halten.

Nachdem er das Gespräch beendet hatte, wischte sich Hassan in seiner Suite im Dolder Grand den Schweiß von der Stirn. Obwohl er aus seiner Heimat wesentlich höhere Temperaturen gewöhnt war, kam er in letzter Zeit ziemlich oft ins Schwitzen.

Als er sein Zimmer verließ, begegnete er Tina Langley, die mit einer großen, teuren Tasche die Treppe heraufkam. Sie schien nicht gerade gut gelaunt. Ohne ihm Beachtung zu schenken, ging sie zu ihrem Zimmer weiter. Er folgte ihr. Auch in ihrem Zimmer ignorierte sie ihn. Er setzte sich auf die Couch. Sie schleuderte die Tasche gegen die Tür.

»Was ist denn?« fragte er ruhig.

»Ich habe die Luger weggeworfen – und die Munition. Und nur, damit du's weißt, es war nicht einfach. Im Garten wimmelt es von Greisen, und ich hab erst nach langem Suchen eine Stelle gefunden, wo ich den ganzen Krempel unbemerkt loswerden konnte. Immer läßt du die Drecksarbeit andere machen.«

Sie redete sich richtig in Fahrt. Sie hatte die Fäuste in die Hüften gestemmt und starrte ihn wütend an. Am liebsten hätte er sie geschlagen, aber er wußte, das wäre ein verhängnisvoller Fehler. Er gratulierte ihr, aber das versetzte sie nur noch mehr in Wut. Sie packte einen Umschlag und hielt ihn ihm unter die Nase.

»Das Ticket kam gerade. Ich fliege immer Erster Klasse – oder Business, wenn es in der Maschine keine Erste Klasse gibt. Das hier ist ein Zweite Klasse Ticket. Ich fliege nicht mit den Bauern in einer Klasse.«

»Wir nehmen dieselbe Maschine«, sagte Hassan ruhig. »Es wäre nicht ratsam, wenn wir zusammen gesehen würden.«

»Ach, ich verstehe. Es gibt nur zwei Plätze in der Business Class, stimmt's?«

»Tweed ist aufgetaucht. Er war erst vor kurzem hier im Hotel. Er wurde von Leuten seines Teams begleitet. Wenn du geblieben wärst, hätte er dich möglicherweise verhaftet. Ich kümmere mich um meine Leute.«

»Verstehe.« Sie beruhigte sich plötzlich. »Dann muß ich mich also nur mit den Unbequemlichkeiten abfinden.«

»Dafür bekommst du in Wien eine Suite im Sacher.«

»Das will ich auch hoffen.«

Hassan stand auf und verließ das Zimmer. Er hörte, wie sie die Tür hinter ihm zuschlug, bevor sie abschloß. Als er in seine Suite zurückeilte, wo er bereits seine Koffer gepackt hatte, war ihm nicht klar, daß er genau das tat, was Tweed wollte. Er zog sich weiter nach Osten zurück.

Willie stand im sogenannten ›Labor‹ einer Firma in den englischen Midlands, deren ausgedehnte Fertigungsstätten sich vorwiegend unter der Erde befanden. Der Raum war durch dicke Stahltüren mit Kombinationsschlössern wie an einem Banktresor gesichert.

»Diese Container lösen sich auf der Stelle auf, sobald sie mit kaltem Wasser in Berührung kommen?« fragte Willie.

»Richtig«, erklärte Joseph Harbin, der auffallend kleine technische Leiter des Unternehmens. »Wir haben diese Methode entwickelt und für die Massenproduktion erschlossen. In diesen Containern sind die Bakterien vollkommen sicher. Man muß ein paar Tropfen der Substanz hinzugeben, die sich in diesen Panzerglasflaschen befindet. Wie Sie sehen, ist der Verschluß eines jeden Containers in einzelne Sektionen unterteilt. Wenn die Substanz aus diesen Flaschen mit der Flüssigkeit in der Sektion in Berührung kommt, die dem Wasser im Container am nächsten ist, werden die Bakterien freigesetzt. Eine weitere Drehung an der Plastikschraube des Verschlusses, und das Wasser wird aktiviert.«

»Wie lange dauert es, bis die Bakterien im Wasser des Containers aktiviert sind?«

»Zehn Sekunden.«

»Könnten Sie uns mal vorführen, wie das funktioniert?«

»Mit dieser Frage habe ich gerechnet. Folgen Sie mir bitte zu dem Wassertank dort drüben.«

Willie fand es sehr schwer, das Alter des Chemikers zu schätzen, dessen langgezogenes, verkniffenes Zwergengesicht extrem faltig war. Er hätte genausogut vierzig wie achtzig sein können. Er schlurfte mit einem der Plastikcontainer auf den Tank zu.

Überall in dem unterirdischen Labor standen Arbeitsbänke, jede mit einer emaillierten Oberfläche, jede vollgestellt mit seltsamen Apparaten. Für Willie sah das alles aus wie die Kulisse eines Horrorfilms, in dem Frankenstein an der Schaffung seines Monsters arbeitete.

»Jetzt sehen Sie gut zu«, warnte Harbin. »Das ist ein Glas Tinte. Ich werde ein paar Tropfen dieser stark konzentrierten Tinte in den Verschluß des Containers geben.«

In dem unterirdischen Labor, das tief unter den nur der Tarnung dienenden Fabrikanlagen lag, war es vollkommen still. Harbin tat, was er angekündigt hatte. Dann nahm er seine Uhr ab, deutete darauf und drehte den Verschluß dreimal herum. Die Tinte sank auf den Boden, und Harbin drehte noch einmal am Verschluß. Das Leitungswasser in dem Container färbte sich blau. Harbin gab den Container Willie.

»Da. Werfen Sie ihn in den Tank.«

Willie hielt den Container mit beiden Händen und ließ ihn behutsam in den großen Wassertank sinken. Der gesamte Tankinhalt verfärbte sich sofort blau, als sich der Container auflöste, bis nichts mehr von ihm zu sehen war. In einer Geste der Zufriedenheit breitete Harbin die Hände aus. Dann schlurfte er achselzuckend an seinen Schreibtisch in einer Ecke des Labors. Willie folgte ihm.

»Mir ist aufgefallen, daß sich in dem Container eine klebrige Substanz befindet«, sagte Willie schroff. »Sind alle Container mit der Substanz gefüllt, die ich Ihnen geliefert habe?«

»Sehen Sie sich doch die Regale hier an. Jeder Container wurde mit dieser Substanz gefüllt. Allerdings verstehe ich nicht, worum es sich dabei handelt und wofür dieses Zeug gut sein soll.«

»Diese Substanz wurde von einem anderen Chemiker entwickelt. Sie erhöht die Stabilität der Container, bis sie mit Wasser in Berührung kommen. Sie haben ja selbst gesehen, wie schnell sich der Container in nichts aufgelöst und seinen Inhalt freigegeben hat. Auf dem Zettel, den ich Ihnen gegeben habe, stehen die Adressen, an die die Container und Flaschen geliefert werden sollen, sobald ich Ihnen telefonisch das Codewort durchgebe. Sind wir uns, was das angeht, einig?«

»Sie können sich hundertprozentig auf mich verlassen.«

Harbin lachte leise, und die Art, wie sich sein eigenartiges Gesicht dabei verzog, erinnerte Willie an eine Teufelsfratze. Offensichtlich hatte der Mann einmal einen schweren Unfall gehabt. Er legte einen Vertrag auf den großen Schreibtisch und holte einen Füller heraus.

»Ich muß Sie bitten, das zu unterzeichnen. Zu meiner Absicherung.«

Willie las den Vertrag rasch durch. Im wesentlichen lief der Inhalt des Schriftstücks darauf hinaus, daß Harbin im Auftrag William Wellesley Carringtons gehandelt hatte und keine Verantwortung übernahm. Willie nahm seinen eigenen Füller heraus und setzte seine Unterschrift darunter. Er sah Harbin durchdringend an.

»Das ist pure Zeitverschwendung. Alle werden tot sein.«

»Ich sichere mich trotzdem gern ab.«

»Das einzige, was Sie zu Ihrer Sicherheit tun müssen, ist, das Land so schnell wie möglich zu verlassen, sobald Sie die Lieferungen abgeschickt haben. Jemand hat die Cayman Islands vorgeschlagen. Und trinken Sie kein Wasser, bevor Sie sich aus dem Staub machen. Sie werden, will ich doch meinen, auch die Transportflugzeuge beliefern, die ihre tödliche Fracht ins Ausland fliegen werden.«

Mit »Ausland« meinte Willie eine Reihe von Flugplätzen in Deutschland und Frankreich. An jeder Übergabestelle in England und in den drei anderen Schlüsselstaaten würden ausgebildete Männer bereitstehen, um die Container zu sorgfältig ausgewählten Trinkwasserreservoirs zu bringen und sie dort zu einem genau festgelegten Zeitpunkt zu versenken.

»Sie haben doch sicher meinen Scheck dabei«, sagte Harbin und lachte wieder leise.

»Hier ist ein Scheck, den Sie bitte in Ihrer Bank einlösen. Geben Sie ihn einem gewissen Arnold. Er wird das Geld in wenigen Minuten telegraphisch an Ihre Bank im Ausland überweisen.«

»Danke.« Harbin runzelte die Stirn. »Er ist auf heute datiert. Aber das Datum ist eingeklammert.«

»Das bedeutet, daß er erst gültig wird, wenn ich von Ihnen höre, daß sämtliche Lieferungen korrekt erfolgt sind.«

»Ich habe etwas mehr erwartet.«

»Wenn Sie die Nullen richtig gezählt haben, machen Sie bestimmt gleich ein ganz anderes Gesicht. Und jetzt geben Sie mir den Container.«

»Sie müssen vorsichtig sein. Extrem vorsichtig. Nicht umsonst hat er eine spezielle Sicherheitsummantelung. Er ist aktiviert. Hoffen wir, daß Ihr Flugzeug nicht abstürzt.«

»Dafür habe ich schon gesorgt.«

Das stimmte tatsächlich. Verständlicherweise hatte Hassan eine Probe angefordert, um sie erst einmal in seiner Heimat zu testen.

40

Big Ben war ein Mann, der rasch handelte. Kaum hatte er im Bellevue Palace in Bern für sich und Les die Rechnung bezahlt, nahmen sie ein Taxi zum Bahnhof. Dort hatten sie Glück, da sie gerade noch den Zug erreichten. In Zürich fuhren sie ins Hotel Schweizerhof und bezogen ihre Zimmer. Dann rief Big Ben Hassan an.

»Wir sind jetzt in Zürich«, informierte er seinen Boß.

»Sind Sie entsprechend ausgerüstet?«

»Wir sind immer bewaffnet.«

»Passen Sie auf, was Sie sagen. Kümmern Sie sich um Tweed, er muß beseitigt werden. Er ist hier in der Stadt. Mein Gefühl sagt mir, daß er bald nach Wien abreist. Fahren Sie beide zum Flughafen.«

»Wir müssen uns noch mehr Klamotten kaufen.«

»Dann aber schnell. Mieten Sie sich ein Auto. Les fährt. Er bleibt im Wagen sitzen, während Sie auf dem Flughafen nach Tweed Ausschau halten.«

»Sind schon unterwegs.«

Big Ben wußte, daß er eine auffällige Erscheinung war. Seine Lieblingsfarbe war Schwarz, egal, ob bei Anzügen, Joggingsachen oder Pullovern. Nachdem er Les in seinem Zimmer abgeholt hatte, verließ er das Hotel. Er ließ die teuren Geschäfte in der Bahnhofstraße links liegen und fand, was er suchte, im Kaufhaus Globus.

Er ging zum Umziehen in ein Toilettenabteil. Als er wieder herauskam, trug er einen grauen Anzug und einen breitkrempigen schwarzen Hut. Les kam in einem schicken Anzug aus einem anderen Abteil. Überrascht über die Verwandlung, sah er Big Ben an. Big Ben hatte sich in der Abteilung für Arbeitskleidung einen weißen Kragen gekauft, der ihn zusammen mit dem Gebetbuch, das er in der Hand hielt, wie einen Geistlichen aussehen ließ.

»Bist ja kaum mehr wiederzuerkennen«, murmelte Les.

»Los jetzt – zum Flughafen!«

Jetzt brauchten sie nur noch einen Mietwagen. In der Bahnhofstraße hatten sie rasch einen Autoverleih gefunden. Les zahlte mit einer Kreditkarte, die auf einen anderen Namen ausgestellt war. Er hatte auch einen Paß und einen Führerschein auf diesen Namen. Binnen fünf Minuten stand ein Citroën für sie bereit.

»Ich sag dir, wie du fahren mußt«, erklärte Big Ben, als sie losfuhren. »Ich hatte schon öfter hier zu tun. Stinkt vor Geld, diese Stadt. Du fährst über die Brücke da vorne und biegst dann links ab. In zwanzig Minuten sind wir am Flughafen. Und paß auf, daß du nicht zu schnell fährst – da nehmen es die Schweizer ziemlich genau.«

Tweed, der sich eben fünfzehn Minuten mit Beck in dessen Büro unterhalten hatte, saß inzwischen vor dem Polizeipräsidium im Auto. Während Marler am Steuer geduldig auf Anweisungen wartete, checkte Newman auf dem Beifahrersitz unauffällig seine 38er Smith & Wesson.

»Glauben Sie, Sie brauchen Ihr Schießeisen?« fragte Marler.

»So, wie es im Moment aussieht, schon. In Zürich kann es jetzt jeden Moment Ärger geben. Sowohl Hassan als auch Tina Langley sind hier.«

»Ich denke, mindestens einer der beiden wird in Kürze nach Wien fliegen«, meldete sich Tweed vom Rücksitz zu Wort.

»Wie können Sie da so sicher sein?« fragte Paula, die neben ihm saß.

»Zunächst, wegen der Begegnung im Dolder Grand. Und vergessen Sie nicht, daß ich im Château des Avenières in Tina

Langleys Beisein erwähnt habe, daß wir nach Ouchy fahren – und nach Wien.«

»Je weiter wir uns nach Osten begeben, desto gefährlicher wird es für uns«, warnte Newman. »Oder haben Sie schon vergessen, was passiert ist, als Paula nach Wien flog und von diesem Gangster – wie hieß er noch – in die Slowakei gebracht wurde? Und dann mußten Butler und Nield mit diesem Baggerführer fertig werden. Für Hassan ist das mehr oder weniger ein Heimspiel.«

»Nichtsdestotrotz müssen wir ihn früher oder später dort packen«, entgegnete Tweed.

»Hassan ist mit den dortigen Gegebenheiten bestens vertraut«, fuhr Newman fort. »Er ist eindeutig im Vorteil. Selbst Wien könnte für uns gefährlich werden. Ich kann nur wieder an Paula erinnern – Teufel auch, sie wurde dort um ein Haar auf offener Straße entführt.«

»Paula kann auf sich selbst aufpassen«, bemerkte Paula verärgert.

»Wenn Sie beide einen Moment still wären, könnte ich nachdenken«, sagte Tweed. »Wir stehen vor einer wichtigen Entscheidung. Vermutlich hängt jetzt alles davon ab, welchen Weg wir einschlagen. Mein Entschluß steht bereits fest. Marler, fahren Sie uns zum Flughafen raus. Ich möchte sehen, ob Tina Langley nach Wien fliegt. Beck hat mir erzählt, einer seiner Leute – Windlin, glaube ich – hat Tina aus dem Dolder Grand abreisen sehen. Und als sie ins Taxi stieg, steckte sie einen Flugschein in ihre Handtasche. Bringen Sie uns auf schnellstem Weg zum Flughafen, Marler.«

Als Willie mit dem Auto in Folkstone eintraf, setzte sich die Wagenschlange, die auf den Autozug wartete, der sie durch den Tunnel nach Calais bringen sollte, gerade in Bewegung. Um besser beobachten zu können, was passierte, ordnete sich Willie jedoch ganz bewußt nicht in die Reihe ein.

Statt dessen stellte er den Wagen auf einem Parkplatz ab und machte sich auf die Suche nach einer Telefonzelle. Er wußte nicht, wo Hassan gerade war, aber er versuchte es zuerst im Dolder

Grand. Er hatte richtig geraten, merkte aber rasch, daß Hassan sehr gereizt war.

»Wo stecken Sie?« wollte Hassan wissen. »Warum rufen Sie an? Haben Sie nichts Besseres zu tun?«

»Wenn das so ist, will ich Sie nicht länger stören. Dann fahre ich eben nach London zurück. Ich habe genügend anderes zu tun.«

»Nach London?« stieß Hassan bestürzt hervor. »Ich dachte, Sie wären mit der Probe längst auf dem Festland. Wären Sie also endlich mal so gut, mir zu sagen, was eigentlich los ist.«

»Ich warte in Folkestone.«

»Dürfte ich vielleicht fragen, warum Sie warten?« fragte Hassan höflich.

»Es ist zu einer Verzögerung gekommen.« Willie wählte seine Worte mit Bedacht. »Der Autozug hat Verspätung. Angeblich, weil die Zollfahndung nach einer größeren Lieferung Rauschgift sucht.«

»Verstehe. Aber dadurch verzögert sich doch hoffentlich Ihre Ankunft in Wien nicht?«

»Zumindest nicht viel, würde ich sagen.«

»Halten Sie mich bitte über den weiteren Fortgang auf dem laufenden. Wir müssen den Zeitplan unbedingt einhalten. Wenn Sie mich hier nicht mehr erreichen können, versuchen Sie es im Hotel Sacher in Wien.«

»Gut. Ich habe beschlossen, über die Schweiz zu fahren.«

»Sie kommen durch Deutschland. Das geht wesentlich schneller.«

»Ich sagte Ihnen doch, ich fahre über die Schweiz. Überlegen Sie doch mal. Mir ist von meinen Kontakten auf dem Festland verschiedenes zu Ohren gekommen. Aber am Telefon kann ich Ihnen das unmöglich sagen. Wiederhören.«

Bevor Hassan ihn fragen konnte, was ihm zu Ohren gekommen war, hatte Willie bereits aufgelegt. Er verließ die Zelle, kehrte zu seinem Wagen zurück, stieg ein und beobachtete, wie die lange Autoschlange im Schneckentempo auf den Autozug fuhr.

398

Am Flughafen hielt Marler an einer Stelle, wo er parken durfte. Tweed sprang aus dem Wagen und eilte, gefolgt von Paula und Newman, in das Flughafengebäude.

Paula stand dicht neben ihm, als er den Blick über die Menge wandern ließ. Als sein Kopf abrupt innehielt, sah sie in dieselbe Richtung wie er. Tina Langley saß vor einem Imbißstand an einem Tisch und trank eine Tasse Kaffee.

Sie unterhielt sich mit einem gutgekleideten Mann Mitte vierzig. Seinem Gesichtsausdruck nach zu schließen, war ihr Begleiter völlig hingerissen von ihr. Sie ist ja auch zum Anbeißen angezogen, dachte Paula. Und sogar hier setzt sie ihre Reize ein, um sich einen reichen Mann zu angeln. Paula machte sich keine Gedanken, daß Tina Langley sie erkennen könnte. Auf der Fahrt zum Flughafen hatte sie ihre Haare streng nach hinten gebunden und die Hornbrille mit den falschen Gläsern aufgesetzt, die sie immer bei sich hatte. Diese zwei simplen Maßnahmen hatten sie in eine unscheinbare graue Maus verwandelt.

Wie aus dem Nichts erschien Beck an Tweeds Seite. Er stand da, als wartete er auf einen ankommenden Passagier. Beim Sprechen fuhr er sich mit der Hand langsam über den Mund. Paula konnte deutlich verstehen, was er zu Tweed sagte.

»Tina Langley hat einen Platz in der nächsten Maschine nach Wien gebucht. Ich hab gewartet, bis sie eincheckt, und mich anschließend bei der Frau erkundigt, die sie abgefertigt hat.«

»In Wien werden wir sie möglicherweise aus den Augen verlieren«, sagte Tweed.

»Nein, werden wir nicht. Nach allem, was Sie mir im Präsidium erzählt haben, hatte ich damit gerechnet. Einer meiner Männer wird in derselben Maschine nach Wien fliegen. Ich habe mich bereits mit dem Wiener Polizeichef in Verbindung gesetzt. Er wird zwei seiner Leute zum Flughafen schicken, damit sie sich dort mit meinem Mann treffen. Sie haben Anweisung, ihr unauffällig zu folgen.«

»Sehr vorausschauend.«

»Ich muß jetzt gehen ...«

Paula sah sich in der Abflughalle um. Am Ausgang, nur wenige Meter von ihnen entfernt, stand ein auffallend großer Geistlicher,

399

der in einem Buch, vermutlich einem Brevier, las. Seine Lippen bewegten sich beim Lesen mit.

»Wir werden hier warten, bis wir Tina durch die Paßkontrolle gehen sehen«, sagte Tweed. »Wäre ihr durchaus zuzutrauen, daß sie gar nicht an Bord der Maschine geht. Der Schmetterling ist absolut unberechenbar.«

»Es sieht nicht so aus«, bemerkte Paula, »als würde auch Hassan nach Wien fliegen.«

»Noch ein Grund, eine Weile hierzubleiben. Er könnte erst im letzten Moment auftauchen. Auch er ist sehr gerissen. Aber ich bin sicher, daß ich ihn ziemlich nervös gemacht habe. Langsam kommt Bewegung in die Gegenseite.«

Ohne selbst recht zu wissen, warum, ließ Paula den Blick weiter prüfend durch die Abflughalle wandern. Bisher waren sie von anderen Reisenden umringt gewesen. Doch jetzt standen sie plötzlich ganz allein da. Tweed sah sich jeden genau an, der die Paßkontrolle passierte. Er nahm nicht an, daß Hassan sich verkleiden würde – dazu war er zu arrogant –, aber er wollte auf Nummer sicher gehen.

Wieder einmal streifte Paulas Blick den Geistlichen, der gerade sein Gebetbuch einsteckte. Vielleicht war die Person, auf die er wartete, nicht angekommen. Jedenfalls kamen keine neuen Passagiere mehr durch den Zoll. Sie wollte gerade ihren Blick abwenden, als sie die Hand des Geistlichen aus seiner Jackentasche kommen sah. Mit einem Colt. Der Geistliche nahm die Waffe in beide Hände und richtete sie auf Tweed. Paula blieb keine Zeit mehr, um ihre Browning zu ziehen. Deshalb versetzte sie Tweed mit der linken Hand einen kräftigen Stoß. Der Geistliche hatte auf seinen Rücken gezielt. Tweed taumelte zur Seite. Die Kugel pfiff über seine Schulter hinweg, und das Krachen des Schusses hallte laut durch das Flughafengebäude. Die Kugel durchschlug eine gläserne Trennwand, die klirrend in tausend Stücke sprang. Mehrere Frauen begannen laut zu kreischen.

Paula hatte Tweed so fest gestoßen, daß er fast hingefallen wäre, aber dank seiner Gelenkigkeit konnte er sich gerade noch auf den Beinen halten. Er richtete sich auf und wirbelte herum.

Newman hatte seine Smith & Wesson gezogen, aber der Geistliche war bereits durch den Ausgang gestürmt. Wieder tauchte aus dem Nichts Beck auf und erteilte seinen Leuten, die ebenso unerwartet aufgetaucht waren wie ihr Boß, seine Befehle.

»Halten Sie diesen Mann fest! Wenn nötig, schießen Sie!«

Gefolgt von Tweed und Paula, rannte Newman zum Ausgang. Beck erreichte ihn als erster. Draußen war Big Ben in einen wartenden Wagen gesprungen. Les hatte ihm die Tür aufgehalten. Er raste in Richtung Zürich davon. Beck signalisierte einem Polizeiwagen, dem fliehenden Fahrzeug zu folgen. Doch der Streifenwagen wurde von einem ankommenden Taxi behindert.

Les, der für diesen Job ausgesucht worden war, weil er sehr gut fuhr, überholte ein Auto nach dem anderen. Er fuhr wesentlich schneller als erlaubt. Er kam zwar gut voran, aber der Streifenwagen, der Sirene und Blaulicht eingeschaltet hatte, holte auf. Nach ein paar Minuten erreichten sie den Tunnel, der in die Stadt führte. Les drückte immer wieder auf die Hupe, um die Autos vor ihm aus dem Weg zu scheuchen. Der Tunnel schien kein Ende zu nehmen. Der Streifenwagen hinter ihm mußte eine Notbremsung machen, um einen Zusammenstoß zu vermeiden. Les hatte jetzt einen sicheren Vorsprung. Big Ben auf dem Beifahrersitz drehte sich immer wieder um, um zu sehen, ob der Streifenwagen aufholte. Kurz bevor sie das Ende des Tunnels erreichten, sagte er zu Les:

»Du kannst jetzt langsamer fahren. Halte dich an die Geschwindigkeitsbegrenzung. Und wenn wir aus dem Tunnel kommen, muß gleich das Hotel Europa kommen. Dort hältst du an.«

Das grelle Sonnenlicht am Ausgang des Tunnels war wie ein Schock. Les fuhr inzwischen genauso schnell wie die anderen Autos. Big Ben deutete auf das Europa. Les ging etwas vom Gas. Die Fahrer der Wagen vor und hinter ihnen hatten keine Ahnung, daß er auf der Flucht vor der Polizei war. In aller Ruhe bog er von der Straße ab und fuhr den Wagen in eine Parklücke. Sie blieben schweigend im Auto sitzen und warteten.

Dann hörten sie auch schon das Martinshorn des Streifenwagens näher kommen. Die anderen Autos fuhren an den Straßenrand, um ihm Platz zu machen. Mit zuckendem Blaulicht rauschte er in Richtung Zürich an ihnen vorbei. Doch kurz darauf kam auch er trotz der Sirene und des Blaulichts nur noch im Schrittempo voran.

Beck stand vor dem Eingang des Flughafengebäudes und lauschte in sein Handy. Paula sah, wie er die Lippen spitzte und rasch zu sprechen begann. Schließlich steckte er das Handy achselzuckend ein.

»Sie haben ihn aus den Augen verloren. Kein Wunder bei dem Verkehr. Angesichts der vielen Touristen kommt man in der Stadt um diese Zeit kaum mehr voran. Fehlt Ihnen auch nichts, Tweed? Entschuldigen Sie, daß ich nicht früher gefragt habe.«

»Dank Paula erfreue ich mich weiterhin bester Gesundheit.«

»Ich hätte ihn sehen müssen«, sagte Newman.

»Ich auch«, fügte Marler hinzu.

»Das war eine geschickte Tarnung«, bemerkte Paula. »Er sah aus wie ein Geistlicher.«

»Das soll uns als Warnung dienen, daß wir unseren Gegner auf keinen Fall unterschätzen dürfen«, erklärte Tweed. »Sie werden ihn bestimmt aufspüren, Arthur.«

»Da bin ich mir nicht so sicher«, erwiderte Beck finster. »Es gibt zu viele Möglichkeiten, wie er uns entwischt sein könnte. Aber wir versuchen unser Bestes. Was haben Sie jetzt vor?«

»Wir fahren ins Hotel Zum Storchen. Ich muß jemanden anrufen. Aber wenigstens kann uns Tina Langley am Wiener Flughafen nicht entwischen.«

»Was das angeht, habe ich bereits alle nötigen Schritte in die Wege geleitet. Ich muß jetzt zurück ins Präsidium. Sie können mich jederzeit anrufen, wenn Sie etwas brauchen…«

Auf der Rückfahrt saß Paula neben Tweed. Sie preßte ihre Hände an ihre Oberschenkel. Die Kugel hatte Tweed nur ganz knapp verfehlt. Sie empfand eine Mischung aus Erleichterung und Angst vor dem, was die Zukunft bringen würde. Er spürte, was in ihr vorging, und drückte ihren Arm. Sie lächelte zaghaft.

»Das Problem ist, wir werden diesen Dreckskerl nicht wiedererkennen, wenn wir ihm das nächste Mal begegnen. Er wird sich sicher nicht noch einmal als Geistlicher verkleiden.«

»Er hatte einen leichten Buckel und zog den rechten Fuß etwas nach, als er weglief«, sagte Marler.

»Das war ebenfalls Teil seiner Verkleidung«, erklärte Newman barsch. »Er war mindestens eins achtzig groß, schlank und kräftig gebaut. Das Humpeln war vermutlich nur gespielt.«

»Wen wollen Sie anrufen?« wandte sich Paula an Tweed. »Aber das ist wahrscheinlich ein Geheimnis. Ich rede schon wieder zuviel.«

»Das tun Sie keineswegs. Ich werde versuchen, Amos Lodge zu erreichen. Möglicherweise ist er inzwischen ins Baur au Lac zurückgekehrt.«

Zurück auf seinem Zimmer, kam Tweed jedoch nicht dazu, Amos Lodge anzurufen, da das Telefon bereits klingelte. Er nahm ab.

»Hier Tweed.«

»Ich bin's, Monica. Ich versuche schon seit einer Stunde verzweifelt, Sie zu erreichen. Sie hatten offensichtlich zu tun.«

»So könnte man es nennen. Was gibt's?«

»Unsere Kontakte im Ausland melden alle möglichen Gerüchte. Irgend etwas ist im Busch. Als erster berichtete unser Mann in Singapur, daß die Fünfte US-Flotte unterwegs in den Indischen Ozean sein soll. Dann kam aus Delhi eine Meldung gleichen Inhalts. In den Zeitungen steht allerdings kein Wort davon. Meinen Kontakten zufolge sind diese Informationen streng geheim. Soll ich mit Cord Dillon in Langley Rücksprache halten?«

»Nein, unternehmen Sie vorerst nichts. Halten Sie mich nur auf dem laufenden. Ich gebe Ihnen Bescheid, wo ich jeweils zu erreichen bin.«

»Das wäre mir eine große Hilfe. Sie flattern ja in ganz Europa herum.«

»Wie ein Schmetterling.«

»Wie bitte?«

»Nur ein schlechter Witz. Es könnte nicht schaden, wenn Sie bis auf weiteres im Büro schlafen würden.«

»Im Büro schlafen?« Monica hörte sich ungehalten an. »Was, glauben Sie, mache ich schon die ganze Woche lang? Ich habe von zu Hause Bettzeug mitgebracht und benutze Ihr Feldbett.«

»Entschuldigung. Das hätte ich mir eigentlich denken können. Und vielen Dank.«

»Ich will Ihnen noch mal verzeihen.«

Paula hatte es sich in einem Sessel bequem gemacht. Als Tweed auflegte, sah sie ihn lächelnd an.

»Sie haben Monica doch hoffentlich nicht angst gemacht?«

»Ich fürchte schon. Sie ist wirklich ein Schatz. Ich muß ihr Gehalt erhöhen, wenn wir zurückkommen – falls wir zurückkommen. Aber jetzt will ich versuchen, Amos Lodge zu erreichen.«

Als er im Baur au Lac anrief, wurde er unverzüglich zu Lodge durchgestellt. Seine Stimme klang noch rauher als sonst.

»Wer ist da, wenn ich fragen darf?«

»Dürfen Sie. Tweed hier. Sind Ihnen irgendwelche Gerüchte zu Ohren gekommen?«

»Nein. Was für Gerüchte?«

»Die Fünfte US-Flotte ist auf dem Weg in den Indischen Ozean. Das ist ein großer Flottenverband. Mindestens ein Flugzeugträger, wenn nicht sogar mehr. Und alle mit Nuklearwaffen bestückt. Ich sage Ihnen das, weil Sie Experte für strategische Fragen sind.«

»Das stellt natürlich alles auf den Kopf. Ich werde meine Prognosen revidieren müssen. Danke für den Hinweis.«

»Wer erhält Ihre Prognosen? Oder darf ich das nicht fragen?«

»Eine Hand wäscht die andere«, erwiderte Lodge, inzwischen in freundlicherem Ton. »Washington, London, Paris und Bonn bekommen meine Prognosen. Sie zahlen gut, vor allem Washington. Aber ich brauche das Geld auch. Die Schweiz ist teuer.«

»Wir sollten in Verbindung bleiben.«

»Wo sind Sie gerade?«

»Ich bin gerade im Aufbruch begriffen. Ich rufe Sie an, sobald wir an meinem nächsten Ziel angekommen sind.«

»Amos Lodge ist wirklich ein kluger Kopf, nicht?« sagte Paula, als Tweed aufgelegt hatte.

»Einsame Spitze. Einer der besten Strategen der Welt. Was halten Sie von einem kleinen Spaziergang am Fluß entlang.«

»Finden Sie nicht, Sie sollten lieber im Hotel bleiben? Vor allem nach dem, was am Flughafen passiert ist?«

»Denken Sie im Ernst, ich lasse mich einsperren wie ein Sträfling?«

»Ich mache mich nur schnell frisch. In genau fünf Minuten bin ich wieder zurück. Sie können ruhig auf die Uhr sehen.«

Als er allein war, stellte Tweed sich seitlich ans Fenster und blickte nach unten. Nach einer Weile sah er einen Mann unter dem Vordach über dem Eingang des Hotels hervorkommen und die Stufen zum Gehsteig hinuntergehen. Bevor der Mann sich entfernte, blieb er kurz stehen und sah an der Fassade des Hotels hoch.

Tweed runzelte die Stirn. Hassan standen sicherlich zahlreiche Leute zur Verfügung. Deshalb war es durchaus möglich, daß er sämtliche Hotels überprüfen ließ. Tweed rief in der Rezeption an und sagte dem Portier, er solle auf keinen Fall sagen, daß er im Hotel wohnte, wenn jemand nach ihm fragte. Der Portier erwiderte, das täte er auch dann nicht, wenn er nicht ausdrücklich dazu aufgefordert würde.

Wie versprochen war Paula nach genau fünf Minuten zurück. Doch dann klingelte das Telefon, und sie verdrehte die Augen.

»Es ist Keith Kent«, flüsterte ihr Tweed zu.

»Ich habe mit Beck gesprochen«, begann Kent. »Ich nehme an, Sie haben ihm gesagt, er soll mir Ihre Nummer geben, wenn ich anrufe.«

»Richtig. Haben Sie irgendwas Neues herausgefunden?« fragte Tweed.

»Ja. Gerade vor fünf Minuten. Einer meiner Kontakte auf den Kanalinseln hat mir gemeldet, daß Conway, wer immer das ist, seine Bank angewiesen hat, sein ganzes Geld umgehend auf die Cayman Islands zu überweisen. Bevor Sie fragen: Was die Identität dieses Conway angeht, weiß ich noch genausowenig wie zuvor. Das wäre fürs erste alles …«

Als Tweed Paula erzählte, was Keith Kent ihm gerade mitgeteilt hatte, sah sie ihn fragend an.

405

»Ist das wichtig?«

»Ja.«

Bevor er mehr sagen konnte, klingelte das Telefon erneut. Paula setzte sich. Aus ihrem Spaziergang wurde wohl nichts.

»Tweed? Hier Beck. Ashley Wingfield hat eben am Flughafen angerufen und in der nächsten Maschine nach Wien einen Platz in der Business Class gebucht. Wenn Sie sie noch erreichen wollen, müssen Sie sich beeilen. Ich kann Ihnen gern Plätze buchen. Soll ich? Wie viele?«

»Fünf in der Economy Class. Für mich, Paula, Newman, Marler und Nield.«

»Wird umgehend erledigt.«

»Wir fliegen nach Wien«, teilte Tweed Paula mit. »Ich hoffe, Sie haben alle ihre Koffer gepackt.«

»Natürlich.« Paula war aufgesprungen. »Sollten Sie nicht noch Monica informieren?«

»Das mache ich, während Sie den anderen Bescheid sagen. Die Autos können wir am Flughafen abgeben.«

»Was ist passiert?« fragte sie, bereits an der Tür.

»Das Schlachtfeld verlagert sich weiter nach Osten.«

41

Tina Langley kochte vor Wut. Sobald die Maschine nach Wien in Zürich gestartet war, hatte sie ihren Platz in der Economy Class verlassen und war nach vorn gegangen, um einen Blick in die Business Class zu werfen.

Während die Economy bis auf den letzten Platz voll war, saßen in der Business Class nur wenig Passagiere. Hassan war nicht an Bord. Leise vor sich hin schimpfend, kehrte sie zu ihrem Sitz zurück und zwängte sich an dem Mann vorbei, der neben ihr saß. Sie hätte Hassan umbringen können.

Da sitze ich hier zwischen dem Pöbel eingeklemmt, dachte sie, und Hassan ist nicht an Bord. Und zu allem Überfluß sind in der

Business Class auch noch jede Menge Plätze frei. Was denkt sich der Kerl eigentlich? Glaubt er etwa, er könnte alles mit mir machen?

Sie überlegte, ob sie die Stewardeß fragen sollte, ob sie einen Platz in der Business Class bekommen könnte. Widerstrebend beschloß sie jedoch, darauf zu verzichten. Das hätte nur Aufmerksamkeit erregt. Das wird er mir büßen, wütete sie innerlich. Dann versuchte der Mann neben ihr auch noch, sie in ein Gespräch zu verwickeln. Ein Blick auf seinen Anzug sagte ihr, daß bei ihm nichts zu holen wäre. Aber was war von jemandem in der Zweiten Klasse auch anderes zu erwarten?

»An einem Tag wie heute hat man einen herrlichen Blick auf die österreichischen Alpen«, hatte er gesagt.

»Kann schon sein. Ich habe keine Lust zu reden. Ich habe Migräne.«

»Ich habe Tabletten.«

»Behalten Sie sie.«

Sie wandte sich ab und sah aus dem Fenster. Als sich die Maschine auf die Seite legte, um zum Landeanflug anzusetzen, konnte man steuerbord die Berge sehen.

Zwei Reihen hinter ihr saß Kriminalhauptmeister Windlin. Der Gedanke an den sehnsüchtigen Blick, mit dem sie in die Business Class gesehen hatte, ließ ihn immer noch schmunzeln. Ihre Schwäche für reiche Männer war inzwischen bei der Schweizer Polizei zur Genüge bekannt.

Nach der Landung drängte sich Tina Langley an den anderen Passagieren vorbei zum Ausgang.

In Genf hatte sie sich einen kleinen Koffer gekauft, den sie mit an Bord genommen hatte. Deshalb mußte sie nach dem Verlassen der Maschine nicht erst auf ihr Gepäck warten. In der Ankunftshalle sah Windlin einen österreichischen Kriminalbeamten in Zivil, mit dem er schon einmal zusammengearbeitet hatte. Er deutete mit dem Kopf auf Tina Langley.

Der österreichische Polizist eilte zu einem Mann in Motorradkluft, der einen Helm in der Hand hielt. Nach einem kurzen Wortwechsel setzte der Mann seinen Helm auf und folgte Tina Langley, die von all dem nichts mitbekam. Ihre ganze Aufmerksamkeit galt den wartenden Chauffeuren. Einer hielt ein Schild mit der Aufschrift *L. Vane* hoch.

»Ich muß auf schnellstem Weg ins Sacher«, sagte sie lächelnd.

»Sind schon unterwegs.«

Zu Tinas Freude hielt ihr der Mann die Tür einer Luxuslimousine auf. So ließ es sich reisen. Die Straße vom Flughafen in die Stadt führte durch eine weite Ebene und war auf beiden Seiten von endlosen Feldern gesäumt, die Tina langweilig fand. Aber der Chauffeur sah gar nicht übel aus.

»Wie heißen Sie?« fragte sie ihn. »Sind Sie vom Sacher? Ich brauche vielleicht einen Wagen, solange ich in Wien bin.«

»Wenn wir im Sacher ankommen, habe ich frei«, erwiderte der Fahrer rasch.

Nach einer Weile tauchte plötzlich ein Motorradfahrer neben ihnen auf. Er glotzte sie durch seine Brille an, winkte mit der Hand und machte eine Bewegung, als tränke er. Sie sah weg.

Was bildet der Kerl sich eigentlich ein? murmelte sie in sich hinein. Ein Motorradfahrer!

Der Mann mit dem Sturzhelm gab Gas und verschwand. Als er um eine Kurve bog, hob er die Hand. Dieses Zeichen galt zwei Zivilbeamten, die in einer Seitenstraße in einem Volvo warteten. Sie folgten der Limousine, als sie die Außenbezirke Wiens erreichte.

Am Züricher Flughafen Kloten schien es, als stünden Tweed und seine Begleiter wahllos über die Abflughalle verstreut. In Wirklichkeit hatten jedoch Paula und die vier Männer ganz bewußt so Stellung bezogen, daß sie Tweed von allen Seiten decken konnten. Neben Tweed stand Beck.

»Hassan ist durch die Paßkontrolle und wartet jetzt darauf, daß sein Flug aufgerufen wird«, bemerkte Beck.

»Könnten Sie dafür sorgen, daß wir in letzter Sekunde an Bord der Maschine gelassen werden? Normalerweise lassen Sie die Business Class-Passagiere nach der Economy Class an Bord.«

»Habe ich bereits alles veranlaßt. Es besteht keine Gefahr, daß er Sie entdeckt.«

»Marler wollte zwar zu meinem Schutz unbedingt mitkommen, aber er wird uns nicht begleiten. Er hat in Zürich noch etwas zu erledigen.«

»Verstehe.«

Was Beck nicht verstand, war, daß Marler mit dem Auto nach Wien fahren wollte, um sein stattliches Waffenarsenal dorthin schaffen zu können. Darüber hinaus hatte er jedoch Newman auch die Adresse des Wiener Waffenhändlers gegeben. Als könnte er Gedanken lesen, sagte Beck unvermutet:»Es hat doch hoffentlich keiner Ihrer Leute eine Waffe bei sich? Wegen des Metalldetektors.«

»Die liegen inzwischen alle in der Limmat«, antwortete Tweed.

Als sie im letzten Moment an Bord gingen, bekamen sie Sitze ganz vorne in der Economy Class. Ein Passagier, der weiter hinten saß, bekam einen Schock, als er Tweed sah. Es war Big Ben, der einen Jogginganzug trug. Auf seiner Nase saß ein Zwicker, der ihm einen intellektuellen Anstrich verleihen sollte. In seinem Schoß hatte er eine wissenschaftliche Zeitschrift liegen, von deren Inhalt er kein Wort verstand. Aber zumindest nach außen hin wirkte er wie ein Gelehrter, und von denen gab es in Österreich viele.

Er warf einen Blick hinüber zu Les, der auf der anderen Seite des Mittelgangs saß. Les' Miene ließ keinen Zweifel daran, daß auch er Tweed gesehen hatte. Big Ben wünschte sich, er hätte seine Automatik dabei. Am Wiener Flughafen herrschte bestimmt großes Durcheinander. Er könnte Tweed dort erschießen. Aber auch er hatte seine Waffe in der Limmat versenkt.

Paula saß neben Tweed, der den Fensterplatz hatte, und musterte die anderen Passagiere in ihrer Umgebung. Der Gelehrtentyp mit der wissenschaftlichen Zeitschrift fiel ihr nicht weiter auf.

»Sehen Sie sich mal diese Berge an«, sagte Tweed nach einer Weile. »Sie hätten sich wirklich ans Fenster setzen sollen.«

»Ich kann ja auch so ganz gut nach draußen sehen.«

Die Berggipfel schienen direkt unter dem Rumpf der Maschine dahinzuziehen. Fasziniert sah Paula aus dem Fenster.

»So einen Berg würde ich gern mal erklimmen«, bemerkte sie.

Newman und Nield, die hinter Tweed und Paula saßen, bewunderten ebenfalls den atemberaubenden Blick. Deshalb achteten sie nicht auf den Vorhang vor dem Durchgang zur Business Class. Hassan spähte verstohlen in die Economy Class, um zu sehen, wer sonst noch an Bord der Maschine war. Plötzlich traf sich sein Blick mit dem Tweeds, dem die kurze Bewegung des Vorhangs nicht entgangen war. Ein paar Momente sahen sie sich an, dann schloß Hassan den Vorhang.

Auf dem Weg zurück zu seinem Platz dachte Hassan fieberhaft nach. Damit hatte er nicht gerechnet. Er sah auf die Uhr. In etwas mehr als einer halben Stunde würden sie landen. Er scherte sich nicht um den phantastischen Blick und begann an seinen Fingernägeln zu nagen. Schließlich holte er einen Block heraus und schrieb eine Nachricht an einen gewissen Vogel darauf. Er riß das oberste Blatt ab und gab es einer Stewardeß.

Bringen Sie Verstärkung mit, wenn Sie mich in Schwechat abholen. Einige unserer besten Freunde.

Ashley.

Er war so mit der Formulierung seiner Nachricht beschäftigt gewesen, daß er nicht mitbekommen hatte, wie eine Stewardeß aus der Economy Class eine Nachricht, die ebenfalls dringend per Funk übermittelt werden sollte, ins Cockpit gebracht hatte. Doch während Hassans Nachricht in ein Dorf übermittelt wurde, das auf halbem Weg zwischen Wien und dem Flughafen lag, ging die von Tweed nach Zürich. An Arthur Beck.

Rechne am Wiener Flughafen mit Empfangskomitee. Erwarte Gegenmaßnahmen.

Tweed.

Ashley Wingfield, der bei Austrian Airlines als bevorzugter Passagier behandelt wurde, verließ die Maschine nach der Landung als erster. Er hatte kein Gepäck bei sich und konnte sofort die Paßkontrolle passieren. Vogel, ein Mann Mitte vierzig mit kahlem

Schädel und der Statur eines Boxers, beobachtete angespannt die ankommenden Passagiere. Als er Hassan entdeckte, eilte er durch die Ankunftshalle auf ihn zu.

Eine große Gruppe Kroaten sang Fahnen schwingend ein Volkslied. Einige tanzten sogar, andere klatschten. Sie schienen etwas zu feiern. Vogel verneigte sich respektvoll, bevor er Hassan zuflüsterte: »Sie sind dort drüben – die singenden Kroaten. Jeder von ihnen hat ein Messer einstecken. Wie viele sollen sie erledigen? Es wird so aussehen, als würden die Betreffenden wegen der Hitze zusammenbrechen. Messer machen keinen Lärm.«

»Ich zeige sie Ihnen und gehe dann nach draußen zu meinem Wagen. Ist er schon da?«

»Ja. Ihre Limousine mit Ihrem Chauffeur.«

Hassan drehte sich um und machte ein paar Schritte zur Seite, um die ankommenden Fluggäste besser sehen zu können. Es schien eine Ewigkeit zu dauern, bis die Passagiere aus Zürich abgefertigt wurden und das Flughafengebäude verließen. Von Tweed und seinen Begleitern war noch nichts zu sehen. Hassan begann unruhig zu werden. Sie mußten doch das Flugzeug längst verlassen haben.

Dann sah er Tweed und die Frau. Sie unterhielten sich im Gehen und schienen es nicht eilig zu haben. Hinter ihnen kamen Newman und Nield, die dermaßen trödelten, daß alle anderen Passagiere aus der Maschine aus Zürich bereits zum Ausgang unterwegs waren. Hassan kaute an seinen Fingernägeln. Wie lange sollte das denn noch dauern? Dann hörte er Vogels Stimme hinter sich.

»Es stehen mehrere Autos bereit, in denen sich die Kroaten aus dem Staub machen können, sobald sie hier fertig sind.«

»Das will ich doch hoffen.«

Inzwischen kamen bereits die ersten Passagiere aus der nächsten Maschine auf die Zollkontrolle zu. Sie überholten Tweed und seine Begleiter. Die Kroaten sangen und tanzten weiter, warteten auf das Zeichen von Vogel. Hassan wurde immer nervöser. Inzwischen wurden Tweed und sein Gefolge von einer Gruppe ankommender Fluggäste überholt.

411

Windlin, der an der Sperre stand, zeigte seinem österreichischen Kollegen Tweed. Inzwischen war auch der letzte Passagier aufgetaucht, ein kleiner, rundgesichtiger Mann, der einen kleinen Koffer bei sich hatte. Mario Parcelli sah sich in der Ankunftshalle um. Außer den Kroaten standen noch eine Reihe anderer Männer in kleinen Gruppen herum und unterhielten sich.

»Es kann losgehen«, sagte Hassan.

Gerade als Vogel sich umdrehen wollte, um den Kroaten das Zeichen zum Angriff zu geben, kam ein Mann auf ihn zugelaufen und redete hastig auf ihn ein. Vogel erstarrte, dann berührte er Hassan am Arm.

»Was ist?«

»Schlechte Neuigkeiten. Das Flughafengebäude ist voll von österreichischen Zivilpolizisten. Jetzt zuzuschlagen wäre reiner Wahnsinn.«

»Verdammt!«

Die Nachricht war für Hassan ein schwerer Schock. Die Fäuste wütend geballt, stürmte er mit einem letzten Blick auf Tweed nach draußen zu seiner Limousine. Vogel hatte den Boten bereits zum Anführer der Kroaten weitergeschickt und ihm Anweisung erteilt, den Flughafen schnellstens zu verlassen.

Währenddessen holte Nield, der gesehen hatte, wie mehrere Kroaten zu Tweed und seinen Leuten hinüberblickten, eine kleine Taschenkamera heraus und machte drei Fotos von ihnen. Die Kamera war von den Technikern im SIS-Hauptquartier in der Park Crescent so modifiziert worden, daß sie auch im Dunkeln keinen Blitz benötigte.

Die Kroaten hörten abrupt zu singen und zu tanzen auf. Mehrere der Kriminalbeamten, die in kleinen Gruppen herumstanden, hatten die Hände in ihren Taschen stecken, in denen sie ihre automatische Waffen hatten. Mit finsterer Genugtuung beobachteten sie, wie die Kroaten überstürzt das Flughafengebäude verließen, in dem es plötzlich sehr still wurde.

»Was ist?« fragte Tweed, als Windlin auf ihn zueilte. »Und wer sind Sie?«

»Kriminalhauptmeister Windlin aus Zürich. Chefinspektor

Beck hat mir Anweisung erteilt, nach Wien zu fliegen.« Er zog eine Brieftasche heraus. »Meine Papiere.«

»Und was genau ist hier los?« fragte Tweed noch einmal, nachdem er einen kurzen Blick auf Windlins Papiere geworfen hatte.

»Das Flughafengebäude ist voll von Zivilbeamten der Wiener Polizei. Die Kroaten, die hier eben noch gesungen und getanzt haben, sollten Sie ermorden. Offensichtlich hat sich Beck mit dem Wiener Polizeichef in Verbindung gesetzt.«

»Nicht umsonst halte ich ihn für einen der besten Polizeichefs ganz Europas. Sagen Sie ihm herzlichen Dank.«

Mario beobachtete sie aus einiger Entfernung. Er stand an einem Imbißstand und trank einen Orangensaft. Auf Vitorellis Anweisung hatte er lange am Züricher Flughafen gewartet. Außerdem hatte er in jeder Maschine nach Wien einen Platz gebucht.

»Warum nach Wien?« hatte er Vitorelli ein paar Stunden zuvor in dessen Suite im Baur au Lac gefragt.

»Weil Tweed einen sechsten Sinn dafür hat, wo die Kommandozentrale des Ordens zu finden sein wird. Weißt du noch, wie wir mit dem Hubschrauber an die slowakische Grenze unterwegs waren?«

»Ja, du hast das eigenartige Haus auf dem Tafelberg von allen Seiten fotografiert. Ich sehe, du hast die Fotos auf dem Tisch liegen.«

»Auf der Straße, die zu diesem Haus führt, habe ich ein Auto beobachtet«, fuhr Vitorelli fort. »Du weißt ja, wie stark mein Fernglas ist. Ich konnte erkennen, daß auf dem Rücksitz Tweeds Vertraute und Assistentin Paula Grey saß. Demnach weiß Tweed von der Existenz dieses Hauses. Ich glaube, Tina wird demnächst dort auftauchen.«

»Wie kommst du darauf?«

»Aus der Zeitung wissen wir, daß der Orden versucht hat, alle Mitglieder des *Institut* auf einmal in die Luft zu jagen. Offensichtlich verfolgt sie also weitergesteckte Ziele, als wir bisher dachten. Und da Tina eindeutig zuviel weiß, wird der Anführer des Ordens schwerlich das Risiko eingehen, daß sie verhaftet wird und gegen Zusage von Strafminderung ein umfassendes Geständnis ablegt. Ich bin ganz sicher, daß sie in dieses Haus in der Slowakei gebracht wird.«

»Dann fahre ich jetzt wohl besser zum Flughafen«, sagte Mario.

»Noch eine letzte Frage. Ist alles, was wir brauchen, an Bord des Hubschraubers?«

»Ja«, antwortete Mario und rieb sich die Hände, als wollte er den Schweiß auf ihnen trocknen. »Das war vielleicht eine Plackerei. Ich war stundenlang im Keller dieser Wohnung, die du im Rennweg gemietet hast ...«

Diese Unterhaltung ging Mario durch den Kopf, als er Tweed und seinen Leuten unauffällig folgte. Er notierte sich die Kennzeichen der zwei Mietwagen, die für sie bereitstanden. Dann kaufte er sich zwei Flaschen Mineralwasser und stellte sich auf eine längere Wartezeit ein.

Vitorellis Hubschrauber, der unmittelbar vor Tweeds Maschine gestartet war, würde eine Weile nach Schwechat brauchen. Mit seinem Handy hatte Mario ihm durchgegeben, daß Tweed tatsächlich auf dem Weg nach Wien war.

42

Nach einem längeren Spaziergang kam Butler in die Hotelhalle des Château d'Avignon gehumpelt. Fred Brown, der schon ein paar Drinks intus hatte, sah ihn erstaunt an.

»Was haben Sie denn mit Ihrem Bein angestellt?«

»Die Treppe runtergefallen.«

»Ein bißchen zu tief ins Glas geschaut, wie?« bemerkte Brown ohne Anteilnahme.

»Jedenfalls muß ich deshalb noch etwas länger hier im Hotel bleiben. Keine Ahnung, wie lange es dauert, bis ich wieder einigermaßen gehen kann.«

»So kommt wenigstens mehr Geld in die Hotelkasse.«

»Sie denken wohl auch an nichts anderes als an Geld.«

»Doch. An Frauen. Gehört übrigens eng zusammen. Geld und Frauen. Haben Sie das noch nicht gemerkt?«

»Geben Sie immer solche Lebensweisheiten von sich?«

»Passen Sie lieber auf, daß Sie nicht noch mal die Treppe runterfallen«, schoß Brown zurück.

Als Butler mühsam die Treppe zu seinem Zimmer hinaufstieg, griff Brown nach der Cognacflasche unter dem Schalter und nahm einen kräftigen Schluck. In seinem Kopf begann es sich langsam zu drehen. Aber das störte ihn nicht. Er kannte sich mit der Wirkung von Cognac aus – in einer Stunde hätte er wieder einen klaren Kopf.

In seinem Zimmer entfernte Butler den dicken Verband von seinem rechten Bein, der sein Humpeln noch überzeugender hatte erscheinen lassen. Damit niemand Verdacht schöpfte, hatte er einen plausiblen Grund für die Verlängerung seines Aufenthalts im Hotel gebraucht.

Er wollte gerade duschen, als das Telefon klingelte. Er hob vorsichtig ab.

»Ja? Hier Harry.«

»Noch nicht.« Es war Tweed. »Der Code für die Rauschgiftlieferung, wenn sie eintrifft, lautet ...« Er nannte Butler die Nummer des Sacher mit der Vorwahl für Österreich und zum Schluß seine Zimmernummer. Er gab ihm alle Nummern rückwärts. »Bei uns geht hier einiges verkehrt herum«, fügte er deshalb hinzu. »Fragen Sie nach Pete, wenn ich nicht hier bin. Bei Ihnen alles in Ordnung? Hier spricht Tweed.«

»Bei mir alles okay. Habe verstanden ...«

Unten im verlassenen Foyer des Hotels hörte Brown das Gespräch mit. Trotz seines angeheiterten Zustands schaffte er es, die Zahlen und den Namen mitzuschreiben. Nach einigem Suchen fand er schließlich auch den Zettel mit den Nummern der Hotels, in denen er Hassan zu erreichen versuchen sollte, wenn Butler einen Anruf erhielt.

Brown rief unter der ersten Nummer an, im Hotel Zum Storchen. Der Portier war kurz angebunden.

»Hier wohnt kein Mr. Wingfield. Uns ist niemand dieses Namens bekannt.«

Fluchend wählte Brown die zweite Nummer, die des Sacher. In seinem Alkoholtran fiel ihm die Ähnlichkeit der Nummer, die er wählte, mit der umgedrehten Nummer, die Tweed Butler gegeben hatte, nicht auf.

»Mr. Wingfield? Hier Brown vom d'Avignon. Einer unserer Gäste bekam einen Anruf von einem gewissen Tweed ...«

»Tweed? Sagten Sie Tweed?«

»Hörte sich jedenfalls so an. Sagte, bei ihm ginge einiges verkehrt herum.«

»Schief, meinen Sie wohl?«

»Das wollte er wahrscheinlich damit sagen. So hörte es sich jedenfalls an.«

»Sehr gut. Wer war der Gast, den er anrief?«

»Ein gewisser Butler.«

Der Name sagte Hassan nichts. Doch so sehr es ihn freute, daß Tweed Probleme zu haben schien, gefiel ihm nicht, daß jemand, den Tweed kannte, im d'Avignon wohnte. Er wollte mehr wissen.

»Behalten Sie diesen Butler im Auge.«

»Er kann keinen großen Schaden anrichten. Hat sich das Bein verstaucht. Deshalb bleibt er etwas länger. Wollte Ihnen nur Bescheid sagen.«

»Danke, Brown. Behalten Sie den Mann trotzdem im Auge.«

Den Kerl im Auge behalten? Wozu denn das, dachte Brown. Er ist zu genauso wenig zu gebrauchen wie ein einbeiniges Huhn. Ich werde doch nicht meine Zeit damit vergeuden, diesem Kerl hinterherzurennen.

Hassan, der auf der Couch seiner luxuriösen Suite saß, sah das anders. Je länger er über den Anruf nachdachte, desto stärker wurde seine Besorgnis. Zumal das wenige Personal, das noch im Château d'Avignon zurückgeblieben war, um den Hotelbetrieb aufrechtzuerhalten, zu nichts zu gebrauchen war. Mit den sechs Männern, denen er Anweisung erteilt hatte, auf schnellstem Weg nach Zürich zu kommen, war das eine andere Sache. Das waren absolute Profis. Rudge, ihr Anführer, hatte vor einigen Jahren im

416

Londoner East End ein Mädchen erwürgt und sich deshalb aus England absetzen müssen. Hassan hatte im Hotel Zum Storchen eine Nachricht hinterlassen, man solle Rudge die Nummer des Sacher geben, wenn dieser dort anrief. Das Kommando über die Gruppe würde natürlich Big Ben führen.

Als die Maschine aus Zürich in Schwechat landete, verließen Big Ben und Les umgehend das Flugzeug. Sie kamen wesentlich früher als Tweed in die Ankunftshalle und holten den Mietwagen ab, den Big Ben vor dem Abflug in Zürich bestellt hatte.

Auf dem Weg nach draußen kamen sie an den singenden Kroaten vorbei, die Big Ben nur mit einem kurzen verächtlichen Blick bedachte. Keine Disziplin. Ein richtig übles Pack. Er machte keinen Hehl aus seiner Meinung, als er mit Les, dem Messerwerfer, in ihrem Mietwagen saß und darauf wartete, daß Tweed aus dem Flughafengebäude kam.

»Ein richtig disziplinloser Haufen war das.«

Du bist ja auch nicht gerade Winston Churchill, dachte Les. Aber er hütete sich, diesen Gedanken laut auszusprechen. Die Hitze begann ihm allmählich zu schaffen zu machen. Er sah Ben an.

»Was dagegen, wenn ich eine rauche?«

»Nein. Solange du dazu aussteigst.«

»Die Hitze da draußen ist kaum auszuhalten.«

»Wenigstens bekommst du von der Sonne etwas Farbe. Sperr die Augen auf, wann Tweed auftaucht.«

Les stieg aus und zündete sich eine Zigarette an. Big Ben beobachtete im Rückspiegel den Ausgang.

»Steig ein. Sie kommen.«

»Ich hab mir doch grade erst eine angezündet.«

»Steig schon endlich ein«, fuhr Big Ben ihn an.

Les ließ sich auf den Beifahrersitz plumpsen. Als sich Tweeds Wagen in Richtung Wien entfernte, fuhren auch verschiedene Taxis los. Und da Tweed und seine Leute den zweiten Wagen für Marler, der erst später eintreffen sollte, zurückgelassen hatten, konnte Big Ben Tweeds Wagen folgen, ohne fürchten zu müssen,

417

entdeckt zu werden – er konnte hinter anderen Fahrzeugen in Deckung gehen. Er folgte Tweeds Wagen bis zum Sacher, wo Tweed und sein Gefolge ausstiegen und das Hotel betraten. Dann fuhr Big Ben zu einem kleinen Hotel weiter, in dem Hassan für ihn und Les zwei Zimmer gebucht hatte.

Sobald er sein Zimmer betreten hatte, rief er Hassan an, um ihm sein Eintreffen zu melden. Hassan rieb sich zufrieden die feuchten Hände, nachdem er aufgelegt hatte. Tweed hatte den Fehler gemacht, ihm nach Wien zu folgen, wo Hassan ihm gegenüber eindeutig im Vorteil war. Mit den Kroaten, Ben und Les sowie den sechs Leuten, die mit Rudge aus Zürich anreisten, verfügte er über eine außerordentlich schlagkräftige Truppe, der Tweed schwerlich etwas entgegenzusetzen hätte. Rudge hatte ihn eben aus Zürich angerufen.

»Wir sind jetzt am Flughafen, Chef. Dachten nämlich, Sie wollen vielleicht, daß wir irgendwo hinfliegen.«

»Ganz richtig gedacht, Rudge. Nehmen Sie die erste Maschine nach Wien. Dort stehen bereits zwei Mietwagen für Sie bereit. Fahren Sie in ein kleines Hotel nicht weit vom Sacher. Dort melden Sie sich bei Big Ben. Er führt das Kommando.«

»In Ordnung…«

Rudge war ein auffallend dicker Mann, der nicht viel Worte machte. Er hatte unordentliches braunes Haar und einen buschigen Schnurrbart. Er grinste fast immer und war wegen seiner humorvollen Art bei den Frauen sehr beliebt. An der Oberfläche wirkte er wie ein umgänglicher Mensch, der das Leben genoß. Nur jemandem wie Newman wäre der harte Ausdruck seiner Augen aufgefallen.

Seine fünf Kollegen waren weniger gut gekleidet als er selbst. Deshalb hatte Rudge Plätze in der Economy Class gebucht. Er persönlich wäre lieber Business geflogen. Dort war man unter besser situierten Leuten.

»Geht es Ihnen wieder besser?« fragte Tweed, nachdem er Paulas Zimmer im Sacher betreten hatte. »Sie waren während der Fahrt hierher so still.«

»Das hatte zwei Gründe. Der erste: Haben Sie nicht gemerkt, wie heiß es war, als wir das Flughafengebäude verlassen haben? Langsam gewöhne ich mich allerdings an die Hitze. Zweitens war es ein etwas eigenartiges Gefühl für mich, wieder in Schwechat anzukommen. Ich mußte an mein Erlebnis mit dem Kerl denken, der mich in die Slowakei bringen sollte und dem ich erst meine Nagelfeile in den Hals rammen mußte, um ihn zum Umkehren zu bewegen.«

»Wir werden schon dafür sorgen, daß das nicht noch einmal passiert.«

»Es hat mich etwas überrascht, daß Sie Ihren Namen genannt haben, als Sie vorhin Harry anriefen. Das Gespräch hätte doch jemand mithören können.«

»Das hat sogar ganz sicher jemand getan. Und der Betreffende hat es sicher umgehend Hassan gemeldet. Die Nachricht hat ihn bestimmt verunsichert. Und genau das wollte ich damit erreichen. Wer verunsichert ist, macht Fehler.«

»Was haben Sie als nächstes vor?«

»Wir warten hier, bis Marler mit den Waffen eintrifft. Ich möchte nicht, daß Bob diesen Waffenhändler aufsucht. Es ist nicht auszuschließen, daß er auch mit Hassan Geschäfte macht. Damit haben wir vorerst einmal vierundzwanzig Stunden Zeit, um ein wenig auszuspannen. Unsere Batterien aufzuladen sozusagen.«

»Wir bleiben so lange im Hotel?«

»Auf jeden Fall. Ich habe Newman und Nield bereits entsprechende Anweisungen erteilt. In der Zwischenzeit trommelt Hassan wahrscheinlich seine Leute zusammen, um mit uns abzurechnen. Da sie uns zahlenmäßig überlegen sein dürften, müssen wir uns etwas einfallen lassen. Marler hat angerufen. Er ist bereits unterwegs hierher. Müßte morgen früh eintreffen. Erst dann laufen wir in Hassans Falle, die allerdings – wenn alles gutgeht – über ihm selbst zuschnappen wird.«

»Könnten wir vielleicht nach unten gehen? Ich glaube, ich brauche was zu trinken.« So kannte Tweed sie sonst gar nicht.

Als sie kurz darauf im Erdgeschoß aus dem Lift traten, wäre Paula fast mit einer auffallend attraktiven Frau mit kastanienbraunem Haar zusammengestoßen. Tina Langley drehte sich um, blieb wie angewurzelt stehen und starrte Paula an.

»Ich bin es nicht gewohnt, daß mir jemand folgt«, fuhr sie Paula an.

»Es sei denn, es ist ein Mann«, erwiderte Paula freundlich.

»Werden Sie bloß nicht frech.«

»Sie müssen gerade reden«, konterte Paula, immer noch freundlich.

In Tina Langleys Augen leuchtete ein wildes Flackern auf, das Tweed verblüffte. Sie wirbelte herum und rauschte in die Bar ab.

»Weiter so«, flüsterte Tweed Paula zu. »Folgen Sie ihr.«

Als sie die luxuriös eingerichtete Bar betraten, saß Tina Langley bereits mit übereinandergeschlagenen Beinen an einem Ecktisch. Paula ging mit Tweed auf den Tisch daneben zu und setzte sich so, daß sie Tina gegenübersaß. Tweed nahm ebenfalls Platz und winkte Tina kurz zu. Sie hatte gerade einen großen Martini bestellt und sagte, an Tweed gerichtet:

»Wenigstens freut es mich, *Sie* hier zu sehen. Bleiben Sie länger in Wien? Ich bin ganz allein hier.«

»Das kann ich auf keinen Fall dulden«, erwiderte Tweed lächelnd. »Möchten Sie vielleicht mit uns zu Abend essen?«

»Mit Ihnen beiden?«

»Ich kann Paula schwerlich im Regen stehen lassen. Das kann doch unmöglich in Ihrem Sinn sein.«

»In diesem Fall esse ich lieber allein. Nehmen Sie das bitte nicht persönlich. Ich fühle mich wie gerädert – als wäre ich nonstop durch ganz Europa geflogen.«

»Vielleicht sind Sie das ja tatsächlich«, bemerkte Tweed lächelnd.

Tina Langley sah ihn verwirrt an. Sie trank ihren Martini aus und bestellte einen zweiten. Innerlich kochte sie vor Wut. Paula sah sie weiter an, als wäre sie irgendeine seltene Spezies. Tweed saß mit seinem Glas Orangensaft ganz entspannt da und blickte sich um. In der Bar hielten sich Gäste unterschiedlichster Nationalität auf, einige vermutlich vom Balkan. Das war eben Wien.

Paula nahm gelegentlich einen Schluck von ihrem Glas Wein und sah Tina weiter an. Nachdem sie das frische Glas, das ihr ein Kellner gebracht hatte, zur Hälfte leer getrunken hatte, überkam sie ein fast unwiderstehliches Bedürfnis, einen Spiegel herauszuholen und ihr Äußeres zu begutachten. Hatte sie einen Fleck auf der Nase? Sie widerstand dem Impuls und winkte erneut dem Kellner.

»Lassen Sie mir bitte zum Abendessen einen Tisch in der Roten Bar reservieren.«

Sie nannte ihm ihre Zimmernummer. Auf diese Weise erfuhr sie zwar auch Tweed, aber das war Tina inzwischen längst egal. Sie setzte sich zurück, als wäre sie die Ruhe in Person. Doch dann hielt sie es nicht mehr länger aus. Nachdem sie die Rechnung unterschrieben hatte, hatte sie es so eilig, von Paula fortzukommen, daß sie kein Trinkgeld auf dem Tisch zurückließ. Sobald sie verschwunden war, winkte Tweed dem Kellner.

»Könnten Sie uns bitte auch einen Tisch in der Roten Bar reservieren? Am besten neben unserer Freundin – der Dame, die am Nebentisch saß.«

»Sie gehen ihr ganz schön auf die Nerven«, kommentierte Paula.

»Nichts anderes war meine Absicht, wie Sie sicher schon lange bemerkt haben.«

Sie standen auf und gingen in die Rote Bar, bei der es sich jedoch um ein Restaurant handelte. Der Oberkellner führte sie zu einem Fensterplatz. Am Nebentisch saß Tina Langley. Allein. Erneut setzte sich Paula so, daß sie Tina gegenübersaß, und lächelte sie freundlich an.

»Ein wunderschönes Hotel, finden Sie nicht auch? So luxuriös.«

»Das ist doch wohl das mindeste, was man erwarten kann«, entgegnete Tina angespannt.

»Manche Menschen haben kaum genug zum Leben.«

»Das ist deren Problem.«

»Ihres ist natürlich, wie Sie auf schnellstem Weg die nächsten zwanzigtausend Pfund verdienen können. Vielleicht sollten Sie einfach noch etwas besser zielen üben.«

421

Einen Augenblick lang dachte Tweed, Tina würde den nächstbesten Gegenstand packen und damit nach Paula werfen. Paula saß ganz ruhig da und starrte Tina weiter mit ungerührter Miene an.

Nachdem Tina das Hauptgericht zur Hälfte gegessen hatte, stand sie auf und blickte sich um, ob die Gäste an den anderen Tischen etwas von ihrem Wortwechsel mit Paula Grey mitbekommen hatten. Da er in sehr gedämpftem Ton erfolgt war, war das nicht der Fall. Bevor sie ging, lächelte Tina Tweed verführerisch an, beugte sich zu ihm hinab und drückte ihm einen Kuß auf die Stirn. Dann sah sie Paula an, die das Ganze amüsiert beobachtet hatte, und stolzierte mit übertriebenem Hüftschwung aus dem Lokal. Eine ganze Reihe von Männern warfen ihr sehnsüchtige Blicke hinterher.

»Das ist vielleicht eine Giftzicke«, bemerkte Paula.

»Das haben Sie wirklich gut gemacht. Sicher hat sie eine Mordswut im Bauch. Wahrscheinlich geht sie zu Hassan – Nield hat herausgefunden, daß er sich unter dem Namen Ashley Wingfield im Hotel aufhält. Jetzt heißt es, den Druck auf den Feind immer mehr zu erhöhen. Ich werde alles versuchen, diesen Hassan gründlich aus der Fassung zu bringen.«

»Noch eine Nacht bleibe ich nicht in diesem Hotel!« tobte Tina.

»Nicht so laut«, fuhr Hassan sie an. »Man kann dich ja bis Salzburg hören.«

Als Tina kurz davor wutentbrannt an die Tür seines Zimmers gehämmert hatte, war Hassan sofort klargeworden, daß sie kurz davor war zu explodieren. Sie war völlig außer sich.

»Ist mir doch egal. Ich will auf jeden Fall weg von hier.«

»Darf ich vielleicht fragen, was dich so in Empörung versetzt hat?«

»Tweed und Paula Grey. Erst setzten sie sich in der Bar neben mich, und dann auch noch beim Abendessen. Am liebsten würde ich dieser Paula die Augen auskratzen.«

»Das solltest du lieber bei Tweed machen. Beruhige dich erst mal.«

»Ich werde mich nicht beruhigen. Ich will dieses Hotel noch heute abend verlassen.«

»Setz dich erst mal. Trink was.« Hassan schenkte ihr ein Glas fast bis zum Rand mit Wein voll. »Wir müssen heute nacht unbedingt hierbleiben. Morgen früh wird dich dann ein Wagen aus Wien wegbringen.«

»Na, Gott sei Dank.«

Tina setzte sich. Ohne einen Tropfen zu verschütten, hob sie das Glas hoch und nahm einen kräftigen Schluck. Hassan war klug genug, fürs erste nichts zu sagen. Tina nahm noch einen Schluck, stellte das Glas ab. Er schenkte ihr nach.

»Ich brauche Geld«, erklärte sie schließlich in forderndem Ton.

»Ich habe im Moment keines mehr. Aber ich gebe dir morgen vor der Abreise welches. Laß dir alles, was du brauchst, vom Zimmerservice bringen und auf meine Rechnung setzen.«

»Wie großzügig.«

»Morgen früh kann ich großzügig sein.«

»Ich gehe auf mein Zimmer zurück. Für heute abend habe ich genug von Menschen.«

»Sieh zu, daß du deine Sachen gepackt hast und in aller Frühe abreisen kannst.«

»Es kann mir gar nicht früh genug sein.«

Nachdem sie gegangen war, saß Hassan eine Weile nachdenklich da. Dann griff er nach dem Telefon und rief in einem anderen Zimmer des Hotels an. Sein Ton war barsch.

»Carl, du kennst Tina Langleys Zimmernummer. Behalte sie im Auge. Sie darf das Hotel heute abend auf keinen Fall verlassen.«

Hassan trommelte mit seinen dicken Fingern auf die gläserne Tischplatte. Er war sehr nervös. Wenn Tina die Nerven verlor, war ihr durchaus zuzutrauen, daß sie zur Polizei ging. Zumindest würde Carl schon mal bis zum nächsten Morgen auf sie aufpassen. Hassan brauchte noch etwas Zeit, um mit Big Ben die Falle für Tweed auszutüfteln.

Hassan fluchte. Tweed. Immer wieder Tweed. Tweed beschäftigte ihn inzwischen so sehr, daß er kaum mehr in der Lage war,

423

einen klaren Gedanken zu fassen. Er griff noch einmal nach dem Hörer, diesmal, um Big Ben anzurufen.

Hassan war nicht der einzige, der sich über Tina Gedanken machte. In der Roten Bar war es inzwischen ziemlich leer geworden. Tweed und Paula konnten sich also ungestört unterhalten. Paula trank ihr erstes und einziges Glas Wein aus.

»Ich könnte mir vorstellen, daß Tina schon heute nacht das Sacher verläßt.«

»Falls dem so ist, wird jemand ihr folgen. Nield wartet vor dem Eingang in einem Wagen. Er hat ein Foto von ihr. Newman löst ihn ab.«

»Dann brauche ich mir ja keine Sorgen mehr zu machen.«

»Da bin ich anderer Meinung. Morgen kann alles mögliche passieren – und vermutlich wird auch etwas passieren. Wir müssen uns alle bereithalten, notfalls schon im Morgengrauen abzureisen.«

43

Ein paar Stunden zuvor war Vitorelli mit seinem Hubschrauber in einem abgelegenen Teil des Wiener Flughafens Schwechat gelandet. Mario hatte dem Fahrer eines Transporters, der ihn zum Hubschrauber gefahren hatte, ein großzügiges Trinkgeld gegeben. Trotz des langen Flugs war Vitorelli auffallend frisch und gutgelaunt.

»Was gibt es Neues, Mario?« fragte er, nachdem sie den Fahrer des Transporters gebeten hatten, in einigem Abstand zu warten.

»Sie sind alle im Sacher. Warum steigen sie eigentlich immer im Sacher ab?«

»Weil es das beste Hotel ist. Außerdem liegt es strategisch günstig im Zentrum Wiens. Aber jetzt wieder zu den Neuigkeiten.«

»Von meinem Kontaktmann hier in Wien weiß ich, daß Tina Langley im Sacher ist. Des weiteren Tweed und seine Assistentin Paula Grey. Am Flughafen gab es einen kleinen Zwischenfall...«

Mario erzählte Vitorelli von den Kroaten, von ihrem überstürzten Aufbruch, von den Zivilbeamten, die plötzlich in der Ankunfthalle aufgetaucht waren. Vitorelli stand mit dem Helm unterm Arm neben dem Hubschrauber und hörte aufmerksam zu. Als Mario ihm erzählte, daß Tina unmittelbar nach ihrer Ankunft von einer Limousine abgeholt worden war, lächelte er finster.

»Hast du ein Auto, Mario?«

»Ja. Ich habe einen Wagen gemietet. Ist mit dem Zeug, das du im Hubschrauber mitgebracht hast, alles in Ordnung?«

»Ja. Wir lassen es, wo es ist. Aber jetzt laß uns zum Sacher fahren. Wenn wir dort ankommen, gehst du als erster rein. Du vergewisserst dich, daß Tina nirgendwo in der Nähe ist. Dann komme ich nach. Ich muß dringend etwas essen. Du sicher auch. Mir ist der große Speisesaal lieber als die Rote Bar. Aber sieh erst nach, ob die Luft rein ist. Und jetzt los ...«

Sie hatten gerade im Speisesaal des Hotels Platz genommen, als Tweed durch die Tür spähte. Vitorelli sah ihn und gab ihm ein Zeichen, sich doch zu ihnen zu setzen. Tweed befand sich in Begleitung Paulas. Vitorelli begrüßte sie höflich, fast überschwenglich.

»Es gibt nichts Schöneres als die Gesellschaft einer intelligenten Frau. Sich mit Ihnen zu unterhalten war immer schon ein ausgesprochenes Vergnügen.«

»Danke. Was führt Sie nach Wien?« fragte Paula.

»Dringende Geschäfte. Mario kennen Sie ja bereits. Bitte nehmen Sie doch Platz.«

»Ich kenne Mario«, bemerkte Tweed. »Er kam mit demselben Flugzeug nach Wien wie wir. Aber ich muß Sie leider bitten, uns zu entschuldigen. Wir haben einen langen Tag hinter uns.«

»Und morgen wird vielleicht der längste Tag«, entgegnete Vitorelli mit einem geheimnisvollen Lächeln.

»Durchaus möglich«, sagte Tweed. »Ihnen beiden noch einen angenehmen Abend.«

»Was meinte er mit dieser letzten Bemerkung?« fragte Paula im Lift.

»Das werden wir morgen herausfinden. Aber jetzt gehen Sie auf Ihr Zimmer und sehen zu, daß Sie ein bißchen schlafen.«

Kurz vor Tagesanbruch wurde Tweed durch ein leises Klopfen geweckt. Nachdem er in seinen Morgenmantel geschlüpft war, ging er vorsichtig zur Tür. Er drückte sich seitlich davon an die Wand.

»Wer ist da?«

»Ihr Lieblingsadjutant«, antwortete eine vertraute Stimme. »Möchten Sie Tee, Sir?«

»Marler!« rief Tweed aus, nachdem er die Tür geöffnet hatte. »Das ging aber schnell!«

»Ich habe die Autobahn von München nach Salzburg genommen. Keine Geschwindigkeitsbegrenzung. Ich wecke gleich mal die anderen und verteile die Geschenke.«

»Damit werden Sie sich zwar nicht unbedingt beliebt machen, aber ich glaube, es kann auf keinen Fall schaden. Mein Gefühl sagt mir, daß wir früh aufbrechen müssen. Sie wollen sich doch sicher noch ein wenig hinlegen.«

»Reine Zeitverschwendung. Ich habe Newman draußen im Auto sitzen sehen. Er hat mir schon alles erzählt. Als er Nield ablöste, sagte der ihm, er hätte Big Ben aus einem kleinen Hotel in der Nähe kommen sehen, um sich mit Hassan zu treffen. Sie haben mitten in der Nacht einen Spaziergang gemacht. Nield hat Newman erzählt, Big Ben wäre einer dieser Ganoven, die er im Château d'Avignon gesehen hat. Hassan scheint ihm Anweisungen erteilt zu haben. Sieht ganz so aus, als wäre ich gerade rechtzeitig für eine kleine Ballerei gekommen.«

»Ich bestelle Ihnen Kaffee.«

»Tee wäre mir lieber. Aber in der Zwischenzeit werfe ich schon mal die anderen aus den Federn. Wo sind ihre Zimmer?«

Tweed setzte sich an den Schreibtisch, schrieb Namen und Zimmernummern auf einen Zettel und gab ihn Marler. Dann deutete er mit dem Kopf auf Marlers Umhängebeutel, den er an die Wand gelehnt hatte.

»Was haben Sie denn da alles drin?«

»Maschinenpistolen, Handgranaten, Rauchbomben, Faustfeuerwaffen und jede Menge Munition. Wir sind also bestens gerüstet, um mit Big Ben und dem Pack, mit dem er anrücken wird, fertig zu werden.«

»Hört sich ja an, als rechnen Sie mit einer Neuauflage des Golf-kriegs.«

»Jedenfalls sind wir bestens vorbereitet. Übrigens, Newman hatte noch ein paar interessante Neuigkeiten. Bevor er schlafen ging, sah er kurz hintereinander zwei Taxis vor dem Hotel halten. Er meinte, die zwei Frauen, die darin vorfuhren, hätten sich sehen lassen können. Im ersten kam eine Blondine an, die zufällig Karin Berg heißt. Und wenig später fuhr eine spektakuläre Rothaarige namens Simone Carnot vor. Bob findet Hassan unersättlich.«

»Wirklich sehr interessant. Die Lage scheint sich langsam zu-zuspitzen.«

»Ich bin gleich wieder zurück. Hoffentlich ist bis dahin auch meine Tasse Tee da.«

Tweed duschte und zog sich an. Als Marler zurückkam und sei-nen Umhängebeutel grinsend auf den Boden stellte, fiel dieser schlaff in sich zusammen. Tweed bestand darauf, daß er erst ein-mal etwas Tee trank.

»Jetzt fühle ich mich schon besser«, begann Marler nach zwei Tassen. »Und wie sie sich gefreut haben, von mir geweckt zu wer-den. Alle außer Paula. Sie war bereits auf, frisch und munter. Ich habe sie zu überreden versucht, eine Maschinenpistole zu neh-men, aber sie wollte bloß eine 32er Browning.«

»Ihre Lieblingswaffe. Was war mit Newman und Nield?«

»Sind wie ich schwer bewaffnet. Ich habe mir gleich bei meiner Ankunft im Hotel selbst ein Zimmer genommen. Allerdings nicht, weil ich ein Bett zum Schlafen haben wollte. Ich brauchte nur was, um meine Sachen unterzustellen. Ist noch Tee da?«

»Ich habe eine extra große Kanne bestellt. Bedienen Sie sich.«

Gerade als Marler nach der Kanne griff, klopfte es. Er sprang auf, schlich, die Walther im Anschlag, lautlos zur Tür.

»Wer da?«

»Ich bin's. Paula.«

Marler öffnete ihr, und nachdem er die Tür wieder hinter ihr abgeschlossen hatte, schenkte er ihr Tee ein. Sie zeigte keinerlei Anzeichen von Streß. Sie hatte ihre Umhängetasche und ihren Koffer bei sich.

»Irgendwelche Neuigkeiten?«

»Ja.«

Dann erzählte ihr Tweed vom Eintreffen Karin Bergs und Simone Carnots. Paula, die es sich inzwischen mit ihrer Tasse Tee auf der Couch bequem gemacht hatte, hörte ihm stirnrunzelnd zu. »Seltsam. Tina Langley ist bereits hier. Und jetzt rücken auch noch diese beiden an. Hört sich ganz so an, als hätten wir den ganzen Orden unter einem Dach. Warum?«

»Ich glaube, Hassan möchte sie dem Zugriff Becks entziehen«, erklärte Tweed. »In dieser Phase der Operation kann er es sich auf keinen Fall leisten, daß eine von ihnen der Polizei in die Hände fällt und alles verrät. Schon allein das ist ein untrügliches Zeichen dafür, daß in Kürze die Entscheidung fallen wird.«

»Worauf warten wir dann noch?«

»Auf Pete Nield – daß er uns Hassans Abreise meldet.«

Tweed hatte sich nicht getäuscht, was das Eintreffen Karin Bergs und Simone Carnots anging. Hassan hatte am Nachmittag beide angerufen und sie gewarnt, daß im Moment die Gefahr, verhaftet zu werden, sehr groß wäre. Er hatte ihnen Anweisung erteilt, auf schnellstem Weg von Zürich nach Wien zu kommen. Karin Berg sollte Economy fliegen, Simone Carnot in der Business Class. Auf diese Weise blieben sie voneinander getrennt. Simone hatte ohne Widerrede eingewilligt. Mit Karin Berg war die Sache nicht so einfach gewesen.

»Ich weiß nicht, ob ich überhaupt nach Wien fliegen will«, hatte sie erklärt. »Ich glaube, ich würde lieber woandershin fliegen.« Zum Beispiel nach Rom.

»Beck ist uns dicht auf den Fersen, und deshalb solltest du besser eine Weile untertauchen«, hatte Hassan sie gewarnt. »Du hast gute Arbeit geleistet, und damit du in der Zwischenzeit nicht zu darben brauchst, bekommst du dreißigtausend Pfund von mir. Hast du gehört? Pfund, nicht Dollar.«

Karin Berg hatte drei Mitglieder des *Institut* ermordet. Sie war sich ziemlich sicher, daß sie ihre Ordensschwestern ausgestochen hatte. Noch einmal dreißigtausend, und sie hatte bei ihrer sparsamen Lebensweise für den Rest ihres Lebens ausgesorgt. Also hatte sie sich bereiterklärt, nach Wien zu fliegen.

Erleichtert hatte Hassan zwei Fahrern Anweisung erteilt, die beiden Frauen in Schwechat abzuholen. Er hatte sie ihnen genau beschrieben, ihnen eingeschärft, den Namen Ashley Wingfield zu verwenden.

In dieser Nacht hatte er wenig geschlafen. Nachdem er Big Ben in seinem Hotel abgeholt hatte, waren sie zu einem durchgehend geöffneten Café gefahren, wo er ihm seinen Plan erläutert hatte. Er hatte eine Karte des Burgenlands vor sich ausgebreitet, eine Route darauf eingezeichnet und ein Dorf markiert.

»Sie fahren zeitig mit Ihren Leuten los«, hatte er ihm aufgetragen. »Für den Fall, daß Ihnen etwas zustößt, übernimmt Rudge das Kommando. Als Lockvogel dient uns eine Frau.« Er dachte dabei an Tina Langley. »Sie soll Tweed und seine Leute in die Hinterhalte locken, die wir ihnen stellen werden. Damit Tweed keinen Verdacht schöpft, müssen sie alle in der Nähe der slowakischen Grenze liegen. Vor kurzem war eine gewisse Paula in unmittelbarer Nähe meines Hauptquartiers. Ich habe sie mit einem starken Fernglas in einem Auto sitzen sehen. Das bedeutet, Tweed weiß Bescheid. Sie sprechen sich mit den Kroaten ab und erledigen Tweed und seine Leute zusammen mit ihnen. Und jetzt gehen wir das Ganze noch einmal durch.«

Anschließend war Hassan wieder ins Sacher zurückgekehrt. Beim Betreten des Hotels fiel ihm wieder der Wagen am Straßenrand auf, hinter dessen Steuer ein Mann saß, der tief zu schlafen schien. Er lächelte still in sich hinein. Als er in sein Zimmer zurückkehrte, läutete das Telefon. Er hob langsam ab.

»Ja?«

»Mr. Ashley Wingfield, nehme ich an?« fragte eine distinguierte Stimme.

»Willie? Wo sind Sie gerade? Die Zeit wird knapp.«

»Ich bin ein gutes Stück östlich von Paris, mein Freund. Ich dachte, Sie wüßten gern, wie die Dinge stehen.«

»Allerdings!« platzte Hassan heraus. »Warum sind Sie nicht schon längst in Wien?«

»Es gab wieder mal Ärger, diesmal in Calais. Mit unseren Freunden vom Zoll. Sie suchten schon wieder nach einer großen Lieferung Rauschgift. Das hatte natürlich starke Verzögerungen zur Folge.«

»Und die Probe?«

»Keine Sorge, damit ist alles in Ordnung. Jetzt kann ich wenigstens endlich kräftig Gas geben.«

»Kommen Sie bloß nicht zu spät.«

»Ich komme nie zu spät. Hört sich an, als bräuchten Sie dringend eine Mütze Schlaf. Wiedersehen.«

Hassan fing wieder an, sich Sorgen zu machen. Er beschloß, dem Staatsoberhaupt erst wieder Meldung zu erstatten, wenn er in der Slowakei war. Bis dahin, hoffte er, würde auch Willie bald eintreffen. Er warf einen sehnsüchtigen Blick auf sein Bett, sah auf seine Uhr, entschied aber, daß es besser war aufzubleiben. Er bestellte beim Zimmerservice mehr Kaffee.

Als Simone Carnot in ihr Zimmer kam, war sie zu müde, um noch etwas zu essen. Sie duschte kurz, schlüpfte in ein Nachthemd und ließ sich ins Bett fallen. Sie machte sich nicht mehr die Mühe, Hassan anzurufen. Das hatte Zeit bis zum Morgen. Sie schaffte es gerade noch, die Nachttischlampe auszuknipsen, bevor sie einschlief.

Karin Berg bewies mehr Ausdauer. Nachdem sie geduscht hatte, rief sie an der Rezeption an und bestellte ein sehr frühes Frühstück aufs Zimmer. Dann machte sie es sich auf der Couch bequem und dachte nach. Sie mußte Hassan die dreißigtausend so bald wie möglich aus der Tasche ziehen.

Im Gegensatz zu den anderen Frauen hatte sie während der »Ausbildung« in dem Haus in der Slowakei zahlreiche Spaziergänge in dessen Umgebung unternommen. Im Zuge einer dieser Wanderungen hatte sie an der Ostflanke des Tafelbergs an einer Stelle, die vom Haus nicht zu sehen war, einen verborgenen Pfad entdeckt, der in Richtung Österreich den Berg hinunterführte.

»Ich werde dort nicht zwei Wochen lang herumsitzen«, sagte sie laut zu sich selbst. »Nötigenfalls mache ich mich zu Fuß aus dem Staub, sobald ich Hassan das Geld abgeschwatzt habe. Einmal in Österreich, finde ich bestimmt eine Möglichkeit, nach Wien zu kommen. Und von dort fliege ich nach Rom.«

Mit diesem tröstlichen Gedanken im Hinterkopf machte sie sich mit wahrem Heißhunger über das reichliche Frühstück her, das ihr ein Hoteldiener aufs Zimmer gebracht hatte. Danach fühlte sie sich wesentlich besser. Sie stellte ihren inneren Wecker, stieg ins Bett und schlief rasch ein.

Vitorelli, der nach einem ausgiebigen Abendessen in der Hotelhalle Platz genommen hatte, erteilte Mario seine Anweisungen.

»Ich überlasse dir das Auto. Du hast ein Handy. Du kannst mich also jederzeit anrufen, wenn etwas passiert, was ich wissen sollte. Denn irgend etwas wird in den nächsten paar Stunden auf jeden Fall passieren.«

»Was hast du vor?« fragte Mario.

»Ich nehme mir ein Taxi zum Flughafen und werde im Hubschrauber schlafen. Angesichts der brisanten Fracht, die er an Bord hat, sollte ich lieber gut auf ihn aufpassen.«

»Was soll ich tun, sobald ich dir Bericht erstattet habe?«

»Was ich vor allem wissen will, ist, ob Tweed abreist – und falls ja, wann. Anschließend kannst du zu mir zum Flughafen rauskommen. Ich vermute, daß es morgen früh losgeht. Die Tatsache, daß Tweed mit Paula in Wien ist, kann eigentlich nur bedeuten, daß demnächst irgendeine größere Sache steigt.«

»Hast du schon einen bestimmten Plan, Emilio?«

»Mehr oder weniger. Was ich vor allem brauche, ist eine Ablenkung. Und ich glaube, genau dazu werden mir Tweed und seine Leute verhelfen.«

»Dann fährst du also jetzt los?«

»Einen Moment. Laß mich erst noch kurz überlegen.« Vitorelli strich sich mit den Fingern durchs Haar. »Die Sache ist folgende: Tweed hat nicht weit vom Eingang des Hotels einen Wagen postiert. Ich hab Newman darin sitzen sehen, als ich mir vorhin im Freien ein wenig die Füße vertreten habe. Er hat sich schlafend gestellt. Wenn er losfährt, um einem anderen Auto zu folgen, rufst

431

du mich sofort mit dem Handy an. Dann wartest du. Ich bin sicher, Tina Langley wird morgen sehr früh mit dem Auto abreisen. Du folgst ihr, und wenn du abschätzen kannst, wohin sie unterwegs ist, rufst du mich an. Anschließend fährst du auf schnellstem Weg zum Flughafen raus. Ich warte im Hubschrauber auf dich. Das wär's. Ich muß jetzt los.«

Ein paar Stunden später, kurz vor Tagesanbruch, stieß Tweed seine Pläne noch einmal um. Er hatte schon eine ganze Weile die Karte des Burgenlands studiert, die er bei der Ankunft in Schwechat an einem Zeitschriftenstand gekauft hatte. Als Marler, der kurz auf sein Zimmer gegangen war, zurückkam, brach er schließlich sein Schweigen.

»Paula hat sehr treffend beschrieben, wie es im Burgenland ist. Es ist dort flach, vollkommen eben. Sozusagen ein riesiges Schachbrett. Wir müssen uns also sehr genau überlegen, welche Züge wir mit unseren Figuren machen.«

»Das Problem wird sein«, bemerkte Marler, »daß wir keine Rückendeckung haben.«

»Richtig, aber das gilt für beide Seiten. Auch der Feind wird keine Rückendeckung haben. Wir haben drei Fahrzeuge. Das erste nehmen Newman, Paula und ich. Das zweite Nield, das dritte Sie.«

»Wir fahren im Konvoi? Ein besseres Ziel könnten wir dem Feind kaum bieten.«

»Nein, nicht im Konvoi. Die drei Autos werden in einigem Abstand fahren. Nield bildet die Vorhut. Irgendwann – die Wahl des genauen Zeitpunkts überlasse ich Ihnen, Marler – überholen Sie Nield, und Nield läßt sich hinter mich zurückfallen, so daß ich weiter in der Mitte bin.«

Tweed benutzte einen Gehstock, den jemand in seinem Zimmer vergessen hatte, als Zeigestab. Paula fand, er sah aus wie ein General bei der Planung der großen Entscheidungsschlacht. Er war so konzentriert, daß die Luft im Raum zu knistern schien.

»Ich sehe, Sie haben zwei Handys auf den Schreibtisch gelegt«, bemerkte Tweed.

»Ich weiß, Sie mögen die Dinger nicht, weil sie nicht abhörsicher sind. Aber in diesem Fall können wir wohl schwerlich auf sie verzichten.«

»Ganz meiner Meinung. Hassan bekommt den Codenamen Argus. Sie werden sicher versuchen, uns unterwegs in einen Hinterhalt zu locken«, fuhr Tweed fort. »Vermutlich, wenn wir uns Hassans Hauptquartier nähern, diesem seltsamen Haus in der Slowakei.«

»Möglicherweise werden sie uns sogar mehr als nur einen Hinterhalt legen.«

»Wie bei jeder Schlacht läßt sich das selbstverständlich noch nicht voraussagen. Unser Ziel ist jedenfalls das Haus auf dem Tafelberg. Ist Nield noch draußen im Auto?«

»Ja.«

»Bitten Sie Newman, ihn ein paar Minuten abzulösen, und schicken Sie ihn zu mir.«

Als Nield ankam, erklärte ihm Tweed seinen Plan, und nachdem er wieder auf seinen Beobachtungsposten im Auto zurückgekehrt war, setzte er auch Newman noch einmal alles auseinander. Newman hörte aufmerksam zu, bevor er sich dazu äußerte.

»Einverstanden. Allerdings sind wir nur zu fünft. Wir könnten Butler gut gebrauchen.«

»Oh, ich habe dafür gesorgt, daß wir nötigenfalls sofort mit Butler Verbindung aufnehmen können«, sagte Tweed. »Kriminalhauptmeister Windlin wohnt hier im Hotel. Ich habe ihm die Telefonnummer des Château d'Avignon gegeben. Wenn es so weit ist, soll er Butler eine verschlüsselte Nachricht übermitteln. Ich kann Windlin mit dem Handy erreichen – Harry möchte ich nämlich nicht mit dem Handy aus dem Burgenland anrufen.«

»Sie scheinen an alles gedacht zu haben«, sagte Paula.

»Was mir Sorgen macht, ist, daß ich vielleicht doch etwas übersehen haben könnte …«

Wenige Minuten später hatten alle ihre Positionen eingenommen. Nield wartete vor dem Hotel im Auto. Newman, Paula und Marler, dessen Beutel wieder prallvoll war, saßen in Tweeds Zimmer. Da Newman bereits alle Rechnungen bezahlt hatte, konnten

433

sie jeden Moment abreisen. Tweed fand, es wäre langsam Zeit, sich bei Monica zu melden.

»Ich wollte Sie gerade anrufen«, meldete sie sich. »Weitere Neuigkeiten von unseren Auslandskontakten. Der Fünften US-Flotte, die sich im Indischen Ozean auf Kurs nach Norden befindet, hat sich ein zweiter Flugzeugträgerverband angeschlossen. Wir sind inzwischen auch in der Region vertreten. Ein britisches Atom-U-Boot ist im fraglichen Gebiet aufgetaucht. Es hat zum Schein eine Lenkrakete in Richtung Antarktis abgefeuert. Feindliche Flugzeuge, die dort patrouilliert sind, müssen sie gesehen haben.«

»Stand irgendwas davon in der Zeitung?«

»Ja. Ein kurzer Hinweis auf ein Gerücht in der *International Herald Tribune*. Darin heißt es außerdem, daß britische Flugzeuge gesehen wurden, die von unserem Luftwaffenstützpunkt in Akrotiri auf Zypern in Richtung Osten gestartet sind. Diese Meldung wird sicher auch bald in der internationalen Presse auftauchen.«

»Das ist ja hochinteressant. Der Westen wacht also doch noch auf – wie immer erst fünf vor zwölf. Möglicherweise bin ich in den nächsten Stunden schwer zu erreichen. Ich rufe Sie an, wenn sich eine Gelegenheit bietet.«

»Was ist da eigentlich los?« fragte Paula, als er ihr davon erzählte.

»Auf ein bestimmtes Staatsoberhaupt wird verstärkt Druck ausgeübt.«

»Ich weiß nicht, ob es etwas zu bedeuten hat«, bemerkte Newman, »aber ich hab Vitorelli das Hotel verlassen sehen. Mario scheint hierzubleiben.«

»Wohin er gefahren ist, wissen Sie nicht zufällig?« fragte Tweed.

»Ich bin ihm zum Ausgang gefolgt. Er sprang in ein Taxi, das sofort losbrauste.«

»Vitorelli ist für seine rasche Entschlußkraft bekannt. Ich bin sicher, er führt etwas im Schilde. Vielleicht finden wir ja noch heraus, was er vorhat.«

Das Telefon läutete zweimal, bevor Tweed den Hörer abnahm. Es war Nield.

»Tina und Argus verlassen gerade das Hotel. Sie steigen in eine große Limousine, die von einem zweiten Fahrzeug begleitet wird. Jetzt fahren sie los. Augenblick! Da kommt gerade eine andere Limousine an. Der Chauffeur hält zwei Frauen die Tür auf. Eine Blondine steigt vorne ein, eine Rothaarige hinten. Sie fahren los, folgen Argus. Ich muß jetzt Schluß machen.«

»Es geht los«, murmelte Tweed.

44

Um diese Tageszeit, kurz vor dem Morgengrauen, war Wien am beeindruckendsten – und am bedrückendsten. Newman fuhr hinter Nield. Die Nachhut bildete Marler. Paula, die mit Tweed auf dem Rücksitz saß, blickte auf die k. u. k.-Prachtbauten aus Wiens Glanzzeit vor dem 1. Weltkrieg hinaus.

»Es muß Unsummen gekostet haben, diese Stadt zu bauen«, bemerkte Paula.

»Das Geld dafür kam vor allem aus den Trabantenstaaten des österreichischen Kaiserreichs«, erklärte ihr Tweed. »Insbesondere die Tschechen und Ungarn konnten sich nur sehr schwer damit abfinden, daß ihr Geld dafür verwendet wurde.«

Sie fuhren weiter durch die stillen Prachtstraßen. Paula schien es, als nähme die Stadt kein Ende mehr. Ein gigantisches Denkmal für etwas, das schon über neunzig Jahre nicht mehr existierte. Paula sah, daß Newman zwei Maschinenpistolen neben sich liegen hatte. Vor dem Verlassen des Hotels hatte sie sich von Marler in letzter Minute überreden lassen, ein paar Handgranaten einzustecken.

In der allgemeinen Aufbruchshektik hatte sie nicht widersprochen. Jetzt waren die Handgranaten in ihrem Umhängebeutel. Newman hatte beim Fahren nur eine Hand am Steuer. In der anderen hielt er sein Handy, über das er in ständigem Kontakt mit

Nield und Marler stand. Als sie die Prachtbauten der Innenstadt hinter sich ließen, wandte sich Newman wieder Paula und Tweed zu.

»Pete sagt, er ist gerade an einem Wegweiser zum Burgenland vorbeigekommen.«

»Habe ich mir doch fast gedacht«, bemerkte Tweed. »So weit, so gut.«

Nach einer Weile war Wien nur noch eine Erinnerung. Sie fuhren durch eine weite Ebene, die sich im ersten Licht des anbrechenden Tages vor ihnen ausbreitete. Die Gegend, die Paula bereits von ihrer Fahrt mit dem Gangster Valja kannte, wirkte wie ausgestorben.

»Pete gibt mir gerade durch«, berichtete Newman den anderen, »daß ihn die Limousinen abgehängt haben. Sie müssen extrem starke Motoren haben. Ihre Rücklichter kann er allerdings noch sehen.«

»Sagen Sie ihm, er soll zusehen, daß er sie möglichst nicht ganz aus den Augen verliert«, trug ihm Tweed auf.

»Jetzt habe ich Marler dran«, fuhr Newman fort. »Er sagt, Mario ist aus dem Sacher gekommen und mit einem Auto losgefahren. Er ist ihm in einigem Abstand gefolgt. Offensichtlich ist er unterwegs zum Flughafen.«

»Paßt«, sagte Tweed.

»Warum?« fragte Paula.

»Weil wir Vitorelli vielleicht schon bald wiedersehen werden. Am Himmel.«

»Er muß mich ja richtig ins Herz geschlossen haben«, sagte Paula, um einen Witz bemüht.

»Ganz im Gegenteil zu einer anderen Frau.«

Im Licht des anbrechenden Tages breitete sich in Richtung Osten eine weite Ebene vor ihnen aus. Zu beiden Seiten der Straße erstreckten sich bis zum Horizont endlose Felder mit Weinstöcken. Die gedrungenen, etwa hüfthohen Planzen standen in schnurgeraden Reihen.

»So weit das Auge reicht, nichts als Weinstöcke«, bemerkte Tweed. »Stellen Sie sich mal vor, wie hier tagsüber die Sonne herunterbrennt.«

»Ich habe in Erinnerung an meinen letzten Ausflug in diese reizende Gegend mehrere Flaschen Mineralwasser mitgenommen«,
sagte Paula. »Eben sind wir an einem Wegweiser nach Bruck vorbeigekommen.«
»Die Richtung stimmt also«, bestätigte Tweed.
»Dort vorne kommt ein Dorf. Wirklich eigenartig. Es gibt nur
ganz wenige Ortschaften, und sie liegen sehr weit voneinander
entfernt.«
Die Straße durch das Dorf war auf beiden Seiten von niedrigen
Häusern gesäumt. Es war keine Menschenseele zu sehen. Da es
noch sehr früh am Morgen war, nahm Tweed an, daß die meisten
Menschen in ihren Häusern waren und sich für einen weiteren
harten und heißen Arbeitstag auf den Feldern fertig machten.
Plötzlich wurden sie ohne Vorwarnung von Marler überholt, und
kurz darauf tauchte Pete Nields Wagen vor ihnen auf. Er fuhr
ziemlich langsam. Sie überholten ihn, so daß sie sich nun zwischen ihm und Marler befanden.
Es tagte schlagartig, und die weite Landschaft wurde mit
einem Mal in helles Licht getaucht. Sie befanden sich hier am
Ende der Welt, auf Tweeds Schachbrett. Inzwischen konnten sie
Marlers Wagen wieder sehen. Am Straßenrand stand ein Wegweiser. Morzach. Als in der Ferne ein größeres Dorf auftauchte,
beugte sich Tweed vor. Es war deutlich zu sehen, wie er sich am
ganzen Körper anspannte.
Der nächste Ort war zwar größer, unterschied sich aber ansonsten in nichts von dem Dorf, das sie eben passiert hatten. Die
Straße wurde auf beiden Seiten von niedrigen Häusern gesäumt,
die in den unterschiedlichsten Pastelltönen gestrichen waren,
grün, rosa, gelb, blau. Paula nahm an, die Farben dienten dem
Zweck, der Gegend etwas von ihrer Trostlosigkeit zu nehmen.
»Langsamer!« rief Tweed. »Und in der Mitte des Dorfes halten
Sie an. Rufen Sie sofort Marler an. Und sagen Sie Nield Bescheid,
er soll sehen, daß er uns schleunigst einholt.«
»Was soll...« setzte Paula an.
Tweed hatte auf der Straße vor ihnen ein kurzes Aufblitzen be-
merkt. Es rührte von unzähligen spitzen Eisen- und Glassplittern

her, die über die ganze Fahrbahnbreite verteilt waren. Ihre Reifen wären davon in Fetzen geschnitten worden. Tweed öffnete die Tür und forderte Paula auf, ihre ebenfalls aufzumachen. Dann stieg er aus, blickte sich um und lauschte.

Über dem Ort lag eine beängstigende Stille. Nicht ein Laut war zu hören. Das erinnerte ihn an das Dorf Shrimpton in Dorset, das ähnlich still und verlassen gewesen war. Wie eine Geisterstadt. Die lastende Stille hatte etwas Unheimliches. Doch plötzlich wurde sie durchbrochen, weil Marlers Wagen in hohem Tempo auf sie zugebraust kam. Wenig später kam von hinten auch Nield näher. Tweed winkte mit hocherhobenen Armen, das Zeichen für Gefahr.

»Was ist los?« fragte Paula, die, wie befohlen, neben der offenen Tür auf ihrer Seite stand.

»Das ist ein Hinterhalt!« rief Tweed laut, damit ihn auch Marler und Nield hören konnten.

Kaum hatte er seine Leute gewarnt, stürmte aus den Einfahrten zwischen den Häusern eine Horde Kroaten hervor und stürzte unter lautem Gebrüll mit gezückten Messern auf sie zu. Nield, der sich die Fotos, die er bei der Ankunft am Flughafen mit seiner Sofortbildkamera gemacht hatte, sehr genau angesehen hatte, schrie:

»Das sind die Kroaten vom Flughafen ...«

Einer von ihnen stürzte sich mit einem fiesen Grinsen auf Tweed und holte mit dem Messer aus. Doch bevor er zustechen konnte, hatte ihn Paula, die sich hinter den Wagen gestellt hatte, in die Brust geschossen. Der Mann fiel hintenüber und blieb röchelnd liegen. Als darauf die restlichen Angreifer etwas vorsichtiger auf sie zu kamen, ertönte Marlers gellende Stimme.

»Zieht euch hinter den Wagen zurück!«

Tweed hechtete in den Wagen, schlug die Tür hinter sich zu und kroch auf der anderen Seite, wo Paula kauerte, wieder nach draußen. Unter wildem Geheul rannten die Kroaten auf den Wagen zu. Da setzte plötzlich mörderisches Maschinenpistolenfeuer ein. Die Kroaten wurden von drei Seiten unter massivem Beschuß genommen. Marler feuerte von der Nase des Wagens, Newman über die Motorhaube hinweg und Nield hinter dem Kofferraum hervor. Die Kroaten gingen in dem Kugelhagel einer nach dem anderen zu Boden, bis keiner mehr auf den Beinen war.

Dann legte sich wieder gespenstische Stille über Morzach. Marler rief Newman zu, er solle bleiben, wo er war, während er in den Häusern nachsehen ginge. Nield folgte Marler. Die kurze Zeit, die die beiden Männer verschwunden waren, kam Paula wie eine Ewigkeit vor. Und sie hatte Marler noch nie so ernst gesehen, als er, gefolgt von Nield, wieder auftauchte.

»Um die Häuser für ihren Hinterhalt zu nutzen, haben sie alle Dorfbewohner massakriert.«

»O mein Gott! Wie schrecklich«, stieß Paula entsetzt hervor.

Newman hatte bereits ein Stück Plane aus dem Kofferraum geholt als Behelfsbesen, um die Eisen- und Glasteile von der Straße zu fegen. Nachdem er die Plane kräftig ausgeschüttelt hatte, warf er sie wieder in den Kofferraum zurück.

»Ich finde, wir sollten besser weiterfahren«, sagte er. »Wir haben noch einiges zu erledigen.«

»Einverstanden«, erklärte Tweed. »Bei der Polizei können wir auch später noch anrufen. Die Leichen können unmöglich auf der Straße liegenbleiben. Ganz zu schweigen von den armen Teufeln in den Häusern. Einfach barbarisch.«

Als sie losfuhren, vermied es Paula bewußt, die Leichen auf der Straße anzusehen. Tweed legte einen Arm um sie und drückte sie an sich. In der Annahme, daß sie einen Schock erlitten hatte, sagte er ganz bewußt nichts. Er selbst war inzwischen noch fester entschlossen, sein Vorhaben zu Ende zu führen. Hassan schreckte offensichtlich vor nichts zurück.

Sie hatten das Dorf inzwischen mehrere Kilometer hinter sich gelassen, und vor ihnen erstreckte sich wieder nur flaches Land, das kein Baum und kein Strauch, geschweige denn eine menschliche Ansiedlung unterteilte. Auf Tweeds Anweisung fuhren sie wieder in der ursprünglichen Reihenfolge. Marler vorne, Nield hinten. Nachdem Newman kurz mit Marler telefoniert hatte, wandte er sich an Paula und Tweed.

»Marler sagt, er kann bereits den Tafelberg mit dem Haus sehen. Er meint, in einer Minute müßten wir ihn auch sehen können.«

Tweed beugte sich vor und klammerte sich an der Rückenlehne des Beifahrersitzes fest. Obwohl es noch früh am Tag war, brannte die Sonne erbarmungslos vom Himmel. Im Wagen wurde es immer heißer. Wenn sie die Fenster öffneten, strömte nur glühend heiße Luft ins Innere. Deshalb schlossen sie sie sofort wieder. Dann sah ihn auch Tweed.

Vor ihnen erhob sich ein langgestreckter Tafelberg aus der Ebene. Auf dem Plateau auf seinem Gipfel stand das Haus, in dem sich Hassans Hauptquartier befand. Es hob sich deutlich gegen den strahlend blauen Himmel ab.

»Das ist es«, sagte Paula.

Tina, die im Fond der ersten Limousine saß, blickte angewidert zu dem Haus hoch. Sie hatte nicht die geringste Lust, dorthin zu fahren. Sie war nur sehr widerwillig in den Wagen gestiegen, der sie im Sacher abgeholt hatte.

Ihr Widerwillen nahm zu, als der Fahrer die steile, kurvenreiche Straße den Berg hinauffuhr. Oben angelangt, hielt er vor dem Eingang des Gebäudes. Hassan stieg aus und öffnete ihr die Tür. Sie hatten während der Fahrt kein einziges Wort gewechselt. Hassan verneigte sich.

»Willkommen zu Hause.«

»Ich hasse diesen Ort«, zischte Tina. »Man hat hier das Gefühl, in einem Leichenschauhaus zu sein. Hier werde ich auf keinen Fall lange bleiben.«

»Komm rein. Trink was.«

»Du hättest mir schon unterwegs was zu trinken anbieten können. Tolle Limousine, die du da hast.«

»Sie hat eine Menge Geld gekostet.«

»Da haben sie dich aber ganz schön übers Ohr gehauen.«

Gefolgt von dem Chauffeur, der ihren Koffer trug, führte er sie ins Haus. Sie hörte, wie die Tür hinter ihr abgeschlossen wurde. Das Geräusch war nicht dazu angetan, ihre Stimmung zu heben.

»Ich möchte meinen Drink auf der Terrasse zu mir nehmen«, verlangte sie.

»Erst möchte ich dir deine Suite zeigen.«

Nachdem er ihr durch einen mit dickem Teppichboden ausgelegten Flur vorangegangen war, öffnete er die Tür einer Suite, deren Fenster sich in die Richtung öffneten, in der Österreich lag. Sie war zwar luxuriös, aber im orientalischen Stil eingerichtet, was Tina schrecklich fand. Der Chauffeur stellte ihren Koffer ins Ankleidezimmer. Nachdem er die Suite verlassen hatte, ging Hassan rückwärts zur Tür.

»Die Tür läßt sich ja gar nicht öffnen«, schimpfte Tina, nachdem sie die Glastür zur Terrasse vergeblich aufzubekommen versucht hatte. »Letztes Mal ging es noch.«

»Wir haben eine Klimaanlage eingebaut.«

»Wie lange – wie viele Tage – erwartest du, daß ich in diesem bescheuerten Haus bleibe?«

»Getränke stehen auf dem Tisch.«

»Ich habe dich was gefragt. Was sind das für Manieren? Wenn eine Dame eine Frage stellt, hat sie gefälligst auch eine Antwort zu erhalten.«

»Wir werden alles in unserer Macht Stehende tun, um dir den Aufenthalt hier so angenehm wie möglich zu machen.«

»Diesen Blödsinn kannst du dir sparen. Hier ist es wie in Sibirien. Antworte mir endlich, oder ich reise auf der Stelle wieder ab.«

Hassan verließ den Raum und schloß die Tür von außen ab. Tina begann wild zu fluchen. Nachdem sie kurz die Flaschen auf dem Tisch studiert hatte, schenkte sie sich ein Glas Rotwein ein, nahm einen Schluck und fluchte erneut.

Hassan hatte mühsam um Beherrschung gerungen, als Tina aufmüpfig geworden war. Er wußte, die zweite Limousine mußte jeden Augenblick eintreffen. Als er die Haustür öffnete, kam sie gerade an. Er eilte nach draußen, um Karin Berg, die auf dem Beifahrersitz saß, die Tür zu öffnen. An die Frau auf dem Rücksitz gewandt, sagte er:

»Ich werde mich gleich um dich kümmern.« Dann verneigte er sich vor der blonden Schwedin. »Es ist mir eine Freude, dich wieder als Gast hier zu haben. Du bekommst eine unserer schönsten Suiten.«

»Wo sind meine dreißigtausend?« fragte Karin Berg ohne ein Wort des Grußes.»Zahlung bei Lieferung. Ich bin hier.«

»Ich zeige dir erst deine Suite. Geld ist so ein leidiges Thema, wenn man gerade angekommen ist.«

»Das ist es eigentlich zu jeder Zeit«, erwiderte sie kurz angebunden.

Hassan führte sie einen Gang hinunter und öffnete die Tür einer Suite. Gerade als der Chauffeur mit dem Koffer kam, trat sie ein. Der Raum war groß, die Einrichtung teuer, aber die Fenster sehr klein. Karin Berg war groß genug, um nach draußen blicken zu können, ohne sich auf die Zehenspitzen stellen zu müssen. Ihr Blick fiel auf die öde Wildnis der Slowakei.

»Reizende Aussicht«, bemerkte sie.»Auf der anderen Seite, wo man nach Österreich sieht, finde ich es schöner.«

Sie hörte ein leises Schnappen und sah sich um. Hassan hatte den Raum verlassen und die Tür von außen abgeschlossen. Sie hob die Schultern. Sie würde ihn so lange bearbeiten, bis er ihr das Geld gab. Als sie wieder aus dem Fenster sah, bemerkte sie auf der rechten Seite einen Haufen Steine. Dahinter führte ein schmaler Pfad in Richtung österreichische Grenze den Berg hinunter.

Währenddessen eilte Hassan zu der Limousine zurück, öffnete die hintere Tür und verneigte sich. Simone Carnot sah ihn resigniert an. Statt hierherzukommen, hätte sie zur Polizei gehen sollen. Doch dann fiel ihr ein, wie ihr einmal jemand die Zustände in einem Schweizer Gefängnis beschrieben hatte. Keine Brutalität, aber auch keinerlei Annehmlichkeiten. Wahrscheinlich war dieses Gefängnis erträglicher – zumindest eine Weile.

»Du bekommst die beste Suite in meinem Hauptquartier«, erklärte Hassan salbungsvoll.

»Na wunderbar ...«

Sobald er Simone Carnot in ihrer Suite eingeschlossen hatte, eilte Hassan in sein Büro und setzte sich erleichtert an seinen großen Schreibtisch. Jetzt hatte er die Ordensschwestern fest unter Kontrolle. Seine Erleichterung wich jedoch rasch Besorgnis, als ihm einfiel, daß er noch immer nichts von Willie gehört hatte.

Aber wie er Willie kannte, versuchte er sicher, auf schnellstem Weg in die Slowakei zu kommen, und wollte keine Zeit mehr mit Telefonieren vergeuden. Hassans Besorgnis wurde jedoch schon kurz darauf erneut geweckt, als er die *International Herald Tribune* überflog, die ihm der Portier beim Verlassen des Sacher in die Hand gedrückt hatte.

Wie gebannt starrte er auf eine Meldung, der zufolge die Fünfte US-Flotte auf dem Weg in den Indischen Ozean war. Hassan langte unter den Schreibtisch und betätigte einen Hebel. Auf dem Dach des Hauses wurden mehrere Antennen ausgefahren. Sie waren Bestandteil einer hochmodernen, extrem leistungsfähigen Sende-anlage. Er mußte unbedingt mit dem Staatsoberhaupt sprechen.

Tweed beugte sich vor und blickte durch die Windschutzscheibe. Erstaunt registrierte er die Antennen und Satellitenschüsseln, die plötzlich auf dem Dach des Hauses erschienen. Ihm war sofort klar, wozu sie dienten.

»Bob, geben Sie mir das Handy. Schnell.«

Er wählte die Nummer des Hotel Sacher und verlangte, umgehend zu Kriminalhauptmeister Windlin durchgestellt zu werden. Der Schweizer kam sofort an den Apparat. Tweed trug ihm auf, Butler anzurufen und ihm die verschlüsselte Nachricht ins Château d'Avignon durchzugeben.

Butler, der schon fertig geduscht und angezogen war, sagte nur ein Wort, als er den Anruf erhielt.

»Verstanden.«

Dann humpelte er die Treppe hinunter. Fred Brown an der Rezeption sah ihn schadenfroh an. Und Stan, der hagere Hotel-diener mit dem fiesen Grinsen, rief ihm hinterher:

»Wie haben Sie denn das angestellt? Tut hoffentlich nicht allzu weh.«

Butler hätte ihm am liebsten die Zähne eingeschlagen. Statt dessen zwang er sich, mit einem freundlichen Lächeln zu erwidern:

»Ich möchte ein bißchen frische Luft schnappen.«

Sobald die beiden ihn nicht mehr sehen konnten, bewegte er sich wieder normal. Diesmal hatte er den Verband nicht angelegt – er hätte ihn zu stark behindert. Am Tag zuvor hatte er den Beutel mit der Bombe, dem Zeitzünder und ein paar Kleidern aus dem Schrank geholt und vor dem Hoteleingang hinter einem Busch versteckt.

Nachdem er sich den Beutel über die Schulter gehängt hatte, begann er am Turm hochzuklettern. Diesmal kam er wesentlich schneller voran. Oben angekommen, stellte er fest, daß das Fenster, vermutlich wegen der Hitze, halb offenstand. Der sechsseitige Raum war leer, die Funkanlage, die aussah wie das Cockpit eines Jumbo, war nicht besetzt. Er mußte sich nur durch das Fenster schwingen, um in das Turmzimmer zu gelangen.

Er brauchte zwei Minuten, um die Bombe herauszuholen und mit Hilfe mehrerer Metallklemmen an der Unterseite der Funkkonsole anzubringen. Nachdem er den Zeitzünder auf fünf Minuten eingestellt hatte, befestigte er ihn an der Bombe. Dann legte er, ohne zu zögern, den Schalter um, der sie aktivierte. Wenn jetzt jemand hereinkäme und die Bombe zu entfernen versuchte, würde sie frühzeitig explodieren. Er ging ans Fenster, sah nach draußen und hielt die Luft an.

Unten auf dem Vorplatz stand Stan. Er war nach draußen gekommen, um sich die Beine zu vertreten. Butler war bei der Begegnung vorhin nicht entgangen, daß sich seine Jacke unter der Achselhöhle deutlich wölbte. Der Mann trug ein Schulterholster. Butler sah auf die Uhr.

Vier Minuten, bis die Bombe hochging.

Stan rauchte eine Zigarette, öffnete das Tor und blickte die Straße hinunter.

Noch drei Minuten, bis die Bombe hochging.

Jetzt kam auch noch Fred Brown nach draußen. Er schlenderte auf Stan zu. Sie unterhielten sich. Butlers Hände begannen unter den Handschuhen heftig zu schwitzen. Er rannte zur Tür, drehte am Knauf. Sie war abgeschlossen. Er eilte zum Fenster zurück. Stan trat seine Zigarette aus. Er unterhielt sich weiter mit Fred.

444

Zwei Minuten, bis die Bombe hochging.

Das Telefon an der Rezeption läutete. Beide Männer gingen wieder nach drinnen. Butler kletterte durch das Fenster und rutschte an dem alten Mauerwerk nach unten. Eine lange Efeuranke, an der er sich mit der linken Hand festhielt, löste sich. Nur noch an der rechten Hand hängend, bekam er mit der linken Hand eine andere Ranke zu fassen und ließ sich rasch weiter nach unten gleiten. Endlich hatte er wieder festen Boden unter den Füßen. Er warf sich den Beutel über die Schulter, und ohne sich um den Lärm zu kümmern, den seine Schritte auf dem Kies der Einfahrt machten, rannte er zum Tor.

»He, Sie da! Stehenbleiben! Stehenbleiben, hab ich gesagt…!«

Es war Stans Stimme. Butler stürmte durch das offene Tor, sprintete die Straße entlang. *Wumm!* Das Krachen der Explosion war viel lauter, als er erwartet hatte. Der ganze Turm explodierte, und Mauerteile flogen in allen Richtungen durch die Luft. Einige landeten dicht hinter ihm auf der Straße. Er riskierte einen kurzen Blick zurück. Durch eine Lücke zwischen den Bäumen sah er dort, wo einmal der Turm gewesen war, nur noch verkohlte Mauerreste in den Himmel ragen.

Gerade als er sich der Stelle näherte, wo der Forstweg in den Wald abzweigte, hörte er hinter sich das Pfeifen von Querschlägern auf der Straße. Er bog hinter einer Kurve in den Forstweg. Hinter ihm ertönten rasche Schritte. Um das Motorrad aus seinem Versteck zu holen, würde die Zeit nicht mehr reichen. Vorher hätten ihn die Verfolger eingeholt. Keuchend stellte er sich hinter den dicken Stamm eines hohen Baumes, holte eine Handgranate aus seinem Beutel und entsicherte sie.

Die Schritte auf dem Forstweg kamen näher. Er wartete, um den richtigen Augenblick abzupassen. Als er hinter dem Baumstamm hervorspähte, kamen Stan und Fred, beide mit Maschinenpistolen bewaffnet, angerannt. Als Stan Butlers Kopf hinter dem Baumstamm hervorkommen sah, blieb er so abrupt stehen, daß Fred mit ihm zusammenstieß.

Butler warf die Granate so gezielt, daß sie genau vor Stans Füßen landete und explodierte. Stan riß die Arme hoch und wurde in die Luft geschleudert. So etwas hatte Butler noch nie gesehen. Dann fiel Stan mit dem Gesicht nach unten auf den Weg. Er war tot. Fred konnte sich nur noch mit Mühe auf den Beinen halten. Sein rechter Arm war blutüberströmt und hing schlaff an seiner Seite hinab. Er drehte sich um und stolperte in Richtung Straße davon.

Um das Motorrad aus dem stachligen Gestrüpp ziehen zu können, zog Butler rasch die Handschuhe an. Über die Maschinenpistole hinweg, die Fred fallengelassen hatte, schob er das Motorrad zur Straße. Dann schwang er sich in den Sattel und startete die Maschine. Er war froh, daß keine Gäste zu Schaden gekommen waren, als der Turm explodierte – er war der letzte Hotelgast gewesen. Sein vorgetäuschtes Hinken hatte seinen Zweck erfüllt. Er hatte keinen Verdacht erregt.

Die Funkverbindung zwischen dem Haus in der Slowakei und ähnlichen Sendern in Frankreich, Deutschland und England war unterbrochen. Butler brauste in Richtung Genf los. Auf Tweeds Anweisung hin machte er sich auf den Weg zum Flughafen.

45

Widerstrebend hatte Hassan seine drei Besucherinnen aus ihren Zimmern gelassen, damit sie ihre Drinks auf der Terrasse zu sich nehmen konnten. Zu dieser Maßnahme hatte er sich schließlich gezwungen gesehen, weil der Druck, den sie auf ihn ausübten, zu groß geworden war. Tina hatte den Aufstand angezettelt. Als sie begonnen hatte, mit einer kleinen Steinfigur unaufhörlich gegen die verschlossene Tür zu hämmern, war der Lärm zu den anderen Suiten durchgedrungen.

»Laß mich sofort raus, oder ich zertrümmere sämtliche Fenster«, hatte sie, außer sich vor Wut, geschrien.

Als Hassan die Tür aufschloß und öffnete, warf sie die Steinfigur nach ihm. Er konnte sie gerade noch auffangen. Entsetzt fuhr er Tina an:

»Ist dir eigentlich klar, wieviel diese Figur wert ist? Sie wurde in der Wüste ausgegraben und ist Tausende von Jahren alt.«

»Was interessiert mich dieses blöde Ding? Ich will jetzt endlich auf die Terrasse. Diese lächerliche Blockhütte ist eine Zumutung, und so was nennst du ein Haus. Geh mir aus dem Weg.«

Sie griff nach der Weinflasche, die sie neben der Tür abgestellt hatte, und zwängte sich an ihm vorbei. Unter wüsten Beschimpfungen passierte sie die Türen der anderen Suiten. Karin Berg hörte sie und begann mit den Fäusten gegen die Tür zu trommeln. Seufzend stellte Hassan die Figur auf ein Sideboard im Flur und schloß Karin Bergs Tür auf.

»Wenn du etwas gewartet hättest, wäre ich gekommen, um dich zu holen«, sagte er, als sie nach draußen kam.

»Nachdem du endlich gekommen bist, sind alle glücklich und zufrieden«, antwortete sie ruhig. »Ich würde gern einen Spaziergang machen – das heißt, ich will zum Vordereingang raus.«

»Kommt überhaupt nicht in Frage. Du kannst meinen anderen Gästen auf der Terrasse Gesellschaft leisten. Dort kannst du auch die Aussicht genießen, an der dir offensichtlich soviel liegt. Josip wird euch etwas zu trinken bringen.«

»Ist er immer noch hier? Letztes Mal verstand er kein Wort irgendeiner europäischen Sprache. Was ist er? Usbeke?«

Ohne auf eine Antwort zu warten, folgte sie Tina auf die Terrasse. In einer Hinsicht hatte Hassan ein feines Gespür für die Bedürfnisse seiner ›Gäste‹ bewiesen. Sobald er beschlossen hatte, sie auf die Terrasse zu lassen, hatte er dort in größtmöglichem Abstand voneinander drei Tische aufstellen lassen. Tina, die ihre Weinflasche mitgebracht hatte, schnappte sich ein Glas von dem Tablett, das Josip hielt, und stolzierte ins Freie. Sie setzte sich an den Tisch auf der linken Seite und schenkte sich, ohne von der Aussicht Notiz zu nehmen, etwas zu trinken ein.

Dagegen stieg Karin Berg sofort die Treppe zum tiefer gelegenen Teil der Terrasse hinab. Nachdem sie, die Hand wegen der Sonne über die Augen gelegt, eine Weile in Richtung Österreich gesehen hatte, blickte sie nach unten. Sie stand direkt über dem

447

Rand des alten Steinbruchs, dessen senkrechte Felswand hundert Meter tief abfiel.

Hier ist es wie in der Wüste, sagte sie zu sich selbst. Wie bringe ich Hassan nur dazu, mich durch den Vordereingang rauszulassen? Wenn er nicht zahlen will, dann verzichte ich eben auf die dreißigtausend.

Sie hielt sich wieder die Hand über die Augen und suchte den Himmel ab. Sie hatte das Knattern eines Hubschraubers gehört, aber sie konnte ihn nirgendwo entdecken. Schließlich ging sie wieder nach oben und setzte sich an den Tisch, der am weitesten von dem Tinas entfernt war.

Hassan hatte beschlossen, daß er nun auch Simone Carnot freilassen konnte. Sie sagte nichts, als er ihre Tür aufschloß und sie aufforderte, auf die Terrasse zu gehen. Als sie die zwei Frauen sah, die dort bereits saßen, nahm sie einen Spiegel aus ihrer Handtasche und begann ihr rotes Haar zurechtzuzupfen. Da sie keine andere Wahl mehr hatte, setzte sie sich an den Tisch in der Mitte, der zu ihrer Erleichterung relativ weit von denen der beiden anderen Frauen entfernt stand.

Hassan war in sein Büro zurückgekehrt. Er wollte unbedingt die Zeitungsmeldungen an das Staatsoberhaupt weitergeben. Nachdem er einen Kopfhörer aufgesetzt hatte, nahm er vor dem Funkgerät Platz. Die Auskunft, die er erhielt, trug nicht dazu bei, seine Stimmung zu heben.

»Das Staatsoberhaupt ist in einer Besprechung mit seinen Generälen. Er will nicht gestört werden.«

»Hier spricht Hassan. Ich habe wichtige Neuigkeiten. Stellen Sie mich sofort zu meinem Vater durch.«

»Das Staatsoberhaupt möchte nicht gestört werden ...«

»Das wird Sie den Kopf kosten!«

Außer sich vor Wut, legte Hassan auf. Er hatte die Stimme des Mannes erkannt, der ihn so unverschämt abgewimmelt hatte. Er nannte sich selbst großspurig Generalsekretär und schlich in der Hoffnung, seine Machtstellung auszubauen, ständig katzbuckelnd um das Staatsoberhaupt herum. Hektisch machte sich Hassan an den Schaltern und Knöpfen der Funkanlage zu schaffen und rief die Zentrale im Château d'Avignon an. Niemand meldete sich. Die Verbindung schien gestört. Frustriert kehrte er an seinen Schreibtisch zurück und malträtierte ihn mit beiden Fäusten.

»Ich glaube, Tweed ist in einem dieser Autos«, sagte Vitorelli zu Mario, der den Hubschrauber flog. Er sah durch sein Fernglas. »Wir sind zur richtigen Zeit am richtigen Ort.«

Als sie sich dem Haus auf dem Tafelberg näherten, galt sein Augenmerk vor allem der Terrasse. Mario hörte, wie er die Luft anhielt.

»Was ist?«

»Ich kann…«

Vitorelli verstummte mitten im Satz, als hätte es ihm die Stimme verschlagen. Als Mario zu ihm hinübersah, saß er wie erstarrt da.

»Hast du was?« bohrte Mario weiter.

»Auf der Terrasse da unten kann ich ganz klar und deutlich Tina Langley und zwei andere Frauen sitzen sehen. Ich glaube, der Orden hat sich dort versammelt. Endlich habe ich Tina gefunden.«

Sein Ton war eisig. Er saß noch immer wie versteinert da. So vollkommen reglos hatte Mario seinen Boß, der sonst förmlich vor Energie platzte, noch nie dasitzen sehen.

»Es geht los«, sagte Vitorelli schließlich so leise, daß Mario, der Kopfhörer aufhatte, ihn bitten mußte, es noch einmal ins Mikrophon zu wiederholen. Als er den Kurs änderte, machte er eine seltsame Entdeckung, die er sofort an Vitorelli weitergab.

»Sieh mal – da unten direkt neben der Straße. Sieht ganz so aus, als lägen zwischen den Weinstöcken mehrere Männer bäuchlings auf der Erde.«

Vitorelli richtete sein Fernglas auf die Stelle. Dann ließ er es sinken und sog geräuschvoll die Luft ein.

»Tatsächlich. Und neben sich haben sie Waffen liegen. Ohne sich dessen bewußt zu sein, hat mich Tweed zu meinem Ziel geführt. Dafür werde ich mich wohl revanchieren müssen…«

Er gab Mario neue Anweisungen, worauf der Hubschrauber erneut den Kurs änderte.

Die drei Fahrzeuge des kleinen Konvois hielten im Moment relativ großen Abstand. Im vordersten saß Marler. Paula, die in Tweeds Wagen mitfuhr, sah zu dem Hubschrauber hoch, der auf sie zu kam.

»So ähnlich war es, als dieser Valja mich zu dem Haus in der Slowakei brachte«, sagte sie. »Da tauchte plötzlich auch ein Hubschrauber am Himmel auf.«

»Vitorelli«, murmelte Tweed. »Hätte mich gewundert, wenn er nicht aufgetaucht wäre.«

»Aber was hat er vor? Sehen Sie sich das an!«

Ein Stück vor Marlers Wagen blieb der Hubschrauber plötzlich über einem Feld in der Luft stehen und begann ein eigenartiges Manöver. Er stieg etwa hundert Meter senkrecht in die Höhe, und gleich darauf ließ er sich wieder nach unten sinken. Das wiederholte er dreimal. Dann stieg er höher und flog in Richtung Slowakei davon.

»Was sollte das bedeuten?« entfuhr es Paula.

Marler hatte begriffen, was der Pilot des Hubschraubers ihm hatte sagen wollen. Er stieg voll aufs Gas und raste an der fraglichen Stelle vorbei. Als er einen Blick nach rechts warf, stellte er fest, daß einige der Weinstöcke zitterten, obwohl sich kein Lüftchen regte. Nur die Sonne brannte weiter vom Himmel und heizte die baumlose Ebene auf wie einen Backofen. Marler fuhr wieder langsamer und griff nach dem Handy.

»Feindlicher Hinterhalt. Ich drehe um. Laager! Laager!«

Sie hatten dieses Manöver unzählige Male geübt, gelegentlich auch schon in der Praxis erprobt. Es beruhte auf einer bewährten Verteidigungstaktik aus dem Burenkrieg, bei der die Fahrzeuge im Kreis zu einer Wagenburg aufgestellt wurden.

»Haben Sie das gehört, Pete?« sagte Newman in sein Handy.

»Ich komme«, antwortete Nield.

Marler hatte rasch gewendet. Er kam wieder auf sie zugefahren und stellte sich ein Stück vor ihnen quer über die Straße. Newman hielt so neben seinem Wagen an, daß er die zweite Seite des Laagers bildete. Nield schließlich schloß das Dreieck mit seinem Auto.

Alle stiegen aus und gingen im Innern dieser modernen Wagenburg in Deckung. Im selben Moment sprangen zwischen den Weinstöcken am Straßenrand mehrere mit Maschinenpistolen bewaffnete Männer hoch. Marler schrie:

»Werft eure Rauchbomben! Soviel ihr habt! Los!«

Paula riß eine Rauchbombe aus ihrer Umhängetasche und gab sie Tweed. Als sie eine zweite herausholte, stand Tweed auf und holte aus. Die Granate landete genau vor Big Ben. Beißender schwarzer Rauch breitete sich aus. Ben konnte nichts mehr sehen, und er bekam keine Luft mehr. Auch Paula schleuderte ihre Bombe auf die Männer. Gleichzeitig warfen auch die anderen ihre Bomben, jeder in eine andere Richtung, um den Gegner auf allen Seiten am Durchkommen zu hindern.

»Wenn sie aus der Rauchwolke hervorkommen, erledigen wir sie«, rief Newman.

Mit einem Schlagring und einer Smith & Wesson bewaffnet, hatte er das Laager bereits verlassen. Tweed rannte erstaunlich flink auf eine andere Stelle der schwarzen Rauchwolke zu. Auch Paula, Nield und Marler verteilten sich so, daß sie optimal postiert waren.

Nicht weit von Newman kam ein auffallend großer Mann aus der Rauchwolke gewankt. Es war Big Ben. Er hielt eine Maschinenpistole im Arm. Als er Newman sah, stieß er krächzend hervor:

»Rudge ... hier ... sind sie ...«

Newman traf ihn mit dem Schlagring an der Nase. Mit blutüberströmtem Gesicht sackte Ben zu Boden. Paula sah, wie sich Newman über ihn beugte, ihm am Hals den Puls fühlte und feststellte, daß der Mann tot war. Mit der Browning in der Hand rannte Paula auf Newman zu. Sie hatte Rudge mit einem Taschentuch vor dem Mund aus dem Rauch kriechen sehen. Und gerade als er heftig blinzelnd hinter Newman aufstand und seine Maschinenpistole hob, schlug ihm Paula mit dem Lauf ihrer Waffe mit solcher Wucht auf den Hinterkopf, daß der große, dicke Mann die Maschinenpistole fallen ließ und zu Boden fiel. Paula fühlte ihm den Puls. Auch er war tot.

451

Wenige Meter von Tweed entfernt, taumelte ein weiterer Mann aus dem Rauch. Seine Augen tränten so heftig, daß er nur blindlings mit seiner Waffe herumfuchtelte. Tweed trat ihm in den Unterleib. Und als der Mann mit dem Oberkörper ächzend nach vorn sackte, verschränkte Tweed die Hände ineinander und ließ sie auf seinen Nacken niedersausen. Der Mann brach zusammen.

Auf der anderen Seite der Rauchwolke tauchten zwei weitere Männer auf. Einer versuchte seine Maschinenpistole auf Marler zu richten, doch der bückte sich und drosch dem Mann mit dem Lauf seines Armalite-Gewehrs in die Kniekehlen. Der andere Mann schwankte, als wäre er betrunken. Marler schlug ihm mit dem Gewehrkolben auf den Kopf. Der Mann ging zu Boden und rührte sich nicht mehr. Als Marler herumwirbelte, sah er, wie der andere Mann, der noch immer auf dem Boden lag, seine Waffe auf ihn richtete. Er sprang ihm auf die Hände. Mit einem lauten Aufschrei ließ der Mann die Waffe los und atmete dabei neuen Rauch ein. Er verdrehte die Augen, schloß sie, blieb reglos liegen. Schließlich kam der letzte Mann, eine Maschinenpistole im Anschlag, mit einem Taschentuch um den Mund aus der Rauchwolke. Er sah nach links. Aber das war die falsche Richtung, denn er stieß fast mit Nield zusammen, der ihm einen Handkantenschlag gegen den Kehlkopf verpaßte. Es war, als hätte er ihn mit einer Eisenstange getroffen. Mit grotesk verdrehtem Kopf sackte der Mann zu Boden.

Tweed und seine Leute wichen von der Rauchwolke zurück und warteten. Nach und nach legte sich der Rauch so weit, daß nur noch ein dünner Rußfilm übrig war. Es bestand kein Zweifel, daß sie alle Angreifer unschädlich gemacht hatten. Tweed gab seinen Leuten ein Zeichen, zu den Autos zurückzukehren. Als alle versammelt waren, sprach er ihnen seine Anerkennung aus.

»Ohne daß ein Schuß gefallen ist. Sehr gut.«

Das war eines von Tweeds Prinzipien, die er seinen Leuten immer wieder einbleute. »Machen Sie von Ihrer Schußwaffe nur wenn unbedingt nötig Gebrauch.«

Nach kurzem Rangieren fuhr Marler als erster los. Auch Nield machte sich bereit zur Abfahrt. Plötzlich deutete Paula, die mit Tweed noch neben ihrem Wagen stand, aufgeregt nach oben.

»Um Gottes willen! Der Hubschrauber. Er ist in Brand geraten.«

Der Hubschrauber, der inzwischen fast die slowakische Grenze erreicht hatte, zog eine lange Rauchfahne hinter sich her. Er begann heftig zu schwanken, und dann verschwand er hinter dem Tafelberg, auf dessen Gipfel das seltsame Haus stand. Tweed schüttelte nur den Kopf. Dann stieg er ein. Newman saß bereits am Steuer.

»Keine Sorge, der Hubschrauber stürzt nicht ab. Wir sind noch nicht am Ziel. Also, fahren wir.« Er deutete mit dem Kopf auf das Feld neben der Straße. »Noch ein Grund, der Polizei einen anonymen Hinweis zukommen zu lassen.«

46

»Was ist dort los?« rief Tina. »Ist auf diesem Feld ein Feuer ausgebrochen, oder was? Nicht, daß es mich groß interessiert – es sind ja nur ein paar vertrocknete alte Weinstöcke.«

Hassan interessierte die Sache allerdings schon. Er stand am Rand der unteren Terrasse. Durch ein Fernglas hatte er das Geschehen schon seit mehreren Minuten beobachtet. Die Falle war zugeschnappt. Doch jetzt hatte er Mühe, die Fassung zu bewahren.

Mit dem bloßen Auge gesehen, wirkten die drei Pkws, die auf der Straße standen, wie Spielzeugautos. Aber durchs Fernglas gesehen, waren sie sehr real. Fassungslos beobachtete Hassan, wie der Rauch sich legte. Und dann sah er zu seinem Entsetzen Tweed neben Paula auf der Straße stehen. Mit zitternden Händen ließ er das Fernglas sinken. Tweed befand sich jetzt in unmittelbarer Nähe seines Hauptquartiers.

»Schau mal«, trällerte Tina. »Da ist ein Hubschrauber in Brand geraten. Und er kommt direkt auf uns zu. Er wird doch nicht über uns abstürzen?«

»Nein, er dreht ab«, stieß Hassan hervor.

»Ich würde zu gern sehen, wie er abstürzt.«

»Halt den Mund.«

»Gewöhn dir gefälligst einen anderen Ton an, wenn du mit mir sprichst.«

»Ich habe gesagt, du sollst die Klappe halten.«

»Jetzt reicht's mir aber.«

»Setz dich sofort hin, oder ich stoße dich von der Terrasse.«

Tina war baff. So aufgebracht hatte sie Hassan noch nie gesehen. Sie setzte sich und beobachtete den Hubschrauber, der immer noch ziemlich hoch flog. Die Rauchfahne, die er hinter sich herzog, wurde immer dicker, außerdem hatte er inzwischen heftig zu schaukeln begonnen. Stumm verfolgten alle, wie er am Haus vorbeiflog, an Höhe verlor und hinter dem Berg verschwand.

»Kann ich noch was zu trinken haben?« fragte Tina in der Annahme, Hassan würde ihr nachschenken.

»Die Flasche steht auf dem Tisch«, sagte Hassan ruhig.

Er ging ins Haus zurück und rief seine acht Leibwächter zusammen, die sich sonst immer im Hintergrund hielten. Auch wenn ihm das Haus als Hauptquartier diente, hatte er großen Wert darauf gelegt, daß es nach außen wie ein gewöhnliches Wohnhaus wirkte, um keine unerwünschte Aufmerksamkeit zu erregen.

»Versetzen Sie Ihre Männer in Alarmbereitschaft«, befahl er dem Hauptmann seiner Leibgarde. »Wenn jemand in das Haus zu kommen versucht, erschießen Sie ihn ohne Pardon. Keine Gefangenen. Alle Wachen bleiben im Haus und nehmen ihre üblichen Positionen ein.«

Tweed hatte mit seiner Behauptung, der Hubschrauber würde nicht abstürzen, recht behalten. Sobald er über Hassans Hauptquartier geflogen war, landete Mario an einer Stelle, die von dort nicht eingesehen werden konnte. Vitorelli hatte den Landeplatz fotografiert, als er an dem Tag, an dem Paula von Valja hierhergebracht worden war, das Gebiet überflogen hatte.

454

Nachdem sie ihre Rucksäcke gepackt hatten, kletterten sie aus dem Hubschrauber und stiegen den steilen Pfad an der Ostflanke des Berges hinauf. Es war derselbe Weg, den Karin Berg während des Ausbildungslehrgangs in Hassans Hauptquartier entdeckt hatte.

Trotz der sengenden Hitze gingen sie zügig. Oben angekommen, kauerte sich Vitorelli hinter einen Felsen. Dank der Fotos, die er bei einer früheren Gelegenheit gemacht hatte, war er mit dem Grundriß des Hauses bestens vertraut.

Da das Haus auf leicht abschüssigem Gelände errichtet war, stand es zum Teil auf kurzen, massiven Pfeilern, unter denen sich eine größere offene Fläche befand. Vitorelli warf einen kurzen Blick durch sein Fernglas.

»Wir kriechen auf dem Bauch«, flüsterte er Mario zu. »Dann können wir uns unter dem Haus verstecken. Aber wir müssen uns beeilen. Wenn wir hinter den einzelnen Felsen Deckung suchen, wird uns mit etwas Glück niemand entdecken.«

»Das hast du schon mal gesagt«, brummte Mario.

»Na und? Wir haben nur diese eine Chance. Und auf dem Rückweg machen wir es genauso. Und selbst wenn wir es kaum erwarten können, wieder zurückzukommen: Wir müssen uns unbedingt Zeit lassen.«

»Du wiederholst dich schon wieder.«

»Weil es wichtig ist.«

»Das habe ich gemerkt!«

»Nicht so laut.«

Aus der letzten Bemerkung wurde ersichtlich, unter welchem Streß Vitorelli stand. Als sie schließlich wie Schlangen über den trockenen Boden auf das Haus zuzukriechen begannen, zogen sie ihre Rucksäcke neben sich her. Gefolgt von Mario, schlich Vitorelli von einem Felsen zum nächsten, immer darauf bedacht, sich nicht zu schnell zu bewegen, wenn er über offenes Gelände kroch.

Die Sonne brannte erbarmungslos auf sie herab. Obwohl sie aus Italien hohe Temperaturen gewöhnt waren, hatten sie noch nie eine solche Hitze erlebt. Sie waren schweißüberströmt. Ihre Kleider waren klatschnaß. Und dann, etwa auf halber Strecke, passierte es.

Sie hörten, wie die massive stahlverstärkte Eingangstür aufgeschlossen und geöffnet wurde. Vitorelli lag vollkommen reglos hinter einem Felsen. Er hoffte, auch Mario hätte irgendwo Deckung gefunden, wagte aber nicht, sich umzublicken. Er war sicher, gleich würden ein paar Wachen erscheinen, um die Umgebung des Hauses abzusuchen.

Tatsächlich tauchten kurz darauf zwei Männer mit Maschinenpistolen in der Tür auf und blickten nach draußen. Doch angesichts der sengenden Hitze, die ihnen entgegenschlug, schnitt einer der beiden Männer nur ein Gesicht und schüttelte den Kopf. Eigentlich hatte ihnen Hassan befohlen, die Umgebung des Hauses nach Eindringlingen abzusuchen. Aber er sagte zu seinem Partner:

»Ich müßte schön blöd sein, bei dieser Hitze da rauszugehen. Ist doch sowieso kein Mensch hier. Was sollen wir da groß suchen.«

Vitorelli konnte den Mann zwar ganz deutlich hören, verstand aber kein Wort. Er hatte in einer fremden Sprache gesprochen. Obwohl Vitorelli im linken Bein einen Krampf hatte und die Schmerzen kaum auszuhalten waren, bewegte er sich nicht. Dann hörte er, wie die Tür geschlossen wurde und mehrere Schlösser zuschnappten. Er wartete auf das Geräusch knirschender Schritte auf Kies, und als es ausblieb, wußte er, daß die Wachen wieder hinein gegangen waren. Er streckte mehrere Male sein linkes Bein und massierte sich die Wade. Der Krampf löste sich.

Mario hatte alles durch den Spalt zwischen zwei eng nebeneinanderliegenden Felsen beobachtet. Als er sah, wie Vitorelli weiter auf das Haus zukroch, setzte auch er sich wieder in Bewegung. Sie mußten sich sehr langsam bewegen, weil es sich auf dem steinigen Untergrund nicht vermeiden ließ, Geräusche zu machen. Das Ganze war verdammt nervenaufreibend. Und schweißtreibend.

Vom letzten Felsen waren es nur noch wenige Meter bis zum Haus. Vitorelli versuchte, sich nicht zur Eile verleiten zu lassen, als er das letzte Stück zurücklegte. Und schließlich hatte er es geschafft. Erleichtert kroch er zwischen zwei Stützpfeilern hindurch in den Hohlraum unter dem Haus. Wenig später kam auch Mario nach.

Erst einmal blieben sie einen Moment wie erschlagen liegen, um wieder zu Atem zu kommen. Obwohl es auch unter dem Haus sehr heiß war, kam es ihnen dort angenehm kühl vor. Wenigstens waren sie jetzt nicht mehr der prallen Sonne ausgesetzt. Sie verständigten sich per Handzeichen.

Wir befestigen die Bomben in regelmäßigen Abständen, gab Vitorelli Mario zu verstehen und deutete auf die einzelnen Stellen.

Alle Bomben mußten mit einem dünnen Draht verbunden werden. Zuerst mußte Vitorelli eine seiner Bomben an eine von Marios anschließen. Das war nicht ganz einfach, und deshalb nahm er erst ein Taschentuch heraus, um sich die Hände zu trocknen. Unter dem Haus war es dunkel, aber ihre Augen gewöhnten sich rasch daran.

Vitorelli verließ sich bei der Arbeit zum Teil auf den Tastsinn. Es dauerte länger als erwartet, alle Bomben miteinander zu verkabeln, aber schließlich hatte er es geschafft. Er seufzte, ein erstes Zeichen von Erleichterung. Doch dann zuckte er zusammen. Über ihnen ertönten Schritte. Im Haus gingen Leute herum, vermutlich Wachen.

»Wir müssen ganz leise sein. Wenn wir hier unten ihre Schritte hören können, können sie möglicherweise auch hören, wenn wir hier unten herumkriechen.«

Das gab Vitorelli Mario zu verstehen, indem er mit seinen zwei Zeigefingern nach oben deutete und dann die Hände hinter die Ohrmuscheln legte. Dann machte er mit den flachen Händen kreisende Bewegungen, um auf die Geräusche hinzuweisen, die sie machten, wenn sie über den steinigen Untergrund krochen. Mario nickte energisch, nicht nur zum Zeichen, daß er verstanden hatte, sondern auch als Aufforderung an Vitorelli, endlich mit dem Gefuchtel aufzuhören und die Sache hinter sich zu bringen. Sein Chef grinste und nickte ebenfalls. Sie machten sich an die Arbeit.

Vorsichtig verteilten sie die mit Drähten verbundenen Bomben unter dem Haus. Vitorelli, der schlanker war als Mario, kroch ganz nach hinten, wo der Abstand zwischen Boden und Decke immer kleiner wurde. Unter dem Eingang wurde der Platz schließlich so knapp, daß Vitorelli kaum mehr durchkam. Kaum hatte er die letzte Bombe angebracht, merkte er, daß er festsaß. In der Hoffnung, Mario würde merken, daß er eingeklemmt war, winkte er mit der Hand.

Und dann spürte er auch schon, wie Mario ihn an den Fußgelenken packte und vorsichtig nach hinten zog. Jetzt mußte er nur noch den ferngesteuerten Zünder an dem Kabel anbringen, das die Bomben miteinander verband. Er vergewisserte sich kurz, ob die Luft rein war. Dann nahm er den schwarzen Kasten, zog die Antenne heraus und plazierte ihn an der Ostecke des Hauses. Es war kein Zufall, daß die Antenne die gleiche Farbe hatte wie die Hauswand, an der sie hochragte.

Jetzt mußten sie auf demselben Weg, den sie gekommen waren, wieder zurück. Als Vitorelli aus der relativen Kühle unter dem Haus hervorkroch, erschien ihm die Hitze im ersten Moment fast unerträglich. Aber er biß die Zähne zusammen und kroch auf den ersten Felsen zu.

Diesmal schien alles doppelt so lange zu dauern wie auf dem Hinweg. Nur unter Aufbietung seiner ganzen Willenskraft schaffte es Vitorelli, nicht schneller zu kriechen. Der Boden war glühend heiß, und inzwischen befanden sich beide Männer am Rand der Erschöpfung. Aber Vitorelli zwang sich weiterzukriechen. Seine schweißdurchnäßten Kleider waren staubverkrustet, und sein Kopf schmerzte so heftig, als drohte er jeden Augenblick zu zerspringen.

Doch schließlich erreichten sie den Pfad, auf dem sie den Berg heraufgekommen waren. Erschöpft blieben sie ein paar Minuten liegen, um wieder zu Atem zu kommen. Dann lachte Vitorelli und sagte:

»He, nicht einschlafen, Mario. Wir müssen noch zurück zum Hubschrauber.«

Mühsam stiegen sie den Berg hinunter. Als sie den Hubschrauber erreichten, öffnete Vitorelli die Tür der Kanzel, kletterte hinein und setzte sich auf den Copilotensitz. Dann holte er die Fernsteuerung hinter dem Sitz hervor und zog die Antenne heraus. Sobald er auf den Knopf drückte, würde ein Funksignal an den Empfänger unter dem Haus geschickt, der alle Bomben gleichzeitig zündete.

»Dann mal los«, sagte er zu Mario, der neben ihm Platz genommen hatte.

Erst setzte sich der Hauptrotor langsam in Bewegung, dann der kleinere Heckrotor, mit dem der Hubschrauber gesteuert wurde. Schließlich hob der Sikorsky ab und begann zu steigen.

47

Die drei Autos kamen immer weiter auf die slowakische Grenze zu. Am Steuer des mittleren saß jetzt Paula, mit Tweed auf dem Beifahrersitz. Newman hatte seine Smith & Wesson in der Hand und spähte vom Rücksitz aufmerksam auf die Felder am Straßenrand hinaus, ob dort irgend etwas auf einen weiteren Hinterhalt hindeutete.

»Ich glaube nicht, daß jetzt noch etwas passiert, Bob«, sagte Tweed, der sehr genau wußte, was in Newman vorging. »Hassan hat sein Pulver verschossen.«

»Allseits bereit. Das alte Pfadfindermotto«, entgegnete Newman. »Wenn es um die eigene Sicherheit geht, ist es immer gefährlich, sich auf Vermutungen zu stützen.«

»Da haben Sie allerdings recht«, gab Tweed zu.

Inzwischen war es so heiß, daß die Luft über der Fahrbahn zu flimmern begann. Um die Augen vor dem grellen Sonnenlicht zu schützen, hatte Paula die Sonnenblende nach unten geklappt.

»Heute ist es, glaube ich, noch heißer als letztes Mal«, sagte sie. »Und diese Ebene scheint überhaupt kein Ende zu nehmen.«

»Hier sind die Horden des Dschingis Khan auf ihren kleinen, wendigen Pferden über Europa hereingebrochen«, bemerkte Tweed. »Das heißt, eigentlich war es sein Nachfolger Ogdai, der bis Liegnitz in Deutschland vordrang, nur wenige hundert Kilometer vom Ärmelkanal entfernt. Erst dort konnte er schließlich von einem vereinten europäischen Heer geschlagen werden. Was schon einmal passiert ist, könnte wieder passieren – und diesmal sogar mit Erfolg.«

»Sie machen einem ja richtig angst«, sagte Paula. »Was wohl Hassan gerade treibt?«

In dem Moment, in dem sie das sagte, versuchte Hassan gerade verzweifelt, die Informationen, die er vor kurzem erhalten hatte, an das Staatsoberhaupt weiterzuleiten. Auch diesmal wimmelte ihn der Generalsekretär wieder ab.

»Das Staatsoberhaupt möchte nicht gestört werden. Er ist in einer Besprechung mit seinen Generälen.«

Hassan legte unter wüsten Beschimpfungen auf. Aber er hätte sich keine Sorgen zu machen gebraucht. Längst hatten Aufklärungsflugzeuge die Schiffe der Fünften US-Flotte entdeckt, die, inzwischen begleitet von einem zweiten Flugzeugträgerverband, in Richtung Norden unterwegs waren. Sie hatten auch das britische Atom-U-Boot auftauchen und eine Lenkrakete ohne Sprengkopf nach Süden abfeuern sehen. Und sie hatten diese bedrohliche Entwicklung umgehend an ihren Stützpunkt gemeldet. Das war auch der Grund, weshalb sich das Staatsoberhaupt mit seinen zutiefst beunruhigten Generälen zu einer Krisensitzung zurückgezogen hatte.

Frustriert und außer sich vor Wut, stürmte Hassan aus seinem Büro. Um sich zu beruhigen, ging er auf die Terrasse hinaus. Die drei Frauen saßen immer noch, ohne ein Wort miteinander gewechselt zu haben, an ihren Tischen.

»Da kommen drei Wagen auf uns zu«, sagte Tina Langley.

Hassan schnappte sich das Glas, das sie sich gerade vollgeschenkt hatte, und trank es leer. Dann nahm er das Fernglas, das auf ihrem Tisch lag.

»Nur zu deiner Information«, bemerkte sie sarkastisch. »Das war mein Glas – und das Fernglas wollte ich auch gerade benutzen.«

Hassan schenkte ihr keine Beachtung. Er hob das Fernglas und nahm jedes der drei Autos genau in Augenschein. Alle Insassen

460

waren genau zu erkennen. Er knallte das Fernglas auf den Tisch. Einen Augenblick bekam er kein Wort heraus.

»Im mittleren Wagen sitzt Tweed. Er will das Haus angreifen. Soll er das ruhig mal versuchen. Er ist jetzt schon ein toter Mann.«

»Das würde ich gern sehen«, bemerkte Tina.

»Sei doch nicht so brutal«, wurde sie von Karin Berg gerügt.

»Ich habe mit Hassan gesprochen, nicht mit dir«, keifte Tina zurück.

»Wir sind alle keine Lämmer«, sagte Simone Carnot ruhig.

»Du mußt gerade reden«, fuhr ihr Tina über den Mund.

»Wer schreit, ist meistens im Unrecht«, entgegnete Simone im selben ruhigen Ton.

»An deiner Stelle würde ich lieber die Klappe halten«, konterte Tina.

Sie stand auf und ging in den unteren Teil der Terrasse. Hassan folgte ihr, stellte sich an den Rand der Terrasse und hob wieder sein Fernglas. Er konnte noch immer nicht fassen, daß Tweed noch am Leben war.

Was war aus den Kroaten in Morzach geworden? fragte er sich. Was war mit Big Ben und seinem Killertrupp passiert? Er hatte zwar die schwarze Rauchwolke gesehen, aber nicht, was sich genau abgespielt hatte. Während Hassan noch durch das Fernglas starrte, spürte er, wie sich der Boden unter seinen Füßen zu bewegen begann. Er konnte gerade noch zurückspringen, als sich ein Stück der senkrecht abfallenden Felswand löste. Erschrocken rannte er auf die obere Terrasse, auf die sich auch Tina zurückgezogen hatte, sobald sie gemerkt hatte, was geschah.

»Was ist das für ein Lärm?« fragte sie. Dann drehte sie sich um und lachte. »Dieser Hubschrauber ist gar nicht abgestürzt. Er kommt zurück.«

»Wahrscheinlich Touristen«, sagte Hassan gelangweilt. »Es kommen immer wieder mal welche vorbei. Ein Wiener Reisebüro bietet diesen Rundflug zu einem horrenden Preis an.«

»Wann kriege ich eigentlich mein Fernglas wieder zurück?« wollte Tina wissen.

»Gleich!«

Er war wütend, ratlos, unschlüssig. Nur so viel war ihm jetzt schon klar: Wenn er nach Hause zurückkehrte, würde er als erstes dafür sorgen, daß der Generalsekretär einen Unfall hatte – mit tödlichem Ausgang. Er betrachtete Tweeds Erscheinen, auch wenn er noch ein Stück entfernt war, als schlechtes Omen. Außerdem beunruhigte ihn, daß aus der Felswand ein Stück losgebrochen war.

Als er das als typisches slowakisches Haus getarnte Hauptquartier hatte bauen lassen, hatte er dafür eigens Maurer aus seiner Heimat einfliegen lassen. Sie hatten wesentlich schneller gearbeitet, als das europäische Handwerker getan hätten. Allerdings hatte er auch auf Architekten aus seiner Heimat zurückgegriffen, und nun kamen ihm erste Bedenken, ob sie wirklich so gut gewesen waren.

Tina blieb am Rand der Terrasse stehen, direkt über dem unteren Teil. Sie wollte möglichst weit weg von den anderen Frauen sein, möglichst weit weg von Hassan, der keine Manieren hatte. Sie war wütend, daß er sich, ohne zu fragen, erst ihr Glas und dann auch ihr Fernglas genommen hatte.

Irgend etwas stimmte nicht mit den drei Autos, die auf sie zu kamen. Sie fuhren immer langsamer und schienen plötzlich stehenzubleiben. Nun wünschte sie sich, sie hätte das Fernglas doch wieder an sich genommen. Als sie sich umdrehte, sah sie Hassan nicht weit von ihr stehen. Aber sie hatte keine Lust, ihn um das Fernglas zu bitten. Sie wollte nicht einmal in seine Nähe kommen.

Kurz zuvor hatte Tweed aus dem mittleren Wagen zum Himmel hochgeblickt. Er wollte gerade um das Handy bitten, als Paula überrascht hervorstieß:

»Der Hubschrauber ist wieder aufgetaucht. Offensichtlich hatte er gar keinen Schaden. Er fliegt sogar immer höher.«

»Geben Sie mir bitte das Handy«, sagte Tweed und rief damit Marler an. »Ich warte hier auf Sie. Kehren Sie sofort um.« Dann rief er Nield an. »Schließen Sie auf der Stelle auf. Schnell!« Schließlich sagte er zu Paula: »Halten Sie an.«

Sobald der Wagen stand, stieg er aus. Mit dem Fernglas um den Hals wartete er, bis Marler und Nield auftauchten. Paula war ebenfalls ausgestiegen.

»Was ist los?« wollte sie wissen.

»Gleich wird etwas Schreckliches passieren.«

»Wie meinen Sie das?«

Ohne zu antworten, hob er das Fernglas und richtete es auf das Haus auf dem Tafelberg. Newman, der ebenfalls ein Fernglas hatte, folgte seinem Beispiel.

»Würde mir vielleicht endlich jemand sagen, was hier vor sich geht?« fragte Paula verärgert.

»Das werden Sie gleich sehen«, erwiderte Tweed ruhig.

Sie sah vom Haus zu dem Hubschrauber, der gerade abdrehte. Aus der Kanzel des Sikorsky blickte Vitorelli auf das Haus hinab. Ohne seinen Blick von ihm abzuwenden, drückte er auf den Knopf, der das Funksignal auslöste. Die Wirkung erfolgte sofort. Alle Bomben explodierten gleichzeitig.

Es gab einen ohrenbetäubenden Knall, der wie ein Donnerschlag über die Ebene hinwegfegte. Von der Rückseite des Hauses stiegen hohe Stichflammen auf, und das Dach wurde von der Wucht der Explosion in die Höhe geschleudert und krachte unter lautem Getöse auf die Erde. Dann fiel das ganze Haus in sich zusammen. Gleichzeitig geriet durch die Erschütterung der labile Untergrund, auf dem es stand, in Bewegung und rutschte mitsamt der Terrasse auf den Rand des Steinbruchs zu. Durch sein Fernglas beobachtete Tweed, wie Hassan und die drei Frauen von dem gewaltigen Erdrutsch erfaßt wurden. Auch die bewaffneten Männer – Wachen, vermutete Tweed –, die aus dem brennenden Haus nach draußen gestürzt waren, wurden mitgerissen.

Dann bot sich ihnen ein beeindruckendes Schauspiel. Ein etwa hundert Meter breites Stück des Berges, auf dem das Haus und die Terrasse gestanden hatten, rutschte wie eine bewegliche Plattform nach vorn und stürzte in den hundert Meter tiefen Abgrund. Als es dort unter gewaltigem Getöse aufschlug, stieg eine riesige Staubwolke auf, und Gesteinsbrocken wirbelten durch die Luft. Zum drittenmal bat Paula Tweed, ihr das Fernglas zu geben.

»Nein!«

Er glaubte eine der drei Frauen gesehen zu haben. Mit brennenden Kleidern wurde sie, wild um sich schlagend, von den gewaltigen Gesteinsmassen in die Tiefe gerissen. Diesen grauenvollen Anblick wollte er Paula lieber ersparen.

Sie standen alle wie versteinert da. Es dauerte eine Weile, bis sich die dichte Staubwolke so weit setzte, daß wieder etwas zu erkennen war. Erst jetzt reichte Tweed Paula das Fernglas. Am Fuß des Steinbruchs hatte sich ein riesiger Trümmerhaufen gebildet. Tweed war sicher, daß die Toten darunter verschüttet waren. Der Steinbruch sah völlig anders aus. In der ehemals geschlossenen Felswand befand sich nun eine tiefe Einkerbung. Von dem Haus und der Terrasse war nichts mehr zu sehen. Es war, als hätten sie nie existiert.

»Kaum zu glauben«, stieß Paula hervor. »Alles weg.«

»Und wir müssen jetzt auch weg«, erklärte Tweed. Er hatte sich nach Süden gewandt, wo der Hubschrauber nur noch ein winziger Punkt am Himmel war. »Schnell in die Fahrzeuge, alle.«

»Wohin fahren wir?« wollte Paula wissen.

»Unmittelbar vor unserer Abreise habe ich einen Anruf von Monica erhalten. Wir fliegen nach London und fahren umgehend nach Dorset.«

»Nach Dorset?«

»In Shrimpton sind zwei Männer, mit denen ich noch ein Wörtchen zu reden habe.«

48

Am späten Nachmittag war Tweed mit Newman und Paula nach Dorset unterwegs. Nach dem Inferno in der Slowakei waren sie direkt zum Wiener Flughafen Schwechat gefahren und von dort über Zürich nach Heathrow geflogen.

Nach einer kurzen Besprechung mit Howard, dem leitenden Direktor, war Tweed unverzüglich nach Dorset weitergefahren.

»Woher wissen Sie, daß sowohl Willie als auch Amos Lodge wieder in Dorset sind?« fragte Paula.

»Weil ich in der Park Crescent mit Chief Inspector Buchanan telefoniert habe. Vielleicht erinnern Sie sich noch, daß ich ihn gebeten hatte, mit Sergeant Warden nach Dorset zu fahren und dieses seltsame Dorf Shrimpton einmal genauer unter die Lupe zu nehmen.«

»Ich weiß. Nur kommt es mir so vor, als wäre das schon eine Ewigkeit her. Haben sie etwas herausgefunden?«

»Ja. Aus der gesamten Umgebung mußte schnellstens ein riesiges Polizeiaufgebot zusammengezogen werden – zum Teil schwer bewaffnet. Buchanan fand nämlich heraus, daß diese scheinbar unbewohnten Häuser Terroristen als Unterschlupf dienten. Sie warteten auf einen Einsatz in den Midlands, wo sie in einer Chemiefabrik Container mit einem tödlichen Bazillus abholen sollten, der anschließend in Trinkwasserreservoirs in ganz England ausgesetzt werden sollte.«

»Bazillen!« entfuhr es Paula. »Wie schrecklich!«

»Roy Buchanan ließ alle Terroristen in Shrimpton festnehmen und einem scharfen Verhör unterziehen. Einige von ihnen haben schnell gestanden. Ihr Auftraggeber ist ein gewisser Conway.«

»Wer ist dieser Conway?«

»Um das herauszufinden, fahren wir nach Dorset. Sowohl Amos Lodge als auch Willie sind wieder zu Hause. Das hat Roy nachgeprüft.«

»Ist dieser Conway denn wirklich so wichtig?«

»Ich glaube«, erklärte Tweed finster, »er ist der Mann, der diese Operation geplant hat.«

»Ich kann mir nicht vorstellen, daß Amos Lodge oder Willie dieser Conway sein könnten.«

»Es könnte auch eine dritte Person sein. Aber darüber möchte ich im Moment keine weiteren Spekulationen anstellen.«

Wenigstens ist es ein wunderschöner Tag, dachte Paula. Die Sonne schien, der Himmel war strahlend blau. Für englische Verhältnisse war es zwar sehr warm, aber nicht annähernd so heiß wie im Burgenland.

»Sind Sie beide bewaffnet?« fragte Tweed unvermittelt.

»Ich habe eine Smith & Wesson in meinem Hüftholster«, antwortete Newman.

465

»Und ich habe eine Browning aus der Park Crescent mitgenommen«, sagte Paula.

»Gut.«

Paula, die neben Tweed auf dem Rücksitz saß, war über diese
Frage nicht weniger erstaunt als Newman. Es kam äußerst selten
vor, daß Tweed eine solche Frage stellte, wenn sie, wie sie glaub-
ten, in friedlicher Mission unterwegs waren.

»Die Sache könnte gefährlich werden«, sagte Tweed.

»Wir sind aber doch erst in einige extrem gefährliche Situationen geraten«, bemerkte Paula.

»Daher ist die Gefahr um so größer, daß wir auf heimischem
Boden unvorsichtig werden.«

»Ich bin so froh, wieder zu Hause zu sein. Dorset ist eine schöne
Gegend. Endlich mal wieder sanft gewellte Hügel mit ein paar
Bäumen dazwischen. Ich kann förmlich spüren, wie die Anspan-
nung von mir abfällt.«

Tweed brummte und sah sie finster an. Sie beschloß, künftig
mehr darauf zu achten, was sie sagte. Es wurde bereits Abend, als
sie die alte Stadt Dorchester erreichten und die von jahrhundertealten Gebäuden gesäumte Hauptstraße entlangfuhren. Am anderen Ende der Stadt nahm Tweed die Straße nach Yeovil in Richtung Norden und begann nach der Abzweigung nach Shrimpton
Ausschau zu halten. Kurz nachdem sie die Straße nach Evershot
passiert hatten, sah er den Wegweiser. Shrimpton.

Tweeds Warnungen hatten ihre Wirkung nicht verfehlt. Im Wagen herrschte angespanntes Schweigen, als sie die von Bäumen
gesäumte Landstraße entlangfuhren. Es herrschte kaum Verkehr,
und Paula hatte das eigenartige Gefühl, in eine fremde Welt ein-
zudringen. Vor ihnen tauchten die ersten Häuser auf. Tweed
beugte sich vor.

»Bob, könnten Sie den Wagen wie bei unserem letzten Besuch
in dieser Feldeinfahrt abstellen? Ich würde gern wieder zu Fuß
die Hauptstraße runtergehen. Und erst einmal dem Pub, dem
Dog and Whistle, einen Besuch abstatten.«

Nachdem Newman rückwärts in die Einfahrt gestoßen war,
stiegen sie aus. Die Kopfsteinpflasterstraße war so schmal, daß

kein Sonnenlicht mehr hineinfiel. Es begann bereits zu dämmern, und Paula fiel sofort die bedrückende Stille auf, die über dem Ort lag. Tweed, der neben ihr ging, sah sie kurz an. Es schien, als könnte er ihre Gedanken lesen.

»Ähnliche Stille herrschte auch in Morzach, bevor uns die Kroaten angriffen.«

»Es ist kein Mensch zu sehen. Richtig unheimlich. Und die Häuser. Wie ausgestorben.«

»Sie sind tatsächlich nicht mehr bewohnt. Buchanan hat alle Terroristen festgenommen. Als wir das letzte Mal hier waren, sah es genauso aus. Erinnern Sie sich noch, Bob?«

»Aber natürlich. Und wenn ich mir nun vorstelle, in diesen Häusern waren lauter Terroristen untergebracht. Sie haben sich wirklich absolut still verhalten.«

»Sehen Sie sich mal diese zerfransten Gardinen an«, bemerkte Paula leise. An einem Ort wie diesem unterhielt man sich ganz automatisch im Flüsterton. »Ich hätte gesagt, hier wohnt schon jahrelang niemand mehr.«

»Genau dieser Eindruck sollte erweckt werden«, sagte Tweed. »Mr. Conway hat an fast alles gedacht. Hier ist das Pub.«

Sie traten ein, und wieder waren es Landarbeiter, die sich dort leise unterhielten. Hinter dem Tresen stand derselbe Mann wie beim letzten Mal.

»Wen haben wir denn da?« begrüßte er die Neuankömmlinge gut gelaunt. »Ich vergesse kein Gesicht.«

»Für mich ein Bier«, bestellte Tweed, um nicht aus dem Rahmen zu fallen. »Und Sie beide?«

Paula bestellte einen Orangensaft, Newman einen Scotch. Tweed blieb an der Bar stehen, nachdem er bezahlt hatte, und unterhielt sich mit dem Barmann.

»Meine Freunde sind, glaube ich, wieder zurück. Zumindest Wellesley Carrington.«

»Der Cap'n. Ja, er ist wieder im Dovecote Manor. Nur komisch, daß er noch nicht hier war. Normalerweise schaut er immer gleich vorbei, wenn er im Ausland war.«

»Wenn ich mich recht entsinne, sagten Sie, er hätte eine ausgeprägte Schwäche für schöne Frauen«, schaltete Newman sich in das Gespräch ein. »Wahrscheinlich muß er sich um eine neue Freundin kümmern.«

»Das glaube ich nicht.« Der Zapfer polierte ein Glas. »Der Postbote war vorhin hier. Hat ihm ein Einschreiben gebracht. Muß ziemlich dick gewesen sein. Er hat gesagt, der Cap'n ist allein. Und ziemlich schlecht gelaunt, hat der Postbote gemeint.«

»Dann wäre da noch mein anderer Freund«, fuhr Tweed fort. »Amos Lodge.«

»Ach, der ist auch wieder da. Ist aber erst nach dem Cap'n gekommen. War wahrscheinlich auch im Ausland, so braungebrannt wie er ist. Hab ihn aber nicht mehr gesehen, seit er nach seiner Rückkehr ins Minotaur rausgefahren ist.«

»Ich finde, die beiden Namen gehörten eigentlich vertauscht«, bemerkte Tweed beiläufig. »Minotaur wäre ein wesentlich treffenderer Name für das Dovecote Manor mit all den eigenartigen Statuen und Bauten, die Carrington in seinem großen Park aufgestellt hat.«

»Komisch, daß Sie das sagen.« Der Barkeeper beugte sich über den Tresen und senkte die Stimme. »Können Sie sich noch an Jed erinnern, den Alten, mit dem Sie sich letztes Mal, als Sie hier waren, unterhalten haben? Er kümmert sich um Mr. Lodges Garten. Und er hat auch den Cap'n immer wieder angehauen, ob er nicht auch für ihn den Garten machen kann. Aber der Cap'n wollte nicht, sagte, er wollte sich lieber selbst um alles kümmern. Will wahrscheinlich seine Ruhe haben.«

»Tja, dann wollen wir mal wieder«, sagte Tweed nach einem Blick auf die Uhr. »Tut mir leid, wenn ich nicht austrinke, aber ich habe schon in einem anderen Pub ein Glas getrunken, und ich muß fahren.«

»Sehr vernünftig. Wir haben schon eine Ewigkeit keine Polizei mehr zu sehen bekommen. Und dann haben sie im Dorf plötzlich mitten in der Nacht eine Razzia gemacht. Keine Ahnung warum.«

»Ach, da fällt mir noch was ein«, fügte Tweed hinzu. »Letztes Mal sagten Sie, das ganze Dorf würde einem gewissen Shafto gehören, der die Häuser vermietet. Sagt Ihnen der Name Conway etwas?«

»Nein. Fahren Sie vorsichtig.«

Als sie nach draußen gingen und zu ihrem Wagen zurückkehrten, schien das Geräusch ihrer Schritte der einzige Laut, der zu hören war.

»Sie haben es aber eilig«, sagte Newman zu Paula.

»Irgendwie ist es mir hier unheimlich.«

»Die Geister der Vergangenheit«, meinte Tweed.

»Müssen Sie mir unbedingt noch mehr angst machen«, wies ihn Paula zurecht. »Ich habe das Gefühl, hier ist einmal etwas Schreckliches passiert.«

»Shafto. Conway.« Newman dachte laut nach. »Warum die verschiedenen Namen?«

»Weil unser Mr. Conway gerissen und raffiniert ist«, sagte Tweed. »Da ist unser Auto. Wollen Sie fahren, Paula?«

»Mir wäre es lieber, wenn wieder Bob fährt.«

»Zuerst besuchen wir Willie«, sagte Tweed, als er sich mit Paula auf den Rücksitz setzte. »Solange er noch hier ist.«

Newman fuhr durchs Dorf und am Pub vorbei. Er wußte den Weg zum Dovecote Manor noch. Auch diesmal war das vergoldete schmiedeeiserne Tor am Eingang offen.

Als sie auf das Haus zufuhren, brannten an der Vorderseite helle Scheinwerfer. Tweed konnte sich nicht erinnern, sie bei seinem ersten Besuch bemerkt zu haben. Demnach mußten sie erst vor kurzem angebracht worden sein. Er fragte sich, warum. Wieder stand ein neuer roter Porsche auf der asphaltierten Fläche vor dem Eingang. Im Haus brannte Licht.

»Der Kreis schließt sich«, bemerkte Newman, als er neben dem Porsche anhielt. »Hier hat alles begonnen.«

»Nein«, widersprach ihm Paula. »Es ging los, als ich in diesem Hinterhof in der Annagasse in Wien eine verschleierte Frau in einem schwarzen Gewand das Haus betreten sah, in dem Norbert Engel wohnte.«

Als sie ausstiegen, sprach Tweed eine neue Warnung aus.

»Machen Sie sich auf alles gefaßt.«

469

49

Die Geschichte wiederholt sich, dachte Tweed. Er drückte auf den Klingelknopf, und als die Tür aufging, stand Willie in einem blauen Trainingsanzug vor ihnen. Er bedachte seine Gäste mit einem freundlichen Lächeln und bat sie herein.

»Willkommen in meiner bescheidenen Hütte.«

»Soweit ich weiß, kennen sich die Herrschaften inzwischen«, sagte Tweed. »Ich brauche Sie also nicht mehr miteinander bekannt zu machen.«

»Ich habe zwar gerade Besuch, aber Sie sind mir trotzdem willkommen.«

Er hat also doch eine Freundin, dachte Newman. Er sollte sich täuschen. Willie schloß die Eingangstür und führte sie in den Salon. Als sie eintraten, erhob sich Amos Lodge von der Couch und schüttelte ein Kissen auf.

»Wie schnell man sich wiedersieht«, bemerkte er mit seiner rauhen Stimme. »Ich nehme an, Sie sind genauso froh wie ich, wieder in England zu sein.«

»Wann sind Sie zurückgeflogen?« fragte Tweed.

»Gestern.« Lodge winkte Paula zu. »Bitte kommen Sie doch zu mir auf die Couch. Eine so attraktive Frau wie Sie.«

»Danke.«

Wie Lodge rückte Paula erst ein Kissen zurecht, bevor sie am anderen Ende der Couch Platz nahm. Newman setzte sich neben Tweed in einen Sessel. Von seinem Platz konnte er durch die Glastür bis zu dem seltsamen steinernen Bogen im Garten hinter dem Haus sehen. Es war ein warmer Abend, und durch die offene Tür wehte frische Luft herein.

»Was darf ich Ihnen zu trinken bringen?« erkundigte sich Willie freundlich. »Paula?«

»Gegen ein Glas trockenen Weißwein hätte ich nichts einzuwenden.«

Tweed bat um einen Orangensaft, und Newman, der damit rechnete, fahren zu müssen, schloß sich ihm an. Amos Lodge trank etwas, das sich nicht identifizieren ließ. Paula fand, so wie

Lodge am anderen Ende der Couch saß, wirkte er noch imposanter als sonst. Er hielt sich sehr aufrecht, und seine Augen leuchteten vor Energie.

»Jedenfalls haben Sie überlebt«, sagte Willie jovial, als er Tweeds Glas auf den Couchtisch stellte.

»Ja«, erwiderte Tweed. »Obwohl einige Leute ihr Bestes getan haben, es zu verhindern.«

Als Willie die restlichen Getränke holte, legte sich betretenes Schweigen über den Raum. Schließlich setzte er sich, die Beine weit von sich gestreckt, in einen Sessel und hob sein Glas.

»Aufs Überleben.«

»Der Guten«, fügte Tweed hinzu.

»Was meinen Sie damit?« fragte Willie. »Das verstehe ich nicht.«

»Irgend jemand versteht es aber.« Tweed sah ihn unverwandt an.

»Die Lage war ziemlich ernst. Ist es vielleicht immer noch«, bemerkte Amos Lodge.

»Die internationale Krise ist beigelegt«, erklärte ihm Tweed. »Ich glaube nicht, daß die Medien schon Wind davon bekommen haben, aber in der Park Crescent habe ich gehört, daß das Staatsoberhaupt abgesetzt wurde. Das Auftauchen eines so großen Flottenverbands im Indischen Ozean hat seinen Generälen einen solchen Schrecken eingejagt, daß sie gegen ihn geputscht haben.«

»Das hatte ich nicht in meine strategischen Überlegungen einbezogen. Aber es sind immer Überraschungen wie diese, die letzten Endes den Ausschlag geben. Ich kann gut verstehen, warum die Amerikaner so prompt reagiert haben. Aber wie kam es dazu, daß die Engländer ein U-Boot in die Krisenregion geschickt haben?«

»Das habe ich veranlaßt.«

Es klingelte, und Willie entschuldigte sich. Kurz darauf kam er mit Christopher Kane zurück. Paula war baff. Christopher Kane, dem ihr erstauntes Gesicht nicht entgangen war, kam auf sie zu, verbeugte sich und gab ihr einen Handkuß. Nachdem er sich wieder aufgerichtet hatte, sah er sich um, ließ sich in einen Sessel nie-

471

der und nahm die gleiche Haltung wie Willie ein. Er streckte seine langen Beine aus und überkreuzte sie an den Fußgelenken.

»*Sie* waren das?« Amos Lodges Stimme war kaum mehr als ein Knurren.

»Sie waren was?« fragte Willie beiläufig.

Er wußte, was sein Besucher mit Vorliebe trank, und schenkte Christopher Kane ein Glas Rotwein ein. Diesmal saß er sehr aufrecht in seinem Sessel. Er beobachtete Tweed, der einen Schluck von seinem Orangensaft nahm.

»Vermutlich werden Sie mich für furchtbar überheblich halten, aber es geschah tatsächlich auf meine Veranlassung«, begann Tweed. »Während meines Aufenthalts im Château des Avenières habe ich ziemlich viel telefoniert. Zuerst rief ich Christopher an und bat ihn, die erste Maschine nach London zu nehmen. Dann setzte ich mich mit dem Premierminister in Verbindung und machte ihn auf eine Reihe höchst bedenklicher Entwicklungen aufmerksam. Ich mußte allerdings ziemlichen Druck auf ihn ausüben. Unter anderem drohte ich ihm damit, mich an CNN und die Presse zu wenden und ihnen zu erzählen, was ich ihm gesagt hatte. Zu seiner Ehrenrettung sei gesagt, daß er sich schließlich bereit erklärte, den amerikanischen Präsidenten anzurufen und dann den französischen Präsidenten und den deutschen Bundeskanzler. Glücklicherweise befand sich die Fünfte US-Flotte gerade an einer Stelle, von wo sie unverzüglich in den Indischen Ozean vorrücken konnte. Der Premierminister schickte zu ihrer Unterstützung ein britisches Atom-U-Boot los. Es feuerte eine Lenkrakete ab. Und schließlich wurde durch mein Zutun ein teuflischer Plan vereitelt, der es sich zum Ziel gesetzt hatte, die Trinkwasserversorgung ganz Westeuropas zu verseuchen.«

»Zu verseuchen?« fragte Willie sichtlich interessiert.

»Mit Bazillen.«

»Was haben Bazillen damit zu tun?«

»Die feindliche Macht hatte vor, unser Trinkwasser zu verseuchen. Die Terroristen, die die Bazillen in unseren Trinkwasserspeichern aussetzen sollten, waren in Shrimpton stationiert. Der

Mann, der sich diesen teuflischen Plan ausgedacht hat, kommt aus dieser Gegend, ein gewisser Conway.«

»Conway?« fragte Willie. »Nie gehört.«

»Auch dem Barmann im Dog and Whistle sagte der Name nichts. Was etwas seltsam ist. Wirte wissen in der Regel über alles Bescheid, was im Ort vor sich geht. Er hat aber noch nie von einem Conway gehört.«

»Das überrascht mich nicht«, sagte Willie. »Andernfalls hätte ich auch etwas von ihm gehört.«

»Hätten Sie?« fragte Tweed lächelnd.

»Natürlich. Ich gehe regelmäßig ins Pub.«

»Aber Ihre Freundinnen nehmen Sie dorthin nicht mit.«

»Natürlich nicht. Wie käme ich auch dazu?«

»Sie kennen doch Tina Langley, Karin Berg und Simone Carnot?«

»Mit jeder dieser Damen hatte ich mal zu tun, ja.«

»Und wohin hat es diese drei Damen verschlagen, nachdem sie bei Ihnen ausgezogen sind.«

»Zu Amos. Auch er hat eine Schwäche für attraktive Frauen.«

»Was soll der Quatsch?« knurrte Amos Lodge. »Ich habe nie von diesen Frauen gehört.«

»Was reden Sie denn da plötzlich für einen Unsinn«, protestierte Willie heftig. »Sie haben jede von ihnen auf einen Drink ins Minotaur eingeladen. Was haben Sie denn plötzlich?«

»Sie haben eben einen Fehler gemacht, Amos«, ging Tweed dazwischen. »Ich habe nur die Flottenbewegungen im Indischen Ozean erwähnt. Und in den Medien wurde über die Beteiligung der Amerikaner berichtet, aber Sie haben gefragt, was die Engländer veranlaßt hat, ein U-Boot dorthin zu schicken. Woher wissen Sie von dem U-Boot? Zufällig wurde Hassan gefaßt. Er hat versucht, seine Haut zu retten, indem er uns alles erzählt hat. Er belastet Sie schwer – Mr. Conway.«

Amos Lodges rechte Hand verschwand unter dem Kissen, das er aufgeschüttelt hatte. Es ging alles so schnell, daß niemand reagieren konnte, bevor seine Hand mit einer Mauser wieder zum Vorschein kam. Sie war direkt auf Paula gerichtet. Lodge stand auf.

473

»Ich erschieße nur sehr ungern eine Frau ...«

»Dann tun Sie es auch nicht«, knurrte Newman.

Seine Smith & Wesson war auf Amos Lodges Brust gerichtet. Er blieb in seinem Sessel sitzen, während Paula Amos Lodge unverwandt anstarrte. Langsam zog sich Lodge zu der offenen Tür zurück. Er begann zu sprechen, als hielte er im Kongreßhaus eine Rede.

»Der Westen ist dekadent, schwach. Er hat kein moralisches Wertesystem. Er wird genauso untergehen wie das Römische Reich, als seine Menschen nur noch dem Vergnügen zu frönen begannen. Auch hier wird alles zusammenbrechen.«

»Wenn Sie abdrücken, sind Sie ein toter Mann«, warnte Newman.

Für einen Mann seiner Größe bewegte sich Lodge erstaunlich behende, als er durch die offene Tür in den Garten hinaus verschwand. Newman zielte, ließ dann aber die Waffe wieder sinken. Lodge war nur noch ein Schatten, der hakenschlagend davonrannte und hinter dem Steinbogen mit der seltsamen Inschrift verschwand. Gefolgt von Paula und Tweed, lief Newman ihm nach. Als Tweed sich beim Verlassen des Raumes kurz umblickte, sah er Willie nach einem langen, dicken Spazierstock greifen.

»Das hat keinen Zweck«, rief er.

Er rannte den anderen hinterher. Währenddessen öffnete Willie ein Paneel in der Wand des Salons und drückte auf ein paar verborgene Knöpfe. Daraufhin gingen überall in dem labyrinthartigen Garten Lichter an. Willie, der den Spazierstock wie einen Knüppel hielt, folgte Tweed.

»Er ist durch den Bogen gerannt«, rief Paula Tweed zu.

Als sie darunter hindurchlief, sah sie ein Stück weiter vorn Newman. Von Amos Lodge fehlte jede Spur. Dann hörten sie das Geräusch eines anspringenden Außenbordmotors. Eins der Motorboote schoß auf die Insel zu, auf der eine seltsame Skulptur eines Mannes und einer Frau stand, um die sich eine Schlange wand. Newman war stehengeblieben, zielte.

»Er ist nicht in dem Boot«, schrie Paula. »Er hat es allein losfahren lassen, um uns zu täuschen!«

Geduckt rannte Newman weiter. Als er den Teich mit der Insel erreichte, auf der der achtseitige Tempel mit den schwarz gestrichenen Fenstern stand, blieb er stehen und lauschte. Paula hörte, wie sich von hinten rasche Schritte näherten. Es war Willie mit seinem Spazierstock.

»Als ich aus der Schweiz zurückkam, hat sich Amos hier draußen rumgetrieben!« rief er. »Ich glaube, er hat hier Waffen versteckt.«

Er lief an ihr vorbei und folgte Newman, der ebenfalls wieder losgerannt war. Paula erschien alles so unwirklich – die Statuen, der von Scheinwerfern beleuchtete Tempel. Ein Alptraum. Inzwischen hatte Newman das Ende des von einer Buxbaumhecke gesäumten Weges erreicht, hinter dem der dritte Teich lag. Seine Waffe in beiden Händen haltend, blieb er stehen. In der Annahme, Lodge lauerte ihm irgendwo auf, schwenkte er sie langsam von links nach rechts. Aber von Lodge war nichts zu sehen. Trotz Willies warnender Rufe lief er weiter.

»Jetzt kommen Sie in totale Wildnis!«

Tatsächlich kam Newman in dem dichten Unterholz nur noch mühsam voran. Rechts von ihm lag der dritte Teich. Auf der Insel in seiner Mitte stand das assyrisch anmutende Gebäude mit der Steinplatte, in die eine türkische Flagge eingemeißelt war. Das Ufer war mit dichtem Schilf bewachsen.

Plötzlich kam Lodge hinter dem Baum hervor, an dem Newman gerade vorbeigegangen war, und richtete seine Maschinenpistole auf Newmans Rücken. Paula wollte Newman warnen, aber sie wußte, es wäre zu spät. In diesem Moment tauchte Willie hinter Lodge auf und ließ seinen dicken Spazierstock auf seine Schulter niedersausen. Lodge ließ die Maschinenpistole fallen und ging in die Knie. Als er sich wieder aufzurichten versuchte, schlug ihm Willie mit dem Stock auf den Kopf. Lodge wich wankend vor ihm zurück und fiel ins Wasser.

Paula sah, wie er sich, verzweifelt um sich schlagend, an den Schilfrohren festzuhalten versuchte. Aber er wurde unbarmherzig in die Tiefe gezogen, bis nur noch seine vergeblich nach Halt suchenden Hände zu sehen waren. Ein letztes Aufbäumen, und dann verschwanden auch sie unter Wasser. Als Newman sich umdrehte und sah, was passiert war, riß er sich die Jacke herunter, um Lodge zu Hilfe zu eilen. Willie hielt ihn zurück.

»Das hätte nur zur Folge, daß auch Sie ertrinken würden. Das Schilf würde Sie unweigerlich unter Wasser ziehen. Ich hatte einen Schäferhund. Er ist einem Schwan ins Wasser hinterhergejagt. Er ist spurlos verschwunden. Ich habe nie mehr etwas von ihm gesehen. Und dasselbe wird auch mit Amos passieren.«

»Können wir wirklich nichts mehr für ihn tun?« fragte Tweed, der sie inzwischen eingeholt hatte.

»Nein, nichts.« Willie schüttelte den Kopf. »Wir können den Teich mit Schleppnetzen absuchen. Aber es kann Wochen dauern, bis wir ihn finden. Wenn überhaupt. Der Hund ist jedenfalls nie mehr aufgetaucht.«

EPILOG

Auf Tweeds Vorschlag hin fuhren sie ins Summer Lodge, um dort zu übernachten. Da Christopher Kane mit Willie noch verschiedenes hatte besprechen wollen, war er im Dovecote Manor zurückgeblieben. Paula war zwar todmüde, aber die jüngsten Ereignisse gingen ihr unablässig im Kopf herum, als Newman durch die Nacht fuhr.

»Hatten Sie Amos Lodge immer schon im Verdacht?« fragte sie Tweed.

»Ja und nein. Als ich ihm gegenüber behauptete, Hassan hätte ein umfassendes Geständnis abgelegt, war das natürlich Bluff. Da wir keine Beweise gegen Lodge vorliegen hatten, mußte ich ihn provozieren, damit er sich verrät.«

»Haben Sie erst Verdacht geschöpft, als wir Willie im Dovecote Manor aufgesucht haben?«

»Diese von langer Hand geplante Operation – einschließlich der Anschläge auf die Mitglieder des *Institut* – war eindeutig das Werk eines strategischen Genies. Und nichts anderes ist Amos Lodge. Darüber hinaus legte auch seine Haltung dem Westen gegenüber – wie er sie unter anderem in seiner hervorragenden Rede im Züricher Kongreßhaus zum Ausdruck brachte – den Schluß nahe, daß er hinter all dem stecken könnte. Dabei bitte ich zu berücksichtigen, daß es Leute gibt, die ihm in vielem, was er in diesem Zusammenhang sagte, recht geben würden. Verurteilenswert war im Grunde nur die Art, wie er dieses Problem zu lösen versuchte – nämlich durch die Machtübernahme eines nahöstlichen Staates.«

»Sie haben wieder einmal erstaunlichen Scharfsinn bewiesen.«

»So schwierig war das Ganze nun auch wieder nicht. Willie ist zwar Waffenhändler, aber auch ein überzeugter Patriot. Als er er-

477

fuhr, daß bei dieser Operation tödliche Bazillen eingesetzt werden sollten, erzählte er es Christopher Kane, und der wiederum setzte unverzüglich mich davon in Kenntnis. Zum Glück hatte Christopher ein Gegengift gegen die Bazillen entdeckt. Alle Container, die von diesem Harbin mit der tödlichen Substanz gefüllt worden waren, wurden nach Christophers Anweisungen mit einem Gegengift präpariert. Harbin, der nichts davon wußte, konnte nicht ahnen, daß die Bazillen in den Containern durch diese Substanz unschädlich gemacht worden waren. Nachdem also diese Gefahr ausgeschaltet war, machte ich den Vorschlag, Willie solle so tun, als brächte er eine ›Probe‹ in die Slowakei. Er rief Hassan in regelmäßigen Abständen an und teilte ihm mit, wie weit er schon gekommen war. In Wirklichkeit machte er alle Anrufe von Folkestone aus – für den Fall, daß Hassan ihn observieren ließ. Um Willies Geschichte glaubhafter zu machen, führte der Zoll eine große Rauschgiftfahndung durch. Dann fuhr ein als Willie verkleideter Mann mit dem Autozug nach Frankreich. Harbin war inzwischen von einem Sonderkommando verhaftet worden. Sein Labor wurde geschlossen.«

»Demnach müssen wir uns nicht nur bei Ihnen, sondern auch bei Christopher Kane und Willie bedanken.«

»Vergessen Sie Emilio Vitorelli nicht. Er hat Hassan – und den Schwarzen Orden – unschädlich gemacht.«

»Vitorelli tut mir aufrichtig leid. Er muß sehr unglücklich sein.«

»Und wird es wohl auch sein ganzes Leben lang bleiben.«

In Rom war es dunkel, als Vitorelli langsam durch den Park der Villa Borghese schritt. Er bewegte sich wie ein Mann in einem Traum. Obwohl ihm mehrere attraktive Frauen hinterherblickten, ging er, ohne ihnen Beachtung zu schenken, mit schleppenden Schritten weiter.

Als er die Brüstung über der Pincio-Terrasse erreichte, blieb er genau an der Stelle stehen, an der er seine Verlobte Gina auf die Balustrade hatte klettern sehen. Vitorelli war zu weit entfernt gewesen, um sie zurückhalten zu können. Deshalb hatte er nur verzweifelt gerufen.

Sie hatte sich nicht einmal umgedreht, bevor sie sich auf die Piazza hinabgestürzt hatte. Beide Hände auf die Brüstung gestützt, blickte Emilio Vitorelli nun auf die Stelle hinab, wo sie tief unter ihm auf das Pflaster geschlagen war. Er hatte Tränen in den Augen.

Bevor Gina weggebracht worden war, hatte er ihre Leiche identifizieren müssen. Diesen Moment würde er nie vergessen. Doch wenigstens hatte er jetzt getan, was er hatte tun müssen. Er hatte die Frau zerstört, die Ginas Gesicht zerstört hatte.

Er gab einen tiefen Seufzer von sich. Dann ging er langsam auf Mario zu, der in einiger Entfernung ungeduldig auf ihn wartete. Es war das letzte Mal, daß er diese Stelle aufsuchte. Er sollte sein ganzes Leben lang nicht mehr an die Piazza zurückkehren.

ANMERKUNG DES AUTORS

Sämtliche hier dargestellte Figuren sind vom Autor frei erfunden und weisen keinerlei Ähnlichkeit mit lebenden Personen auf. Dies gilt auch für einige Schauplätze, sowohl in England wie im restlichen Europa. So ist zum Beispiel das Chateau d'Avignon pure Erfindung und existiert nicht.